中国古典文学名著丛书

续西游记

上

U0729135

［明］ 静啸斋主人等 著

华夏出版社
HUAXIA PUBLISHING HOUSE

图书在版编目（CIP）数据

续西游记／（明）静啸斋主人等著. —北京：华夏
出版社，2013.01（2024.09重印）

（中国古典文学名著丛书）

ISBN 978 - 7 - 5080 - 6399 - 7

Ⅰ．①续… Ⅱ．①静… Ⅲ．①章回小说 - 中国 - 明代

Ⅳ．①I242.4

中国版本图书馆 CIP 数据核字（2011）第 083293 号

出版发行：华夏出版社

（北京市东直门外香河园北里 4 号　邮编 100028）

经　　销：新华书店

印　　制：永清县晔盛亚胶印有限公司

版　　次：2013 年 01 月北京第 1 版

　　　　　2024 年 09 月北京第 2 次印刷

开　　本：670×970　1/16 开

印　　张：40.5

字　　数：611.2 千字

定　　价：78.00 元（上下）

本版图书凡印制、装订错误，可及时向我社发行部调换

前　言

　　《续西游记》和《西游补》是两部以唐僧取经的故事为题材的历史小说。

　　《续西游记》是明代神魔小说，共一百回。小说的作者兰茂（1397－1470），字廷秀，号止庵，云南嵩明人（祖籍河南洛阳）。兰茂精通医术，擅长音律，文学造诣亦颇深，著有《韵略易通》、《声律发蒙》、《玄壶集》、《续西游记》等。《续西游记》通常被认为是《西游记》的续书。其实这是一个误解。兰茂去世30年后，《西游记》的作者吴承恩才出生。兰茂的小说写成后，长期以来并未流传，直到清代刊印时，吴承恩的《西游记》已经行世久远、广为流传。于是刻书者便在兰氏著作前加了一个"续"字，书名就成了《续西游记》。加之小说的内容是唐僧师徒取经归来的路上发生的故事，恰好与《西游记》取经的故事相衔接，更被认为是《西游记》的续书了。

　　《续西游记》主要叙述唐僧、孙悟空、猪八戒、沙和尚师徒四人，上西天取得真经回唐，一路上平妖灭怪，历尽艰辛，终究善功圆满。与《西游记》不同的是，《续西游记》以唐僧师徒四人的种种不净根因和机心变幻虚造各类妖魔的生成起灭，以象征寓言手法，揭示人之心路历程中佛魔两性的斗争，以强调信仰意志的力量、去邪归正的道德感和追求完善人格的主体精神。从这一点来说，《续西游记》可称为我国文学史上一部颇具特色的心界神话小说。小说情节曲折，魔难丛生，引人入胜，有一定的艺术价值。

　　《西游补》也是明代神魔小说，共十六回，是《西游记》的续书之一。小说的作者董说（1620－1686），字若雨，号西庵，浙江湖州人，明末小说家。他一生的著作很多，有《补樵书》、《七国考》和《西游补》等。

　　《西游补》主要叙述孙悟空"三调芭蕉扇"之后，化斋时为鲭鱼精所迷，渐入梦境，所见所闻，变幻莫测，当了半日阎罗天子，曾用酷刑审问秦桧，后在虚空主人的呼唤下，始离梦境，寻着师父，化斋而去。《西游补》是一部具有现实主义精神的神话小说。作者托笔幻想，编造荒诞的情节，使用诙谐的文笔，对晚明社会的腐败政治和浮薄士风进行了猛烈的抨击，刻画了种种社会世相，对权奸的谴责尤烈。小说一开始写孙悟空进入"青青世界"的王宫时，就通过宫女之口，揭露皇帝的荒淫无耻，腐化堕落；在孙悟空担任阎罗王审判秦桧时，又通过判官之口，说："如今天下有两样待宰相的：一样是吃饭穿衣娱妻弄子的臭人，他待宰相到身，以为华藻自身之地，以为惊耀乡里之地，以为奴仆诈人之地；一样是卖国倾朝，谨具平天冠，奉申白玉玺，他待宰相到身，以为揽政事之地，以为制天子之地，以为恣刑赏之地。秦桧是后边一样。"对于秦桧受刑，竟然叫屈道："爷爷！后边做秦桧的也多，现今做秦桧的也不少，只管叫秦桧独独受苦怎地？"

《西游补》是一种插续，在情节构思上与《西游记》有诸多类似之处，但通过作者精心而又高明的改造，《西游补》却给读者以奇幻多姿、别开生面的感觉。鲁迅先生对《西游补》赞赏有佳，称"其造事遣辞，则丰赡多姿，恍忽善幻，奇突之处，时足惊人，间以徘谐，亦常俊绝，殊非同时作手所敢也。"

此次再版，我们对原书中的笔误、缺漏和难解字词进行了更正、校勘和释义，对原书原来缺字的地方用□表示了出来，以方便读者阅读。由于时间仓促，水平有限，其中难免有所疏失，望专家和读者予以指正。

编　者
2011 年 5 月

篇 目 目 录

续 西 游 记

续西游记序

《西游》，佛记也；亦魔记也。魔可云佛，佛亦可云魔，是何以故？盖佛以慧显，魔以智降，此魔而可以入佛者也。然则虽举诸佛菩萨三十二相之身百千万亿之化而魔之，亦奚不可！夫魔之眯佛，亦云是也。乃展转相因，唯由静而有动于心者生也。既能生佛，又能生魔，故空诸一切，以归于无。无者，不动之谛也。若本无可动，何名不动？则甚深微眇之中，包摄具足。种种智相，天人妓乐，华鬘①宝首，琉璃金碧，师子神王，游戏神通，断可识矣。

中士不悟，实生机心。夫机何窍②乎？《南华》有云："万物皆出于机，入于机。"机也者，抉造化之藏，夺五行之秀，持之极微，发之极险。故曰："天发杀机，移星易宿；地发杀机，龙蛇起陆；人发杀机，天地翻覆。"又曰："心生于物，死于物，机在目。"言贵慎用也。夫机者，魔与佛之关捩③也。封之则冥，拨之即动。倏而变幻，倏而智巧，倏而意中造意，心内生心。抢抢扰扰，驱神役智。聪明作祟，械牯为缘。烧空凿窍，举体皆魔。而湛寂真空之理，不可问矣。去佛眇末，卒以寻丈，颠倒诞妄，了无尽期。机心存于中，则大道畔于外，必至之理也。

前《记》谬悠谲诳④，滑稽之雄。大概以心降魔，设七十二种变化，以究心之用。上穷碧落，下极阴幽，三界贤圣，搜罗几尽。杂取丹铅婴姹之说，以求合乎金丹之旨。世多爱而传之，作者犹以荒唐毁亵为忧。兼之机

---

① 华鬘(mán)——鬘，形容头发美。这里指华贵、美丽。

② 何窍(fǎng)——何时开始。

③ 关捩(liè)——捩，扭转。这里指转折点，界限。

④ 谲(jué)诳——诡诈；欺诳。

变太熟,扰攘日生,理舛虚无,道乖平等。

继撰是编,一归铲削。俾去来各有根因,真幻等诸正觉。起魔摄魔,近在方寸。不烦剿打扑灭,不用彼法劳叨。即经即心,即心即佛。有觉声闻,圆实功行。助登彼岸,还返灵虚。化不净根,解之涂缚。作者苦心,略见于此。我愿观者,同具人天慧业,得是书而绎之,当作不动地想,毋徒曰骈拇赘疣①而胡卢弁髦②之也。

真复居士题

---

① 骈(pián)拇赘疣——比喻多余无用之物。
② 胡卢弁(biàn)髦——胡卢,喉间的笑声;弁髦,蔑弃的意思。指讥笑,蔑视。

目　录

第 一 回

灵虚子投师学法　到彼僧接引归真

诗曰：

圆轮如轮岁月流，个中名利等浮沤①。

谩劳②计较分吴越，且任称呼作马牛。

世事看来从理顺，人谋怎似所天休。

要知驻世长生诀，一卷《西游续》案头。

《西游续记》作何因？为指人身一点真。

顺去人生天地理，逆来合去佛仙身。

机心灭处诸魔伏，灵觉开时道力深。

试看悟空孙行者，降妖变化又更新。

入记

　　话说西方有佛，号曰如来。历尽苦行以修成，具大慈悲而方便，凡有血气之属，俱在普照之中。正是释迦牟尼尊者，南无阿弥陀佛。自开辟以至成周，由秦汉而到唐代，说不尽的感应，夸不了的灵通。一日，在灵山雷音宝刹大雄宝殿登九品莲台宝座，说无上甚深妙法。围绕着诸佛菩萨，阿罗等众，得闻谛所，各生欢喜。如来说法毕，但见天花缤纷，异香缭绕，充满无极无量世界。如来以智慧力放大毫光，普照三千大千，阎浮众生。自从无始以来至于今日，造种种愆尤③，受种种果报，正是佛面辉如满月，佛心无处不慈，乃以哀悯之心，向众佛菩萨说："吾鉴观万天，周通三界。哀见众生迷失本来，虽有善信，不无孽冤。吾不忍为恶的沉沦苦海，堕落恶趣，故著有三藏真经，一藏谈天，一藏说地，一藏度幽。此真经三藏，不但

---

① 浮沤(ōu)——水面上的泡沫。

② 谩(màn)劳——怠慢，轻视。

③ 愆(qiān)尤——指罪过。

利益入天，亦且超身鬼道。乃是修真之径路，成道之玄诠①，登善士於天堂，脱亡魂於地狱。向见四大部洲，唯有南赡部洲，人民繁众，善恶溷淆②。虽有圣贤治世，政教宣明；无奈昏愚不良，纵欲无忌。故此真经，可以消灾释罪，降福延生。吾欲送到东土，恐人怀不信，毁谤真文，前已托观自在菩萨变化取经僧众到来。看此僧往昔劫中，名唤金蝉长老。只因他轻慢大教，故贬真灵托生人道。今幸他不昧昔因，仍归正觉，转投南国，披剃出家，名唤玄奘道僧。既生来有此，功行无差，不惮万水千山，历尽三途八难。门下跟随几个徒弟，也都上应天星，下全道力。此经有缘，当与取去。到得东土，永为劝善之珍，可作修真之宝。但虑此僧，来遭八十一难之艰辛，受百千万之魔孽，虽有孙悟空之灵通，猪八戒之力量，若非菩萨护持，神圣保助，终难除妖灭怪，使唐僧到此。又只一件，吾虑此经之取而去，复有不净处根因：魔孽阻挠道路，他师徒力量轻微，志愿如何得遂？"

时有菩萨圣众，齐声答道："我等已知此僧来时，尸体磨练成真，仗一笃之心信③，自得保全而去。倘因不净根因，还望如来始终成就。但不知不净根因，作何究竟，成何冤孽？"如来道："诸孽根心，心净，则种种魔灭，心生，则种种魔生。但看此僧众，来何意，发何心耳。"如来说毕，乃命阿难、迦叶把宝经阁三藏真经查检备下，专候取经僧到来。阿难领下如来旨意，往宝经阁去，不提。

且说灵山佛会，有一等在家修行道者，释门称为优婆塞；披剃了出家称为比丘僧。这天竺国境内，有一优婆塞道者，法号灵虚子。这道者三劫生来，原是一个久修禅和子，只因误入了猎户门中，沾惹了些腥秽不洁；再投，投入一个道真院，习学了旁门岔道；三劫转在这灵山脚下，为善男子。他这点正念未了，仍归释门。焚香课诵，斋僧布施，每每也有披剃为僧之心。只是凤因未净，犹然好务变幻外术。一日，偶坐于村坊热闹市上，见一卖术法之人，能开顷刻莲，善舞飞来鸟，变巨人三头六臂，化美女百媚千娇。但凭市人观看，出的金钱要变何物，任意取乐。这灵虚子见了，不胜喜悦，乃出金钱问术者道："汝能变苍龙么？"术者受了金钱，把身一纵在

---

① 玄诠(quán)——玄妙的意思。
② 溷(hùn)淆——混杂，界限划分不清。
③ 仗一笃(dǔ)之心信——指忠实的信仰。

半空,只见顷刻五云腾涌,一条苍龙在云端里。但见:

> 彩色云飞汉,苍龙现碧空。
>
> 口喷甘露雨,五爪驾霓虹。

术人变了苍龙,在空中盘旋一会,仍复旧下来。众市人观看,个个称奇喝彩。灵虚子忙又出金钱向术人问道:"汝能变猛虎么?"术者受了金钱,把身一抖,顷刻变了一只猛虎在市上咆哮。众市人见了惊骇起来。灵虚子道:"众莫惊骇。料只是变化的,决不伤人。"但见这虎:

> 白额斑斓体,长须赤焰睛。
>
> 一声大啸处,山岳尽皆倾。

众市人有大胆的,立住脚跟说:"变的奇妙!"有畏怕的,远走躲避,声色慌张。顷刻复旧。灵虚又出钱要变别样,只见市人中有争的,说:"灵虚子,只凭你多钱,任意夺趣,我等也有金钱,须凭我拣一件变化看耍。"灵虚子见众人争夺,乃答道:"但凭列位取乐,小子怎敢占越? 就是列位出了金钱变件奇观,小子也沾胜遇,有何不可?"众中有一人,出了金钱道:"术者,你变猛虎吓人,苍龙炫目,不如变个妖娆女子,能歌善舞:我等观看耍乐也好。"术人接了金钱,摇身一变。只见场中顷刻一个女子,手抱着琵琶,妖妖娆娆,口里唱着歌儿,手里弹着弦索。众人齐声喝彩。但见那女子:

> 蛾眉分翠黛,檀口启朱唇。
>
> 玉指挥丝索,金莲踏地尘。
>
> 袅娜当场里,香风更逼人。
>
> 巫山夸丽质,洛水得全真。

灵虚子见了,乃闭了目,背转项,自言自语道:"世人爱色,出金钱变此美貌佳人。你看他眼不转睛,面不别向,甜蜜蜜地看着不舍。我一个在家出家的道者,目不邪视,如何观她?"市人见灵虚子转面闭目,有的说:"吃斋念佛的道者,该是如此。"有的笑道:"假惺惺,故装呆。外面如此,心里不知何样?"只见女子唱了一歌。弃了琵琶,又舞了一回。仍复旧是术人,立在场中。

天色傍晚,术人收拾起身,市人各散。灵虚子乃上前叫了声:"师父,如不弃,造次请到寒舍一饭。有一言请教。"那术人见灵虚子容貌庄重,言语温恭,欣然就随着前来。到得家门,延入厅堂。这灵虚子一面呼茶,叫家下准备素斋;一面纳头便拜道:"师父,何方人氏,高姓大名? 方才这变化,奇妙神术,却是何师传授,哪处得来?"术人听了答道:"小子南方人氏,姓万,双名化因。只为遨游湖海,访道求师,得遇异人指授了这幻化法术,换得金钱。小子除了日食费用,余者便济贫拔苦,修桥补路,积些阴功,以求出世。我师曾也说西方有圣人传教。故此一路信步前来。请问善人大姓何名?"灵虚子答道:"小子唤作灵虚子。一向投入释门,焚香课诵;只是未曾披剃。今见师父这法术奇妙,也是个从无人有,修真合道,神通本事。若肯传授小子,愿馨家资,投拜门下做一个徒弟。倘能少仿师父十分之一变化法术,终身不忘。"万化因听了,答道:"小子法术虽微,却也合道。老善人要学,也非轻易可传。必须炼实还虚,由实入无;从无示有,总归一因。人有而有,方能学得。"灵虚子听了,只是磕头,愿留师父在家指教。乃净扫一间楼阁,延师安下。捧出黄金白璧,作为赘礼①。当下万化因住在灵虚子家,朝夕讲习法术。

　　时光迅速,不觉三年。灵虚子心地聪慧,志向精专。变化无术,却好十得其九。一日,万化因见灵虚子学术已成,乃辞要他往。灵虚子苦留不住。只得备了谢金,远送百里之遥。到了一座荒亭无人处,灵虚子把手一指,只见那空僻亭子内,摆着一席蔬酌。万化因见了笑道:"徒弟,你今日在班门弄斧也。虽然,也是你敬我好意,当须尽你饮饯之诚。"灵虚子乃跪奉一杯素酒,万化因饮毕,也回敬一杯。把袖一拂,只见亭子旁一盘金银,都是灵虚子平日送师的礼仪,原封未动。万化因笑对灵虚道:"此盘内皆是徒弟馈送原仪。我这法术,既传授得人,资养已久,安可费你家计,使我一去济贫。一向不却你的者,欲你尽敬也。道法非值这微金;受你金,即是卖法也。你当收去。"灵虚子方才开口劝收,那万化因如飞不顾而去。

　　灵虚子只得把金银理回,到家终朝只是演习法术;灵山佛会,绝迹不去。优婆塞众中,却少了灵虚子赴会,各相议论,有说他懒惰道心,久失讲所的。有说他废了前修,堕入罪孽的。却有一个比丘僧说道:"小僧闻知灵虚子闭户三载,拜投了一个傍门幻术之人,演习邪法。可怜他走错了路头,怎能够皈依正果?"众优婆塞听了,便齐声道:"我等亦闻,知未实;若

---

　　① 赘(zhì)礼——旧时拜师送的礼。

果有此，怎得一位比丘发慈悲心，度脱他仍归此会。"只见比丘僧中，一个僧人法号到彼，出班说道："待小僧禀白①如来，往彼劝力。"众优婆塞道："事出正道，何劳白佛？但愿我比丘速往开导，不可迟延。"

到彼僧听了，即起身径来到灵虚子家门首。家僮见了，随传入灵虚子知道。灵虚子即弄个神通，变了一个老仆人。走出门来，看见到彼僧：

削发除烦恼，刈②须远俗尘。

缁衣偏袒着，佛会有缘人。

老仆见了，便开口说道："长老师父，我主人久出外游，今不在舍，不敢妄留，乞临异日。"到彼僧早已知是灵虚子假变，乃笑道：

"本是灵虚面目，因何变作苍头？形容虽异未更喉。话语依然如旧。"

灵虚子见僧人说破他，乃退入门后，变了一个童儿，出门来道："老师父，寻谁？我主人出外望友，不在家中。"比丘僧见了，大笑道：

"行见苍头老汉，忽然貌换童颜；若非葆合③此丹田，怎得改颜换面？"

灵虚子见两次被僧人说破，忙答应道："我主人出外，只恐我主母知其去向。老师父你略立一时，待我童儿问来。"乃走入门内忙变了一个优婆夷老妇，走在中门帘内说道："老师父想是灵山会上来的。我优婆塞道者外游三载有余，今虽归来，早晨又往村前望客。且请厅堂坐下，少候一会以待其归。"到彼僧听了，笑道：

"本来灵虚面目，这回变女形容。黄婆配合想曾同，休把我僧捉弄。"

灵虚子见瞒哄不得僧人，乃大笑出来，一手扯着僧衣道："师兄好智光破幻！弟子失迎，有罪。且请堂中坐下，再叙久阔。"到彼僧随入厅堂，两相叙礼恭罢。到彼僧便问道："师兄久不赴会，何也？"灵虚子答道："因远游在外，久失瞻仰佛会，罪过万千。"到彼僧笑道："僧见师兄道法奇妙，果是耳闻不虚，目睹是实。想师兄智慧明尽，正当朝夕参悟禅机，了明正觉。如何路入旁岐，堕落邪幻？你道变化多般，只好愚惑凡俗；怎能瞒昧

---

① 禀白——禀知，告诉。

② 刈（yì）——割断。

③ 葆（bǎo）合——保护。

的察往知来,慧光朗彻之人?"灵虚子笑道:"师兄,据你所言,方才小弟真是假变苍头、童儿,你如何识破?"到彼僧道:"师兄,你向来也在禅门,岂不知道理有个真实不虚。若人了悟得作用出来,天地也不知,鬼神也莫测。若师兄的变化,不过是因人心而设诈为幻。你能自知,人得而知;你能自愚,人不得而愚。小僧从真处寻真,师兄自从假处露假矣。依小僧之言,师兄净洗往日之假,亟归①此日之真,放着正路不由,却走邪魔歪道。"灵虚子答道:"师兄未来,小道只说这变化奇妙,瞒尽世人。谁知师兄一来看破,我自觉此说不能迷惑至人。习之无益,今情愿弃假归真,仍赴灵山胜会,忏悔前愆,消除罪孽。"到彼僧答道:"忏悔莫越自修,消除当须警省。师兄可静守在家,洗涤了凡念。俟我如来龙华会毕,归来开讲上乘,那时再续旧会可也。"灵虚子唯唯听命。到彼僧辞别出门。毕竟后来何如,且听下回分解。

总批

　　灵虚即心猿之别名也。万化因与须菩提作用,是一是二。彼从修入,此从法入。自正等觉视之,均一有漏之果。

　　真实不虚作用,天地莫知,鬼神不测。何以故? 道者阴阳,知所从出也。故千变万化,皆在其中。

---

　　① 亟(jí)归——急迫归来。

第 二 回
如来试法优婆塞　徒众夸能说姓名

　　话表如来,只从吩咐阿难察检真经,候取经僧人。因赴龙华会归来,只见诸大比丘接着。如来便问道:"取经僧师徒将到,真经检阅完否?"阿难合掌答道:"真经已查检备下,但我本师曾说恐取经僧众,有不净根因,经文难到东土。若有此等不净根因,却如何区处①?"如来说:"取经固是功果,保经亦是功果。吾意汝众比丘僧中,谁发一方便心,保护真经前去?"众比丘答道:"保护真经,须得诸佛菩萨神力,方能驱邪缚魅。我等比丘僧尼,哪有力量?"如来道:"诸佛菩萨,俱各有经在所取中。若捐神力刹那之间,腾云驾雾,自可到东土:原是送去,非令僧众来取之意也。这事还须汝等僧中,谁有智慧、有道法,暗自保护真经,到得东土,成就功德。"

　　只见比丘僧到彼,越班而出,向如来前稽首道:"弟子愿保护真经前去。"如来见了说道:"汝在大比丘中吾已知汝具大智慧,但不知汝道法何如,可以驯服魔精?"到彼僧答道:"弟子无甚道法,愿举一人,乃优婆塞中灵虚子道者。此人三载未临佛会,投师习学幻法,得授变化多般,尽有几宗奇妙。只是邪幻不正,不知可抵御得妖魔,保护得经典?"如来听说道:"人身俱是幻身,法术本无邪正。若用之正,则邪亦是正;若用之邪,则正亦是邪。彼妖魔阻道,虽有神通,邪也;吾经到处,若能护持,正也。既有此人,当听其来。若出真心,吾当以正道使之,料可成就取经送经功果。"比丘僧听了,稽首称谢。如来即命于优婆塞中,宣灵虚子近前道:"比丘僧到彼荐你保护取经人等,送上东土。汝愿去否?"灵虚向如来俯囟②作礼道:"弟子愿建一保护真经功果。"如来道:"汝向来三载不赴佛会,习学了些不正幻法。吾门不但不观,亦且不言。今汝既欲保护经文,只恐一路

---

①　区处——打算。
②　俯囟(xìn)——指低头。

邪魔阻道，有碍宝卷，不得不借汝法术抵御。但吾门论道不论术，今且以道试汝，汝能变化，亦能变大乎？"灵虚子答道："弟子能变大。"乃把身一拱，顷刻丈二法身。如来见了说道："此何为大？"灵虚子又把身一摇，顷刻变了一座须弥山大。如来道："此未足为大。"灵虚子复变了一个顶天立地，横阔四隅①大汉子。如来道："此何足为大。凡吾所言大者，外无所包。今子所变，尚在乾坤之内，非大也。"灵虚子不能变。如来又问道："汝能变小么？"灵虚子答道："弟子能变小。"乃把身一缩，顷刻变了一个蜻蜓儿，在殿阶前飞上飞下。如来见了，说道："此何为小？"灵虚子复把身又缩，顷刻变了一个蚊子，薨②薨飞于庑下。如来道："尚大尚大。"灵虚子把翅一缩，变了一个焦螟虫儿。如来道："此何足为小。凡吾所言小者，内无所破。今子所变焦螟，尚有肠，腑食微尘。何以为小也？"灵虚子无术能变，只是向如来前磕头，求授变大变小之法。

如来乃向左右阶前诸大比丘、众信人等问道："汝等方才曾见优婆塞变化大小之形么？"众善信人等俱各合掌称扬道："善哉，善哉。灵虚道者，法术精奇，变化神妙。我等曾未尝见闻。非道力洪深，安能到此？"如来又问比丘僧众说："汝等亦见其变化色相么？"比丘僧到彼，微微笑向如来前说："弟子实未尝见灵虚子所变大小之形。但见他在殿阶下把五体左扭右捏，片时复还原身耳。"如来笑道："吾亦未见其变。但见其五内方寸，微微动三番五次耳。看此等变化，只好愚弄凡俗，难瞒至真。如今既为保护真经，以防备道途妖魔，用灵虚子之术，汝众比丘中，谁能出一神力赞助他成就这种功德？"众比丘道："弟子等原本真常，不事狡幻。安敢谬入邪境，以背正宗？"只见到彼僧说："弟子原愿保护真经前去，又举荐了灵虚子。只得仗此智慧，少试平日炼习道力；非敢预设防妖之术，逆料妖魔阻道之虞。但为取经人有不净根因，以仰体如来传经度人至意，只得将弟子力量试展一番。"如来道："吾不欲汝设机逆料未来之事，亦不欲观变幻谲诈③之术。但听取经僧到，观他来意为何事，本何心；可与真经，则与他去耳。"如来说毕，只见顶上放大毫光，众比丘善信赴会听闻经义者，俱

---

① 四隅（yú）——指四方。

② 薨（hōng）——许多虫在一起飞的声音。

③ 谲诈——诡诈，欺诳。

在光中,照耀有如日月。各相瞻依,欢喜而退。按下不提。

　　且说大唐三藏法师陈玄奘圣僧,自从领了唐王敕旨①,出得国门,一路收了悟空孙行者、悟能猪八戒、悟净沙和尚,连玉龙马五口,自东土到了西域。行了一十四载,受过八十一难。道路辛苦,山水筝鏦②。幸喜这日到了西方佛地,远望灵山相近地方,风景却也与他处不同。但见琪花瑶草,乔木青松。人家户户念弥陀,个个持斋都好善。三藏在马上称赞不已。师徒正由大路前行,忽见一带高楼,几层峻阁。三藏在马上举鞭遥指道:"徒弟们,你看好去处:真是西方福地,果然名不虚传。"行者道:"师父,看此楼阁人家,多是善信在道住宅。我们远来,腹中饥饿。何不登门化他一斋?"三藏道:"徒弟,斋便化。但我等一路行来,风尘染惹,此身不洁。须是借寓安下,沐浴更衣,方好上灵山,礼拜如来,求取经卷。"行者道:"师父,我们出家人身心原洁,何必沐浴。便是沐浴了,师父却有新鲜衣服,锦襕袈裟更换;我徒弟只有这两件皮袄皮裤,冬夏穿着,哪讨衣更?"猪八戒道:"化斋只化斋,走路便走路;若要沐浴更衣,便沐浴更衣。我高老儿庄上,还有一件装新的小衣儿在此,换换也好。但是先化斋,吃饱了沐浴更衣方好;如饿着肚子沐浴更衣,装兴了,也没干。"三藏道:"非是我要沐浴更衣,乃是出一念志诚。"行者道:"既是师父要尽一念志诚,这楼阁内定是个善信人家。师父你可前去敲门借寓。"八戒道:"化斋要紧。"便往前先走,沙僧一手扯住道:"师兄,此处不比前面,我等化斋与师父吃。这西方善信人家,师父要借寓安住,你我这形容古怪,万一善信见了,不肯容留,可不空费一番心力。"八戒依言,三藏便上前敲门。只见一个童儿走出来,看见三藏:

　　　　头戴毗卢僧帽③,身穿锦襕袈裟。九环锡杖手中拿,一串菩提项挂。

童儿见了三藏,便笑道:"老师父莫非东土来取经的么?我主人久说东土有取经圣僧到来。"三藏答道:"正是东土来取经的。"童儿把眼往后一望,只见三个和尚在后,生的古怪:

---

①　敕(chì)旨——自上命下之词,特指皇帝诏书。

②　筝鏦(zhūnzhān)——指迟迟不进。

③　毗(pí)卢僧帽——绣有毗卢佛像的僧帽。

一个猴头猴脸，一个猪耳猪腮，一个见貌吓痴呆，好似妖魔鬼怪。童儿见了，吃了一惊道："爷爷呀，哪里妖怪，到我这西方佛地？"三藏道："童儿休怕。这是我徒弟生来面貌；不是妖魔。烦你通报主人一声。"那童儿两眼吓得不敢看，只把大门推来躲在门后，也不敢往里去报。

站了半时，猪八戒急了，却去推开门说道："童子哥哥，烦你通报一声。"那童儿"喳"的叫了一声道："打紧我害怕他，又来张人。"飞往屋内跑入，气喘喘地报与主人知道。只见一个道者出来，恭迎三藏进入阁内，彼此分宾叙礼。三藏问道："善信高姓大名？"道者答云："弟子优婆塞，人称为灵虚子。请问师父，可是大唐法师玄奘长老么？"三藏道："正是弟子。"灵虚子道："师父出国已久，何故今日方才到此？"三藏把一路辛苦，妖魔等情，略说几句。灵虚子便叫掩口掩口，道："我这佛地，不谈妖邪。"一面唤童儿传入内室备斋，一面问道："师父有徒弟随来，如今在何处？"三藏道："俱在门外，不敢擅入。"灵虚子乃叫童儿去请师父高徒进来。童儿道："师父的徒弟相貌怕人，老爷自去请罢。"灵虚子乃亲自出来。见了三人，吃了一惊道："唐僧庄严相貌，真乃东土上人。怎么这样古怪徒弟？"一面请行者们入屋，一面估上估下，问行者法号何称？行者道："我弟子，道者岂不知？"灵虚子道："一时忘记，请教请教。"行者乃说道：

> "说我名儿四海扬，曾居花果做猴王。
>
> 熬尽乾坤多岁月，经过三腊九秋霜。
>
> 十方三界都游遍，地狱天堂任我行。
>
> 只为皈依三宝地，跟随长老到西方。
>
> 路经十万八千里，到处降魔果异常。
>
> 观音院灭黄风怪，波月曾降木奎狼。
>
> 火云洞服红孩子，黑水河将鼍怪伤。
>
> 灭法国里施神术，朱紫朝中捡药囊。
>
> 玄英洞把三妖扫，宝华山收百脚亡。
>
> 捉怪功能说不尽，筋斗神通任路长。
>
> 一打乾坤无剩处，变化多般果是强。
>
> 道真若问吾名姓，齐天大圣是吾当。"

灵虚子听了笑道："原来就是孙悟空，但闻其名，未见其面，果然是个神通大圣。这位何姓，法号何称？"猪八戒道："道真问我，我也有名，只恐道真

素知。"灵虚子说："一时失记,请教请教。"八戒乃道:

"问我名儿四海知,曾将道配坎和离。

九转功成朝上阙,一朝诖误①降深溪。

当年也有爹娘养,不是凡间血肉皮。

高老庄上兴妖孽,亲见观音受戒持。

一种灵根不泯灭,投诚礼佛拜真师。

洗尽邪心归正果,随师十载建功奇。

黄风岭上降妖鼠,宝象城中把怪夷。

陈家庄灭鱼精怪,女主国平蝎子迷。

钉耙曾把狐狸筑,道法能降三恶犀。

原是敕封元帅将,也曾开宴会瑶池。

只因一时亏礼法,不知妄念人贪痴。

贬入凡间原有姓,八戒从猪号不欺。"

灵虚子听了笑道："原来是猪悟能,久仰,久仰。请教这位长老,法号何称?"沙僧道："道真问我,也有名。"乃说道:

"论我名儿四海望,曾在灵霄称上将。

身披铠甲日月光,头戴金盔星斗亮。

手中宝杖会除妖,腹内珠玑能辅相。

只因有过谪尘凡,贬入流沙河岸上。

菩萨度我建功勋,披剃为僧跟三藏。

宛子山上探妖魔,月波洞救吾师放。

宝象国里显神通,白玉阶前丢业瘴。

枯松洞战红孩儿,三清道院装神像。

金岘山服兕魔王,落胎泉水消师恙。

锦衣亭将铁柜开,慈云寺把妖邪杖。

西来一路建奇功,助我师兄神力壮。

道真若要问吾名,悟净人呼沙和尚。"

灵虚子听了笑道："原来就是沙僧师兄,失敬失敬。"便请三人入厅坐。

三藏向南,上座;行者左旁,一席;八戒向旁,二席;沙僧左旁,三席,灵

---

①　诖(guà)误——官吏因过失受谴责或失官。

虚却坐左旁,四席。三藏不肯,道:"老善信主人尊重,小徒应当列坐。"灵虚子再三谦让,猪八戒便开口道:"老善信,请尊重坐了罢。我弟子老实,有座便坐,有斋就吃,不知什么礼节;到是多见赐些斋食,强如让席。"灵虚子听得,看了八戒一眼。肚里忖量道:"这和尚是个原来头,正是取经的本心。"只见屋内摆出素斋,三藏师徒饱餐了。灵虚子乃问:"老师父,何时上灵山礼佛?"三藏道:"弟子一路上远来,风尘染惹,恐身心衣服不洁。敢借寓一宵,沐浴更衣,方敢上灵山礼佛求经。且请问老善信,在家作何功果?时常也上灵山参谒佛爷么?"灵虚子答道:"我弟子虽说是在家,却与出家修行的一般:逐日焚修课诵,逢朔望登山,同比丘僧大众及善信人等,听我如来讲说上乘,名曰佛会。无事闲暇在家,斋僧布施,行这方便功德。"三藏道:"老善信见教的都是功行,只是小乘的功行,却非大乘功行。"灵虚子道:"我弟子也晓得是小乘。但世法未能了,犹在家园,未得披剃,入于比丘班中。所以功行未到。"三藏道:"这大乘功行,哪里拘在家出家?若是了明得,便是在家,也成就这种功行;若不了明,便是出家,也没用。"却是何说,且听下回分解。

总批

如来所说即大莫载小莫破道理,东鲁宗风,岂殊西来本意。

灵虚子变化,众人看来神通极矣;至人观之,止见其五内方寸,微微动三番四次耳。能于此参悟得破,飞走草木,日月山河,都在这里。

第 三 回

唐三藏礼佛求经　孙行者机心生怪

灵虚子听了三藏在家出家，了明大乘功行之说，乃问道："老师父，我弟子也略明一二，但不知老师父如何了明?"三藏乃诵出七言八句说道：

"大乘功行岂难明，扫尽尘凡百虑清。

昼夜绵绵无间断，工夫寂寂不闻声。

任他魔孽眸中现，保我元阳坎内精。

炼就常清常净体，明心见性永长生。"

三藏说毕，灵虚子大笑起来说："老师父，诗中大义，即是弟子一般无二。汤沐已备，且请洗浴。"三藏乃同行者等沐浴了，俱在静室打坐。灵虚子却与三藏讲论了一会，各自取静。

灵虚子乃想道："如来信比丘僧荐引，许我保护真经，叫我莫要说破。我看唐僧，虽然庄重，笃信三宝。这几个徒弟，跷跷蹊蹊。虽说那八戒老实，可以取得经去。只恐孙行者，那些降妖灭怪的雄心未化，方才夸逞神通，又未免动了一种怪诞。如来曾说不净根因，便是此等。我方才以正相待，未得尽知他们真诚实意。如今且聊施法术，一则看唐僧入静，道行何如；一则看三个徒弟，静中智慧何等? 若是道行优，智慧广，真经取去，他们力量可保，我随去也省几分气力。若是他们力量不能保去，可不费我精神? 少不得比丘僧到处举荐我，我必要扯着他前去助帮一二。"灵虚子想了一会，只见唐僧师徒们各入静定，灵虚子乃变了一个老鼠，先到三藏身边。他见三藏闭目跏趺①而坐，呼吸绵绵若存，当中寂寂不乱，乃把爪儿抓三藏衣膝。三藏哪里惊动，犹如打成一片真金，那色相庄严，无增无减。灵虚子暗地夸扬道："好一个修行和尚!"却去试行者。见行者虽盘膝闭目，却扭扭捏捏不定。只见八戒呼吸村粗，沙僧气息沉静。灵虚子乃去把八戒耳上一抓，八戒惊叫起来首："一路辛苦，方才喜到一灵山脚下这等

_____

① 跏趺(jiāfū)——盘腿而坐，脚背放在股上。是佛教徒的一种坐法。

一家善地,如何老鼠成精?"

这灵虚子只知试八戒,却不知孙行者是个精细猴王,平日既有几分手段,他的智慧也有几分明彻。听见八戒骂老鼠,他把眼睛略看,便看见老鼠是灵虚子假变,乃忖道:"优婆塞也是如来弟子,怎么假变老鼠戏弄八戒?想是试探我等禅心。我如今也弄个神通,戏弄他一番。"乃故意鼾呼,拔了一根毫毛,变了一个黧猫,从天窗跳将下来。灵虚子见了笑道:"久闻孙行者神通广大,智虑千般。我家哪有黧猫,便是邻屋也少。我此法身莫要是他啮破。"乃复还原坐,依旧行那静功;眼睃着黧猫,看他作何究竟。行者见鼠复还元,仍是灵虚子。乃道:"此非戏弄八戒,或是道者元神出没之状。"乃挣出窗去,复还了身上毫毛。方才闭目入静,只因他这一种精细,动了一宗魔头,总是他日间向灵虚子夸逞名姓来历。这宗根因,就於静而未静之中,现出许多怪孽。忽然如昔日闹天宫的景象,闯地狱的情形,黄风怪又狰狞现形,红孩儿复猖狂作横,牛魔王从前又弄神通,金翅雕转到鸱①张作耗,金箍棒这时难撑难打,翻筋斗此会偏拙偏迟。性子暴躁起来,大叫一声:"师父呵你在哪里?"三藏正在静中,被行者喊叫一声,便出了定道:"悟空,我在道者静室中打坐哩。叫我怎的?"行者顷刻就明,啐了一口道:"精精做梦,又撞着冤家。"那八戒、沙僧也喊叫:"师父起来!"三藏俱各唤明了,齐啐道:"真个做梦,又来割嘴。只道妖精又捉师父。"灵虚子笑道:"真乃不净根因。师父们若要上灵山,礼佛取经,还须洗心涤虑。"三藏说:"弟子正为此借寓老善信宅上,沐浴更衣,便是洗涤身心志念。"

师徒过了一宵。次早灵虚子备斋,款待了三藏师徒。乃向三藏说:"老师父修省一日登山,我弟子先往雷音宝刹,赴佛会去也。"灵虚辞了,出门先行。三藏随换了洁净衣服,披上锦襕袈裟,戴了毗卢圆帽,手持九环锡杖,待灵虚子出了门,便与行者等拜辞厅堂之上,出门直走灵山大道。师徒们走了半日,遥望灵山脚下,树木森森;鹫岭②峰头,云霞灿灿。渐次行来,见鹤鹿之踪满道,鸾凤之韵飞空。三藏问道:"悟空,雷音宝刹,你说曾到,尚在何处?"行者答道:"师父,那前面林里显出来的琼宫绀殿,不

---

① 鸱(chī)——即鸱鹰。

② 鹫(jiù)岭——这里指佛寺。

是雷音寺了?"三藏方才举目观看,果见:

> 梵宫高出碧云天,朱户金钉星斗联。
>
> 七级浮屠霄汉里,三层宝殿鹫峰前。
>
> 钟声接续扬清响,鼓韵铿锵次第宣。
>
> 果是灵山真胜境,祥光拥护大罗仙。

却说灵虚子留三藏在家,他先到寺来。见了比丘到彼僧说:"东土取经僧众已到,在我家下。那三藏色相庄严,志念诚悫①,真是取经之僧。徒弟们道法力量虽然广大,但恐还有些精修不到。我等既在如来前一力称许保护,若是他们德不纯全,我等再欠力量,道途有失保护,如之奈何?"比丘僧道:"我等还须禀白如来,求垂方便,少助法力。"说罢,乃上得大雄宝殿。正值如来登殿,比丘僧忙合掌望上禀道:"东土取经僧已到山脚之下。灵虚子观其来意,俱各志诚。但恐其间尚有精修不到。仰望大慈,俯垂成就。"如来道:"吾门中唯观其来意,若是志诚,应当付与真经。若是精修未到,必定也要汝等扶助去路。"比丘僧道:"谨奉佛旨。只是弟子与优婆塞力量微浅,还求慈悲方便。"如来道:"汝二弟子,叮咛再三求告,也是为此真经美意。但吾门虽有过去、现在、未来三等道岸;然过去的休思,未来的休望,只凭这现在。这现在的,亦听其来。若先存意念,是谓成心,非修道者之所行也。汝二弟子,既坚意求充满道力,吾今添汝一声闻功德,一圆觉实行。待真经去日,再有传教汝等。"比丘僧与优婆塞合掌称谢,方欲退散,只见雷音宝刹大门把守大力神王,报入正殿说:"东土取经僧众到在门外,不敢擅入,特此报知。"如来听得,乃令比丘僧等召三藏入殿。

却说三藏见了灵山佛寺,远远从山脚下一步一拜,拜到山门。抬头一望,只见山门之上,悬一大扁,上写着"前雷音禅寺。"猪八戒见了,笑将起来说:"佛爷爷呀,走了许多年,受了无限苦,今日也到了地头。"不顾师父、师兄,大踏步往山门就走。行者忙喝住道:"呆子,此是何处,如何鲁莽,不行礼法?"八戒道:"我一路来,哪里不行些礼法?"行者道:"你行甚礼法? 眼见的佛爷在上,师父在前,怎么越礼抢前?"八戒道:"老猪一路来,遇着斋饭,行吃礼;撞着妖怪,行打礼;便是有几包儿衬钱,也行个收

---

① 诚悫(què)——指诚实。

礼:何尝不行礼法?"三藏听了道:"徒弟莫要多言,斯文谨言些。"正才教训八戒,只见比丘僧十余众在山门下。三藏见了,鞠恭上前道:"弟子玄奘,乃是奉大唐国君旨意,前来求取经文的。要谒见如来。"众比丘道:"佛爷已知圣僧到来,令我等迎入。"三藏只是合掌行礼。

当下二比丘引着三藏师徒,到得殿阶之下。三藏俯囟作礼,启上如来道:"弟子玄奘,奉大唐皇帝旨意,现有通关文牒,到宝山求取真经,普济众生,永固国社。伏望我佛垂恩,俯赐方便,不辜弟子来意。"如来听得三藏之言,又看了来文事理,乃启金口,大发圣心,向三藏说:"吾久知汝远来取经,道路辛苦。安可令汝空回,已吩咐阿难查检备下。但此经文,超度四生六道,解释八难三途,未可唐突取去。造次来求,必须汝等各说出为何事求经,本何心而取?"三藏听得,俯伏在地道:"弟子玄奘,为报皇王水土之恩,祝延圣寿而来求经。若说本何心,唯有一念志诚心来取。"如来道:"祝延圣寿,正与吾经理合。既发一点志诚,经文应当给汝。"乃问悟空:"为何事,本何心?"行者也百拜上言道:"弟子想当年生自花果山一块石,乃天真地秀,日精月华,感动所出。今日取经,盖为报答这盖载照临之恩。若说本心,弟子一路来,随着师父降了无数妖魔,灭了许多精怪,皆亏了弟子。这心中机变,便是机变心来取。"如来道:"报答天地日月之恩,此经正合。取得,取得。只是本一机变之心,这机心万种倾危,这变幻无穷诡诈,如何取得。"乃问八戒悟能:"你为何事,本何心?"八戒口中吃吃的,磕了无数头道:"弟子,弟子只晓得我娘生时,十月怀胎之苦,三年乳哺之恩。今日为报答爷娘养育恩来取。若说本何心,只有一点老实老实心。"如来点首。又问沙僧悟净:"你为何事,本何心?"沙僧稽首顿首道:"弟子不知其他,但只知天地君亲师,五件大恩。天地君亲,师父师兄们说去。只因随师远来求经,但愿师父取得经去。这一点恭敬心,无时放下。"如来道:"你二人俱从正念,取得取得。独有悟空却难取去。"

行者听了,急躁起来道:"佛爷爷呀。我弟子千辛万苦,随师远来,如何取不得?"如来道:"只因你本一机变,与吾经一字也不合,怎么取得?"行者乃向如来前抓耳挠腮,打滚撒泼道:"弟子这机变心,纵不如师父的志诚,却胜似八戒的老实。就是机变,也不过临机应变,又不是奸心、盗心、邪心、淫心、诈心、伪心、诡心、欺心、忍心、逆心、乱心、歹心、诬心、骗心、贪心、嗔心、恶心、瞒心、昧心、夸心、逞心、凶心、暴心、偏心、疑心、奸心、险心、狠心、杀心、痴心、恨心、争心、竞心、骄心、媚心、谄心、惰心、慢心、妒心、忌心、贼心、谗心、怨心、私心、忿心、恚心①、残心、兽心。"行者一气随口说出许多心。如来闭目端坐，只当不闻。比丘僧到彼乃屈指说道："悟空不可多说了。你说一心，便种了一心之因。种种因生，则种种怪生。"猪八戒在傍听得行者说了许多心，临末一句兽心，他便说道："正是我悟空师兄，又不是狼心、虎心、狗心、牛心、蛇蝎毒虫心。"比丘僧道："八戒，还禁得你添出这些异类心。吾屈一指，便有一心之应。汝等少说些罢。"行者乃住了口，只是向佛爷磕头道："爷爷呀，可怜弟子万水千山，辛勤苦恼，随师到此。没奈何，赏弟子几卷儿去罢。"如来道："吾经本来一字原无，许多枝叶倒被你生出种种头脑。只恐你取了经去，道路之间，被这种种机心生变，不免又累别人。"行者道："弟子金箍棒现有，筋斗云尚存。纵有妖魔，手段尤在，包管无碍。"如来笑道："吾正为汝恃这一根金箍棍棒，亵渎了多少圣真，毁伤了无限生灵。今日你这棒，当缴还了在此，一路用它不着。"乃叫大力神王收了他的棒。行者哪里肯缴，还道："爷爷呀，弟子这棒，轻易缴还不得。"神王道："佛爷要你缴还，如何缴还不得？"行者道："我这棒得的有些来历，你听我道：

> 这金箍，非凡棒，神通说来无限量。
> 只从大闹水晶宫，忽见金光出海藏。
> 龙王赠我作奇兵，乃是一根铁拄杖。
> 叫声细了斗来粗，说道短些长两丈。
> 要小变做绣花针，要大就如杠子样。
> 曾携入地上天宫，也曾翻山搅海浪。
> 打怪荡着一团泥，降妖直教三魂丧。
> 堪笑八戒弄钉耙，怎比如意金箍棒？"

八戒听了道："你这弼马瘟，夸你的金箍棒神通，怎么贬我的兵器？"神王道："你的兵器，果然不如他棒。看来不过是把种地的钉耙。"八戒道："我的钉耙，却也有来历。"神王道："有甚来历？"八戒说："你听我道：

> 说来历，不敢夸，出在神仙大道家。
> 煅炼六丁真火候，琢磨九齿利狼牙。

---

① 恚(huì)心——愤怒，怨恨之心。

　　　　轻重随吾力量使，短长任我手头拿。

　　　　神通举处倾山岳，光彩看来灿斗霞。

　　　　前使苍龙探海势，后使猛虎跃山花。

　　　　魔王见了心惊颤，妖怪逢之骨也麻。

　　　　乾坤兵器真难比，今古枪刀也让它。

　　　　任那金箍并宝杖，荡着钉耙没处遮。”

　　沙僧听得道：“你这曒糠，夸你的钉耙厉害，怎么笑我的宝杖？你哪里知我这兵器非凡，也有些来历。”神王道：“你的兵器有甚来历，也讲出我听。”沙僧乃说道：

　　　　“说宝杖，神通广，不是凡间生草莽。

　　　　出在广寒宫里来，一枝丹桂灵根长。

　　　　仙神伐下削成条，兵器丛中称上党。

　　　　雄威曾用灭妖魔，厉害真能降魍魉①。

　　　　挥开鬼哭神也愁，舞动星昏月不朗。

　　　　也曾护驾镇灵霄，也要成功居上赏。

　　　　粗细长短任吾心，名播今来与古往。

　　　　金箍棒也让三分，钉耙只好来抓痒。”

　　神王听了笑道：“谁叫你们各自供出利器来？你这利器在身，可有个逢妖不打，遇妖不伤的？如来三宝门中，正不用你这三般利器。可速缴还殿上，贮了慈悲文库。”行者道：“爷爷呀，取了经去，万一路途遇着割嘴的妖精，还用此棒孝顺他。缴还不成。”八戒也随着行者口说：“真实缴还不成，便取不得经去，也要留着这钉耙，另寻个买卖去做哩。”三藏道：“徒弟们果是一路来，虽亏了你们这兵器；害事，也在你这兵器。”却是何说，且听下回分解。

总批

　　三藏师徒静中各露本色。灵虚子试出，的的不差。但变鼠一节，大费劳扰；不似到彼和尚之浑然无相也。

　　灵虚变鼠，行者就变猫：惧其啮破，以有此幻身也。及吾无身，尚有何患？

———————————

①　魍魉(wǎngliǎng)——古代传说中的山川精怪；鬼怪。

第 四 回

授比丘菩提正念　赐优婆梆子驱邪

　　神王乃问三藏道："圣僧,你一路来,如何亏了他们兵器?"三藏道:"上神不知:弟子一路遇了无数妖魔,若不是他三个有此兵器战妖斗怪,怎能前来。但知是出家人,以慈悲为主。远来取经为何? 原以济度众生为念;被他们这兵器,伤害了多少性命,这便是它害事处。仰望神王收贮了他们兵器,免得伤害生灵:阴功浩大。"行者道:"我等兵器,原也为保护师父西来。如今取了真经回去,也要靠着它。如何缴还得?"三藏道:"徒弟,如来要你缴还,必须有个圣意。你且依命缴还,再作道理。"八戒道:"师父,徒弟若没了钉耙,讨饭也没路,还是留着钯罢。便是保护经回,也少不得要它。"神王笑道:"八戒,莫虑保经无器械。你且看我这手中是何物?"八戒看了一眼道:"你手中是一个打墙的杵,长又不长,短又不短;降不得妖,打不得怪:没用的物件。"神王笑道:"我这件兵器,你哪里知道?"行者说:"弟子也不曾见,请说他个来历。"神王乃说道:

　　　　"先天生,后天生,这件神物天下少。
　　　　诸般武艺让它强,说起威灵真不小。
　　　　敛锋蓄锐万魔降,镇怪驱邪诸孽扫。
　　　　等闲不用有威风,清净坛场无价宝。
　　　　整齐大众听经心,降服大鹏金翅鸟。
　　　　法华海会佛菩提,全仗降魔力量保。
　　　　视彼金箍灯草心,笑那钉耙枯苗槁。
　　　　漫夸宝杖有神通,此杵旋时都要倒。"

　　行者听得,暴躁起来道:"神王口说无凭,弟子情愿与你比较个神通。若是你的宝杵,胜过我的金箍棒,不必讲了,情愿缴还在灵山库藏;若是我这棒儿,胜过你的宝杵,还让我的金箍棒保护经回。"神王道:"佛爷在上,灵山非赌斗之所,安可与你称雄较力。只是把你的金箍棒、我的降魔杵,两件宝器放在阶前,比一个轻重,试谁的气力,便见神通。"行者道:"说的有理,只恐没有这等大秤。"神王道:"何必要秤,权把沙师兄的宝杖横担我们棒与杵,孰重孰轻,自然兑出。"行者乃把沙僧宝杖横担着,一头行者棒,一头神王杵。那棒哪里敌得过杵。八戒见了,忙将钉耙也放在棒这一头,越称不起。行者急了道:"神王,我原只讲降妖灭怪,轻巧的神通,不曾与你讲什么力量。你看我这棒儿,叫声'小',就如绣花针,怎么也较甚轻重?"神王道:"你便叫它小了看。"行者把棒取在手中,叫一声"小",只见那金箍棒越大了。行者叫了几个"小",便大了许多。行者急了,举起棒,照杵上打来。神王忙擎过杵道:"孙悟空,灵山胜境,使不得性子。早早皈依如来,缴还了凶器,随汝师取了真经去也。"行者气哼哼的,还要争长。三藏道:"徒弟,莫要争能。我等为何事到此?"行者听了师言,只得忍气吞声,随着三藏叩首殿阶之前,说道:"弟子玄奘,仰望我佛仁慈,给赐真经,早回东土,以慰君主之望。"如来见其迫切,乃唤:"阿难,引领三藏师徒,到宝经阁查发真经,付与唐僧。"

阿难领旨,引着唐僧到宝经阁去。三藏在寺中,行一步,观看一步,向行者称赞道:"真好佛地。"不觉来到阁前,见那阁上:

霞光万道,瑞气千寻。彤云里显出碧琉璃,绿树头映着朱窗户。兽角飞空,真乃拂云霄汉;雀檐傍牖①,果然绕树阴深。正是一座凌烟从地起,绮云承露自天排。

阿难领着三藏师徒,登得宝经阁,查阅诸品经卷,俱有签记名目。阿难道:"圣僧,你看这宝笈琼书,玄诠妙典,真个是人间少有,天上无多;乃不二法门之奥理,最上一乘之真言。东土众生,何幸得以见闻!比丘僧尼,永为课诵。只是取去,一路要小心敬意,莫生怠慢。这所关非小,不教空费圣僧一番辛苦。"三藏道:"谨领教言,决不敢怠慢。"阿难乃查检真经,共计三藏,该三十五部,一万五千一百四十四卷。乃从中查出五千零四十八卷,名为一藏,交付与三藏师徒。三藏受了经,乃分作四担,叫行者、八戒、沙僧各担一担;以一担分作两柜,背在玉龙马上。当时阿难把经卷数目,开写明白,交付与三藏。却是:

---

① 牖(yǒu)——指窗户。

《涅槃①经》《菩萨经》《虚空藏经》《首楞严经》《恩意经》《决定经》《宝藏经》《华严经》《五龙经》《大集经》《礼真如经》《大般若经》《金刚经》《法华经》《大光明经》《未曾有经》《摩谒经》《瑜伽经》《正法论经》《西天论经》《维摩经》《宝常经》《佛本行经》《菩萨戒经》《僧祇经》《宝威经》《三论别经》《佛国杂经》《大智度经》《本阁经》《起信论经》《正律文经》《维识论经》《大孔雀经》《贝舍论经》

以上经名，多寡卷数不等。三藏照单拜受，一面交付徒弟三人，各相担负。一面随着经，离了宝阁，就要往山门外走。三藏道："徒弟们，且歇下担子，上殿拜辞了佛祖才是。"行者道："经已在手，走罢，走罢。"八戒道："师兄意思怕缴还金箍棒，我这钉钯、狼牙、五爪，称着缴还，倒也罢了。"沙僧道："辞谢是礼，依着师父，莫拗。"行者只得歇下担子，随着三藏到得殿阶下拜辞如来。如来觉了阿难开写经数，乃向三藏说道："此经功德无量，灵异非常：上通天文地理之奥，下知人物万汇之情；为三教之玄屑，乃二气之真机。到彼南方，永为珍宝。非人不可轻传，善士尤当钦重。"

三藏唯唯拜谢。辞了佛祖，别了众圣，下殿阶，领着徒弟出了三层门。方近山门，只见大力神王扯着行者、八戒道："经已取去，兵器却要缴还贮库，前途用它不着。"行者道："正要这宝贝护送经文，如何缴得？"神王道："经文与钯、棒，并行不得：你要钯、棒，便留下经文；你要经文，便留下钯、棒。"行者没了主意，又不敢争拗，两眼看着三藏。三藏道："徒弟，千山万水，所来为何？你必须留下钯、棒，且顾了经文去着。"行者把眼一转，那机变心肠就出，说道："依师父缴还了钯、棒，只是这经文也要件棍棒挑着。"神王道："释门现放着禅杖，把两条与你担罢。"沙僧便称口道："我的宝杖免缴，代作禅杖可也。"神王道："也换了与你。"当下三人把兵器缴还，交与神王。那行者笑欣欣地道："棒呀，棒呀，想你在龙宫时，老孙巧里得来；如今在灵山缴库，是空里去。"猪八戒徕着嘴，落着泪道："我的宝贝钯，怎舍得放在这里？"沙僧也留留恋恋不舍。只见神王收了兵器，换了三条禅杖，各挑着经担，方才出了山门，望大路前行。

---

① 涅槃（niè pán）——佛教名词，佛经说：信仰佛教的人，经过长期修造，即能"寂（熄）灭"，一切烦恼和圆满（具备）一切清净功德，这种境界为涅槃。

却说如来见三藏心欢意畅取得经去,乃向菩萨圣众道:"唐僧以志诚心为报答君恩之事,吾知履道坦坦,此经直到东土,无碍无疑。但是孙行者以机变心取了经去,虽说报答天地日月盖载照临,事属正大。吾恐机变是他来时保护唐僧的作用,这种根因未能消化,必要生出一种魔孽。适早比丘僧屈指计他,说出八十八种机心,都是奸盗邪淫,种种乱派。他既有此不净之根,吾恐道路必有邪魔之扰。"众圣听了,齐齐称是。只见比丘僧到彼与优婆塞灵虚子,二人向如来前合掌礼拜道:"弟子蒙如来充满道力。一添声闻功德,一添圆觉实行。今真经既去,还望方便传教。"如来乃问比丘僧:"汝知优婆塞道力么?"比丘僧答道:"弟子久已知,故往日举荐。料其法术,可以护送经文。"如来又问优婆塞:"汝知孙悟空法力么?"优婆塞答道:"弟子前留他静室,见其不净扰静,已知他法力矣。"如来道:"他来时遇种种妖魔,不亏菩萨圣众救护,几乎不免。今汝二人既要保护经文到彼东土,比丘僧已知孙悟空八十八种机心之变,吾今赐汝菩提数珠子八十八颗。按此菩提非比寻常,一粒一佛,乃五十三佛之念头,三十五佛之心印也。汝当静时挂于心胸之上,遇有魔孽,持诸手内,一粒拨动,万邪自消;随经到处勿生怠惰。是乃圆觉实行也。"乃向优婆塞道:"灵虚子,汝既知孙悟空机心变动,魔孽猖狂,吾今赐汝一木鱼梆子。按此梆子,非是缘木求鱼,乃是净心驱魅。那菩提子,有转圆不竭之正觉。这木鱼,有闻声起畏之真机。凡遇经文有阻,一击自无留难。汝其诚悫竞持,勿生懈弛。是乃声闻功德也。"灵虚子稽首拜受。二人领了如来传教,当下拜辞了宝殿,就往外走。如来复叫住叮咛道:"汝二人只可随真经到处,保护无虞,莫与唐僧等知识同行。若令其知觉,乃是送经东土,非取经西域之义也。"二人领命而出。

如来见二人出了山门,乃放大毫光,驾彩云起在虚空,向众圣菩萨道:"真经到处,消灾释罪,降福延生,允为至宝。比丘、优婆道力若微,当借普助各有功德。"众圣唯唯称谢而退。如来左侍阿难,右随迦叶,彩云缥缈,去赴法华海会不提。正是:

> 百千万劫难遭遇,一藏真经自此来。

话说三藏自从取了真经,分作四处,徒弟们担了。自己轻身一个,离灵山脚下,望前行走。时值三冬至日,见地方居人,往来着新鲜衣服,行庆拜节礼。乃叫沙僧乘便问行路的:"何故?"猪八戒道:"师父也忒眼空浅,人家有钱钞,穿件新鲜衣服。有了新衣,便有礼貌。像徒弟穿这旧袄子,便没人敬礼。管它做甚,只走我们路罢。"沙僧问了,行路的说:"今日乃冬至令节,我这里地方风俗,着件新衣行庆拜礼。"三藏听得,乃向行者道:"徒弟,我们今日取得经回,正是一阳来复,万象更新。大家心悦意畅,何不联和一韵散心,好往前走。"行者笑道:"师父到底是唐人风韵,喜尚吟咏。我等吃力挑担,你师父轻身快活,还要吟诗。"八戒道:"真个师父是看人挑担不吃力。这吟诗可当得饭吃? 徒弟腹中食饿,若是当得一个馍馍,便乱道几句。"沙僧道:"二位师兄,不要生疑忌之心,阻了师父兴趣。取经愿遂,好节佳逢,便随师父赏心乐事,未为不可。"行者道:"吟来,吟来! 我们和罢。"三藏遂叫把经担且歇在树林避风之处,乃信口吟道:

　　　　"三冬至日喜回春,"
行者乃和道:

　　　　"万象昭苏又复新。"
八戒撅着嘴没好气道:

　　　　"和尚哪知冬节到?"
沙僧忙续道:

　　　　"一阳颠倒五行身。"
三藏听了大喜道:"徒弟们莫说你们不知吟咏,却倒也成章合韵。"

　　正说间,只见那树林外远远显出高楼峻阁。三藏道:"徒弟们,你看那高楼峻阁,乃是我们来时优婆塞道者之家。扰了他斋饭,沐浴一宵,也不曾面辞作谢。如今径过去,非礼;若是又到他家去取扰,不安:如之奈何?"行者道:"灵虚子道者,家住灵山脚下。我们回路,不便又扰,已越路过来了。此楼阁,想又是人家。"八戒道:"张家,李家,管什么别家! 肚中饿了,且去化一饱斋再走。"三藏依言,出了树林,往前走去,越去越远。三藏道:"分明楼阁在目前,怎么又走不见?"八戒道:"树林遮了。"沙僧道:"我等来时,此皆荒山野逵,未曾见有楼阁人家。"三藏道:"悟净,你哪知。来时一心直盼着灵山,未曾着意。今日归去闲心,顿觉地界村落人家都在目中。"三藏只说了这句话,那楼阁即显出树林。行者道:"师父,已到人家之处,看他门户,容得经担,便借宿一宿;若是浅房窄屋,化些斋吃了走罢。"八戒道:"高楼峻阁,料是大门户人家。但不知可舍得斋僧布施；就是西方人家肯斋僧布施，不知可肯足了老猪饭量。"

师徒们说罢，走近门前，只见门儿扃闭。犬子惊人，连声地叫。少顷，一个青年秀士走出门来。三藏看这秀士：

> 唐巾眉上束，云履足间穿。

> 手中持一册，料是《古今篇》。

三藏见了，方才要上前施礼。那秀士见了三藏，笑盈盈躬身迎出门外道："恩人老师父，你今日取了经文回来也。"三藏定睛看时，方才认得。却是何人，且听下回分解。

总批

> 如何是金箍棒、九齿钯、降妖杖，只是金、木、土三种锋芒耳。缴还佛土，唯见于空。

> 声闻功德，圆觉实行。须看向里面。若实实指作菩提梆子，未免又替化缘和尚添一重哑谜矣。

第　五　回

动吟咏圣僧兆怪　和诗句蠹①孽兴妖

世间何事作妖邪，只为人心意念差。

行见白云变苍狗，忽然修豕②作长蛇。

些微方寸千般态，几许灵根百样花。

动念若端魔自远，灵山何必问僧家。

　　话表残编陈籍，集久不翻，其中多生出一种蚀纸虫，名曰蠹鱼。这一种昆虫，在书纸内，岁月日久，多食字籍，灵异作怪。只因这楼阁，是铜台府地灵县，寇员外二子寇梁、寇栋看书之屋。久荒无人居住。他弟兄存留些往籍残编在案，生出这虫，成精作怪。有为首的两个大蠹鱼，正想着走入灵山，窃食经典。不匡护法神王威灵，两个不敢去窃。偶然往林间行过，见经担歇着林内，唐僧一动了吟咏之心，行者们又依了联和之韵，遂动了这种孽怪。他两个就变作寇梁、寇栋之状，也只因唐僧师徒们来时遇着寇家二子，故旧在心，曾相识面，这种根因。一个蠹鱼就变了寇梁，出门迎着三藏。三藏定睛看了，乃问道："先生何为在此，小僧记得尊府在铜台府后地灵县地方，府上门前有座牌坊。今日何故居此荒凉地界，且令尊员外何在？"寇梁乘此忙答道："家父在舍，弟在屋内。且请师父中堂坐下，待叙衷情。"三藏欣然进入中堂。只见寇栋出堂，鞠躬尽礼，称谢道："昔日蒙恩师师徒，灭了众盗，救得老父性命，至今感恩不忘。只是师父们去后，那盗怀恨，又复来报仇，口口声声，只要伤害我弟兄二人。说道老父平日好善，斋僧布施，也还饶得过；只有我弟兄两人，倚仗才学，结纳官府，捉拿他紧。因此，我父恐我弟兄暗被他害，叫我远离家门，寻一处静僻居室，一则便于温习书史，一则躲避盗情。幸喜这村乡有几亩荒地，旧存这几间楼阁，住在此处，倒也安静。不期师父们驾临，没有什么好斋供献，比不得

---

① 蠹（dù）——指蛀虫。

② 修豕（shǐ）——指猪。

寒家,住在府城,人烟闹热,诸般可备。"

二人一面说,一面叫家仆把师父们经担扛入阁内。孙行者听了,扯出唐僧到堂外,悄耳低言说:"师父,徒弟疑这二人说话虚假,怎么盗贼劫他父子,还管他斋僧布施? 就是恨他弟兄,岂有说出来使他知道? 若是要害他,这荒凉地方四面无邻,最便快心。"八戒听了道:"师兄不要多疑,只问他有便斋,快摆出来吃罢。"沙僧道:"师父,八戒也说的是。管他真话假话,好和歹借宿一宵去罢。"三藏听说,走进屋堂道:"二位先生美意,只是小僧们不当取扰。"寇梁道:"好说,好说。请也不至。"一面叫家仆备斋,一面叫把经担扛进屋来。家仆齐去扛那经担,被行者使了一个泰山压顶法术,哪里扛得动,寇梁寇栋忙去用力一扛,乃向三藏道:"这经担因何这重? 若放在屋外,恐被人扛去。须是开了经担,搬入堂内方好。"三藏道:"先生,我小徒们有人扛入,不消开动。"行者道:"经担非货物,人扛去没用;便是有用,也扛不得去。"寇梁道:"如何扛不得去?"行者道:"重的多哩,便是百人也扛不动。"寇梁心内生疑,叫家仆且摆斋来吃。家仆乃摆出斋食来,粗恶不堪。三藏们生疑,宁饿不食。八戒哪里顾甚精粗,只是乱馕。寇梁见三藏不食,再三劝奉。孙行者道:"我等方才用饭未久,明早领罢。"寇梁只得叫家仆收去,乃向三藏问道:"今日恩师一路行来,见了些什么光景?"三藏道:"佛地光景甚多,观看不尽。"寇梁道:"正是。小子们虽近佛地,只因自有本业,未曾听讲看诵经文。师父若肯开了柜担,借阅一两卷,也见佛门中道理。"三藏道:"经担包柜,封里甚固,难轻易开动。二位既不曾见,便也不消看罢。天地间道理总是一般。"寇梁道:"师父既不肯开经担,也不敢强。今日幸得此间相会,老师大唐人物,题咏极多,若有大作,见教一二,以开小子心中茅塞,也不枉了一世奇逢。"三藏道:"我出家人以念佛为主,吟诗作赋,正是二位先生之事。"八戒道:"师父你何不就把今日所联之句,请教二位先生?"三藏推托不过,把诗句念出。寇家兄弟称赞不已。三藏请寇梁和韵,寇梁不辞,乃吟道:

"一阳来复早惊春,葭管灰飞节已新。[①]
商贾不辞途路远,肯教关闭此闲身。"

---

① 葭(jiā)管句——葭,芦苇。古人烧苇膜成灰,置于律管中,放密室内,以占气候。某一节候到,某律管中葭灰即飞出,示该节候已到。

　　三藏听了道："妙作，妙作。正是小僧们为取经，客路不辞，道途寒冷，幸已回春，渐入阳和。再请令弟见教见教。"寇栋也不辞，乃吟道：

　　　　"黍谷阳回觉已春，八荒何物不更新。

　　　　莫嗟蜗角来何暮，待得龙门奋此身。"

　　三藏听了道："更佳，更佳。益见二先生乘时奋志之义。"

　　行者见师父与寇氏弟兄吟诗答句，乃动了往日除妖灭怪的疑心，便叫道："师父出家人，端正了念头，念静心澄，性宁神定。今与他咬文嚼字，动了真情，何日到得东土缴旨？"三藏点首会意称善，闭口垂目。两蠹鱼见孙大圣打断了话头，暗自想计，哀恳三藏，连声地叫道："恩师，弟子们因前世孽深，今生受了无数的波渣，求大大发一个慈心，重将灵文妙典，开讲一二卷。弟子们志诚皈依，听了宝经，誓愿抛去书本，尊奉大乘，扫除情欲根，养真修性。等师父们见了唐皇，返西面佛，带了弟子们往极乐世界，超度迷尘。千载不敢忘恩。"三藏听了老蠹这般哄骗的言语，遂动了善念，叫声："悟能徒弟，汝将第一种《涅槃》宝卷取出，宣讲五蕴皆空之意，以意会心之奥。"不料行者大叫道："八戒不可妄动！"呆子听了师父吩咐，管什么悟空之言，只是要去。沙僧从傍道："师兄，寇家善人这般敬我三宝，聆听妙典，亦是善行的根基。况这里静阁之中，请师父讲究几卷，我们从未有闻，亦好先得其宗，未为不可。"行者忍耐，只得收了压经法。八戒满心欢喜，上前动手。

　　谁知灵虚子、到彼僧在暗中大惊，他两个奉了如来的敕旨，保护经文。见行者不能阻挡，八戒不知轻重，倘然亵污梵言①，其罪不小。即忙抛下菩提数珠一桴，念动法语，将经柜一块生成。八戒心慌意乱，无从下手。行者明知佛力广大，心中暗喜不言。老蠹见事蹊跷，遂将机就计，跪在三藏面前，叫声道："师父，前月小庄弟兄们游学出外，可笑小童贪了口腹，同了匪人在这里宰牛屠犬。我们回来晓得了这件事情，着他打扫几次，想来尚未洁净。恩师的经典乃佛门中至宝，必定污秽触犯，不能开动。罪归弟子。幸有西首小轩极其清净，内供大士佛像，今将宝经移至佛座前，焚香谢愆，明日再请开宣。"三藏听了这蠹一派虚言，心中甚喜，道声："妙极，妙极。"遂唤徒弟们将经担搬至轩中。三藏随经进得轩来，见佛像庄

---

　　①　亵(xiè)污梵(fàn)言——指轻慢；冒失。

严,沉檀馥郁。倒身下拜,道声:"菩萨,弟子玄奘奉旨西行,一路蒙大施慈悲,大舍法力,救护得到灵山。见我佛如来,赐弟子宝经五千零四十八卷。今投宿寇家,因浊眼不识污秽,致有亵犯。伏望洪慈赦宥①。"默宣毕,立起身来唤徒弟出轩安宿,明日上路。正是:

　　　试问前因何是正,但教性见与心明。

　　那两蠹鱼见三藏师徒出得轩来,即唤小童楼上铺好安寝之所,自己执灯奉送。三藏见他如此恭敬,心中甚是不安,连声谢道:"贫僧这般造扰,二位先生请便。"于是师徒们上了楼来。龙马拴于后檐。八戒粗食已饱,倒身即睡。鼻息噀哺。三藏、沙僧日间已饿,不能稳卧,打坐草铺。唯行者一生好动,东张西望,满肚疑心。

　　不说师徒们在楼打望,再表两老蠹打发他们上去,在下计较道:"这宝经方才猪八戒上前去开,我看见霞光艳艳,瑞霭丛丛,不能动得,眼见是好东西。今被我们巧言花语,哄信他移至轩中,若再不动手,明日他起了身,如何好阻住?趁此黑夜,快与你们取了这经柜,往九龙山石室藏好,再作道理。"众妖精闻了这般言语,鼓掌称妙,个个到西轩去盗这经担。不想行者在楼上左顾右盼,见西首瓦上妖氛炳炳,一心只有经在胸中,恐有误事,忙跳下楼,见蠹妖将经扛出,行者大叫:"何处狂邪,敢窃我们的东西。"众妖畏怕凶恶,抛了经包,一齐散外。楼上惊醒了唐僧,忙叫:"八戒、沙僧快下去,师兄在那里大闹。"二人梦中取了禅杖跳下来,众妖已散去。三藏战兢兢高声道:"快须将灯照查,可曾遗失经典?"二人细看,不见了两个经包。八戒大闹:"经已盗去,如何是好?"三藏一听"失经"两字,惊呆不响。行者道:"早是老孙巡察防守,照呆子这般贪睡,一字儿没有存留了。可恨我的随身宝贝收了去。倘在这里,把些倒运的魔头一个个剿尽,不怕他不献还我们经柜。如今黑暗之中,何处去找寻?师父不要呆了,且等天明计较。"师徒们看守经担。三藏吩咐悟空,口占四句:

　　"不行奸巧计,无伤一切生。
　　善求须正直,大道自然成。"

　　行者听了这颂子,叫声:"师父,这等题目,如何好做?如今妖魔将经拐去,依了师父,不用巧计,又不与他争论,我们的经柜何日到手?"

――――――――――
① 赦宥(shèyòu)——宽宥;赦罪。

　　且搁起师徒论正纷纷，再说灵虚与到彼僧见蠹鱼用移经之计，众妖们黑夜拐逃，他二人暗中随了经担，到一山头。但见怪石倒挂，峰峦插云，静悄悄行人迹少，闹轰轰飞鸟声多。向北，有块大石当立，天生门户。群妖一拥而进。比丘僧道："这个是取经人机根未断，惹动了魔障。我们不可着忙，任他们作何道理，相机行事便了。"那二老蠹坐于石床，开言叫："贤弟，如今用了无数的算计，只骗了四分之一。吾闻宝经一藏共有五千零四十八卷，必要全到手了，方好动馈①。食尽了，必护通天彻地不老长生，岂不大快？我们再回原路。"于是带了众妖精，顷刻之间已至阁首，吩咐："你们潜伏松林，待我进去。"摇身一变，变了一个寇老员外，前来叩门。行者见东方透白，正要找寻。开出门来，见一老人在外。但见：

　　　　白发垂双鬓，青蓝一字巾。

　　　　身穿袍玺色，貌是寇丰神。

行者火眼金睛一照，明知妖邪所变，因师嘱咐频频，不敢行凶，耐了往日的性儿，大叫道："敢早来是何方妖魔，哪里邪物，诈骗我们经柜何用？"老蠹道："师父见差了。我两子在荒庄楼阁内攻书，有家仆来说：昨日取经圣僧回寓小庄。老汉知了，恐荒僻地方，简慢恩人，星夜赶来邀请到寒舍一斋，怎说骗经？却不知骗经什么缘故？"行者道："不要多说，可恨我的宝贝不在身边，肯饶了你。你只说经柜拐骗在何处？"老蠹妖道："夜间我来时，见有多人扛着两个柜子，从南路，在那村落人家去了。不知可是经柜不是？"行者听得，找寻心急，便信妖之诈，丢了众妖，往南路去找。这蠹妖怕的是行者、八戒，见他往南找去，乃变了几个地方凶恶汉子，走入阁来。见唐僧与沙僧守着三担经包，乃问道："何处和尚，状非客商，守着几担货物，想是偷来的。"一个说："扯他见官。"一个说："且扛他的去。"一个说："不必扛他的，只打开看看。"一个说："牵他的马去罢。"一个说："马费草料，又不会养。"三藏道："善人，小僧是东土大唐僧人，西来求取真经。这担内不是偷盗的货物，乃是经文。"众汉子道："正要看看，可是经文？"一齐来解包扯索。三藏死抱着，啼啼哭哭道："列位善人，莫要造次扯夺。慈悲我弟子十万余里程途，十四多年辛苦取得来的。积个阴功，饶恕了罢。"那汉子们管什么哀求啼哭，推开三藏，来夺经担。谁晓得行者起身

――――――――――

　　① 馈(zhòu)――鸟嘴。

时,恐有魔来拐抢,暗用泰山压顶之法,镇住经文。众强人有的扛,有的抬,不能分毫动移。老蠹惊呆,转念行者、八戒难挡凶恶,只得权为散去。正是:

> 脱凡未扫凡间欲,过后方知一担恐。

不说蠹鱼哄散,再表灵虚子和那比丘僧守在石室之中,见小妖眼不转睛看了经包,细思:"我们用些法儿,将这经柜取了往前路等候唐僧,省了多少事端。"于是灵虚遂将石片念动真言,即变了经包:与真的一般无异。比丘作起狂风,吹得小妖伏几而卧。他两个笑嘻嘻取了真经,出得门来。走至三岔路口,化一个破庙,伴内等候,不提。

那行者听信老蠹诈言,拿了禅杖同八戒望南约走三十余里,不见踪形。遂叫八戒:"你住在这里,我去探看探看。"一个筋斗,跳在半空中。手搭凉篷,见正南山凹中有些妖氛透出,即忙回身叫道:"八戒,我同你走耍耍。"拖了呆子,复踏祥云。不多时,到了山头按落。他两个扒过山岭,抬头见一怪峰下面天生门户。仔细一看,并没什么洞名。行者道:"这不是妖精的巢穴么?"八戒正要上前,行者喝住:"不可性急,我先进去,看里面什么妖怪,再作理会。"即摇身变了一个小蝇儿,飞进石门。不见妖精,飞至里面。另有一个石室,器皿俱全,多是天工石成的。猛见两个经包摆在几上,有一个小妖看守。行者不敢伤他的性命,用手一指,叫声"定"。那个小妖如同泥塑,慌忙取了经包,出得门来。八戒一见大喜,接了宝典道:"好造化。不动干戈,不费气力,到了我们的手。快见师父去。"他两个下得山来,笑嘻嘻望东而行。

再说那比丘在破庙中,慧眼一望,见行者、八戒得了假经,不知就里。对灵虚道:"你去点醒他一番,着他师徒到这里来,交还真经走路。"灵虚点点头儿,即出庙门,变了一个老人,持杖而来,道声:"师父,你手中拿的什么东西?"八戒抬头见了一个老人拦住,正在肚中饥饿,要紧回路,大嚷道:"老头儿,走你的路,管我什么东西?"行者定睛一看,知非常人,连忙喝住呆子。上前施礼道:"老丈,何故问我们这包子?"老人见行者谦恭体态,回声:"和尚,老朽从这边来,见阁首立两个僧人,满面愁容,想必在那里等你们。我见这位师父手中的包儿,未卜真假。"行者听了,已晓得指迷的话;正欲再问,忽一阵香风,老人无影。随风飘一条儿,上有两行字迹。拾起一看:

> 忙离魔阁,急急东行。

真经宝典，前有分明。

行者惊异，回首见呆子捧了两块石片。大笑道："你手中的什么东西?"八戒一见惊呆。行者心彻明透，已知就里。忙叫道："快走，快走！同师父起身去。"八戒满肚疑心，随了行者，走到阁中，唐僧见他两手空空，忙问情由。行者即说入洞得经，半路变石的光景。又取出老人的十六个字来。三藏诵毕，望空拜谢。收拾经包，牵了龙马，离阁东来。未知真经如何找着，且听下回分解。

总批

　　蠹鱼因久食书籍化成，所以用计者，拐骗；用术者，强夺：从无凶暴争闹之事。正是"悟悟巧机缘上来"也。

第 六 回

蠹妖设计变蚕桑　蛙怪排兵拦柜担

幻皆物外幻，因是个中因。

不染眉间相，安惊梦里身？

黄粱真似假，蕉鹿①假如真。

识得真空理，邪魔永不侵。

话说比丘僧到彼与灵虚子，变了僧道，在破庙内守着经柜，见蠹妖变的道人也不敢来；只是唐僧们怎知经担在此，乃叫灵虚把木鱼儿敲动。这木鱼声响，竟远入三藏之耳。师徒们眼见汉子们往庙边去，这木鱼声又自庙来。三藏道："木鱼声响，定是庙内有僧道功课。"乃走近前来，果见一僧一道在破庙内诵经，守着两个经柜。三藏见了经柜，满心欢喜，便向比丘僧作礼道："深谢二位师父看守经柜，不为强汉得去。"比丘僧道："师父，想是东土取经圣僧，既得了宝经，何故不小心保护回去？西方地内，莫说善男信女，敬爱真经；便是飞禽走兽，也乐听闻；山精水怪，也思瞻仰。必是师父们心生不净，以致妖邪。虽说灵山脚下，诸怪不生；只恐你们心心生出。"三藏拜谢道："领教，领教。弟子们却也不敢怠慢。"比丘僧随叫行者们把经柜驮在马上，说道："小僧们也是灵山会上去的，不及奉陪。此往东土，直照大道而前行。灵山离远，孽怪实多，好生小心防范。"说罢，二人出门去了。三藏方才叫行者："看那里可有人家，化些斋饭充饥。"行者道："师父，且少忍片时，再走三二十里，自有顺路人家去化。"师徒收拾前行。

却说蠹妖们计较道："千载奇逢，遇着经文。不说神仙字籍，我们若得钻入食了，可成仙道。费了一番工夫，依旧与他们得去，怎肯甘休？"老

---

① 蕉鹿——《列子·周穆王》载，春秋时，郑国樵夫打死一只鹿，怕被别人看见，把它藏在无水的濠里，盖上蕉叶。但后来去取鹿时，却记不起藏的地方了。于是他以为是一场梦。后来用以比喻把真事当作梦幻的消极想法。

蠹妖道:"事也不难,看他们走路未曾得斋:不是身边有钞买馍馍饭食;定是募缘乞化。此去前途有五十里无人烟僻路,我等再设变一处茅屋,待他们来歇担化斋:一壁厢变化些斋食与他们食;一壁厢乘空儿叫小的儿们钻入包柜内,随路食他经文可也。"蠹妖计较了往前三十里荒僻林中,果然变得一处草屋茅檐:老蠹变了一个蚕桑婆子;两蠹妖变了两只蚕簇;众小蠹变了许多蚕虫,在簇中食桑。

却说三藏师徒们走了二三十里之路,八戒只叫:"饿了,且歇担化斋。"三藏道:"这般荒僻处所,哪有人家化斋?"八戒道:"且歇下经担,待我去寻。"行者道:"师弟,此处地僻人稀,定有妖怪。须是到那人烟凑集处,方可化斋。"八戒哪里肯依,把经担歇下,四面一望,笑道:"师父,那树林里有两间草屋,一个婆子守着几簇箕菜饭,在那里晒亮哩。"三藏听得,抬头一看,果然两间草屋。但见:

茅檐高出树林中,密密桑围稻草蓬。

门向南开迎日暖,山遮北地冷无风。

三藏见了道:"徒弟,天虽晴朗,尚在寒冬。这草屋向阳,若问那婆婆化得些斋饭,我等且歇一时也可。"乃走近草屋,向婆子稽首道:"老菩萨,我等过往僧人,化你一斋,以充饥腹。"婆子道:"有便有些斋饭,恐不中师父受用。"三藏道:"出家人哪里择精,但愿老菩萨喜舍。"婆子道:"请坐,请坐。待我去收拾来师父用。"一面便把那簇子的桑蚕往经柜上放。三藏方才看见是桑蚕,乃合掌道:"老菩萨,原来是养桑蚕。小僧们远来,误看了是晒亮的饭米蔬菜。这件物,莫要放在我经担上。"行者见了道:"师父不可吃他斋饭。一则养蚕人家,伤生害命,不洁;二则节当冬至之后,天寒地冻,非养蚕吐丝之时。事既差错,必是妖怪,我看那婆子把蚕簇箕放在我们经担上,必有缘故。行路罢,不要惹她。"八戒道:"饭在嘴边,又疑惑甚的? 想我南方养蚕春暖;这西域不同,也未可知。师父说的倒是:莫要把蚕簇放在经担上,不当仁子。"八戒说了,便去把簇子移开。那婆子忙把手摇着道:"没妨,没妨。待我收拾了斋饭来移。"八戒哪里由她,忙把簇子移到闲地。只见落在地的蚕子,却不似蚕。八戒向沙僧道:"何如我说外方不似我南方,蚕的形体也不同?"行者见了,向三藏说:"师父,千着万着,走为上着。徒弟看这个婆子,有些古怪。"行者说罢,挑着担子飞走。沙僧信了也走。三藏赶着马柜,只得随往。唯有八戒延挨。那老蠹妖见势头不合，又来把簸子移在八戒经担上。八戒心下也疑，乃挑起担子，赶前走去。

老蠹妖见小鱼子钻了几个在八戒经担内去，自己计又不遂。待三藏去远，收了幻化的草屋、桑蚕，乃与众蠹妖计较道："如今计又不谐，如之奈何？"众蠹道："昨夜，我等行些斯文雅意，吟诗弄句，骗他开经担不成。今又愚他吃斋，指望齐钻破经柜，却又不得多人。看那唐僧醇雅心肠，还在那仁厚一边。那三个徒弟，俱动了嗔怒心肠。只是没有枪刀在手，有了枪刀在手，便逞起凶狠来，我等怎挡得他？"老蠹妖笑道："你们不说，我倒也忘了。想我当年在道院中，食了神仙字籍，相交了一个老青蛙。如今间别多年，闻说他在玄阴池中，生齿日蕃，做了一部鼓吹，我等寻着他，倒有几分计能。"众蠹妖问道："玄阴池闻知离此不远，一个青蛙有何计能？"老蠹妖道："口说无凭，我与你且到他处，会面自知。"乃同众蠹前走。

却说三藏押着马垛，行者、沙僧挑着经担前行，八戒在后使性子，没好气地埋怨道："斋饭到嘴，又疑什么妖怪？就是妖怪，我们且吃了他饭，再作理会。若是妖怪成精，恨我那宝贝儿缴还在佛库；若是在身边，怕什么成精妖怪？"只这一声"宝贝儿缴还"，行者听得。他想起缴还金箍棒，不得称心降妖，一时机变顿起，歇下经担，跳在半空。往后树林一望，哪里有个草屋婆子？下地来向师父道："果然是妖怪变化，愚弄我等。倒是师父不曾吃她愚了。此去前途须要谨慎。"按下不提。

且说灵山脚下玉真观里有一位大仙，道号复元。修行年久，陈籍古典，堆积甚多。故此生出这蠹妖，三次食了神仙字，化为脉望，成了精气；与观后一口青草塘中，一个老蛙精结为交契。后以塘水涸浅，存留不住，乘风雨远走到天竺地界山村，有一池名叫玄阴池。这池虽在山村，倒也有些好处。怎见得？但见：

> 一湾绿水，数亩方塘。远观似一鉴宏开，近玩有源头活泼。碧澄澄清光相映，知是月到天心；文皱皱波浪平纹，不觉风来水面。傍依山势，萦绕长堤。树影倒垂，鸟鸣幽唤。有时鱼游春水，忽地蛙鼓夕阳。正是无人饮马涛方静，有客携壶景方幽。

老蛙精到了这池中，生长年久，聚积了无数青蛙。本是吸清流而啖弱草，藏幽壑而伏深泥。只因老蛙一日在路间，遇过客车辙，他悻悻不让，怒气当前。那过客见其勇猛，回辕避去。后来又遇了月中金色虾蟆，教他吐纳变化之术，成了仙道，游到越国，遇着越王勾践。他不肯让路，愤怒而立，似有战斗之状。越王勾践不敢惹他反赞他，唱了一个喏。他遂逞其技能，镇日与众蛙声叫，当作一部鼓吹。

此日正鸣於水侧，忽然老蠹妖到了池边，叫一声："蛙哥，安乐么？"老蛙听知是蠹友，忙住了鼓吹，上得池来，幻化人形，彼此相叙间阔。老蛙乃问蠹妖近日行径，蠹妖道："小弟不才，静守陈迹。近遇东土僧人，取得灵山如来真经回去。我等千载奇逢，若得咀嚼了片纸只字，便得长生人世，种种不绝。无奈力量微小。昨因僧人吟咏动心，遂变化两个秀才，与他联韵赋诗，指望经文开柜，谁想空费心思。今又变化草屋蚕桑，谋之入柜，又被他识破。想那唐僧文雅，还可以柔道计诱。只有三个徒弟，生的面貌异样，常怀着拿妖捉怪之心，不敢轻易惹他。故此特来计较个谋划，想蛙友才能勇猛，必有高见，能开得他经担；或拐夺他的柜包，也不枉了生在这灵山脚下。"老蛙听了道："小弟量同鼠腹，见本井底。纵有一分勇猛，不过怒背螳螂。有何本事，敢阻夺经文？便是夺得经文，污泥深水之间，得之无用。"蠹妖说道："蛙兄，哪里知真经？我辈得以咀嚼成仙，你等听闻了义入道。小弟来时，也晓得你不能夺得他经担；但依我看来，还该远避了他们方得安稳。"老蛙道："夺不得也未可知，怎么远避他？"蠹妖故意激恼他道："闻知他三个徒弟，内中一个猪头嘴脸的，曾唝①淤泥河，虾儿、鱼儿，一个也不饶。"老蛙笑道："他一个取经人，如何唝泥？"老蠹妖道："他连一条屎稀洞，也唝了过来；稀罕那淤泥河了？"蛙怪听了道："这等说，等他来，待来试试手段。"乃吩咐部下众小蛙，齐齐聚集，待取经僧人来到，先抢他的包柜，丢入深池；然后再与他讲话。蠹妖道："妙计，妙计。经文投入溪水，他们必要开封，那时我们方可乘隙而入。"蛙怪道："只一件：闻得那孙行者的金箍棒十分厉害，怎生抵敌？"蠹妖道："你还不知，他们取得经时，已缴在灵山了。如今只有挑经禅杖，怕他怎的？若得些刀枪剑戟，摆列起来，待他来时杀他一阵。他们虽然本事高强，料他空手决难迎敌；只没有讨兵器处。"蛙怪道："这个不难，此去玉华城不远，他那里兵器极多，待我作法，摄他些来便了。"蠹妖大喜。按下两妖在此设法侮弄不提。

———————

①　唝（gòng）——同"拱"。

　　且说比丘僧与灵虚子,远远随着唐僧师徒经文行走,到了草屋婆子处,比丘僧却前行,灵虚子乃变了一只灵鹊,在婆子草屋上,探看事情。见他师徒不落了蠹妖之计,心中甚喜,夸道:"好个取经和尚。"一面夸奖,一面赶上蠹妖。听见他与蛙妖商议之事,连忙走向前,把这情节与到彼僧说出。到彼僧道:"谁叫唐僧吟咏,惹动这蠹妖? 我们若替他驱除,便非事体。须是待他师徒自为驱逐。只是经文若被妖魔投入池水,湿破不便。还须设个计较。"灵虚子道:"真经到处,自是入火不焚,入水不沉。但这蠹妖,结交了蛙怪,阻挡经文。他聚集小蛙,备下刀枪剑戟。唐僧师徒,把那棍棒都缴在灵山库内,怎生赤手空拳迎敌?"比丘僧道:"我与你指他转一条僻路儿过去罢。"灵虚子道:"纵是僻路,也先往他池边过。如今师兄变个卖宝货的客商,待我把木鱼变一条犀牛角,跟上他经担,指引他大道行走,防那投池一节。"比丘僧道:"变客商指引,这个不难。不知变犀牛角何用?"灵虚子说:"犀角分开水道,名叫做逼水犀。人若带着他,便是海底行走也不沾水;若是焚烧起来,任你海底,般般无一毫隐避。晋时有个温太真,燃犀牛渚,照见水底各样怪物,正是这个故事。"比丘僧道:"宝贝,宝贝。师兄快变了,我等向东来指引他。"灵虚子念动真言,顷刻将手中木鱼,交与比丘僧。自己仍隐身在经担前后,暗行保护。就变了一条犀角,比丘僧乃携在手中,自己也变个客商,坐在树林中等候唐僧。

　　只见三藏师徒挑着经担,从大路走来。见一个客人,坐在林中。三藏乃上前问道:"老善人,往东大路,是这条道上走么?"客人答道:"正是这路。师父们包柜是甚宝货? 前面有强人排兵布阵,专一邀截往来客人,不当稳便。"三藏道:"善人,我小僧包柜不是货物,却是灵山取来的经卷。"客人道:"便是经卷,你便自知;他却当做宝货。"三藏道:"便开担包与他看。"客人道:"开了担包看,若是经卷,强人最忌的是书文。却要防他丢入池水。"三藏听得道:"纸见水却要湿破,怎奈何他? 请问善人,手中却是何物?"客人道:"我这宝货,正是逼水犀。"三藏道:"小僧曾闻犀角逼水;善人何处得来? 若是肯借与小僧,保护这经担过去,自当厚谢。"客人说:"师父的经担却多,小子只得一条犀角,怎么保护的。"三藏道:"实不瞒善人说,小徒们都有手段,莫说一池水;便是东洋大海,他也保护得。只这马上两柜,是小僧跟着照管。便是我这马也不怕水,但恐强人抢夺下来。"客人道:"高徒固有手段,只恐那强人们都是真刀真枪。你们赤手空

拳,怎奈何他?"只这一句话,便惹动行者、八戒们心肠,八戒乃向三藏说:
"师父,前时一路西来,亏了钉耙保护。如今钉耙缴了,前面若遇着妖魔
强人拿刀弄枪,怎生抵敌?说不得,师父前边寻个寺院,或是人家,暂住两
日。待我徒弟们转去灵山,取了兵器来走。"三藏道:"有了真经,原说不
用兵器,去也没用。那神王既收了贮库,你便去取,他必不发,枉费工夫。
不如靠天,随路出路,走罢。"行者听了,把眼一转,机变在心,乃向八戒
说:"师弟,走罢。万一遇着强人,拿刀弄枪,我们挑经的禅杖也敌得过。"
八戒道:"不服手,使不惯。"

　　正说间,只听得路前鼓吹响入耳来。三藏道:"徒弟,前边是哪家动
鼓乐?"行者道:"不是人家动鼓乐,多管是经过官府,摆道的响器。"客人
道:"不是,不是。正是强人鼓吹。"三藏听了慌张起来道:"怎了,怎了?
徒弟们须要小心。"方才转过山坡,见一簇强人,分作两队迎面而来。怎
生分作两队,且听下回分解。

总批

　　蠹妖三番五次要食经文,只恐寇梁、寇栋正未必有此志量耳。可
以人而不如虫乎?

　　灵山脚下,虫蚁儿也成精,故曰天地万物之盗。

第 七 回

行者一盗金箍棒　龙马双衔经出池

　　说话三藏师徒,正行路转过山坡,右邻一池,中路迎来两队强人。那客人见了道:"师父们,好生小心过去。我往山后躲去吧。这犀角借与你拴在马驮的柜子上,前途还我。"三藏接了犀角,那客人往山后跑了。三藏眼看那两队人来。怎生模样?但见那两队强人,见了三藏师徒,分开左右。左一队:

> 绿袍绿甲绿包巾,云拥前来柳色新。
>
> 喇叭声喧金鼓震,刀枪阵摆蝶蜂屯。
>
> 前行猛气如狼奋,后队雄风似虎贲①。
>
> 更有一般妖怪态,齐睁碧眼怒还嗔。

右一队:

> 白盔白甲白袍新,晃眼争光宛似银。
>
> 队队旌旗飞雪霰②,行行兵器逐风尘。
>
> 行分大小如鱼贯,摆列威风似蚁屯。
>
> 齐叫僧徒留柜担,魔王免得费精神。

　　三藏见了,慌慌张张叫道:"悟空,这如何处?"行者道:"师父,少不得柔声下气,好意求他放过路去。"三藏道:"悟空说的是。"乃躬身走向队前,合掌打了一个问讯,说道:"列位豪杰,小僧是东土取经的师徒,这包柜里非是货物,乃纸卷经文。豪杰用他不着,不看僧面看佛面,求放我等过路去罢。保佑列位豪杰冬无灾,夏无难;寿命延长。"三藏说罢,只见队

---

　　①　虎贲(bēn)——勇士之称。

　　②　雪霰(xiàn)——夏天,在高山地区,天空里经常有许多过冷水滴围绕着结晶核冻结,形成一种白色的没有光泽的圆团形颗粒,称为雪霰。

伍分开，左队中走出一个头目强人，说道："众人担柜，你这和尚，如何独自一个包揽前来说方便，说要求饶过去？"三藏道："经担原是小僧取的，他们不过是小僧挑经的徒弟。"强人道："我只见人做方便，看你这温恭和厚，饶你过去；他们却难饶。"三藏正要讲辩；只见右队门开，里头走出一个白袍头领来道："大兄，莫要听信他说。这柜担中定是宝贝货物，这和尚必是积年贩买贩卖的。好歹抬了他的过来。"三藏道："豪杰，柜担里委实经文，并非货物。"强人道："就是经文，也要开柜看验。"三藏道："上有封记，包裹甚密，开了难复收拾。"强人哪里肯信，定要开看，叫小的们上前来抢。行者与八戒道："师弟，这买卖行不得恭敬谦逊了。如今只得把包柜卸下，放在一处，师父守着，我们解下禅杖与这伙强人比并一番。料他们纵有多人，也敌我三个不过。"八戒、沙僧依言，把禅杖解了绳索，各执在手，把经担堆放在一处，叫师父守着。行者当先，走上前叫道："列位，我们委实没有什么货物，乃是经文柜担，求你方便，放过路去。"左队强人道："一个长老讨人情未准，又来一个说方便。"右队头目道："前边讨人情的，还标标致致的一个僧人，这个猴子脸的，气象非良，手里又拿着条棍棒，莫要睬他。"八戒方才也要好讲，那左队头目道："看你这嘴脸越发厌人。"八戒笑道："强人哥哥，你若看我嘴脸，便误了风月。老猪倒是个中吃不中看的哩。"蛙怪与蠹妖听了大怒起来，只听得左队一声号令，齐合拢来，把三藏经担连行者三个都围在垓心。行者看那左队头目，怎生模样：

> 碧绿脸，白獠牙。一张大嘴叫喳喳。两个眼睛如绿豆，四肢手足似钉耙。斜披着鹦哥色的古铜甲，倒拿着杨柳条儿短铁叉。你看他怒气凶凶来战斗，不像鲇鱼不像虾：却似池塘青草深深处，尖头大肚癞虾蟆。

这妖怪见了行者手中拿着一条禅杖，光景似争打之状，乃奋气把手中铁叉，直戳将来。行者举起禅杖相迎。他两个在玄阴池边，一往一来，好生厮杀。怎见得？但见：

> 行者挥禅杖，妖精舞铁叉。

> 杖挥手段熟，又舞眼睛花。
>
> 蛙怪叉如蝎，猴王杖似蛇。
>
> 往来厮杀久，不胜不归家。

行者与蛙怪战久，看看行者的禅杖不服手，有几分敌不过蛙怪的铁叉，猪八戒见了也舞动禅杖来帮行者。这右队蠹妖见八戒帮战，也忙出队伍来。八戒看这右队头目，怎生模样：

> 粉面目，白皮肤，未老容颜雪鬓胡。绵绵玉手风前舞，莹莹银牙阵内呼。一柄长枪如匹练，双锋宝剑赛昆吾①。你看他打出精神来助战，咬文嚼字学之乎。本是书中一脉望，人前也去乱支吾。

这蠹妖见八戒舞禅杖来助行者，他便捻着长枪，挂着宝剑，直奔八戒。八戒乃舞起禅杖相迎。他两个在山坡之下，一冲一撞，好生抵敌。怎见得？但见：

> 禅杖坡前举，银枪阵上挥。
>
> 枪如风雪搅，杖似电星飞。
>
> 八戒施雄赳，妖精弄勇威。
>
> 老猪不耐战，看看要吃亏。

八戒帮行者战强人，却被右队头目出来助阵。看看禅杖用不惯，挡抵枪叉不起，沙僧只得舞起禅杖来助，三个战两个。妖精只得收兵，两下各自守着。在这池边，只见蛙怪与老蠹妖道："这和尚们却也厉害，如今战他不过，不如再设一计夺他的经担，便一担儿，也胜如没有。"老蠹妖问道："计将安出？"蛙怪道："我们设个调虎离山计。"蠹妖道："怎样叫做调虎离山计？"蛙怪道："我们多装两队头目，把他三个和尚，一个战一个。只要败，不要胜，调远了他；却着小的儿们扛他的经担。料那老和尚哭脓包，经担必遭吾夺。"老蠹妖道："计虽好，我看那和尚奸狡，若不入你计，调他不开。佯败远离，我们势孤；倘被他一杖打杀，不为万全之计。倒不如设个金蝉脱壳之计。"蛙怪问道："怎为金蝉脱壳计？"蠹妖道："我小弟原来借

---

① 昆吾——比喻宝剑锋利，能切玉如割泥。

老兄力量,谋得他一两柜经文。若是老兄肯拼②着几个小的儿们,或是假变了我等队伍,或是假变了他的经担,就中取事,待我小弟搬他一两柜儿远去。老兄胜了,担包都是你的;老兄不胜,你把队伍移在和尚们的来路,阻着他,待我小弟们打开经柜,享用过,他便来,就还他个空柜。"蛙怪笑道:"这计不叫金蝉脱壳,乃是移祸枯桑。老兄得了经柜,远去享用;我替你当着利害。不妙,不妙。再想个良策,务要万全。"

按下妖怪设计。且说三藏见强人列队阻着前路,只要打开柜担,看是何物,乃向行者说:"徒弟,强人要开柜担,无非疑我们是客商货物,如今不如开了与他看看罢。"行者道:"师父,这个使不得。开看有三不便。"三藏问道:"有哪三不便呢?"行者说道:"一不便是绳拴纸裹,封缄甚固,开了难复全完。二不便是途路遥远,到处要开,费了工夫。三不便是开了柜,强人你抢一部,我夺一卷,以致抛散。以此三样不便,如何开得?"三藏道:"徒弟,怎奈这两队强人,阻当前路,你们又敌他不过。不但费工夫,万一抢夺了去,却不枉丢了这一番辛苦?"八戒道:"师父,莫说这几个强人;便是那几十队来,也不够徒弟的那宝贝钯儿一顿筑。无奈没有那九齿钯儿,这禅杖不中甚用。"八戒三番五次只是提钉钯,行者的机心顿起,拔了一根毛,变了一个假行者,立在三藏旁。他一个筋斗,打回灵山寺前,要到神王处讨金箍棒。忽然想道:"原说有经缴棒,要棒不与经。如今向神王要棒,他定不肯,来此又是枉然。不如看棒在何处,偷了去罢。"又想道:"我老孙此处哪个不认得。况那神王,威灵智慧,见了便知来取棒,防范必周,怎能够偷去?且如今变化了进去,看那棒在何处,再作计较。"仍摇身一变,变了个小老鼠,走入寺门。却遇巧,把门神王上殿公事,行者从门檐钻入廊庑①之旁,见有座宝库,封锁甚固。正是物见主,那金箍棒在库中放起光来,依旧像在龙宫里一般。那光直透出库门缝里来。行者见了甚喜,乃随变了一个蜜蜂儿,钻入门窗。看那棒,果然在内,与八戒的钉钯、沙僧的宝杖,俱拴在一处。行者忙解了拴绳,取过棒来,在库内使个四面棍势。那棒更觉轻便,武艺仍觉纯熟。行者舞了一回,却想道:"库门封锁甚固,这棍如何得出?想起缴还时遇了降魔杵,要大不大,要小不小,

————————

①　廊庑(wǔ)——指屋檐下的过道或独立有顶的通道。

如今不知可听呼唤了?"乃叫一声"小",那棒果如往日变得一个绣花针。行者大喜,仍变了蜜蜂儿,把口衔着,钻出门板窟儿。

正才要飞出山门,哪里知神王上殿回来,灵光直照着妖魔邪怪。行者虽不是妖邪,只因他动了机变心,行偷棒意,便入了邪道。这正值神王光中,即现出。神王见了,笑道:"孙悟空,使不得这个机心。趁早现形,莫要使我举起降魔宝杵,有碍你化身。"行者听见,只得现了原身。那金箍棒仍旧复了一根大棒。行者没奈何,只得向神王实说道:"上禀神王,弟子保护真经,路遇强人阻挡,要开经柜,我等哀求释放。那强人只道是宝物,不肯;反操枪刀与弟子们厮杀。无奈禅杖不敌,只得来寻旧棒。如今棒若取不去,经文失落了,可不是两空? 望乞神王把棒权还与弟子;胜了强人,再来缴还入库。"神王道:"我佛大慈,正为你一路来时,倚杖着这金箍棒,毁圣侮贤,伤害了多少精灵物类。你如今没有这棒。俗语说的好:操刀必割。你棒岂有个容情的? 决不容你取去。况你来取,又不本一点真诚,举意行偷。哪知你偷心一举,那妖邪就心偷盗窃经卷。可速去保护,毋得迟延。"行者道:"禅杖不济,强人势凶。没此棒子,怎保真经?"神王道:"你去,你去。那强人非盗,乃是邪魔妖怪。只要你师徒正了念头,自有解救的来通路。"神王说毕,把金箍棒依旧收入库内。行者没法,只得一筋斗仍复到三藏面前。只听得山坡之下,池水之前,两队强人吆吆喝喝,只叫:"快快地把包柜送出来,打开看验。果是经文,谅情留两卷儿,余者俱与你去。"八戒听了道:"何如,开了经柜,他还要拣两卷儿去? 依徒弟计较,我三个拼命守着经文,师父骑了玉龙马,飞奔到天竺国寇员外家,把来时捉盗的官兵请他来剿捕。再不然,待徒弟走回灵山,取了钉耙来,怕什么强人!"行者道:"师弟,这计较行不得。请救兵,师父难去;取钉耙,神王不肯。这强人乃是几多妖怪。果是妖怪,只要师父端正了念头。"三藏听了行者这一句,便合掌向空道:"弟子玄奘,志诚取经,并无一念之差,望神王保护。"行者、八戒见师父祷告虚空,齐齐也合掌祷祝。

却说比丘僧假变了客商,把灵虚子变的犀角,付与三藏。三藏接了犀角,押在经柜上,以防强人投柜入池。果然蠹妖、蛙怪相守多时,鼓起众妖,一齐上来去抢的抢,打的打,被行者使了重担法,众妖哪里扛得动。却去抢八戒的经担,被八戒掣禅杖乱打。却去抢沙僧的担子,也被沙僧轮着禅杖乱打。众妖却去抢马驮的,三藏不能夺,被众妖抢扛了去。三藏急了,跟着那经柜,苦屈无伸,叫一番皇天,又叫一番佛爷爷。正在危急之处,哪知比丘到彼僧在那远山坡上看得分明。他把菩提珠子解下几颗,望空一撒,叫声"变",变了几个大石子,飞入空中,把扛柜小妖当头打去。小妖慌了,把柜子向池中一丢。只见那池水分开,经柜投底。灵虚子卖弄道法,把变化的犀角,化火燃起,把个池中照得通明。那些小妖现了本相,都是些小蛙与虾蟆骨朵之类,见人远避去了。那蛙怪被燃犀光照出池外,也不能藏躲,丢了蠹妖,飞走散去。蠹妖没势,只得解围也散走。三藏见强人都解围散去,乃对行者道:"徒弟,果然这强人都是我们念头不正惹的。妖邪去便去了,是这经柜陷在池底如何得起?"行者道:"师父,弟子们各人只照顾各自经担。"三藏道:"悟空,你怎说此话,难道马驮的叫我下池去取?"行者道:"马驮,就是马照顾。"三藏道:"你又是奈何我了。"三藏正急,只见那玉龙马将身一抖,"嘶"了一声,撺入池中,把两柜中间口咬着绳索,云雾里驾上来。师徒方才整顿了前行。

过了三五里,只见树林下那客商坐地,见了三藏道:"师父们,退了强人来也。犀角还我吧。"三藏合掌拜谢。八戒便开口道:"尊客,多谢高情。我等与你念佛。只是道途尚远,恐前边水路尚多,这犀角宝贝卖与我们何如?"客商道:"你这长老,心意不足。这宝贝价本甚大,你出家人哪有这一主价买?"说罢,手执犀角,往前飞走而去。三藏师徒缓缓行走。

却说那老蠹妖,见蛙怪被燃犀照破,不顾而去,乃与众蠹说道:"经文不能夺得,小的儿又伤损了几个。"众蠹道:"一个也不曾伤。有几个是变桑蚕钻入他柜担内,未曾出来,被他们带去了。"老蠹妖道:"如此怎了?"众蠹道:"带了去,在柜担内咀嚼经典,是他们造化。"老蠹道:"只恐经柜包裹坚固,钻不入去;露出像来,被他们坑害,如之奈何? 须是还去救了来,方为全策。"众蠹道:"进柜容易,出柜难。甚法方能救得?"蠹妖道:"须是如此,如此,方能救得。"却是何法,且听下回分解。

总批

　　道书云:"蠹鱼三食神仙字,化成脉望夜半时。如法从规中向北斗望之,真仙立降,可求长生不死之术。"老蠹有此神通,何不教以党类? 必待食经文,乃可长生耶? 求人不如求己,世之为老蠹者不少。

　　逼水犀只是自己一点灵光耳,莫认做外来宝贝。

　　龙马衔经出池,关目最妙。

第 八 回
行者焚芸驱众蠹　悟能骗麝惹妖麋

话说老蠹妖向众蠹说："唐僧柜担此去，前途乃是地灵县界口地方，有等经纪店家，每每聚众界口，扯揽客商货物到店，希图财利。你们可变做店人，见他经柜包担，诨扯乱争。那时钻入也可，救出也可。我原是观内盗食仙字，希图人道的，被你们扯来。经已远去，我且告回。"蠹妖不能留，老蠹遂去。这两蠹妖领了十数个小蠹，径奔县界口来等经担。

却说蠹鱼变得蚕子钻入担内，偷咬封皮包裹。哪里知都是厚布包袱，绳拴密固，却在里边支支乍乍，如蛀虫声响。行者听得，歇下担子，便叫："师父，这担内声响，如蛀虫食经。"三藏道："日久封皮干脆，哪里是蛀虫声响？"八戒道："经担响，偏你听见。走了多路，腹饥作响，却不听见我的。"行者道："呆子，挑着快走。那前边是地灵县界口，自有人家，必得斋饭。"八戒把耳朵掀起一看，果见人家不远。正说间，只见林树内走出十数人，上前乱吵乱嚷，这个道："师父，实货该我家发行。"那个说道："长老，货物到小店去卖。"扯的扯，夺的夺。师徒们哪里分剖得开。恼了行者，身上拔下许多毛，往林子里一撒。众人只见那林子里无数猴子，这些蠹妖变了店家，乱扯乱抢，却被行者化身多猴，乱吵乱闹。蠹妖正也要变化抵挡，只见正西来了一个客商大叫："众人休要动手乱抢。这长老柜担，不是货物，乃是经文，没处卖的。我有百十担货物在河下，要个好主家发脱。哪个好店主替我搬来。"蠹妖道："中间可有书籍纸张么？"客商道："有，有。且多。"这妖蠹听了，我道我去，你道你去，一齐都往河下去了。

行者方才收了化身，三藏便问："老客，百十担何物？"客人道："是些香料药材。"三藏道："药材乃医家所用，倒是香料我们僧人用得着。"客人道："香料既是师父们用得着，我袖中带了几宗样子，与买香的看。"乃向袖中取出几包，三藏看了，却认得是沈檀、速降、芸麝、片脑等香。乃向客人说："小僧路过，僧人无钱买香。"客人道："出家人果是无钱，只是师父用得着，便凭中意者，小子奉送。"三藏道："檀香可敬佛祖，小僧取些罢。

余皆无处用。"行者忙接过包来，取了些芸香。三藏道："徒弟，降香焚了，可供圣真。这芸香何用？"行者道："徒弟自有用。"客人道："这高徒取的真有用。"只见八戒把这香也闻，那香也闻，乃把麝香闻了，又闻道："我要这香罢。"三藏道："悟能，这香不是我出家人用的。"八戒哪里听，忙袖入衣内，不肯放手。行者道："呆子，这香不是我们用的，快还了老客。"八戒没好气地道："偏你们取的香便有用！"他被三藏、行者说的紧，只得放出袖来；却暗偷起几分，余皆还了客了。客人收了香包，说道："我要查货物担子去也。"临去，递一纸简儿与孙行者，说道："别样香，焚以敬圣降真。唯芸香你取了，有个焚法在这帖内。"行者方接简帖在手，客人飞走而去。行者乃与三藏看那帖儿上，乃是四句诗道：

　　　不净根因魔作罢，消除何用麝檀烧。

　　　休思棒打伤生命，全仗芸烟却蠹妖。

　　行者见了诗意，方才说破道："是了，是了。徒弟知这根因，都是师父吟诗弄句，引惹来的。我说此妖专残古籍，不是架上久堆，便是囊中陈腐。他若侵食了经典，更有无穷变化。"

　　三藏听了点首，叫八戒挑起经担，望前趱路，却早到了地灵县西关。只见一家门首，挂着一个灯笼，上有四字写道："客商安歇。"见了三藏们便扯着柜担道："师父们，小店洁净；发脱货物又公平，请住下罢。"三藏道："我们从灵山下来，要往东土去的。这柜担都是经卷。借寓一时，吃你饭食，从例酬谢。"主人道："请住，请住。"三藏乃叫徒弟们挑入经担，把马垛解下。行者听八戒担内，尚"支支乍乍"有声，乃解索开包一看，并无他物。只见包裹纸外，虫食了许多窟窿；尚有些虫粪皮子。三藏见了道："八戒，偏你担内不小心，乱歇不净，惹了虫蚁。"八戒道："是了。那蚕簸子，怎该与那婆子放上。"行者道："不须说了，师父不必多疑。"乃叫店主取一个香炉，放上炭火，把客人与的芸香焚起，顿时那担内洁净不响。三藏依旧叫包裹好了，师徒方才吃斋，打点行路。

　　却才众蠹妖变了店家抢担子，一则要混入担内食经，一则要引出带来小蠹。不防行者变得众猴闹吵，又听得客人说有书籍纸张担子，乃大家哄然去了。不见担子在河下，又想着前来混取；却闻见店内芸香，不敢亲近。那两个变寇梁、寇栋的，仍变了他二人，远远地走到个卖豆腐的老者家。那老者也认做寇员外的儿子，便叫："二位公子，有何话说？"蠹妖道："烦你到那店中,看那几个僧人担内是何物,可有甚物作响?"老者听了,向妈妈说道:"救寇员外的圣僧,今日回来了,寇家公子既知,如何不亲拜,接他家去管待,怎么叫我去看?"妈子道:"想是员外尚未知,公子不便就认,叫你探听个实。"老者听说,只得到店中。见三藏师徒收拾经担,老者直言无隐,把寇梁弟兄话说出。行者听了笑道:"孽障,心未忘耳。"乃向老者说:"大叔,去与他弟兄讲,说担内不响。只是那姓孙的长老收拾了行囊,即来望你令尊寇员外哩。"老者听了就走。行者一手扯住老者衣袖,把香炉内芸香,与他身上一熏道:"老人家,你身上豆腥气,与你熏香些。"老者笑答道:"师父,豆哪里腥,乃是锅烟气。"八戒道:"是了,是了,是锅烟。若是豆,连渣我也说他香,如何腥气?"老者别了行者,走回家门。那蠹妖闻了老者身衣,远远立着问道:"那僧担中有何物作响么?"老者把手摇了几摇道:"那姓孙的长老,要来望你令尊哩。"蠹妖只听了这一声:"担内不响,倒也干净。干净惹他作甚? 去罢,去罢。"这正是:

> 高阁陈言无蠹籍,虚堂妙法有芸编。

话表三藏与行者们离了店门,往前行走,不觉得冲州过县,无非是风餐水宿,经历了些峻岭高山。正是腊尽春残秋又至,日月如梭不暂停。三藏见徒弟们挑担费力,乃说:"徒弟呀,来时我被妖魔折挫,说不尽的苦难,亏了你们保护到此。今幸取得经回,又苦了你们挑担费力。怎得这地方有好善之人,肯替你们出力,挑得一程两程也好。"行者道:"悯念徒弟劳苦,虽然是师父仁心;只是又动了一点不敬经的邪念。"三藏道:"我怜你们劳苦,怎说不敬经文?"行者道:"师父志诚求取真经,恨不得首顶回朝,怎说叫人替代? 万一代替之人,身不洁净,心不兢持①,亵慢经文,可不是师父的罪过?"正说间,忽闻得一阵腥气。八戒道:"师父,是哪里腥气?"三藏闻一闻也道:"是什么腥气?"行者道:"想是此处人家捕鱼,是鱼腥气。"三藏道:"怎得些香来,解一解秽便好。"沙僧道:"经担上还有些芸香,只是哪里取火?"八戒道:"不消火,我有些麝香在此。"乃从腰取出,自己闻一闻道:"香,香。"双手递与唐僧道:"师父,大家闻一闻儿,解解腥气。"唐僧见了道:"徒弟,此是哪里得来?"八戒道:"是向日客人送的。"行者道:"师弟,既已还了客商,麝香如何尚有?"三藏道:"想是八戒未曾还

---

① 兢持——矜持,拘谨。

那香客。"八戒道:"是我欺瞒他几分儿。"三藏道:"徒弟,这是明瞒暗骗了。"

三藏只说了这个"骗"字儿,便生出一种骗经的妖孽。这东关外二十多里有座山冈,名叫做大树冈。这冈险峻,往来人稀,走路的绕道而行。怎见得险峻?但见:

> 灵山演派,天竺分形。山峦凸凹,石径盘旋。山峦凸凹,几株古木接天连;石径盘旋,无数乔松丛路绕。走兽迹偏多,飞鸟声相乱。背阴深处积水凝,崎岖险道行人断。峰岭拂云高,狼虫当路撺。伐木樵子每心惊,打猎行人多胆战。

这山冈里无人到处,有一石洞,洞中有许多麝獐麋鹿滋生在内。他这种兽,从来有根。乃是白鹿大仙,在蓬莱会上,闻说灵山玉真观有个得道神仙,却是复元道者。说他得闻如来至道,乃驾云过此:一则参谒佛地,一则会晤真仙。不想山中凡鹿甚多,白鹿见了,顿起淫心。大仙到了观中,复元道者一见相投。二人谈玄说妙,两不相舍,一连住了几日。白鹿乘空,走回与凡鹿相交。及至大仙起身,不见白鹿,复元慧眼一观,知在此山,说与大仙。念咒收回,作别复元,径往蓬莱而去,不觉遗下种类在此。这种类既有仙根,得以长生,遂通变化。有一大鹿,称为老麋。她产了一个小鹿孙,赶分出在天竺山幽谷里。这小鹿离远老麋,风流情况,遇有个山行的妇女怀春,他动了邪心,变了一个吉士诱她。事又未遂,偶在石畔倦卧。被一个采药的人见了,把他脐内麋香窃去。他失了宝,恹恹①成病,寻医不效。老麋知道此情,乃向众鹿道:"小鹿在远山谷内害病,医治不痊。如今须守候灵山,有下来的仙佛菩萨,求他救治,或者好了,也未可知。"众小鹿道:"有理,有理。"

正议论间,只闻一阵微风,刮了些麝香气味到洞口来。众鹿闻得,正是气味相投,心情感动,乃道:"香气逼来,莫不是窃小鹿的盗贼经过此冈?"老麋道:"待我下冈探看。"这老麋乃变了一个老叟,走下冈子,径往大路前行。

却说三藏师徒挑着担子正走。只见前面高冈树木丛杂,路径崎岖,好生难走。八戒道:"师父,你看往来行人,都转弯抹角何说?"行者道:"想

---

① 恹(yān)——精神不振貌。

是转坦路径平行走。那前边一个老头子来,何不问他一声?"三藏把眼一看,果然前路一个老叟走来。但见那老叟:

　　白发蓬松两鬓分,和颜悦色笑欣欣。

　　手中执着青藜杖,好似长庚降碧云。

三藏见了那老叟,忙上前拱手问道:"老善人,此冈是往东土去的大路,还是转道而走?"老叟道:"师父们是哪里来?"三藏道:"小僧从灵山下来。"老叟道:"这柜担何物?"三藏道:"乃是大藏真经。"老叟心中暗想:"闻得人说,如来真经可以消灾作福。不若请此僧众,到了山中建一功德,保佑小鹿病好,也不见得。"遂向三藏问道:"师父所言真经,可是如来佛祖修真了道,降福消灾的宝藏么?"三藏道:"正是,正是。"老叟听了,便跪倒在地道:"爷爷呀,老汉正在此要拜请僧人,诵经礼忏,解难消灾。今幸遇着列位师父,又挑着真经,望乞枉驾到我寒家,建一会功德,自当酬谢。"三藏问道:"老善人,家居何处?"只因这一句,那麋妖便自忖道:"倒是僧人问我一声家住何处,想我那山冈洞里,怎便请他去?若看破了,明明我等巢穴,露出本像,怎生是了?我知佛爷爷经卷,果是诵念了可以消灾释罪。料着人人会诵,不过借僧人名色。如念,不如替他挑着柜担,乘空儿骗他两担。那我那天竺谷里,与那害病小鹿,早晚自己诵念,可不长远。"乃转过口来道:"老汉家住在冈前十里多路,只是路径狭隘,经担虽是行得过去,但恐曲折费力。"行者道:"难走便罢,但不知可是东行顺路?若是顺路,这也无妨。"八戒听了道:"走正路尚费力,又要走甚狭路?"把担子歇下,说:"我不去,我不去走狭道。担子又重,力气又费了。"

　　麋妖见八戒歇担说重,走上前试了一试,说道:"也不甚重。"不匡八戒身边麝香透出,麋妖闻得,乃问道:"师父,你身上何物喷香?"八戒道:"是件巧处得来的宝贝香儿。"麋妖听得,怒从心起,想道:"小鹿脐下之香,乃是他往时窃去,致害小鹿生灾害病。此仇怎肯甘休?如今且唤众小鹿把他们经担都骗去,到天竺山幽谷里再作计较。"他趁着八戒说担子重,乃说道:"师父,既说担子重,路儿狭。你们少歇,待老汉去家叫几个小的来担抬,只当替师父省一肩力。"三藏正要寻人代替,听得便道:"老善人,高情高情。"麋妖即奔入山冈小路而去。行者乃向三藏道:"师父,我看此老语言不一。既有家室在十里冈前,如今去叫小的,十里去,十里来,不反费了工夫?我们不如挑着担子迎上他去,也省一会工夫。"三藏道："悟空说的是。"八戒道："便等他一会，也省力。你们要走先走；我等他来帮抬帮抬。"行者乃挑起担子，叫沙僧也挑着走。三藏赶着马驮的垛子，一直往小狭路上走。

　　方才里多路，果然道狭难行，师徒费力。八戒道："错了路头。我说等那老儿来，不肯依我；只如今费力了。"正说间，只见老叟跟着十数个小童仆到来，说："师父们，倒是不曾到我家。方才产了几个小狗子，秽污，怎做得善事？离此三十多里，是我小孙家。他那里洁净：且是房屋宽大，人家富厚；好斋也有一顿，衬钱断乎不少。"三藏大喜，便叫徒弟把经担分派与众扛帮，他师徒轻身随着路走。这老叟却与三藏并肩讲论些闲话。前行了三五里路，三藏忽然叫："悟空，我走路口渴，你看哪里有水，取一盂来吃。"行者道："师父，山冈路僻，莫处有水；就有，也被行路人撒溺不洁。须是远处去寻，误了走路。"沙僧道："我也渴了，一同师兄去寻水。"八戒道："我也要水吃。"行者道："都去，谁人照顾担子？"三藏道："没妨，没妨。我与老叟照顾经担吧。"行者道："师父，却要小心在意。"老叟道："放心，放心。有我老汉同着前行。"不知行者们去寻水，事体何如？且听下回分解。

总批

　　小鹿儿因动了欲念，遂失了脐下真麝。人人都有脐下麝香，被人窃去，不思找寻，真是禽兽不若。

第 九 回

论志诚灵通感应　由旁道失散真经

却说行者三个去寻水，麖妖见凶狠狠的三个徒弟去了，单单只有唐僧随着他，魔心顿起，把马驮的柜子随唐僧跟着，乃叫小的们扛着三担经包，飞走如箭，丢下三藏在后。三藏跟着马，只叫："老善人，慢些前行。"那麖妖越发走快。一时把三担经包，被众鹿扛抬前去。行者三人寻得水来，见没了经担，齐暴躁起来，埋怨三藏说："都是师父贪心涧水，又不知引了何怪，拐去经担。"三藏道："我叫老叟慢慢行，却催趱小的们，料在前路。"八戒道："前路若没有，却怎计较？"三藏一时听了，心中懊恼，眼里流泪道："徒弟呵，是我为渴思浆，一时不敬谨，失去经担，还望你们找寻找寻。"行者道："来时，一路妖魔作怪。要蒸师父的，要煮师父的，徒弟们只得上前救护。如今师父已证了菩提正果，徒弟们金箍棒、钉耙、宝杖又缴还了灵山库藏，只靠着自己这一点心灵机变。如来又说我机变心生，妖魔怪起；却喜你们的什么志诚心、老实心、恭敬心。这会师父以志诚心待那老儿，那老儿却不把志诚待你。便老实恭敬也没用，还要我徒弟机变找寻？"三藏道："徒弟呀，人心还是志诚好。若人存了这点志诚，万谋万遂，千灵千应。"行者道："徒弟不知这灵应，求师父见教见教，说明白了，好去找寻经担。"三藏道："徒弟，你要听说志诚，我有几句说与你听。"行者道："请说，请说。"三藏乃说道：

　　说志诚，真灵应，色相皆空归静定。一腔不失赤子心，满胸全无虚假性。无虚假，欺伪消，浑然天理绝尘嚣。当机接物皆真实，朴往醇来不诈浇。不诈浇，方寸地，不假机谋多智虑。至诚动物若神交，梦寐羹墙如一契。如一契，说奇逢，岂知就里尽虚空。一诚无着随感应，万事谋为自遂通。

三藏说毕，行者笑道："依师父这等说，当初只该坐在家里，说大藏经文，来了，来了，存了志诚便罢。何劳万水千山，拨了十四五年的口嘴，走了十万八千里的路头，连这一篇的志诚话儿也多了。"三藏道："悟空，你哪里知这'志诚'二字？几千年也说不了，百万里路也讲不穷。你若知道，又何消我说。"八戒说："你说我说，这会经担也不知哪里去了。师父快吃些水，上前找经担。莫要说了，越说越口渴。"好行者一面说，一面把法身纵入云端，将手遮了眼，作个蓬儿，往前一望。只见那老头儿紧随着经担，众小的打号奋前扛走。乃跳下地来，向三藏打了一个问讯道："师父，你的志诚话儿，真有几分灵应了。"三藏问道："悟空，这是怎说？"行者道："只因师父悯念弟子们挑担费力，这真心一点，怎得个替挑担子？今却就有替挑担的，你看他打号子，奋力气，与徒弟们出力。走一里，省徒弟们一里力，皆师父志诚灵感神应也。"三藏道："悟空，休要说此话；只讲挑担的可在前边走？"行者道："八戒难道只是老实，沙僧只是恭敬，须也找寻找寻。"八戒道："师兄，你便会筋斗，我们不能，哪里去查？若是走近了去查，一日两日不可知；若是远去，一年半载不误了工夫，耽搁了路程？"行者道："腾云驾雾，你们难道不会？也往空中望望，免我向师父多话。"八戒依言，把身一纵，扯开耳朵，遮眼往东一望，招手叫沙僧道："师弟，你也来看看。"沙僧也跳到空中看见，笑将下来道："师父，果然顺路，替我们出力，不要钱钞。你看他还喜喜欢欢往前挣，这叫做顺手牵羊。"行者道："莫要阻他，且与他走走着。"按下不提。

　　且说比丘到彼僧与优婆塞灵虚，两个变客商，赠了三藏师徒芸香、犀角，把蛙怪、蠹妖逼走了，让师徒们挑着经担前行。他两个在三藏们前路行走。一向道路平坦，无妖无怪，不须费力，正在省力。行到此山，只听得后面打号子声来，回头一望，但见尘灰飞起，许多小汉子扛抬着经担走来。比丘僧乃向灵虚子道："唐僧师徒离灵山不上一年路程，便挑担不起，又雇觅人代力。若是这等，东土十万八千里路，如何到得？"灵虚子听了道："师兄，你且在前慢行，待我探唐僧师徒是何主意，叫人代力？"乃摇身一变，变了个老道士，倒迎着三藏们，故意问道："师兄们，可是灵山下来的？"三藏见这道士：

　　　　头戴紫阳巾，身穿方朔服。

　　　　黄丝绦系腰，麻鞋登在足。

　　三藏听得老道问，忙答道："小僧是从灵山下来的。请问老道，真可曾见多人扛着经担包前行？"老道说："离前十余里，有扛抬担子的，但不知是何物？"三藏道："是小僧们经担子。"老道说："既是经担，出家人如何不自家背负,却叫人扛着?万一那众人心不恭敬,身不洁净,可不污了经典?"三藏道:"正是,正是。小僧也只为一个老叟,要请去诵一会经卷功德。承他顺路,叫家众扛帮一程,到他孙儿家去,故此托他担着。不意我徒弟寻水,他们奋力前行。"老道说:"事便是顺道,却也要紧跟上。人心莫测,不可远离。"三藏道:"领教,领教。"老道往前走去,却复到比丘僧面前,把这情节说出。比丘僧说:"且探这扛担的如何情节?"

正说间,那众人扛着经担飞奔前来,后边跟着一个老叟。比丘僧与灵虚子见了,早已知是麋妖众怪,乃私议道:"唐僧师徒又不知动了何心,惹引此怪?"灵虚子道:"多是八戒骗香一事。"比丘僧道:"我等既知,须当保护。"乃变了两个僧人,向挑担众妖问道:"列位挑的是大唐僧人取的经典么?他不自挑,想是雇你代力?"众妖不答。只见麋妖答道:"二位师父问他怎的?想是唐长老一起的。"比丘僧道:"不是,不是。我二僧是行路随缘募化的。"麋妖道:"师父既不是一起,实不瞒你,我有一个孙儿在天竺山幽谷居住,偶患病症,欲求禳解①。方才路遇着这起僧众,担着经文。本意延他到家课诵,可怪他内中一个长嘴大耳的徒弟,不是个良善的,曾为盗窃了吾孙腰脐之宝,正为他染病恢恢。却好今日遇着,是我设一计也,骗哄了他经卷担子前来。但佛爷爷经卷可是骗的,俗语说的好:'门里有君子,门外君子至。'他窃吾家之宝,已是小人之心;我便以个小人应他。只是此经,我等山野之人不知字义,必须得师父们持诵方好。师父二人若不弃嫌,同我到山谷里家居,把这经担开了课诵,建个长远功德,自有斋供、金钱奉敬。"

比丘僧与灵虚子听了,私相说道:"唐僧动了志诚,恻隐徒弟劳苦担经,思代力的,遂有这鹿妖替他扛抬远路。只是八戒骗麝邪心,便惹动了这拐经麋怪。我们若破除这怪何难,只恐露泄送经形迹。不如随着这众妖,一则借他扛抬,以遂唐僧志诚心愿,宽徒弟们力苦;一则看此妖魔骗经何处,以便指引唐僧们找经去。"随乃答道:"我二僧诵经功德,原是本行,便与老叟课诵一会也不打紧。只是闻得唐僧不比凡常。那长嘴大耳骗香的徒弟,不是个好惹的。那猴子像更厉害,他会腾云驾雾。若找寻了,将来连我两个小僧都做贼论。"麋妖道:"师父,不难,不难。再走三五里,有

---

① 禳(ráng)解——迷信的人向鬼神祈祷消除灾殃。

个三岔道,正中大道,往东土大唐国去。旁有一道,往天竺后山去。右有一小道,往我孙幽谷去。我想唐僧们必从大道中来。若从左道去,其中却有许多旁门,阻碍难行。若从小道去,路虽近,只是经担重大,难过那崎岖狭隘。况且树密林深,溪泥涧水,费力费力。如今我有个计较,把他们挑经的禅杖解下来放在中道,叫小的们背负着大包,二位师父押着四包,从左边旁路去。遇有旁门,师父可叫他开门让路。老汉押着两包,从小道抄近路,先到幽谷等候。"二位僧人说:"我们押着四包,万一唐僧找寻着,赶来夺去,如何处置?"老叟道:"师父有力,则莫与他夺;若是没力,便让他夺去。我有此两包,到了我家,那时到前路接你,这叫做弃多取少之计。"僧人说:"他不赶我,却来赶你,如何处置?"老叟道:"赶我,你必保全小的们背负到家,乃是弃此取彼之计。"僧人道:"唐僧分做三道来赶,则如何处?"老叟道:"师父放心。我自有神通。古语说的:'强龙不压地头蛇。'"比丘僧依着麋妖,押着四包往左路走。临行,那老妖吩咐小妖道:"若是唐僧赶来,你们可藏躲在旁门内。若藏不得,那徒弟们厉害,你们丢了包,让他找去吧。随即领二位师父到幽谷等候。"

小妖依言,背负着四包,往左路前走。比丘僧与灵虚随后跟着。比丘僧计较说:"如今唐僧将到三岔路口,料孙行者们必找寻经担。不如且把小妖吓去,留此四包经担与唐僧。我与师兄,再去算计那老妖。"灵虚子道:"如何吓去小妖?"比丘僧道:"师兄可变个老虎奔出林来,小妖自然吓走。"灵虚子依言,摇身一变,变了个老虎:

白额斑斓虎,威风真吓人。

林中只一跳,众怪丧三魂。

那小鹿妖正背着经包前走,只听猛虎一声叫,从林子里跳出。众妖害怕,叫:"师父,这却怎了?"到彼僧说:"你们顾命要紧,且把经包丢了去罢。"小妖依言,都把经包背入路旁门儿里躲着。只见这虎跳到门前,把尾打门。小妖慌了。到彼僧说:"我也不顾这经了,那小和尚又不知哪里去了。我走罢。"往门后飞走。小妖吓得丢了经包,一齐也飞走了。

比丘僧看那小妖去了,灵虚子复了原身。比丘僧说:"四包经担已保护在此,料孙行者们自来找去。只是那两包,老妖押往小路。我与你设个计较保全了,莫使他骗去。"灵虚子道:"怎生计较?"比丘僧说:"这计也不难。如今将菩提数珠子两粒,变两包小小经包,师兄把木鱼梆槌变两个小汉子背着，我两个跟着到他处去骗哄他。只说：'你众小的畏老虎，弃包走了。我觅两小汉，背两包来了。'"灵虚子道："此计虽好，怎生保全那两包？况且这木鱼变的小汉子，那老怪认得，不妙。不如我与师兄各背一假包，到小路上抵换那两包，有何不可？"比丘僧依言，两个各背了一包，走过小路来。

却说麋妖把禅杖解下来，放在中路。把两包着两小妖背着，从小路走去。只见小路里树密林深，崎岖狭隘，小妖背着难行。老妖正在那里设法过去不得，恰好二僧背着两个小包走来。老妖见了问道："二位师父，如何不押着小的背那四包来，却自背两包来？"比丘僧答道："我二人紧跟着小的担包，无奈林中一虎跳出，他们害怕，丢包走了。我小僧二人，只得背负两包。却又遇傍路门阻，且不知路径，故此赶到这条路来，料着老叟还在路间。"老妖道："老汉正在此计较，没个法儿过这深林狭隘处。思量要打开包裹，零星把他的经卷拿去，又恐失落了。"比丘僧听了，忙说："这个行不得，倒不如弃大取小吧，把你两大包丢在此，慢慢再取。且将这小包着小的们背上。到令孙家里，待我二僧课诵，有何不可？"老妖依言，便叫小妖丢下大包，却背着小包。你看那小妖，随弯就弯，竟过了深林前去。

话分两头，却说唐僧与徒弟，跟着马垛子走了一会，道："悟空，你再看那老叟押着经担走到何处了？他原说三十里是他孙儿家。此路走来也差不多了。"行者道："师父却也真志诚。徒弟已知这老头子是个来骗经的妖怪。他骗我，我也骗他。经料骗不去。到被徒弟们骗了他三二十里替挑力气。"三藏听了一个妖怪骗经，就慌张起来道："悟空，若是妖怪来骗经，却怎么了？你快与八戒、沙僧赶上夺下来。莫着妖怪骗去，空向灵山一番劳苦。"行者道："师父放心，此妖料走不远。走一步，与徒弟们省一步力。"三藏道："我不放心，必须赶上，叫他们同行。"便叫："八戒悟能，你再望一望，那老叟走多远了？"八戒依旧起在半空，看了，下来道："了账，了账！老头子不在前途，经担也不知去向。都是猴头什么机变，不如依我老实自家挑着，有甚气淘？"行者听了，忙跳到半空一望，只见前途三岔路口，中路丢着几根禅杖；左边路里丢着四包经担；右边树林里妖气漫漫，却不见经担。乃下地对三藏说："师父，前边三岔路儿，妖怪弄了手脚。都是师父志诚；志诚怎会不见什么感应，又要费徒弟机变也。"三藏听了道："悟空，说不得要你主意保经，只是真经料不由旁道，借你神通护得来。"行者听了三藏奉承他这两句儿，便动了一点矜骄心，好胜起来，道："师父，爽利走起些。徒弟好去寻经。"毕竟如何去寻，且听下回分解。

总批

　　麇妖骗经，本为八戒骗麝之报。又借送经一着，遂了唐僧志诚心。一意双关，自然天巧。

　　此回煞有深意。傍道失散真经，便是佛祖西来意。

　　弃多取少，弃此取彼，麇妖似知道者。亦缘得仙家些小种子，但非大道耳。

第 十 回

两僧人抵回经担　众老妖庆贺灵芝

　　话说三藏听得前路分作三道，经担不见，忙忙赶着马垛子道："徒弟们，快去找你各人经担。"行者道："八戒、沙僧他两个的担包，在那左路傍门儿里；只是徒弟的两包不见。"正说间，已到三岔道口。八戒道："师父，我与沙僧担包，俱在左路。师父可赶着马，同徒弟顺去吧。"行者道："师弟，你便同师父顺路左去，我的担包多是在小路。你看那妖气漫漫，定是那老头子作怪。你两个且去挑转那担包来，在这中途等；我去小路找那担子来。"八戒不依道："你找你的，我挑我的。到前途总路，出来相会。"三藏道："悟能，你主意差了。古语说的好：三条路儿中间行。况我出家人，取了真经，不从大道中行，如何走那旁门小道？"行者说："师父讲的有理。师弟两人快去挑转那两担，到师父处来；我去小路找寻，也到此一同前去。"行者说罢，地下取了一条禅杖，往小路飞走。八戒与沙僧只得也取了禅杖，从左路找来。三藏乃卸了马垛，坐在中路等候他三人。

　　且说八戒与沙僧走了三五里路，都是弯弯转转，高高低低，哪里见经担？八戒说："师兄分明说我们担子在左路，怎么不见？你看那前途没路，只有一门闭着，想必此门是通道。"沙僧道："我与师兄打开此门去看。"八戒说："未可造次，倘或是人间后门住宅，怎便去打？"沙僧说："待我门缝儿里看看着。"乃向门缝一看，只见四包经担在内，那旁门儿紧闭不开。沙僧哪里顾甚理法，举起禅杖，乱打乱劈，把两扇门儿打开。他两个挑起担子，依旧转回大路。只见唐僧坐在地埃，见了八戒、沙僧挑着两担走来，一面喜，喜的是两人找着经担来；一面忧，忧的是行者去了半晌不见前来。

　　却说孙行者执着一条禅杖，往小路而来。果然那密林狭隘之处，两个经包在地。为何八戒、沙僧担包，无妖气漫空？盖因他两个一点老实恭敬心肠，一意直去找寻挑担。只有行者机变，又动了个矜骄心，他的经包遂惹了些妖气。只待行者见了经担，一则喜心生，一则正念发，那妖气遂散。

依旧行者把禅杖绳拴，挑回大道。三藏见了行者挑着担子，方才放心。师徒们由中路前行。正是：

> 履道坦坦莫邪行，一入邪途怪便生。
>
> 试问前行何是正，但教性见与心明。

话说天竺山谷，小鹿儿正病，忽然见背经的是个小妖，走入谷来报道："祖公为郎君请了两个僧人，带得几担经文来课诵，保佑郎君灾病消除。不意小的们从旁路来，遇虎，只得弃了前来；祖公押着两包，从小路儿来了。"小鹿听了惊道："祖公如何请僧人到山谷来？僧人见我们成精作怪，万一谋合猎户，惹出祸事，不为利便；若是经文能消灾病，我们自家课诵，岂不为灵？汝当速迎去说知祖公，叫他把僧人辞去，把经包好生背负了来。况且我谷前生出一枝灵芝瑞草，正要请祖公来计较庆贺，汝等快去快去。"众小妖飞出谷门，上前迎老麋妖。却好老麋同着比丘僧两个小路走来，见了小妖。小妖把小鹿话说出。麋妖听了想道："正是，我一时见差了，幽谷洞中，怎说做修善人家？"乃随向二僧道："师父，本当请你到我孙儿家，无奈昨夜家婢产了孩子，房屋不洁，怎修善事？暂屈二位林中少坐，待我老汉去取几贯谢仪，作为路程一斋。"比丘僧听了笑道："这孽障设诈也罢，我只要唐僧师徒经担保全；从东大道去了，管他作甚？"乃随口答道："小僧也为走路力倦，正要少歇。老叟可先背负经包前去，待我少歇，再走将来。"麋妖大喜，叫小的背着假经包，往前飞走去了。比丘僧乃与灵虚子说道："师兄，我与你原以菩提正念保护真经。既已知孙悟空的机变生怪，如今未免变幻行术，与机谋何异？"灵虚子答道："师兄，如来原容我以法术保经。我想为保经而行变幻；就是变幻亦为菩提。但妖魔骗经非正，我等保经非邪。经已保护前行，我等莫要顾此麋妖，且往唐僧前路去吧。"按下比丘僧与灵虚子，离小道撇了麋妖，径直前行去了。

且说老麋妖押着小妖背负的两个小包，乃是菩提珠子变的。比丘僧既去，他把小路内两块石头变作经包，换了菩提珠去。这小妖压的背痛，歇在地下。那老妖催他快走，到得谷洞来，小鹿接着道："祖公，孙儿病体托赖福庇，谷外长出一个灵芝，孙儿闻了这灵芝气味，把病好了九分。正要差小的来接你过谷，庆贺此芝不期降临。闻说得了真经，请得两僧来修善事。僧人如何来得？识破我等情节，不便，不便。"老妖道："二僧已离了去。经文叫小的背了来也。"小鹿道："先看了经文后，再看灵芝。"老妖

依言,乃叫小的扛过包来。小妖方才去扛,只见:

> 两个经文包子,方方两块石头。小妖惊异把眉愁,怪道肩筋压
就。

小鹿见了道:"祖公,怎么把两块大蛮石头,叫小的背来,说是经担?"老妖惊道:"古怪,古怪。这分明是那和尚弄了神通,愚哄了我也。此仇不得不报!"小鹿道:"祖公,这不过和尚愚哄你,安得为仇?"老妖乃附耳把麝香的话说出,小鹿听了道:"孙儿病已好了,祖公莫疑此。且把灵芝庆贺庆贺。"乃叫小的取出灵芝来与祖公一看。小的取出来,但见:

> 五色灵根献瑞,一株古柏生芝。想同麟凤毓明时,遇此奇葩出世。

老麋妖见了,把经包心事且丢开,乃向小鹿道:"果然好一个灵芝。我闻地产灵芝瑞草,大是祯祥①;况你灾疾安痊,更当作贺。只是我当年结契了几个老友,久未聚会,如今趁此名色,邀请他们到这谷里来,就做个灵芝会,有何不可?"小鹿听了大喜道:"祖公说的有理。但不知结契的老友是谁? 孙儿好写简去请。"老妖道:"老友有五个:一个是大树岗古柏老,一个是长年洞灵龟老,一个是这南山头峰五老,一个是北山后玄鹤老。"小鹿道:"孙儿久也知这四老,却如何说五位?"老妖道:"连你公,便是五老。"小鹿笑道:"正是,正是。"乃写了四个简帖儿,上写着:

> 幽谷奇逢,灵芝挺出。
>
> 既在契交,当邀共赏。

麋老拜请

话说这四老乘闲,俱静养在山中。忽然见幽谷小鹿儿送帖,邀庆灵芝会。乃相约到幽谷相见了老麋,各叙礼节。当下小鹿备了酒筵,十分整齐。叫小妖吹打起来,甚是热闹。怎见得? 但见:

> 笙箫聒耳,肴核盈眸。金屏开孔雀,绣褥拥青鸾。几筵上摆着异品嘉珍,壶瓶内盛着琼浆玉露。虽无龙肝凤髓,却有熊掌猩唇。莫道山中无异味,须知妖怪设长筵。设的是谷神不死灾殃愈,庆贺灵芝不老年。

当筵前,只见南山峰五老开口说:"灵芝呈瑞,乃是古柏老翩翩佳孕。我

---

① 祯祥——吉祥的征兆。

老拙有一首七言四句奉赠。"乃说道：

"昆冈有树郁森森，根结奇芝在石阴。

不是千年培德茂，怎能佳荫出林深？"

古柏老听了，拱手谢道："老朽幸毓得此族，何劳峰五老过誉。既然承教，敢不奉酬一韵。"乃说道：

"太华顶上郁苍苍，高出云霄列五行。

万载巍峨形不变，与天无极庆龄长。"

玄鹤老听了，乃向灵龟老说："峰五老不庆麋鹿老令孙灾病得此灵芝，回春纳福，他两个彼此咏和，却与主东无情？"峰五老听得道："老拙非是与主东无情，乃是因灵芝与古柏老有些瓜葛，偶发此咏。二老既见诮，老拙也有一咏，奉敬三位老契友，但求满酌一觞①。"乃说道：

"松下陪猿两契清，涧边伏气万年灵。

公孙出谷栖神处，玄牝②成名四体馨。"

峰五老吟毕，老麋妖听得一句"四体馨"字，乃忿然作色起来，向众老说道："馨者，香也。体有香，正老拙昨日一宗心事。"众老问道："有哪宗心事？"老麋妖道："往常孙儿得病，料众老备知。只因医药不效，偶遇着东土取经几个长老。那为首的倒也淳良，不匡他有一徒弟，像貌古怪，心地狎邪③。盗香成病，就是此徒。我想他盗我孙之宝，我遂骗他之经。自大树冈一路前来，三岔界口分道。谁知他识破，弄个神通，把两块蛮石变作经包；倒骗了我小的们与他出力，背负了二三十里远路。为此气他不过，要与这和尚报仇。孙儿又道得了灵芝仙气，疾病已安，要庆此宝芝。老拙又想，众老友所望的长龄，这灵芝瑞草乃是奇物。故依着孙言，先请列位到此庆贺灵芝为会。方才峰五老咏中说出馨香，故此动了老拙这一宗心事。"

只见玄鹤老听得说道："原来是这起僧人，取得灵山真经回来了。麋老，你不如丢开这宗心事，莫要讲它吧。"麋妖问道："怎莫讲他？"玄鹤老道："这取经僧，我尽知他来历，神通本事。他往年路过金平府，这府属有

---

① 觞(shāng)——古代盛酒的器皿。

② 牝(pìn)——指鸟兽的雌性。

③ 狎邪——品行不端。

座青龙山,有个玄英洞,中有三个妖精:第一个号辟寒大王,第二个号辟暑大王,第三个号辟尘大王。这妖精神通广大,听得取经僧到,他知唐僧乃十世修行,要谋他食,说食了他长生不老。哪知他有三个徒弟,都有神通本事。后来长老食不成,却被他请下天兵驱除了。今日回来,定是此僧。"老妖听了道:"玄鹤老,你不说,我也不知。既是唐僧十世修行,食他长生不老,我等怎肯放他前去,必须捉了他来,方遂其意。"只见峰五老说:"老拙也曾闻说,唐僧去时,比来日不同。来的之日,凡胎肉体,妖魔可伤的他。今日回去,已证了菩提大道,难以害他。但是取来的真经,果乃天文地理,成仙作佛的宝卷。我们若得解悟了,可以与天齐寿。"古柏老说:"既是这样宝卷,也当设法取了他包担,大家课诵看念也好。"灵龟老说:"他徒弟既有神通本事,能驱除青龙山妖魔,不要惹他吧。"把舌一伸,将头一缩。老麋妖笑道:"龟老休要长他人志气,灭自己威风。他师徒不过四人,我等人众,夺了他经担来,各自分散,回冈的回冈,归谷的归谷,任他神通,也难保全回去。"众妖魔计较了,收了酒筵,齐往三岔路赶来不提。

却说唐僧师徒找寻了经担,从中道行走。八戒道:"师父,徒弟们难道只挑着担包,走着道路,随这肚子里含冤叫屈?好歹到前途,看哪里有卖饭的人家,或是庵观寺院,随便吃些斋饭,再赶路程。"三藏道:"徒弟,不但你腹饥,我也饿了。悟空,可到前边林子内且歇片时。看哪里有便宜吃斋之处,吃些斋饭再走。"行者依言,便走到林内歇下担包。往林中远近一望,哪儿有寺院人家,尽还是长途林树。师徒正然嗟叹。

却说那比丘僧到彼,见唐僧师徒歇下经担,东张西望,乃向灵虚子说:"取经人远路辛苦,多是饥饿了。师兄可上前探他个意念:莫要三心二意,又动了邪念。"灵虚子听了,即变个莺儿到林内。听得唐僧师徒嗟叹,没有个化斋之处,回来复了原形,向比丘僧说知。比丘僧道:"此事不难。"乃叫灵虚子计较个法儿。灵虚子道:"弟子设个移山倒海法。离此有个洗心庵,久无僧住。弟子移这庵在路前,再摄些饭食。师兄变个老僧;我弟子变个沙弥,敲动木鱼,唐僧师徒闻声自然奔至。那时管他师徒饱腹,节力而行。"比丘僧依言,灵虚子果移了座空庵在路。老僧敲着木鱼诵经。

却说老麋妖一同众妖赶上唐僧经担,不敢造次夺取。也知行者厉害,便乃叫玄鹤老近林来听他们说甚言语。只见师徒们嗟叹，没个化斋饭的寺院人家。玄鹤老听了备细，把唐僧话向众妖说出。老麇妖笑道："是谁嗟叹饿得紧呢？"玄鹤老道："只有那猪头嘴脸的，在那里哼哼唧唧叫饿。"老麇妖道："正好，正好。便是窃麝的仇人。看前路可有设法儿夺他的包担之处？众老，务要计较计较。"古柏老道："走过前路，再作计较。"峰五老说："不须计较，我们可变做个小庙儿，烧烟煮饭。那和尚必然来化斋。待我把碎石变作馍馍，入他腹中，莫说经担难挑，连他路亦难走。"灵龟、玄鹤二老大喜，乃走在前途，变了一座小庙，上悬一匾写着"斋心庙"。他为何立匾写个"斋心庙"？因见路左有个洗心庵，这妖魔恐唐僧们见名投入。毕竟圣僧能破妖氛，看了斋心、洗心庵庙，行者的神通机变，自然驱邪入正。且听下回分解。

总批

　　南华老仙云："万物皆出于机，入于机。"机不可少，但令人由而不知耳。有心为机变，善亦成魔；况为恶乎？故至人忘机，寂然不动，感而遂通。入鸟不乱群，入兽不忘行，何妖怪之有？

第 十 一 回

斋心庙八戒被缚　幽谷洞行者寻经

　　说表三藏林内歇着经担。这八戒哼哼唧唧，又叫饥饿的紧，争奈没有个寺院人家，只得忍饿前行。那猪八戒没好没气，撅着嘴，挑着担子，望前飞走。猛然见一座小庙儿，也不顾师父师兄，直走到庙门歇下担子，往里便走。也不行个礼貌，便开口道："庙内主僧主道，庙户庙祝，师父师兄，小僧是大唐取经的，途中饥饿，便斋乞化一食。"三藏在后，急急走入庙门，扯着八戒道："徒弟，如何莽撞至此，庙门虽开，又不见了一个人，怎么说这一浪荡闲话。"八戒道："饿得紧，哪里有这工夫。"三藏说："也须待个庙主出来，行个礼貌，方才好说化斋。"行者也急急走进庙来道："师父，快出来，有说话。"三藏依言，随出庙来。行者又扯八戒，八戒哪里肯出来，越喊叫化斋。三藏出得庙门，行者道："师父，我看此庙虽整，怎么没些香火气味，冷冷清清；就有庙主僧道在内，毕竟也是个不功课、懒焚修的。他既是这等人，哪肯备斋我们吃？依徒弟之意，宁可忍一时，再走一程，料前途必有寺院或人家洁净处去化。"三藏道："悟空说的是。只是悟能在庙里不出来，你可叫他出来挑经担。"行者道："师父，我等先走，他独树不成林，见我们走，必然跟来。"三藏依言，赶着马垛，方才五七里，只听得前路树林里木鱼声响。行者道："师父，木鱼声响，定是个寺院；不然定是个善人家。我们歇下担子进林里去看。"三藏把眼去看道："徒弟，不消歇担子，进去吧。那林里露出屋脊来了，且香风吹来，必是肯焚修功课的。"行者依言，挑着经担，直入林来，果然是个小庵。三藏见那匾上写着洗心庵，乃说道："方才那庙匾上是斋心庙，却也好个名色；为何这庵中香火不断，那庵中冷冷清清？"行者道："师父，不但香火，且是木鱼儿声朗，必是庵里有人诵经。我们歇了担子进去化斋。"三藏依言，师徒进到里面，却是个小小经堂。只见一个老僧手捻着数珠，口念着经卷，一个小沙弥敲着木鱼儿，齐声相应。三藏见了，那老僧：

　　　　袈裟偏袒半身肩，朗朗经文口内宣。

　　　　手内数珠轮转捏，庄严色相动人天。

　　老僧见了三藏，忙住了口，走出堂来，恭恭敬敬地说道："师父，从何处来?"三藏道："弟子大唐僧众，从灵山取经回来。一路来挑担力倦，偶过宝庵，暂歇片时。闻得木鱼声响，炉香风送，必知是有德行禅师，故此进谒瞻仰。"老僧道："久闻中华圣僧取经回国，何幸相遇!"乃叫："沙弥奉茶，快收拾素斋供献。"三藏与行者、沙僧欢欢喜喜坐下，只不见八戒前来。

　　却说八戒腹中饥饿，见了斋心庙匾上一个"斋"字，歇下经担，大叫化斋。三藏、行者扯他不肯出来，叫了半晌，不见有人答应。话说这斋心庙原是老妖变化了待唐僧师徒的。为何不出来答应，有个缘故：众妖计议，原探八戒与三藏们嗟叹，唯八戒叫饿得紧。众妖知行者神通厉害，故此等三藏、行者往前去了，单单只剩下八戒，单骗他一个担子。那玄鹤老却变了一个老道者，走出见了八戒，问道："你是何处来的古怪像貌长老，在此狂呼大叫?"八戒把化斋的话说出来。老道说："既是远路过的师父，我斋饭虽有，只是不能供奉多人。若是有令师们多位，却不敢留。"八戒只要顾自己，乃答道："我师父们有处吃斋去了，只是弟子领惠吧。"老道听了，乃唤徒弟快来。只见庙门里又走出一个道者：

　　太极冠儿头上簪，四周镶嵌道衣新。

　　黄丝绦子当腰束，手内频挥白拂尘。

道者走出来问道："师父，唤徒弟何用?"老道说："这位取经长老饥饿了，可有素斋饭敬他一餐?"道者说："有便有些馍馍，只是冷了，待徒弟取了柴火烙热了，方才可敬。"老道说："待烙热，不知长老可等得?"八戒道："正为师父、师兄担子前行，难以久等；况且腹馁，俗说的好，饥不择食，便冷些也罢。只求多几个儿，足见斋僧得饱。"那道者走入屋内，取得四五十个大小馍馍出来，又没一点茶汤。呆子见了，把手摸，如冰铁一般。他哪里顾冷，囫囵一气吞了十数个。便觉凉心坠肚起来，说道："师父，有热汤儿布施些也好。"道者说："却不曾取得些火来烧汤。"老道说："师父若要汤，却是不及；嫌冷，少吃几个吧。"八戒听得少吃几个，笑道："师父，我方叹少，既承高情，挨了吧。"又囫囵吞了十数个，便腹中疼痛下坠，连说道："不好了，什么馍馍? 吃下去作怪，作怪!"八戒只说了个作怪，那妖精便作怪起来。里边又走出几个老汉子来，把八戒绳索捆倒在地；走出庙门，把经担解下，去了禅杖，背着担包往西边飞走。八戒两眼看着，身子哪里动得，只见妖精背着经包去了。顷刻，哪里有个庙堂，却在树林里地下被绳索捆倒，挣铧不开。乃大叫："师父，师兄! 快来救人!"

　　却说三藏被老僧留住吃斋,久等八戒,不见前来,忧心顿起,向行者说:"徒弟,悟能不依我们言语,歇在那斋心庙前,进内化斋,此时尚不见到来。哪里是吃斋挨了工夫,只恐怕生出怪端。况那庙名'斋心',不知心果可斋?万一八戒贪斋惹怪,为害不小。你可速去探看。"行者道:"师父,我原看那庙冷冷清清,无香火气味。只怕八戒贪心,惹了邪魔,待徒弟去探看了来。"三藏道:"我不放心,你须同沙僧去探看。"只见老僧听了,与小沙弥呵呵大笑起来。三藏忙问道:"老师父,你呵呵大笑为何?"老僧道:"自作自受,都是你徒弟惹出来的。我闻这地方离了灵山路远,有一种木石禽鸟之怪,专一迷人。高徒莫非被此妖怪迷了?只恐经担有失,如之奈何?"三藏只听了"经担有失"一句,愁眉叹气道:"此却怎好?"老僧道:"圣僧不必焦虑,你可把经担都搬移入庵堂内,坐守在此。待我与沙弥也去探看了来。"三藏道:"多劳,多劳。"

　　老僧与沙弥出了庵门,上前走来。只见行者与沙僧在那林子里解八戒的绳索,一面解,一面笑说:"好斋,好斋。"八戒道:"猴子,你真个有些欺人。我在此被妖精骗了,不知吃了他什么东西,腹冷痛坠。你还讥笑?"行者一边笑,一边说道:

　　　　老孙呵呵笑,端不笑别个。
　　　　一般都是人,挑担与押垛。
　　　　只见我们勤,偏生你懒惰。
　　　　不是哼与唧,便是歇着坐。
　　　　方才叫肩疼,忽见说脚破。
　　　　不说肚皮宽,食肠本来大。
　　　　一面未吃完,又叫肚里饿。
　　　　推开甚庙门,看是哪家货?
　　　　好友就化斋,惹了空头祸。
　　　　身上捆麻绳,肚里又难过。
　　　　想是斋撑伤,倒在林中卧。
　　　　经担那向方,难道不认错?"

八戒听了道:"猴精,你也休相口饶舌,讥笑我八戒。我也只为挑得肩脊痛,走得肚内饥,撞着妖怪,你只管讥笑我。"八戒说罢,只是"哼哼唧唧"叫肚里冷痛。行者笑道:"呆子,且莫要叫冷疼热疼。你且到洗心庵里陪伴师父去;待我二人替你找经担。"八戒依言,走入庵来。三藏问知缘故,说:"我叫你忍一时儿饿,捡个洁净处化斋。你入了贪痴心,不肯依我,该受此苦。只是经担失去,怎生好?"八戒道:"行者、沙僧他两个找寻去了。"三藏听了,哪里放心? 愁眉苦脸,只埋怨八戒不小心。八戒道:"师父,你也休埋怨徒弟,少不得等行者、沙僧回来。若找寻着经担便罢,倘找寻不着,待徒弟腹中爽快,必然去找寻了来。"三藏只是埋怨,把个八戒活活急杀。无奈腹中冷疼,只得忍着受气。

却说比丘僧装作庵僧,师徒来问信,见了行者救了八戒,要去找寻经担,乃向行者说道:"二位师兄,要找寻经担,须是转寻旧路,到天竺山南有一幽谷洞,这洞中有几个邪魔,多是他摄去的。"行者便问:"此去幽谷,有多少路?"老僧说道:"三四十里之远。但邪魔摄经先去,你如今后赶,只恐追他不及。再若延迟,那邪魔摄入洞中,打开担包,你争我抢,把经文四分五落,岂不辜负了远取之心?"行者道:"只恐经文不在他那里;若在他处,何难之有? 沙僧,你随后找路到那谷洞来;待我先到他洞中等他。这叫做变主为客之计。"老僧道:"师兄,那邪魔已先走了,你如何先去的? 这山谷又没个小路抄去。"行者道:"老师父,你不知我弟子有个筋斗神通儿,来得快,去得疾。莫说三四十里,便是东土到灵山,十万八千里,也只消我一个筋斗,顷刻就到。"老僧笑道:"这等,我和尚却也不知,不曾见。"行者道:"老师父,我弟子把这筋斗神通,说三番五次与你听,还误不了走路工夫。"老僧说:"如此愿闻。"行者便说道:

　　"说筋斗,这神通,出自灵明方寸中。

　　去时有路须有向,快时无影又无踪。

　　忽在西,又在东,飚①疾犹如一阵风。

　　十万八千回转路,不费须臾②变化功。"

行者说话未毕,一个翻筋斗,忽然不见。沙僧忙往前飞走,转去找寻经担。老僧乃叫道:"师兄,小心在意,那邪魔也有神通本事哩。"沙僧飞去,顷刻也不见。比丘僧乃对灵虚子道:"师兄,你看他两个找寻得经担来么?"灵虚子答道:"找是找得着。只恐邪魔力大,万一有失,你我保护之责何在?"比丘僧说:"计将何出?"灵虚子道:"我们如今且把色相改换了,到前途待孙行者与沙僧,看他何样作用。若是两个有本事,胜得邪魔便罢;若是没神

---

① 飚(biāo)——指暴风。

② 须臾(yú)——片刻的意思。

通,夺不转经担,我与你再作计较。"比丘僧依言,两个也从幽谷路走来。

却说古柏老这几个妖精,变庙的,变道者的;峰五老取了些石子块变馍馍:把个八戒耍得没奈何。这些妖精得了经担,说一回,笑一回,正喜喜欢欢往幽谷洞里来。且说幽谷洞中那些小妖,跟了老麋众怪去的去了,洞里就有些小的。因老妖外出,一个个谷外闲耍。不匡行者一筋斗,打到洞前,但见那幽谷洞前十分齐整,都是那小鹿妖缉理的。行者住了筋斗,观看一会道:"这个孽障,外出里空。怎知我老孙的神通?我如今打坏了他谷,焚烧了他洞,也不为奇。又不知经担可摄到此处?倘或摄到别处,在此久等,岂不误事?"正自踌躇,却好几个小妖谷外耍了一会,走回洞里。见了行者坐在洞中,都惊吓起来,往来飞走。也有两个胆大的,上前问道:"长老何处来的,到洞中做甚?我洞主外出。"行者一手揪住一个道:"你洞主是谁?"小妖慌了,要挣,哪里挣得动。便吆喝"救人",众妖一齐走来,也不管个好歹,你一拳,我一脚,乱踢乱打。哪里晓得行者神通,让他支手舞脚,笑道:"你这些妖精,可惜老孙的金箍棒贮了库,若在手里,不饶你一个哼哈。"行者见众妖乱踢乱打,两手扯着两个小妖,把扯一捏,那两妖害痛,大叫起来。众妖只个个打在行者身上,就如铁石,反把拳脚伤痛。众妖只得哀告行者求饶。行者道:"我也不打你,你只实说,你洞主何名,一起共有多少妖怪,出外何事?——说来,我便饶你。"众妖道:"我这里叫做幽谷洞。洞内是千年老麋,号为麋老。只因有几个取经长老,过此山路,他约了众妖老,在前树林内假变庙宇,摄取那长老经担去了。"行者道:"经担如今在何处?"众妖道:"闻知摄得来,尚在路间走着哩。"行者听得,放了手叫:"你这小妖精,我且饶了你性命,速去报与老妖,说孙外公上你们这来要经,坐久了。快快抬了去,验封交还。"小妖得行者放了手,齐齐飞走出洞。两个前去报信。毕竟何如,且听下回分解。

总批

八戒真老实,见了一个"斋"字,便思量化斋。落得吃了许多石馍馍,毕竟受了妖怪斋也。如今人见秀才便求文章,见和尚便叩内典。其实,肚内空空,求一块石头不可得矣。以名色求人者,不可不知。

筋斗出自灵明方寸,妙甚。固知五行山原只在心窝也。

第 十 二 回

菩提珠子诳群妖　水火精灵喷气焰

诗曰：

> 谋计浑如路,岐中复有岐。
> 嗟哉一方寸,翻为六出奇。
> 巧筹偏逢巧,欺人只自欺。
> 穹①如海上客,鸥鸟共忘机。

话说古柏老妖变了假庙,玄鹤老妖变了道者,峰五老妖变了些石头馍馍,把八戒迷诱。那灵龟与麋鹿等妖变汉子,把八戒捆缚了,搜了麝香,将经担解了禅杖,众妖扛了,离得林内往西飞走。众妖又喜喜欢欢,说:"得了真经,且去大家看念,明些道理。"众妖魔正扛着经担前走,只见洞里两个小妖走来报道:"洞里来了一个猢狲脸的长老,说是特来讨经担的孙外公,叫洞主快扛了去,验封交付与他。"众妖魔听了,便住着经担。麋妖道:"这猴脸长老,莫非就是玄鹤老说的,当年玄英洞降那辟寒、辟暑、辟尘魔王的孙行者么?"玄鹤老道:"像是他了。若是他,我等不可归洞,且往大树岗古松老谷中去。"峰五老说:"也去不得。那孙行者既手段大,若寻来也要还他。"灵龟老说:"我有一计,真经担包,着古松老扛到大树岗,与麋鹿老去收了。我们将石块变两包假经包,押回谷洞。那猴子脸长老,得了经包,自然前去。若去到他国地方,怎能来取?"玄鹤老笑道:"这孙行者,凭你路远,他能来取。"灵龟老说:"就是他能来取,远路日久,我等经文已看念久了,便还了便何害。"古柏老说:"好计,好计。"

当时峰五老又取了两块大石头,变了两个经担包。叫小妖扛着,取路回幽谷洞来。把真经两担包,叫古柏老与麋老妖,押往大树岗去。他哪知比丘僧与灵虚子跟上他们。灵虚子变了一个小鸟儿飞上前,见众妖计较变假包回谷,却把真经叫古柏老妖押去。乃叫灵虚子变了个老虎,自己却

---

① 穹(qióng)——泛指高大。

变个樵夫,走到古柏、麋老面前,把他两妖一吓。麋妖见虎心乱,古柏见樵夫心慌。他两妖心一慌乱,却被比丘僧到彼忙将菩提珠子二枚,变作经包,随将真经包抵换了,藏在路旁。那古柏、麋妖,只知慌慌张张,押着两个假包避虎飞去,这灵虚子却走回路来,正遇着沙僧赶来。比丘仍变了老僧,同着沙弥见了沙僧道:"师兄,不必前行找寻。老僧方才见两个妖精,摄了经包,藏在路旁。可速挑回小庵去。"沙僧听得,忙把禅杖挑了经包,同老僧回庵去了。

却说行者坐在幽谷里,等这众妖魔回洞。坐的时久,他心里急躁起来。走出洞外一望,只见峰五老妖同玄鹤、灵龟众鹿小妖,押着两个经包走近洞来。行者一见,大喝一声道:"何物妖魔,敢白昼变化,骗我们经担,又把我师弟捆缚在地?"峰五老妖答道:"我们何曾骗你们经担?都是你那长嘴大耳和尚立心不正,窃麝贪斋,自用设骗心机,故招我等情由。他若似长老立心正大,做人忠厚,我等分毫也不敢犯。"行者听得奉承他,就好胜起来道:"我要赶路程,也不管你闲账。只是经包在何处?"众妖道:"是我等扛了来,在此。"行者把眼一看,只见两包原封不动在前。他把禅杖拴了,忙忙地挑将起来,指着众妖说:"好了,你们这些妖精,我孙外公若是来时有金箍棒的心性,不饶你一只腿。如今有真经在身,参谒了如来的念头,且方便了你们,去吧。"行者说毕,挑着假经包就走。

这几个老妖见哄了行者去,他们也不到幽谷里来,齐往大树岗走。正遇着古柏与个老妖,押着菩提子变的经包,慌慌张张走那岗头。见了峰五老妖们,方才安心欢喜。到麋老洞中,大家计较说:"且备些肴酒,庆贺真经。"玄鹤老妖道:"真经不是灵芝,岂有备肴酒庆贺之理?"灵龟老妖问道:"真经如何行不得庆贺?"玄鹤老妖道:"我当年也曾到玉真观,闻知复元大仙讲说真经,乃佛祖见性明心,济幽拔苦大道理。若有见闻的,须发菩提心,焚香持斋课诵。怎么备肴酒庆贺,可不亵渎了真经?"众老妖听了道:"既然如此,我等须是开了这经包,展开一看是何言语。"玄鹤老说:"这却行得。"乃把假包来开拆,一般封皮完固,只是当面拆开,却不是经文,乃是一层层白纸,并无一字。拆到当中一粒菩提子。众妖笑将起来道:"原来经包内是这一粒果子儿。"唯有玄鹤老妖识得,乃向众老妖说:"列位契友不知,此就是经了。"众老妖问道:"老友,你如何说就是经文?"玄鹤老答道:"我曾飞入灵山,也闻得释子们说:

真经本无字，了义复何文？

只此一粒子，菩提发见闻。"

玄鹤老妖说罢，只见那经包化为乌有，菩提珠发出万道金光，飞空不见。众妖惊异起来道："原来经包内空空，只此一物也不着实，发现金光，飞空去了。我们枉费了这些变幻心肠，不如大家各寻自己本领，受些山中清福吧。"古柏老妖向麋老说道："都是你为窃香长老多出这一番事。你孙既安，看来那长老身边麝香不多，也未必是令孙的，此怨可解。"麋老点头道："谨领，谨领。"麋老从此与小鹿在幽谷洞中修真养性，不提。

且说当日众妖各散，唯有灵龟老妖怒气不解，说道："我等费了这番心肠，弄得真经一字不曾得见，想来都是这老和尚弄的神通本事。我当年曾结契一友，现在此正东上千里之外赤炎岭修行。料他师徒路过此处，待我往彼处约他一同作法，摄取他真经，必定要开了看是何言何语？岂有既称经卷包，大柜小柜，其中只是一粒菩提子？若果只是这一粒子，便纸包了，袖他几百。看来又似个数珠儿，只消绳穿着，挂在胸前也去了，何须包担挑来？此必有诈。"玄鹤老妖道："话便说的也是。只是唐僧师徒，我也久知他神通广大。取经本是好事，让他去吧，也是功德。"灵龟口虽答应，心里不依。当时辞别玄鹤老而去。

且说沙僧挑着八戒的经包，同着老僧、沙弥到了洗心庵。三藏见经包找来，心中欢喜。那八戒还在堂中愁眉苦脸，老僧道："师兄，经包已找寻得来，你何事又带忧愁？"八戒道："经包虽有，肚腹却难。"老僧笑道："我这庵后，有一个池，叫做涤虑池。师兄，可去那池里吸口水漱漱吧。"八戒听了，就要往庵后走，被老僧一手扯住道："师兄，以池水漱口，不如以自己洗心。我这庵前，匾上唤做'洗心庵'，岂有虚立名色？何不在堂中，向圣像前一洗你自己之心。包管你腹中自然安愈。"八戒听了，便在堂中望着菩萨圣像说道："我悟能再不敢违拗师父，贪那冷馍馍斋饭也。"八戒说罢，老僧叫沙弥取了一桶滚热汤水，八戒一气饮了，即时叫腹愈。方才与沙僧打点经担，喂了马料，只等行者到来前行。

却说行者挑着两包假经担，往前越走越重，乃歇下道："一般都是经包，怎么八戒的独重，难怪呆子叫肩疼肚饿。"说了又挑着走了几步，又歇下道："八戒被妖迷哄，谁叫他贪痴妄想吃斋。若不是我的神通筋斗本事，到妖怪谷洞作了个变主为客之计；那妖怪先到洞里，拆开经包，散乱经

文,怎能取得来。"只因行者自夸自奖,动了这夸奖机心,那假包石头越
重,只压得他走到庵前歇下。进庵门见了三藏们经担完全,已打点了起
身,乃笑道:"老孙积年用机变耍妖精,今被妖精耍了来也。"三藏见行者
说道:"悟空来了么,八戒经包已蒙庵主师徒找寻着,指引沙僧挑来。八
戒又蒙庵主老师父救好,如今经包担柜已完了,只等你来行路。"行者道:
"徒弟也被妖精迷了,好生吃了妖精苦也。"三藏道:"悟空,妖精怎能迷得
你?"行者道:"师父,且请庵门外看看经包去着。"三藏依言,与八戒们出
得庵来一看,哪里是经包? 但见:

> 四方两块大蛮石,上秤称来八百斤。
>
> 谁教机心夸本事,几乎压断脊梁筋。

三藏见了道:"徒弟呀,你是有神通的。怎么被妖耍了,挑这两块大蛮石
来?"老僧笑道:"圣僧,莫要讲了,这也是高徒自作自受。"三藏乃谢了老
僧,辞别前行。

却说离了天竺国,正东上有座高山,山间有条岭,叫做赤炎岭。这岭
冬夏多暖,行人走道不可说热,但闭口不言。行过十余里,方清凉。若是
说了一个热字,便暖气吹来,有如炎火。这岭内有个洞,就叫做赤炎洞。
洞里却是一条赤花蛇,年久成精,毒焰甚恶。他这依人说热便热。正是他
借人心意气,感召迷人。往往过岭的说了热字,这妖精放毒焰。越说,越
放。行人被他热便成害,他乘此来吸人精气。地方没奈何,法师不能剿。
这日,正在洞中静养他的元神,思量要化气成仙。没有个口诀,少个鼎炉,
怎得个元阳纯阴配合一气。忽然来了灵龟老妖。这灵龟老妖,只因恨取
经僧人弄了神通,要他们空费一场虚幻。他不听玄鹤之劝,独自走到赤炎
岭来。这灵龟老妖,本是:

> 冷清清涧边毓孕,阴沉沉坎内成形。偶逢赤火降虚灵。未曾相
> 既济,怎奈这炎腾

他不觉的叫了一声热。赤蛇精听得有叫热的,便腾腾喷出火焰。那热气
直向灵龟身边逼来,老精炽得越叫热,那蛇精益喷焰。灵龟老妖被焰炽急
了,乃弄出神通来,也喷出白茫茫滔天大水,直往洞中冲来。这赤蛇也喷
出红通通焚林烈炬,两气相战。谁强谁弱,但见:

> 一个倚仗四灵之首,汪洋顺口喷来。一个逞能五毒之魁,烈焰腾
> 空煽去。但见汪洋逢烈焰,滚沸沸不作寒凝。烈焰遇汪洋,冷阴阴难

烧肌骨。始初未济合相，嗣后交和成数偶。

却说灵龟老妖喷水，赤花蛇精喷火。两个喷了多时，方才相近。见了面，大家笑将起来。赤花蛇精道："原来是灵龟契友，久别清光，何期今日相会？"灵龟老妖答道："只为一宗心事，特来时议。"乃把摄经一节，被唐僧他徒弄手段，骗哄了他的情由，备细说出。赤花蛇精听了道："原来就是唐僧，他当年路过此岭，静悄悄过去。有人说唐僧十世修行，吃他一块肉，成仙了道。那时不曾捉得他，闻知他近日从灵山下来，已证了仙体。不但有百灵保护，便是捉了他，也吃不得了。只是闻得他取来的真经，大则修真了道，小则降福消灾。我等安可不摄取了他的，做个至宝。"灵龟老妖喜道："我来正是为此。只是用何计摄取他的经担？"蛇精道："待他过岭叫热，我便知他们过岭。那是喷出烈焰烧他，他自然畏怕走了。这经文必然我得。只恐他又如来时，静悄悄过岭去了，使我不知。"灵龟老妖笑道："契友，你主动，不如我主静。你必待他开口；我却要他静默不言，便知他过岭。动静既在我两个，料经文必归我们之手。"蛇精大喜，乃请龟妖到他洞中款待，等候取经人到岭，不提。

且说比丘到彼僧与灵虚子待唐僧师徒整顿了经担，从正路前行，他却移去庵堂，复还本相。一路只以保护真经为心，最怕唐僧师徒动了邪念，惹出妖魔。他两个或先行，或后走。三里五里，或山或水，百般防范。却好先行打从这赤炎岭过，比丘僧与灵虚子说："师兄，你知这赤炎岭不许行穴叫热么？"灵虚子答道："我久已知。但只是静悄不言，便过得去。"比丘僧道："正是如此。"两个遂闭口噤声。方才走到岭头一二里路，却早灵龟老妖却向了蛇精说："有僧道从岭过来了，莫不是取经僧至？"蛇精听得，便走出洞，到得岭头，果见一个僧人，挂着一串数珠儿在项上；一个优婆塞，拿着一个木鱼儿在手中。他两个计较，一个说："让他过去，只夺经担。"一个说："莫要容他，且来一个害他一个。"蛇精便喷出烈焰，龟妖乃喷出洪流。比丘僧二人正在岭头行走，只见冷冷热热。一阵暖气炎蒸，忽又一阵寒风凛冽。比丘僧乃向灵虚子道："师兄，冷风热气逼来，恐有妖魔阻道，须要小心提防。"灵虚子道："天气晴明故暖，岭头静僻生凉。师兄，何劳过虑妖魔，便有妖魔，我等岂畏？自有驱他法术。"比丘僧笑道："我等固然不畏，但恐打经担的生事，又要费我等工夫。"正说间，只见岭前来了个妖精，好生古怪。怎见得古怪，且听下回分解。

总批

五老中,水、石最高,得无心之妙;其次莫如鹤、鹿;龟老便多事矣,只缘自恃聪明故耳。

人见龟、蛇相交,不知其相克。或曰交未有不从克来者。《冷符经》云:"生者死之根,死者生之根。"

第 十 三 回

老叟说妖生计较　龙马喷水解炎蒸

话说龟妖与蛇精见了两个僧道前来，计较了一番。只叫蛇精变了一条千尺大蟒，先游出岭头，横拦阻着大路。比丘见了他：

> 烈焰口中出，毒烟焰内生。
>
> 眼睛如柳簸，牙齿似钢钉。
>
> 粗比十围木，长同百丈鲸。
>
> 岭头横阻路，宛尔一长城。

比丘僧见了，骂道："孽畜！你张威作势，吐焰喷烟做甚？我乃行脚僧人，清齐老道。视浮生如寄，你便吞了我等这吃素的身躯，有何补益？"蛇精口吐人言道："我也不吞你这穷和尚，只问你可曾挑得经文来？若是有经文，早早留下，放你过岭去吧。"

比丘僧笑道："我不曾挑着担子，经文从何处来？便是要经，你虽是个异类，也自有真经在腹内。不自问经，却拦我贫僧要经，哪讨经文与你？"蛇精听了到彼僧说，想道："我原为要他经文，降福消灾，修真了道。这和尚既不曾挑经走岭，若伤了他，乃是求福却反损德。不如放他过去，等那挑经担的和尚们来要经罢了。"

即时变了一条小花蛇儿，往岭傍游去。比丘僧见这情节，乃向灵虚子道："原来岭上是这蛇蟒作耗，他也知要经。但我等空身，冲了他过去；只恐唐三藏师徒过此，有经担包柜，不免被他拦阻劫夺。"灵虚子道："妖怪何地不生，但看唐僧师徒心意何如？若是那孙行者机心百出，这妖怪却也多方拦阻，我等只得随行保护。师兄可先过岭，待我指点他，把经文设个计较。或是藏了，或是并在一处，与唐僧守着，叫他三个徒弟使出手段，把妖怪降伏了。便是后来行人，不遭他毒害，也算一功。"比丘僧依言，乃先过岭，到前途等着。灵虚子却变了一个老叟，手执竹杖，在岭西头，坐在一块石上。

却说唐僧与行者三人，辞谢老僧，担经前行。三藏在路，盛称庵僧师徒有德，扰他殷勤供奉斋饭，又找寻经担。不觉的走到赤炎岭西头，三藏见这岭：

> 狭隘弯弯曲曲，凸凹峻峻低低。两壁树林密匝，一条石径东西。

鸟雀不闻声唤,峰峦只有烟迷。草屋茅檐何处,行人难免悲凄。

三藏见了高高低一条长岭在前,乃对行者道:"悟空,我们来时,不曾由这岭过,怎么回去有这条狭隘弯曲长岭? 又没个人家问一声。"行者道:"师父,我们来时夜晚行走,信着马步,不觉的过来了。如今既到此,少不得看前边有人家,问个路头走去。"三藏道:"徒弟,你看那远远坐在岭头的可是个老叟?"行者看道:"师父,你好眼力,果是个老叟。我们且把经担歇下,上前问那老叟一声,方好前走。"三藏依言,叫八戒们歇下经担;把马驮经柜也卸下。正要上前问那老叟,只见老叟工执着竹杖走下岭西头来。三藏便迎着,打了个问讯道:"老尊长,往东土去路,可是过此岭去?"老叟道:"师父,你是哪里来的? 看你容貌,听你口音,却是中华人。想当日来时,必也过此岭。怎么今日又问路?"三藏道:"老尊长,我们来时,乃是夜晚行走。不曾眼看这岭,高低凸凹过来了。如今回去白日里,故此生疏失记了。"老叟道:"正是夜晚阴凉静悄,过来不会惊动这岭内妖精。"三藏只听得"妖精"二字,便打了一个寒噤。说道:"尊长,此岭有甚妖精?"老叟道:"师父,你不知这岭中有一条赤蛇精,毒焰喷烟。过岭的被了他焰,若说一个'热'字,他便喷出毒烟,只把人逼焦渴了,他却吸人精血。"三藏道:"这等便闭口不言热,可过得岭去。"老叟道:"当初行人知这情节,只闭口藏舌不语,静悄悄过去。如今又不同了,添了一个妖精,若是闭口静悄,又惹得这妖精知道,也喷什么妖气迷人。"三藏听了,越怕起来道:"老尊长,似我等出家人,炎凉气息,生死心灰,他便吸了去,也没奈何。只是我师徒有这几担经文,却如何处置?"老叟道:"正是。前日有两个僧道过岭,那妖精要吸他。也念僧道是出家人,瘦骨伶仃,只问他要经卷。僧道回他没有经卷。那妖精果然见僧道身边没有经卷,让他过岭去了。师父们既有许多柜担,须要计较个法儿过岭。"三藏听了,慌张起来道:"悟空,这却怎么好?"行者道:"师父放心。当初来时,徒弟在李老儿庄上,把大蟒精降灭。如今哪里怕什么赤蛇精?"老叟笑道:"小长老,你当初来时,可有这许多担包么?"行者道:"来时却是空身,没有柜担。"老叟道:"再可有什么物件?"行者道:"不敢欺瞒,有一根粗粗细细的金箍棒儿,专打妖精。"老叟道:"这棒儿如今在哪里?"行者道:"只因取了经,缴还灵山,说它是伤生器械,同不得方便经文。我若有这器械,何怕此岭难过?"老叟道:"小长老,你也休提那伤生器械,只当保全这方便经文,你师徒计较个万全良策。要紧,要紧!"老叟说罢,往岭傍去了。

三藏道："徒弟,这老叟叫我们计较个良策,你们却怎生计较?"行者道："依徒弟计较,把马驮的经柜,与沙僧赶着过岭。那妖怪若是问师父要经,你只说你是贩货物的僧人,这经包柜担,都是货物,未曾有经。"三藏道："那妖怪哪里肯信?"行者说："师父只说,我出家人不打诳语,若不信,便打开柜担看验,可是货物。"三藏道："那妖精就信了是货物,他却问你是何货物?"行者道："师父,只说是雄黄、朱砂、蕲艾等货物。"三藏道："徒弟,天地间货物也甚多,怎么说是这几样货物?"行者道："师父,你岂不知龟蛇畏怕雄黄、艾叶。犯着他的对头,他决然放你过去。"三藏道："雄黄乃制蛇之物。艾叶却哪里用?"行者笑道："师父,你岂不知灼龟的,用艾叶炙灼。"三藏道："那妖精万一见了对头,反恼怒起来,倒与我们作对头,如之奈何?况我乃出家之人,一点志诚取经,一点忠厚待物,怎么说这许多诳语。且说出两宗杀物的雄黄、艾叶,此心岂忍?"行者道："师父,那妖精要夺你经文,又要害你,你如何不忍他?"八戒在傍说："师兄,真真你用的都是机变心。依我老实,师父赶着马,沙僧师弟跟着先过去。妖精若问,只说未曾有经;妖魔你若要经,那后边两个丑脸长老,挑的却是经。他定然放过师父去。却来问我两个要经,那时我两个再做计较。就是那妖怪不信,不肯放师父,我两个拳打脚踢,料也胜得妖精。"三藏道："徒弟,只是难为你两个费力。"八戒道："师父,弟子应当遇危难上前。"行者说："就依八戒的计较吧。"

三藏乃赶着马驮的柜包,沙僧挑着担,先行过岭。方才走了三四里,只见冷气阴阴。沙僧一时浑忘,开口道："师父,那老叟说有些热气,怎么却是冷气?"三藏道："想是我们不说他热。"师徒方才个"热"字儿出口,只见那岭上顷刻间就三伏天一般热起来,师徒二人着实难过。没奈何,忍着那热气熏蒸,往前行走。却喜得玉龙马,原是海中龙子化现,他不畏火热,反喷出几口水来挡抵。三藏赖此前行不远,忽然那赤蛇妖精拦着岭路。他不变千尺大蟒,却变了一个山精猛怪,手执着一根大棍。那灵龟妖变了一个四足猛兽,与赤蛇妖骑着。见了三藏,口吐着毒焰道："那和尚,快留下经柜包担,饶你性命。"沙僧就要掣禅杖相敌,三藏忙止着道："徒弟,莫要与他抵敌,依八戒说,还是老实求他为上。"乃向妖怪稽首道："贫僧是出家人,不打诳语,这柜担包内,实未曾有经。大王若是要经,那后边有两个丑面和尚,挑着的却是经担。"妖精道："我不信你。你说出家人不打诳语,偏是有一等出家人,最会说空头话哩。"妖精故意发威作势,叫小妖上前,把沙僧的担包扯开封皮包裹来看。却好这一包内乃是《未曾有藏经》五十五卷在内。妖精一见了签面上写着"未曾有经",随即叫小妖仍包裹起来,向着三藏拱手道:"长老果是真诚,开口说包担内未曾有经,不虚,不虚。让他过岭。你说后面丑面和尚有两担经文,断是不打诳语。"小妖道:"马垛子柜内只恐有经。"妖怪道:"一句实,百句实。这长老可敬,不必又开他柜子,料也都是未曾有经也。"三藏合掌拜谢妖怪,与沙僧飞走过岭。远远见一村人家,三藏道:"悟净,那前边有人家,料可投止,我与你住下,待我悟空两个来。"沙僧依言。师徒走到村前,见一家门首,三四个男子汉在那里演习棍棒。见了三藏道:"这是往年上灵山取经的长老,黑夜打从此岭去的。今取了经来也。"一个便说:"师父可是大唐取经圣僧?"三藏答道:"正是贫僧。"那汉子便扯着马垛子道:"舍下少住。"

三藏随跟他到家内,众人都来相见。那汉子便问:"闻知往年师父四位黑夜过此岭,我们都替你怀着忧,惧怕你们不知禁忌,冲撞了岭内妖精,丧了性命。如今回来只二位,想那两位是此岭内差池了。"三藏答道:"谢赖老善信,往年过此岭,实是晚夜。我等也不知什么妖精,总来以无心过去了。今日回来过此岭,遇一老叟说,这妖怪到也善心,不伤害我等出家僧道,只是要我们经文。托赖众善人福庇,小僧两个过岭遇着妖怪,被小僧说未曾有经,他开包看验,只因经包内有这《未曾有藏经》名,那妖怪信我志诚,放过来了。但我那两个徒弟,现挑着两担经包,必然要被妖精盘着。"这汉子们道:"师父,且宽心。只恐妖精也放过高徒来未可知。"三藏道:"我那徒弟不似小僧情性淳善,有些多事。三言两句与妖精讲不合,便动手动脚起来。我倒不虑徒弟过不得岭;但虑经文有差失。"众汉子道:"师父,你切莫说动手动脚的话。这妖精却甚厉害,他文讲便是毒火炽人,武讲便是狼牙大棍。因此行人多被他害。就是我村乡过岭,知他妖气,只是不开口。万一遇着他抢拳舞棒,必须合伙五七个人,各持短棍防他。所以我等个个在此演习些棍棒。师父且吃些素斋,若高徒久不过来,我等当多约几人,与师父高徒助力过岭。"三藏听了,深谢。只得吃斋等候徒弟。

却说行者与八戒,待三藏与沙僧先走的几里,他两个方才挑着经担,走上岭来。行者知道怪情,闭口不语。八戒见冷气渐渐喷来,不觉地大笑起来,说道:

　　　老汉精扯谎,岭间有怪情。

　　　僧嫌人说热,便有毒烟生。

不是烧头发，便来炽眼睛。

若要平安过，除非不作声。

老猪信了实，恐怕把妖惊。

闭着喇叭嘴，蹑着脚步行。

那更有炎热，反倒冷清清。

身上寒冰冻，喉中冷气生。

怎能滚汤喝，得些热饭撑。

再若熬一会，这经担不成。”

八戒咕咕哝哝了一会，越发大叫起来：“这冷清清，阴渗渗，真难熬，倒不如热热吧。”行者听了道：“呆子，你犯了妖精的戒，只怕要来热闹热闹哩。”八戒道：“走到这田地，也说不得？”正讲未了，只见岭东来了一个妖精，骑着一个四足猛兽，手执着一根大棍，大叫道：“那标致脸的两个和尚，快把担包内经文留下，放你过岭。”八戒见妖精叫他做“标致脸的和尚”，他便笑嘻嘻地道：“不标致脸的大王，我小僧老实，包担内有几卷经文，却不是你用的。休看僧面看佛面，让我两个过这岭去吧。”行者见八戒说妖精“不标致脸”，乃定睛看那妖精，怎样不标致，但见他：

尖角两裁头，双睛齐抹额。

通红腮颊宽，乌黑鼻梁窄。

狼牙似铁钉，猬耳如门槅。

倒插连鬓胡，吆喝将人吓。

行者看了这妖精一眼道：“大王，你要我们留下经文。不知我这经文三不可留。”妖精道：“哪三不可留？”行者道：“一是灵山如来洪慈，舍与南赡部州人民降福消灾的宝卷，不可留。二是我师千山万水，受尽苦难，今日取来托付与我徒弟们；我徒弟怎敢遗失了，不可留。三是这宝笈琼书，感应显灵，通天达地，出幽入冥，有善男信女斋戒沐浴，方可给与；若非比丘僧尼、优婆塞夷志诚恳请，也不可留。大王不过是个山中的豪杰，没有善信僧尼的功行，怎么留得？”妖精听了笑道：“和尚，你说三不可留；我却说有三可留。”却是哪三可留，且听下回分解。

总批

却说有经不但实了三藏诳语，亦见真经方便功德，无地无之。

说热便热，实有此理。所谓燥胜寒而风热也。无心便过得去，更是真话。《列子》书载无心之人，可以游行石中无碍，岂止不知妖怪而已。

第 十 四 回

妖精行者打猴拳　道士全真愚怪物

　　行者听了妖精三可留，乃问道："大王，且把你三可留说与小和尚一听。"妖精道："经文既是如来真言宝卷，无非度脱众生玄理。这玄理，不但善信男女得以见闻，便是非潜动植物类，也得瞻仰，莫说我一个大王了。此一可留。我闻真经到处，风调雨顺，人安物阜，天清地宁，山谷草木也沾些灵异。我这岭中，时亦有灾殃不顺。此二可留。我大王堂堂一个神道，威风颇大，手段更强，要你这小和尚几卷经文，何消拒吝。此三可留。"妖精说罢，举起大棍照行者当头就打。行者忙使个金刚不坏身法术，那妖的棍荡着两段。妖精惊道："这丑脸和尚，倒有个铁布衫法儿。"去了棍子，腰里解下一个流星锤，照八戒一锤打来，正打在八戒肩脊上。八戒也忙使出个磁石吸铁法术，把那刚鬣变了磁石，把妖精铁锤紧紧吸住。这妖怪没了兵器，便跳下猛兽来举起双拳劈面照行者打来。行者笑道："这妖精抢拳上了老孙门了。"乃脱了皮袄，同妖精走了一路猴拳。怎见得是猴拳？但见：

　　　　行者伸一手，打个夜叉探海；妖精飞两脚，使路猛虎扑羊。行者
　　一拳起，叫做泰山压顶；妖精单脚站，却为枯树盘根。行者一脚挑，道
　　是金鸡独立；妖精斜眼视，名唤丹凤朝阳。
他两个在岭上走了几路猴拳，看看妖精败了，被行者打得踉踉跄跄，叫灵龟帮助帮助。那龟妖也便猹脚舞手，上来浑打。猪八戒见了，急攒起拳头，也浑打来。行者却不防他带了几个小妖，把经担抬回洞中去。那妖精见得了经，便乘个空儿，一路烟往赤炎洞去了。行者与八戒回头见没了经担，都暴躁起来。八戒道："怎么好？师父交了经担与我两个，老老实实解下禅杖来一顿打死了这妖精过岭去吧；却使什么铁布衫儿法，又同妖精打甚猴拳，这回经担抢去，工夫丢了，师父定然恨骂。"行者也恨一声道："千差万错，我老孙只不该缴了金箍棒。今若是金箍棒在身，这回打上妖精门，要经担谁敢不与？如今赤手空拳，纵去寻着妖精，只是抢拳，终成何

用?"八戒听了,便想起钉耙,放声哭将起来道:"我的钉耙呵,想你自从我当年,

> 修道功成御敕封①,官名元帅逞威风。
>
> 红炉炼就宾吾铁,神匠磨成造化功。
>
> 九齿狼牙多厉害,一条龙柄果然凶。
>
> 舞动光芒风不透,逢妖一筑影无踪。

今日里只为了取经文,缴还在库,虽然说我钉耙是凶器,经文是善心。如今遇着恶怪抢了经文去,善心没用,叫我两件皆空。若有钉耙在手,经文也不得抢去,两利俱存。我的钉耙呵!"

行者笑道:"哭脓包,哭有何用?为今之计,只有捡近便的做,要去取钉耙,知道可取得来;就是取得来,未知经文可取的?如今不如过岭寻了沙僧来,他还有一条禅杖在手;一则三个打妖精两个,可以胜得他。"八戒道:"此时寻沙僧来,恐迟了,怕那妖精得了经担,拆开包裹,失落了经文。不如找寻着妖精洞处,讨个虚实,再去寻沙僧也未为迟。"行者道:"此时不得不用机变矣。师弟,你去寻沙僧,待我去找妖精探事实。"八戒依言,往岭上飞去去找沙僧。行者爬山越岭去寻妖怪。

却说龟、蛇二精打行者不过,得了经担到洞里,叫小妖紧闭了洞门。龟妖就要打开包担,看是什么经文。赤蛇妖道:"且莫要轻易拆动包裹。我闻经文都是字义,非焚香不可展开看阅,非斋戒不可造次课诵。若是造次打开,轻易看阅,你要求福,反教作罪了。"在洞中计较不题。

再说行者在岭上前后找寻,到得这赤炎洞口。见乱石塞闭了洞门,里边光亮亮似有人声,乃向石缝儿里张看。只见里面热气烘烘,如烟如雾,火气一般。乃想道:"经担包裹皆是纸封,怎当得火焰;万一妖精抢来放在洞内,若有差池却怎么了?"行者想了一会,他机心顿起,随摇身一变,变了一个小火蛇儿,游入洞内。只见小妖们欢欢喜喜说:"大王得了经文,等斋戒焚香开诵,保佑我等合洞大大小小,长生受福。"行者听了,心里也微微欢喜说:"妖精有些意念,就是经文灵验,必有护法保卫。使他不敢动了。"随游进洞里,果然经担原封不动,好好安在洞中。行者查实了,乃游出洞外,依旧在岭上等八戒去叫沙僧。

---

① 敕(chì)封——皇帝对君臣的封赏。

且说灵虚子变个老叟,说明了三藏叫他师徒好生计较,他从岭傍抄小道,会着比丘僧,把前情说了。比丘僧道:"半日不见唐僧过岭来,只恐遇着妖怪,我们须去保护。"二人复来到岭东。唐僧同沙僧俱已过岭,在村居人家坐着。他两个变了两个全真道士,走到村人家门前,却遇着八戒来寻沙僧,备细把妖精抢经的原由,与三藏讲说。吓得个三藏抚膺顿足,只叫:"怎么了!"只见两个道士上前劝道:"长老师父,休要着急。我小道常过此岭,到玉真观望复元大仙。这妖精颇熟识,好歹聊施小计,叫他仍还了你真经前去。"三藏听了倒身下拜,便求二位师父作个计较。道士说:"只是要借重你两位高徒,赞成此计。"八戒道:"计将安出?"道士乃向八戒耳边如此如此。八戒笑道:"会的,会的。我那孙大师兄更积年。"道士笑道:"也只因他这积年机变,连我道士如今也机变积年了。"说罢,叫三藏同沙僧依旧坐在村家等候,他两个同着八戒复走到岭东头。却好遇着行者迎来。八戒见了行者,把道士好意说出;行者也把妖精情由说了一番。道士笑道:"此计最好用。"乃叫行者同八戒变做两个经包柜子。却叫灵虚子挑着他,摇摇摆摆走上岭来道:"好热,好热。"就惊动了蛇妖:变了一个雄赳赳的魔王,骑着猛兽走出岭来。见了是两个道士,便问道:"你二位全真,我有些熟识,哪里去?"道士便随着他口答道:"我常打大王岭前过。大王厚德不肯加害,无以报恩,早晚只是焚香,课诵经忏,与你延生获福。"妖怪听了道:"长老家有真经,怎么你道士也有?"道士说:"僧家经文是求福将来,我道门经忏乃长生现在。"妖精听了个长生现在,便喷出毒焰来要经。道士忙说道:"大王不必以威取。小道既久在爱下,便将两柜经忏送到洞中;还替你课诵,传授你口诀。"妖精听了大喜。随与龟妖变化了两个善眉善眼男女,领着全真,挑着经柜,走到洞里。全真一见了两担经包,便问:"这包内何物?"妖精便说出是过岭的僧人经担。全真道:"有了我们经忏,便留不的他们经文。"妖精道:"既然留不得,叫小妖扛出洞去焚了罢。"全真道:"这却不可。诵经事小,积德功大。这和尚也是一片善心取得经来,你何苦焚了他的。依小道说,大王还了他去,也是积德。"妖精依言,叫小妖:"把和尚经担扛出洞门,丢在岭上,听那和尚取去罢。"小妖依言,把经担送在岭上。

却说三藏见八戒、全真去久不见回来,叫沙僧去探看。村众人等各发善心,齐帮沙僧上岭来。恰好遇见经担丢在岭上,众人与沙僧挑回,只不见行者、八戒在何处。

却说比丘僧与灵虚子变得全真，坐在洞中。见小妖扛了经包出洞，回来说已丢在岭上。他两个故意叫妖精备办香烛，好课诵经忏。妖精道："这香烛，我洞中却少。"全真道："大王，你不便村间去取，待小道取来。"妖精信真。他两个丢下经柜，下岭来。叫三藏、沙僧好生收拾经担，喂饱了龙马，只候行者、八戒来时走路，却远远伺候着看是何等光景。

却说那妖精见道士取香烛不见回洞，两柜经忏放在洞中久等。那孙行者躁性子，哪里耐烦，猛然叫声："八戒，道士哪里去了？念又不来念，开又不来开，闷的紧了。"八戒也忍不住道："都是你，什么机变机变，变了个外面着实里面空空。这会偏生机了。"妖精听得，吃了一惊道："哎呀，经担如何说起话来？"龟妖道："罢了，日前我那古柏老等友被取经僧要了，故此特来寻你。今却又被他哄了。"蛇精道："你休疑猜。想是真经灵感，会说言道语。待我志诚拜他两拜，问他个原由。"蛇妖乃走近柜前，磕了两个头道："真经宝卷，为何说话，想是灵应，有感必通。道士说你能保佑长生现在，望你方便我男女两个，福寿无穷。"行者听得，只是暗笑，忍着不言。那八戒忍不住，便在柜子里说出话来道：

> "宝卷真经，真经宝卷。怎把妖精，慈悲方便。
>
> 你来骗我，我把你骗。外边方方，似柜如包。
>
> 里面空空，没有一件。香供不来，全真弗见。
>
> 老猪腹饥，势难久变。不是馍馍，便是斋馔。
>
> 快速献来，当顿早膳。是我老猪，到处行头。
>
> 也见你们，妖精体面。"

蛇精听了道："哎呀，不好了，被那挑担的诱哄了。"忙将口喷出火来，把经柜焚烧。哪里知道行者、八戒神通，他已知经文保全过岭，料必沙僧挑去。即忙复了原身，跳出洞外。妖精执着兵器，赶出洞来。行者、八戒赤手空拳，只得往岭下飞走。早有那地方人等执着棍棒，同沙僧来迎他两个。行者、八戒得了两条大棍，拿在手中。只见龟、蛇二妖，各变得神头怪脸，上前来厮杀。这一场好杀，怎见得？但见：

> 妖精举棍来，和尚抢禅杖。
>
> 你冲我一撞，谁肯相饶让。
>
> 妖精会捣虚，行者能批吭。

八戒勇难当,沙僧雄更壮。

大闹许多时,谁下谁在上。

一边大声喊,只叫打妖精。

一边吆喝高,莫要饶和尚。

恼了众村人,各举兵相向。

妖精造化低,几乎都了账。

两个妖精敌行者三个尚且不过;再添了众村人举器械帮斗,妖精力弱,虚架两棍,往岭西飞走。行者同众人齐齐赶上岭来,要到洞里灭这妖精。只见两个全真道士走近前来道:"三位师兄,我小道替你聊施小计,完璧归赵。可看我的情分,饶了这妖精吧。"八戒道:"偏不饶他,叫我变甚经柜,饿的我个小发昏。"全真道:"你若必定要灭了他,却又背了缴钉耙的功德。出家人取真经,正为救济众生。若方便了他,你们一路回去,自然有妖魔方便你。"行者听了,便叫:"八戒,依二位师真说吧。我们赶早走路。师父在人家眼望哩。"众人道:"千载奇逢,遇着三位神僧来此,乘着力量,把妖精灭了,也为我地方保安,与那过往客商除害。"全真道:"众善人休得过虑。我全真自有降伏龟蛇本事,管教你地方永远清宁。"行者同八戒、沙僧依了全真下岭,众人只得退回。那全真也自作别去了。正是:

水火安宁无怪异,全真煅炼有神通。

却说行者三人回下岭来,见了三藏,辞谢村众,师徒挑担的挑担,赶马的赶马,三藏口口声声只念未曾谢的全真道士高情。八戒道:"高情高情,变甚柜子饿断板筋。"行者道:"师弟一般都挑担走路,偏你只叫肚饿。此后吃斋饭,你一人兼二人之食便了。"八戒说:"也难,除非八九个都让我,还不知可了得哩。"沙僧道:"二位师兄,各人省些气力挑担,不要争饿气了。"

再表唐僧师徒息了水火,和合龟蛇,一路东回,更无阻滞。不觉又是秋色凋零,寒威凛然。师徒们冲风冒冷,夜住晓行,只为经担随身。顾不得千辛万苦。一日,正行着,只见彤云密布,瑞雪纷飘。唐僧叫一声:"徒弟呀,你看空中雪花渐渐飘落,此去前途是何处地方,我们离赤炎岭多少路程了?"行者道:"师父,来时走一程,问一程,盖为灵山不知多少路,如今走回头路,料着走一程近一程,何须担忧。"三藏道:"悟空,不是这等说。我们如今走的路,前不巴村,后不巴店,雪又渐大,你看那前面树林深处,且歇下经担,避一时再走。"行者道:"师父,雪比不得雨湿淋漓,冒雪还走得。"三藏依言,乃冒雪赶着马埃前行。八戒猛然笑将起来,沙僧道:"二哥,你笑怎的?"八戒道:"我看师父冒雪前行,那嘴唇儿动动的,似做雪诗之意。向日吟冬至诗,惹了妖怪。如今又想雪诗,只恐又勾引出古怪来。"沙僧道:"二哥,师父或者无此意,你却又生出一种狐疑心。"行者道:"你岂止一种狐疑心,还有两种儿心哩。"却是何心,且听下回分解。

第 十 五 回

因缘理指明八戒　木鱼声击散妖邪

　　沙僧问道："大师兄，二哥却还有两种何心？"行者道："他见师父嘴动，不恭恭敬敬听；师父开口，或是师父教导徒弟好言语未可知。乃发长笑，这叫做一种慢师心。却又提起往日冬至吟诗惹妖怪；而今说勾引什么古怪，这叫做一种妄诞心。我想日前取经，说我动机变心，不如他老实心；如今这几种心，不见什么老实也。"三藏道："八戒既动了狐疑心，我便除了他疑吧。"行者问道："八戒怎么与他除疑？"三藏道："且到那树林少歇，莫要苦苦冒雪前走。"行者依言，乃进入深林歇下经担。果然林密遮风，撼的些风雪。三藏乃开口道："悟能，你休要疑心，我果然是心中想一联雪诗，不觉得练句动唇。"八戒道："徒弟笑实不虚，请师父吟出来吧。"三藏乃吟道：

　　　　"真经喜得返东方，过一冈来少一冈。

　　　　忽地淡云生四野，霎时片雪到穷荒。

　　　　天寒地冻因风冷，马倦人疲觉路长。

　　　　唯有山僧无可望，但祈丰瑞万民康。"

按下三藏师徒在密树深林暂歇避雪。

　　却说赤蛇与灵龟老妖，他两个虽未抢得真经，却也沾了真经神异。又遇着比丘僧化现的真经，虽说假化，总属道理提明了他。他两个配合阴阳，躲入深谷修真，不复喷热吐冷，把赤炎洞小妖多叫散了。这小妖内有一个得了蛇妖毒焰的名为羱蛇①，又叫着蜥蝪。这小妖没处去向，却走到这黑树林间住下，不提。

　　且说三藏师徒歇着经担，吟诗咏雪。师徒们说一回，咏一回。八戒道："师父只是好吟诗，误了路程。徒弟看这路，似来时黑松林遇着妖怪女子的地界。"三藏听得，惊了一吓道："悟空，挑着担子走吧。"行者道："当初来时，

───────────────

　　①　羱(yuán)蛇——即蝮蛇。

过了黑松林便是镇海寺。如今镇海寺未曾到,哪里就是黑松林?若是到了镇海寺,只恐那寺中长老,要迎接我等吃他一顿饱斋哩。”这八戒只听得一顿饱斋,即忙挑起经担便走,那雪渐渐微小,师徒们欣然上路。

却说这彡妖在林子里,冷冷清清,没有岩洞,存身不住。因听着他师徒说黑松林镇海寺,乃想起:“当初有两个结义弟兄,一个叫做蝮子怪,一个名唤蝎小妖。只因我跟了赤花老妖相别多年,近闻他两个在黑松林居住,不免顺着风雪到那林中,寻我这两个弟兄。正是同锅儿吃饭,打伴儿修行,也强如在此只身独自。”这彡妖,果然顺着风雪刮到黑松林。哪里有个蝮妖?尽是一派树林丛杂,没处找寻。这彡妖腹内饥饿,在那雪树林中凄凄惶惶。却好一个小虺儿①游出树根底来,见了彡妖说道:“天寒地冻,你如何不在深崖藏躲?”彡妖答道:“我只因跟随着赤炎花蛇,故此不畏寒冷。你如何也冒雪出来?”虺妖道:“我奉洞主差遣,打探事的。”彡妖道:“你洞主何人,打探何事?”虺妖道:“我洞中有两个大王,一个叫做蝮大王,一个叫做蝎大王。只因洞近镇海寺,常时听得寺中和尚说:‘向年有唐僧师徒四众往西天取经,路过此处,收了女妖怪,救了一寺僧人。闻得他取了真经,将次回来,要差人远接。’我洞主听了,思量要夺他经担,以求长生不老。故此每日差我等打探。”彡妖听了,便道:“我当年有两个结义兄弟,正是蝮、蝎二妖。闻得他正在这林中居住,不知可是你大王?”虺妖道:“我便引你到洞中认他一认。”彡妖道:“你大王要知唐僧消息,我尽晓得。烦你引进一引进。”小虺乃引着彡妖,出了深林,过了小涧,一座石山,山中微微一洞。但见:

乱石参差,玄崖险峻。青苔点点藏深雪,绿藓茸茸耐岁寒。洞外有曲径幽芳,洞里有山泉滴沥。薜萝深处,不闻鸟雀飞鸣,溪壑丛中,时见虺蛇来往。

彡妖到得洞前,小虺入报。蝮、蝎望见,忙迎入洞中。彼此不是那原形旧体,都变了精怪身躯。两下叙了些寒温,便询问来历。彡妖便把赤炎岭龟、蛇抢经,被和尚诱哄的情由说出。蝎妖笑道:“你那蛇老洞主,虽说喷热毒人,就不该让了他过岭。你既饶了他,他便不饶你。”彡妖道:“让他过岭,原为取他经的。”蝮子妖道:“我们如今不取他的经了,只算计那

① 小虺(huǐ)儿——古书上说的一种毒蛇。

和尚与你洞主报仇吧。有经无经,再作计较。"羘妖道:"取经和尚进了寺门,便有僧人防护。须是乘他未到,先设一计,或抢夺他经担,或毒害他性命方好。"蝎妖道:"我有一计,管教经担、僧人俱入我圈套。我们就变作镇海寺长老差来迎接他的,必然替他挑着经担。那时却从小路拐他到洞来,要经,要和尚,都在于我。此计如何?"众妖道:"此计甚好。"

不说蝎妖定计,且说比丘僧同灵虚子变全真保护了真经,两个复了原形,在三藏们前途行走。正到黑松林内,偶见了羘妖虺怪,乃忖道:"天寒地冻。虫蚁入蛰。怎么这羘蛇外游,莫非是取经僧们,又引惹出异怪来了?"这灵虚子神通灵异,就变个小虺,随他游入洞中。众妖不疑,说许多抢经担害和尚的计较。他听得忙出洞复了原身,与比丘僧说知。比丘僧道:"真经万无与妖魔算去之理;只怕他假变和尚迎接唐僧,引他到洞,把毒气伤害了他。不若先将此情与唐僧说明,好教他防备。"灵虚子道:"此事若先向唐僧说明,那孙行者知妖怪毒害他师,使出神通本事,定然把妖精性命送了。我等出家人不伤生命,只要保护经文,当以方便为主。不如我同你假做取经回来僧人,待那妖精来接,跟他洞来,我等敲动木鱼。这木鱼声响,万邪自避。那妖精必然远走。"

比丘僧依言。他两个就变了唐僧同行者向正路走来。那蝮、蝎两妖,带着羘妖,果然向正路迎来。见了假唐僧、行者,羘妖认得说道:"这来的就是唐僧师徒。"两个蝮蝎妖,假变了寺僧上前迎着道:"二位师父,可是灵山取经回来的?"假唐僧故意答道:"正是,正是。"妖精道:"我乃镇海寺长老差来远接圣僧的小和尚。我长老向年多蒙圣僧老爷除妖灭怪,保全了本寺僧人。闻得人说,老爷们目下回来,差我们远来迎接,老爷经担在那里? 把与这后生挑了,我等引路,抄近路到寺。我长老已备下斋供,等候了几日也。"假唐僧道:"我们经担在后,因风雪行慢。"妖精道:"须是等了来,与后生挑着,省老爷高徒之力,也见我长老远接之意。"假唐僧道:"不必等候,料我先行,他们自然跟来。"妖怪依言,领着假唐僧抄小路儿走。未曾走了一二里路,那灵虚子便袖中取出木鱼儿来,连敲了几下。那声响处,善信人听了,清清亮亮,生出一点恭敬心来;若是妖邪,一闻声响,即便消散如东风解冻,烈日融冰。这妖精闻声远避,丢了二人飞走到洞中。那蝮子妖说道:"取经的和尚,厉害,厉害。怪道赤炎岭龟蛇老妖被他愚弄,我等神通也不小,怎么听了他那梆子声,就如轰雷聒耳,不觉得惊魂丧胆？"蝎妖道："如今也休想引他到洞，只待寺僧迎接他来，待他们夜宿之时，那梆子不敲，和尚睡着，我等悄悄偷了他经担包柜来洞便了。"羚妖道："他若敲着梆子找到洞中，你我怕梆子，依旧要还他。"蝎妖道："这事在我，他若知道找寻洞来，我自有毒气烟火喷起，料他不敢近洞。"按下众妖计较偷经。

　　且说三藏同徒弟冒雪前行。忽听得木鱼声响，三藏道："悟空，是哪里木鱼声？想是庵观寺院，或是善信人家，有斋化一顿充饥，只恐是来时的镇海禅林了。"行者歇下经担，跳在半空，四下里一看。哪里有个寺院？也没人家。乃下地来向三藏道："师父，一时误听了：不是风生林内作响，定是樵子伐木声来，错听了作木鱼儿。这四处并没个人家寺院。"三藏道："真真古怪。分明是木鱼声响，想是我心意在诵念经咒，故此把往日情景生来。"行者道："师父，见的正是。"八戒道："师父又说哑谜儿了。怎么今日的耳朵响声，说什么往日的情景？"三藏道："八戒，你哪里知心念不空，涉诸影响。"八戒道："徒弟这时只知道用力气磨肩头挑经担；饥饿了，化斋饭，尽着撑。什么心念不空，涉诸影响，其实不明白，没悟性。望师父老老实实、明明白白教导徒弟两句儿。后来若是遇着那磨牙吊嘴，讲道谈禅的，徒弟也答应他两句儿，也见是师父门中出来的徒弟。"三藏道："悟能如今雪中要挑担子赶程途，哪里是讲道理，误工夫的。"八戒道："师父空身赶马垛，徒弟费力挑经担。你便一面走，一面说；徒弟一面挑，一面听，却也散散心，不觉得劳苦。"三藏道："徒弟，我若说着，你便听着，这便是你心念不空了。"八戒笑道："还不明白，师父老实说吧。"三藏道："徒弟，你挑着走，我有两句儿说与你听就是了。"八戒乃挑着经担，侧着耳朵，两只眼看着师父。只见三藏跟在马后，一面赶着，一面说道：

　　　　"心念本虚灵，无声亦无臭。

　　　　色相何有形。哪里生孔窍。

　　　　只为六情投，因缘相辐辏①。

　　　　目未见青山，已睹高峰秀。

　　　　眼未视水流，已识洪源溜。

　　　　六月冻寒冰，三冬炎火候。

---

①　辐辏（fúcòu）——形容人或物像车辐集中于车毂一样。

形影恍惚间,声音如左右。

心念何尝空,真诚自不漏。"

三藏说毕,八戒听了道:"师父,我也听见木鱼儿响也。"行者、沙僧笑道:"师父,这会子徒弟也分明听得几声木鱼儿响,料必风送远声,定是前后左右有庵观寺院人家,我们上前紧走一步。"

却说当时三藏们来时,过了比丘国外,走了几重高山峻岭。黑松林遇着妖精女子,背到镇海禅林,费了行者万千精力,平复了妖精,救济了寺僧性命。这寺中长老,无一个不感戴取经僧众。知道三藏们取经回家,逐日轮流差人远远打探消息。这日,两个沙弥出寺五六里探听,只闻得梆子响。乃说道:"听得梆子声,却不是我寺中的。梆子声音洪亮,多是取经圣僧来了。"两个沙弥笑欣欣迎上前来,却是比丘僧同灵虚子。他两个敲木鱼吓妖精,见了沙弥乃问道:"小沙弥,何处去的,莫不是迎接唐僧的么?"沙弥道:"老爷,我两个正是来讨信息的。老爷若是取经回来的,请到我寺里去。"比丘僧道:"我两个不是,乃过路的。那取经的僧人,也在后面来了。"沙弥听了此信,急转到寺,报与长老说:"取经的老爷离寺不远。"长老听得,遂撞起钟来。各房僧众上殿问道:"老师父,今日非朔望,不接上司官府,鸣钟何故?"长老道:"往年取经的圣僧,今日回来了。一则感他往日救济山门,灭了妖精女子。一则闻他取了灵山大藏真经,此经功德不可思议:大则见性明心,参禅悟道;小则济幽拔苦,释罪消灾。善男信女,也当诵持。况我等出家人,经乃本领,安可不请求检阅,或是抄写,或是留贮,永为一寺之宝。汝等一房,须是派一个僧人,俱要香花彩幡鼓乐,到十里外路上迎接。"众僧听了,各各依从。一时就备了香幡鼓乐,齐齐出了寺门,望西大路来迎接唐僧。这正是:

若要佛法增隆盛,须是禅林敬众僧。

毕竟长老如何接待众唐僧师徒,且听下回分解。

总批

蝮蝎虺蜒,一派毒物。总是螫心不倒,故一闻木鱼声,自然退散。

假唐僧对着假和尚,绝好对付。灵虚子未免也用机变,只为共心猿一派耳。

余性喜书,梦中尝得异书读之,醒后恍惚能记。故知心念不空,涉诸影响。诚哉是言。

第 十 六 回

真经宝柜现金光　镇海寺僧遭毒虿①

　　话表镇海寺众僧,香幡鼓乐,十里外迎接唐僧。远远望见三藏师徒从西走来,师父跟着马垛,徒弟挑着经担。道路奔驰,形容憔悴,不似往年体面。众僧便有几分炎凉怠慢,有的说:"上国圣僧,当行跪接。"有的说:"过往僧人,非僧录住持,只好拱手相迎。"你长我短,正参差不前。不防灵虚子敲木鱼吓走了妖精,也随路跟着三藏师徒,在那十里远山见众僧纷纷计议,乃察探得知情由,便想道:"这众僧傲慢至此。古语说的好:'轩车清尘,则人让路;毁冠囚首,则人不让席。'据他们说,若是唐僧做个体面势头来,他便跪接拜迎。只如今见他师徒道路辛苦,似有狼狈行色,便情意懈怠。你便是不尊重唐僧师徒也罢了;难道佛爷真经到此,你一个释门弟子见了,不拜跪迎接之礼? 我如今怎么齐的这众僧敬恭之心? 欲待要假变长老,教导他们跪接,既涉了虚幻;欲待要变些仪从,与唐僧装个威势,又非事体;我只动众僧一点敬畏的心吧。"乃隐身向前,向那经担上吹了一口气。只见那柜上金光万道,直冲在空中,现出一位金甲神人。怎生威仪:

> 金盔金甲亮空空,赤服朱缨辉日光。
> 脚踏花靴龙嵌口,腰悬宝带玉雕妆。
> 真经到处神威护,宝杵旋时草怪降。
> 吓得众僧忙顿首,南无护法圣神王。

　　众僧一见了经柜上放出金光,空中现出神人,他齐齐跪拜在地道:"镇海寺众僧禀上大唐圣僧老爷:僧等奉住持长老差来远接。"鼓乐响动,三藏慰劳。僧众各人凛凛摆班导引,离寺一里多路,只见长老同着两个小沙弥也执着炉香迎候。三藏师徒到得山门,众僧齐把经担抬入正殿当中供着。长老众僧过来,一班班先拜了真经,次后与唐僧师徒叙礼。长老便

---

　　① 虿(chài)——蝎子一类的有毒的动物。

开口问道:"圣僧老师,向年从此上灵山,如何今日方回?"三藏便把路远遇怪,费了工夫,略说几句,却问道:"我弟子当年过此,上刹甚是荒凉,如今盖造的这等整齐。向日有几位喇嘛僧人,今日都不见;便是众位师父,俱堂堂闲雅,不似往年体貌。香幡鼓乐,件件皆精,想都是老师父功德。"长老欠身答道:"老师父当年到此时,小僧尚居闲散众中。这寺荒凉,皆因这山中多有妖邪、强寇,被他们作践倾颓。自从老师父高徒降妖捉怪,扫灭了强寇,把地方宁静了,远近施主发心盖造,招集各房众僧。蒙本郡官府说我弟子功行优长,立我做个住持,总理寺事。日前有两位行脚游方僧道过此,说曾往西山来,遇见老师父们取了真经回国,计日到此。所以弟子思念往年老师父功德,率众迎候。真是山门有幸。复蒙老师父大驾光临,得遇真经宝藏,使弟子们见闻,永为僧家传诵。"

当下齐备斋供,敬奉三藏师徒。一面普请十方善男信女,修建道场,尊三藏为首座。老和尚便要拆开经柜包担,请出真经与众僧持念;又叫能书写的僧人,备了纸张誊写。三藏欣然从允。只见行者对三藏道:"师父,我等上灵山求取真经,原非依路与僧人诵念的。国度众多,道途遥远,寺院无限。若到一处,诵念拆开一番,可不费了工夫,延捱时日。况且妖魔觊觎①宝卷。僧众仰慕真经,万一拆封散失毁坏了,是谁之过? 依弟子之意,只当使寺僧香花供养,依长老建一日道场,赶我们路程,莫要拆封抄写诵念为上。"八戒道:"师兄,你只是多心。长老要抄写课诵,普请十方善信,方才做道场。我们不但有几日饱斋,便是衬斋钱钞也多得几贯,补补这身上破袄。古语说的:在家闲是闲。"沙僧道:"二师兄,你只想要吃斋,又动了钱钞利心,哪里是出家人的意念?"八戒道:"千里求官只为嘴。我们万里求经,只为斋。"三藏道:"徒弟,休乱讲。悟空也说的是。"乃向长老说:"我弟子有一句话与老师说:我等取经年久,道路远长。一则怕延捱时日,一则经文上有如来印封,不敢轻易开拆。就是启建道场,庆贺真经,也不消得。况我弟子功行浅薄,怎敢便居首座?"长老道:"众僧有缘恭逢至宝,从来闻得真经到处,人天利益,灾害不侵,岂敢亵慢。启建道场,不但本寺僧众一点恭敬之心,亦是众信发心布施,瞻仰老师父中华圣僧道德高重,灵山会上亲见如来,传与真经。若肯俯从,尊居首座,开导愚

---

①　觊觎(jìyú)——指希望得到(不应得到)的东西。

迷,无量功德。"三藏力辞。那长老再三苦请。三藏只得依从,启建道场不提。

且说离寺十里多路,有一庵,名如意庵。庵中有一僧,叫做脱凡和尚。这和尚蓄积饶多,享用丰厚。家下养着几个徒弟。道人专一只迎奉富室户,饮酒游乐。只见他一个出家人,做的是俗家事,便招出一宗大孽怪事。庵后领着一山,山中一个多年狐狸,能识人性,变化多般。一日,脱凡和尚同富家子游到山中,只见一个妇人,在那山树下啼啼哭哭。富家子见了问道:"娘子何人宅眷,在这空山啼哭,为何?"妇人答道:"妾山后良家妇也。无夫无子,又没娘家,无人养赡,饥饿难存。欲跟随他人,又恐失了妇节,故此在此空山欲寻个自尽。"富家子听了道:"娘子,听你说来,也是个节义的了。何不剃了青丝细发,出家做一个尼姑,投入庵门,自有善信人家供奉你。何必寻死,可惜了残生。"妇人道:"好便好,我哪里去投奔庵门?"富家子乃向脱凡和尚耳边,如此如此。脱凡听了,便说:"女善人,若是肯出家,便是我庵中也容留得你。"妇人道:"长老师父,你是个男僧,我是个妇女,怎么同住得一庵?"脱凡道:"这也无妨。我庵中左右前后闲房空屋尽多,便是隔开了一宅分为两院,有何不可?"富家子你一言我一语,齐声劝好。这妇人遂止了啼哭,向众人拜了;又向脱凡深深拜了两拜道:"多谢师父美意。"众人一齐笑欣欣叫:"娘子果是真心,可跟我们到庵来。"那妖精扭扭捏捏,随着众人走入庵来。这富家子原携得有酒肴,摆在庵中。叫妇人坐饮,同叙到夜。脱凡收拾了一个空房,铺了床帐,把妇人安住在里。众人说:"今日权且安下,另日待我等与娘子披剃,再寻一两个女伴,与你同住。一应用度,众家自供给与你。"妇人谢了一谢。这富家子去了。脱凡虽有邪心,却于始初,意还有待。这正是:

　　为人凡事依天理,怪孽何由作出来。

　　奸狡一萌因即种,祸灾从此发根荄①。

话说比丘到彼僧与灵虚子敲木鱼,逼走羿蛇蝮蝎众妖,叫灵虚子远远去照顾三藏们经担,他却执着木鱼直敲到那妖精洞前。众妖不敢入洞,远避到如意庵的后山来,却遇狐狸变了妇人住在庵中,他的洞内空闲,这众妖存身在里。蝎妖计较说:"我等被唐僧们的梆子声逼,白日料难得他经

────────────

　①　荄(gāi)——草根。指事物的本原。

卷,不如黑夜待唐僧与寺众安息了,去偷他的来。那时他必没处寻我。"众妖计议已定。

却说三藏被长老要拆开经担,叫行者开担,行者不肯。说道:"师父要开徒弟的经担,除非是再上灵山,请下如来的封皮,方才开得。"三藏见行者不肯,乃动了个愠色道:"悟空,你为何违拗我师父不肯,说除非请如来封皮?"行者道:"弟子有说。"三藏道:"你有何说?"行者便说道:

"我师请静听,徒弟说原因。

自从离花果,礼佛拜观音。

皈依投正觉,跟我老师真。

十万八千里,经来十四春。

沿途除怪孽,受尽万千辛。

到得灵山境,瞻仰大慈仁。

感谢如来佛,怜念取经人。

赐与真经藏,名为三宝珍。

封皮密且固,恐遭风雨淋。

我师当谨慎,保护到唐君。

若还开动担,诵念与抄誊。

轻则涂磨字,大则被灰尘。

若还遇妖怪,水火或来侵。

又要费徒弟,这场机变心。

我师若不听,再去到雷音。"

三藏听得,说:"便不消动悟空的经担,把悟能的经担拆开了吧。"八戒道:"也拆不得。"三藏道:"你的担子如何拆不得?"八戒道:"要拆徒弟的经卷,除非回到东土,进了国门,原封交与师父。那时节凭师父开拆,方见徒弟勤劳,有始有终。"三藏见八戒也不肯,心性越发急躁起来,说:"悟空不开动,便有许多说。你也有说么?"八戒道:"徒弟也有说。"乃说道:

"徒弟也有说,说与我师知。

想昔遭贬日,菩萨度脱时。

将功折罪过,叫我拜恩师。

保护灵山上,求经拜阿弥。

蒙垂方便惠,不惜度群迷。

　　　　钉耙收贮库，宝卷上封皮。

　　　　金口曾吩咐，莫要少差池。

　　　　徒弟怀就业，挑来好护持。

　　　　肩皮压肿了，不敢略愁眉。

　　　　熬着肩头痛，忍着肚内饥。

　　　　程途日夜赶，劳苦自家知。

　　　　行里宁几里，就要拆包儿。

　　　　万一有差失，大家没意思。

　　　　长老赔不起，徒众没家私。

　　　　我师须忖度，莫教悔后迟。"

三藏听了说："悟能，你既有说不肯。便把悟净的经担拆开，好歹请出几卷经文，与长老课诵誊写吧。"沙僧道："师父，我徒弟的担子越发动不得。要动徒弟的担子，除非挑回到中华，交上唐王，那时迎送到个寺院里，但凭师父开拆。"三藏见个个徒弟齐不肯，反到笑将起来，向长老说："老师，我弟子倒也愿开经担，取出经文，与老师众位誊抄课诵。怎奈小徒齐说不便。他俱不肯，教我也难强也。"长老道："老师做了主，徒弟怎敢违。比如我和尚专要一宗事，这众僧怎敢违拗。"三藏道："这却不同。老师为一寺住持，主张法度由你。我小僧虽然请得经来，却要远路在徒弟们出力担荷。万千程途，也要靠他经心照管。"长老道："高徒挑的，便不敢强他开动。那马驮的两柜，乃是老师押的。这柜内经文，却求开动几卷，料诵写后，原封交还。师父必然见允。"

　　三藏被长老苦求不过，便要开动马驮的经柜，说："徒弟们，真经原也是如来慈悲济度众生。便是开了，与众生抄写在寺，永远看诵，也是个顺便功德。"行者道："师父，非是徒弟执拗，开柜有几宗不便。"三藏道："哪几宗不便？"行者道："途远我们要赶程，抄写捱日费工；磨弄了字籍，拆动了原封，都是小事。还有一宗大事，万一众手众丢，你携一卷，我取一卷，失落了如之奈何？"长老听得道："小师父，莫要多心，都在我老和尚身上。多不过十日，少不过五日。我叫众僧一面做道场，诵的诵，一面抄的抄。放心放心，管你不得差失。"

　　行者只是不肯。那长老便动了嗔，说道："你这小和尚，到底是个怪物脸,惫①懒心。你师父既肯做情,偏你执拗。"叫:"众僧齐上来,把经柜拆开。莫要依他这割气脸的主意。"八戒道:"老师,你骂我师兄是怪物脸,却又改口骂什么割气脸。哪里一个和尚两个脸?我们在此,也不肯与你开经担。"长老道:"你若不肯,便是个死尸脸。"沙僧道:"老师,便是小和尚也不肯。"长老道:"越发是个晦气脸。"八戒道:"老师,你难道没个脸?"长老道:"你便说我是什么脸?"八戒道:"你必定要我们开柜,那个腆颜赧色,我说你是个肮脏龌龊脸。"长老、众僧怪八戒开口不善,便挥众抢柜开拆。行者三人压伏在柜子上,哪里肯与众僧抢。无奈僧多,他三个势寡,夺众不过,将有夺去之态。恼了行者机变心生,身上拔下许多毛来,变了无数个大毒蜂,把众僧光头上,三个五个的,乱咬乱叮。众僧自顾不暇,哪里再敢抢柜。那长老见了,也只道是神力不容,忙向殿上圣像前祷祝说道:"弟子请经抄诵,原是为教广传方便。便是唐僧师徒不肯也罢。一时叫众抢夺,是我弟子之过也。"祝罢,便叫众僧莫要争抢,神力不容,飞来这阵毒蜂相护。那众僧也不肯,长老叫住。他各人咬的头面疼痛,飞往外走。行者乃收了法,那毒蜂一时不见了。长老只得叫众僧设坛场,做法事,再不敢开口说要开经柜。这众僧见行者有些神通,也不敢轻慢了。大唐僧齐齐地敲钟打鼓,凛凛地礼佛焚香。只见那:

  长老端然首座,知磬举念齐声。表白敷宣意旨,阇黎②率众开经。知客接宾款待,沙弥剪烛明灯。只有监斋执厨司馔,满身作料香馨。

  话说三藏师徒,被长老留住在寺,设醮庆贺真经。只得暂住几日,待道场圆满方行。毕竟后来何如,且听下回分解。

总批

  和尚待和尚,也有炎凉。唐僧只为少了一匹马骑,见者便生简慢。无怪而今人把驴子亦看得值钱也。

  长老开经,原是好意,只不该动了嗔心。八戒之骂,毒蜂之叮,皆是自取。

---

① 惫(bèi)懒——意为疲懒。
② 阇(shé)黎——高僧,泛指僧。

第 十 七 回

盗真经机内生机　迷众僧怪中遇怪

念善胜烧香,心劳徒作伪。

肆毒要伤人,人岂无反噬。

嗟哉一微禽,灵山尚有智。

世事尽皆因,好还原无二。

人无害虎心,虎无伤人意。

种瓜原得瓜,但培方寸地。

话说孙行者动了机变心,恼那众僧抢夺经担。他见寡不敌众,拔下许多毛来,变了无数毒蜂,把众僧叮得摸头徕嘴,飞走躲去。这种根因,就动了那彡蛇蝮蝎一派毒心。这众妖在狐狸洞内计较道:"经卷本与我等无甚紧要。但因弟兄家一时被挑经担的和尚耍弄到此。古语说的好,一不做,二不休。我等神通本事,岂不能奈何这起取经的和尚。如今闻得他们安住在镇海寺中,修建道场。他那经文必然开了包柜,我等到彼,可取则取,不可取乘空偷盗他两三柜包。只教他四分五落,不得个全经返国。"众妖在议计上。

却说三藏与长老、众僧依科行教,方才做了一昼夜道场。这晚大众吃斋毕,各自安息了。有三藏师徒行功静坐。那长老心肠,只是要开经柜,想起毒蜂多是行者变化,见他师徒歇息了,乃与众僧计较道:"我原为要开唐僧经担,所以远接。如今经担现放在我堂中,错过机会,诚为可惜。"众僧道:"昨日已被我们抢到手中,吃了毒蜂亏,螫了头面,想是神理不容。如今想他也没用。"长老道:"我想起来,我等要开经担,也是敬重三宝,又非邪魔外道,如何神理便不容?同是佛门弟子,他们既取得,我们也看得。这都是那孙行者弄的法术。如今不如乘他睡了,大家偷了柜担,抬去僻净庵庙拆开包封,任意抄写。事毕还他,料唐僧也不怪。"众僧道:"倘或他徒弟找寻着了,如何处?"长老道:"纵然找着了,也得三五日,已是写了一半。经已入手,由得我们,怕他怎的。"众人计较已定,不防这晚正是那彩蛇蝮蝎等妖变做人形，来寺内偷经。妖精各逞着气毒烟火，到得寺门，走入殿来。先喷毒气，指望要毒在殿的僧众。不匡殿上炉香冲出，把些毒气冲散。那妖精不敢入殿，在殿门外偷看。只见殿中供着经柜包担。那包担上毫光灿灿，众妖哪里敢入殿来。恰遇着众僧，悄悄入殿，把经柜移出。这妖精上前，一口毒气，把众僧毒倒。你看他喜喜欢欢齐来抬柜。哪里知真经自有神气，便有千万斤重，那里抬得动。妖精着忙。却听见众僧虽着了毒，倒在阶下，口里尚能说话。内中一僧说："长老叫我等偷了经担，远送庵庙。想如意庵脱凡长老处，房屋且多，又是僻静，极是方便。怎么经担未偷，先遭迷倒，多是神力不肯。日间既是毒蜂护下，夜里又被气焰冲倒，身体不知可挣挫得起来？万一唐僧师徒起早看见，如之奈何？"一个道："等我挣起来抬送入殿上，莫要惹他吧。"妖精听了乃计较道："原来经担他僧人便扛得动，我们不如借他力量扛去。况且他要搬到如意庵去，正是我们近洞之处，莫便如此。"众妖乃假变了几个僧徒，把众僧毒气解了。只见众僧爬将起来，要扛担包入殿。妖精忙说道："经柜已抬出殿门，再复送入，若唐僧师徒惊觉，反不为便。不如远送到如意庵去，乃为上策。"众僧依言，把经担扛抬，从小路前来。妖精却留下蝎小妖，防着唐僧师徒来赶。

却说孙行者虽在殿后斋堂同众打坐，他的机变心肠哪里长久耐烦，时常觉察。见炉香烟直冲出殿。他便起身走出殿来，早不见了经柜担包，急忙叫醒八戒、沙僧说："经担何处去了？"八戒梦梦挣挣说："叫我吃斋去，是饭是馍馍？"行者道："呆子，梦里只想吃斋，经担被僧家偷了去也。"八戒慌的叫醒三藏。三藏正在静中醒来，听得失落经柜，慌忙叫唤，请出长老，问道："老师父，你此处有甚贼人？或是妖怪把我经文偷去，你哪里知这经文呵：

> 自从一别唐朝地，万苦千辛见世尊。
> 休提途路千万里，莫言岁月十余春。
> 只说灾难遭九九，妖精到处会伤人。
> 多亏神力匡扶救，赖得吾徒把命存。
> 上了灵山朝佛祖，真经救取感慈恩。
> 到得宝方投上刹，何人偷去殿堂门。
> 望发慈悲还弟子，万载千年颂善根。"

　　三藏说一句，哭一句。行者道："师父莫要哭。多管是长老、众僧，叫做明取不如暗偷。好好交还便罢，莫是推三托四。老孙说不得复往灵山，讨了金箍棒来，凭你什么住持、方丈，打个干净。"长老道："小师父，你休性急。天明亮了，各房去搜，看有谁偷你的。我住持专司僧录，怎肯饶他。"八戒道："待到明天，经担送到九霄云外去了。"行者道："师弟，我们只得各僧房去搜寻。"三藏道："徒弟，寺院广大，僧房又多，怎么搜寻得着。况有心算无心，他定然藏在密室幽居，叫我们何处寻觅？"行者道："师父放心。徒弟自有机变。"八戒笑道："猴儿真也撮空行动。说有机变，把个经担失落不见，机变也无用了。"行者道："呆子，休要饶舌。你寻你的经担，我找我的担包，师父寻师父的马垛，沙僧搜他的担子。料在众僧房，不宜迟延，以防拆动包裹。"三藏悲悲啼啼道："徒弟阿，众僧房此时各关门闭户。怎能家家去寻。"三藏说了此话，那长老即便暗着人传谕众僧房，家家把门关闭不开。行者走了一家，搜寻不出。自觉费力，便拔下毫毛，化作无数猴子，叫道："师父，师弟，你不须去搜了。待我往僧房寻着我经担，则众担自在也。"好行者，他的变化真能。一时百千猴子，把些僧房敲门打户，不开的，从天井、窗槅乱钻下来，一家三个五个，搜的这众和尚徒弟徒孙钱钞也藏不及，米粮也收不成，好衣好服都替他乱丢乱弃。急的众僧也有报怨长老的，说："取经的师徒，原惹不得。往年闻知他师徒降妖捉怪，把我这寺作兴起来。今日长老不知报恩，反要苦苦拆他的经担。神力使然，日间毒蜂拥护，夜里又是猴子搜寻。我们家不安了，不如老实说出。叫他到如意庵去挑吧。"有的说："神僧有本事，千乡万里到灵山取得经来。他岂没本事保得经去。"及到天明，你家说："被猴子三五个吵闹了半夜，翻盏弄碗，不得安卧。"我家说："被猴狲六七个搅扰到天明，开箱盗笼，没有停留。"

　　却说行者变化法身，众僧房搜寻，哪里有个经担，乃向三藏道："师父且安心坐在寺内，待徒弟把往年找妖精的手段，上天下地，也定要寻出头项。"又向长老道："老师父，你也难推却。经文分明是你要抄誊。日间尚且叫众僧抢夺，况夜晚间，岂有不设法偷盗。我去找寻着便罢，若是找寻不着，必要在你老师父身上取讨。"行者说罢，叫沙僧、八戒看守着师父，他一个筋斗，顷刻不见。长老与众僧见了道："爷爷呀，原来是个腾云驾雾的，这夜晚众猴，定是他神通化现。"按下不提。

　　且说脱凡和尚收拾了两间空屋,铺设了床帐家伙,把个狐妖变的妇人藏留在屋。那几个富家子,每日置备酒肴,来此戏乐。众人拽了这妇人就座,说道:"娘子青年美丽,却把世情撇了,向空门要落发出家,真也可敬。我等已简择吉日,来与你披剃。只是如今尚在尘俗,不弃我等同乐一回。"哪里知这妖精,往日变怪,专一迷人,遂欣然不辞,与众富家子正满酌玉斝①,相酬共劝。忽然那庵门外剥啄声传,这妖妇吃了一惊,向众人说:"门敲甚急,恐有乡村游客到来,我小妇在座不便。"随起身往僧房去躲。这脱凡与众人,把手扭着妇人,口里叫沙弥问敲门的是何人。沙弥走出殿外,看那敲门的却是一个僧人,同着一个道者。只得开了庵门。那僧道两个,便向沙弥问道:"庵主何在?"沙弥答道:"我师在后园陪伴施主。"僧道坐下。脱凡只得出来,见了两个僧道,便问:"二师父是何处来的,往何处去的,道号何称?"僧人答道:"我弟子二人,往东土游方。从灵山雷音寺来。法名到彼。这道友唤做灵虚。偶遇宝方,特来随喜②。请问师父,宝庵何宅香火,道号何呼?"脱凡随把名号说出,便将在庵内富家子指做香火施主。总是他遮盖游戏荤酒的形迹,哪里知神僧他无故到这庵来。他见了庵僧,便道:"师父,看你宝庵清净,你举动庄严。怎么色相有些妖氛不正之气?出家人便是不断荤酒,却也不至如此。"脱凡听得,心头惊异,只得外面言辞,左支右吾,僧道见他支吾,乃说:"师父,你自去陪施主。我两弟子,且借经堂课诵功果一时。"脱凡只得开了经堂,比丘僧与灵虚子捻动菩提数珠,敲起木鱼梆子,他两个在庵堂,正是:

　　　　入门瞻理黄金相,上殿皈依大法王。

　　却说脱凡和尚安住了比丘僧两个在经堂,叫沙弥安排些斋饭与僧道吃,他却走入后园。但见众人正在把杯,却不见了妇人,乃问。众人齐说:"女娘听得经堂木鱼声响,他进屋去,半晌未出来。"脱凡忙去寻看,哪里有个妇人;众富家各处去寻,不见:大家只得散去。

　　却说豺蛇等妖精变了众僧,浑把经担扛抬,从小路到山洞来。那众僧说如意庵去,妖精道:"庵中不便,唐僧定然找来。不如这洞中隐藏,等唐僧寻取不着,去了,我等再移到庵中。"众僧说:"洞中怎么安得经担?"齐

---

　　① 玉斝(jiǎ)——古代酒器。

　　② 随喜——佛教用语,见人做功德而乐意参加。也指参观庙宇。

齐不肯。这妖精便变出怪相，口吐毒焰，把众僧吓的飞走，懊悔说："空费一场心力，依旧替妖精偷了经担。"只得忍气吞声，各归僧舍。这妖精得了经担，搬移入洞，大家计较要分的，要拆的。只等蝎妖到来，方才开动。不知狐妖变了妇人在庵内，指望迷弄富家子与脱凡和尚，未防比丘僧两个到庵敲动木鱼功课。邪不胜正，木鱼声逼走了狐妖，仍归山洞。只见洞中这羚蛇等妖，据住在内。狐妖见了问道："何处孽怪，占住我的山洞。"羚妖答道："我等均是山谷中生育出来的，谁是你的山洞？便是你的，我等已据住在内，你当别处存身，休想居此。"狐妖听得，大怒道："孽怪，你有甚本事，敢占我山洞？"羚妖道："狐妖，你要问我本事，你且听我说：

生在山冈大树，蜥蜴是我洪名。任伊勇猛孟贲行，见我惊魂丧命。只因乾坤历久，神通果是狰狞。借伊山洞匿真经，休得前来争竞。"

狐妖听了怒道："原来是个蜥蜴。孽怪，你道勇士孟贲见了你变色而却步，他岂是怕你。只为徒手，不曾防备，遇着你这个丑怪妖精，动了他憎嫌之心。若是我一拳两脚，叫你魄散魂消。"羚妖也怒气填胸说："狐妖，你不过是假虎威而作势，事谄媚而迷人。有何本事，敢来夸口！"狐妖道："孽怪，你要问我本事，且听我说：

"自小生来九尾，山中经历多年。神通变化实周全。四海五湖游遍。　　为恋富家子弟，庵中长老盘桓。借他精气欲成仙。不似你昆虫下贱。"

狐妖与羚怪争长竞短，两不相让。在这洞中吵闹。却不防蝎妖归来，他众妖合力，把狐妖一口毒焰喷倒。毕竟后来如何，且听下回分解。

总批

长老要开经担，费了多少支吾，落得替妖精效劳，何不自到灵山走一遭。

僧人藏怪心，妖精吐怪相。怪怪相生，无有穷已。要知妖怪之相可恕，妖怪之心难恕。

第 十 八 回

喷真火逼走四妖　示蒲鞭法惩八戒

话表孙行者，一个筋斗要打到灵山，重问佛祖，探看经文包担在何处。只因他拔毫毛变毒蜂螫众僧的根因，就还他个毒报：却遇着蝎妖在道路上四边施毒焰。行者一时筋斗打不去，被毒焰当他身上一燎，即时毫毛燎着。他急收了筋斗，把眼一看，却是近寺不远，一个妖精吐得毒焰。恨那棒不在身，空拳又不中用。头面身体，带了毒伤，忙在山前一个青草池塘打了一个滚，即时平复。笑道："好妖精，倒也厉害，把老孙几乎也燎倒。只是我老孙可是好惹的？想你弄火弄烟，定是偷经担的妖精。少不得树倒寻根，定要查出你这毒物的根脚。"行者一面说，一面找寻。

却说蝎妖毒了行者，料他不敢找寻到洞来，他却回洞。只见洞内狐妖吵闹，他便帮助众妖，一口毒焰，把狐妖喷的连头带脸似火燎的一般，疼肿难当，只得飞跑出洞。远远看见一个小和尚走来，他随变个妇人。只是被蝎妖毒焰燎伤了头面，变不去。却是一个残面妇人，将手遮着。他见这小和尚生的古怪，不似那脱凡模样，又吃了一惊道："世上怎有这一个小和尚：

不是头陀喇嘛僧，难将和尚上人称。

阇黎班首无他分，长老沙弥又不应。

尖嘴缩腮猢耳朵，磕额毛头凹眼睛。

哪里像个禅和子，却似山中猴子精。"

狐妖把行者估了一番，只得走近前来道："小师父，哪里去的？"行者答道："女善人，我小和尚是找寻经卷担包的。"狐妖道："师父，你是哪里经担，来此找寻？"行者道："我是灵山取来的，昨在镇海寺殿上不知何人偷了去，故找寻到此。"狐妖正恨毒物伤他，又曾听羊妖说借他山洞藏匿真经，乃说道："小师父，我曾听见人说，这山内有一起羊蛇蝮蝎妖精，把你经担偷来，藏匿在内。只是这妖愆懒太毒，我因丈夫斫柴山中，送些茶饭他吃，不匡遇见此妖。被他喷了一口毒焰，把头面见个伤害。小师父若要到洞找寻，须是防他恶毒。"行者道："不妨，不妨。我有医毒疮的药方。那青草池塘水好，女善人可去洗，就愈了。"行者心中暗忖道："这妇女说什么妖精藏匿经担，莫不就是毒我的妖气，这仇怎恕？况经担既有着落，且去叫八戒、沙僧来帮助挑担。"方要回寺，忽然听得木鱼声敲。便问那妇人道："女善人，木鱼之声，想是附近有庵庙么？"狐妖也怪那僧道敲木鱼，惊逼他不敢在庵。便顺口答道："这是如意庵敲梆子，也是偷你经担的两个僧道，在里面打开经包念经哩。"行者只听了一句"打开经包"，哪里顾甚远近，撇了妇人，往前走去。山凹里果见一座小庵，行者见那庵：

　　横倚山冈路，傍临松竹林。

　　梅花开屋角，野鸟唤山阴。

　　门掩一堂静，墙围四壁深。

　　时闻香细细，风送梵玉音。

行者见庵门闭掩，只听得念佛声音，便知有僧道在内。就敲那庵门，见一个沙弥，手捧着茶汤来开了门，便惊道："师父哪里来的？"行者道："沙弥，你莫要问我来历，且说你捧着茶汤，与何人吃的？"沙弥道："捧与念佛师父吃的。"行者道："便是你庵主师父么？"沙弥答道："不是，我师父不在庵。是外方来的两位僧道哩。"行者说："这两个师父，可曾带许多经担，到你庵来？"沙弥道："不曾见什么经担。"行者听了想道："那妇人既说洞妖，又说僧道，不足为信。如今若进堂去，又惹动僧道，误了找经工夫。且回寺叫了八戒、沙僧，带了禅杖来寻毒妖，经担自有下落。"乃叫沙弥，且把茶汤借吃一盏。沙弥看见行者生的古怪吓人，不敢违拒。随把茶汤奉上。

　　行者吃了，也不进庵堂，一路回到寺中。三藏见了，便问："经担找寻着下落了么？"行者答道："下落便是有了。只是徒弟不似往日有金箍棒在身，没奈何妖精。只得来叫八戒、沙僧帮助去寻。"八戒道："你没金箍棒，我也没九齿钯。你没本事，却又来叫我。我听寺僧说道，被什么妖精毒气伤了他。甚是报怨长老，连累了他。"行者只听了这一句，便走近长老身边，一手扯着长老衣袖，一手就要抢拳，说："老和尚，原来是你要誊抄经卷。见我等不肯，故意勾引了妖精，偷了经担到何处去？快早说出，好好交还，免得我与你讲说。"长老慌了道："小师父，我原是好意，留你师徒在此。便是要抄经文，也是善功，岂有勾引妖精之理！你此话从何来，是什么妖精,也要说个明白。"行者道:"我师弟听知得的。长老,你只把昨夜抬经的和尚,叫出来问他说个明白。"只见长老叫出一个被妖精毒焰喷伤的道:"离如意庵数里山洞,有几个妖精,他始初变了我寺僧,诈哄我等扛抬经担。到洞后,却变了怪相,把毒气喷出。我只得丢了经担回来。师父若要经担,须是速往洞中去取。"三藏听了,问道:"长老与寺众要经,却是要抄写在寺,永远课诵与山门僧众。不知那妖精要我们经文何用?"寺僧道:"我等也闻知妖精说,当年唐老师父求取经时,被高徒剿灭了许多妖魔。如今是这些根因,要夺经复仇之意。"行者听了道:"经担既有下落,师父在此守着。我与八戒、沙僧洞中寻经去也。"按下不提。

且说豸妖等把寺僧毒了回寺,他们计较把经担打开封皮,取出经卷来,看是甚样经卷。他也不敢乱开,却才动马驮的柜子,把那封皮掀动。只见那柜子缝内,金光万道,射出火焰直喷,把个妖精冲得站立不住,如烈火销膏。这妖精半个也存留不住,直逼出洞来。众妖精飞走离洞,三五里犹被金光真火,把他那邪氛毒焰消烁得无影无踪,尚敢来看甚经文。

却说那狐妖依着行者,走到青草池塘,打了一滚,也把头面伤痕好了。欲到庵来,又怕木鱼声响;欲回洞去,又恐众妖毒焰。正踌躇去向,只见那豸妖们,一个个丧魄消魂,失张失志,飞走前来。狐妖听得他真情,乃忖道:"原来经文神异,他既不敢近,待我到洞,看是何等经文? 待我报个信音与那小和尚,免叫他四处找寻。"狐妖只存了这点好心,便走回洞里。见柜担经包,齐齐在洞,金光火焰却也不冲他。他看了柜上封皮脱落,忙粘将起来,急走出洞。远远见行者们执着禅杖走来,这狐妖依旧变个妇人,手里提着个篮儿,装做民间送饭之妇。行者见了道:"女善人,你脸上毒伤好了。"妇人道:"正是,多劳小师父说的药方治好。你经担找着了么?"行者答道:"我们正来找寻。说洞中妖精厉害,特寻我师弟来帮助灭妖。"妇人笑道:"小师父,你倒也夸口。那妖精毒焰喷人,你哪里灭得?还是那经文神力,我知他那精怪离远去了。有几担经包,见在洞中,快走去取。"行者听得就走。八戒掣出禅杖要打,行者忙止住道:"师弟,何发暴性?"八戒道:"师兄,这分明是个妖精。"行者道:"我岂不识;但他有引指好意,我等如何下得恶意?"沙僧道:"二师兄,灵山为何缴了我们器械?与几条禅杖,正为戒你伤生。你如何又起恶心?"八戒口虽答应,心里却只是要打狐妖。临行看着那妇人道:"好了,你去吧。"瞅了那妇人几眼。

这狐妖说："这和尚面貌丑恶，心地便凶。我倒好心与他说经担下落，他却存不善心肠。且看他取了经担，作何光景，再与他作个计较。"狐妖也不远去，远远跟着前来。见行者三人，找寻着经担在洞，他把禅杖挑着六包，却丢下两柜马垛子。行者道："谁在此看守着，待我去牵了马来驮去。"八戒道："我在此看守罢。"行者依言，先与沙僧挑了四包到寺。三藏见了，便问八戒与柜垛。行者把八戒看守话说了，便去牵马，叫沙僧伴着师父。三藏方才放心。那寺中长老，愈加好款待。把道场散了。三藏只等经担完全起身。

却说狐妖正恨八戒要打他，恰好远远跟着，看见行者、沙僧两个先挑了去，洞中只丢下八戒。他却复了原身，悄地到洞来，看八戒何为。只听得八戒口里说道："分明那妇人是个妖怪，留他在这山间迷人作甚？不依我把禅杖打死了他，却放了他去。"又说道："这两个担担包，去牵马来驮柜。这许久不来，叫我一个冷清清坐在此洞内。"狐妖听了道："原来那两个去牵马，待我前去探看什么马。且假变来哄了他经柜去，叫这丑恶和尚吃那两个打骂他一顿，以还他要打我之心。"狐妖随出到洞外，照路走来。果见行者赶着一匹马来，他仍变妇人故意问道："小师父，你挑了经担去，又赶匹马来作甚？"行者道："尚有两个柜垛，未曾驮去。"狐妖道："方才一个长老，长嘴大耳的，挑着两担包，雇觅了两个村人，扛抬着两个柜垛，从傍小路去了，说是经担。小师父不消又去。"行者道："此话可真？"妇人道："我三番五次指引小师父，何尝欺你。"行者被他哄得信了，乃赶回马到寺。这妖狐仔细端详看那马：

壮体莹然白玉，昂头拖着青鬃。

四足宛如铁踞，一声聒耳嘶风。

狐妖看了那马皮毛色相，却摇身一变，宛然无二。飞奔到八戒洞来。八戒见了道："弼马瘟何处去了？却把马走了缰到此。我哪里等他来，且把经柜与马垛着，我挑去担包回寺。"乃把柜垛放在马身。挑了经担，直走旁路前来。狐妖驮了经柜，走不止二三里路，见一个山冈岔道，她越山飞走去了。比及八戒，歇下担子，上冈来寻，哪里有个马垛。一面急躁起来，一面咒骂行者。只得挑着担子，走到寺来。行者便问道："我已赶马来驮垛子，你却又雇觅人抬，如今柜担在何处？"八戒道："何处，何处。你不跟马，却走了缰到洞来。已把柜担与他驮来，谁知他又走了缰跑去。料必驮来。"三藏听了,"恨"了一声道:"我做师父的,从来不以法度加你。今日见你做事,颠倒失落了经柜,且着悟空把禅杖打你十杖。"八戒道:"大师兄不牵马来驮经,到不打他。却叫徒弟一个挑着担,又跟着马如何行得?"三藏骂道:"夯货!你看马尚在槽间,你雇觅村人,多是僧房一党。拐了经去,却来诳言是马。"八戒走向槽间,果见马尚在槽。把脚一跌道:"罢了,罢了。此必是妖精诈去了。我当初要把那妇人打顿禅杖,都是行者不肯。今日定是那妖精诈骗去了。"行者听得,便把禅杖指定八戒道:"我奉师命,虽不以杖打你,却以蒲草示辱为比。以杖指你,便似打你之意。你自知么?"八戒答道:"我知也。你机变心生,种种怪生。我打妖心动,便好还这种孽怪。少不得要找寻经柜出来,把这妖精不饶他,定打他几百禅杖。"三藏听得说:"夯货,你尚怀此心,只恐那怪风闻,越隐藏去远。"沙僧道:"师父,且放心。都在二师兄身上,问他要经担。"八戒道:"我也难推却,只得山前山后去找。"八戒说罢,卸下经担,禅杖拿在手中,竟奔山路来找。毕竟八戒可找寻得着,且听下回分解。

总批

狐妖三番四次,甚没来由。大是老婆舌头,宜其变妇人也。

八戒甚有见识,认得是妖精,便该任他打杀,倒也干净,后来省得费藤葛。虽动了戒杀心,不知仍是决烈心,正胜似机变心耳。

第十九回

比丘僧指引经柜　唐三藏行遇樵歌

却说比丘僧与灵虚子在庵堂住下，探听唐僧与寺僧建宝经道场，他两个安心歇在庵中。见这脱凡和尚面带愁容不快之色，乃问道："庵主，你有何事关心，面有不乐？"脱凡道："实不瞒二位道友，小庵靠的是几个富家施主，来此赏梅玩景。近见二位道友在堂中焚香课诵。他多不便，故此不来。嗔怪小僧留二位道友在此。小僧衣食靠他，故此不快。若是二位他方随喜，莫使小僧失了施主，乃莫大方便。"比丘僧听了，笑道："庵主，你话到也老实。只是我初进你宝庵，见你面上有些妖气，如今却消去。但见愁容，乃是忧贫之心。出家人莫要忧贫，自有伽蓝打供。若是容留赏玩，图施主资财，虽快一时，终成罪孽。"脱凡哪里是为施主不来，乃是为那妇人被木鱼声逼走去，不见形踪，心思忧闷。比丘僧见庵主如此，乃与灵虚子辞了脱凡，正才出庵门，却遇八戒找寻经柜。他两个见了八戒，问道："师兄，何处的来？"八戒没好没气的道："找经柜的。借问二位，可曾看见一匹马驮着两个经柜么？"比丘僧答道："我们不曾见有甚经柜。请问师兄，是哪里马驮经柜？"八戒只得把始末说了一番，比丘僧故意说："师兄，都是你自不小心。只山路多歧，你须耐心去找。我二人也分头与你寻去。若是寻着，叫你师父们顺路赶程，莫要久住寺间，耽搁道路。"八戒依言，转山湾，又去找寻。比丘僧乃向灵虚子道："师兄，我们只因岔路，住此庵中。据猪八戒方才说话，多是妖魔诈去，作何计较找寻？"灵虚子答道："此事只在山前山后，料妖魔离山不远。待腾空四望，自知下落。"灵虚子说罢，摇身一变，却变了一只白鹤，展翅飞入半空。但见：

六翮①蹁跹舞半空，一颗珠顶献丹经。

颉颃②岂是凡间鸟，长唳凌霄任御风。

---

①　翮(hé)——羽毛。

②　颉颃(xiéháng)——鸟飞上下貌。

灵虚子变了白鹤,飞在空中,左顾右盼,只见一匹马驮着两个经柜,在那山后僻静处歇下。就地打一滚,变了一个妇人,丢着柜子,竟扭扭捏捏飞往如意庵中来。灵虚子遂飞下,复了原身,向比丘僧道:"经柜已有着落。但不知是何妖怪变了马,驮到山后僻静处放下。他却变了一个妇女,投奔庵中。我想庵僧面带妖气,哪里是忧愁施主不来,定是这妖作怪,畏我们木鱼声,他不敢来庵。我等离了庵门,这妖便飞奔到庵。如今真经既未失落,当叫八戒去寺中牵马来驮。"比丘僧听了道:"原来是这个情由,多是唐僧师徒又动了邪念,以致如此。我等不必说知,且看这妖妇作何情景。将此经柜就着他送上大路,以节省唐僧心力。"灵虚子依言道:"师兄,你去报与唐僧知道,说经柜在东行大路。待我听着妖精,怎生入庵迷那庵主长老。"比丘僧变做老僧模样,赶上八戒道:"小师父,你可是找经柜的?"八戒听得,忙答应找经柜的。老僧说:"前边大路上,有两个柜子。"八戒听了,就要回身转来。老僧忙扯着道:"小师父,你不必又转去看。老和尚岂有打诳语欺瞒你。你当去寺牵了马,同众顺路取道,却省了工夫力气。"八戒道:"老师父,我平生老实,便听信你了。"老僧笑道:"好!老实,老实。"按下八戒回寺报知唐僧。

且说狐妖变了妇人入庵,仍在那空屋中坐下。脱凡和尚见妇人复来,喜不自胜。便问道:"女善人,你往何处,把几位好施主没兴趣都散了。便是我,也思想了这两夜。"妖妇道:"实不瞒师父说,我等在此饮酒,遇着那两位僧道来。见了我们,不是嫌厌,便是嗔怪。传出外去,是你的行止,故此避去。只待他出了庵门,我方敢到此。又有一宗好事,我在山后遇着一匹马,驮着两柜经卷。那马想是走了缰,到山后把柜子丢入去了。我听说是灵山下来的真经,镇海寺长老要他的誊写。千方百计求他,那唐僧师徒只是不肯。师父,你速去取来,也是一宗珍宝。"脱凡听了,说:"正好,正好,我有一件心事,正得罪寺中住持长老,如今着人扛抬到庵,送与长老,乃是将功折罪。"

和尚与妖妇计较,却不防灵虚子变了个老鼠儿,钻入屋檐听得,遂出庵门变了一住持的长老,走进庵来。脱凡见了,合掌迎接道:"小和尚不知住持老爷到来,不曾远接,得罪之中,又得罪。"住持道:"我非为别事,到你庵中,只为东土取经唐僧师徒不肯把经文拆封与我抄录,灭我山门,藐我长老。昨令众僧取得他两柜包在山后,僧力绵弱,不得扛得到你庵中。我又想扛到庵中，只恐唐僧知觉来取。离此大路二十里，有座吉祥古刹，意欲借你沙弥道人，扛送到那里，待唐僧去后，取来抄誊不迟。"脱凡听得，满口答应。遂叫沙弥道人去扛抬经柜，照大路走来。灵虚子故意辞了庵僧，出门跟着柜担前行。只见比丘僧走将来，二人各把前情说出。灵虚子道："经柜便诈将来，虽不负了保护之意，只是以诈遇诈，恐招人之诈，这也是没奈何。"正说间，只见唐僧师徒挑着经担，辞别了镇海寺僧人前来。见了经柜，三藏一面喜，一面谢那沙弥道人。沙弥与道人哪里肯把柜子与三藏，乃回头又不见了住持长老。三藏再三把备细说知沙弥，那道人只是不肯，说："我们奉庵主长老，叫抬到吉祥古刹。你如何要夺我们担子？必定要去，也等住持长老自过。"行者道："长老住持在何处？"道人道："方才押着我们柜子，与一个老师父计较话，怎么不见？"行者见他执拗，乃吹一口气在经柜上。二人那里扛抬得起。八戒又掣下禅杖要打。那沙弥慌惧，只得丢了杠子走去。三藏方才叫徒弟们把经柜与马驮了，照路前行。师徒们在路，正值春光明媚，品物鲜妍。虽然外国风景，却也与中国一般。正是：

　　桃红柳绿妆春艳，水色山光畅客怀。

　　却说沙弥与道人丢了经柜，明明看见唐僧师徒挑着担包，驮着柜子前去。他回到庵中，备细说与脱凡。这和尚心下生疑，只见妖狐笑道："是了，是了。取经的唐僧，又弄了法术去了。事虽小节，只可恨那长嘴大耳和尚要抢禅杖，那猴子脸小和尚也会生毒心。我如今辞别师父，赶到前途，有两个结拜的哥哥，好歹叫他算计了他的经担。"脱凡道："女娘，这事也无关于你。你既要择日披剃，在我庵中出家。这烦恼障碍，丢开了吧。你便要辞别前去，这富家施主也不肯放心去。"妇人只是气昂昂要去，脱凡一把手来扯着他道："女善人，你若去了，叫我又要害相思。"只这一句话，惹动了那狐妖疑心，不觉的疑处难藏假，把个变幻露了。妇人仍复了一个狐狸。脱凡见了，吓的往门外飞走叫："道人呀，原来青天白日，狐狸作怪。"道人忙拿了一根棍棒来时，那狐妖从屋檐蹿去。这和尚方才信来庵的僧道说他面有妖气。遂乃持斋洗心，不复再动邪念。好笑：

　　脱凡未脱凡间欲，过后方知洗却心。

　　长老若能依本分，妖魔何事敢来侵。

　　话说三藏师徒们，离了镇海禅林，不觉的又走一月多路。正是有话即

长,无话即短。忽见一座高山在前,三藏乃叫道:"徒弟们,你看那:

> 接天高耸峰峦,真是留云逼汉。
>
> 拦路崎岖冈岭,须知阻雁停车。"

三藏心里焦愁,说道:"徒弟们,是哪一个上前探个路径。却是从岭上过去,或是下边还有条平坦路儿前走?"行者道:"师父,你当年从天上飞过来的? 也须是从山间过来,怎么走过的路头,都忘记了?"三藏道:"悟空,你那里知道,我们当初来时,是山前看的,乃那边形势。及过了山,往前直走,又何尝回头望景。"八戒道:"师父,你为何过这山来,不回头一看?"三藏道:"悟能,我那时节只恐是遇着妖魔,得了性命往前飞奔,还有甚心情回头看路。"行者道:"师父放心前行,料必有过山的路径。"三藏道:"徒弟,我不愁无路径。但虑这等险峻去处,不是藏隐强人,便是容留妖怪。"行者道:"当年来时,便是有几个妖魔作怪,也都被徒弟们消除了。放心前走,莫要生疑。俗语说的好,疑心生暗鬼。"

师徒正讲,忽然见傍路走出一个老叟来。三藏看那老叟,白发萧萧,形容枯槁。手执着竹杖,一步一步,缓缓徐行。三藏便问道:"老尊长,我僧家是回东土去的。借问你个路径,是过那高岭走,还是下边有平坦小路?"老叟答道:"老师父,倒是你问我老拙一声,东土大路原是下边有一条开阔平坦大道。只因近日有几个妖魔,专一吃人。往来行商客旅,若是单身,没有行李的,都从岭上崎岖险峻攀藤附葛过去,倒都免了那妖魔祸害。若是有些行李货物的,看造化,舍着个后生汉子与他吃,便保全过去了。若是师父们这些柜担货物,怎过得峻岭。须要从大路走,免不得要把一位与他吃。却又有些古怪,这妖精却要简嫩的、标致的吃。若是丑恶粗糙,他又不吃。若遇列位,只恐老师父有所不免。"三藏听了,跌足道:"这却如何处置?"行者笑道:"师父,你莫性急,徒弟有个道理,把经担包柜待徒弟们挑,从大路走。师父往岭上空身过去,到前途会齐。"三藏道:"马垛却叫谁跟?"行者道:"待徒弟们轮流照顾吧。"三藏道:"你们只顾得自己担子,万一照顾 不周,失去了怎生回得东土?"行者把眉头一皱,计上心来道:"师父,我徒弟到此,不得不用机变心了。如今把挑的担子,卸下禅杖来,待徒弟们拿着,先把马垛与师父送过大路,却再回转取我们挑的经担。凭那妖魔有甚神通,料徒弟降得下。"三藏道:"我与马垛便过去了,这担包却与谁照顾?"行者道:"借重八戒照顾照顾。"八戒摇着头,拱着嘴道:"你们过去,叫我一个在此,若妖魔来,担包抢去不打紧,万一看上了我这标致,一口吞下。若是囫囵唉①还好;倘细嚼嚼的,怎当得起?"行者道:"不然,你便送师父过山。待我在此照顾。"八戒道:"又不好。万一妖魔手段强,我敌他不过,那时不吃老师父,要吃小和尚,我看沙僧青头蓝脸,那妖定不吃他,依旧下顾于我,却如何处?"行者道:"呆子,真老实。你只推说后边还有个极嫩的和尚哩。那妖魔自然来下顾我。"八戒道:"也罢。也罢。依你计行。"乃卸下禅杖,同着沙僧,赶着马垛,保着三藏,一直从大路前来。

　　哪里知这路越走越远,三藏道:"悟能,你我只听了老叟说妖魔,便不曾问他这山名,有多少里路,过山走了半日,还在山脚之下,妖魔又不知藏在何处?"正说间,只见一个樵子从山凹里走将出来。三藏看那樵子,状貌魁梧,衣衫褴褛,腰间插一把板斧,肩上负一条扁挑。

　　　家住山腰,斧斫生柴带叶烧。富贵非吾好,名利虚圈套。嗏②,兰桂与蓬蒿,同归野草。见了些老干新枝,败叶枯条,斫伐从吾,传唤香醪,醉乐陶陶。独向空山笑,收拾乾坤一担挑。

　　三藏乃问道:"善男子,小僧是东土到灵山取经回路的。过此山,不曾问个山名。有多少里路过去,才有平坦大道人家?"樵子道:"此山径过有八百余里,且是险峻难行,高高低低,没有三里平坦路径,名叫做莫耐山。当年闻得有个愚公老者,父子、孙孙,开了这条便路,虽然平坦,近日有几个妖魔,在那僻林深谷洞里,时常出来。师父们小心些要紧。"樵子说罢,径往山凹去了。三藏听了,心惊胆战地前行。约走了三五十里,只见一阵风来,那风始初微微似春风坦荡,渐次的狂大,山中便凛冽生寒。三藏道:"悟能,好生牵着马。悟净,小心押着后。这风来的有些蹊跷古怪,恐怕是妖魔的威势。"八戒道:"师父放心坦行。若有妖魔,文便师父与他讲理;武便徒弟与他打仗。"

　　正说间,只见那风过处,几个小妖,笙箫鼓钵,吹打前来。后边围绕着二三十个小妖。中间两乘山轿儿,抬着两个妖魔。三藏与沙僧看这妖魔,谨躲着身子;但半侧着眼儿。那八戒,耳又大,嘴又长,身子狼犺,他又不

---

①　唉(dàn)——吃,咬着吃硬的或囫囵吞整的食物。

②　嗏(chā)——戏曲中常用的表声之词,有警醒作用。

会隐藏。被那妖魔看见了，叫小妖："那树下是哪里来的丑和尚，如何见了我大王不躲，大胆观看。可拿他过来。"小妖听得，便跑入树林中，连唐僧、沙僧、八戒一齐拿将出去。不知如何，且听下回分解。

总批

狐妖变美妇，人争爱惜。及至复了本相，便起憎嫌。只为狐妖而不是美妇，不知美妇尽狐妖也。只怕本相更狐妖不如耳。思之，思之。

人知笑猪八戒自夸标致，不知人人都是猪八戒。以魍魉魑魅之行，居然正笏垂绅；以蛇神牛鬼之文，自谓编珠贯玉：能不令有识者见之而走。

第 二 十 回

魔王送唐僧过岭　沙僧帮战斗忘经

　　却说小妖把唐僧师徒扯的扯,推的推,拿到妖魔面前。三藏只得鞠躬合掌,打了一个问讯道:"大王,小和尚是东土僧人,上灵山求取真经回来,路过宝山。不知避忌,冒犯威灵,望乞恕罪。"魔王听得,把眼看了三藏一眼,呵呵笑道:"这和尚倒也善良。"便看着八戒说:"你这个长嘴大耳丑和尚,怎么也不回避,大胆看吾?"八戒道:"大王车舆偶过,小和尚身子狼杭,一时躲避不及。得罪,得罪。"妖魔大笑起来说:"这丑和尚倒也老实。"八戒听了忙道:"我原老实,便是取宝经,见佛祖,也只是这老实。"妖魔听了,又见沙和尚恭恭敬敬在旁,乃问唐僧:"你既是上灵山取经,如今取的经文在何处?"三藏道:"树林中马驮的柜子便是。"妖魔叫小妖牵出马来,只见那柜包上,毫光灿灿。妖魔见了,齐下轿来,尊礼唐僧道:"圣僧远赴灵山,求取真经,言果不虚。看这柜包上,毫光灿灿,若不是真经宝卷,怎有这等毫光。我闻此经功德,无边利益。不但众生得以见闻,消灾释罪,降福延生,便是我等瞻仰,亦得以超凡入圣。"又想:"我等在此山中,食百兽,啖行商,堕落罪孽。今幸圣僧经文过此,固不敢阻滞行程,又何敢亵慢宝藏。"乃叫小妖好生清道,护送圣僧过山。三藏合掌称谢道:"大王有此方便,真乃慈仁。但愿你寿比乔松,福如沧海。"那妖魔喜喜欢欢叫小妖送唐僧直过山路。

　　三藏走了三四十里,乃对沙僧说:"徒弟,我想当年来时,遇着妖魔,便要蒸我煮我等。再无一个仁义存心的妖怪。今日取了经文回去,便是遇着这等恶狠狠妖魔,他也方便。可见真经灵应,到处自显神通。只是我等过来,那担子悟空独自看守。如今待过了八百里山,却不误了工夫。且把送我们的小妖辞了他去,等寻个人家,等我看守在此。你两个转还去挑来。料魔王必然好意,差小妖送过山来。"沙僧道:"师父说的是。"三藏乃辞谢小妖道:"多多拜谢你大王,也不劳你等远送。我师徒前行去了。只是后面若有取经僧到,还望列位与大王方便。"小妖依言,便回转去了。

却说这两个妖魔，一个叫做虎威魔王，一个叫做狮吼魔王。他两个都是当年狮象大鹏，在这八百里山作怪，难唐僧的。被佛祖菩萨收他去了，遗下两个小妖，日久盘踞在此山中。他知当年取经僧神通，故此放过唐僧前去。恐怕惹事，还叫小妖远送。他两个正当春日，鼓乐游山。狐妖忽然远来，变了一个美貌妇人，在那山间拾取残枝败叶。妖魔见了，叫小妖把那妇人拿来。狐妖也不畏怕，随着小妖，扭扭捏捏走上前来道："大王，拿我妇人做甚?"魔王见了，也不说话。只叫小妖扯到山洞里，闭了洞门。虎威魔便要吃他，狮吼魔也要吞他。只见小妖道："二位大王，三个肥胖胖和尚，倒不夹生儿吞吃，却放了他去，还着小妖们送他;遇上一个娇滴滴美貌妇女，如何舍得吞吃?"虎威魔道："你这小妖们，哪里知那取经僧惹不得。当年过此山，闻知他神通本事，把三个魔王除灭。那时他尚无真经在身边。如今他灵山回转，人人都证了正果。不但难吃，便是吃了下肚，也讨人议论。"小妖说："大王吃几个和尚，有何人敢议论?"魔王笑道："和尚家，人人说他吃十方。我若吃了他两个，便是吃十一方的了。若似这山村妇人，他这娇娇媚媚，也不知吞了多少人。故此我要吃他!"虎威说罢，方才要动手来抓。只见狐妖把脸一摸，笑道："二位老兄，久未相会，连小弟也认不得了?"虎威与狮吼两妖魔一见了，大笑起来道："原来是狐妖老弟，久不见你，你越弄出本事，怎么把我们也捉弄一番? 且问你，变化这美妇，好便好。只是花前月下，也不知迷了多少痴子蠢汉，卖弄了多少美趣风情?"狐妖道："正为这变妇女风情，惹动了风流浪子，邪僻僧人，做了一场笑话。"魔王便问："如何是一场笑话?"狐妖便把变妇人哄和尚事说出。又说如何遇着蝎妖，如何撞着经担："八戒几次抢禅杖要打。后来变马驮经，又被和尚们变住持，哄骗去了。这和尚们种种机心，层层恶毒，哪里像个出家的。我一路跟他到此，本欲拿他报仇，只是孤掌难鸣，正欲求二位兄长做主。适间小妖说送三个和尚过去，想必就是他们，你怎么就放他过山?"魔王听得，大怒起来道："我见那押马垛，跟经柜的几个和尚，倒敬奉他，还差小妖送他过山。谁知却是狐弟仇人。此事不难，如今叫小妖赶上他，抢了他柜担来。料那和尚必定来争。那时拿那老和尚囫囵吞，把那丑和尚细嚼慢咽，替贤弟出这一口气。"狐妖道："那老和尚倒也饶得他过。便是那猴子脸小和尚，也还和气。只有个蒲扇耳碓挺嘴的丑和尚，愈懒要把禅杖打我。不可饶他。"虎威魔遂叫小妖赶唐僧。狐妖道："唐僧可恕，况已过山去了。小弟方才从山前来，看见那个猴子脸和尚，守着经担在山下。料是等那两个送师父过山，转回来挑。如今只等在山路当中，待他来时，拿他吃了，经担定然归了我等。"魔王依言，一面吩咐小妖整备酒食，款待狐妖。一面叫小妖，探听挑担僧人。

却说沙僧、八戒送了三藏到山下平坦路时已日暮，借一个小舍茅檐下歇了一夜，等候天明。他两个携着禅杖，复回山路，大踏步来挑经担。却遇着昨日送他的小妖，被八戒好语甜言哄过路去。内中也有说："大王叫探听和尚，如何放他过去？"那小妖道："让他过去，他必然挑了担包复来。那时报与大王不迟。"众妖依言。半晌，果见行者三人挑着经担飞走前来。小妖忙报与魔王。只见虎威魔王与狮吼魔王，各顶盔贯甲，手执着大棍，率领许多小妖到得路前，摆开个阵势，高叫："挑担的和尚，看你这三个丑陋，不中吞吃，只好一顿棍子打死了，赏与小妖们当个点心。早早快把担包丢下，过来领打。"行者三人，正挑着担子走路。猛然见妖魔当前阻路，口中大叫领打，行者笑道："山下那老儿说妖怪吞吃人，原来不似当年妖怪了，张口便吞。他如今却要先打后商量。"乃放下担子，叫八戒都卸下禅杖，拿在手中；叫沙僧保守着担包，以防小妖乱抢。八戒道："大师兄，虽然妖魔说狠话，我先前送师父，曾向他说老实话。如今且在再让他老实一番：只恐他以老实相待，依旧放我们，还差小妖护送哩。"行者笑道："师弟，你也说的是。我且听你如何与妖魔老实说。"八戒乃把禅杖双手攒着，上前打个躬身道："大王，小僧便是昨日蒙大王说我老实的和尚，又蒙差小妖送个前路的。今复来挑经担，望大王积个阴骘①，放过山去。"虎威魔王笑道："我昨日误信了你老实，放你过去。原来你最不老实，甜言美话，骗我过去。"八戒道："大王哪里见我最不老实？"魔王把狐妖话说出。八戒道："事没对证，便是冤屈。"狮吼妖怪道："有对证的。"乃叫小妖去洞中请了狐妖来。

狐妖听说，心中欢喜，依旧变了个妇人，走到阵里，向狮吼魔王道："正是这丑和尚了。"行者听得妖精口口只是说丑和尚，乃叫："八戒，休要说你老实话了，如今只得用我机变心。你何不变个标致脸和尚，他必爱你，放你过去。"八戒道："要变，大家都变。莫要变一个，他放一个，留一

①　阴骘(zhì)——阴德。

个。到底费工夫。"行者道:"你且先变了,试他何如?"那魔王正叫小妖把那长嘴大耳丑和尚捆上来受用我棍。八戒忙把脸一抹,随变了一个标致俊俏小沙弥。小妖见了,不拿八戒,却去拿行者。那狐妖忙叫:"不是那猴子脸。"小妖道:"不是他,却没有个长嘴大耳的。"狐妖道:"方才在此讲老实话,怎么不见? 且住着手,休拿。只怕他会变化,躲在山凹里去。"叫小妖去寻。狮吼魔王道:"老弟,你便与丑和尚有隙,我却不喜吃他。看这俊俏小沙弥,正中我心。"叫小妖:"休要捆他,且等我吞吃他吧。"遂乃丢了棍棒,走近八戒身边,将手来揪八戒。哪里知八戒虽缴了钉耙兵器,尚存着降妖灭怪之心。禅杖仍在手中,举起来照魔王当头打去。好魔王侧身躲过,飞入阵里,拿棍来打八戒。这边虎威魔王也举棍来帮,却得行者舞起禅杖,他两对儿厮斗起来。这一场好斗。怎见好斗? 但见:

> 妖魔逞虎威,八戒施雄壮。狮吼展嘴唇,行者抢禅杖。这一个金睛暴钻,只要灭妖精;那一个狼牙张口,只要吞和尚。魔王棍打来,使个蟒翻身;和尚杖去迎,出水蛟龙样。两下打斗许多时,这回恼了沙和尚。

　　行者与八戒斗这两个魔王,看看力弱。沙僧看见了,举起禅杖来帮。那魔王败阵飞走,回洞叫小妖放那和尚们过山去吧。谁想沙僧帮斗,不曾顾得经担,被小妖扛去了八戒的担包。八戒抱怨行者道:"等我求他说老实话,便照本色丑和尚也罢了。却是你又使机变,机变弄得我担包不见面。"行者道:"呆子,你也休怨我。如今只得挑了两包到师父哪里去。待我到这山中找你的经担便了。"八戒依言,与沙僧挑着两担,往大路前走约有五六十里,一个平坦山冈,小小两间茅屋,三藏却歇在屋里。那屋中只得一个老婆子,且又聋瞎。师徒没奈何,只得权住在内,等候行者前来。

　　却说行者待八戒去后他沿着小路儿,变作沙弥模样,来找妖魔。这山既远,又且深阔,哪里去寻妖魔。思量要腾空望个路头,却又被那妖气遮迷,哪里看得明白。心里也怨,有机变无处使。忽然一个小妖从深树林中走将出来,行者拿着禅杖,上前一手扯住道:"小妖怪,我不打你。快说,我的经担抢向何处去了? 你那魔王叫做什么名号,住在哪个洞内?"小妖看看行者道:"小和尚,料你不敢打我。便是你打我,这灯草棒儿,也不足畏惧。"行者笑道:"你这小妖,说这样大话。我这禅杖,若是你这小妖,禁不得三五下,叫你没个哼哈第二声。"小妖也笑道:"小和尚,你不知我人物虽小,年纪却有了。想当初在此山中,跟随三个大魔王的时节,曾遇着东土僧人取经和尚叫做唐僧。他有个徒弟叫作孙行者。那猴精神通广大,把我那三个妖怪降伏了。他有根金箍棒,要大便大,要小便小。且说要大,就如井栏粗,似这样的棍棒,我也见过。稀罕你这小和尚拿着这根灯草拐杖儿!"行者听了笑道:"你原来人儿虽小,倒也是个老妖精。你不知我便是孙行者,这禅杖还是金箍棒的老子。"小妖道:"说乱话。那孙行者,猴子脸,尖嘴,缩腮。不像你,不像你。"行者道:"你看那树里坐着的,不是孙行者?"小妖回过头去看。行者把脸一摸,变了一个大猴子像貌。比他平常更长大,只是禅杖却不能变金箍棒,仍执在手。小妖转过脸来,见了是行者模样,慌了道:"爷爷呀,你果然是孙行者。只是这禅杖却不是金箍棒的老子。"行者道:"我正为念你是当年打过的小妖。今且好好地问你,若是不老实说来,便拿了棒来叫你送了残生。"小妖慌慌张张道:"爷爷呀,我这魔王,一个叫做虎威魔王,一个叫做狮吼魔王。他两个虽在山中吃往来的人,却也是惩前做后,敬礼和尚的。"行者道:"你又说谎。方才与我僧家厮斗,又抢了我们经担,怎还说敬礼和尚?"小妖道:"只因魔王有个结义的狐妖,他到此说:有什么丑恶和尚诱弄他,惹了什么毒虫夺了他洞;人假变什么僧道,敲木鱼逼走了他的风流美趣。我魔王听了他一面词情,如今替他报怨。方才斗不过老爷,躲入洞去。有两包经卷,是小妖们扛入洞里。闻知要请什么山后寺里三昧长老,来拆开担包,课诵消灾哩。"行者道:"你言可实?"小妖道:"看着爷爷这个割气脸,比当年还厉害。也不敢扯虚拉谎。"行者乃放了手道:"饶你去吧。只说他洞在何处?"小妖道:"转三个山弯,一层深树便是。"

行者喝去小妖。乃走过三弯,果见一层密林深树。乃忖道:"我如今若现身去取经担,三拳不敌四手,纵我用机变,只恐妖魔更会用机变。不如探个实在消息,再作计较。"乃摇身一变,变了一个长老。把禅杖藏在树林,却走到洞门前。只见几个小妖在洞前,一个说:"我洞主魔王,平日敬僧,叫我们送押经柜的长老过山。"一个说:"洞主魔王,今日听信了甚结义的狐弟,恼和尚,把他经担夺抢了来。如今还要请山后寺里长老来诵哩。"一个说:"他不过是个狐妖,我洞主如何听他,便改了敬僧心情,倒与和尚做个冤家债主?"一个说:"只因老狐会变风流妇女,我虎威魔王陪小伏低,狮吼洞主也点到奉行,已曾差小妖到山后寺里去请三昧长老去了。"众小妖正说,行者乃叫一声:"提名道姓,你们请我作甚。"众妖笑道:"老师父,莫非就是三昧长老么?"行者道:"正是。我便是三昧长老。"毕竟后来如何法取了经担回去,且听下回分解。

总批

　　二魔送唐僧过山,极是好事。狐妖一来,便挑起无限是非,无穷战斗。因狐妖之惑二魔,亦二魔之自惑也。妇人之言,信不可听。果然,果然。

　　虎威魔王见狐妖变美妇,便陪小伏低起来,狮王如何也点到奉行,曰:只为他会学吼声耳。

第二十一回

狐妖计识真三昧　三藏慈悲诵五龙

诗曰：

> 天地既两分，阴阳岂能一。
> 有正必有邪，邪正每相匹。
> 旁门钩样弯，大道气立直。
> 佛法固多塞，野狐不无识。
> 了悟大光明，着迷暗如漆。
> 意马不能驰，心猿安可失。
> 得意笑欣欣，失路苦滴滴。
> 三藐三菩提，不惹波罗密。

话说小妖将假三昧长老请了来，报知虎威、狮吼两个大王出来相见。假三昧长老忙上前作礼道："二位大王，不知呼唤贫僧有何用处？"虎威大王道："我在山前抢夺了两包经来，说是灵山妙典。故此请老师来开诵，保佑我两个大王，日日有人来吃。"假三昧长老佯吃惊道："这经莫非就是那唐朝僧人到西天去求取来的么？"狮吼大王道："正是他。"假三昧长老道："若是他，此乃我佛至宝。开诵了，大有利益。但是亵渎他不得。若在洞中开诵，未免亵渎，反为有罪。莫若待我老僧先细细功课一番，然后权请到小庵里去开诵供奉，也胜似留在洞中。"魔王大喜，正要叫小妖点起香灯，与长老功课。只见狐妖从洞里走将出来，见了三昧长老，乃向魔王说："这长老哪里是三昧，那三昧年已六十余岁，面多皱纹。"行者听得，忙把脸一摸。只见魔王把眼一看，见行者脸上皱纹叠叠，便笑道："狐弟，从洞中黑暗出来，看人不真。这长老确是个老年，面带皱纹的。"狐妖看了又说道："三昧我岂不识他，面上多豆疤。此长老面却是光的。"行者忙又摸一把。魔王走近行者一看道："老弟，越发眼花了。这长老面却是个麻子。"狐妖道："脸便是三昧，那三昧五短身材，这却体胖。"行者听了，忙把身一抖。不防魔王两个四只眼，看着行者变化出来，便道："狐弟，看此长老,形容忽变。我闻唐僧师徒变化多端,这定是他徒弟装假。"叫小妖闭了洞门,魔王掣出大棍道:"长老是假是真,早早现出真形,免受棍打。"行者见势不谐,一个筋斗,从洞里打将出来。魔王向狐妖道:"贤弟,你眼力果真,定是唐僧的徒弟假变,将来希图骗了经担去。如今看破了,他去再作何计。"狐妖道:"只待差去请三昧的回时,自有道理。"

正说间,小妖来报说:"三昧长老来的,到在洞外。"哪里知这长老仍是行者变来,只因行者听了众妖说,大王已差人请三昧,且狐妖看出他,破他计。一个筋斗,顷刻就打到大路上。果见一个小妖跟着三昧长老走将来。行者看那长老:

皱面似干荷叶,光头如大西瓜。穿着一领旧袈裟,数珠胸前高挂。

行者见了,忙变化一个小妖上前说:"师父来么,我大王得了真经,急等师父开包课诵,故此又差小的来迎。"长老问道:"这经担内有多少经,我一个怎诵得完?"行者道:"正是。师父倒不如叫大王莫打开担包,求他施舍了回寺,乃是镇寺之宝。若是打开了,大王定要你诵完。他不知经文,必然乱取,失了次序。"三昧长老听了笑道:"你这哥哥,说的虽是。我长老喜的是银钱米布,好开口乞化。若是经文,寺里尽多,自尚不能看诵,又请求他的作甚?"

行者听了这话,把口向长老一吹,却把他变得似八戒一般,自己却又变做三昧。那请的小妖一时错认,便跟着行者先走。把个真三昧,行者又吹他一口气,两脚哪里跨得开,踉踉跄跄,歇歇走走,故此行者先同小妖到得洞来。小妖报入,魔王向狐妖道:"贤弟,你却要仔细认真是三昧,莫要使唐僧的徒弟们装假又弄神通。"狐妖道:"我自认得。"魔王请得假三昧进洞,行者依旧叙个礼节。狐妖乃向虎威魔王说:"这才是真三昧长老。"行者故意说:"大王,哪里又有个假三昧?"狐妖说:"方才正被取经的和尚,变了你相貌来混骗经担。被我们看破了,他走去。"行者道:"正是。小僧也闻得唐僧取了真经回来,有三个徒弟,都是往年降妖捉怪的,神通变化多般。他们如今又不同了当年,有个孙行者,惯使一根金箍棒。这棒却也厉害,说是龙宫海藏得来的。要大便如井栏粗,要小就如绣花针。凭你什么妖精荡着,莫想哼哈第二声。又有个猪八戒,惯使一个九齿钉钯。这钯也凶的紧,闻是天宫铸造来的。遇着妖怪,只一筑,九个窟窿儿。厉害,厉害。又有个沙和尚,惯使一条降妖杖。他这杖也非凡间器械,说是上界神兵,乃吴刚利斧伐下来的梭罗树,鲁班制造成的。厉害,厉害。专灭妖打怪,不留一个。"魔王听了,打一个寒噤道:"狐弟,守你本分罢了,惹这唐僧做甚?况他取的是经文,又非宝贝器物。"狐妖道:"二位长兄,有所不知。这经文利益,我与你大着哩。你且试看这三昧长老开了经担,课诵起来,道理其深,功德无量。"魔王听得,便请三昧长老开经。行者故意迟捱。

忽然小妖报入道:"洞外又有个长老来了,自称是大王差人请了来的。"魔王惊异起来道:"狐弟,怎么又有个三昧长老来了? 看起来这也是假。"狐妖道:"也不必说真说假。且着他进来,他自然当面分别。"魔王乃叫小妖放入长老来。只见真三昧见了狐妖就认得,便道:"洞主许久不见,你说在如意庵脱凡长老处,原来在二位大王这里。"狐妖听了他话,却真声音是旧;及看他面貌,乃是猪八戒模样,心上正疑猜。那两个魔王却认得是阵前赌斗的八戒,见了大喝道:"这分明是唐僧的徒弟,如何诈做三昧。"举起棍子,照长老打来。把真三昧光头打出大瘤。身上又是几棍,打得个三昧叫苦无伸。行者忽然一笑,动了一点欺狡心。那真长老打的痛,叫冤屈。念了一声:"佛爷爷呀,这是怎么来?"不觉的真心发现,本像复原,依旧还了个三昧长老;与行者假变的,并立在魔王面前。你指我为假,我指你非真,众妖哪里分辨得出。狐妖道:"二位贤兄,我能分辨他真假。"乃向虎威魔耳边,悄语如此如此。又向狮吼魔耳边,也悄语如此如此。却向两个三昧说道:"你二位各向魔王耳边,把你寺中景像境界报个来历。我自知哪一位是真。"

行者听了忖道:"这妖魔倒是个能干的。我只会见相变化,哪里知他来历。若向魔王耳边报差了,他的棍子现成,我的禅杖不便,怎生抵敌?说不得与他个假中假,我还去叫了八戒来帮助降魔。"乃拔了一根毫毛,变了自身,在魔王耳边胡支乱吾。自己却一个筋斗,打在唐僧面前。唐僧与八戒、沙僧歇在那聋瞽老婆子屋里等候行者,见行者忽然立在眼前,便问道:"悟空,悟能经担,找寻着下落了么?"行者把魔王洞中缘由说出,三藏道:"似此如之奈何?"行者道:"师父放心,且与沙僧在这里坐候。待徒弟与八戒再去取来。只恐师父未得斋,腹中饥饿。"乃叫:"老婆婆,可有便斋施些与我师父充饥?"行者叫了三四声,那婆子哪里应。三藏道:"悟空,这婆子耳聋,眼又瞎,像似倚靠别人过活的。"行者道:"师父,你守着真经,如何不与她医聋治瞎?"三藏道:"悟空,我一时不谙①如何真经医的她病。"行者道:"徒弟曾在经担包内,见有《大光明经》,师父可开包请出,与婆子诵一部,她目自见。有《五龙经》诵一部,她耳自闻。"三藏道:"徒弟,此经功德,若能受持,但聪明将来;未必一时医得婆子病。"行者笑道:"师父,你倒先存不信,还要想去济度众生?"三藏道:"悟空,若果灵应,我在灵山宝经阁检阅过,尚记在心。不必开包,我当诵念。"行者道:"师父且念着经,徒弟与八戒去取经担也。"行者说罢,扯着八戒道:"师弟,我与你从路走,费了工夫。你不会筋斗,我先去,你可驾云速来。"八戒依言。

行者乃一个筋斗,不劳片刻,到了魔王洞前。只听得小妖们嘻嘻哈哈笑道:"唐僧的徒弟原来假变三昧长老,被洞主一计识破,大棍打死,却是一根毫毛。"行者听得,忙变了一个小妖混入洞中。果见那真三昧在魔王前说道:"大王,且不必打开经担,小僧一时恐诵不完。倘肯布施小僧到寺中供奉,慢慢课诵,一则心静,二则竭诚;若是在洞中,这些荤腥秽污,不为作福,且还招愆。"魔王道:"依长老之言,只是我们不知经文说的何话。且待用过午饭,再打开我等一看。"魔王说罢,备了午饭,款待长老。行者听得,喜道:"亏我当时说了不开这担包的话,只是他吃过饭,定要开包怎么处?"乃走出洞来。只见八戒腾云到了洞前,行者把洞内魔王与长老之言说了。八戒道:"师兄,你左也夸机变,右也夸机变,费了多少变,经担尚在洞中待我。老实不如复上灵山,要了你的金箍棒,我的九齿钯,打入妖魔洞,取了真经担,一本老实账。"行者道:"迟了,迟了。他吃毕午饭,就要开包。待取了兵器,万一不肯与来,岂不误了大事。如今你可做过主意,守定包担,不要与他开看。若是他开时,凭你使个神通变化,待我到三昧长老家看他个光景来好。"

行者这机变心动,一个筋斗,直打到三昧长老家屋内,变了一个老鼠儿。只见一个烧火上灶的道人,正在屋内,口里说:"长老魔王洞中请去念经,什么来由,与这妖怪往来。"道人咕咕哝哝,自言自语。行者听得,忙出屋外。又见那长老经堂内,悬着一匾,上写着"始燃"二字,乃是长老法号。傍壁上贴着一纸三昧词儿。行者看那词话道:

---

① 谙(ān)——熟悉。

三昧三昧，岂无真伪。

始焉一爝①，倏尔如彗。

乃道之贼，为身之累。

识得真如，绵绵常熄。

消长因缘，毋作烽燧。

不入嗔门，坦然无恚。

有时化焚，刚坚舍利。

行者见了，熟念记在心中道："这长老，原来是火心退了的。怪道与魔王一顿棍，打出瘤来，不急，还忍着痛，吃他午饭。我如今只得使机心去骗他。"乃一筋斗打到洞中，忙变了道人模样。长老见了问道："你为何来？"行者道："闻知大王留老师父吃饭，特来伺候。恐有经担，我道人挑去。"魔王见了道："此是何人？"长老道："此乃小僧家下道人。"魔王说："你来的正好。我们吃了饭，看了经文，就着你挑回去。"道人答道："不必看罢。闻知唐僧的徒弟要来取经担。若是开了，不便收拾。且待唐僧去后，再开看可也。"那狐妖听了，便疑惑起来，向魔王道："这道人，小弟看他又是假的。我们不依他说，且开了担包看。"狐妖方要开担包，只见八戒舞着禅杖。直打入洞来。虎威魔王忙掣出大棍迎敌。他两个在洞外厮斗，道人便叫一声："大王，经担我挑回去罢。免得抢去。"狐妖道："你若是真长老的道人，你师父屋堂里有何光景？"行者道："一个自家屋里，岂不知。我师父有两字'始燃'道号匾，悬一纸三昧词话帖。"行者便念将出来。那三昧长老笑将起来说："大王不必疑他。若是假变的，如方才毫毛变小僧，耳边且说不出；况他如今把词话熟背出来。"狐妖只得信真，叫道人好生小心挑到寺中藏了。行者即忙挑出经担，望山大路前走到唐僧处。唐僧见了行者挑着担子前来，不胜心喜。

却说八戒正与魔王打斗出洞，只见道人挑着经担，照大路前走，便知是行者神通。他无心恋斗，把禅杖放个空，一路烟飞走归来。唐僧见了，便叫收拾行路。行者问道："师父，我去取经，你可念《光明》、《五龙》经卷么？"三藏道："悟空，自你去后，我便念一卷《光明经》，那婆婆眼便说看得见。又诵了一卷《五龙经》，她便叫耳听得说。她感我恩，喜喜欢欢到山

① 爝(jué)——古谓烧火把以拔除不详。

中寻她老汉子去了。"三藏正说,只见老婆子同着一个老汉,肩上挑着一条布袋米来进门。那老汉子向着三藏师徒倒身下拜,婆子也无数的磕头。说道:"圣僧老爷,我婆子耳聋眼瞎多年,今日何幸遇着老爷,诵经念咒,救好了她。老汉在山下籴斗米来度日,婆子寻来备说我知。这斗斋米,正好供献一顿素斋。"三藏道:"事出偶然,何劳赐斋。但请问,这八百里山路,小僧们走了几多里路,前边可有什么歹人妖魔邪怪?"老汉听得,把眉一蹙道:"老爷不问,我也不敢说知。"却是何说,且听下回分解。

总批

行者真可谓游戏三昧。

和尚敬信经文,反不知妖怪。和尚只知银米布是好的,不知正是经文作福,才向施主人家哼得一两声,便受用十万矣。如今做官,做秀才的,哪个不是经文换来,况和尚乎。不怪他,不怪他。

第二十二回

虎威狮吼寄家书　凤管鸾箫排队伍

经问心兮心问经，两相辨问在冥冥。

心居五蕴原无相，经本三皈①孰有形。

妖怪尽从心里变，老僧确守个中惺。

任它道路崎岖远，试看真经到处灵。

话说三藏诵得真经，把婆子聋瞽②灵感复好，师徒收拾起身，却问老汉前途路径。老汉愁着眉道："老爷你不知，我这婆子，眼原不瞎，耳也不聋。只因往年有几个经商过客，在我这茅屋歇足，老婆子多了一句嘴，惹了这场冤。若今日得遇圣僧救拔，若不说来，你恩德未报；若说了，又恐惹出事来。"老汉带说不说。三藏道："老尊长，你便明说，莫要吞吞吐吐。我这几个徒弟，也都有些神通本事。便是有甚冤苦，也能替你分剖救解。"老汉道："我这山东至西，八百余里。平坦处间有些村落人家。险峻处，多是强人窝聚，劫掳行商客旅。近来官府清廉，法度严肃。虽然盗贼稀少，只是山精兽怪，藏隐在洞谷，时常出没。他却不扰害居人，只要迷弄过往，三五中抽吃一两个儿。当时我婆子见几个客人，内中有两个标致俊雅的，她不忍，恐怕被妖精吃了伤生害命，便叫他小心防范。谁知正遇着妖怪变做同伴的行商，勾引那客人，恼我婆子多嘴。只吹了一口气在婆子脸上，眼睛便瞎，耳朵便聋。老汉如今说出，万一老爷中又有妖怪在内，我老汉多嘴也免不得了。只是婆子既救解好，料必没有妖怪。得知老爷们八百里山路，方走过百里多来，前途尚远，还要小心着意。"三藏听了，向行者道："悟空，这却怎处？"行者笑道："师父，徒弟们一个丑似一个。那妖精既要拣标致的吃，谁叫师父生的这般整齐，妖精必须要拣师父下顾。徒弟想当年来时，师父还是凡体。自从灵山下来，必须也有几分神

---

① 三皈（guī）——佛教语。指皈依佛、法、僧三宝。

② 聋瞽（gǔ）——瞽，眼瞎。指耳又聋、眼又瞎。

通,难道没几分变化本事?何不把面貌变个丑陋的,那妖怪便不吃了。"三藏道:"悟空,你岂不知我本一志诚,求取真经,原从正念,不习那虚幻。这变化都是你们的机心。若遇正人,自是邪不能胜。"行者道:"师父,你怎见得邪不能胜正。"三藏道:"徒弟,只就这老婆婆被妖怪吹了一口气,便耳聋眼瞎起来;今日两卷真经,就好。盖因妖气邪,经文正,故此灵验。"八戒笑道:"师父说的有理。这经文不是医聋治瞎的药饵仙方,如何灵验到此?"按下师徒被老汉夫妇留吃斋饭,要赶路程。

且说虎威魔王,见八戒虚丢一杖飞星走了。他也不赶,回到洞中,问:"三昧长老经担哪里去了。"狐妖忙答道:"长老的道人,挑去寺中收藏。"虎威魔王道:"事有可疑。我正与那丑和尚厮斗,见道人挑着担包,从大路东行。那丑和尚见了,便无心恋斗,飞走去了。看此事,莫不又是假道人设骗而去?"狐妖道:"贤兄疑的也是。如今差小妖一面到寺中探看道人,一面往前途看唐僧可有经担,自然得知情实。"魔王道:"便是唐僧的徒弟弄假,事已过去,探他何益?"狐妖道:"二位贤兄,你便忘了山南二位魔君夫人么?"虎威魔笑道:"贤弟不说,我真是忘了。"狮吼魔王道:"便忘了也罢,又说她怎么?"狐妖道:"近闻你这两个贤嫂与你隔越多年。你修你的道,她养她的神,法术甚精,变化更妙。若是唐僧不曾弄假,弃了两包经担前去,则亦罢休。若是弄假骗去,我劝二位贤兄修个旧好,写一封家报通问书,待小弟前去,说知与二位贤嫂,叫她设计擒拿唐僧师徒,也莫管他标致丑陋,一概蒸吃,煮吃,零碎嚼,囫囵吞。叫他灵山徒往,真经落空。"狐妖说了,魔王依言,唤两个小妖,一个寺中探看道人,一个前路探看唐僧。

两个俱探看了来说:"道人并未来挑经担。""唐僧打点往前行。"虎威魔王听了,大怒道:"我看此事,倒也是狐弟多这一番事情,何苦与那唐僧们认真斗气。今看这情节,真也可恼。想我弟兄当年在此八百里莫耐山,也是有来历,不怕什么强梁本事,变化神通的。只因狮吼老弟与我,招赘在山前鸾箫、凤管两个魔君娘子家,可怪她坐家招夫,受尽了她倚强仗势那些悍恶。没奈何,离了她处,到此山后,落得个眼前干净,肚里快活。今日狐弟既说出她近日修炼的神通本事,料能擒捉这几个取经丑和尚。如今说不得写一封通问家书,便差小妖同狐弟,去那山前达知两个娘子。叫她待唐僧路过此山,必须用心擒拿,或煮或蒸,等我们来享用,做个合欢筵席,伸了这一口仇气。"虎威魔说罢,就要写书。狮吼魔忙止住道:"我与贤兄原是难受两妇之气,挣脱担子出来。今又通信去惹她,万一她一纸来唤,那时进退触藩。看来唐僧师徒仇隙可忍,这宗账目,只宜罢休。"狐妖听了,笑将起来,啐了一口道:"狮吼贤兄,忒也懦怯。大丈夫终久可躲得过这个门户,便是受她些懊燥,也非外人。忍一时,省半句,便过了日子。"虎威魔笑道:"贤弟,你不知。却也有些琐碎。我为这个魔君,被她手下小妖编我两句口号,甚是可怪。"狐妖道:"编的口号何说?"魔王道:"那小妖们背地里说我:

　　　夫宜唱,妇当随,可笑魔王号虎威。

　　　面孔大,腰十围,见了魔君不敢违。"

狐妖听了笑道:"贤兄,你有这般事情。"狮吼魔也笑道:"贤弟,我不敢瞒。也被这小妖们编有几个儿。"狐妖道:"也说与小弟一听。"狮吼魔含着笑面,说道:

　　　"夫与妻,百年守。相亲相爱当如友。

　　　我魔王,偏妆丑,空向人前说狮吼。"

　　三个妖魔说一回,笑一回,只得写了一纸书信,差小妖跟着狐妖从岭头转路,往山前来。却说这山岭,崎岖险峻。往来都是那没行囊的客商,攀藤附葛行走。岭中有个小庙儿与人歇力,只有一个哑道人在里边看守。这道人因何口哑?只因指引行人路径,被妖魔邪气喷哑。这日正坐庙中,忽然庙外比丘僧与灵虚子走入来,问他过岭路径,道人哪里说得出。比丘僧见了,合掌念了一声梵语,便把数珠儿在项下取下捏着。那道人见数珠,把手一摸道:"老师父,这数珠是菩提子,该一百单八颗,如何只八十八颗?"灵虚子见他开口说话,乃问道:"道人,我方才问你路径,如何推聋装哑;这时却又问我师父的数珠子?"道人不觉地喜笑起来道:"二位师父,却也有些大缘法。我小道日前有个过往客人,在此问路。我便指引他说:"从险处不险,只苦了你些心力。那客人恼我说浑话,把我喝了一声,便不能开言。今日不知见了师父数珠,便说得话。也是小道难星退了。"比丘僧笑而不言,捏着菩提子只是念佛。两个坐在庙中,道人烧出一盏茶汤,两个吃了。比丘乃向灵虚子道:"唐僧料从大道前行,虽说山路迂远,他师徒自是坦然过这一程。我与师兄,且在这庙中歇足,再往前去。"灵虚子道:"师兄,既是此山通路处乃平坦大道,客人过往,又何须历此。便是我等空身,只为防范唐僧们恐他抄循小路过此,有碍经文。方才道人说客人喝了一声,便哑了,口不能言。必定有个缘故,师兄可审问他个来历。"比丘僧依言,乃向道人问道:"此山叫作甚山,经过有多少程途,山中可有甚妖魔贼盗么?"道人答道:"师父,我弟子本不敢指说,但你数珠儿救好我哑,料必是神僧。我这山叫做莫耐山,东西八百匀余里。山岭上人稀,妖魔少。倒是大路上,近日有几个魔王吃人。我日前指引那客人路径,本是好心,不知怎反招他怪。今日指引二位师父,切莫见怪。"比丘僧道:"指引迷途,乃是莫大方便。怪你的,定然是怪。我方才见你口哑,问了一个方便菩提,正叹你我均是父母生身,可怜你独受哑口,只一点慈悲,称道梵音,不匡你的灾难解脱。以后道人还是指引迷途,自有方便功果。"

比丘说罢,乃叫灵虚子飞空,看唐僧师徒从那条路上行走。灵虚子依言,出了庙门,摇身一变,变了一个灵鹊,一翅从大路上看来,只见唐僧师徒坦然在路前行。却又一翅,复回庙来。只见狐妖变了一个行路客人,跟着一个小汉子,手里持着一封书信,口内咕咕哝哝说道:"唐僧师徒,从大路前行,迂远百五十里。我们走抄小路去罢。"灵虚子听得他说"唐僧"二字,料有甚情节。乃一翅飞下,把小妖手中书信一嘴叼去。那小妖忙了,便向狐妖道:"书被鹊叼,必有古怪。"狐妖道:"什么古怪,料必是走露消息,那唐僧师徒弄甚手段。你看那鹊叼书,飞向何方去了?"小妖道:"尚在前树林枝上。"狐妖一望,果见树林枝上一个喜鹊,把那书信,一口撕开。哪里知是灵虚子拆书观看,想道:"原来是这个情由。"乃一翅飞起,直到庙来。复了原身,把书呈与比丘僧,看了道:"原来山前有两个鸾箫、凤管妖魔,好生厉害。想这虎威、狮吼二魔,不能抵敌孙行者与猪八戒、沙僧,故此写信前来求魔君帮助。万一唐僧师徒被他擒捉,这真经叫谁担去?且把他信焚毁了,叫他不得通知。"灵虚子道:"师兄,出家人与人方便,自己方便。莫烧毁他信,原还与他寄去。只是我等仰仗如来,且看唐僧师徒作何计较,过此莫耐八百里山。他如有本事,过去便罢;如是不能,那时我等再作计较。"两个计议了,却敲动木鱼,在庙中功课。

却说狐妖看见树林枝上喜鹊撕书,他也摇身一变,变个鹞雁,飞来啄鹊。不匡灵虚子到庙复了原身,狐妖一翅飞来,只听得木鱼声响,他的心神便乱。那邪氛怪气,顷刻退了十里。仍复了原形,走入洞来,备细说与虎威二魔。这小妖在路守了半晌，见狐妖不知何处，书信落空。哭哭啼啼，怕魔王嗔责。比丘僧听得山岭上人啼，探知情节，乃把书信还了小妖道："我出家人，不没了人书信，却也不容人通同挠阻真经。今仍还你这书，你可持回付与那妖魔，叫他安心守分，莫要再去算害唐僧。"小妖得了书，哪里敢前去，只得复回洞来，缴上虎威魔王。魔王益加大怒道："这僧道总是唐僧一起，好生恶懒。如今一不做、二不休，难道我们的神通，不如几个取经长老。说不得亲去山前，相会两个魔君。一则看她近日修炼的本事，一则报那仇僧之恨。"狮吼魔笑道："万一唐僧师徒神通，把魔君败了，如之奈何？"虎威笑道："小弟正要使他个鹬蚌相持，渔人获利。魔君若败，我等方好逞威。"两魔计议了，却叫狐妖同行。狐妖辞道："小弟原意来投二兄，只为报那取经僧使弄法术愚我。到如今仇恨未报，反使二兄生恼。本当奉陪贤嫂处与二兄和好反目之嫌，以报那师徒之恨，不意他师徒到处似有灵神护送。往往前遇两个僧道敲动木鱼，我便心神散乱。我闻事不过三，已经那木鱼声逼两次，再若逼来，恐遭荡涤。小弟只得辞回，原归山洞，拜那脱凡长老。若得转生人道，得自持木鱼课诵，脱却尘凡，幸矣。二位前去，那唐僧可计较则计较；如不可，放他去罢。"狐妖说罢，别了二魔而去。这二魔只是忿忿恨唐僧师徒，带领小妖，从岭头变作行客前来。

却说这莫耐山八百余里，东三百里。当年唐僧西游时，却是大鹏魔王在这山中占据。后被行者破散，遗了两个小妖，一个叫做凤管，一个叫做鸾箫。她两个日久成了精气，幻化做二美妇。凤管招赘了虎威魔，鸾箫招赘了狮吼魔。这两魔神通本事，不如两妖。这两妖强悍，又恃本事多能。两魔受气，无奈乃离却两妖，到岭头西处为巢。这两妖聚了几个小妖，专在山间迷那过往行客。她却与虎威二魔心性不同，二魔专吞吃标致过客，这两妖专吞吃丑陋行商。年深日久，两魔外去，她受了日精月华，却又与山后一座道院隐士，名唤陆地仙，讲炼些服食丹经。这两妖遂神通变化多般，只是妖氛未绝，终是占据山洞吃人。她两个自称凤管娘子、鸾箫夫人，又号为妈妈帐。手下小妖，倒也有数十个。这日，春气融和，山色晴朗。两妖叫帐下小妖排起队伍，前往道院，相会陆地仙一行。众妖听令，遂排起队伍，排列清道。这两妖坐在两乘花藤轿儿上，雄赳赳的气象。正才转过一座山头，只看见前面尘灰起处，一簇人马到来。凤管娘子远远看见，叫小妖探看。小妖报道："是两位魔王归来。"凤管娘子听得,乃对鸾箫夫人道："这两魔外出日久,闻他在山后安乐,吃尽了美貌男子,标致人儿,誓不回还。今日归来,必有缘故。我与你把这妈妈帐挑开,形容变改,叫小妖只说是妈妈帐老魔君,看他怎生相待。若是礼貌不周,便与他斗一阵输赢。"鸾箫夫人依言,摇身一变,变了个七八十岁老婆子,坐在轿上。凤管娘子也变一个六七十岁丑妇人,随在后边。却说虎威与狮吼魔王变作行商,走了百十里山岭。两魔计议,只见虎威魔道："我等离了凤管、鸾箫多年,闻她近日势焰高涨。我们若是这等凄凄凉凉,变作行商归去,她只道我与你落魄归来。不是受她卑贱,便是被她鄙辱。我欲大张个声势,使她敬畏。那时她方听我们调度。"狮吼魔听了道："有理,有理。"两魔毕竟如何大张声势,且听下回分解。

总批

　　二魔原无心算计唐僧,只为狐妖撺哄,以致费手脚惹气。后狐妖依旧撇去,二魔着甚来由?

　　妖魔要降老婆,却借和尚势,凤管、鸾箫排下队伍,任你虎威狮吼也不出得她手中,况世人乎。一笑。

第二十三回

陆地仙拂尘解斗　唐长老奉旨封经

却说虎威魔与狮吼魔计议定了,乃叫众小妖各排个阵势。他两个变的容貌整齐。把小妖变两匹金鞍白马,采些树枝花叶,附得旌旗簇拥。虎威魔似个白面郎君,狮吼魔如龙阳汉子。两魔正行了多路,只见前途鼓乐响来,一簇人马拥至。虎威魔忙叫小妖探听。小妖走近前问:"是哪里来的人马? 可是山前的凤鸾二位魔君,或是过往的上司官从与出行的将军战马?"小妖答道:"不是,不是。俱不是。却有个口号儿,念你去猜。"乃念道:

"曾是夫人旧寨,两行娘子营军。如今改了老魔君,妈妈帐休来
盘问。"

小妖听了这几句口号,哪里明白,乃记了回复两魔。两魔心疑,又问小妖:"你可曾看见队里有何人在内?"小妖道:"里边只见两乘花藤大轿,内坐着两个七八十岁的老婆子。"两魔听了道:"想我当年离了两妇出门,不曾过了三年五载,怎么两个妖妖娆娆凤管、鸾箫,少年窈窕的,怎换了两个老婆子? 况原前不闻有甚老魔君妈妈账,却是谁人的号? 小妖们探信不的,模模糊糊说几句哑谜口号,叫我们疑猜。思量寻个地方,村落人家讨个来历实信,却又都是被我们禁忌他不许指路途,说事迹的。如今只得且停住阵势,看他如何前来。"

却说妈妈帐两妖见是两魔归来,却何故又停住阵势,不肯上前。乃另叫小妖探听。小妖走近前来一看,哪里是虎威、狮吼两魔,却乃两个青年俊俏汉子。便问道:"阵内大王是哪里来的?"阵上小妖道:"是山后来的。"小妖道:"大王名姓何称?"阵妖道:"我们也有个口号,念与你去猜。"乃念道:

"昔日虎威没势,当年狮吼远藏。修成白面转龙阳,看那婆婆不
上。"

小妖听了口号,记回念与两妖。两妖听得大怒起来,叫小妖:"排开队伍,待我上前。叫那对面阵内是何处来的魔头,出来答话。"小妖听令,排开

队伍。这两妖掀起轿帘叫道："对面阵内，何处魔头，出来打说。"只见两魔骑着金鞍白马，拥出阵前。见了两妖，大笑起来，说道：

> "当年凤管与鸾箫，娇媚须知压二乔。
>
> 今日容颜何处去，空留强悍老丰标。"

凤管、鸾箫两妖听了，便大怒起来。也说道：

> "何处生来白面郎，风流自古美龙阳。
>
> 阵前笑我婆婆老，不识王婆是汝娘。"

两妖念罢，怒喝一声道："你这两个小厮，莫不是那虎威、狮吼两魔生下来的小魔么？难道你不识我是何人，却替你老子说话。"两魔笑道："我哪里是你那虎威、狮吼生的儿子，却是他近时相结交的两个小友。只因听得他说，被你强悍逐出，他远避。我两个特统了一队健儿来剿你这强悍。不匡你两个，这等容颜忽变。倒可怜你强悍名儿空留。"两妖听了，怒道："我也曾闻这两魔离了我，专一吞吃标致儿男。原来这派情节。"叫小妖递过刀来，两妖持刀直杀过阵来道："我平日不伤俊汉，今见汝两魔过恶，不由人忿怒填胸。"两魔忙跳下马，夺了小妖手内两根棍，抵住刀道："婆子，三思而行，莫要逞忿一时。只恐着气生恼，你那憔悴，益加枯槁。"两妖哪里肯息怒，只是举刀斫来。两魔只得举棍厮战。他四个在山岭上，一场赌斗。怎见得，但见：

> 婆子双刀舞，魔王两棍迎。只为一时反目，顿教两地无情。哪知幻化皆成假，何用强梁忿不平。凤管尤未老，狮虎莫虚名。识得阴阳颠倒，何须姹女①婴儿和合成。

四个妖魔正交战斗，那妈妈帐变了脸的婆子怒不解，这假威势装相儿的魔头笑不休。怒的似认真，笑的似赔礼。却好陆地仙当春暖花香，游山玩景。只听得山前吆吆喝喝，如虎斗龙争。他走近前来一看，笑道："你这四个泥形骸，忘牝牡的，为甚逞雄角力，自耗精神，两相争斗？何不当初效法投我。"乃把那手中拂尘只一挥。顷刻那妈妈帐老婆子复了娇容，仍还是两个鸾箫、凤管。这龙阳白面郎君更换模样，原来是两个狮吼、虎威。两下一见了旧时容貌，怒的也不怒，倒笑将起来，丢去手中刀；笑的反不笑，倒愁将起来，拿着手内棍，直是呵呵颤。陆地仙乃问道："你四位，如何见面

---

① 姹(chà)女——指少女。

不叙暌违①,乃相矛盾争斗?"妖魔答道:"只因彼此变了面皮,一时叙情不
出。"魔王乃问道:"仙仗何法,解了我等这回争竞,且闻得说甚效法投我?"
陆地仙道:"便是我小道自少随师,学得不斗不争的个方法。方才见四位争
斗,故说出口。"狮虎两魔听得,便叫两妖拜师求法。隐士道:"鸾凤两位夫
人,旧在门下,只是传炼了他些变幻神通。却不曾授他这不争的方法。"两
魔道:"请教仙丈,法号何称?"隐士答道:"小道只因得了这不争法,在观中
养炼,人称我做陆地仙。却也有几句口号,试念与魔王听。"乃念道:

　　"不恋红尘鄙事,节饮独宿毋贪。安步快乐胜车骖,日食三食淡饭。

　　漫笑争名角利,更叹暮北朝南。倚强逞势不知惭,怎如我逍遥散诞。"
妖魔四个听了,齐齐拜谢山前。随把阵势解下,队伍散开。邀请隐士同到
鸾凤两妖山洞,仍旧和好。两妖叫洞中小妖设起合欢筵席,大吹大擂饮
宴。虎威魔方才把唐僧师徒设机变,骗哄狐妖,并他两个战斗的仇恨说
出。鸾箫夫人听得,说:"我当年曾闻大鹏魔祖说,他曾以一翅遮大众闻
法,想这唐僧取的真经,便是佛祖说的法。这法却又比仙丈的道理深奥。
真是得闻受持,可超凡入圣。二位魔王,且不讲甚仇恨,只是设个计较,留
下他的经文,便是上策。"按下妖魔在洞,叫小妖探听唐僧师徒不提。

　　却说三藏师徒,吃了老汉子夫妇斋饭,收拾了经担,辞别前行。三藏
一面赶着马,一面看那山路,接连长远。时值春光好山景,但见:

　　绵绵不断,坦坦平冈。野鸟啼深树,空林挂夕阳。高峰远似削,
　　幽境僻如荒。正是和气融融情学爽,春风荡荡草生香。人稀鸟不乱,
　　身倦路偏长。
三藏师徒走几里,停着担儿歇息几步。只见天色渐晚,三藏道:"悟空,长
途力倦,日已西沉,看前途可有庵观寺院,借宿一宵再行。"行者道:"师
父,此地虽说山冈,却喜路倒平坦。况春气晴朗,便是深林密树,可以栖住
一宵。"八戒道:"不寻人家寺院,这肚中叫冤怎生安妥?"师徒正说,只见
两个小妖,跟着一个道院隐士,摇摇摆摆,似有醺醺之状。三藏见那隐士:

　　逍遥巾齐眉包裹,棕草履双足牢穿。四明道服着身宽,一把拂尘
　　手摆。

　　三藏见了隐士,忙上前打个问讯道:"老仙长,小僧是从灵山下来,路

――――――――――

　　① 暌(kuí)违——离别之情。

过此地。不觉的天色渐晚，人家稀少，无处借宿。敢求仙长居住的上院，暂停一夕。"隐士听了，笑面欢颜问道："老师们可是大唐西游取经的长老？"三藏道："正是我小僧师徒四个。"隐士见了经柜包担，便道："天色正晚，我此处不但狠虎甚多，且是强人出没，妖怪丛生。老师不弃，可到小院住宿一宵。只是山野荒居，无有好斋奉供。"三藏大喜，乃跟着隐士，到他院来。进了分围竹径，转过粉壁砖墙。那隐士叫小妖敲开院门，只见两个童子恭恭敬敬开了中堂槅扇，请三藏堂中坐下。把马柜扛下，牵了马到旁屋一壁厢。发付两个小妖回去，叫他莫向洞主说出唐僧在此。一壁厢叫童子烹茶备食。三藏问道："老仙丈，宝院果是清幽，真乃神仙宅院。敢求大号？"隐士答道："荒野山居，聊避尘俗。贱号一真，人每过称做陆地仙。老师父名号，久已播扬。这东西道路，谁不知道。请问这包柜内，是诸品何经？"三藏道："小僧是灵山求取的大藏真经。"隐士道："这经文却载的何义？"三藏道："中间载籍却多，天文地理，山川草木，飞禽走兽，无不备载。"隐士笑道："这等说来，也只是个广见博识几部书文，不是我道家丹经玄理。"三藏道："若论玄理，这真经备载，乃见性明心，超丹入圣。比仙丈的丹经，更出一步。"隐士听了道："老师这等说来，小道拜求一览。"三藏道："经文虽是济度众生，只是上有敕旨封记，小僧们不敢妄开。若是仙丈要看，小僧有诵记在心的，朗诵一两卷与仙丈一听，便是见闻一般。"隐士见三藏不肯开柜与他看，便心上不悦道："老师，你不肯开柜，说上有唐主的封记。我这西方道途远僻，便开了何碍？"

三藏只是不肯，这隐士乃叫童子飞走到虎威魔洞，报知唐僧师徒在院投宿，可乘夜来抢夺经担，擒捉他师徒。虎威魔知道，乃与狮吼、鸾箫们计议道："陆地仙报说，唐僧在院投宿。我们若是乘夜去擒捉他，明人岂做暗事。万一那唐僧师徒作下准备，好生不便。不如天明在这山路大道上，与他较个雌雄。那时胜了他，取了他经担，捉住他，报那诈骗仇隙，他死也甘心。"狮吼魔道："假如唐僧神通本事，日间也作了准备。不怕我等，倒把我等败了，如之奈何？"鸾箫娘子笑道："你这两魔，空撒了我们日久，名说在外炼习神通。却原来见识不高，智量仍是隘小。闻知唐僧是一个志诚长老，八戒是一个老实和尚，沙僧也有几分忠厚禅和子。只有那猴脸孙行者，机智万变，你有一法擒他，他便有一法算你。我想，他只一个的机智，我们四个的神通，况又有陆地仙帮助，料可胜他。"只见那跟送回来小妖道："上告洞主,小的送陆地仙回院时,路遇唐僧,彼此各相欢敬。隐士且嘱咐小的,莫要说收留唐僧在院。今叫童子来报,此必有故。"虎威听了,大喝一声道："大胆孽瘴,早如何不报?"小妖道："一时失记,但只因那唐僧们,把小的吹了一口气,就忘记了。"虎威魔道："即此便是他的神通,权且饶你。"乃请禀凤管娘子作何计较,凤管乃与鸾箫计议道："我当年曾闻孙行者本事虽大,神通虽高,却遇着敌手强过他的,不是上天请救兵,便是西方求佛祖,长庚替他报信,菩萨与他解危。所恃不过一根金箍棒。闻知今日金箍棒缴还在库,只靠着些机变存心。我们如今着一个与孙行者交战,叫小妖围困着他。待他变化出什么形状,我这里也变化敌他。一个去擒一个,纵八戒、沙僧尚有能,也只敌得我们一个,却把唐僧捉来受用。他三个徒弟没了师父,自然散走。"鸾箫夫人听了道："既是孙行者遇着强敌的了,能上天求解,入地寻救。我们胜了他,他又去寻了救兵来,事却何处?"凤管道："我自有个计策。"鸾箫道："计策何出?"凤管道："他惯好请救兵,我那时假变做灵山。待他来时,愚哄他一场,再做计较。如今且吩咐隐士的童子,去叫他师父小心在意,好生款待唐僧出院。到前途大路,我们自有计较。"

童子依言,回复隐士。隐士笑道："此明是这几个神通不济,本事欠高,不能奈何唐僧师徒,设此缓兵之计。我想人称我做陆地仙,也只因我与世不争,自得道遥快乐。乃今遇着这等不遂意的事,拘泥的长老,不由人动了妒忌之心。他们既不肯乘夜来抢夺经文,我难道不设个方法,开他的柜担?"隐士想了一会,只得叫童子备斋供,款待唐僧。

却说虎威魔同三个妖魔打发了报信童子出了洞门,计议道："隐士既戒小妖莫要报我,怎么又叫童子来报? 这个缘故,须是待我去探听消息,看他是何主意。"三妖道："有理。"虎威魔走出洞门,来到院外,只见院门紧闭,他却从后门探看。听得童子开后门取水,他遂隐着身形,直走入隐士卧室。只见隐士自言自语,计较算开经担方法。毕竟是何等方法,且听下回分解。

总批

隐士既嘱咐小妖,莫说唐僧在院;及至不肯开经,却自己着童子报知。信乎,持念之难也。

八戒、沙僧尽有神通,一遇凤管、鸾箫,便一筹莫展,甘心受缚。何以故,女色入人,惨于刀兵。其不亡魂丧魄者,幸耳。

如今安排鸾箫、凤管者,都是要吃人的魔王,不可不惧。

第二十四回

八戒再哭九齿耙　行者两盗金箍棒

人各有机心，何须巧弄幻。

我欲计愚人，谁无谋暗算。

微哉方寸间，能经几合战。

邪恶终必消，善良自无患。

宽厚此唯微，小射含沙箭。

此既发慈悲，彼岂无方便。

莫云人可欺，神目真如电。

话说一真隐士，自言自语说："我本恭敬唐僧，求他把经文包开，无奈他执定封皮不肯。我叫童子报知妖魔来夺，他又惧怕孙行者们神通本事。俗语说的好，好意翻成恶意。又说，见钟不打打铸钟。我且把不贪不竞心肠丢开，做个小人志念，愚哄他们几卷经文一看。"隐士说罢，乃叫童子守着卧室，他出了房门，摇身一变，变了个唐僧模样走出堂来。

却说唐僧师徒吃毕了斋，到个静室打坐。只见行者对八戒说："你们随伴师父打坐，我去照顾经柜担包。"八戒道："师兄坐着吧，经柜担包好好的安放在前堂上，莫要生疑心，又动暗鬼。只是你这猴象，没有个坐性，招风惹草，又不知什么机变心动了。"行者道："呆子，你哪里知道。俗语说的，吃饭防噎，走路防跌。我看院主苦苦要开我们经担，师父不肯。他沉沉吟吟，只恐动了不良的心肠。"八戒道："这院主恭敬款待我们，况是个忠厚长者。休要过疑，静坐静坐吧。到了天明，好往前行。"行者哪里听他，出了静室，悄悄到前堂照顾担包。行者把担包封皮包裹摸了又看，看了又摸。忽然那隐士变了唐僧，走到行者面前。行者见了道："师父请自打坐，却又出来作甚？"隐士道："徒弟，我想院主款留我们，无非要开看经文。我等在此扰他，便开了一两担与他一看何妨；况经卷也是斋度众生的。"行者见他叫了一声"孙行者徒弟"，便疑将起来道："我师父平日只叫悟空徒弟，哪里叫孙行者。分明言语差错，莫不是妖魔假变。我如今拒了他，只恐又是真师父；不拒他，又恐是隐士或妖魔来乱真。"好行者，一面答应道："师父，既是要做人情与院主看经卷；徒弟们的经担不便开动，可把马驮的柜垛动开看吧。"一面拔下两根毫毛，变了两个马垛子经柜，却放在马屋外边。假唐僧道："好徒弟，不违我师言，做人情，行方便。"行者又见他语言，真不是师父的口声，乃道："师父，你请打坐去，待院主明早要开时，徒弟自是开与他看。"假唐僧道："只恐院主如今夜静，正好看经文。出堂来时，你便开与他看。"行者道："晓得，晓得。"那假唐僧遂进屋去，复了原相，叫："童子们，你可待我哄开经柜。大家你三卷，我两卷，乱取他的进来。"童子们应了，方才跟隐士出卧室。却不知那虎威魔，隐着身，看见隐士变唐僧诈哄孙行者。他等假唐僧方进屋，遂变了隐士形状，走出屋来，向行者道："孙行者小师父。你师三藏，许我小道开经柜看几卷真经。趁此夜静，望你把许我的马垛子打开封皮，见惠几卷。"行者道："老院主，什么开柜子看几卷，我师父既做人情，我徒弟又岂不能做人情。你叫童子抬一柜进屋，自己慢慢地开看去吧。"虎威魔道："童子小弱，抬不动。倒是我自己扛去吧。"行者道："院主如何扛得动？"魔王道："待我试力重轻。"行者见他试力，故意把柜子毛变的轻了，魔王道："这柜如何这样轻？"行者道："经文原是纸张，如何不轻。"魔王怕隐士出来，忙忙背负了一个假柜垛出了院门，欣欣喜喜地去了。隐士方跟着童子出来道："孙悟空，你师曾与你说过，许我一两柜经卷开看。此时一则夜静好看；一则小道睡不着枕，思想看经。望你不背师言，做个人情，打开经柜，见惠几卷一看。"行者道："院主，你方才说童子小弱，自己扛了一柜进去，如何又要？"隐士道："我并不曾扛去，你如何冤我？"行者道："分明背去，如何冤你？也罢，尚有一柜在此，院主扛进去，慢慢看吧。"隐士听得行者把柜垛与他扛进屋去看，大喜。叫童子去扛。行者故意吹了一口气在假柜上，把个童子压得东倒西歪，哪里扛得动。隐士自己也来扛抬，那柜子就如大石块。扛到屋内，隐士正要拆开。只见柜垛封锁甚固，一时难动。

　　且说行者见两次隐士取了假柜去，心疑，进了静室。见三藏与八戒打坐，乃问八戒说："师父可曾出静室？"八戒道："师父入定，何尝出室。"行者道："是了，何处妖魔，诈哄了假柜子去。"一面笑，笑的是以假诈假。一面思，思的是妖魔扛了毫毛去作何计较。复过身来，行者思量了半刻道："说不得再到院主卧室探看消息。"乃出了静室，假变个童子，走入院主卧室。只见他把柜子扭锁撕封。行者又拔几根毛，变了几根芒刺。院主也戳了手,童子也伤了指,哪里开得。隐士却叫行者假变的童子开柜。行者道:"师父,夜深了,明早开吧。"隐士只是要开,行者把口向童子们一吹,个个打盹瞌睡起来。隐士只得也打坐。

却说虎威魔背着假柜子走在路上,喜喜欢欢想道:"陆地仙变幻唐僧,诈那孙行者要经,怎防我去诈来。但此柜不多,怎得再诈他几担,方遂我报仇之气。"哪里知毫毛是行者法身,行者见隐士打坐,童子睡熟,乃一筋斗打到路上。只见虎威魔背着假柜垛,口里咕咕哝哝,说的是柜子轻,不曾多诈得两柜来。行者隐着形,近前听得。乃向柜子吹了一口气,那柜抖然沉重起来。魔王道:"古怪跷蹊,怎么这柜子沉重起来,不似前轻。"越背越重,便背不动,只得歇力。行者乃弄个神通,向空中一喷,顷刻大雨淋漓,专在魔王身上直落。魔王既背不动,又被雨摧,乃躲入树林。看那雨:

> 汹汹如海搅,阵阵似盆倾。
>
> 顷刻山溪满,须臾沟浍盈。
>
> 树枝无鸟宿,道路少人行。
>
> 妖怪生烦恼,真经背不成。

虎威魔躲入树林,见那雨只在他面前落。柜子又背不动,心中懊悔道:"可恨这陆地仙要唐僧经看,设这圈套。我又不合诈骗了他柜子来。虽然出了这口仇气,背了他经柜,叫那唐僧走路不成,定是我们口里之食。只是未曾防得这一阵大雨,柜子又重,再加雨湿,益难背走。"行者听见魔王懊悔怨隐士,他却变做隐士模样,假做奔林避雨之状,走入林中。见了魔王道:"洞主乃忠厚人,我叫童子报知,你乘夜来取唐僧经担。你既来了,如何连我也瞒? 不取他担包,却把我问他要的经柜暗背了来。"魔王见是隐士,俗语说的当面抢白,乃恼羞成怒,便指着隐士骂道:"你这假惺惺,说什么不争无竞。陆地仙原来见利忘义,更起争心。是我取了柜子来,便欺瞒了你,何惧之有!"隐士道:"我也不管你,只是还了我这柜子去。"乃上前来夺柜子,魔王也来夺。哪里知是行者一根毫毛,他法力一过,依旧归元。假隐士飞往林外道:"雨晴了,我回院去了。"魔王在林中寻柜子,哪里有。气忿忿地空手回洞。众妖魔问他到院中消息何如,虎威魔备细把前因说出。那凤管小妖向虎威魔王一口唾骂道:"你这没用的短识,见此分明是唐僧的徒弟,又设了计策哄了你来也。我想,陆地仙虽说有神通,还有几分忠厚,岂有叫小妖莫说;又叫童子来报要我们去夺抢经文? 况你是隐形设变来的,他如何知道冒雨来赶？定无此理。况此晴夜月明，何曾落雨？定是唐僧的徒弟弄巧。"狮吼与鸾箫听了笑道："议论果是不差。"虎威魔被凤管啐了一口，闭口无言，立在洞傍，只是叹气道："唐僧的仇恨益深了。"

　　说分两头，却说行者复了身上毫毛，回归院内。见经柜担包俱各未动，乃入静室。三藏却好出定，见行者问道："悟空，你去照顾经担么？"行者道："几乎，几乎。"三藏惊道："怎么几乎？"行者道："这院主原来是个妖魔，见师父不肯开经柜与他看，乃勾引了山内妖魔，又变了师父模样，诱哄徒弟，乘夜来诈骗。被徒弟弄个机变，愚哄得他们去了。但只是愚哄的他黑夜，却难欺他白日天明起来。师父须是小心跟着马垛，八戒、沙僧各人俱要仔细。徒弟看这妖魔，不是等闲小妖，定有一场争夺。"八戒听了道："大哥，你方才弄的是什么机变？"行者道："苦了我，又拔下几根毫毛。"八戒笑道："如今再苦了你，拔几根弄个神通，哄过山去何如？"行者道："这神通可一不可再。妖魔既识破。定然不信。"三藏道："八戒，你也善腾挪，何不拔几根毛，弄个神通，愚哄妖魔过山。"八戒道："师父，猴王久惯会机变，拔毫毛。徒弟虽有几根鬃儿，却也善变，如今只苦了没那钉耙在手。若是有这宝贝，怕甚妖魔。"八戒提动钉耙，便哭将起来道："我的钉耙呵！我想你：

> 自从遭贬出天关，不做天河宪节官。
>
> 授我钉耙名九齿，降妖打怪灭无端。
>
> 如今缴在灵山库，只为求经不复还。
>
> 若得当年真利器，何愁不过此魔山。"

　　行者与三藏计较保经担过山，八戒却只是啼啼哭哭想钉耙，便引动了行者想起他的金箍棒来。时方夜半，行者拔一根毫毛，变了个假行者，随着师父，只晓得劝八戒莫要哭。他却一筋斗，又打到灵山雷音寺来。却是盗过一遭金箍棒，走过的熟路，又遇着把门神将跟从如来赴莲花海会。行者乘空儿走入大门，傍由宝库。见那库门封锁不似前时，屋檐缝隙丝毫也没个。行者左张右看，无处可入。正心里躁急，只见板门旁一个蛀虫小孔儿，针尖儿大。行者见了心喜，摇身一变，变做蛀虫钻入孔内。看那金箍棒，依旧与钉耙宝仗拴在一处，却不似前放光。行者忙去解绳索，哪知那绳拴百结，坚固难解。行者叫一声"小"，那棒也不小。叫一声"大"，那棒也不大。行者心疑，使出手力一推，也推不倒。双手来举，也举不动。把眼往上一看，只见上面贴着一道朱符。行者去揭那符，哪里揭得起。行者无计,躁急起来,又恐费了工夫。天色将明,只得钻出孔儿。正在库前思量,设法取棒。只见一个老比丘僧,提着一盏明灯,走到库前。见了行者道:"何人在此?"行者忙上前打一个问讯道:"老师父,是弟子孙悟空。"比丘僧听得道:"孙悟空,你久随唐僧取了经去,缘何还在此处,必不是他。定是何处妖魔,来希图库藏经宝。"行者道:"弟子实不瞒老师说,跟随唐僧取经回去,路遇妖魔,抢夺经文。手中没有金箍棒,往往降不得妖,灭不得怪。明来取,又不肯发。只得乘空隙来取了去。"比丘僧笑道:"事情果真,我实如你说:经文乃济度众生宝卷,你那棒儿乃杀生害命凶器。我这里慈悲方便之门,怎肯与你这凶器去弄。休要痴心妄想来取。前闻你来偷过一次,已托付这兵器的旧主,封固甚密,便是你取了去,也不听你使用了。"行者听得,欲要问金箍棒的旧主儿是谁,无奈天色将明,又恐唐僧在院中、八戒、沙僧照顾经担不周,只得辞了比丘老僧。出寺门,一筋斗,依旧打在三藏面前,收了毫毛。只听得八戒还咕哝钉耙,行者道:"呆子,休要想它了。只把经文正念,料妖魔不敢来犯。"

师徒见天已明,乃出静室。隐士也起来,看屋里哪有个经柜,心里甚疑。走出堂前说道:"老师父,既不肯开柜把经文与我看,只是前途却有几个妖魔,定是抢你的经担。那时你来求救于我,便请我看,我也不看你的。"行者道:"老师休说此话。天上人间,方便第一。我等山僧不知礼节,过扰了斋食,又安身了一夜,无以报答。倘前途有甚妖魔,还望解救便是。我弟子也有些小神通,不到得被妖抢了去。"隐士道:"我也不问列位师父别项神通,只说夜来明明承你见惠一个经柜,叫童子扛入屋里。只因封锁难开,若刺戳了手。今日如何不见,依旧在外堂中?"行者道:"老师父,这原与我等无干。但圣经到处,他自有神灵保护,不得离开的。便是妖魔神通广大,也不能夺得,还要受那神灵磨折哩。"隐士听得道:"此话我也不信。但看前途,若不遇妖魔便罢;倘遇着被他夺去,再看你这保护的灵神。"隐士只说了这句,却不防凑巧,那比丘僧与灵虚子在外小庙儿住了多时,却前来探听唐僧师徒可有妖邪阻道。正是到这道院前,见门儿闭掩,里面却是唐僧师徒在内。灵虚子隐着身,变了一个苍蝇儿飞入。却听了行者对隐士说保护灵神的话,乃飞出复了原身,向比丘说了。比丘僧道:"且莫要惊他。我与你且等唐僧去后,进道院拌扯着他,免使他去帮那妖魔。"灵虚子听了,与比丘躲在院后树林。果见唐僧师徒,担着经包出院门。谢辞隐士,照大路前行。毕竟后来何如,且听下回分解。

第二十五回

当战场行者骂妖　入眼过唐僧被难

话说三藏师徒，照山路大道前行。三个徒弟们闲话说："院主既称陆地仙，与人不争无竞。缘何强要开我们经担，生了一个设骗心？"三藏道："徒弟们有所不知。隐士这不争无竞，是个未见名利时心肠，不动气欲的时候。俗语说的，快话现成话儿。若涵养未纯，利欲一投，争竞不觉的难遏。除非真正大罗仙，方无这般火性。"八戒笑道："师父，岂但隐士。便是我们和尚，没涵养的，火性更易起。"师徒正说着前行，忽然一阵风起，十分狂大。怎见得，有诗为证。但见：

掀土飞沙从地起，翻云卷雾自天排。
五湖刮起千层浪，四岳摧倾万丈崖。
走兽忙寻深谷躲，飞禽急奔密林埋。
渔翁离岸不撒网，樵子归家难打柴。
树叶枯林翻搅落，茅檐草屋尽皆摧。
呼声只听如雷响，聒耳难禁似虎来。

这风刮处，早有两个小妖当前，拦着路问道："和尚，从哪里来的，柜担中是何货物宝贝？"三藏上前答道："善人，我僧家是从灵山下来的。柜担中不是货物，也无宝贝，乃是大藏真经。"小妖听得道："你可是唐僧么？"三藏道："正是大唐来取经的僧人。"小妖道："我洞主魔君，正等候你多时。你不消前往，可把经文柜担挑到我大王洞里。动劳你们开了柜包，课诵一遍，我大王必定设筵款待。"三藏听了小妖之言，颤兢兢地道："善人，我等经文有封锁，不妄开的。便是你大王要课诵，我小僧自己有记的经文念念吧。"三藏说着，那小妖渐渐添来，顷刻就有二三十个。赶马的赶马，夺担的夺担。扯唐僧的，拉行者、八戒、沙僧的，乱拥将来。行者向八戒说道："师弟们，事不谐，多是妖魔来了。"八戒道："大哥，说不得动武吧。"行者忙掣下挑担的禅杖，照小妖劈面打来。小妖见势头不好，飞报与虎威等妖魔。当时妖魔听得小妖来报说："唐僧师徒到来，好意邀请他来洞。他徒弟们倒掣出禅杖来乱打。"两魔王听了大怒,乃披挂起来,执着器械,带领小妖,排列前来。行者与八戒、沙僧只得举着禅杖。看那妖魔,凶狠势焰,却不似在那山头的模样。八戒便指着说道:"妖魔,我前日已曾饶了你性命,过此山来赶我的路程,想往日与你无冤,今日与你无仇,何苦又到此处拦阻我师徒归路?"虎威魔笑道:"你这薄扇耳,碓挺嘴的和尚,我倒饶你们丑恶,不吃你。你何故诡诈变幻,把我们弟兄愚哄。你敢再与我斗么?"八戒哪里答应,举起禅杖便打,虎威魔执棍来迎。旁边恼了狮吼魔,也执棍上前。这里行者、沙僧一齐动手。这场好斗,怎见得好斗? 但见:

> 虎威魔势狠,狮吼怪威雄。八戒、沙僧真猛勇,猴王行者更英雄。两个妖魔棍来风搅雪,三个和尚杖打虎降龙。这边不服软,那里岂容情。只斗得山移与海泛,地暗并天昏。

虎威魔与狮吼魔两个哪里斗得过行者三个,败了阵,往洞里飞走。众小妖方才也要跑。只见凤管、鸾箫两妖,妆束的整齐,带领一班小妖,簇拥到山前。见三藏、八戒们,看了他一眼,便叫道:"唐僧,休得无状。赶早把经担丢下,一个个上前,听我拿去,蒸吃,煮吃,囫囵吞,零碎嚼。"八戒听得道:"好妖魔,肠子壮。好歹将就吃吧,还要蒸、煮、细嚼、慢咽。"行者说:"呆子,这妖魔斗不过,叫出妇女兵,妈妈帐来了。你也休觑①做等闲,好生小心抵斗。"八戒笑道:"妖魔不耐斗,叫出内眷挡抵,怕她作甚,倒陷在人眼。"舞起禅杖,直奔两妖。那凤管妖举起刀来,喝一声:"长嘴大耳朵和尚,莫要粗糙,动手动脚。你哪知我这刀下不留情。"八戒道:"什么不留情? 你是哪方妖魔,什么精怪,赶早通名道姓,顺头顺脑来领老猪禅杖。"凤管妖听了"老猪"二字,便笑道:"你原来就是猪八戒。倒也久闻你姓名。"八戒道:"妖魔,你在哪里闻我大名?"凤管妖道:"你的名儿,可是:

> 曾管天河膺节钺,总督五兵守帝阙②。
> 只因酒醉闹蓬莱,天王要把伊形灭。
> 多亏太白李长庚,一力挽回命不绝。
> 降你下凡令立功,云栈洞里安家业。

---

① 觑(qù)——窥伺。

② 帝阙(què)——古时宫门的代称。

高老庄上弄风流,流沙河里降魔尊。

护持东土取经僧,诨名叫做猪刚鬣。"

八戒听了道:"好妖精,你知道老猪名儿,也不是个无名少姓之怪。你两个也递个供招来,好领老猪的禅杖。"凤管妖笑道:"猪八戒,我既知你来历,难道你不知我的真实,是这西方路上,虎威、狮吼两个大王的魔头。"行者听了道:"妖精,八戒不知你,我老孙却识你。"凤管妖道:"你这猴头,识我两个是谁?"行者道:"你两个可是:

欺公骂婆强悍妇,执熟偷生馈老婆。

背夫天涯曾远走,吵邻聒舍不随和。

牝鸡司晨夫子惧,狮子吼叫折磨多。

戴着珍珠思玛瑙,穿来绸缎要绫罗。

搽胭抹粉精妖怪,惹事招非没奈何。

小叔姑郎齐报怨,悔教娶这揽家婆。"

鸾箫妖听了怒道:"好惫懒猴头,倒被你毁骂我们。难道你会骂我们,我便不能骂你!"行者道:"我外公有何过恶与你骂?"鸾箫妖道:"不知你的便不能骂,我自当年跟随金翅雕,便就知你。你可是:

无祖父,没爷娘,花果山中大石冈。

成精气,受阴阳,一块鹅卵出空桑。

具五体,拜四方,惊动灵霄上圣王。

神兵剿,天将降,不遇菩萨一命亡。

跟和尚,做伴郎,求取真经过此乡。

金箍棒,入库藏,纵有神通手内光。

说寡嘴,夸高强,今日相逢你老堂。

留下担,与经囊,饶你残生归大唐。"

行者听了,怒从心起道:"好妖怪,你敢骂老孙。"举起禅杖打来。鸾妖侧身躲过,舞刀斫来。沙僧见了,也挥动禅杖。这场好斗,并是:

鸾箫女怪发无情,凤管妖魔更不平。

两个钢刀分胜负,三个禅杖论输赢。

往来使出降龙势,转斗翻成缚虎形。

大战多时俱力倦,妖魔设计弄精神。

两妖斗行者三个,看看力弱,小妖忙报与虎威两魔。两魔一则歇力,一则看两人手段。故意傍观,让行者们降下他两妖势力,乃是两魔报复私恨之意。不匡这女妖有几分神通本事,他战不过三个,使了一个拿法,格开禅杖,凤管妖把八戒一手横拖,拦腰捉将过去。鸾箫也把沙僧五指揪翻在地,拿进洞里。便叫两魔出来。虎威魔一面敌住行者,狮吼魔乃把唐僧叫小妖捆将入洞,经担马垛俱被小妖扛入洞中。那虎威魔虚架一棍,退走入洞。顷刻山路冷冷清清,不见一个小妖。唐僧、八戒、沙僧、经担、马柜,都被妖魔抢拿入洞,单单只丢了一个孙行者拿着一条禅杖,在山路中东张西望,不见些影响。自己不觉的悲惨起来道:"师父呵,只道你:

> 来时遇难苦妖魔,今日经回没难磨。
>
> 好事谁知多阻隔,想因自作孽冤多。"

行者虽然悲惨嗟叹,到此只得思量个计较。乃跳在半空,看个头向。只见远远树密林深,那山路险隘之处,毫光腾腾涌出。行者道:"是了,是了。这毫光却见宝经所在,我如今只得到此毫光处找寻师父们下落。"却又想:"妖魔不比往常,看这几个,也都是有机变神通的。我能撮空变幻,他若识破圈套,怎生救师父们与经担。说不得因机设变,当初隐士与他们往来,如今只得变隐士去探听。"行者随变了隐士形状,走到洞前。把洞门的小妖见了,忙报入。

却说鸾箫、凤管两妖,拿了八戒、沙僧入洞,叫虎威、狮吼两魔捉唐僧、行者。他却知行者神通,捉不得。只捉了唐僧,抢了经担,到得洞里,闭上洞门。虎威魔便叫小妖捆起他三个和尚去蒸。狮吼魔道:"且莫忙。凡事不先计较,后来彼此未免争竞。如今蒸了他三个,却是如何吃?"虎威魔道:"凤管娘子与鸾箫夫人,那两个原好吃丑恶的,我们却只吃俊雅的。如今他两个丑和尚蒸了,一家一个,我便吃这老和尚。他人虽老,却面貌整齐,你吃那白马吧。"狮吼魔道:"你倒也公当公当。我等原誓在先;有官同做,有马同骑。今日你三个受用三个,我合当吃马。"虎威魔道:"不如此,便与你共吃这老和尚。"狮吼魔道:"也使不得。夫人、娘子倒吃两个,我们堂堂汉子只吃一个,更不公当。"凤管妖笑道:"大王,你也不须争长竞短。如今轻易也吃不得唐僧三个,尚有那孙行者,是个割嘴费手的,必须把他拿到。那时一家一个,方才公当。且叫小妖把唐僧三个,送在洞旁空谷里,待拿着行者再计较蒸吃。"八戒听了道:"好也,又停停倒是整蒸。一家一个,囫囵吞吧。莫要两个各一个,苦哉痛哉。"唐僧道:"悟能,你这徒弟,平日也有些神通,来时倒能降妖,怎么如今不能灭怪?"八戒道:"来时是师父应有之难,今日是猴精的机心拖累我等。师父放心,且看猴精作何计较而来,徒弟也不老实了。"

却说行者变了隐士,走到洞前。小妖报入,妖魔只得请入。行者方才走入洞,虎威魔笑迎着说:"骗哄我们的仇僧,今被夫人娘子捉进洞来,只是不曾捉得那猴子脸和尚。待捉了他,再作计较。"隐士道:"料那猴王也不难捉。只是唐僧们是你夫妇吃得,经担须惠与我吧。"凤管妖听了,向鸾箫笑道:"魔王错认了定盘星。俗说:瞧着灵床,与鬼说话。你看这隐士,可真乃陆地仙?分明孙行者变化来的。"凤管妖原非看破,乃是故意猜疑,提出这句话。行者一时妆假,自惊道:"是妖魔认出来了。"忍不住的露出本相来,往洞外飞走。鸾箫妖见了笑道:"娘子真是有神眼,看破了猴精弄假。"凤管妖道:"夫人,我见他称猴王,要经担,便知他假。如今他又弄假来愚我,我便弄个假去捉他。"说罢,飞走出洞门。摇身也变了个陆地仙。

却说行者见女妖识破了他,走出洞来,想道:"这事须得真隐士到洞来,方便求放。当日隐士虽恼我们。但他原以不争不竞为心。好意卑礼求他,或者肯做方便。"行者正前行,要到院来。不知那女妖变了隐士走向前迎着行者道:"小师父,你不随三藏挑经担去,却又转回何故?"行者把妖魔捉去师父三个,并经文抢去的话说出。隐士道:"经文是讨不出来了。你师父圣僧,料他不吃。只怕那丑长老他不肯饶。纵我去方便,也只好饶唐僧罢了。"行者听得,忙把慧眼放出一看,笑道:"好妖精,又来弄老孙。"乃擎出禅杖,劈面就打。女妖飞星走了,行者急跟将来。女妖却不回洞,一直只往陆地仙院中走道:"长老,我分明要与你去洞中说方便,你如何到怪我赶打将来?"行者哪里答应,只是赶着。却不知比丘僧与灵虚子在院后树林,远远见行者赶着隐士,口里骂着妖精。灵虚子窃来听知,遂变了陆地仙迎上路来道:"唐长老的高徒,赶的是哪里妖魔,假变我真形?"行者道:"是那山洞里凤管女妖。"女妖只当是真隐士来了,自觉没趣。他现了原相,飞奔回洞去了。行者忙上前,又把妖魔拿了唐僧三个,抢去经担的话说出来,求隐士方便。隐士道:"妖魔方才假我愚你,被我说破,恨我回去。这方才难行。你且到他洞前吵闹,我自有一个老师父神通广大,待我请他来解救你师弟子,取了经担马垛前行。"

　　行者拜谢辞去，依着灵虚之言，在洞前吵闹。妖魔只是闭着洞门。行者无奈，变了个萤火虫儿飞入洞中，寻到洞傍谷内。见三藏与八戒被妖魔捆着，乃飞到三藏耳边道："师父，你取经回去，原无灾难，今日何故被妖捆缚？"三藏知是行者声音，乃道："悟空，我也知是你与女妖战斗。我在傍偷看了一眼。我本无心，那女色误入眼来，便入了这魔难。想要解此怨尤魔难，须是劳你再上灵山，求那位菩萨来度脱。"行者道："师父放心。徒弟顷刻就上灵山寻救去来也。只是八戒、沙僧何以遭此？"三藏道："必然也是眼观之过。"八戒听得三藏说话，似与行者平日交谈。乃道："猴王，快弄个机变救我们。若救得出去，以后再不敢把眼作过也。"行者乃飞近他耳道："呆子，你既知改，难道你往日没有个变化神通，还老实与妖魔捆着。"行者只这一句，提动八戒。那八戒自悔眼过之非，果然那老实大开，也动了一个机变神通。要知八戒神通，且听下回分解。

第二十六回

唐长老不入邪踪　猪八戒忽惊梦话

话表孙行者变了个萤火虫儿，飞入妖魔洞里，寻着三藏耳边报了个消息，又向八戒说一番。八戒也动了一个机变心肠，道："大师兄，你会拔毫毛变假，难道我不会拔根毛儿变假，只是师父不肯假诈，沙僧没有变毛也说不得。拔两根毛，替师父、沙僧假变，大家走出洞去，再计较取经。"行者道："我拔毛假变师父、沙僧不难。只怕妖魔拿入锅。上蒸笼，那时露出假来，我等走了路，这经担马垛，如何取去？"八戒道："且躲过蒸煮，到了外边，那时再作计较。"行者依言，便要拔他的毫毛下来，一根变三藏，一根变沙僧。却说往日拔毛，顺顺地就下来。这时毫毛挺硬在身，拔不下，皮肤痛疼。行者道："事急矣。我知你这毛非难拔，必是师父以正念存心，不肯变假，连你也正气起来了。"乃向三藏耳边说："师父，如今妖魔捆着你，要蒸煮了吃。我徒弟们计较救你，设个金蝉脱壳之策，把徒弟毫毛拔一根，假变师父与妖捆着，随他蒸煮。却把师父放走了出洞，再作计较。"三藏听了道："悟空徒弟呵：

> 自从削发入禅门，一点真心不坏身。
>
> 万年尽从诚实做，六根岂为欲邪昏。
>
> 须知我在真经在，怎使经亡我独存。
>
> 汝辈但将经保去，我身宁受怪魔吞。"

行者道："师父，保身者，实所以保经。莫要使身不保，经亦无存。徒弟这机变，乃从权之义。急早依徒弟，愚哄那妖魔，且出了洞，再作计较。"八戒、沙僧又劝，三藏只得念了一声梵语，说："徒弟，凭着你吧。"行者即便顺手拔下，遂变了个假三藏与沙僧。八戒拔下根鬃毛，变的自己，与妖魔捆在洞里。行者乃使了个隐形法，乘妖魔在山洞深处，眼不曾见，走出洞口。那把洞小妖，哪里看见。

四个人出得洞门。只见一个老僧从西走来，三藏忙上前问道："老师你从何处来，欲往何处去？"老僧道："我从后山脚下来，欲往前山施主家去。"三藏道："老师，此处妖魔甚多，你如何独自行来？"老僧笑道："家常熟路。妖魔只欺的是生人。"便问道："老师父不像近地长老，何处来的？"三藏便把取经过此山，遇妖魔话说出。老僧道："师父，路本无妖，都是你们心生邪怪。"三藏道："我弟子心原清净。"老僧道："师父，你便说清净，只恐你对景不能忘情，一着了色相，便即动了尘根。"三藏合掌称谢。只见行者道："老师父，走路只走路。莫要讲闲话，若妖精知道，又来拿去。"老僧问道："哪个妖精又来拿你？"行者便把妖魔捆在洞，偷走出来话说出。老僧道："老师父，可随我先走过此山，一个施主家住了。我有一个同门的老道者，在山后与妖魔熟识，必然说方便与你们讨出经担。那时过山前再会罢了。"三藏依言，同老僧先打过山。哪里知老僧却是比丘僧前来。

行者待三藏走路，乃与八戒计较道："经担被妖魔抢去。老僧说后有道者来与妖魔熟识，讨个大情儿，还我们经担。如今假变的毫毛，若是蒸煮在后，道者先来，事还可救。只恐蒸煮在先，道者在后；弄破圈套，露出假来，道者做不得人情。我们反惹妖魔仇恨，如之奈何？"沙僧道："师兄，我们只得等候道者前来。"行者道："师弟，你与八戒在此路上等着。待我进洞探听去。"好行者一面说，一面仍变了个萤火虫，飞入洞中。只听见虎威魔计较道："孙行者怕捆，躲走去了。把唐僧们蒸了大家共享，莫要你一我二。"狮吼魔道："既是这等公当，我等也不可独享，还当去请了陆地仙来。况他向来与夫人娘子讲论服食丹经。若是吃了这唐僧们久修禅和子，胜如餐霞服气。"只见凤管、鸾箫两妖，走出洞里来道："你两个魔王，想要蒸煮唐僧吃。哪里知那孙行者神通广大，他会拔毫毛变假经柜，只恐又拔下毫毛，变了假唐僧、假经担愚哄我们，他却笑欣欣往前途去了。"虎威魔听了道："二位魔君说的有理。想我们在山后，被他弄假愚哄前来。此时虽捆着他，安知不是假的。如今有个道理，把他三个捆在洞前，我们各显个色相。他若是真的，定然怕你，不是乞哀，便是惊怕。若是假的，自然败露出真形。"凤管妖听得乃问道："我们如何显出色相？"虎威妖便叫小妖，把捆的唐僧三个，拿出洞堂，放在阶下。却自己把身一抖，只见那威风凛凛，大喊一声，真是摇动山岳。狮吼魔也把身一抖，顷刻金睛暴钻，张嘴獠牙。凤管、鸾箫两妖，也都变的凶恶如山精鬼怪一般，齐齐吆吆喝喝，恐吓这假唐僧三个。行者在旁听知妖魔计较，他见妖魔凶狠，便把假装的三藏与沙僧惊惧起来,乞哀讨饶。只有八戒说道:"大王,我这一个丑和尚,便吃了也罢。只是师兄孙行者倒标致,你何不等拿了他,一齐受用蒸煮,也见的我师兄师弟患难同受。"

行者听得骂道:"这个嚼糠的瘟毛,便跟着一气乞哀也罢,如何说这自在话,又拔扯着我。想你这根鬃毛虽假,气体却是你本心。不忿我在洞外,你哪里知我为师父经文费一片苦心。你既拔扯我,我说不得弄你一番。"乃把变化的萤火虫忙改变了个小妖,向虎威魔道:"大王看这唐僧与沙和尚似真的,听得大王要蒸,他便乞哀惊怕。这猪八戒却是假的,闻知他善腾挪变化。原在山后愚哄了大王,成了仇恨。如今若不拿了真的来,却叫他假变,又愚哄了去。宁不取笑于人?"虎威魔听了道:"你这小妖说的是。真唐僧捆在一边。且把假八戒拷问他,是什么变的。"假八戒听得道:"不消拷问,我八戒原老实,便老实说与你,大家都是假的,连经担柜垛也都是假的。"虎威魔听了道:"既是你说假,却是何法假来,何物变幻?"假八戒道:"都是我与孙行者的毫毛。"妖魔听了道:"你假变在此,真的何处去了?"假八戒道:"挑经的挑经,押柜的押柜,此时已过了八百里莫耐山去了。"行者在傍笑道:"呆子,粗中倒也有细。先说老实,后却开豁经担。我如今只得顺他口,救了经担。"乃又向虎威魔道:"大王,小妖看这猪八戒话果老实。且到前途探听真唐僧,把这假的且放了吧。那假经柜也不中用,要他作甚?"虎威魔方欲依假小妖之言,只见凤管妖笑道:"魔君,你被孙行者愚了。我看这洞中,此时那有个萤火虫飞来飞去;且不曾见这个多嘴饶舌的小妖,看来只恐就是孙行者。"凤管妖一面说,一面便来拿行者。行者见妖精说破了他,往洞外就走。妖魔们笑道:"果然是孙行者在此弄假,料捆的唐僧,抢的经担,多是假的。如今且放在谷洞里,待去查看前途真唐僧,可曾押着经担前去?若真押去,当设计拿来。"凤管妖道:"待我前途去查看真实。"叫小妖且把假唐僧们放在洞内。乃点了十余个小妖,随身出得洞来。

却说真八戒与沙僧在路上等那老僧说的同门道友,等了半晌,只见八戒忽然如说梦话的一般。沙僧笑道:"二师兄,说梦话了。"八戒道:"真也是梦话。我方才如梦,昏昏走到洞里被妖魔说真说假,要拷问我真实。我哄他经担也是假,正要设个计较偷那经担,被大师兄惹动妖魔疑心,因此醒觉。"沙僧笑道:"二师兄,这都是你鬃毛不会变,还有个一气相连之因。"两个正说，只见大路上一个道者走来。八戒看那道者：

　　　　不似仙家容貌，却如释子形装。木鱼敲的响当当，本是连毛和
尚。

　　八戒见了，上前施了一个礼道："师父可是前边过去老师父说的道者？"道者道："也是，也不是。你问他怎的？"行者道："我们有几担经柜，被妖魔抢在洞里。听得道者与妖魔相好，要求说个分上，取了出来，故此问他。"道者道："这等说来，想是陆地仙了。闻他与妖魔争这经柜，两下生疏了，他怎肯来？"行者道："他若不来，这经柜如何能够取出？"道者道："取不打紧，但不知你会变么？"行者道："会是不会，只好学变变罢了。"道者笑道："你能变那隐士么？"行者道："已曾装过两遭模样儿了。"道者道："如今你再变了隐士，待我们变做他的道童，且骗出经担，再作计较。"行者道："正好他有许多童子，我也曾变过。"道者乃叫行者先变出陆地仙模样，道者见了道："悟空，你再变童子我看。"行者又变出童子形状。道者说："你等都变童子，你还要分外多变几个。待我变了陆地仙，且去愚哄妖魔，反出经担。"行者、八戒、沙僧依言，变了三个童子。行者吩咐拔了几根毛，又变了几个。道者摇身叫声"变"，却就变得与陆地仙一般。童子跟着直到妖魔洞来。小妖忙上前道："老师父，只因你来报了唐僧信，如今捉拿了经柜、唐僧。我洞主看破都是什么孙行者假变的，因此凤管魔君前去赶唐僧，捉真的去了。"道者听得回过脸来，与行者道："这却如何处，你师父与那道友不知此情怎生防他？"行者道："师父你且少待。我去报知你道友并我师父去来。"好行者一面说未了，一个筋斗早已打到三藏面前。三藏正与老僧前行，经过了山前，在那处林子里歇足，讲论些道理。忽然行者到前，三藏见了便问："悟空，你怎么回来了，经担可曾取回？"行者便将小妖所说的讲了出来，要他两人小心提防。说毕，一个筋斗回到道者面前，仍变着童子。小妖入洞禀报二魔王："陆地仙来了，在洞外等候。"二魔王说了声"有请"，假陆地仙便进得洞来。二魔迎说道："经柜小事，好朋友莫要为此生疏，正要着人相请。"假陆地仙道："请我做甚？"二魔道："前捉的唐僧师徒，要蒸煮他吃。又说是真，又说是假，一时难辨，欲求隐士辨一辨。"假陆地仙道："我也辨不出。我有一件宝贝，拿来一照，便真假立见。"二魔大喜道："敢乞借我一辨，是真是假，便好吃耳。"假陆地仙道："大王既要，借什么，我与你换了吧。"二魔吃惊道："此

乃隐士的宝贝，我洞里有的，不过是些人骨头。怎好与隐士换的？"假陆
地仙道："不须别物，只你抢夺来的这些经柜。你要他也无用，何不送了
我。我便将宝贝送与大王，留在洞中，常辨辨。"妖魔听了喜道："一言既
出，只要隐士取了宝贝来。"隐士说："大王，必先赐了经担，方取宝贝；只
恐取了宝贝来，那时不肯赐我经担。"妖魔只想要知捆着的真假，便叫小
妖把经担送到院中去。隐士说："既承见赐，我跟来童子有力，能扛，便着
他扛抬了去罢。"妖魔被假隐士愚哄，便把真经担、柜垛俱叫童子扛去。
乃把白龙马留下。隐士道："马垛须得马驮。"妖魔道："马不必去，多着小
妖几个帮抬吧。"行者变的童子故意道："柜子重，抬不去。望大王暂借马
驮了去，我便取了宝贝，骑着马，且来的快。"妖魔听了道："也有理。"乃问
隐士："这宝贝是甚宝贝，便知唐僧真假。"隐士道："我这宝贝非凡，却是
有来历的。"毕竟是何物，且听下回分解。

总批

　　长老一念，真行者毫毛便拔不动。如退之开衡山之云，莱公感雷
阳之竹，实有此理。

　　妖精问着鬃毛，八戒便说梦话。正缘机心未熟。机心若肌肤，皮
骨亦不是自家的矣。如何？

第二十七回

意正毫毛归本体　心清慧眼识妖魔

妖魔把经柜担包，尽都送了隐士。你看行者、八戒、沙僧，假变了童子，扛抬出洞，走了到大路上，各人把禅杖挑着，押着马，直往前行。走了几里，行者忽然"呀"的一声，八戒问道："师兄，怎的又动了机心？"行者道："我们只顾得了经担，便忘记了宝贝之说也。"八戒道："正是。我也只图挑着担子，便不曾问道者，替我们取了经，却是什么宝贝？叫我们骑着马，取与妖魔。"行者道："师弟，我们既哄出柜担，且寻那个安静之处，藏躲了，待我凑合道者去来。"行者说罢，他仍变作童子，几个走到洞里。见那妖魔等着宝贝来，忽见童子空手而至，乃问道："宝贝在哪里？取得来了么？"行者机心最巧，便答道："我院主宝贝有几件，不曾问明白，取那一件，故此前来，请问个明白。"假隐士会其意，乃道："是我藏在宝厢内，那件好宝贝儿。"妖魔问道："这宝贝有何好处？"假隐士道：

"灵台上团圞①一物，似菱花如月光辉。

不拘真假是和非，对面时丝毫不昧。"

妖魔听了笑道："原来是一件镜子。这镜子果然照出人的是非真假，童子快去取来。"行得又做意道："院主锁在宝厢，封记甚固。我等不敢擅开。且是唐僧的徒弟，那孙行者手眼极快，万一抢了去不便。"假隐士道："童子也说得是，待我自己取来，与大王照这唐僧们真假。"妖魔依言。假隐士辞别出洞，与行者复了原身，大笑道："妖魔纵要蒸和煮，根把毫毛值几多？"道者笑罢，乃叫行者们："挑着担子，从容走来。我先行赶你师父并我道友老僧。"行者依言，与八戒、沙僧押着马垛慢慢前行。

却说凤管妖带了几个小妖向前赶那唐僧。只见一个老和尚随伴在林中歇足。这老和尚他却认得是灵山比丘僧，只因他当年随大鹏听法，故此知识。凤管不敢轻犯，乃变了一个妖妖娆娆妇人，走到林中，向老僧拜了

---

① 团圞(luán)——圆貌。

几拜道："二位老师父，是往何处去的？"老僧答道："是前路望施主的。"妖精又问道："从西来有几位唐僧，乃是我家旧相识。闻知他取了经回，我丈夫备下斋供伺候请他。叫我带领几个家童替他搬取行李，等了几日不见到来。二位老师父相貌却像那唐老师父。"老僧道："这是我同伴道友，却不是唐僧。闻知那唐僧师徒，挑着经担老老实实走路也罢，却遇着妖魔。师徒们弄假设诈，把经担被妖魔抢去，师徒又捆在洞，那妖魔要蒸煮吃哩。"妇人道："我也听得说，有个孙行者神通变化，他拔下了毫毛，假变唐僧经担，愚了妖魔前来了。"老僧道："娘子，你不知我还有同伴一个道友，他知的真。"凤管妖听了老僧说，便辞了老僧，回到路上。只见一个道者走来，他见这道者是灵山优婆塞，仍变了妇人，上前行了一个礼道："老师父，你可曾见几个取经回来的长老么？"道者问道："娘子，你问他怎的？"妇人道："他当年上灵山，路过此山，在我家住宿。我丈夫被个妖邪迷成一病，感他师徒救好。近闻他取了经回，备下斋供接他。方才又闻说唐僧们被妖魔抢了经担，捆在洞中要蒸吃。他却被什么孙行者神通变化，把毫毛假变唐僧经担，愚哄了妖魔，脱身来了。"道者笑道："娘子，你耳闻不如我目见。唐僧师徒，果然被妖魔捆在洞，经担也抢在洞。只不曾拿着孙行者，故此被行者变假要骗哄了去。谁知有个陆地仙与妖魔相厚，他见孙行者弄假。却就也假变了唐僧经担、马柜，哄了孙行者，出洞前来。已把唐僧蒸了，他们受享过了。经担真的，送了陆地仙去了。"

凤管妖听了，怒从心上起，乃辞了道者，说："原来虎威魔们，乘我出来查真假。他却与陆地仙把真唐僧吃了。"带着小妖急回洞来，却好遇着孙行者们挑着真经担前来。小妖见了道："魔君娘子，前面是唐僧徒弟们来了。"凤管妖笑道："这正是陆地仙假变的，哄了孙行者来了。小妖们，可上前探问那长嘴大耳的和尚，看他怎样答你。"小妖依言，走到八戒面前问道："和尚，你们可是唐僧经担，还是假变了来的？"八戒听的答道："假的，假的。"凤管妖听知是假，乃回到洞中。虎威魔问道："娘子探听是真是假？"凤管妖怒色不解道："你们已请陆地仙蒸了唐僧受用，又把经文送了他，如何还瞒我？"虎威魔道："经文送与他，换宝镜来照真假是有的。只是唐僧尚捆在洞，何曾瞒你蒸他受用。"凤管妖听了道："我闻陆地仙假变了经担，哄了孙行者去。"虎威魔道："并无此说。娘子听什么人说知？"凤管妖道："是一个老道人说知，我认得他是灵山优婆塞。是了，是了。

我起初遇着个比丘僧，伴着一个和尚，与洞中捆着的相似。我道是唐僧，他说不是；看起来一定是了。你何故又如此说？"虎威魔道："说来一发可疑，只等陆地仙取了宝镜，照看便知真假。"乃叫小妖到隐士院中，催取宝镜。

再说隐士，乃是一只仙鸾所化。一向在这山中修炼，求复人身。凤管、鸾箫二妖闻得其得道，拜在门下，学募长生。那隐士只因动了骗经之心，假变唐僧，希图利益。不知反被行者捉弄一番，自生懊悔，正在嗟叹机心无用。只见童子来说，魔王催讨什么宝镜。隐士心疑，唤小妖入问。小妖便把童子抬经取镜，照唐僧真假情由一一说来。隐士大笑起来道："我只因假变唐僧哄孙行者经柜，被他以假弄假，把经柜设去，还把我手刺戳，正在此笑人弄假撮空。纵得撮来，还从空去。何若不依老实本分为生。你魔王却又不知被孙行者弄了圈套骗去，乃来我处取什么宝镜。哪有什么宝镜，待我到洞，与你魔王面白。"隐士说罢，乃到洞中。妖魔见了便问："宝镜带来了么？"陆地仙笑道："我何曾要你经担，哪里有甚宝镜？这分明是孙行者弄的手段。列位魔王，不消分剖，我知真行者弄了假唐僧、八戒、沙僧在此，抵换了真的前去。料必是他说的毫毛假变。你不知这毫毛，乃他分出化身。我有一法，叫他必来收此化身。那时魔王们拿住真行者，连假唐僧蒸煮，大家受用，消这一口仇气。"虎威魔问道："隐士，你有何法能使他来？"隐士乃走到假唐僧面前问那猪八戒道："闻你老实，你真说，是真还是假？"那八戒随口道："你真说，是真还是假？"隐士笑道："此是假也。"便叫魔王设了蒸锅，把假唐僧要蒸。乃聚起柴火，把假八戒要烧。假唐僧故意泣求饶恕。那假八戒道"魔王还是蒸罢，蒸的好受用，烧的不中吃。"按下妖魔设法，弄这假唐僧。

却说孙行者与八戒、沙僧得了经担，押着柜垛，照大路前行。只见三藏已过了山，在那山前密树林间，与老僧道者席地而坐。见了行者们挑经押马来了，心下大喜道："悟空，你来了。我亏这老师父救护前来。"行者道："我们经担，也多亏这位老道救护前来。"三藏便问老僧说："老师父曾说过山望施主，不知施主在何处，小僧们可也望的他么？"老僧道："师父，你望他虽好，只是路径不顺，我这施主要从南过去百里，恐误了你们走路工夫。你师徒弟可从此往东，便是你当年来的朱紫国别郡地方。"行者听了道："原是我当年捉妖精，救那金圣宫的地方了。二位老师父，自去望施主。我们向东赶路吧。"三藏乃谢了老僧，叫徒弟们挑着担子。三藏押着马垛，照山前大路而行。这老僧别了三藏，与道者看着三藏们行远，乃复了比丘僧、灵虚子原形，私自说道："唐僧经文，不被妖魔抢夺，虽说是我们保护之力，也亏了孙行者腾挪之法。只是他们的毫毛法身，尚未保全，未免还惹妖魔之害。我等须是在唐僧前后保全了他法身，这经文方得用全而去。"他两人哪里望甚施主，只在这林间坐地。

　　却说三藏与行者正放心前行，忽然行者与八戒打了一个寒噤，三藏、沙僧也打了一个喷嚏。行者道："师父，不好了。徒弟们只顾得了真经，便忘了收复毫毛。这定是那妖魔弄法，苦我们法身也。"八戒道："一根鬃毛，有甚打紧，便舍不得。"行者道："呆子，你哪里知道。这两根毫毛，甚有要紧。"八戒道："我实不知，你且说来。"行者乃说道：

　　"这毫毛，有关系，原与此身同所寄。

　　勿谓茸茸遍林丛，根根都是精神气。

　　安可伤，莫教弃，保全父母还天地。

　　悔却当年误此身，为除烦恼从披剃。

　　远随师，取经义，度脱众生为世济。

　　逢妖骗怪没奈何，拔一毛而为师利。

　　必须正意保完全，莫教失散伤元气。"

八戒听了笑道："师兄，我们兼爱门中，怎么一毛计利？"三藏道："悟能，你有所不知，还依悟空主意吧。"行者道："师父，既是依徒弟主意，我们看前途有甚寺院人家，借住一时，且把经担保全了。待徒弟去收了这两根毛来。"八戒道："你既舍不得，要去收。我也舍不得，同你去收了来。"行者道："你不可去，照顾师父经担要紧。"行者说罢，一个筋斗就去了。

　　却说陆地仙叫妖魔设了蒸锅柴火，要蒸烧假唐僧、八戒。凤管、鸾箫两妖道："院主，且不要蒸烧。我闻孙行者神通广大，会打筋斗，一霎时十万八千里也能到。我当年曾闻鹏祖说，他曾筋斗打不出如来五指中。我鹏祖留下一根翅翎，曾说此翎能盖无边无岸之海。如今将此翎待那猴头来，与他打斗。若打斗胜了他，便捆起来同唐僧们一锅蒸；若是不胜，将此翎盖罩着他，叫他筋斗打不出去。"陆地仙听得妖魔们正计较，不防行者一筋斗打到洞门。见洞门闭着，行者乃变了个勇猛大将，手执着禅杖，且两下把洞门打开。小妖报入，虎威魔忙擎兵器在手，走出洞来。看见这勇

猛大将,怎生打扮:

> 头戴金盔飘凤翅,身穿铁甲束狮蛮。
>
> 手拿禅杖真英武,吓得妖魔心胆寒。

虎威魔见了,心惊胆战。忙叫小妖快报狮吼魔与凤鸾两妖,说:"孙行者不知哪里又请了天兵来救唐僧了。看起来天将来救,这捆的乃是真唐僧。"狮吼、凤鸾一齐也掣了兵器,出洞来帮斗。果见大将猛勇形状,正待要齐力打斗。只见陆地仙在洞里偷看,大叫说:"这分明是孙行者来也。你看,担经的禅杖尚拿在手中。"众魔听得,一齐笑道:"是了,是了。"乃一齐举起兵器来战行者。行者只得打出精神,把禅杖相迎。这场好杀,怎见得:

> 勇猛大将真雄壮,狮虎妖魔更悍强。
>
> 那一边齐舞枪刀攻行者,这一边直挥禅杖打魔王。
>
> 四魔兵器无情义,一个猴王有智量。
>
> 说不得再把毫毛拔,忽然间变化更强梁。
>
> 只教斗处天地暗,须臾战得土尘扬。
>
> 妖魔一时心胆怯,行者精神更不慌。
>
> 只斗得虎威、狮吼往洞里走,凤管、鸾箫向谷内藏。

行者变的这员天将,精强猛勇,又拔毫毛变了几个。那妖魔抵敌不住,往洞后躲去。行者走入洞来,先把假三藏、沙僧的毫毛收上身来,又把八戒鬃毛也替他收了。方才要弄个神通,把这一洞小妖尽把禅杖打灭。只动了这个意念,那凤管妖躲藏在谷里,便把鹏翎往空掷起。行者正喜收了毫毛,得胜思回。一个筋斗打去,却被这翎神通罩住了。左打右打,只在那翎之下。行者心疑,慌了道:"不好了,被妖魔弄倒了。"凤管妖乃假化出一座灵山,雷音古刹,闭着山门,才把翅翎揭起。行者跳将出来,见了道:"怪哉。我分明要一筋斗到师父前去,如何错立了主意,复回灵山。也罢。既到此处,少不得见世尊问取了经回,何故屡遇妖魔。且把我金箍棒明白讨出,这根禅杖缴还了他。"四面看了一回,只见山门紧闭,并不见一个人踪。正在疑惑之处,却说那凤管妖把鹏翅收了,却化做一个优婆夷,走近行者面前来问道:"你是孙悟空,你师父取着真经,你为何不随着回去,却又来此何事?今日如来赴会,大大小小众圣,俱跟从前去,只有我等比丘尼、优婆夷在家。你远来饥饿了，可到我处一斋。"行者听了心疑。他当年来时，却无慧眼，遇着妖魔不识，便要问地里鬼。只因灵山取得真经，谒过佛祖，便有这慧眼。若是使那机变心，慧眼便朦。他这一会正了意，要礼世尊问经回之念，慧眼便明。把这优婆夷上下一看，便识破了。却是如何识破，且听下回分解。

总批

　　只为行者变化毫毛，便受翎毛之罩。真是缘孽。

　　鬃毛也会变化，记中大为猪八戒生色。须知八万四千毛孔，根根俱有佛性。众生皆然，不独猴王。

第二十八回

假风癫推倒庙碑　审来历欺瞒巡岭

却说行者把慧眼一看,笑道:"妖精无礼,假化灵山。又变了优婆夷,愚我吃斋。分明阻我筋斗,只得以假弄假,随她去,看她何法算我。"乃随口答应:"女善人,我弟子果是远来,腹中饥饿,有便斋乞化一餐。"凤管妖乃引着行者,直到洞来。行者佯作不识,乃问道:"女善人,这是哪里?"凤管妖道:"此是我家。"行者道:"我弟子灵山久走,优婆塞家都是高楼层阁,不似这般山洞家。看此处多是虎豹狼虫之窝。不然,就是妖魔邪怪之处。"凤管妖听得,见识破了她的行藏,乃上前一把扯倒行者,将绳就捆。不知行者眼快手疾,夺过妖精绳索,反把妖捆倒在地。搜出他身边翅翎扯破了。妖精大叫起来。洞中虎威魔等出来解救而去。行者乘空,方才一个筋斗,直打到三藏面前。这才是:

> 扯开翅翎还筋斗,捆倒妖魔复化身。

三藏见了行者到来,乃问道:"悟空,你收了毫毛来么?"行者具将前事说出,又把鬃毛还了八戒。八戒也复了化身。师徒们方才返本还原,一心往前行了些平坦大道。时值夏初,但见那:

> 田野收春色,清和四月晴。
>
> 池中飞白鹭,林底唤黄莺。
>
> 日永风光暖,山高树色明。
>
> 膏腴①无旱涝,时序乐丰享。

师徒正夸初夏晴和天气,忽然见一座城池,远远在那树梢头显出。三藏道:"徒弟们你看,那城池现前,是什么去处,当年我等可曾从此经过?"行者道:"师父,当年来时,只因倒换关文,故此转过朱紫国中,惹出许多怪异。如今不换关文,都是旧批照验。便是朱紫国,也只好城外过去吧。"师徒一面说,一面行,渐渐近前。只见一段稠密人家,店市整齐,居

---

① 膏腴(yú)——土地肥沃,亦指肥沃富饶之区。

民广众。见了唐僧马垛担包，就有几个牙人客店，上前问道："长老们，是什么宝货？请到小店住下，我与你发卖。"三藏道："我小僧是灵山取经下来的，不是货物。且问列位，是哪个店中洁净，可以安住，暂寄一宵。"只见一个老汉道："长老们既不是卖货客商，若是洁净，我老汉却是长斋积善之家。便请到舍下住宿一两朝。"三藏听了，随走入老汉店内。行者、八戒方歇下经担，那街市诸人见了行者尖嘴缩腮，八戒长嘴大耳，沙僧靛面青身，齐齐道："爷爷呀，前面那长老倒也相貌堂堂，怎么跟从这样的徒弟？"也有看见害怕的，也有看着笑丑的。三藏只叫徒弟们："且避些嫌疑，坐在屋内，莫要生出事来。"行者们依言，走进老汉屋内，不防屋内却是老汉的妻儿，老小一见了他三个进屋，吓得大叫起来道："爷爷呀，青天白日，是哪里妖怪来了？"跌的跌，扒的扒，齐喊入后面。那老汉却即入内安慰。出来取了几杯茶汤，递与三藏。三藏方才问道："老店主，请问你，这可是朱紫国中？"老汉答道："长老，我此处离国尚远，乃是属郡，叫做安靖路总辖。"三藏道："小僧们是回大唐去的。想当年来时，却往国中经过，怎么不曾到此？"老汉道："若是南来北往，要朝国王，倒换关文，必须转路去国中，远走百里。若是朝过国王，换过批文，便不消远转，从我这路回南。且请问长老来时，曾朝过国王，换过关文么？"三藏便把当年灭妖，救金圣娘娘的话，略表出三五句。老汉听了，乃拱手称道："原来就是当年医好国王，灭了妖怪的老爷。我这地方，哪一个不知敬仰。只恨不曾见面。今日降临，我这地方人众还不知道。若是知道老爷们来，便都来参拜。飞报入国王知道，必要差官来接。"三藏道："老店主，切莫要传与人知。是我三个小僧们取得经文回国，巴不得一日到乡土。若传入国中，未免费了时日，耽搁路程。但有一事请教，过了贵地，前去是何处地界，可有甚贼盗强人，妖魔邪怪么？"

老汉道："老爷不问，我老汉也不敢说。只是说出来，也只是耳闻，未曾目见。离我这镇路往南百里，当年有条蟒妖岭。这岭东西本有五十余里，岭内出了一条蟒蛇精。身长丈五，大有十围，白日食人，后被过往的神僧除灭。如今蟒精的魂灵儿，附着百余个强人，专一劫掠往来客商，地方官兵去剿捕他不得。"三藏道："如何剿捕他不得？"老汉道："闻知他立了个蟒神庙，但有官兵去剿捕，他便倚仗那精怪的魂灵儿，飞沙走石，打将出来。他如今最恨的是僧人。老爷们又有这些柜担，他怎肯放你过去。"三藏听了，愁眉叹气道："又费精力了。"行者在屋内听得，笑将出去道："老店主，我小和尚们上灵山取经，实不瞒你，当年过七绝山稀柿桥降灭了条蟒蛇精，就是我们。谁知这孽畜尚留得魂灵儿作耗，附着强人。且问你，这强人既掳掠行商，如今过客却怎生行走？"老汉道："有的远转。有的没行李货物，他便让过路去。"行者道："不难，不难。我与你把强人剿捕了吧。"老汉合掌道："善哉，善哉。老爷们若与地方安靖，除了这害，便是莫大的功德。"老汉便叫收拾斋饭。行者道："老店主，你可收拾斋饭，与我师父们吃。我去查看了蟒妖岭，得便就除灭了强人来，然后再挑担行路。"说罢，掣了根禅杖，往店外就走。三藏忙扯住道："悟空，出家人慈悲为本。妖精当除，强人当化，莫要信着你当年金箍棒性儿，一顿无情，不留半个。"行者道："师父放心。我如今这禅杖，比不得当年金箍棒了。"老汉听得，且问道："老爷，你什么金箍棒，比不得如今这禅杖？"行者道："老店主，我要去查看妖怪魂灵，附托什么强人。不得工夫说这缘因。你问我那大耳朵长嘴，蓝靛脸的师弟便知。"行者说罢，拿着禅杖，出了店门。一个筋斗，顷刻不见。

店主道："爷爷呀，果然是神圣临凡。怎么一面说了，就飞空去了？"乃问八戒、沙僧："二位老爷，你知他金箍棒比不得禅杖缘因，望你说我一听。"八戒道："我要说我的九齿耙，尚不得闲工夫，哪有心情说他的金箍棒。"沙僧道："我自家也有降妖杖，也不耐烦讲他。真是比不得这挑经担的禅杖。"老汉道："没奈何，二位老爷讲一句缘因我老汉知道。"八戒道："老店主，必定要知，我只得说与你听。"乃说道：

> 论钉耙，金箍棒，还有降妖一宝杖。
> 都来不是出凡间，利器从教自天上。
> 本神工，成巧匠，神通变化无能量。
> 妖魔荡着遍身伤，强贼打处三魂丧。
> 世间没有这般兵，空笑挑经这禅杖。
> 月牙形，弯弓样，等闲只好挂衣裳。
> 抡起便知是和尚。

八戒说了，老汉道："老爷们当初既有这兵器，如今哪里去了？"沙僧说道："老店主，你却也不知我们这几件兵器，如今都不在身边了。"老汉又问道："既是这好利器，如何不留在身边，却放在何处？"沙僧道："我小僧也说与老店主一听。"乃说道：

　　　　"这宝贝，真停当，打怪除妖无限量。

　　　　只因佛祖大慈悲，利兵不敢操和尚。

　　　　取真经，求宝藏，且把三宗来缴上。

　　　　身心既皈三宝门，方便何须抢棍棒。

　　　　免生凶，戒无状，为担经文换禅杖。

　　　　若还再想着这般兵，除非依旧为天将。"

沙僧说罢，老汉道："原来老爷们当年西来，除妖灭怪，全靠着这兵器。如今缴还了在灵山，单单只仗着这禅杖走路，却也不中甚用。"三藏道："老店主，出家人要这禅杖，一则担经囊，一则防虎豹，就是中用。难道要这禅杖伤生害命，便不是出家人用的。"按下三藏与八戒、沙僧，在店中住下，只等行者查看了来。

　　且说行者拿着禅杖，直走到蟒妖岭来。果见一座高山，接连峻岭。行人不断，皆是单身，没有半肩行李。行者也杂在行人中前走，到那岭中。只见众人都向个小庙里进去磕头烧香，也没个庙祝香户。行者看那小庙门上，悬着一个木匾，上写着"蟒神祠"。行者看了道："是了，这店主老儿说的不虚。想我当年过了祭赛国，遇着黄眉怪假变小雷音，得古佛收了来，到驼罗庄，灭了蟒蛇精。怎么这精又成了气，在这岭上附着强人？店主说他最恨僧人，想必就是恨我们打灭了他也。店主既说话不虚，我如今不可依旧面貌，且变作行人，到庙里看个光景。"好行者，摇身一变，变了一个过岭客人，走入庙里。哪里有个神像，只见一木牌儿上写着"蟒神大王"。行者故意装颠，走到香几上，把他牌位推在半边道："什么妖魔，如何称神，在此受人的香烟，依附着强人。"只见那行人磕头烧香的，齐嚷道："你这个风颠汉子，好生大胆。大王神灵，怎肯饶你。这岭中时时有巡风的喽啰，拿着你，岂不拖带别人？"行者道："列位不消乱嚷，我与你们走路的人除了害，连那强人都叫他一扫精光。"这众人听了，有的骂道"风颠"，有的飞星走了。行者在庙内放疯撒颠，故意吵吵闹闹，把些行人都吓得去了。后边传的一个人也不敢近庙。

　　行者吵闹一会，见没人来，又没处查强人的信。正坐在庙门槛上，只见一个小喽啰，手内拿着一杆长枪，走近庙来，大喝一声道："哪里疯疯汉子，敢冲犯神庙大王牌位。"行者故意装疯答道："我是神龙大王差来，查勘你这岭上是何庙宇。既是蟒庙,怎么不听我神龙大王节制。便是我一个公差上门,如何不见个鬼判?"喽啰听得,半信半疑道:"你既是个公差,有何执证?"行者忙把腰中假变出个牌票来,上写着"总巡哨。查看山岭蟒神小庙是何人香火。"喽啰见了,便信真道:"巡哨长官,怪不得你推牌位,动怒心。你却不知我们这庙的来历。"行者见喽啰说他不知来历,他正要查听来历。乃笑嘻嘻道:"你可把来历说与我知道。"喽啰道:"我这山岭,当年没有这庙。只因离此南去百余里,有一村,唤做驼罗庄。先时有一条蟒蛇作怪,能飞沙走石,把人家的牛马猪羊吃尽,鸡犬也不留一只。乡村大家小户凑了金银,请得法官道士来驱遣,他连法官也囫囵吞去。后来遇着上灵山取经的几个神僧,除灭了。谁知神僧去后,这地方出了几个豪杰,聚在这岭上,专一掳掠行商客货。若是空身没有行囊的,一个也不伤。这豪杰中,有两个头领,一个叫做七情大王,一个名唤六欲大王。他两个本事甚高,能飞沙走石,撒豆成兵。实不瞒你长官,哪里有个什么蟒神魂灵儿,都是我这两个大王假称名色,要这过往客商说他灵验,立此庙宇,希图往来许愿酬金,他却才放人过去。"行者听了笑道:"原来这庙是虚立名色,设骗往来许愿的金银。不如做个庙祝香火罢了,如何聚众劫人?"喽啰道:"哪里聚甚众,不过是大王术法,撒豆变成的喽啰。如今客商有行囊货物,都从正路迂转几百里过去。大王没有生意,只靠着许愿的金钱。这便是来历。长官若是查看,这假庙有甚鬼判接你?"行者听了笑道:"你执着一杆枪,却做何干?"喽啰道:"乃是轮流巡岭的,方才听见人说,有人推倒牌位,吵闹庙宇。故此来巡看,却不知道是上神的公差。"行者道:"你这七情六欲大王,精也是呆,成甚豪杰? 青天白日,老老实实,做个庙祝香户罢了,何故法术欺哄行人金钱。官兵来捕,却又甘当一个强人之名,且何苦与那僧家作仇。哪知僧家有经卷,专一与人消灾释罪,降福延生。若是把僧家经卷化动来往行人,许愿的金银更多。"喽啰笑道:"长官知其一,不知其二。这行路的人,不听见强人,不畏怕掳掠,他哪里肯许愿?"行者道:"如今你这两个大王,今在何处哩?"喽啰道:"在岭上密树林间。"

　　行者听得,乃提着禅杖,直奔上岭。那喽啰在后,咕咕哝哝说道:"长官你问,我方才直说。上岭遇着大王,千万莫提我说来历与你。"行者哪里听他,一直走到岭上。只见一个寨栅,静悄悄没个人在门前,紧闭着寨门。行者不便闯入,乃变了一个蜻蜓儿,飞入寨内,只见两个强人坐在里面。这个说:"七情大王,这几朝没有甚客行商,生意淡薄。"那一个说:"六欲大王,只从三尸魔王外游,打听个商客的买卖,不见回来,果是生意微末。"这一个说:"莫要讲三尸魔王未回,便是昨日差的巡岭的小校,也不见回来。"正说,只见那喽啰走入寨栅,禀道:"告大王,岭下只有许多单身过客往来,并无个有货物行囊的。"大王道:"庙中可有交纳愿金的么?"喽啰道:"只因三尸魔王外游,庙中冷静。交纳愿金的却没有;倒有一个公差,查看庙宇的。"大王听了,着了一惊,问道:"什么公差,查看庙宇?"喽啰道:"他说是神龙大王差来。查看着是什么蟒神庙,何处香火。"大王道:"你如何回他?"喽啰道:"小校说了些虚谎,哄瞒了他,他把牌位都推倒。如今走上岭来,只恐要查看大王的来历。"七情大王听了,喜一会,怒一会,道:"是哪里有个神龙大王查看庙宇。若是三尸魔王在庙,定将这公差盘问他一番,拿来处治。"行者听了,自笑道:"这个强人,还有甚三尸魔王外游,想必就是蟒精了。听他言说生意淡薄,定是个剪径的。我如今查明了来历,说与师父。为这几个毛贼转路前去,又费工夫,损了我老孙平日之名。若是抡出禅杖,把这几个毛贼剿灭了,又恐打得他不明不白,背了我师徒取经方便之门。且再打听他这三尸魔王是谁,若就是蟒精魂灵儿,待我除灭了那怪根。"正说间,只听得寨外吆吆喝喝起来。却是何故,且听下回分解。

总批

　　三尸、六欲、七情等魔,取了经回到了灵山,见过佛祖,安得有此?只是为众生说法耳。

　　行者变公差,叫强人做庙祝,可以多得金银。不知庙祝将经换钱,见财起意,亦即是强人也。虽然公差之为强人,乃更甚耳。嗟乎,居今之世,其谁能不盗!

第二十九回

七情六欲作强梁　三藏一诚传弟子

七情六欲听三尸，使令生人贪与痴。
喜怒乐哀爱恶欲，眼耳鼻舌附须眉。
伐人性命伤人斧，送客高巢夺客居。
识得当人牢把着，灵明一点勿邪思。

　　却说行者听得寨门外吆吆喝喝，即展蜻蜓翅飞去栅外一看。只见许多小校，排列着数层头踏，后边簇拥着一个魔王。行者看那魔王怎生模样，但见他：

光头滑脑赤精身，暴眼金睛阔鼻唇。
满面毫无欢喜色，一团怒气带哼嗔。

行者看了道："不消讲，这一定是个割气脸魔王，倒有些难相交。且跟他到寨内，听他说甚言语。"只见那魔王进入寨内，两个大王迎着笑道："魔王因何久出外游，今日回来，面又带怒色？"魔王道："正为昨往莫耐山过，会我几个旧交。说出我当年几个冤家仇对，他今日路必过此。我想报此仇恨，必须借重二位大王。"七情大王听了，便问道："魔王是哪个旧交，说出你的什么仇恨？"魔王道："当年驼罗庄，是我那蟒祖公在这村间作些威福，贪些受享。后来被东来取经的唐僧，领了几个凶恶徒弟坑害了。他这魂灵儿不散，托附我。承大王的势力，立个庙宇在此。一则作些威福，贪过往的愿心金钱，一则等那仇恨回来，报他当年杀害之仇。料二位大王久已知此情。只是他这几个取了经文回来，昨日莫耐山岭下，有凤管、鸾箫两妖魔君，是我旧交。他说起唐僧中有一个孙行者，诡诈多端，一路来愚弄了许多魔王洞主，为此不免动了个嗔心。若是这孙行者们来时，二位大王千乞帮助一二，务要拿到了他，以报昔日之仇。"六欲大王听了道："三尸魔王，你自有神通本事的昆弟，可以请他帮助。我等但听你指使罢了。"魔王道："我弟兄虽有三个，颇奈离此甚远。若是拿不到那唐僧，少不得也要远去寻我那昆弟两个。且问二位大王，我出外许多时，你在这岭上生意何如,庙中香火,往来许愿纳金的也多么?"六欲大王道:"莫要说起,生意淡薄。庙中香火,也只如此。只是昨日来了个什么神龙大王公差,他说蟒神庙应服他之管,上门查勘,不见鬼判迎待。他把牌位都推倒去了。"

魔王道:"可有巡岭的喽啰拿他,待我来拷问。这地方哪里有个神龙大王,一定是假诈金钱的。"只见那喽啰在旁,又把推牌位的话说了一遍。行者听了,不觉的笑了一声。那魔王惊觉起来道:"此寨内如何有这大蜻蜓,怎么蜻蜓忽然如人笑之声?事有可疑。那二位道君曾说,唐僧的徒弟能千变万化。探听人事情来历。他们取经回来,只恐将次到这地方。这蜻蜓忽然笑声,莫不是那厮们假变到此。叫小校快将大扇替我扑倒。"小校听得,忙取扇把蜻蜓来扑。行者一翅,飞出寨外,依旧变了公差,在外栅立着。那喽啰看见,忙报与三尸魔王。魔王叫:"拿进寨来!"行者早知要拿他拷问,乃想道:"神龙大王查勘他,是我一时的机变权宜,怎经得他拷问。若是露出真情,惹动妖魔,枉费手脚,怎生保护经文过去。不如就把他昆弟的话,哄他一番吧。"乃随着喽啰进寨内。只见寨中设着三张交椅,正中坐着三尸魔王,左右坐着七情、六欲两个强人。行者上前站立道:"我是神龙大王公差,奉票来查这蟒庙是何处香火。怎么不以上司礼款待,却扯入我来,是何道理?"三尸魔王听了,怒目环睁道:"你是哪个神龙大王遣你来的?"行者道:"我这大王,是黯黮林大蟒魔君,自号为神龙大王。大王因有两个兄弟在外地,顺便道路,叫我查访他消息。"魔王听了大蟒二字,便怒目少解道:"你莫不是我大兄差遣的么?"行者随口道:"正是,正是。"魔王又微微笑道:"黯黮①林在何处?"行者道:"在五百里祭赛国南。"魔王道:"他差你来,为甚查勘庙宇香火?"行者因见他句句盘问,乃就使个机变道:"也只为大王要报当年害祖宗的仇恨,访得唐僧,取了经文回来;差小的们十余个,来此一路迎着唐僧们。果然三个徒弟,挑着三担经包,唐僧押着两柜马垛子前来。被小的们盘到,晓得那孙行者们神通广大,专要搜寻沿路盗贼妖魔,不与他半个哼哈。小的们设个计较,假写了一个祭赛国王下一个官员名帖,又假说金光寺住持也具了一个手本,远来迎接取经老爷的。骗得个唐僧们欣欣喜喜跟随小的们前来。他们住宿客店,小的闲得片时,大胆走到这岭中,

---

① 黯黮(àn dàn)——昏暗貌。

看见蟒神祠庙，故此说奉差查勘。不匡遇着三位大王。"三尸魔王听了，一时信真，便问道："既是我大兄处公差，这也不消拷问你。只是你们哄骗了唐僧师徒经担，如今且拿了来，待我先处治他一番。"行者道："这也不消大王处治。还是小的们押解了去，方才全美。若是大王先处治了他，我处大王要个活唐僧，哪里去寻。"三尸魔王听得信了真实，便叫喽啰们备酒些酒肴与大大王的公差吃。行者道："小的是胎里斋，不吃荤酒的。大王有斋饭，我吃些吧。"喽啰乃设了一席豆腐面筋、闽笋木耳馍馍饭食。那行者正饥饿，大吃了一餐。辞谢了魔王就走，回到客店。

三藏见了道："悟空查看了来历么？"行者道："查明白来历，且设了一个骗局来了。"三藏听了道："徒弟，凡事只以实行去，你又设骗局，便坏了心机。只恐种出此因，非取经文的道理。"行者道："师父，凡事当以实，徒弟岂不知。只是妖魔诡诈恶毒，徒弟不得不以诡诈恶毒灭他。"三藏道："以诡诈诡，不如以实应实。"行者道："怎见得不如以实应实？"三藏乃说道：

"我叹世人不从实，暗骗明瞒多虚饰。

哪知忠信格豚鱼，须识至诚贯金石。

使心用心反自伤，欺人欺己徒无益。

识得玄机通一诚，鬼神上下都孚契。"

三藏说罢，行者笑道："师父，你是取经的心肠，徒弟是降魔的意念。"三藏道："徒弟只当用我这取经的心肠，自然不动你那降魔的意念。"八戒笑道："师父，果然是取了经回来的心肠，若是当时往灵山去的意念，也不见的忠厚。"三藏道："徒弟呀，我为师的，自从流沙河收了你，哪一日不把忠厚待你？"八戒道："我弟子原是老实，果然师父未曾虚假待我。若是那紧箍咒儿念起来，却十分厉害，怪不得猴王弄个虚圈套骗妖魔。"行者道："你这馕糠，又提旧话。金箍棒已缴还，难道紧箍儿咒师父不忘记。"三藏道："徒弟，今日紧箍儿咒果是忘了。只因你无叛道之心，我便无降汝之咒。"行者道："师父，我徒弟自从跟着你，一路前往灵山，何敢一毫叛道。"三藏道："只因你遇着生灵，动辄抡棒，便是违了慈悲方便。故此有那紧箍儿咒你。"行者道："师父，我徒弟自从取了经回，半个生灵也不敢打了。只是遇着妖魔，要保全经文，不得不费些机心。方才听了店主说，蟒妖岭强人，立了个蟒神庙。徒弟备细查了来历，乃是当年来时驼罗庄我们打杀的那条大蟒，他遗下三条种类，假称三尸魔王。两条在别处，一条在这岭上。却有两个强人，依附着他，叫做七情、六欲大王。他每劫掠往来有货物的客商。若是单身没有行李的，过庙前进去烧香许愿，便放过去。想我们这许多包担，他见了定然抢掠。徒弟只得假变个公差，哄他说是大大王处来查唐僧的。如今现哄了唐僧过岭，送与大大王报仇。三尸魔信真，定然放过我们去。"三藏听了，喜欢起来道："徒弟，这等说来，乃是个权宜保护经文，但随你吧。"八戒道："师兄，经文与师父哄得过岭，我们还要把这岭上安靖了，方便过往客商，才是我们和尚功德。"行者道："依你如何安靖？"八戒又悲惨起来道："只是我的九齿钉耙不在手边，这禅杖恐不济事。"三藏听了道："悟能，休得又动了杀机。若到前途，仰仗佛力，这经文解脱的六欲正念，七情回心，三尸向道，自然安靖。"

　　师徒们说罢，辞了店主，挑担押垛前去。方才到了岭头，行者却叫歇住林间，说道："我早在魔王前说，是十余个小校，假书帖接了来的。万一妖魔查看，露出假来不便。"行者乃拔了十余根毫毛，变了十余个小校，帮衬在内，齐拥过岭。早有巡岭喽啰见了，飞报与三尸魔王。却说这七情与六欲两个强人，原是聚了几个弟兄在这山岭剪径为生。只因这三尸魔王是行者打灭的蟒精遗种，他弟兄三个，专依着修炼不成的道人。为甚修炼不成？三尸不喜人修好成道，巴不得人务外，错入旁门，久之形衰气散。他又附着别人过活。两尸魔王远出在外，这三尸一日过此山岭，遇着七情、六欲劫掠他，他原性未改，使了幻法，把七情、六欲降伏。这两个强人，乃立了他做一个寨主。他便唤做三尸魔王。七情、六欲虽也称名大王，却都听他调度。立个庙宇，就把大蟒托名神祠。说起这三尸魔王，神通广大，智量高深。一时行者假变公差，愚哄了他信真。方才打发行者去了，这魔王忽然冷笑一声。七情大王便问道："魔王，为何发个冷笑？"魔王道："我被唐僧的徒弟骗哄了去也。我那两个弟兄知在何方？既是在祭赛国南，料唐僧回路，必往他处过，何必远来迎接，却又假写帖文，这分明是孙行者假诈公差，推倒了牌位，恐我拿他。你看他不吃荤酒，又不肯与我这里处治报仇。可知其情矣。万事可想，这推我庙牌，假作公差骗我，情理难饶。如今之计，他既诡诈骗我，我也诡诈骗他。若拿到了这孙行者，料唐僧之仇可报。"

　　魔王正说，只见巡岭喽啰报道："岭前一簇小校，拥着几个包柜，有四个和尚，一同过岭。"魔王听了道："是了，是了。唐僧们来了。"乃叫众喽啰分作三队：左一队，是七情大王；右一队，是六欲大王；中一队，是三尸魔王。三队儿摆开，拦住岭上。三藏见了，慌怕起来道："徒弟们，强人摆队成阵，如之奈何？悟空，我说你凡事该依老实，你却弄谎设诈，哄甚魔王。说放你过岭，如今这个光景，是你又被他哄了，把我们哄来也。"行者道："师父放心。他既不信我前言，如今摆队而来，我必须仍照前与他讲说一番。他若不信，待徒弟再作计较。"八戒道："计较，计较，不如抡起禅杖，与他个老实一跳。"三藏道："悟能，你只是要厮斗。你有禅杖，那强人也有器械。俗语说的好，两虎相斗，必有一伤。此非万全之计，我们出家人以慈悲为本，况是取了经文回去。这经文乃方便法门之宝，如何你只想打人？依我，不如上前恭敬尽礼，委婉求他，发一点善心放了我们过岭去。"沙僧道："师父，你便尽恭敬委婉求他。他若不依从，反使出凶恶来，师父如何处？"三藏道："徒弟，他若不依，反使凶恶，我便舍了残生与他，你等好生保护经文回去。"行者听得说："师父，休要长他人威风，灭了我们锐气。料着有我们徒弟，哪怕那强梁凶恶。且待我到他队里讲说一番来。"三藏道："徒弟，莫要轻视了他。你看他：

　　队队人如虎，行行马似龙。

　　中央排大戟，左右执强弓。

　　密杂杂戈矛耀日，骱锵锵旗帜飘风。

　　帐中呼喝真威武，队里周旋甚猛雄。

　　他那里逞凶肆恶无方便，你须要委婉求他过岭东。"

行者听了道："师父，你真也不济。你便看着他这等雄勇，徒弟却看着他四个字儿。"三藏道："悟空，你看着哪四个字儿？"行者道："不见怎的。"八戒道："这个说嘴的猴头，师父面前也打个油嘴。且看那三队儿，整齐齐排开，你快作个计较斗他。"行者道："你好生保护着师父经担，我去讲一番也。"行者把脸一抹，依旧是个公差模样。你看他笑欣欣的，走到那中队里来。毕竟如何来讲，且听下回分解。

总批

　　三尸魔，一好饮食，一好车马衣服，一好色欲。凤管、鸾箫信是旧交。

　　行者从来惯用哄骗。游龙宫，骗金箍棒；上天宫，骗蟠桃，骗御酒，骗老君丹：俱用此法。其封弼马温，封齐天大圣，虽上天亦以此局待之，故卒受五行山之报，亦为佛祖所骗故耳。信乎，机心之不可有也。

第 三 十 回

悟空大战蟒妖岭　长老高奔石室堂

话说三尸魔王正坐在中队,叫喽啰小校去拿了诡诈的公差并那唐僧经担过来。众小校方才听令,只见行者变了公差,走入中队,面见魔王道:"小校来禀上三大王,已诈哄了唐僧过岭,送到黯黮林大大王处发落报仇去,望三大王收了众队,让小校们带唐僧们前去。"魔王笑道:"孙行者,你也只如此一个本事,上人不做,却做个小校公差。你若有神通,拿出当年过此的手段,与我三个大王战斗一场。明人不做暗事,如何设这诡诈来瞒我,要掩饰你的罪过? 你哪里知我魔王明见万里,洞察秋毫,如何哄的我。早早把唐僧经担送上,待我一口吃了,以消我向日仇恨。"行者是个性躁的,被魔一诈,他便急躁起来道:"妖魔,我便是孙外公,你却怎么?"把脸一抹,现了原身。魔王一见,站起身来上前就拿行者。行者手疾,忙夺了旁边小校一根棍子,一路打出中队。那魔王随招动左右两队,簇拥过来。这里沙僧、八戒执着禅杖,立在担柜前头,只是不容那魔王三个近前。行者丢了他棍子,忙掣下禅杖,与魔王在岭上打斗。这一场好斗,怎见得? 但见:

阴风惨惨,杀气腾腾。阴风惨惨山云蔽,杀气腾腾海水浑。魔王怒发狠,行者恶生嗔。发怒挥刀无点涌,生嗔掣杖怎相应。一个有心降魔怪,一个只要捉经僧。真是铜锅撞着铁刷帚,不见输赢哪个能。

行者与魔王两个斗了百十回合。那七情、六欲两个要上前助战,却见八戒、沙僧执着禅杖杀气腾腾也要帮斗,便不敢上前。行者、魔王斗一会,歇一会,各自想计较不提。

却说比丘到彼僧与灵虚子见孙行者收复了毫毛法身,师徒们坦然在道,挑着经担前行,他两个便远远随着脚步儿前去,歇在密树林间。灵虚子说:"师兄,我想唐僧上灵山取经,应该有许多灾难。今已历过九九,这真经既付与他,便当使他无挂无碍,顺流而东。怎么又叫他千辛万苦不了。且莫说他辛苦是正当的;只说这一路回来,妖魔夺取经文,不亵渎了

宝藏么?"比丘答道:"师兄,你有所不知,世法人心,若于事来看易了,便
生怠慢心;若看难了,便生兢业心。唐僧取得真经,若依那藏经数,来难去
易,后人便生轻慢。正使他顺来送去,这方叫做顺成人,送成道,修行的妙
奥。"灵虚子拜领比丘之教,乃问道:"我与师兄随路前来,唐僧们丢却在
后,怎么不见上前。莫不是他师徒立心机变,又遇什么妖魔?"比丘僧答
道:"我也正虑到此。当与师兄转回西路,探个消息。"两个乃腾起半空,
往后一望。只见那山岭上阴云笼罩,黑雾迷漫。比丘道:"师兄,你看那
岭畔光景,似一团战斗气象。师兄可往探看,一定岭下有甚妖魔与唐僧师
徒争斗。我在那高山顶上,等候你回音。"灵虚子依言,乃变了一个苍鹰,
一翅直飞,到那阴云之上。但见他:

　　芦褐色身毛,猫儿眼眸子。展双翅上下抟风,伸尖嘴思量捉雏。
任他狡兔莫要相逢,便是雏鸡也教啄死。从来虎豹配他行,利爪凋来
吮膏髓。

　　灵虚变了一个苍鹰,飞到阴云之上,却又自己懊悔起来道:"我一个
修行学道之人,怎么使这个鹰鹯的情性? 世人比乳虎、苍鹰都是不仁禽
兽,如今没奈何要保护这藏真经,只得拨开阴云,看是何方妖怪。"他把眼
睛往下一看,只见八戒、沙僧各执着禅杖,守护着经担,行者与魔王抵斗相
争。这边是七情、六欲两个强人,思量要乘空儿捉拿唐僧。那边是三藏一
个老和尚,惊惊恐恐,只怕抢去了经担。灵虚子见了,恨那魔王与行者相
斗没有个上下,乃一嘴把魔王当手一啄。魔王手痛,哪里拿得兵器,被行
者一禅杖,打的往寨内飞走。七情、六欲见势头不好,也忙收了队伍,躲入
寨里,紧闭寨门。三藏明明看见行者与魔王战斗,没个强弱输赢。又见那
两队强人,倚着人众,要打将过来,恐八戒、沙僧势孤,不能抵敌。忽然天
上一个老鹰飞下,把魔王一嘴啄了手指,那魔王负痛回寨,三藏便合掌当
胸道:"善哉,善哉。这老鹰却好,真乃助我徒弟威风。"三藏只合掌称赞
一声。不匡灵虚子在半空看见,听得三藏之言,乃惊道:"怪不得他师徒
屡屡逢魔,乃是他们立心不善,以至如此。我如今且莫要管他,到山顶上
与比丘计议,必须先正了唐僧道念,再消了行者们雄心,乃是保护经文根
本。"忙复了原形,直到高山顶上。果见比丘到彼僧,跏趺坐在松阴之下。
见了灵虚子,乃问道:"师兄,山岭下阴云黑雾,可是妖魔与唐僧争斗?"灵
虚子道:"正是,正是。看来还是唐僧师徒自取。"比丘道:"如何唐僧师徒

自取?"灵虚子便把变苍鹰啄魔王手,被行者他一杖打走妖魔说出。又说到:"唐僧见打走了魔王,合掌欢喜之心,乃是唐僧动了不平之念。"比丘僧听了笑道:"师兄,你责备唐僧固是。只是你变苍鹰啄魔之手,却动的何念?"灵虚低头一想,笑道:"师兄,我弟子可谓责人重以周,责己轻以约也。"比丘道:"既为保护经文,说不得权且驱魔之计。只是这三尸魔王,调度七情、六欲,阻截真经,恐邪正交斗岭下,亵渎经文。我与师兄,且请上柜担,供奉在山顶。待行者灭了魔王,那时再与唐僧取去。"灵虚子依言。两个计较,从岭西上高山数里。比丘一望,只见一座石室。看那石室:

　　　依山巅,凭虚建,乱石垒成门两扇。也有堂,也有殿,但是无椽无
　瓦片。不像庵,不像观,不似僧房并道院。藤萝绕四檐,苔藓铺三面。
　周围绿竹翠森森,多是仙人高遁藏修炼。

比丘见了一座石室,与灵虚子走到面前。见石门掩闭,推开里面,倒也干净。鸟迹蜗涎,并无一点,宛似有人洒扫一般。比丘僧与灵虚子坐在里面,一个捻动菩提子,一个敲起木鱼儿,在里边功课。

　　却说唐僧见行者打败了魔王,乃叫八戒、沙僧,挑着经担,往前走吧。八戒道:"师父,忒性急,也须等行者平定了妖魔,扫荡了强人,方好过岭。万一这三队强梁,诈败佯输,前途又生个法儿,不但长强梁志气,又损了我们神道,那时进退两难了。"正说间,只见行者倒拖着禅杖,笑欣欣走将来道:"师父,强人、魔王被徒弟一禅杖打走入寨去了。但不知他躲入寨去,又何作计?"三藏道:"徒弟,莫要管他作何计。我等乘他败阵躲去,趁前途平路,过岭去吧。"行者道:"此路少平可住,且探听那魔作何计较。徒弟之意,必要除灭了他,方便行商过客来往。"三藏依言道:"徒弟,方便行商,固是好事。只是除灭须要费你的心力,切忌不可伤生。"师徒正说,忽然一阵风起。只听得木鱼响,却似从半天下来。三藏道:"徒弟们,你听可是木鱼敲的声响,怎么似自天来?"行者道:"师父,这声随风至,来的高远,宛如天上。莫不是那处山凹里有甚寺院人家,诵经念佛?八戒师弟,你说不得去查探前来。若是有甚寺院人家,僧道善信,可以借寓一日,安下经文。待我平定了这魔王,再往前去。"八戒道:"我离不得师父与经担,叫沙僧去吧。"沙僧听得,忙把鼻子一嗅道:"远远不独木鱼声响,且是香气刮来。定是寺院人家,做斋设醮。师父可照顾着徒弟的经担,待徒弟

去查探,定然吃他一顿饱斋。"八戒听了,忙扯着沙僧道:"我老实不该推你,还是我去吧。"提着禅杖,就往岭西头高山顶上飞去。

且说三尸魔王被行者打了一杖,飞走入寨。七情、六欲两个,也躲入来。魔王说道:"孙行者果然名不虚传,且莫夸他武艺精熟,只夸他神通巧妙。怎么战斗之间,他便弄个手段,变了个苍鹰,把我手指啄了一口。疼痛难忍,兵器丢抛,被他打一禅杖。如今斗智不斗勇,且赌赛神通,只是不放他过岭便好。你二人如何也收了队伍,躲避入寨?"七情道:"我全仗魔王威势,你败阵,我只得收队。"六欲道:"我也倚靠雄风,你既飞跑,我何敢存留。但是魔王既要斗智,我有一计,只叫唐僧敛息来投寨,行者低头入我门。"魔王听了喜道:"大王有何高计?"六欲道:"我闻唐僧们一尘不染,六根清净。万苦千辛,求得真经回去。一心只是要普度众生,超升极乐。你若是以兵威劫他,他至死不畏;以财利动他,他毫不沾惹。唯有投诚礼拜,求他度脱。他便慨然方便,俯就乐从。那时入我寨来,再设个计较夺他经卷,害他残生。魔王的仇恨也消,我们的雄心也遂。"魔王道:"大王之计甚妙,只恐孙行者智量更高,计若不成,将如之何?"六欲道:"我计中自有计。如今且叫喽啰具了香幡,待我亲来求他。"魔王乃叫喽啰依着六欲大王,备了香幡,打点出寨,礼拜唐僧。

却说八戒走到高山顶上,左张右望,哪里有个寺院人家。信着脚儿走了几步,心不耐烦,便下山来。却好遇着六欲强人香幡鼓钵,走将出来。看见八戒,问是何人。八戒只以鼓钵声为木鱼响,乃说道:"师父听三不听四,鼓钵声当做木鱼,想是强人做醮行香。我若被他拿住,不但没有斋吃,且要报仇,还那猴头一禅杖之打。如今只得老实求他。"乃答道:"大王,我是没用的老实和尚,叫做猪八戒。平日只晓得吃斋饭,嚼馍馍,也会烧火扫地,挑水运浆。"六欲强人道:"猪八戒乃是唐僧的徒弟,叫喽啰请他到寨里待斋。"八戒道:"果然是你寨中做善事,我领你的斋供。"一面说,一面就走。六欲强人乃向喽啰耳边如此如此,喽啰领了八戒到寨。八戒一见了三尸魔王道:"不好了,我被猴头耍了来也。"乃向魔王道:"打你的是孙行者。我是查探木鱼响声,化斋的。"那喽啰乃向魔王耳边,也如此如此。只见魔王笑道:"八戒师父,休要着惊。我们早时不知是取经圣僧,误当客商,故分作三队出来,浑斗一场。如今方知是唐三藏老师父,取了经回,故此那见教禅杖的,是孙悟空。你既是八戒师父,且到后寨待斋。"八戒听了，便摇摇摆摆，直入后寨。只见喽啰十数个，把八戒你一棍，我一棒。八戒道："这是何说，请我吃斋，怎么乱打？"喽啰道："你那孙行者，把我魔王打了一禅杖，如今还你个席。"八戒道："若是这样还席，吃不成斋。让我出去吧。"那喽啰渐渐添多，棍棒乱打如雨。八戒心里躁急起来，举起禅杖挡抵。哪里敌的住，正在要走不得走之际。

却说行者见魔王败阵收队，他也退过来，只等八戒回信。久不见来，那木鱼声又响，三藏道："悟空，这木鱼敲的声朗朗若近。悟能久不见来，你还去寻他，莫要惹出事来。"行者道："师父与经担在此，徒弟怎敢远去。"三藏道："不妨。你行事原快当。"行者听得，乃走上高山，果见一个石室，木鱼儿声，响自堂中。乃走到门前击门。比丘与灵虚子知是行者来，乃变了两个白须眉道者，在内开了门。行者上前施一个礼道："老师父，你敲木鱼诵的什么经典？"老道答道："我诵的佛爷心经。"行者道："老师父，你在石室内，这相貌似仙家，怎么诵我释门经典？"老道说："长老，我只是未曾削的发。且问你是哪里来的？"行者道："我是随大唐僧人，上灵山取经回东的。我师父在岭下，遇着强人阻路，不得前行。"老道说："我也闻得这两个强人，倚仗着个妖魔，有岭下截往来行客，倒也有些厉害。但可计取，不可力制。你可把经担挑到我这石室堂中供养，莫要被妖魔亵渎。你们再去计较他。"行者依言走回，把老道话说与三藏，叫沙僧挑了经担，同师父送到石室堂中。又把八戒担子也送去，并马垛一齐进得堂中。三藏问讯了老道，安坐在石室。却叫行者去找寻八戒，合力打斗强人。行者山前岭后找寻了一遍，不见八戒。想道："莫非这呆子被强人捞去？"乃变了一个苍蝇儿，飞入寨里。只见七情强人与三尸魔王计议斗智说："六欲大王以礼去诈降唐僧，先哄了个猪八戒来，送他后寨吃斋，多叫几个喽啰孝敬他去。"只见众喽啰你执棍，他拿棒，往后寨乱走。行者想道："呆子定是贪口腹，被魔王耍了。且看他怎生贪嘴。"行者一翅又飞入寨后。只见八戒被喽啰你一棍，我一棒乱打。他虽执着根禅杖，无奈势孤。行者笑道："我打了妖魔一杖，这会叫八戒还债。"乃飞到八戒耳边道："八戒，何不弄个神通，到此还依老实？"八戒听得是行者声音，提明白了他，便就弄出神通。却好那七情强人走入后寨来看喽啰打八戒，道："好斋，多孝敬猪八戒些儿。"八戒见了，把自己脸一抹，即变了七情模样。行者见八戒变了七情，便把七情喷了一口气，遂变了八戒。那众喽啰认错了，一齐上前把七情变的八戒棍棒乱打。七情越叫"是我"，那喽啰越打道："不是你，是哪个？"打的七情往寨前走。八戒变的七情，在后又叫喽啰着实打。那寨前喽啰见了，又齐齐乱打将来。此时笑倒了个行者，喜坏了个八戒。不知后来何如，且听下回分解。

总批

　　八戒变了七情，只该打八戒才是。

　　唐僧喜救度众生，妖精便乘此处算计他。只为有心，故所以着魔。故曰法尚应抬，何况非法。

第三十一回

假圈套诈请唐僧　现神灵吓逃盗伙

六欲何多欲,七情最没情。

三魔搬弄毒,五蕴怪邪生。

能濯明心鉴,须挥扫魅兵。

长生超八难,世世保神清。

话表三藏与沙僧守护着经文,在石室堂中与两个老道者讲论诵的经典。那老道一掌当三藏胸前打来,沙僧见了忙把手去挡抵道:"师父,不好了! 又错投奔山顶上来,这老道乃是魔王也。"三藏忙推开沙僧之手道:"悟净徒弟,你不知。此时老师父教诲,指明我诵的乃《心经》也。"沙僧乃悟。

却说六欲强人带领喽啰,排列香幡,走到岭西。不见了唐僧师徒,惊异何处去了。乃叫喽啰山前岭后,找寻到山顶石室。知三藏搬移在内,报知六欲,登山越岭,来到石室前。三藏听得,慌惧起来道:"沙僧,此事奈何? 强人到此。行者、八戒不知何处去久,你一人怎敌得贼众?"老道说:"圣僧,莫要心慌。有我老道在此,自有法儿善化了他去。"乃大开空门,只见六欲强人,恭恭敬敬走入堂中,先拜了三藏,次拜道者说:"小子们自愧不才,违背道理误倚妖魔,阻挡了师父去路。且又妄排队伍,冒犯尊颜。方才退归寨内,自相追悔,无可解释。谨备香幡,奉迎圣僧师徒,到小寨粗斋一顿,奉送盘费过岭前去。方才路遇八戒高徒,已叫小的们领到寨内。如今求圣僧把行囊经担,搬移到小寨,便多住旬日无妨。"三藏听了,合掌深谢道:"多承大王美意。只是两个小徒外出,今八戒既在寨中,但候行者回时,自当趋命。"六欲乜乜斜斜①,只要三藏同行,叫喽啰们搬经担、柜包。三藏只是不肯。老道者乃说道:"大王,既圣僧要等候徒弟,且少待一时,未为不可。但圣僧师徒,可以到寨中赴斋,经担行囊,放在此处无

――――――――――――

① 乜乜斜斜——装痴作呆。

碍。"六欲定要俱搬移去,正在争论之处。

却说行者把七情强人变了八戒,八戒变了七情。众喽啰赶着乱打,打
到前寨,那七情叫喊魔王。三尸魔王正在寨中思想计谋,捉拿唐僧。听得
七情叫喊,走出寨中。看见却是猪八戒的像貌。魔王原有神通智慧,把口
向八戒一喷,只见原是七情;又把七情一喷,原还了个八戒。众喽啰不敢
动手,魔王怒气倍增道:"好和尚,你倒有个变主为客之术,把我大王,受
了个屈打成招。"乃擎了钢枪在手,向八戒刺来。八戒忙舞禅杖相迎。此
时在他寨中,八戒怎敌得过。那七情恼恨十分,也舞起大棍来帮魔王。幸
得行者在旁,把苍蝇复了原形,举起禅杖,与八戒直斗出寨外。四个却也
是敌手,怎见得? 但见:

> 七情大棍狠,八戒禅杖凶。
>
> 行者杖更恶,魔王枪又锋。
>
> 你冲我撞去,左敌右相攻。
>
> 齐忿无情手,谁人肯放松。

四个大战多时,魔王力怯,乃从腰间取出黄豆百余粒,向空一撒。只见那
豆子变了百余个魔王,个个手执钢枪,来刺行者。行者见了笑道:"好妖
魔,这是外公的熟套。"随即拔下许多毫毛,变了无数的行者,俱拿着禅
杖,一个对一个。八戒见了,也笑道:"老猪难道不会。"把鬃毛忙拔下一
把,往空一撒,顿时变了百十个八戒,也都拿着禅杖去打。七情见了,心慌
道:"好和尚,如何有此神通!"乃向魔王说:"我弟兄全靠着魔王,你们都
有化身,我只一个,难抵敌这许多和尚。"魔王道:"不难,我与你些豆子,
望空撒去,自然变成你状。"七情方去接魔王豆子,哪知行者眼快手疾,百
般伶俐,见魔王腰间取出黄豆,递与七情,行者忙又拔了许多毫毛,变了些
乌鸦,待七情把豆一撒,这乌鸦齐飞起,一啄个干净。七情见势不谐,败
阵飞走,逃避寨中。魔王势孤,也退入寨去。

行者与八戒只得回到石室,看见六欲强人,在堂中邀请三藏,恭敬礼貌。
见了行者,说道:"高徒已回,圣僧不必推却。"三藏正在进退两难之际,忽然见
行者、八戒回来,乃向行者道:"徒弟,你与这大王们争斗,哪知俱是向善之人。
如今要请我入寨吃斋,还送路费过岭。你二人何处探信,久不见回。"八戒见
了六欲,又听了三藏之言,举起禅杖就向六欲打去道:"你这强贼,哄我到寨吃
的好斋! 不是我老猪吃的些儿,活活被你那喽啰撑杀;你今又来赚哄我师父

吃斋!"六欲忙赔笑面道:"八戒师兄,请你到寨,是我敬意,怎么反怪?"行者道:你既请人吃斋,怎么寨中又拿枪弄棒,分明你是愚哄我们。现今诈情已露,你那两个强梁与我大战了半日,败阵入寨,你尚不知,犹在此假弄圈套。俗语说的好,伸手不打笑面人。况我们是出家人。你既卑礼小心,在此说的是果子好看话,且饶你回去,好好的回心转意,散了喽啰,做些本等。这岭下安靖,让我们过去。若是执意不听我言,设诡阻挡。老孙这禅杖,却也厉害。"六欲笑道:"孙长老,你说的固是。只是世间人有好有歹。我当初劝我七情弟兄们,说取经圣僧到此,我等理当敬奉,请入寨中待斋,送几贯路费。他二人却也听从了。谁教孙长老设诡弄诈,假做公差,惹动二人不忿,以至争斗到此 。如今还望长老体方便之心,俯从我来奉请好意。休兵罢战,过临山寨,消释我等罪过,顺便过岭去。"三藏道:"悟空,听大王这话,或者出自本心。就是我也疑你与八戒设出机心,以致大王们动了怒意。如今若不他寨去,他又疑我们有甚计较去的。"

还是行者见三藏迁就要去,乃是保全经卷之意,他把眉头一蹙,机变即生,乃道:"师父既要去,须是六欲大王先回寨,说与那二位大王,叫他也卸了兵器,出了寨来同着大王相邀我等。我等也丢了禅杖,把那战斗休提。彼此和好,让我过岭前去,方信大王适才之话不虚。"六欲听得,满口答应。带着喽啰出石室而去。八戒道:"大师兄,你不知方才寨内吃斋之事,我等几被他打杀,师父如何去得? 你如何应承他去?"行者道:"呆子,你不知他来是骗局,我只得也骗他。如今借重二位师父,把经担先请过岭,待我们到寨骗他。"老道说:"经担须是你师父保护过岭,我二人不便与你送经。"行者道:"我等不敢劳二位师父送经,只借二位师父,设个权变。而今把一位装做我三藏师父,一位扮做沙僧师弟,我与八戒同到他寨,看他如何待斋。却让师父与沙僧押着经柜,先行到前途相会。"老道说:"你二位经担如何处?"行者道:"我与八戒经担,权借石室堂中供养,待我灭了强人,再来挑去。"老道者依言,打扮假装三藏、沙僧不提。

却说六欲回到寨中,对三尸、七情说道:"我到石室中哄骗唐僧,已是肯同我来,那孙行者定要二位大王卸了兵器,同去迎接他们,才丢了禅杖一同来此。我已许了回来,如今何不齐去,赔个小心。那时他没有器械行凶,到了我寨,凭我们摆布他,何劳拿刀弄杖。"三尸魔王道:"我已与他大战了两次,仇恨既深,他们如何肯轻易前来;况孙行者变诈百出,安足为信。"六欲道:"孙行者虽变诈,但听师父指令。况我见他们原是出家人心肠,他道伸手不打笑面人,好意儿迎请谢罪,料他们决无恶意。"三尸魔道:"便是有恶意,我也不畏。"乃叫喽啰们香幡鼓乐,摆列个大队,到山顶上石室门前高叫:"唐长老圣僧师徒们,我等有眼无珠,不识好人。圣僧到此,不早迎请,乃敢操戈相向,自取其败。料圣僧们慈悲方便,不念旧恶,慨与更新。故敢登门拜请,乞赐降临小寨,供奉一斋。"说罢,只见石室门开,比丘僧假装三藏,灵虚子假扮沙僧,随着行者、八戒走出门来。假三藏乃故意谦卑说:"弟子徒弟们,有犯威灵,望三位大王恕罪。况弟子行脚山僧,礼当过贵岭拜谒宝寨方是,何乃过蒙大王驾临。"三尸魔一见了假三藏庄严相貌不同,乃向七情私说:"大王,你看唐僧果系中国圣僧,相貌自是不同。"七情道:"果系非凡。"但见他:

> 清眉高秀目,隆准列丰颐。
>
> 地角朝轮廓,天庭贯伏犀。
>
> 三停平等列,五体重威仪。
>
> 岂是凡披剃,天人上相师。

魔王看了假唐僧庄严相貌,忖道:"若论这唐僧气象,真也该起敬起爱,本不当计算伤害他。若论他徒弟们,假诈欺诱我们,抢棒弄杖,打斗仇恨,怎肯轻放他过去。如今也说不得哄骗他到山寨,再作计较。"魔王乃请唐僧师徒出了石室门,叫声:"石室中二位道长,何不同圣僧到山寨共享一斋。"行者见魔王又叫老道,恐又抢夺经担,乃忙把三藏、沙僧吹了一口气,即变是老道一般道:"三位大王恭迎唐长老,我等不得奉陪;且刻下要过岭前去一施主家课诵经文,待回来领斋吧。"老道说罢,闭了石室进去。你看魔王大喜,正是:

> 闭门不管窗前月,一任梅花自主张。

这魔王与七情、六欲,假作恭敬,迎了假三藏、沙僧,却是真行者、八戒。到得山寨内,正分宾叙礼,叫众喽啰整治斋食;又暗叫喽啰准备下绳索棍棒,思量要吃了斋饭,打唐僧师徒。忽然喽啰报说:"岭下两个老道,一个押着马垛,一个挑着担包过岭。"魔王道:"此必是石室道人,施主家课诵去了。"六欲大王说:"他如何押了唐僧马垛去?"魔王道:"正要他押去吧,我们只要捉唐僧师徒,要经担无用,由他拆散了经文过去。"

且说唐僧得了这个机会。与沙僧过了岭,到一座石桥处。唐僧见那石桥:

> 流水西来东向,萦回斜绕悠长。横拖石坂作浮梁,行道打从其上。

石桥傍侧,青松隐隐,一座小道院静悄悄无人在内。那门儿半掩,唐僧住着马，走到门前，推开院门。乃向沙僧道："此处正好供奉经文在内。徒弟可去石室中，把行者、八戒经担挑一担，马垛一垛来。再俟他两个灭了强人，前来挑去。"沙僧依言，把担包挑入院中。复到石室，又把行者、八戒两个担子取来。喽啰见了，也不问。

却说魔王整备斋供，待假唐僧师徒。行者一面吃他斋，一面变了个化身，直入寨后，打听消息。听喽啰们说："奉大王吩咐，待吃斋毕，举茶盂为号，叫我们一齐动手，把唐僧们捆倒，听大王发落。"行者听了，笑道："魔王原来假作谦恭，迎请我们要加杀害。我若不预作计较，怎生防御。"乃出寨中，悄向两个老道说知。老道笑道："行者师兄，你纵不说，我已久知，你计将何出？"行者道："二位师父武艺可精熟？若是武艺精熟，我们先把他寨中好器械取几件，杀出寨去，再作计较。"老道说："此计非万全之策，不如善化其心，使他改邪归正，乃为上计。"行者道："万一其心不化，邪意不改，怎么处？"老道说："那时再从你策。"行者依言。只见魔王奉敬唐僧师徒，斋供将毕，捧起茶盂道："列位圣僧，可饮这盂香茗。"

假唐僧方伸手去接，忽然寨内走出无数喽啰，执着绳索器械，一拥上前，要拿唐僧。只见堂中忽然红光闪烁，紫雾腾拥，卷出阶前。那光中现出四位金甲神人，状貌威猛，手执宝器，大喝："妖魔，休得无状！我等拥护圣僧，在此好好焚香，拜送圣僧过岭，饶你残生。"吓得喽啰往寨后逃避。那魔王一路烟飞走，不知去向。单单只剩了两个七情、六欲强人，双膝跪在阶前，只是磕头，有如捣蒜，乞哀求饶道："爷爷呀，我等无知下愚，不知圣僧道力，误犯威灵，情愿香幡送过岭去。只是恶因罪孽，望尊神赦宥。"神人道："你送僧过岭，只免得你目前罪孽。你从前掳掠行商恶因，却难解释。若要解释，须当拜求圣僧作一会功课。"两个强人唯唯答应，顷刻神人退散，红光紫雾潜消。只看见寨堂上，唐僧四人端装坐着。两个强人心惊胆战，面前不见了魔王，无的倚靠；前后又少了喽啰，失了威风。乃向堂前，哀求功课。假唐僧笑道："功课不难，在汝等须要觉悟。若不觉悟，功课何益？"两个强人只是磕头，愿求四位圣僧功课。毕竟是何功课，且听下回分解。

总批

　　三藏吃七情、六欲的斋饭，未免也动了贪痴。若非行者及老道神力，又被喽啰捆缚矣。饥渴害心，在圣僧亦不免如此。

　　六欲、七情，投托三尸做主。故须降了三尸，情欲都无着处。

第三十二回

化强人课诵心经　诱夜叉喊惊魔怪

　　假唐僧见七情、六欲两个哀求功课，乃把脸一抹，仍旧是两个老道者，乃叫孙悟空："你二位可到石室中，取了经担前去，随三藏师父赶路。我在此功课，度脱这二位大王恶因。"行者依言，与八戒出了寨门，却好遇着沙僧复来石室取经，三个相会，同到石桥道院。见了三藏，行者把老道化金甲神人，吓散魔王，与强人要功课缘故说出。三藏向西望空，合掌称谢。

　　却说两个老道与七情、六欲功课，哪里是诵经礼忏，却叫他焚起炉香。道者口中，一个一句，念的都是词话。说道：

　　　　"漫道人生为寄寓，犹如纷纷飞柳絮。

　　　　荣华落在锦囤中，不幸投入污泥处。

　　　　今喜花飞在岭头，出乎其类拔乎萃。

　　　　丰衣足食乐陶陶，百千万却难遭遇。

　　　　因何违法作强梁，不做忠良居孝悌。

　　　　士农工商尽可为，纲常伦理天爵贵。

　　　　舍此不事聚山林，掳掠伤人无惮忌。

　　　　损名坏节人道隳①，王法无私宁不畏。

　　　　怎如悔过恶因消，父母妻儿相共聚。

　　　　安分守己乐清平，宠辱无惊居福地。

　　　　山僧功课诵经文，老道与君说此义。"

老道说毕，见行者、八戒已去，乃辞别七情两个，回归石室，复了比丘、灵虚子。相计较离了高山，转路前行，伺候唐僧师徒前进。

　　这七情、六欲两个，烧了山寨，散了喽啰。下岭相议，进退两难。虽说是听了道者好言，散伙不做非为。但是势孤不能独立，一片盗心尤含糊不定。他两个进前退后，正往石桥上走过。只见松阴深处，道院堂中，隐隐

----

　　① 人道隳（huī）——指人的道德、名声已经被毁坏。

有人在内诵念经文。七情、六欲乃走入门内。原来是唐僧师徒在内收拾经文，要起行。一面三藏口内朗朗诵念经咒，见了他两人进院，惊怕起来道："徒弟们，不好了。强人又寻将来了。"行者与八戒却晓得是道者善化他的，乃向三藏道："师父，徒弟曾与你说过，这二位回心散伙，不复在岭为非。休得惊怕。"三藏道："徒弟，你话虽说，我却见貌察情，看这二位面上犹带狐疑之色，不平之容。只恐又似前假作谦恭。"八戒道："师父放心。我徒弟的禅杖，料不哄他也。"只见七情、六欲两个向三藏拜礼道："圣僧师父，向来都是我等罪过，今不必提起。只是方才两位道者说了一片好言语，怎教做功课。我等虽然回心，散了众伙，只是这功课不得明白，望圣僧明白教我。"三藏答道："二位要明白这功课，乃是我僧家修心忏悔道场，课诵经典，建立功德。"七情听了便问："圣僧，你课诵是何经典？"三藏道："这经典，那两个老道也曾闻他会诵，如何只说些词话？使二位改过意向还不定信，我小僧诵你听吧。"三藏乃合掌，把《心经》从头至尾朗诵一遍。只诵到无眼耳鼻舌身意，那六欲忽然大悟，双膝跪在地下道："圣僧老爷，我明白这功课了。家去做本分营业吧。"七情道："圣僧，我还不明白，求再功课一遍。"三藏又把经念起，方才说照见五缊①皆空。那七情也跪倒说："老爷，我也明白了，家去做个平等心肠人吧。"两个欣欣喜喜，出门而去。此时三藏方才安心定虑道："徒弟们，我想如来宝藏，度化众生，真实不差。只说这强人听了，便回心转意，不复生非。"行者道："师父，哪里是强人听了回心，乃是师父一念志诚，课诵宝经。暗地里自有神明保佑，不致与强人伤害，他自然不是远避，便是回心。"三藏道："徒弟，这事也只恐怕是侥幸遇着。"八戒道："师父，怎说是侥幸遇着？他回心远避，依我徒弟，还要他亲近奉承哩。"三藏道："悟能徒弟，我正喜他回心远避，你怎么说要他亲敬奉承。这等人，巴不得他远避才是。"八戒道："师父，你可惜了这两卷经咒。白念与他听，只落得他跪在地下，叫两声好，明白了。若是徒弟，遂要他不是斋饭，便是馍馍。不然好偏衫也奉承我一件。"行者道："呆子，挑着担，赶路吧。莫要想把真经哄斋饭吃。"八戒笑道："师哥，此院静悄悄，不见个僧道在内。想也是出外哄人的斋饭去了。

① 五缊（yùn）——即五蕴。佛教名词。指组成身体的五种东西：色蕴、受蕴、想蕴、行蕴、识蕴。

我们费了无限的心肠,脱离了蟒妖岭过来,这时节,把两卷真经哄得些斋饭充饥,何等样好。"

师徒正讲说打点经担挑出院门,只见一个头陀,生得相貌古怪,远从山南走到院里。看见三藏,乃整襟敛容,上前相见。三藏看那陀头,生得:

> 面如锅铁,貌似虬髯,额头高耸类番僧,两耳朵卷猹像猴子。留半发倒披金勒,开四明短褐布袍。手里拿着个蝇刷子左挥右拂,腰间系着个葫芦儿上尖下圆。看他模样怎了,发除烦恼,想是主意留须表丈夫。

陀头走入院门,见了三藏相貌非凡,乃上前施礼道:"老师父,何处降临? 我弟子因募缘在外,有失迎候。"三藏忙答礼道:"弟子大唐僧人,上灵山取得真经回国。路过贵院,偶借片时歇力。如今前行赶路,只是有扰贵院,礼却不当。"陀头道:"老师父,说哪里话。你我都是一会之人,便住几日,有何不可。只是小院荒芜窄隘,恐不便起居。"陀头一面说,一面就去看经担柜垛道:"老师父,这必是经典了。"三藏道:"正是。"那陀头方才看见行者、八戒、沙僧三个生的相貌跷蹊,乃向三藏问道:"这三位从何来,想必是西域雇觅前来挑押经文的么? 大唐中国,料无这般稀奇人物。"三藏道:"此皆小僧弟子,生来这般相貌。"八戒听得,乃说道:"院主,你莫要轻觑了我们。若是要招女婿,我三个第一要让我知疼着热,倒是个风流佳婿。不敢欺瞒,当年来时,也曾在高老儿庄上,做过新郎。若是要拿妖捉怪,却让我这大师兄,他是个妖精王。便是这师弟,也有八九分手段。"

陀头一听了个拿妖捉怪,便扯着行者道:"我不知是老师父高徒,且请堂上坐。待我备一顿素斋奉款。"行者道:"我师弟子,取扰上院,已不当了。怎敢又扰斋。"八戒道:"降魔化盗,费了无限心力。正也用得些斋。叫着走千家,不如坐一家。我弟子原老实,便一客不犯二主吧。"这呆子先走上堂中,把三藏也扯着,叫:"师父老实坐着罢,莫要佯推。走到前途,又叫我去化斋。"三藏依言,便坐下。陀头乃开了后屋卧室,取出些米面素食,烧起锅灶。三藏见陀头自己一个当灶,乃叫徒弟相帮。八戒忙去烧锅,沙僧忙去取水,行者也洗碗抹碟,顷刻收拾了许多斋食。三藏师徒与陀头当席受用。这陀头方才问道:"高徒说拿妖捉怪,且问我这院西,蟒妖岭那蟒神庙,师父们如何过来? 这岭上有聚伙的两个强人,绰号叫七情、六欲大王，倚靠着一个魔王，往来客商没行李的，便要许愿还金过岭。若是有货物行李，都远转三五百里地方，受他磨折。既是师父们有手段，何不剿灭了他与地方造福。"三藏听了，便答道："弟子们过此岭，也不容易。"乃把前情尽说与陀头知道。

陀头一面啧啧夸奖行者们神通，一面又点头说道："只恐，只恐。"行者便问道："院主，你点头说只恐，只恐，却是什么只恐？"陀头道："依老师父说，三位神通本事，过了蟒妖岭来。你却不知过此岭向东，闻知先年是八百里火焰山，无春无夏，四季皆热，寸草不生。后来被神人熄灭了火焰，得转清凉，人民安靖。只不该熄灭太过，风雨经年，山径都长出松柏，树木成阴，黑暗暗的地方，改叫做黯黮林。这林联结八百里，约有十余处。近来有几个妖怪盘踞在林。这些妖怪，神通广大，能囫囵吞人。莫说人，便是牛马，一口能吞两三个。他更恼的是僧人，说僧人与他结有世仇。我方才听得师父们会拿妖捉怪，我说只恐者，只恐强中更有强中手。若是师父们强，能除了妖怪，这地方造化，平安过山。若是妖怪本事高强，只恐师父们有些难过。"行者听了，笑嘻嘻道："我老孙无心说个谎儿，骗那魔王说有黯黮林大大王，等候要捉唐僧报仇。今果有个黯黮林，若是有个妖精，便应了我无心之语。"八戒听得行者之话，乃说："猴头，什么无心之语，分明是你来来往往打筋头熟游之路，听人说得在心。且看你怎生答应这院主。"

行者乃向陀头道："师父，这妖怪有多少？"陀头说："一处林中，都有一个。"行者说："这妖都叫做甚名？"陀头说："到一处，自然有名。"行者说："据师父讲，树木成阴，黑暗暗的，过往路人怎么行走？"陀头道："有紧急事的，转八百里山岭，往远方走。若是平常的，只走得一处，须是待日午后。我这里人聚着，等一个老祖的童子来，捧着一件宝贝，这宝贝名叫做返照珠，童子便唤做返照童子，他捧着宝珠，这林中方知是白日。妖怪乃藏隐，行路的方才安心。却也不常到，三五日、半月方来。若是没有童子宝珠照耀，哪里敢走。"行者又问："这老祖何名，住在何处地方？"陀头道："我弟子也不曾到，只听得人说，离此地方几千余里有座灵山。山中有位回光老祖，宝贝是他的。"行者听了笑道："老师父，话说不虚。这事都是我弟子当年来时做下的。如今且请老师父上院住下，待我们先查看了黯黮林有几十处妖怪，有多少名，再去借那老祖的宝珠前来照路。"陀头道：

"师父们说的忒容易,只恐查看林妖,再到灵山借宝,那童子却来过几十次也。"行者道:"不消,不消。"陀头道:"师父问我,'只恐只恐'是何说;如今我也问你,'不消不消'是怎讲?"行者道:"我弟子查看了,到灵山不消一个时刻。"陀头笑道:"出家人打诳语。"行者道:"不打诳语。师父们坐了,我去查看来了。"说罢,一个筋斗,从堂前不见踪迹。陀头乃合掌道:"菩萨原来相貌稀奇,神通广大。地方人民有幸,得遇圣僧来除妖灭怪也。"

却说行者一筋斗,打到岭西住脚。走了里路,渐渐黑暗。却有一村落人家,店肆也有。来往客商,聚着许多。行者走上前去,把脸一抹,变了一个行路客人。只见店主人叫道:"客人,你还往哪里走,且住下。待返照宝珠来时,大家前走。"行者依言立住脚,问道:"宝珠几时来?"众人道:"来时方知,定不得时日。"行者故意道:"天尚早,路且看的见,走几里是几里,如何住下?"众人笑道:"你这痴客是不知。再走几里,便是黯黮林头。没住处,叫做前不巴村,后不巴店,伸手不见掌,对面不见人。如何行得?"行者听了,哪里信他,往前便走。那店中走过一人来,扯着行者道:"你这痴子,是从不曾走过这路的,也不问个头。向来俗语说的,要知山下路,便问去来人。莫要前去,有甚要紧?"行者笑道:"你这店主人,是贪图我老早住下,要吃你的茶饭,讨几个夜歇房钱,不肯放我前去。"店主人啐了一口道:"好意留你,莫要坑了你这条性命。你好不知事,反把这样话说。"行者故意笑道:"走一条黑路,难道没个星月、天光影儿,怎么坑了性命?"众人又说道:"谅你这个瘦小身躯,不够那阴沉魔王吞哩。"行者听了一个阴沉魔王,便知是陀头说的,到一处自然有名。他挣着要走,那店主人哪里肯放手。行者就弄个神通,使个拿法,把店主手一把拿倒,叫做顺手牵羊。岂知那店主会拳棒,见行者手拿有法,便也支吾起来。行者一心只在要寻事妖怪,"忽喇"一声,只剩了件假变的破布衣,被店主扯着。众人惊异道:"又不知是什么妖怪。"个个往店内躲避,人家听了闭门掩户。

却说行者挣脱店主手扯,往前越走越黑,渐渐阴霾①,哪里看见得路径。只听得的松风声似吼,怪气呛如烟。行者当不得那毒烟呛鼻,乃想

① 阴霾(mái)——指天气阴沉、混浊。

道："这宗买卖，却做不着。进前不见路头，退后又不知来历。打个筋斗走路，又损了名。说不得闯个祸，惹那阴沉魔王，看他怎么个妖怪。"乃黑洞洞的，大叫："阴沉妖怪，休要躲避着在林深处。趁早备火把，点灯笼，照路径，送外公。"叫一回，骂一回。忽然见松树林中，一道亮光，直射到行者眼里。行者看那亮光：

宛似荒郊磷火，又如高炬于陬①。光辉远远射双眸，此时乌黑暗，方见树林丘。

那一道亮光，远远直射到行者眼来。行者在那光中看去，却是一个小鬼头子，渐渐走近前来。见了行者道："希逢希逢。"一手来扯着行者道："大王正渴慕渴慕。"行者忖道："又不知是什么希逢渴慕，也要似只恐只恐，问他个明白。"乃把手也扯着他问道："你这小鬼头子，什么希逢，渴慕？我不明白你话。可老实说来。"这小鬼头子说道："我本是阴沉大王麾下巡林夜叉。你如何叫我做小鬼头子？"行者便随口答应："我称呼你小鬼头子，是奉承、尊重、抬举你。若是叫你做巡林夜叉，便是轻薄你。"夜叉道："怎么奉承？"行者道："小鬼头子，乃是奉承。若添上可恶二字，便是抬举你。再添上惫懒二字，便是尊重你。若是叫你巡林夜叉，这便是你的官差役名。你大王方才叫得，我若叫出，可不是轻薄你。"夜叉大喜道："世间哪个不好奉承，况你抬举、尊重我，便劳你尊重称呼吧。"行者道："我称呼你，却要远远答应，方不辜负了我好意思。"夜叉听了，便丢了手，远远走去。行者乃大叫："惫懒可恶小鬼头子。"那夜叉忙忙答应道："多谢尊重、抬举、奉承了。"行者连声大喊，那夜叉声声大应，却不防惊动妖魔。妖魔听见，忙唤麾下小妖。却是何说，且听下回分解 。

总批

真经换饭吃，不独僧家。曾闻一老讲学肉食毕，以纸裹其余者。某老问之，答曰："归家遗与小孙吃。"一老曰："老先生满腔子是恻隐之心。"闻者绝倒。

"惫懒可恶小鬼头子"，此八字，度人经也。好奉承的看样。

---

① 陬（zōu）——指山脚。

第三十三回

阴沉魔误吞行者　猪八戒辜负腾云

　　灵山路上，那有黯黯林头。方寸地中，不无阴霾孽垢。这孽垢原来未有，要消除须是潜修。潜修何处去搜求，回光返照把暗昧平收。勿自欺，勿自宥。莫思邪，休有漏，任他幽襟两遮眸。我慧光一彻，日明如白昼。

　　却说这阴沉魔王那里是山精水怪。都是那深林密树，阴气幽氛，凝结不散，聚成怪异。却好遇着十余种妖魔，倚草附木，气作五里云，口喷千尺雾。白昼弥漫，不见天日。也是行客善信有缘，得这返照童子时来引道。这妖魔唤做阴沉魔王，乃是个老牸牛成了精气，变化在这林间。这牛牸①成精，却有些来历。当初原是白起之党，坑杀兵士，死后地狱罚他变牛。正该惊省从来，以求超脱。他不自知过，仍在世啮草饮水。不知青草根下，蝼蚁聚居；溪涧水中，虫蛭游衍。被他伤害万万千千，愈加堕落，无可解脱。一日，遇着回光老祖道过这林。他却喷出黑雾，遮了阳光。老祖叫返照童子放出珠光，当时就要剿灭了他。只因老祖慈悲，欲使他自悔觉悟，留与后来信道的度脱他。他因弄妖作怪，黑时迷人，地方防范，黑暗时并无一人行走。所以夜叉见了行者说"希逢，大王正渴慕。"

　　这妖魔吞人，借人气便吞形。正在洞中思想个途人吞吃。忽听得喊声，乃叫魔下小妖："是哪里喊声甚大？"小妖忙出洞，随声前来。只见巡林夜叉，在那里应声拱手，向着一个毛头毛脸猴子像的和尚讲话。小妖喝道："夜叉，你见了途人，如何不扯去见大王；却在此与他讲话，且声叫声应。如今惊了大王，叫我查看。"夜叉答道："我们在这林中迷人，虽说今日希逢，却也不曾见这个人会奉承、抬举、尊重我。我在此，被他称呼的尊重、奉承的快活，故此他不觉的大喊，我不觉的大应，惊动大王，只得扯他去与大王发落。"小妖道："他如何称呼尊重你？"夜叉道："他称我做惫懒可恶小鬼头子。"小妖道："真真尊重你这许多字眼，不说官衔，比阴沉大

---

　　① 　牛牸(zì)——指雌性的牛。

王四字还多哩。且问途人,你可有甚称呼奉承我,我却不要多字费唇舌。"行者道:"有奉承称呼,只两个字儿,叫你做瘟奴吧。"小妖道:"我不知瘟奴二字何义,怎便叫奉承?"行者道:"瘟者,标也。奴者,致也。奉承你标致之义。"小妖大喜,也叫行者多称呼几声,行者也连叫几声。

却不防妖魔见小妖久不回报,亲自走出洞来。他见了行者高喉大嗓,借的行者声气一吸,把个行者吸在魔王肚里。行者被他吸入肚里,黑洞洞的那臭气难闻。自己知是妖魔吸入肚里,笑道:"这妖魔也不访访,孙外公是积年要妖精吞了在肚里,踢飞脚,竖蜻蜓,打个三进三出的。"他用力把手脚左支右吾,开五路,闯西平,哪里动得妖魔分毫。只听得妖魔叫小妖:"把夜叉拿进洞来!"叫他跪着,骂道:"你这惫懒瘟奴可恶,怎么扯倒途人,不拿进来见我,却私自与他叙甚闲言冷语?"夜叉道:"不敢,怎当大王抬举。只因见了这个人生的古怪,说的跷蹊,不觉的被他奉承了两句,便不曾扯来大王前发落。如今既被大王吞吸在肚,料自成糟粕,以遂大王渴慕之私。"魔王道:"正是我只因久未吞人,方才见了,便吸入肚内。但不曾审问这个人来历,看他模样,觉吞在肚中,有些不甚舒畅。你且把这个人说来我听。"夜叉乃说道:

"此人自西至,五短小身材。

弤眉凹眼角,尖嘴又缩腮。

毛头毛手脚,瘦骨瘦筋骸。

额上金箍勒,足下草棕鞋。

像个小和尚,不是出娘胎。

皮里包枯骨,多年吃长斋。

大王吞下肚,臭气让他捱。"

行者在妖魔腹中,黑洞洞的眼虽看不见,耳却听得真。他听着夜叉说,随口儿也续四句道:"妖魔精晦气,老孙可是呆。弄起我武艺,叫你哭哀哉。"魔王听得肚里讲话,说出老孙来,道:"罢了,罢了。惹了孙行者来也。"小妖道:"大王,哪个孙行者?"魔王道:"你们不知,孙行者是保护唐僧上灵山取经的。他的名头,说起来老大。专一会钻入我等腹中,支手舞脚,受他亏苦。都是你这夜叉可恶,不前来禀我,以致造次吸了他。如今只得求告他出来,有何话说,明白讲来。古语说的,明人不做暗事。"行者在肚里笑道:"妖怪你好个不做暗事,叫我如今摸门子不着。只得在这黑洞洞臭污处,东撞西闯,好歹闯出个窟窿来,才见天日。"行者一面说,一面撞。妖魔肚内却也宽大,行者见撞不出个头项,乃把身一躬,又一伸,就有几丈长。

那魔王当不起行者这撑肠杵肚,乃叫道:"行者老师父,我放你出来罢。你想是随唐僧取了经回,要过这黯黢林。何不早来见教,我这里明白放条大路,让你师徒过去。却来此与我夜叉磕牙,我一时失检点,不审个来历,误吞了师父下肚。望你慈悲,饶我罪过。"行者道:"你既知过,我也不计较你。若是我当年来的心性,定要送你的残喘。你只说这地方有多少黯黢林;似你这妖魔,有多少,都有什么神通?"阴沉魔王道:"孙师父,我这林原来明朗。只为人心暗昧,故有此种种幽阴。我如今说有,只恐圣僧经过,又显然实无。我如今说无,只恐途人指说为有。师父你过一处,自知一处。只要你本心无昧,自然道途无暗。"行者听了道:"你说的甚有理,我也不备细问你了。只是你从今远去,莫要在这路中作黑瘴,漫空坑害途人。"魔王道:"我自知恶孽作造久深,巴不得圣僧到来度脱。只望师父出离我腹,你去请了唐僧师父来过此林。我当显明大道,让你前去。"行者听了道:"你张开口,我出来。"魔王道:"我张口了。"行者"嘤"的一声,如虫儿飞出。顷刻哪见个魔王,依旧黑洞洞的不辨早晚。

行者进前不敢,只得退回几步。略见些路影,乃随路影走回。渐渐明亮,依旧走到村落店家门首。只见众人等宝珠的,又聚在店门。行者把脸又一抹,另变了个小和尚,故意走向店主面前化斋说:"小和尚也是等宝珠走路的,久等宝珠不来,腹中饥饿,望店主化一斋充饥。"店主道:"你这小和尚,走这十数处黑林,不知耽延多少时日,怎不备些盘费走路?乞化人斋,哪有许多供你。"行者道:"列位善人,你们若是化我小和尚一顿饱斋,我便替你请了返照童子来。"众人笑道:"这骗斋和尚,你若能远请的童子来,不等的腹饿了。"行者被众人这句话,便动了个好胜心。一则也是要这宝珠照那黑暗道路,好行;又是要在众人面前,显个神通。只这好胜机心,便碍了他平日本事。乃向店主众人说:"列位们,肯化我一斋。我和尚也不吃你的,把斋放在店主案台上,待我请了童子,或借得宝珠来,方才吃你斋。"众人笑道:"这疯和尚说癫话。若是等你到童子处去来,多则一年,少则半载。还不知可请得来。"行者道:"莫要闲讲,我去请童子宝贝去也。""忽喇"一声,杳无形迹。众人见了道:"爷爷呀,原来这小和尚是个神人。"按下不提。

　　且说行者一个筋斗，打到灵山，四下里找寻回光老祖、返照童子。只见一个优婆塞说道："你是前番在此取经的孙行者，何故又复转来？"行者把寻回光老祖话说出。优婆塞道："回光老祖在玉神观与复元道者讲道，童子也随在身边。"行者听了，遂走到观前来。但见：

　　　　仙境清幽，立宫华饰。丛林古柏色苍苍，绕径乔松清秀秀。山门
　　里仙鹤和鸣，宝殿内炉香烟袅。出入仙童多采药，往来道众尽释伽。
　　只听得钟鼓铿锵风远送，真个是天堂福地景偏奇。

行者走入山门，上得正殿。只见两个童子执着茶钟问道："来的长老，寻哪个？"行者道："出家人遇缘随喜，何必问寻哪个。"那童问了一声，径往殿后去了。行者忖道："这童子执着两个茶钟，定是观主与老祖讲道。"乃跟入后殿。那童子复出来，止着行者道："长老，不得轻自进内。我老祖说要取宝贝的，必须志诚恭敬，不然，便是老实来取，还可与去。若是来请我童子，也要这一般。若非志诚恭敬老实，一概不与。"行者道："你老祖在哪里？我要面见。且问你可是返照童子？"童子道："老祖到如来殿上去了，返照童子执着宝贝，去引途人道路过林去也。"

　　行者听得宝贝已被返照童子执去，老祖又不在后殿，思量要到店内吃斋，不敢迟留，乃一个筋斗打到店家门首。那店主众人正在那案台上摆小菜，见了行者，忽然立前，乃齐扯着道："神僧老爷，取了宝贝来么？"行者说："宝贝说是童子自执着来也。"众人笑道："我说你是骗斋吃的。我们方才摆列小菜，你便去了灵山来，有如此之速？"店主说："也不管他迟速，只问他宝贝在哪里，分明是撞影影壁，巧儿诈冒斋饭。"行者见他齐齐不信，讥讪①他，就动了无明火起。只这无明，越生暗昧。他也不吃那案上斋饭，乃拔下几根毛，变了几个饿鸡猫，把那斋饭乱抢乱打。碗盏家伙都打在地下。

　　店主众人只顾赶猫，行者乃脱了身，走回院来。见三藏与陀头坐在堂上，眼巴巴望着行者回信。三藏一见了行者，便问："悟空，你查看的实了，果然黯黮林在几十处，妖怪多少？老祖的宝贝可曾去借？"行者道："都查明了来，只是那宝贝儿，这老祖不肯借也罢，又被那童了骗哄了，把

---

　　① 讥讪（jīshàn）——毁谤、讥笑。

一顿好斋不得吃,怎生消这仇恨。必要再往灵山寻着回光,扯了返照,来夺他宝贝,出这口气着。”三藏乃问道:“一个老祖的童子,如何骗哄你?”行者乃把他传出老祖之言,“取宝贝的,必须志诚恭敬老实,方才与宝”,这一席话说出。三藏道:“徒弟,这分明说你使机心,不与你宝贝。如今要过黯黯林,说不得再去借宝贝。”

八戒听了行者说一顿好斋,便道:“师父,那老祖说,必须志诚老实,方与宝贝。我弟子原说老实,待我去取吧。”三藏说道:“路甚远,悟空有筋斗可去。你若去,往返不费工夫了? 那童子只恐来了。”八戒道:“师父放心,徒弟也会聚云驾雾,多不过半日,少只消一时。”三藏道:“既然如此,快去快来,我正此专等。”八戒走下堂来,腾空直上如飞,向东前去。行者见了道:“师弟,取宝贝向西去。”八戒道:“店家的斋饭,却在东。”行者道:“呆子,斋饭被黧猫打掉家伙了,且往西取宝贝要紧。”八戒方转回云头道:“早知黧猫打泼了斋饭碗,辜负我腾云也,不揽这宗买卖。”

八戒咕咕哝哝方才走了半路,只见一个童子乘云而来。八戒见了,便问道:“来的莫非返照童子么?”童子道:“正是。你可是老实心肠那猪八戒么?”八戒笑道:“童子,你如何知道?”童子道:“我老祖说你不老实,难取宝贝。叫我迎来回你,莫要费工夫,枉徒劳作,速去叫志诚恭敬前来取宝贝。”八戒道:“我是有名的老实心,佛爷也把真经与我取。你老祖怎说我不老实?”童子笑道:“你想吃斋饭,便是贪心;孙行者叫你转西来,你生报怨,便是嗔心;指望取了宝贝,还要去吃斋,便是痴心:如何叫做老实?速速回去。”童子说罢,乘云而回。八戒也把云头转回道:“去也没用,不如回院叫志诚的师父,恭敬的沙僧,去取吧。”毕竟可取得来,且听下回分解。

总批

只为人心暗昧,造此种种根因。故知人人有个黯黯林。不急寻返照童子,徒使机变钻入阴沉魔王肚中,几时得出头也。

只这无明,越生暗昧。世人说伶说俐,大半是饿黧猫伎俩耳。

第三十四回

比丘直说语沙僧　三藏闻言怨弟子

话表三藏,眼巴巴望着八戒取宝贝来过黯黚林。只见八戒从空里落下云头,嘴骨嘟着,咕咕哝哝道:"扁担挑水,两头空。"行者道:"呆子,这是怎么说?"八戒道:"都是你这弼马瘟魔钝人,好好向东吃饱了斋去取宝贝,多少顺溜。平白地叫回转向西,斋又不得吃,宝贝又不与,可不是两头空。如今那老祖要志诚恭敬去取,方才肯与。我想师父志诚有素,沙僧恭敬出名,你两个着一个去取吧。"三藏听了八戒之言,乃道:"我去取吧。"沙僧道:"待徒弟去取。"三藏道:"你取不如我取。本一点志诚心去吧。"沙僧道:"便是徒弟的恭敬,与师父志诚也差不多。语云:有事弟子服其劳。还是徒弟去。"三藏道:"悟净,你既要去,速去速来。"沙僧依言,也下堂阶,乘云起在半空,要往回光老祖处取宝贝。

却说比丘僧到彼与灵虚子,变道者保护了真经。他两个转道前进,也来到黯黚林西村店住下,探听唐僧师徒如何过这黑林。他两个在那街坊来来往往闲步,众人也只当等候返照童子来的。

却说沙僧乘云到空中,停住云头忖道:"我如今不曾见怎个黯黚林,什么妖怪,便去取宝贝。若是仗我这禅杖,打走了妖怪,明嗔了路径,走得前去,也免得又上灵山求什么老祖,借什么宝贝。"沙僧只动了这个心肠,那云头便转回,直到林西,正遇着比丘、灵虚两个坐在林西头树下。仰面见沙僧腾云在空,却认得,便叫:"沙师兄,何处去,不随着师父护经?"沙僧忙落下云来,上前稽首道:"二位师父,弟子眼熟,却似在灵山会过面的。"比丘答道:"正是,正是。不然我如何认得你。"沙僧便问道:"二位师父何处去? 却是过东去,还是往西来? 这黑洞洞的阴林,如何行去?"比丘僧答道:"正是。我等欲往东行,闻知地方来往行人俱聚在此,等返照童子宝珠;也只得随众在此。"沙僧道:"二位师父,知道这林有个妖怪么?"比丘僧道:"不知。"沙僧道:"闻说这妖怪名唤阴沉魔王,神通广大,能吸气吞人。我弟子欲要仗此禅杖,打灭了他,与地方除害,好让我等前行。"比丘僧听了道："师父意念却好，你们还有孙行者、猪八戒，不与他协力共事，独自一个出来，万一妖魔厉害，你却怎敌？"沙僧道："我原是禀明师父，往灵山借宝贝照林。因先探个光景，以便前去。"比丘道："便是借宝贝，行者、八戒如何不去？"沙僧便把要忘诚茶敬的一篇话说出。比丘僧听了道："师兄差矣。既是老祖说要恭敬，你禀明师父，只该一心径往灵山寻取老祖借宝。如何又在此处？不恭不敬，莫大如此。此去徒然，料老祖决不与你。"沙僧听了比丘之言，汗颜悚息道："师父说的是。如今怎生为计？"灵虚子笑道："怎生为计，便入邪踪。"

三个正讲，忽然半空中彩云缥缈，曙色光辉。沙僧抬头一看，只见一个童子，飞空而下。沙僧见那童子：

> 双面挽乌云，两肩披短发。
>
> 眉目更清奇，容颜多喜洽。
>
> 清风鹤服飘，玉露芒鞋踏。
>
> 胸前挂宝珠，端是神仙侠。

那童子见了比丘僧等，按落云头道："师父们坐在此，想是要过这黯黪林，等宝贝照曜么？我老祖说来，唐僧未来之前，此处大发三昧之火。他师弟既能扑灭，而今取得真经回去，见此九幽之地，他师弟岂难发一光明。彼自有宝，何须借此。便是那阴沉魔王，吾老祖不行剿灭者，乃慈悲方便，正留与他师弟子仗此真经效灵也。"童子说罢，腾空就起。沙僧忙叫道："留下宝贝。"比丘僧道："沙僧，你岂不知：他说彼自有宝，何须借取。你当把此言回复唐师父。"

沙僧依言，辞了比丘僧、灵虚子，回到院中。把童子之言，说与三藏。三藏道："谁叫你不一心敬取宝珠，却打个翻转？这分明又是老祖化现，阻你去路。"行者道："师父，那童子传老祖之言，说彼自有宝。这分明说我们各自有宝。又说妖魔留与我等真经效灵。如今只得信心前进，再作计较。"八戒道："什么计较，还是灭除妖魔，显白大道，然后挑担前进。莫要信着那童子之言，把经担去试那妖魔。万一童子就是妖魔假变来诱，可不送上他门。"三藏道："悟空，这计较，悟能也说的是。"行者道："师父，若是不信童子之言，只恐宝珠不借，童子又不来，苦了途人久等，我们何日东还去的？还是八戒道先灭了妖魔的是。"沙僧道："大师兄，你也休要执拗。何不就叫二兄做个开路先锋，我们接应在后。"行者道："这妖魔厉害，我已做过先锋，尝过他汤水。八戒师弟，依我莫要去惹他，还是依老祖传言，以真经度化他为上策。"八戒道："什么上策。你做过先锋，尝过他汤水。这汤水酸咸苦辣，便偏背了我，如今还拦阻，不让我尝些儿。"

八戒说罢，拿着禅杖道："师父，莫要信猴头，还依沙僧言语，等徒弟尝些汤水来也。"往院门外，向东飞走。路虽远，八戒到也有天马行空之术，神人缩地之能，顷刻到了林西头。只见比丘僧与灵虚子，依旧坐在树下。八戒上前施了一个诺道："二位师父，黯黯林尚在何处？"比丘僧笑道："八戒师兄，沙僧才去，你却自己又来作甚？"八戒听了一惊道："二位如何认的我，你莫不是黑林妖魔么？"比丘僧道："你认不得我，我却认得你。你如今想是寻事妖魔，这也是你应当开路，要保经。只是你一人如何去得？"八戒道："我赌气出来，你休得管我。"往前飞走。比丘僧见八戒急性前行，忙把菩提数珠子除下两枚道："八戒师兄，这两枚宝贝，可带在身边。若是妖魔厉害，急难中也用得着。"八戒接得在手，也不问个来历，往前走去。到了店市街中，店主众人立着。见了八戒丑恶，齐跑入屋道："妖怪来也。"八戒不顾，只是走。走到黑暗处，回头一望，哪里见来路。却把禅杖当做明杖，点着路，走了里多。摸着地下，都是荒草密菁。仰面不见天日，阴风飕飕，黑气漫漫。八戒此时方才慌惧道："不好了，便是遇着妖精，不过战斗，似这乌洞洞的，怎生过得？"

心内正焦，远远只见一道亮光射来，依旧是巡林夜叉来了。八戒曾听过行者说奉承夜叉八个字儿，他记得。便大叫道："来的可是惫懒可恶小鬼头子。"夜叉听得大怒起来道："我前被什么孙行者骂我，假说奉承尊重。你是何人，敢又来骂我。拿去见大王发落。"八戒道："我好意奉承你，如何说是骂你。便骂我，我也不怒。俗语说的好，骂的风吹过，打的下下疼。"夜叉道："便是我要骂你，却骂什么？"八戒道："我最恼人骂我老祖宗。"夜叉听了，便骂道："老祖宗！"八戒低低声答应，夜叉也低声叫"老祖宗。"八戒乃大声应道："小孙儿，叫怎的？"夜叉听了道："原来你这人骗我。"乃扯着八戒，往洞里去见魔王。八戒黑洞洞的擎出禅杖来打，就如瞎子使明杖，哪里打得着。夜叉把他扯到洞前，魔王正在洞外闲走。见夜叉扯了一个长嘴大耳猪头脸儿的个秃毛。他只道是个狐豸，一口便吞入肚内。八戒到得魔王肚内，那肮脏臭气难受，乃想起当年拱那稀屎洞也过了，不觉的笑将起来。在魔王肚中，念几句词话儿。他道：

"乌洞洞，黑洞洞，瞎摸四处没个空。

脏脏臭气又难闻，蚀食蛆虫齐闹哄。

昏沉沉，如睡梦，这个冤缠如何弄。

想我当年随唐僧，也曾拱过稀屎洞。

好妖魔，休要动，看我老猪寻个缝。

扯开禅杖耍四门，只恐老猪手力重。

往上钻，从下送，叫你身躯成破瓮。

妖魔纵是会腾挪，也要忍着些儿痛。"

魔王正把八戒吞吸在肚，若是平常人，便是大鱼吞虾儿一般，在肚消化。他却吞了八戒，这八戒身既离了五荤三厌，皈依了佛法僧三宝，自与常俗不同。况身边带有比丘菩提子，虽就妖魔是吞吸入腹，却原是那阴凝结聚的一种幽沉郁气，被八戒用禅杖左支右打，魔王忍痛不住。又听得腹内说念道出"老猪随唐僧"的话头，乃捶胸跌足起来道："罢了。起初错惹了孙行者，这会又误吞了猪八戒。这两个都是闯祸的祖宗，如今只得好意求他出来，再作计较。"乃叫道："八戒师父，我不知是你，误犯威严，吞吸下肚。前者误吞了孙行者，也承他容我改过，赔个小心饶恕出来，已许他开明大道，送你师徒东去。望你发个慈悲，出来吧。"

八戒在里道："眼又看不见，臭气又难闻。我也要出来，只是想着汤水一点儿也不曾尝着，怎肯白白的出去。少不得大大的打搅他一顿，方才出来。"这呆子说了，不见妖魔答应。使起性子，把禅杖只管乱打。那魔王忍痛不起，只得满口道："快备好汤水，多加香料。八戒师父比不得别人，馍馍点心，多蒸几百。"八戒只听了这一派话，飞跑出妖魔口。虽然出来，那黑洞洞的依旧看不见。魔王恨他在腹内狠打，乃掣出一根大棍，照八戒打来。八戒忙把禅杖乱打遮架，早被魔王痛打了几棍，疼痛难当。懊悔不听行者之言。思量要退回旧路，又黑暗不见路头。忽然想起比丘僧与的菩提子，说急难可用。乃在腰间取出那两枚菩提子，就如灯笼火把，照着旧路。八戒方才走回西路，到得林树下，两个比丘、灵虚尚在。八戒备细说出，还了菩提，稽手深谢。方才问二位师父姓名，比丘僧道："出家人何消问姓通名，便是说出，你师徒也相熟识。"八戒道："二位师父，看起这菩提子，方才照着路，倒也明白。何必求那返照宝贝，便是借几枚菩提子光，照着我师徒经担过这林去也好。"比丘僧道："此光犹小，不如智光为大。你当与师父大彻智光，自然过去。"八戒谢教，辞了比丘回到院来，把一席话说出。三藏心疑道："徒弟们，依妖魔求你们出肚之言，似欲要我们脱度他。只恐又似那七情、六欲假做谦恭，骗哄我等。"行者道："师父，谅这妖魔神通本事，也只会弄黑暗吞人。便是吞了我徒弟们，也不成内伤，还要叫他倒吐。大着度量，放开胆子前去。老祖说我们各自有宝，或者就是我们大家担的宝经，也未可知。"陀头道："这位小师父说的也是。"三藏只得依着行者，辞谢陀头。师徒四人，挑押经柜马垛，往正道上走来。三藏两足虽行，一心却愁。这正是；

欲超黯黮登明觉，先涤虚灵净孽根。

却说三藏师徒四人和马五口，走到这村落西头。只见人家天晚，各各闭户关门。唯有一二家门前挂着灯笼，上写着"安歇客商"。三藏道："徒弟们，天色已晚，我们到这店中安歇了，明日再行。"店主听得三藏要住，他却忙把灯笼吹灭，便去关门。沙僧忙闯入门内，那店小二道："爷爷呀，早上那弄神通的和尚们又来了。"行者道："早上弄神通，不是我们。"店小二道："早上还是个骗斋，打破了家伙的小和尚。如今却是几个丑恶相貌长老，休要惹他吧，宁少赚他几贯钞。"便来推辞沙僧。三藏只得走进门道："店主人，我们是中国僧人，取经回东土的。我这几个徒弟，相貌虽恶，人却善良。"店小二看见行者、八戒进门，越发慌惧。只见屋内走出个老婆子来。见了三藏一貌端庄，又听见说是中国僧人，乃叫店小二："莫要推辞，容这师父们安歇吧。"店小二方才开了中堂，行者们挑进经担住下。

吃了晚饭，店主婆子走入中堂问道："师父们，因何到此时夜晚方来？早两个时辰也同着众人过黯黮林去了。"三藏听得，便问道："婆婆，我闻过这林，要等童子的宝贝珠来，方敢过去。"婆婆道："午后童子过去了，我这街坊店市，聚积了许多人，便也有两个僧道同伴都过去。师父来迟了。"八戒道："店主婆，你说谎。早时我到此访探，人多聚等，何尝有童子到来。"店婆道："正是，那两个僧道也说：可惜后边来的长老，空走一番，不遇这巧。"三藏道："明日童子料必又来。"婆子说："哪里定得？三五日也未可知。"

三藏听得，便埋怨行者、八戒道："你两个查看何事，倒惹动妖魔吞吸一番，却不如随众聚守过去。"婆子道："师父也不必怪你徒弟。众人都是没有行囊,空身前去。你们有这些柜担,只该转路东去。虽说远转千里,也强似此处耽延,还要受妖魔厉害。"三藏道:"正是,正是。"行者道:"师父放心。我们当年来时,师父尚在凡体,遭过八十一难,遇着无限恶妖,徒弟们也保护来了。如今师父已证正果,不是凡身,怕甚凶危妖怪。只是师父本一志诚,不作邪妄。若似徒弟使个机变,弄些法术,何愁这道途难走,经卷不去。"三藏道:"悟空,只因你机心种种,造出这种种根因。叫我也堕此不了之孽。"八戒道:"师父,他是他,你是你,有何牵连?"三藏道:"悟能,你越发不明白。师弟本是一气,况取经同一心情,岂有不相干系之理。"八戒笑道:"正是,正是。"却是何说,且听下回分解。

总批

　　行者三人,神通极矣,不如一返照童子。且道返照童子是什么人?只是自己一点元明耳。唯诚生明,故须老实恭敬,才可取得。

　　放着自己真经不求,却去求童子,便不知"返照"二字之解。然真经亦非钻故纸也,知道么?

第三十五回

日月宝光开黯黮　庄严相貌动真诚

父母同一气，弟兄共脉流。

师徒何不异？只为道相谋。

话说八戒道："正是，正是。"行者说："呆子，你也晓得什么'正事'。"八戒道："只因你机变存心，不独师父被你惹出妖精连累，连我师弟们都也惹得不干净。"三藏道："悟能，也不必怨悟空，只是大家努力上前，务要把阴沉魔王化为光明善知识；把这黯黮林转为朗耀路，与途人方便，也不枉了我师徒过此一番。"师徒讲说了，收拾过了一宿。次早辞那店婆，往大路前进。婆子道："师父们，我苦口劝你，莫要前去，且等待那童子宝贝来。你看邻店，又聚着途人。况你们有包担行囊，何苦执迷，担着利害？"行者道："婆婆你休要管吧，我师徒不怕什么妖怪。打灭了妖怪，包你道路就明亮。"婆子道："爷爷呀，巴不得与来往方便，只恐你们打不灭妖怪。"行者道："不敢夸嘴，你但听东来的途人说信。"

行者说罢，挑着经担出店。八戒、沙僧随后，三藏押着马垛。你看他师徒往东前走，那街市人，也有说店婆何故不留他的，也有看着三藏们，说大胆和尚们不知利害，也有好胜的，随着三藏们走来，看和尚冒险的。那里知三藏端正了念头，口里念着佛号，又传与徒弟们，个个也都咕咕哝哝，念着梵语。只见到得密树深林，渐渐昏黑。那随来看的人，都道："长老们，退回吧。昏黑渐渐添来，不当玩耍。"三藏哪里听他，乃高声大念"日月宝光菩萨"，行者们三人一齐念和。只见狂风陡然刮起，把林中黑雾卷开，树叶乱落如雨，那昏黑渐渐明亮起来。跟来看的，都立住脚叫："好狂风！"怎见得，但见：

满林树叶尽皆飘，大地乌云一霎消。

走石飞砂迷道路，翻涛卷浪覆舟笮①

---

①　舟笮（dāo，音刀）——指小船，形似刀。

渔翁收网难垂钓,樵子停斤不去挑。

走兽飞禽皆躲避,眼前扫荡怪魔妖。

三藏与徒弟们见风狂大,只得躲在背风树下。但见天色渐渐复明,那密林树叶刮尽,当空现出太阳,幽暗之处,无微不照,顷刻风息。那跟来看的,都说道:"怪异。怎么和尚们手段高,把个黯黮黑林,被风刮得光亮,见了天日。"也有顺路跟着过林;也有赞叹回店报与村人,信实的照旧走来。

三藏师徒挑着经担,喜喜欢欢。只是口不住地念着"光明如来"。正才走了二三十里,明白大路,忽然阴云复合,黑气又蒙。三藏道:"悟空,想是黯黮林过了,又是什么林接连来了。"行者道:"师父,且歇下。待徒弟去查看。"方才歇下担子,只见那阴云黑气,不似前边黑洞洞不见形影,却看见黑气中,一个妖魔带领数十小妖,拦着大路,跪倒大叫:"圣僧,可怜我等生前不自知恶,造此阴沉罪孽,受诸苦恼。不是两次误吞了圣僧,怎知大众取了宝经东回。万劫难逢,伏望大展祥光,使得超脱。"三藏见了道:"悟空,原来这黯黮林是这种根因。我们出家心肠,专为超度有情。他既自知悔过,待我忏明了他吧。"行者道:"师父,他这样无定准的,可恨,可恨。我不是当年来的心性,一顿金箍棒打,教他个无影无踪。"八戒道:"我那九齿耙儿也不弱,原来前头是你这妖精吞了我,受你多少肮脏臭气。还被你见教了两棍儿,这恨怎消。师父,莫要听信他,与他忏悔甚的。"三藏道:"徒弟,我与他忏明,岂专为他。乃是:

为世子明心地,为我保护真经。为道途明朗便人行,为妖魔把阴沉荡定。"

三藏只说了这几句,只见那马驮的柜担上,现出五色祥光。行者们的担包,也腾腾起金光万道。半空中"忽喇"一声,那妖魔不知去向。但见:

红日一轮天上现,和风四壁吹人面。

满林树木绿阴阴,水色山光真可美。

妖魔受了三藏几言解悟,真经光彩把他黑昧消磨,超脱了去。途人个个惊异赞叹,莫不称扬圣僧功德。方才坦行百里多途,只见又是一村。人家店肆,却也一般聚集。三藏腹中叫饥,令沙僧上前向人家化斋。沙僧依言,走到一个人家,见一个老官儿坐在竹篱内。见了沙僧问道:"长老,是哪里来的? 想是起得早,不曾洗面。不然定是来路远,遇着风刮起尘灰,把你面污了。怎么这样灰尘白土的,一个晦气脸。"沙僧道:"老官人,你不知小僧是出娘胎胞,生来的这个嘴脸,不是贵地生的这等标致。我小僧还好些,若是我两个师兄,更不耐看。望老官便斋乞化一餐。"老官说："斋不打紧,你既有师兄叫做不耐看,且请他来,待我一看是怎个不耐看。"沙僧道："这老官儿是个不舍斋,说诨话的。我去叫行者、八戒来化他。"乃走回向三藏说："师父,前边人家,竹篱里坐着个老官儿。徒弟向他化斋,他说斋不打紧,却把徒弟相了一番面。要看看行者、八戒,方才化斋。"三藏道："徒弟,这分明是嫌你貌丑,故意拒你。待我去化吧。"行者道："师父,他既要看看徒弟。只得待我去化。"三藏道："你去,他越发拒你。"行者道："我自有主意。"三藏道："你去,我且在此少歇。待你化出斋,有人应承,我们再去好。"行者乃走了几步,把脸一抹,变了个标致沙弥。怎见得标致:

　　头剃光光乍,身披缁布衣。

　　唇红齿雪白,粉面玉光辉。

　　行者变了沙弥,走到老官儿面前,打了个问讯道："老施主,小和尚是过路僧人,来化一斋充饥。"老官笑嘻嘻地起来道："小沙弥,你是哪条路过来的?"行者道："从西来的。"老官道："从西是黯黮林,昨晚有一起途人,跟着返照童子,执着宝珠照耀过去了,你如何得来?"行者道："侥幸过来了。"老官说："小沙弥,你是独自过来,还是结伴过来?"行者道："有师父们结伴过来。"老官说："我不信那里有这冒险过来的。我斋便有,却也要看看你师父结伴的,方才奉斋。"行者道："老官人,肯布施便布施,不肯便罢。怎么这般勒揝人。"老官便动色起来道："沙弥,我老人家怎肯勒揝①你? 你便是要吃斋,也须同你师父来。"行者见他说的有理,只得回到三藏处说："师父,那老头子斋便肯化,却又要看看师父。"三藏道："这也不足怪。既问出你有师父,他怎肯单单斋你。须是我们齐去,叫他也好一起斋僧。"行者道："师父,我看这老头子,是一派骗人虚头诨话,便是师父一齐去,他定有法儿骗你。不如再叫八戒去讨他一个的实。"八戒笑道："你们不济,一个他嫌太丑,一个他疑太俊。待我变个凶恶像貌,吓出他斋来,你们现成去吃。"行者道："你且变我看看,怎么凶恶。"八戒把身一抖,把脸一抹。只见:

　　赤发蓬松如鬼蜮,青筋暴钻似妖精。

　　龇牙咧嘴非人像,凹眼金睛类野猩。

　　八戒变出这样凶恶丑像,行者大笑起来。三藏道："徒弟们,老老实实,待我们一齐去。不管甚人家,化一顿斋罢,何苦妆这样丑,费许多力,必定要到这老官儿家化斋。"行者道："师父,非是徒弟们定要到他家化。只因他怀不信心,我等

---

①　勒揝——刁难。

出家人以度化为念,定要他回心转意。故此不碍三番五次去试他。"三藏点头,八戒乃往老官家去。不防满街众人,见了八戒这个凶恶丑像,一齐拿棍执棒,吆吆喝喝,打将起来道:"饿鬼林妖魔,青天白日走来。"八戒被众人赶走,口里只说道:"我是过路僧人,到老官儿家化斋的。"越叫,众人越打,只打到老官门首。那老官已执着棍子等着八戒要打。八戒一时颖悟起来,忖道:"是了,地方嫌我丑恶异怪,故此齐喊打。"只得把脸一抹,将身一抖,又不敢复原相,乃变了一个尼姑模样。但见他:

削去青丝蝉鬓,留着粉黛蛾眉。

端然一个比丘尼,却说沙弥何异。

八戒变了一个尼姑,立在老官篱外。那老官儿拿着棍子,眼花误认道:"尼僧,你进篱来,让我打妖怪。"八戒故意问道:"老施主,打什么妖怪?"老官儿答道:"方才村里众人,赶打妖魔,说是饿鬼林走来妖精,我也只听得,不曾见。"乃问村众,村众说:"方才一个妖精,被我等打慌,不知走到何处。"村众散去,老官乃问尼姑:"何处来的?"八戒道:"我是村后女僧庵比丘尼,特来化老施主一斋。"老官儿道:"你女师自家吃,还是化与师父庵里去吃?"八戒想道:"我说自家吃,一则背了师父,一则恐他看我小尼姑,有斋也不多。不如说庵里有师父,他定多布施。"乃答道:"小尼还有师父在庵。"老官儿说:"既有师父在庵,不可偏背了他,须是去请了他来吃斋。"八戒见势头不好,忙转过嘴来道:"老施主来,你先斋了我,然后布施我师父吧。"老官儿道:"这个使不得。"八戒见他坚执不肯,乃走回复了原相,见三藏道:"不济,不济。"三藏道:"我原叫你们不拘到哪家化一顿斋,你却偏要到这老官儿家去化。"行者道:"师父,我徒弟生性有几分拗,偏要把这老头子化出他斋来。"三藏道:"悟空,好心肠,又动了拗气机心了。罢罢,等我去化斋吧。"沙僧道:"师父既要去,不如大家一齐去。"三藏道:"若是东行顺路,便一齐去吧。"八戒道:"略转过弯儿。"三藏道:"转弯便是贪斋逆道,还是我自家去。你们且坐守经担在此。"

三藏乃整衣襟,端僧帽,走到竹篱前。那老官儿一见了三藏,忙起身道:"老师父,何处来的?"三藏道:"小僧是大唐中土僧人,往灵山取经回国。顺过宝方,求化一斋。"老官儿道:"这师父方才说的,有头有尾。若像始初几个丑的俏的僧尼说话,不像个志诚出家人。"乃手扯着三藏衣袖道:"老师父,屋里坐下,待我老拙备些素斋奉敬。"三藏走入屋内,老官便问道:"师父,你取经在何处? 却是一人自取,还是同伴?"三藏道:"还有三个徒弟,守着经担马垛在后路边。"老官儿说:"既有同伴徒弟,何不俱请了来吃斋。"三藏道:"因要看守经担,故此小僧一个来乞化。"老官道:"方才也有两三个僧尼来化斋,不知可是高徒?"三藏不敢隐瞒,只得答道:"敢是小徒一两个来冒突尊长,未蒙赐斋。"老官儿道:"师父,你不知我这村中,西去有黯黮黑林,妖魔厉害。想是师父们亏了童子宝珠照过来了。此去往东,再过二十多里,乃是饿鬼林。这林中有许多妖精,白昼迷人。往来走路的,不拘三五日,要等个保卫尊者过此,他能驱逼这些妖精,因此途人仗胆来往。近日这妖精没有人迷,饥饿了,往往假变人形,在这村里乡间,设法求食。我老拙方才一时见丑的俊的僧尼来化斋,疑他是妖精假变。街市众人棍棒赶打,忽然不见。所以我老拙盘问他,他没的答道,自然去了。"三藏道:"老尊长,你这等话来,安知小僧不是假变来的?"老官笑道:"师父,老拙虽愚,却也有一隙真诚。我见师父庄严相貌,说话老诚,走路端正,衣帽整齐,定是上国圣僧。故此请入屋来奉斋。斋罢,老拙亲自同师父去看令徒与经担,安奉前村良善人家。待那保卫尊者过时,师父们一同过这林中。"

三藏听了,沉吟不语。想道:"又费工夫了。"没奈何,等候了一会,老官果然摆出素斋,三藏饱餐了一顿。那老官吩咐家中,添备余斋,留待徒众。却同着三藏,出了竹篱大门,来到经担前。八戒见了,向沙僧说:"师父吃了斋,同那老官儿来了。"沙僧道:"你怎见得?"八戒说:"看他洋洋得意而来。"行者道:"你却不曾见师父惶惶如失意而至。不是不曾得斋,便是听闻怪事,他老人家有些胆秃慌张。"果然三藏走到面前道:"徒弟们,老尊长有便斋备下,叫你们安奉了经担去吃。只是要等两日,待保卫长老来,方过得前路。"行者道:"前路又有甚阻隘?"三藏乃把老官话说出。八戒笑道:"师父放心,饿鬼林不知还有个饿鬼猪在此。"老官见了沙僧,方才道:"前边化斋,原来是高徒。"一面请他们家去吃斋,一面寻人家安奉经担。行者道:"天色尚午,趁早赶路,何必借人家安宿,不必等什么保卫尊者前来。师父看守经担,徒弟们领了施主情来。"那老官方才同着行者三人,到家吃斋。毕竟后来怎生过这林去,且听下回分解。

总批

唐僧念动真经,消除黑孽。今之念经者,反造许多阴沉孽障,尽是老牸牛之类,入畜生道者耳。急须向腰间取菩提子一照。

饿鬼求食,假变人形。今人求贵富,千方百计,穷工极变,皆饿鬼之类也。

第三十六回

义士忠臣羞佞贼① 孤魂野鬼辱权姬

话表这饿鬼林是何妖精作怪？乃是三国时魏王曹操。只因他权奸篡汉，陷害忠良。当死之时，遗命众姬妾，朝夕在铜雀台奏乐上食，要如生前一般快乐。阎王说："你也忒受用过分了，也该受些苦恼。"遂令狱卒驱入饿鬼道中，饥食铁丸，渴饮铜汁。遍体洞烧，焦灼糜碎。那一般苦楚，不曾受过。后来遇着关圣帝君监押酆都，曹操十分哀告，帝君想起他不害二嫂情由，动了怜念，命狱卒少宽他一时。曹操得空，一灵飞走。那汉帝、伏后魂灵，犹自不放他，追捉甚急。四下里没远没近，不论名山胜水，就是穷林僻岛，也闯去一躲。无奈腹馁，来到一处高山。他见这山：

削壁奇峰果异常，丹岩怪石接天苍。

清风隐隐松深处，鹤唳猿啼见首阳。

曹操一灵，落到山上。四顾草色青青，山光翠翠。树上噪灵禽，峰头飞玄鹤。只不见个人踪，哪里寻些饮食？正饿的叫天不应，叫地不灵，忽然那树林深处，歌声清亮，远远两个仙人走来。曹操道："好了，有人来，可求一粒度三关。"乃走上前，躬身作礼道："二位神仙，小子是避难饥人，欲求济困。倘蒙施我一粒，饱得终朝，也是功德。"两人问道："汝是何人，怎么到此高山峻岭，不备办些食饮登临？且有甚难，逃避到此？"曹操乃把前因后节说出来。只见两人把曹操大啐了一口道："我只说是桑间灵辙义人于陵仲子廉士，原来是你这奸贼。我且问你：曾闻你夺了汉宫金珠宝贝，美女歌儿。如今何不带两个来随身服侍？有了金珠，到处饱暖，何劳这空山，向我两个经年累月，不曾一粒见面的饥人求哀乞化？"曹操道："当年金宝美女，莫说如今带不来，便是带得来，没了势，她也不服侍你。到这穷山荒野，且问你二位一貌堂堂，欣欣喜喜，在山径松林闲歌雅咏，定是饱暖逍遥，怎说一粒不曾见面？"两人也不答话，啐了一口，径往山冈下

① 佞（nìng）贼——用花言巧语谄媚的人。

摇摇摆摆而去。曹操赶上，一只手去扯他两个，要饭充饥。只见一人袖中抛出一纸简帖儿来，曹操忙拾起一看。两人遂不知去向。但看那帖儿上，写着五言八句：

> "义不食周粟，宁甘首阳饿。
>
> 清风万载香，高节千年大。
>
> 可恨汝奸回，把汉作奇货。
>
> 死后不含羞，饥饿求谁个。"

曹操念了帖儿上八句道："愧死，愧死。"乃自啐了一口道："自己没饭吃，又寻着个有饭不肯吃的。"

正才嗟叹，只听得风声鹤唳，只道汉帝、伏后赶将来了，一灵儿乃飞到个荒沙漠地。远远见一座高台，他见这台：

> 巍峨四起在要荒，凛凛高风对日光。
>
> 那是黄金铜雀类，孤忠沙漠望家乡。

曹操的魂灵儿，见那台上有一个汉子，骨瘦如柴，形容枯槁。他想道："这人定是个病倒在台上的。"又见这汉子口里嚼什么物件，忖道："且乞他些有余充饥。"方上前来，只见这病汉叹了一口气。那气喷出来，直贯天日，霞光万道，瑞彩千条。曹操哪里敢近，等了一会。那汉子仗着一根坏棍儿，上头有些烂缨珞，挨挨挣挣，下台去了。台旁却来了一个黄巾力士，拾地上余物。曹操上前道："力士哥，拾得何物？想是那病人遗下吃的甚物。我肚饥饿，见惠了罢。"力士道："你是何人，敢来到此，要这件宝物吃。"曹操听见说宝物，乃把眼仔细定睛，乃是一团烂毛毡。笑道："力士哥，这是一团毛毡，怎么那人吃他，你又说是宝物？我曹操不才，也是一世奸雄豪杰。吃过八珍，受用过绫锦。却不曾见毛毡是吃的宝物。"他只误说出名姓二字，这力士听了，瞅了一眼，大喝了一声道："原来你是魏王曹操，饿的你好。你已入饿鬼道中，还想要来吃忠臣余物。你道方才这病汉是谁？"曹操道："不认得。"力士乃说了五言八句道：

> "自昔出汉庭，远来此荒漠。
>
> 单于威不降，李陵说不得。
>
> 高节与清风，吞毡和啮雪。
>
> 万古表子卿，堪笑奸雄贼。
>
> 痴想吃人余，不思自作孽。"

力士说罢,把曹操啐了一口道:"本当扯你去地狱,与伏后阴灵辱骂去。但我要保护忠臣哩。"一阵风不见了。

曹操羞涩满面,无奈饥饿甚紧,只得魂灵儿又飞远去。刚刚来到一村落人家,却是西方地界。只见这人家门外,许多僧人做好事,摄孤施食。无数孤魂野鬼,伺候得食。他只得挨入其中。少顷,见那法座上一个长老念咒捏诀,一粒变得法食如山,众魂都抢了去。他本是生前富贵骄倨之人,怎能与众饿鬼夺食,且被他众魂辱骂一番。无奈只得跟着那有食的飞跑,口里哀求那些鬼蜮。走到一处深林中,只见许多美妇接着说道:"我等饥甚候久,快把法食济饥。"

曹操抬头一看,却认得那美妇中有二人乃是他在日铜雀台上的宠姬,便叫道:"你二人认得我么?"美妇乃见了,便惊问道:"大王缘何也到此?"曹操把他死后事说出来,乃问道:"这地方是何处,你们如何在此?"妇人道:"大王,我不说你不知。我两个生前承大王爱,养在宫里,珍馐百味,享用太过。只因大王爱窈窕细腰,我两个生的肥胖,都是那饮食丰美养的。乃熬口不食。岂知饿伤成病而亡。这许多妇女,也都是楚宫美妇,为细腰所误。"曹操听了道:"我也不管你这远年冤枉,只是如今我被汉伏后不容,没处藏躲,你这深林是何处?"妇人道:"这林当初叫做快活林,都是些贤良富贵居住。只因他恃着快活,不做贤良,都变做饥饿鬼。因循渐渍,就招了一个妖魔,名唤做独角魔王。他神通广大,招集了我等充为压寨。承他好意,不舍得吃自家供奉,专一在这林间吃往来行人。地方起了个名色,叫做饿鬼林。日前误吃了一个过路的道童儿。哪知那道童儿有师父在前,道法也不小,与魔王战斗了一番,说且宽饶你这妖魔,留与西还的和尚灭你。因此我等羁留①在此。大王若是无所躲,且面谒魔王,待妾身两个求他容纳。"曹操听得大喜道:"我生前做了恶孽,如今只得随缘。倘两姬说得魔王肯容,也不枉了来此一番。"乃随着二妇,入那深林,果有个魔王寨栅。进得寨门,只见上边坐着个魔王,生的几分凶恶,但见:

　　　白额一角竖,赤发两边分。

　　　眼似明星皎,牙如稻草熏。

　　　肌肤干瘪虱,筋骨瘦伶仃。

────────────

①　羁(jī)留——指在外停留。

老大一张嘴，思量要吃人。

曹操见了，只得望上进礼。那妖魔早已知他来历，但叫："且到林外，把法食分些与他充饥。且等那和尚来，看是做何事的长老。若是到前村与人家做斋醮的，须靠他摄施法食；若是回家还俗的，莫要留他性命；若是化缘吃十方的，也须吃他个十二方。"按下妖魔督率些饿鬼，踞驻在这林间。

且说三藏坐守着经担，等得徒弟们到老官儿家，吃了他斋走来。师徒谢辞了他，望前路行去。那老官儿叮咛再三道："师父们，切记不可过于忠厚老实，信那妖魔骗哄，要吞吃你们。"三藏道："老施主，小僧生性原来以诚信待人。只以忠厚行去，凭那妖怪怎么罢了。"老官又向着行者、八戒们说："列位，你师父说的固是，只恐如今那妖魔不依你老实。"八戒道："老施主，他不依老实，我便不老实待他。说他束着肚子要吞我，不知我久已张着大嘴要吞他。"行者道："老施主，承你美意，我小僧自有临机应变，情愿与那妖魔吞了，才有主顾。"老官说罢而去。三藏师徒，趋步前行。却值着清秋光景，但见那：

飒飒西风来碧汉，哀哀蟋蟀增嗟叹。

光景甚凄其，行人便倦疲。

风林霜落叶，征途马蹀躞①。

休辞行道难，唯期饱不寒。

师徒担着经担，押着马垛，正行到林头。只见那路旁地上，倒卧着三四个汉子，哼哼唧唧。三藏道："徒弟们，你看那地上，倒卧着几个汉子，哼唧为何，想是疾病。我们出家人，慈心不忍，何处取些药饵与他治疗，也是个阴骘。"行者道："师父，你老人家走路罢，哪个会医，惹他这买卖。万一摸不着病源，错下了药，不是积阴骘，反是损德行。"八戒道："师父，休信悟空扯谎。他在朱紫国行的好医。他只贪的是富贵人家，有金珠饭馔，便胡针乱灸。如今见路倒贫人，乃摇三搪四。"行者被八戒一激，把经担放下道："呆子，有官同做，有马同骑。医好了人有好处，大家受用。若是差池，你也难辞。"走上前，见那汉子们颜色憔悴，身体羸弱。行者乃问道："汉子们，缘何倒地哼唧?"那汉子答道："我等是行路的客人，身边只带着些干粮棋子，过这有名的饿鬼林，却被林中妖魔抢去。抢去也罢，

---

①　蹀躞(dié xiè)——指走小步。

又棒打棍掀,一个个都带伤损。望师父救命。那妖魔说是禀了魔王,还要来囫囵吞了我们哩。"行者道:"青天白日,东西大路,怎容得这馋痨饿鬼当路。岂无个法官道士遣他! 你们且安心卧此待我,我寻妖魔,与你取了干粮还你。"汉子道:"那饿鬼见了干粮抢去,哪里还有的存留?"行者道:"放心。我自有法叫他还你。"

行者说罢,往林中寻去。未行数步,只见男男女女,许多饿鬼,拥着一个妖魔前来,坐在树下。行者忙变了一个鹞鹰,飞上树枝,听那妖魔讲些甚话。只听得那魔说道:"日前误吞了道童儿,几被道士伤害。他道留与和尚灭你。汝等男女,俱要小心在林外探听,若有西还的和尚,好生用计捉他。"众男女齐齐答应。只见曹操上前说:"大王,我曹操承你收留,又分法食解救饥饿,愿带这两个旧姬,出林探听,一则报效,寻些美食献大王;一则探访西还可有甚和尚。"妖魔道:"你果立心报效,便叫两姬同你去。"曹操领着两姬出林。

行者一翅飞出,复了原身。走到三藏面前道:"师父,那卧地众汉子,不是疾病,乃是被饿鬼夺了他干粮,又把棍棒打伤了。他倒卧在地,行走不得。"三藏道:"徒弟,须要救他,你却何法?"行者道:"徒弟已到林中探听,那妖魔原来是当年三国曹操。如今领着两个细腰旧姬,出林来探听我们到来,要捉去活吞。"八戒听得道:"爷爷呀,我只听人说吃死人,不曾听见活吞。"三藏道:"这妖魔如何知道我们西还过此。且与他有甚冤仇,要来探听活捉?"行者道:"我听他说,当初与道士战斗,说饶他留与西还和尚剿灭。故此如今防范我们。"三藏道:"似此如之奈何?"行者道:"不难,不难。我们且住下,待那妖魔来,我自有法。"

却说曹操领着二姬出得林中,先看见了几个汉子,倒卧在地,已知是抢了干粮的行客。他见这汉子们,饿伤打坏,便设个美人计,叫两姬扭扭捏捏上前道:"列位汉子,可是被打抢了受害的? 我怜你途中遇害,病伤倒地。你可强挣锉着,随我入这林后,有个安身养病之处。"那汉子们听得道:"娘子救人一命,胜造七级浮屠。"两姬道:"放心,放心。你随我来。"

却说行者隐身在旁,看见这情,心中忖道:"看这妖怪,诱了这汉子何处去?"只见汉子们病卧在地,不胜苦楚。见了两个美貌妇人,你看他不知死活,动了那片淫色之心。听见说安身养病之处,欣然乐从。你挨我挣,扒将起来,就要跟着两姬走。行者忖道:"这汉子一跟入林,只恐遭了妖魔鬼怪之迷,送了伤残呼吸之命。"乃动了一点方便心,拔下几根毫毛,连自身变了这几个汉子。把这众汉子吹了一口气,都隐了身形,倒地挣扒不起。

曹操与两姬见了行者变的汉子,引着入林。好行者故意跟跟跄跄跟着妇人走到林中。那魔王犹自坐在树下。曹操上前道:"大王,我等出林,不见和尚,想是尚未到来。只见这几个病汉,倒也够大王一饱。他倒卧在林外,只恐有人来救去,故此设了个美人计,骗引他来,献与大王。"魔王道:"既是倒卧在林,叫几个小妖捉将来吧。如何又设甚美人计?"曹操道:"大王,你不知这病饿之汉,虽恹恹待毙,其心贪财好色,只恐不休。若是叫小妖去捉,惊吓而死,则肉不中食。故此设个美人计,诱哄他活来进献。"魔王一看了道:"病伤的汉子肉,也不中食。况是你两姬诱来的,名不好听。也罢,这左右尚有许多细腰美姬,且赏了他们充腹去吧。曹操,你再去探听和尚到来,看有几多,再来报知。"曹操领了独角魔王之命,到林外探听西还和尚。后来不知探听着怎生模样,且听下回分解。

总批

独角魔王,要细腰女子压寨,不知此独眼魔王更厉害也。呵呵。

铜雀春深锁二乔,兀自思量别人妇女,哪知死后连自己妇女也不能保,反供魔王受用。可怜可怜。

今人听见妖怪活吞人,便觉异样。不知比吸人骨髓者何如?可见美妇、妖怪,是二是一。

第三十七回

饿鬼林拳打细腰　水晶宫哀求神棒

话说独角魔王把两姬诱来的病饿汉子，赏众姬妇。哪里知是行者毫毛变了来的。众姬领了魔王赏，一则久饥思个活人吞吃，却见了这病汉个个丑陋，不甚中意，你拣我推。行者便知其意，把脸一抹，即更换了一个标致模样汉子。众妇看见，齐来争夺。你也要，我也要。行者越变得美貌如花，你看他丢下那丑陋的不顾，把行者乱抢入后边僻静林树下。你也要吞，舍不得；我也要吃，爱不舍。行者忖道："不好，这些妖怪初见贪爱，丢了丑陋，齐来夺我。少顷顾盼色衰，心厌争竞不服，你扯我拉，只恐被他弄出马脚来不便。不如弄个神通，叫他们吃我一顿拳头巴掌，与老孙散散心，出出气。"那众妇正笑盈盈，你来温存，我来摸索。一摸着行者痒毛，行者骨的一声笑起来，现了个毛头毛脸尖嘴缩腮的猴子像和尚。众妇见了，哄然一声，吆喝道："不好了，和尚来了，走过林来。"那毫毛变的病汉，也都复了行者像貌，把众妇你一拳，我两掌，打得东歪西倒。可笑那饿了的鬼怪，怎经得纯阳气壮的孙行者打的，正是：

> 落花流水两无情，散发披头观不得。

> 本来几个粉骷髅，元精怎送红颜贼。

众姬被行者一顿猴拳打将出树林前来，独角魔王见了道："原来是和尚变化，倒骗了两姬入来。"乃叫道："那毛脸和尚，休要乱来支脚舞手，上门打我的妇女。有我在此，且看看我这是什么东西？"行者住了手，看那妖魔手里拿着一把板斧。行者道："妖魔，你手里不过是一把明晃晃板斧。"妖魔道："可又来，不是板斧，却是何物？你既晓得是板斧，岂不知这板斧厉害。如何大胆假变病汉，上门欺我这众姬！"行者道："外公有这本事，不怕你板斧，故此才上你门打妖怪。"魔王道："你有什么本事？"行者道："我的本事，也小小有个名儿。"魔王笑道："既有名，可说来我听。"行者道："我说出来，只恐你站立不住，便要骨软筋酥。"魔王道："莫要虚夸假奖，老实说来。"行者乃说道：

"说来本事非虚假,炼就神龙与意马。

七十二道变化能,十万八千筋斗打。

六根清净不沾尘,一任春秋与冬夏。

十洲三岛遍经游,五湖四海多戏耍。

曾拿金箍棒一条,打尽妖魔谁敢惹。

今随长老上灵山,求取真经还唐家。

金箍虽缴拳头凶,哪怕明钢斧一把。

打教七魄丧三魂,活捉妖精去鲊①。

这般本事岂虚夸,天下驰名真个寡。

任你妖魔众美姬,不够老孙这几下。"

魔王听了道:"原来是孙行者,当年随唐僧过这地方,真个有些名望。且问你,不随着唐僧去取经,却来我处骗哄我众姬,是何缘故?"行者道:"我已随着师父取了经文回还,过这林前,见了几个汉子病饿在地。说是你抢夺了他干粮,还打伤了他,要囫囵吞吃。我师徒不忍,要救他命。却遇着你麾下曹操,领着两个美姬,设美人计骗哄他。可怜几个客途汉子,夺了他食,又打伤了,恹恹待死,已是不忍,还使计活捉他充饥。你便顾性命,却叫他送了残生。我师徒只得停车住马,要把你饿鬼林荡平了,方才前去。"魔王听了,大怒道:"我倒听得说,唐僧取经回还,有些善果。你这孙行者,有些名望,也有几分功劳。不看僧面看佛面,不计较你。缘何你反说要荡平我这林,方才前去?休要走,看我斧来。"

魔王把明晃晃板斧,照行者斫来。行者虽是炼就的铜头铁脑袋,不怕魔王斧斫。但是两个空拳,怎能打得魔王。只得"咕嘟"一声,回到三藏处。三藏道:"悟空,如何久去探听,教我放心不下。那病汉尚卧在地下,可救得么?"行者把前事一一说出来。八戒道:"正经事不做,又去变标致汉子,勾引那妖姬怪妇,费了工夫,教我们饥饿在此。"行者道:"呆子,都是你一路来,今日也叫饿,明日也叫饿,惹出这一种饿鬼林来。这妖魔好生厉害,幸是我老孙,若是你,定遭他害。莫说魔王,便是那些细腰,你这呆子也挡她不起。"沙僧问道:"师兄,什么细腰?"八戒道:"问它怎的,莫过是细腰狗,不然就是细腰蜂。"行者道:"比这两样还厉害,料你不敢惹

---

① 鲊(zhǎ,音扎〈上声〉)——经过加工的鱼类食品,这里指加工成食品。

她。"八戒道:"狗不过咬,蜂不过叮,怕它怎的?"

正才说,只见林里摆出一队妖精鬼怪,大叫:"孙行者,毛和尚,快出来领板斧。走了的不是好汉。虚夸本事,玷辱了神道。"行者听了,忙向经担上擎下禅杖,跳出林前道:"妖怪,好生无礼。老孙久等在此。"魔王舞动板斧,行者挥起禅杖,他两个在林前一场战斗。好战斗,怎见得?但见:

> 行者威风凛凛,妖魔杀气腾腾。
>
> 两边赌斗不容情,不辨高低谁胜。

他两个大战多时,不分胜负。八戒、沙僧见了,各擎下禅杖,上前助战。妖魔队里,曹操领着许多细腰妇女,也上前助战。曹操使一杆长枪,敌住了沙僧。众妇女却一齐围着八戒。八戒腹中先原叫饿,被众妇围着,咕咕哝哝,只叫不曾吃饱了。那众妇听得,一口气吹来,把个八戒吹得骨软筋酥,禅杖丢掷在地,被众妇扛抬入林道:"好个胖和尚,虽然丑陋,倒也尽够大王受用。"三藏见八戒被些细腰妇女拿了去,走出阵前叫:"悟空、悟净徒弟,好生战斗。悟能被妖精捉拿了去了。"行者听得,忙拔下许多毫毛,变了些沙僧,把曹操拿倒,随即绳捆索缠。曹操慌了道:"长老师父呀,不关我事,都是独角魔王生事。这些妇女们惹非你,好歹留着我,自然把拿去的长老来换。"乃大叫:"独角大王,且停着战斗,把众姬拿去的长老放过来。"

魔王听得,把曹操大啐了一口,骂道:"原来你这贼,贪生恤命。到此已入六道,还要用那生前心肠。"好魔王,一面啐骂曹操,一面腰间取出几把飞刀,撒在半空,把行者变的假沙僧乱斫,把绳索割断。小妖们上前抢了曹操过去。那飞刀早向沙僧、三藏头上飞来。三藏见了道:"悟空呵,这妖魔厉害。你看他把你变化的沙僧,将飞刀斫灭;又把捆妖绳割断,如今在空中乱飞,似寻人斫杀的光景。你且休兵罢战,好求那魔王,放过林去吧。"行者道:"师父,你只须正了念头,莫要害怕。妖魔有飞刀,我却有宝贝。"行者一面说,一面把手向耳后去摸。摸了一把,"哎呀"一声道:"奈何,奈何。"三藏道:"悟空,你哎呀甚的? 看这飞刀在空中盘旋,好生厉害。"行者道:"可恼这宝贝儿,缴在宝库。师父,你且叫沙僧弃命拒敌,保护着经担。我去取宝贝来降妖魔也。"说罢,"忽喇"一声,不知去向。

魔王笑道:"孙猴头,只会躲,看你躲到何处去也。少不得往这林中来挑经。"魔王收了大斧,却使那飞刀来斫沙僧与三藏。沙僧虽执着禅杖,左遮右挡。无奈魔王厉害,腰间又取出三五把飞刀,掷在半空。三藏见了慌张,忙合掌向着经担道:"真经呵,我弟子万水千山,受了无限苦难。今日求得你去,怎么受这妖魔飞刀伤害?"三藏只说了这一句,只见他头顶上现出一员神将,手执着钢鞭,却把飞刀一击,段段坏做几节,乒乒乓乓都落下地来。那神将帮着沙僧,直打过妖魔队里,将曹操几鞭打得无影无踪。又来打魔王,魔王慌了,飞走躲入林去。三藏见了,忙合掌顶礼。沙僧也跪倒在地道:"多劳尊神救了我师弟子,想是保护真经大力神王。"那神将高立半空道:"唐僧,休要惊恐。真经到处,万邪自避,百灵保护。我神游三界,追剿奸魂,恰遇妖魔冒犯宝藏,加害圣僧,理当保护。但愿你师徒不背真经。那妖魔刀自段段而坏。"神人说罢,飞空不见。三藏与沙僧只得坐地,保护着经担。魔王见神将打走了曹操,那细腰妇女七零八落,都散入洞去,只剩得手下小妖,把队伍退入林深寨内。魔王高坐在上,叫把八戒拿出来。

　　却说八戒只因动了饥饿求饱之心,惹了饿鬼夺食之报,被众妖妇扛入林内,只等魔王大胜,捉了唐僧、行者们,方才献与魔王受用。不知魔王战走了行者,撇起飞刀,斫散沙僧,救了曹操,正欣欣得意,却被神将钢鞭打断了飞刀,扑灭了曹操,威风凛凛,神气扬扬。魔王慌怕,躲入寨中纳闷,叫他拿得和尚捆出来,众妇只得将绳索把八戒来捆。哪知八戒前是咕哝腹饿心邪,被妖妇吹了邪气,扛拥拿入林来,神气定了多时,心情忽然明爽道:"我猪八戒也是得了正果,不似那来时脓包。怎么一时见了这些细腰邪魔,就骨软筋酥起来?如今她把绳索来捆去见魔王,定要加害我。若不弄个神通,她哪里知老猪的手段。"乃把项上刚鬣变了些锋利钢锥,待那妖妇将手来捆,照手乱戳,鲜血迸流。一个个妖妇慌了,谁敢近八戒之身。魔王亲自来看,八戒就要外走,无奈魔王手执大斧,挡着林前,一下斫来。那钢锥抵着,"乒乓"有声,犹如铁甲,不能伤害。八戒要走不得走,要战无兵器,急躁起来道:"钉耙呵,为何不得在身边?"魔王听得八戒说钉耙,他便知这和尚原来是猪八戒,他随唐僧当年过此,也有名望。如今且留着他,待拿倒行者们,再作计较。乃叫小妖:"多加些兵器,围绕着这长嘴大耳和尚,莫要走了他。且把那林内倒地的汉子们,捆来受用着。"

　　哪知这饿病汉子,望见林西三藏坐地,旁有经担柜包。不知何事,想有可食之物，乃一步一扒，走近经前，问三藏可有救病济生之食。三藏正在树上摘那柏叶自啖，忙递几枝与汉子，又饮之以钵盂之水。那众汉子向经担与三藏俯伏叩了几个头，顷刻都走得动。三藏道："众客，此处妖怪厉害，你作速勉强去吧。"众汉跟跟跄跄去了。那小妖到林外，不见了倒地汉子，欲往西赶来，却得沙僧拦着大路。魔王要来，又怕神人尚在。乃叫小妖且闭了寨门，歇息片时，再去捉和尚。

却说行者与魔王大战，禅杖敌不过他板斧。忽然又想起金箍棒道："当年来时，一路降妖灭怪，全亏了这宝贝藏在耳后。一时撞着妖魔，取出来，要大就有碗口粗，要小就如绣花针。今日缴了，逢着厉害妖魔，无此宝贝，怎生保得真经回东也。说不得明去取，又道经棒不容并行；暗去偷，把门神王谨守库藏，又不肯放。我想当年这金箍棒，乃是龙宫所产，前番上灵山取棒，那神将说物还原主。我如今只得再去水晶宫，寻着老龙王，讨了这棒来降妖灭怪。"行者这些情节，兜底上心。故此"忽喇"一声，把唐僧经担托与沙僧看顾保守。他一筋斗，直打到水晶宫。早有巡海夜叉传禀了龙王，说："孙行者又来了，要见大王。"

龙王听得，忙出宫迎接道："圣僧恭喜，如今位登正果，随唐三藏法师取得真经回国，善功圆满。可贺，可贺。"行者道："正为这一事。经便取了来，无奈一路回还，旧魔消荡，新怪复生。梗着归路，费尽神力，不得前进。"龙王笑道："以圣僧神力，再加之向日取去的如意金箍棒，何怕妖魔复生道路。"行者道："若是这等，老孙也不敢又来轻造瑶宫。只因到了灵山，求得真经，如来把这棒缴还在库。说经是普度有情众生善道，棒乃杀生害命凶兵，两不并立。要经便不与棒，要棒便不与经。那时我三藏师父道：'徒弟，我等上灵山，原为求经，要棒何用。'故此缴还。谁知经回无棒，妖魔难敌。我想当年此棒，系是龙宫所出。大王乃棒之原主，怎么缴在灵山库藏？我两次去取，那神王不发。望乞大王去取了，仍借我一用。保得经回国，那时缴还大王，方是名正言顺。"龙王道："圣僧，如来之意，果是方便门中慈悲心性。与你真经，收了铁棒。你当初师徒得了真经，只该志诚恭敬回东，自然路无阻滞。想是你师徒志虑不定，心神恍惚，便生出种种妖魔。这事莫怪无兵器，还是你没仁心。"行者道："我既入禅门，怎说没仁心？"龙王笑道："既有仁心，还想要这兵器何用。况这金箍棒都是佛祖之物，缴了便罢。我断不认做原主，取讨与你。"

行者再三哀求，龙王只是不允。行者低头一想，机心又动道："三讨不如一偷。"遂辞了龙王，一个筋斗，直打到灵山，又设法取如意金箍棒。不知可取得出，且听下回分解。

总批

八戒动了求饱心肠，便有饿鬼夺食之报。不似三藏摘柏叶自度，又能度人。贪衣食者，便是眼前地狱也。

美妇见行者变得标致，争来温存摸索，究竟不过要吃他耳。今之受妇人温存摸索者，大可畏也。

第三十八回

行者三盗金箍棒　唐僧一意志诚心

却说把守库藏神王一日听得库内"乒乓乒乓"声响,开了库门一看,只看见孙行者的金箍棒,与八戒钉耙,沙僧宝杖,断了捆束绳索,各相撞击有声。乃惊异道:"此必唐僧的三个徒弟有难,不然就是各自异心,相为矛盾。"乃上殿参谒如来,说此异事。如来道:"唐僧志诚,无有怠慢真经。当初只为那悟空机变有心,缴了他凶恶兵器。谁知他遇着妖魔,便动了一片剿灭之心,每每不忘此棒。悟能、悟净,又何尝不想此两件钯杖。想这宝器,原各从天宫海藏造来,汝当送还了原主。勿使他复来取去,又生出一片打妖击怪心肠。"神王遵奉旨意,走到库内,把这三件兵器送还了原主。归来把守山门,正贴封皮,库门扃固①。

忽然行者一筋斗打到山门。行者见了神王坐在山门之上,乃想道:"我两次不与他知,来偷我棒不去。若是明明白白问他讨去,俗语说的,明人不做暗事。"乃上前见了神王道:"我弟子随师护经回国,无奈妖魔加害,非棒不能打灭。伏望神王把我金箍棒还了我去,剿灭了妖魔,自是缴还原主。"神王道:"悟空,你来迟了。吾已禀过如来,送还天宫海藏,还复了它原来本性。你那金箍棒不灵,八戒、沙僧的钯杖也都不利。便是与了你去,也打不得妖,除不得怪。你好好回路,便护唐僧经文回国去吧。"神王说毕,又道:"悟空快去,那独角魔王把八戒困住,将次要捉唐僧。你师弟沙僧一人,只恐保护不得。"行者听了道:"这神王哄我,明明棒贮在库,怎么说送还原主。三讨不如一偷。"乃佯辞了神王,暗暗变了一个蝙蝠,候那神王上殿,他暗飞入库檐,寻金箍棒,哪里在库。急得个行者抓耳挠腮,想要龙宫去讨,又恐唐僧势孤,沙僧力寡。只得一筋斗,仍打到三藏面前。只见三藏跏趺②坐地,食那柏叶。沙僧在旁,执着禅杖防御妖魔。行

---

①　扃(jiǒng)固——关锁的很坚固。
②　跏趺——盘腿而坐,脚背放在股上,是佛教徒的一种坐法。

者见了道："师父吃这柏叶作甚?"三藏道："徒弟,出家人到这荒野村乡,没有斋饭充饥,腹中饿馁,只得食此。"行者道："待我哪里化些斋来你吃,如何食此涩东西。"三藏道："此处既叫做饿鬼林,哪里有斋去化? 你哪里知这柏叶的好处。"行者道："徒弟实是不知,望师父教诲。"三藏乃说道:

> "苍苍翠翠绿沉沉,上发青枝下茯神。
>
> 摘得叶来堪实腹,能会延寿可轻身。
>
> 随方便,济饥贫,赛过肥甘并八珍。
>
> 唯有仙家知饵此,服他岂是等闲人。"

按下行者与沙僧保护着三藏与经,只探八戒的消息。

　　且说比丘僧与灵虚子,他两个随着众人,得返照童子过了黯黮林,已知三藏师徒平复了妖魔,过这一处林来。他两个游游荡荡,叹一回,说一回。叹的是世路险巇①,都从人心奸狡;说的是人情安静,尽是意念和平。正行走处,见几个人,你扶我,我搀你,搭肩携手走将来。灵虚子问道:"南来男子,从前路来,可曾遇见四个僧人,挑着担包,却是在哪处停住?"这人道:"见有四僧,挑着经担过林。遇着妖魔鬼怪,好生费力,而今停住着在林西。我等也是被妖魔抢了干粮棋子,又打伤几死,幸亏老僧救来。只恐他救得我等,却救不得自己,正在那里与妖怪争斗哩。"灵虚子听了,乃向比丘僧道:"师兄,唐僧师徒遇魔,不足虑,经文却有所关。我二人为何而来,怎么任他前去,不随他一步。"灵虚子道:"师兄慢慢后来。待我先去探看,是何妖魔,与他师徒争斗。"比丘僧道:"我们不必前后分路,你先去探妖魔,我随后看他师徒作何计较。务要保护真经,莫教妖魔亵渎。"

　　灵虚依言先走。他却变了一个行路客人,走到林西头。见三藏与行者、沙僧坐地,只不见猪八戒,忖道:"唐僧们想是辛苦歇力,猪八戒去化斋。"乃走将过来。三藏见了道:"客官孤身一个,须要防林内妖怪抢你干粮。"灵虚子故意道:"小子也无干粮在身。"沙僧道:"只恐还要毒打。"灵虚子道:"小子也不怕他毒打,还要打妖怪哩。"行者听得,便笑嘻嘻说:"客官,这妖魔厉害,你怎么不怕,还要打他?"灵虚子道:"我小子时常往来。这林内妖魔被我打怕了,若是要过去,他还要送路费哩。"三藏听得,

---

①　巇(xī)——危险;艰难,难行。

乃起身合掌道:"客官,千劳万劳,劳你带得小僧们与这担包过去。"灵虚子道:"此事不难。且问师父,你们只三位,怎么有四副担包在此?"三藏道:"我还有一个徒弟,被妖魔捉将过去,如今不知下落。"灵虚子道:"师父不必虑心。我与你探听妖魔,看可曾加害你徒弟。"三藏道:"有劳客官。若是救得我徒弟出来,重重谢你。"灵虚子辞去。

行者笑道:"师父,我看此客人,定是个妖魔。说的一派虚话,他来探听我们的。"三藏道:"徒弟,也休管他是妖魔不是妖魔,你如今作何主意?"行者道:"徒弟没有金箍棒,委实战斗妖魔不过。我也三次去偷棒,空费工夫,只是偷不得来。师父你可有甚计较,把我这兵器取来还我? 这妖魔何难打灭!"三藏道:"徒弟,再休想要金箍棒了。"行者道:"师父,此棒原是徒弟龙宫得来,应当还我的。怎说休想。"三藏道:"徒弟你:

> 既已趋正果,如来给宝经。
>
> 只有慈悲意,何思战斗兵。
>
> 却除心上火,丢去怒中嗔。
>
> 纵得金箍棒,须知也不灵。"

行者听了道:"师父教诲,徒弟从此再不想那金箍棒了。只是方才这客人,我疑他是妖魔。"三藏道:"决非妖魔。若是妖魔,他怎肯说打妖怪,还要他送路费? 只恐往来与妖魔熟识。若得他方便了八戒出来,带得我们过林前去,便是好了。只看他探听可来回复我们。"行者道:"不济事。真个师父做人忠厚,立意志诚。比如这客人,既与妖魔熟识,他只有相为妖魔,便要把八戒算计,岂有做人情与我们人生面不熟的? 待徒弟随他后,查探他个实迹来。"三藏道:"悟空,你既晓得我做师父的志诚忠厚,你也该一意志诚忠厚才是。凡事莫要生疑心。只恐你动了疑心,又暗生出一种妖魔来。"

师徒正说,只见比丘僧也变了一个行路客人,走上前来。见了唐僧说:"师父们,何不趁此青天白昼前过这林,如何坐在此处? 你不知此处当年叫做快活林,如今叫做饿鬼林,有许多妖魔,抢夺往来行客。若我们空身常往来熟识的,便无碍;若是师父面生,自不曾过此林,便受他加害。"三藏道:"客官,我小僧们正是为此,被妖魔把个徒弟捆捉了去,如今不知下落。方才动劳一位客官探听去了。不知真实何如?"客人道:"师父,我们这里行往的人,不扯虚谎,他定然替你查探了来。但不知你这包担是何货物？便是货物，还可；若是干粮饮食之类，必要惹动妖魔来抢。"三藏道："客官不知，我这包担都是经卷真言。"客人笑道："师父，既是经卷。我闻真言无妖不灭，无怪不除。你只须坦然前走，那妖魔自不敢侵。"三藏道："我也是这般说，争奈我这徒弟们，不肯老老实实挑着过林走路，却要去揽出是非，惹出祸来。"客人道："原来高徒们自家的不是。"行者听得道："客官，你莫不就是妖魔之党，你哄得我们挑着经担走到林中，现成与妖魔抢夺。"客人道："师父，你还是这样存疑心。我这地方来往的，不欺人。好歹只等前边客人探了信来，我带你过林去，也是经文份上。"按下不提。

　　且说灵虚子走入林中，到那妖魔寨来。只见寨门紧闭。灵虚子乃向门缝里一张，只见堂前许多兵器，把八戒围着。却有几个细腰妇女看守。灵虚子乃变一个妇女敲门。只见门开，那妇女问道："你是被那神将鞭打走了的，在哪里躲着，如今方来？"灵虚子便随口答道："是我先躲去了，不知后来怎么了？"妇女乃把前边大王使飞刀，捉八戒的话说出来。又说："唐僧头上现出神人，把飞刀段段打坏。"灵虚子已知唐僧正了念头，乃是行者、八戒们偏了意念，忖道："如今且救了八戒出去，再作计较。"乃问道："列位姊妹，如何把这长嘴大耳和尚，将兵器围绕着他？"妇女道："你不知这是猪八戒，被我们捉捆将来，献大王受用。大王说：'等捉了他这一起的，方才受用。'哪知这和尚倒也有些本事，他浑身变出许多钢锥来戳人，思量要走。如今只得把兵器围绕着他，等大王歇息片时，再去捉那几个和尚。"灵虚子听得，把嘴向妇人吹了一口气，只见个个打盹瞌睡起来。乃把兵器拿开，让八戒一路烟飞走出林，到了三藏处去。这灵虚子仍走入寨内，恰好魔王歇息了一会，起身叫："众小妖与细腰妇女，且把捉的大耳长嘴和尚蒸煮了来受用。这一会力尚倦，待吃饱了，再去捉唐僧。"小妖答应，出堂前，哪里有个和尚？只见众细腰妇女昏昏沉沉，倒在半边。报道："大王，和尚使神通，把众妇女迷倒走了。"魔王听得，一惊道："好和尚，你会走，难道我不会捉？"乃叫小妖："快把飞刀再磨利了几把，待我捉那几个和尚来。"小妖依言，去磨飞刀。

　　灵虚子听得，忙来到三藏处回复说："魔王磨飞刀，要来捉你们。"见了比丘僧，故意道："张客官，你也过林去。"比丘僧也假意答道："李客官，你如何从林那边来？"灵虚子道："我为这西还的师父们探听妖魔，如今妖魔要来捉他师徒,你计将何出?"比丘僧道:"他师父志诚,我等带他过林。纵是妖魔要捉他,我与你也讨得个方便。只是三位高徒,却难保得过林。"行者道:"二位老客,我们也不要你保。只要你带得我师父与马垛、经柜过去,我们不敢动劳你。"客人道:"这个容易,只等妖魔来时,你们与他战斗,我却带你师父过林。"行者道:"话虽是你美意,只是莫要为妖魔诈来骗我师父。"客人道:"你终是疑心,前途又要生出疑怪。"行者道:"动劳,动劳。你便是来诈骗,我老孙也有处寻你。"说罢,果然魔王带领着小妖前来,这边行者、八戒、沙僧,三个各执着禅杖上前迎敌;那独角魔王抖擞雄威,小妖、妇女扛帮战斗。这一场好杀,怎见得:

　　　　妖魔斧劈,行者相迎。众小妖齐齐助阵,八戒们个个争能。那斧劈光芒喷火,这杖迎势焰生云。那边是独角魔王一心要捉和尚,这里是三个长老合意要灭妖精。那一个会使飞刀真厉害,这一个展开手段弄神通。只杀得林深叶落天风紧,播土扬沙眼目昏。

　　比丘僧两个变了客人,带着三藏马垛,趁魔王与行者三个厮杀,他先过了林西,到得林东一座塔儿小庙。只见一个老和尚在庙门前晒日,补那破衲。客人乃叫一声:"长老,你可安住了这位师父,他尚有三位高徒在后。若是腹饥,可煮顿斋饭供他。我们前去,回来时自然谢你。"老和尚道:"客官,你岂不知这林近处留不得斋粮的,哪讨有余供献长老师父。"客人道:"不难,不难。我们前去就回。"乃把三藏马垛安顿好了。三藏也叫腹饥,眼巴巴只望着徒弟们过林来。

　　却说行者三个与独角魔王大战多时,那魔王忙放起飞刀。他三个见了,只把禅杖挡抵。魔王明晃晃板斧又劈将来。正在危急之际,幸得比丘僧与灵虚子护过三藏到了小庙,依旧退回路来,探看他三个与妖魔厮杀。见妖魔飞刀在空,只向他三个劈来,比丘僧忙把菩提子取下几粒,望空撒去。只见那菩提子粒粒如坚钢,把飞刀迎击,反向妖魔劈去。小妖与细腰妇女飞走散躲,只剩了一个魔王,势孤力弱,只得败阵。正要逃走,被行者一把揪倒。八戒忙把拴包担绳索捆起来。魔王就要弄神通变化逃走,早被行者念动一句咒语,魔王逃走不得。三个人掣杖要打,那魔王哀乞饶命。行者咬牙切齿道:"你这妖魔,也不知害了多少人,如何留得你!"

　　只见两个客人道:"三位师父,我两人送你师父过林,方才也有些帮助微劳,可看我面,饶恕了他吧。若是将禅杖打灭了他,又非出家人慈悲本意。"行者犹自不解，沙僧道："师兄，二位客官劳他探听，又送师父过林，恩德未报，何不听他份上，饶了妖魔。我们也要挑担赶师父前去。"八戒道："钉耙缴了，没有个兵器，顺手打杀个妖怪散心。今日这禅杖有功，须也叫他试试本事。"沙僧道："二哥，若是把禅杖打伤了妖魔，当初灵山倒不缴了我们兵器。"八戒依言，便将绳解了。把禅杖挑那经担。沙僧见八戒放了妖魔，只得也挑起经担要走。行者道："师弟们，且住。我们便去了，这后来途人，怎生处置？须要叫妖魔发个誓愿，将功折罪，方饶他打。"魔王听得，正也要骗哄一时，思量还要再整兵戈，报仇和尚。灵虚子早知了，乃向比丘僧耳中道了几句，只见比丘僧说："我要过林去，去探你师父。你们叫魔王发誓罢了。"比丘僧说罢，不辞而去，丢下灵虚子。他耳边说的何话，要知，且听下回分解。

总批

一正了念头，便有金甲神人拥护。须知金箍棒只在心上。

曹操堕入饿鬼道中，亦只为生前机心太重耳。此作者深意，不可不知。

第三十九回

木鱼声响散妖魔　猛虎啸风惊长老

世事逞强戕劫，怎如善化机心。心机不变此衷真。纵是豚鱼可格，从教吴越堪亲。

话表灵虚子见妖魔口里求饶，却未心服。乃向比丘僧耳内说了两句，叫他到小庙保护唐僧马垛。他却帮着行者说这妖魔："要饶性命，须是要依我两个发个誓愿，方才饶你。6"魔王听了发誓愿，哪里心服，思量只是要口应心违。便问道："长老师父，你要我如何发誓？"行者道："再不许林中加害往来行客，也不许设假抢夺人饭食充饥。如违了，便如何如何。发一个誓。"魔王道："不加害往来行客，依得。这一林饥鬼，怎么免得？"灵虚子只听了这一句，即时显个神通，他哪里是客人？把身一抖，只见他：

头戴玄冠着紫袍，狮蛮宝带系垂腰。

彩云拥出天神将，手执降魔大捍刀。

魔王见了，吃了一惊道："爷爷呀，原来圣僧取得经回，暗中有神护佑。我等妖魔，何敢猖獗。"便跪倒在地道："小妖愿发誓，再不敢在这林间作横。只是这些饥饿妖精小怪，望神将发落他，超生六道中去吧。"灵虚子乃袖中取出一个木鱼梆子，叫道："孙悟空，你可将我这木鱼梆子敲三声。一声叫他众妖惊耳提心，皈依三宝；两声叫他远去此林，再勿抢夺往来行客；三声叫他众妖，饱法食，沃甘露，永离了饿馁道中。"行者依言，接过木鱼，方敲了两声。只见林内无数小妖并那细腰妇女，飞空散出。八戒见了，忙夺过行者手中梆子道："好！要了道士令牌，也无此灵准。"一连敲了十余声，只见那独角魔站立不住道："列位师父们，好好挑了经担，前途去吧。这木鱼声，已彻三界，通九幽。我等得皈依正果也。"

行者三个方才知客人非凡，乃是神将保护他们。灵虚子取了木鱼，飞空不见。他三个过了林东，正找寻，三藏在小庙前望着徒弟们到来。三个挑着经担，喜喜欢欢见了三藏。行者道："师父，你说那客人是谁？"三藏道："多是地方善信男子。"行者道："说不着。"三藏道："只恐是妖魔熟识，设骗我们。"八戒道："越说的不是。"行者说："师父，原来是保护我们的菩萨。"乃把木鱼唤醒众妖魔话说出，三藏合掌望空称赞。只见老和尚听得屋门外说话，走出来看见了他三个相貌古怪，乃惊怕起来，一手扯着三藏，战兢兢地道："老爷呀，是哪里来的妖魔鬼怪，这般模样。"三藏道："老师父，你莫要惊怕。这都是小徒，生的虽古怪，却是山恶人善。方才前路把妖魔荡平，饿鬼林都得了饱食甘露。从此地方路道往来行客，皆安静了。"老和尚道："爷爷呀，这等说来，就是圣僧。不差，便是。老和尚往林西去化缘，也不遭妖魔抢夺了。列位老爷，可进堂中，我老和尚还有藏着过冬的些斋米，将就一顿饭供养列位。"三藏道："老师父，你过冬的斋米，我们怎忍吃你的。"八戒道："师父，便是饥也不当吃他的。我们赶路吧。"行者笑道："呆子，你每常还要撺掇师父，起发人家斋吃。怎么如今也会说这好看话？"八戒道："师兄，有些古怪。只从方才夺了那木鱼梆子乱敲，莫说饥饿妖魔安静去了，便是我肚中也不觉饥。"老和尚道："列位老爷，不必推却。我只从远远也听见梆子声，只恐是妖魔来设哄斋粮，便立心煮饭，供献了远来老爷吧。"行者道："老师父，你又说虚话，怎么一个梆子声，便是妖魔设哄你斋粮？"老和尚说："老爷，你不知这林中饿妖，千方百计掠人饭食。"八戒笑道："老师父，还是你每常敲梆子化人的斋粮，这些光景在心发见。"三藏也笑将起来说："悟能，每常不似此时说的，倒也有几分近理。"老和尚留住三藏师徒吃斋。

却说比丘僧与灵虚子变了客人，保护真经过了饿鬼林。后来地方丰稔①，仍改作快活林，皆晓得是圣僧宝经灵感所致。这比丘与灵虚两个，远远见三藏师徒平安在庙，吃了老和尚斋，打点前行。他两个随路也化缘吃斋，一程程前走。未及百里，只见冷飕飕寒风刮来，渐渐狂大。比丘僧道："风色寒冷，非是冬月，怎么渐渐狂大？莫不是天气云蒸雨变，在前边刮来？"灵虚子道："师兄，我与你且立在此地，看前边可有人来，问个消息。"

两个等了半晌，哪里有个人来。只听得远远犬吠，比丘僧道："犬吠之声，想必有人家居住。"乃凭空四望，那西南显出两间茅草小屋，烟爨②

---

① 丰稔（rěn）——稔，庄稼成熟，这里指富裕。
② 爨（cuàn）——烧火煮饭。

分明。他两个走近前来，只见一个老婆子和一个小妇人在那里哭哭啼啼。灵虚子上前问道："女善人，你为何悲啼？"老婆子见是两个僧道，乃答道："二位师父，你从哪里来？"灵虚子答道："我两个从西来的。"婆子道："你可曾往前去走？"灵虚子道："如今正要前行，忽然风色寒冷，想是有雨。借问前路可有人家避风躲雨？"婆子道："人家虽有，都也似我这茅屋，零星几家。此时都也没人在家，只恐你二位没处安躲。"灵虚子道："婆婆，你两个悲悲啼啼为何？"婆子道："师父，你岂不知，又要问我？"灵虚子道："我们其实不知。"婆子说："离我此处前走二十多里，东西接界，有一丛深林，向来叫做薰风林。每年三春，花柳盛开，游人颇集。只因有几个纵酒少年，生事惹祸。俗语说的，无风生有。便惹了一个怪物，在这林深处，每日逞弄狂风，刮得飞禽走兽羽毛也没一毫，树叶枯枝也不存留半点。地方起名叫做狂风林。行人都转路，走路便转去，只是远又险峻。可恨这怪物弄风也罢，却逐日把我这地方老小汉子捉将去，帮他弄风。个个抛了妻子，不得赚钱过活。我婆媳两个饥馁，故此悲啼。"灵虚子听了道："原来是妖魔弄风。"两个听了此言，离了婆子之门，往前再走几步。那风越狂，只得坐在背风地下，计较唐僧师徒怎生行走。比丘僧说："师兄，料他们必须有法过去。我与你空身，比不得他们挑着担包。且远远转路到那山顶上，看他师徒怎生过这狂风林。"按下不提。

且说三藏师徒，吃了老和尚斋，辞谢了他，挑担押驮出庙门，望东才走。那老和尚一手扯着三藏道："老爷，我老和尚朽迈忘事，讲了半日，也不曾问你往哪一方走。若是往前走，须要到狂风林过。这风还可处，只不要惊动林内一个妖怪，若惊动了他，你这包担休想过去。便是你列位也当不得那狂风狠乱。"三藏听了道："徒弟们，你听这老师父说，又费区处了。"行者道："黯黮林西店主说的，走一林，便知一林光景；行一处，便晓一处名头。行到此处，只得上前走去。"八戒道："师父，莫听老和尚吓我们。想是白吃了他饭，没有谢他，故此说这疙瘩话。"老和尚听了此话，心下不喜欢，便不做声。三藏只得辞了，望前行走。果然走了半日，到得林西，又过十余里，忽然起了一阵狂风。三藏道："徒弟们，老和尚之言不虚。风来了，怎生奈何？"三藏方才说，只见那风：

呼天吼地声如虎，无影无形谁见睹。

但看尘沙劈面来，飞禽走兽如惊弩。

纷纷树叶与枯枝,飘落空林无可数。

五湖四海浪翻浑,南北东西行客阻。

滩上渔翁住钓钩,山间樵子忙收斧。

舟人怎敢扯篷帆,屋瓦翻掀蜂蝶舞。

大家小户尽关门,冷冷飕飕都叫苦。

三藏越叫风狂,那风越刮的大。马垛子半步难行。八戒、沙僧担包怎立得住。唯有行者道:"师父,哪怕它狂风,徒弟挑的担子燥热了,巴不得风来刮刮。"他挑着经担飞走。三藏心疑,越叫悟空且住着担子,行者越挑着走。八戒、沙僧当不起狂风,看见了那婆子茅屋紧闭门,说不得挑着担子走去敲门,三藏也跟来藏躲,八戒敲了一会门。那婆媳在门缝里张见八戒、沙僧像貌,只是不开门。三藏知其意,乃叫道:"屋内善人,小僧们是中国僧人,路过此处。遇着狂风,借避片时。"那婆子听了三藏温良之话,又张见三藏仪容,乃开了门,说道:"师父们,躲也没用。这风林不息,越说越大。倒不如转远些山路去吧。"三藏道:"女善人,如何这风不息,越说越大?"婆子又把对比丘僧的话说了一遍。三藏道:"女善人,没奈何且把经柜担寄在你家,马养在背风屋后。待我们探看这怪风是怎么起,我这徒弟们都也有些本事,万一与你驱除静息了妖魔怪风,你家老小男子,也免得捉将去,看家守室,岂不是好?"婆子没奈何,只得容留三藏住下。

只见行者把经担放在路口,走将来道:"师父,风便有些,也还行得。怎么躲在此处?"三藏道:"悟空,风委实大,你如何说走得?你不信,问这老婆婆,前说越走过去,越狂了。"八戒道:"师父,这猴头,故意要弄人。你想是当年过火焰山,敌那铁扇公主,得了定风丹,如今灵验仍在,故此不怕风。"八戒只这一句,就引动他昔年来时骗扇求丹旧事,便生出一种机心。乃沉吟思想个过林计策,除灭怪物的神通。按下行者在婆子茅屋前思计。

且说这狂风林内,这个弄风的妖怪,却是何怪?乃是远山走入林来,一只斑烂白额猛虎。他在山中年久,吃人无厌。一日伏虎尊者过山,见他咆哮凶恶,用道法灭他。他伏蓿乞哀,尊者大慈大悲,有先知未来神力,乃纵虎归林道:"日后自有僧人点化他。"这虎遂走到薰风林成精作怪。他弄这狂风,却不伤人,只要探听尊者说的日后僧人。只因他能啸生风,气力尚微,乃捉这地方老小汉子到于窝巢内,助他呼吸生风。他又有些妖魔怪气,神通本事,把捉的这地方汉子,充作喽啰小妖,轮班换日,探听往来途人,报与精怪知道。恰遇着三藏师徒,避风在婆子屋内,这日该他父子回家,一见四个长老避风在屋,不胜大喜。婆子问道:"老官儿,喜欢为何?看你往日归来纳闷,怨道不得做买卖安家。今日喜欢,必有缘故。"老汉道:"你不知魔王捉了我们,助他弄风,转班换日。只要打听过往僧人。有能打探着僧人的,便为首功,免其捉入巢穴。今见四个长老在我茅屋,少不得去报作首功,安得不喜?"老汉一面说,一面来问道:"师父们,你往何处去的?"三藏道:"贫僧中国大唐人,上灵山取经回国去的。老善人,我方才听你与婆婆说,要去报作首功。想必是把我贫僧们去报知此地方官长。我贫僧们是有关文路引可验,不是等闲私渡官津。"老汉道:"师父,我这里官府遥远,就有也不来查你。但是我这薰风林,如今被一个魔王占住,改作狂风林。这魔王神威也不小,恼人说大风。但有过往客人,再无一个敢说风狂大。一说狂大,这魔王越发施威,那风益发狂大。这些时,叫我等探看往来僧人,只因避风怕怪的人,都不走这林,魔王正在那里发急。恰好我父子回家,遇着四位师父,正合那魔王之意,我父子定要去报他知道。"

三藏听得,叫过行者,悄悄说道:"徒弟们,这事如何处?"行者道:"依徒弟我,方才冒着些风势,往前过林去罢。你却听信八戒们,躲在此处,恰遇着他父子要去报妖魔。但不知是什么妖魔,要探看僧人怎的?若是与我有德的,还有一顿斋饭迎送;若是与我们有仇的,又要费心力与他争战一场。"三藏道:"悟空,若是我,当年来时还与一路妖魔无怨无德;若说你,仇对却也不少。这老汉去报,多凶少吉。你们须小心作下准备。"行者道:"师父放心。报的让他去报,徒弟探的去探,八戒说我得了定风丹,委实不虚。我姑且把师父与马垛,定着他风,先偷走过去;他父子报了来时,再等我与八戒去挡。"三藏道:"悟空,正经大路通道,我如今不明明白白、名正言顺过去,却偷走暗渡过去。纵妖魔不知,我与你已自欺自昧了,岂是出家人取经的正意?"行者道:"师父,我徒弟原说要使个机变。"三藏道:"徒弟,你只因要步步用此机变,处处便逢妖怪。我只依大道,明明白白前去,决不偷走。"行者道:"师父,你莫要执一,少时这老汉报来,要偷走过林,恐怕迟了。"三藏依言,只得等那老汉父子出门去报知魔王,乃押着马垛,随着行者过林前去。果然行者把马垛押着,那林中微微风色不动分毫。忽然三藏脚步一慢,离了行者,那风抖然狂大,把个唐长老刮倒在地,半步也挣挫不起。行者忙丢了马垛,回来要救三藏。马垛又被风吹离不得。行者心急忖思,只得押着马垛,忙忙先送过林,说不得再来救师父,正是:

　　　　路长人力倦,心急马行迟。

毕竟马垛子可送过林,三藏怎么救去,下回分解。

总批

　　敲动梆子三声,饿鬼便得沃甘露,沾法食。每见和尚、道人化缘,敲来敲去,不下数千百声,越叫肚中饥饿,何也?

　　妖怪弄风,少不得借人力。妖由人兴,信然,信然。

　　因少年纵酒生事,便惹了一个怪物。乃知老成谨厚,便是定风丹也。

第 四 十 回

灵虚道者伴唐僧　啸风魔王仇八戒

　　话表比丘僧与灵虚子，坐在远远山顶上。他两个神运慧眼，也知林中有妖魔弄风，却看唐僧师徒怎生过林。正两人四目远达，只看见那林中，行者与唐僧行走，不见什么风景。少时，马垛与行者先去，把个唐僧抛离在后。比丘僧与灵虚子说："孙行者不挑经担，却押马垛，此是何意？唐僧押垛，却又不前，必有缘故。师兄，我与你不犯妖风，远转过林。寻一个人家，把行者马垛安下。再问他师徒们参差前后，是何主意？"灵虚子道："师兄，你转路去问孙行者缘故，我还去探唐僧。"两个离了山顶。

　　却说行者押着马垛，偷走过林。果然是当年得了灵吉菩萨定风宝丹，这些灵根在身，安安静静押着马垛，过了狂风林东三五里。只见有几家茅檐草舍，早见一个僧人，跏趺坐在地下，手里捻着菩提子念佛。见了行者道："师兄，哪里来？马垛却是何物？"行者恐怕是妖魔假变，乃答道："是些杂货儿，前途发卖。"僧人笑道："师兄，你休瞒我。出家人说了一句诳语，就要坐一句诳语罪过。我知你是取来经卷。你一起师徒四个过这狂风林。想是你冒险侥幸过来了，他们定被狂风刮去。"

　　行者见僧人说破，他乃直言不隐，说出八戒、沙僧尚在婆子草屋避风，老汉父子去报与什么妖魔，我与师父偷走过林。僧人道："我知这林狂风刮害行人转路，你如何过来？"行者道："我便侥幸过来了，只是师父同来，被风刮倒在后。我只得押过马垛前来。如今丢了马垛，再去救师父。只恐马垛又丢不得。"僧人道："不妨，不妨。你把马垛托付与我看着，你速去救师父。"行者笑道："你老实说，是何妖魔，思量要诈我马垛？我老孙也有个名儿，你便诈了我垛子，走到三十三天，老孙也寻得着你。"僧人笑道："师兄，你如何用此心肠？俗说的，疑人莫用，用人莫疑。想我与你同是一会之人，怎么立个诈骗？你心就是立了这心，却不坏了我释门体面。你休疑我，快把马垛寄在此空草舍处，待我坐在门前化缘，与你看守。速去救师父。"

行者见僧人说出释门体面，乃合掌打了一个问讯道："师父，动劳你了。""忽喇"一声，筋斗打到三藏面前。只见一个道者在旁，连那道者也被狂风刮得没撩没乱。见了行者在面前，那狂风便息了。三藏立起身来道："徒弟，好厉害狂风，伏着地，犹可些；若是立起身，哪里站的住。如今马垛子何处？"行者道："师父，你且随我过林去，有一位师父替我看守在茅屋里。且问这位老道从何而来？也在此遭风？"道者说："我是转山路前走的，在那山顶上，见这位师父孤身刮倒在地，特来伴他。不知这妖风厉害，小师父，怎么你到此风便息。"行者笑道："也是侥幸。"道者说："都是出家人，不可说侥幸。必须有个捉拿的手段。小师父，老老实实说与我。"行者乃笑说道：

"说侥幸，非侥幸，你欲静时偏不静。

木无意，自然性，一静从教万虑定。

任冷飕，作枭獍①，这点丹方力量圣。

休远来，真个近，识得超凡便入圣。"

话说灵虚子假变道者，他岂不知定风这神通，只因要试孙行者的手段，看这唐三藏的心情，故此随着三藏，也一样刮在地下，伏着等行者来，行者来到，定住妖风，说了这一篇话。那道者笑道："小师父，你只能定住风，却不能灭了妖，使他不能啸。"行者听了这句话，乃扯着三藏道："师父，我且送你过林去，让妖精与这位老道灭吧。"三藏道："徒弟，可怜这老道远下山顶路来扶我，你却不带他过林。这叫做忘恩失义，非我出家人所为。"行者笑道："师父，谁叫他笑我只能定风，不能灭妖。徒弟既能定风，便会灭妖。"道者笑说："小师父，我老道便是定你的风，方才只激你一句，你便啸起妖风，不能自灭。怎能灭得妖风不啸？"

行者听了，便打个问讯道："老师父，承你教诲了。如今且伴送师父过林去，再来草屋婆子处挑经担。"道者说："小师父，你自去挑担吧。我送你师父过林。"行者道："你方才自家也刮倒在地，怎能保得我师父？"老道说："你自去，我自有法。"行者依言，往西走了半里路，回头望见三藏同着老道，安静前去，他乃放心走到婆子处。八戒、沙僧见了道："师兄，你

---

① 枭獍(xiāojìng)——相传"枭"是食母的恶鸟；獍，一名破镜，是食父的恶兽。比喻忘恩负义的恶人。

押了马垛,送过师父,不曾遭遇风刮么?"行者道:"不曾,不曾。师父已过林去了。我特来挑担,同你们过去。"八戒道:"你与师父去时,我两个挑着担子,也要过林去,哪里走得半步?越走越大,又刮回来了。婆子苦苦不肯放,说他老汉子去报知魔王。却又少了你与师父,正在此吵吵闹闹,婆媳两个抱怨哩。"行者道:"吵也没用,老孙却来了。看他老汉父子报与妖魔怎生来计较我们。"八戒道:

"怎计较,怎计较,说来可恼又可笑。

不是贼,便是盗,不是妖狐是怪貌。

挡路头,逞强暴,使这狂风来啰唣。

我老猪,性儿傲,任你传风报知道。

我们只当化布施,斋饭馍馍定然要。"

行者道:"呆子,老汉去报,不知是旧相知?又不知是有仇隙的?妖怪若是旧相知,你这呆子造化,尽性儿嚷;若是有仇隙的,妖怪知道你,定然要捉了你去,当馍馍蒸哩。"八戒笑道:"蒸也要先吃饱了斋饭。"三个正计较。

却说老汉走入林来,报知魔王。这魔王就叫做啸风魔王。他当时逞凶猛噬人,被伏虎尊者驯服了他,说:"畜生,本当扑灭你。且留你,日后有僧过此林,让他们点化你。"他听受了尊者之言,在此林啸风,只待僧人到来。这日无事,正在林间查那些轮班换日的地方汉子。恰好这老汉报说:"家下有西来四个僧人,避风在屋。"魔王听得大喜,便把地方众人散了,却点起他兽类,许多妖怪,摆出个头踏来到草屋。行者们正计较,只见那老汉父子先回,见只三个小和尚生的面貌又丑,其中独不见了个齐整老僧,便骂婆子说:"如何把个齐整僧人放了哪里去?马又不见,想是藏躲在哪里;或是骑了马转山路过林去了。去便也罢,只是我已报知魔王。来时少了正经僧人,留得这三个丑陋小和尚,他发起怒来,怪我报信不得,怎当得他处治责罚?"行者听得,乃问道:"老主人,你报知魔王,他却如今怎处?"老汉道:"我也不知他怎处。只是我报了四位,如今却不见那正经老师父。不但魔王怪我报事不实,且与你们不便。只恐他看见了你们这个模样,恼将起来。不便,不便。"行者道:"你休疑过虑,便是要我老师父,也不难,且等那魔王来。如不要便罢,若是必要,包管你有一个老师父还他。"老汉子只是埋怨婆子,忽然林内摆出头踏来,行者们躲在屋内偷看。

那摆的头踏内,一个妖魔怎生模样? 但见他:

> 白额金睛灿灿光,头圆鼻仰地颏方。
>
> 两耳壁飞如石柱,双肩背耸似山冈。
>
> 团花袍服全遮盖,白粉靴儿两嵌镶。
>
> 大吼一声山岳震,威风真是恶魔王。

那魔王来到草屋前,老汉子忙出屋迎接。魔王便问:“长老在哪里? 请出来相见。”行者正在屋内偷看,听见他说个“请”字儿,乃向八戒道:“这妖魔叫请出来相见,一定是有些旧识,知我们名儿,好相处的。”八戒道:“若是这等,怎么不进屋相见,却在门前要会?”沙僧道:“这屋窄小,一则我们未见过;况师父不在这里,出门与他相见无碍。”三个乃摇摇摆摆,出了屋门。

魔王一见了,便惊骇起来,忖道:“哪里来的这丑恶和尚? 且报说四僧,怎么只得三个?”乃故意骂老汉子报事不得,又没个礼貌。行者也浪浪荡荡,不回些礼。魔王怒色上面,口里便问道:“和尚,是哪里来的? 要过我这林,往何处去?”行者也故意乜斜着眼儿,慢慢腾腾道:“老孙是随着大唐老僧人上灵山拜如来求取真经的。今日回还,路过这林,想这林也是西方外国,平坦大路。正该刮些和风、薰风、春风、晴风、暖风、微风、景风、清风、好风,说不了道不尽的天风,怎么刮这样的狂风? 拦阻我们行路? 我师父听得,回转灵山,问佛爷爷借定风丹来过此林。”

魔王听行者未及回答;沙僧听得,悄向行者说:“师兄,出家人不打诳语,你怎么说这些谎话? 师父分明过林去了,如何说回转灵山?”行者低声道:“师弟,到此只得用欺骗,一者恐妖魔定要师父见面,二者卫护了老汉报事不虚,三者妖魔怕师父请了定风丹,他便失了威势。”八戒听了道:“我一向只是老实。如今遇着妖魔,大哥既扯谎,我也扯他一个。”乃向魔王说道:“我师父上灵山借定风丹,只恐借了条风神将来,把你这妖魔扫荡个干净。”

魔王只听了八戒一句,怒从心上起,恶向胆边生,叫手下众妖把这三个和尚拿了林内来。众妖听令,魔王竟自回去。这众妖齐来拿行者三个。行者一看,却都是几个獐狐鹿兔,拿枪弄棒围绕簇拥前来。被行者们担包上解下禅杖,打得个落花流水,一个个飞跑顾命不得。那老汉父子婆媳,一面喜,一面怕。喜的是,和尚有本事,打走了妖魔,可望与他地方除害;

怕的是，妖魔狠去复来，和尚打他不过，带累他家。

却说这啸风魔王回到林内，等那众妖拿了三个和尚来，思量要逞威猛，报仇恨，也顾不得当初尊者说点化一言，乃吩咐众妖说："我听得西来僧人，倒也思想是几个有德行的高僧，求他们点化。不想三个丑恶和尚，我好意请他出来，他倒说上灵山借条风神将来扫荡我们。这等惫懒和尚，你众妖可设下蒸锅，蒸他两个，烧灶烧他一个，前林去请了我那布雨魔王来，做个风云佳会。"众妖听令，只等拿得三个和尚来，便要蒸烧。忽然林外跑了那几个獐狐鹿兔妖精，被行者们打得披头散发，折脚损腰，走入林来道："大王，和尚拿不来，倒被他打伤了回来。似这等凶恶和尚，不如息了这口气，让他过林去吧。"魔王见了，大怒道："本待饶他，无奈他上门欺辱。且说一个回灵山，借神将来扫荡，又把你们打伤至此。快抬过盔甲兵器来，待我亲去拿他。"众妖得令，乃抬了盔甲兵器。魔王顶盔贯甲，手执着一条丈八长枪，飞走到草屋前来喊叫："屋内和尚，趁早出来纳命！"行者们听了，乃拿了禅杖，走出屋门。看那魔王：

　　雄赳赳威风凛冽，怒冲冲杀气飞扬。

　　手拿丈八一条枪，口叫捉长腮和尚。

八戒听了道："一般三个人在此，这妖魔口口声声叫捉我。"行者道："我扯个谎儿，只说借定风丹。谁叫你扯谎说，师父去借条风神将，扫荡他干净？惹他仇恨，故此只要捉你。"八戒道："他要捉我，且待我先捉了他。"乃奋勇执着禅杖，打出门来，照妖魔乱舞。那魔王架着长枪问道："你这喇叭椎挺，脆骨牛筋嘴的毛头和尚，正是大王的下饭，赶早纳命，去上蒸笼；也敢拿着棍棒来厮斗！"八戒笑道："野妖，你哪里知我是哪个，大胆前来赌斗！"魔王道："你是谁？我却也不知。试说与我，少戳你几枪，上蒸笼多烧你几根柴。"八戒道："野妖，我说，你听着：

　　我生胎胞原在亥，名从木母居天界。

　　曾将二气配金公，管理大兵称上帅。

　　只因瑶池会蟠桃，酒狂犯法情难贷。

　　降下凡尘入释门，取经便把唐僧拜。

　　神通本事果然高，九齿钉耙今尚在。

　　四海闻名会打妖，十洲夸我能拿怪。

　　今朝取得宝经回，路转此林风色大。

飒飒刮来自九天,吼吼声响鸣万籁。

当年来取定风丹,如今去借条风帅。

你若问我是谁人,法名叫做猪八戒。"

魔王听了道:"原来你叫做猪八戒。"举枪直奔八戒,八戒擎杖相迎。魔王正斗间,把口张开,大吼了一声。只见狂风大作,把个八戒刮倒在地,哪里动得分毫。众妖就要来捆八戒,幸得行者不怕风,举禅杖一顿乱打,众妖退了。魔王便把枪来战行者,行者道:"妖魔休得乱戳,你认得外公是谁?"魔王道:"只说知了猪八戒,便知你是猴头脸孙行者。"行者道:"你既知我,定是个旧相识。"魔王道:"相识果然旧,只是有些冤恨仇气,每每想要报复。不匡今日相遇此林,且与你战斗百个回合,再用神通本事捉你。"行者道:"既是相识,我外公事多失记。你且说,在哪里会过,有甚仇隙? 说个明白,方好交战。"魔王乃一程一节说出。却是何说,且听下回分解。

总批

行者疑比丘是假,听见佛门体面一句,便信是真。不知如今做佛门体面的,更有十分假在。

啸风大王摆头踏请和尚,尽有礼数。被行者、八戒一激,便老羞成怒。可见无礼亦服不得异类也。

老道说行者啸起妖风,此语最妙。世之不为啸风大王者,能有几人。

第四十一回

狐妖设计假心猿　行者全经愚脚汉

弥陀原在此心头，万句于言莫外求。

识得灵山经自在，何须费力向西游。

却说啸风魔王听得行者问他在哪里相识，有甚仇隙。他便说出："当年两界山，我一个同胞弟兄，被你成了个开山第一功，你还得了一件围裙，遮着羞处。"行者听魔王说，想了一会道："是了，是了，外公想起来了。你今日，想是这点仇隙儿要报。便与你斗个几百回合，也不惧。"好魔王，长枪直刺。好行者，禅杖横冲。这正是：

窄路相逢来敌手，冤家撞见对头人。

行者与魔王大战了百余合，吓得个老汉婆子一家，战兢兢地道："爷爷呀，原来这几个丑恶脸的长老们，都是有本事不怕啸风大王的。"魔王听得老汉说出风字，却就把嘴一张，那喉里呼呼，狂风直喷出来。八戒、沙僧，躲入屋内，还是站立不定，心内慌歉。行者越长精神道："妖魔这些微风色，解不得外公燥热。小，小！"行者越叫"小"，那风越小。魔王慌了道："从来没有挡抵我风势的，这猴精名不虚传。怪道黄风岭也被他打灭了那先锋兄，我如今狂风不能刮倒他，只得退回林内，计较个法儿拿他。"魔王虚架一枪，飞走入林。那些众妖慌张乱跑，行者收了禅杖道："野妖，老孙且记下你一顿禅杖。赶早息了狂风，让我们安安静静过林前去。"

行者说罢，走入草屋。老汉婆子一家都磕头捣蒜道："圣僧老爷，神通广大，把魔王战败。料是躲入深林，不敢弄风阻你。"叫婆子安排些斋饭，供献老爷。行者道："斋饭虽用得着，只是扰你不安。"老汉道："老爷说哪里话，你打败了魔王，他损了威势，以后便夸不得嘴，弄不得风。这路途安靖，行人也众多，地方也闹热，我们买卖也有些做，日子也好安乐从容过。"婆子听得道："老儿你说的虽是，只恐这老爷方才不曾打灭了他。他退入深林，又生计较。俗语说的好，斩草除根。若是不除根，萌芽又发。"行者听了道："婆婆说的有理。我们出家人到处方便，必须与你地方打灭妖魔。"八戒道："大哥,依我小弟愚见,吃饱了他斋,效前边师父暗走的法儿,过林去吧。"行者道："呆子,你不知道,我只定得一个人的风。若是你与沙僧,怎过得去?"八戒道："我同你先去,沙僧再作一次去吧。"行者道："不可。我与你过去,丢下沙僧。万一妖魔复来,叫他势孤力寡。不便,不便。"八戒道："什么势孤力寡,怕那妖魔作甚?"行者笑道："呆子,你既不怕,如何躲在屋内?"八戒道："走路便怕他风狂刮倒,坐在屋内,自有婆婆一家照顾,那狂风也难入屋。"沙僧道："二哥,据你说,我先同大哥过林去,你再来何如?"八戒道："便让你先去,我等大哥再来吧。"

　　沙僧依言,乃辞别老汉婆子,挑着担包,同行者悄悄先行,丢下八戒。八戒只说："大哥快些来。"那老汉婆子也不敢去报知魔王,让行者、沙僧前去。行者知妖魔说不得风字,他两个闭口藏舌,过了风林,前到草房处。只见三藏与两个僧道,坐在那里看守经驮,见了徒弟,便问："你们吃了斋么?"行者道："师父,你不先问经担,风林的妖,却先问徒弟吃了斋,想是自己饥饿了。"三藏道："徒弟,我不虑你们不能定风,走过林来。我经柜垛子既来,你们经担必然也到,但师徒之情,只恐你们与妖魔战斗,忍饥受饿。若是不曾吃斋,这二位师父有随路干粮,吃它些微度力。"行者道："师父,我徒弟们扰了婆子家斋饭来了。"三藏道："八戒怎么不同来?"行者道："师父,我的定风本事,只保得一个。比如在那林间,只保得师父,便保不得老道。"三藏笑道："悟空,你既是保我一个,怎么又丢我在林间,被那狂风刮倒?"行者道："那是师父走慢了,马垛又在前,不能两顾。"三藏道："悟空,不是这等说。大抵我之意念说,明人不做暗事。"行者说："师父,你不知那妖魔不喜人说风狂,越说越狂,师父是犯了他这禁也。"沙僧道："大哥,莫要缠话费工夫。呆子在哪里等你哩。"行者道："莫要急,且要呆子等等着。"

　　却说啸风魔王退入林内,对众妖说："当年尊者饶了我,叫日后僧人点化。谁想今日也轮班二日,叫地方汉子打听僧人,明日也换日轮班,差你们众妖探听和尚,谁知来了这旧仇隙。那孙行者神通广大,些微风儿刮他不倒,唐僧又不知躲在何处。俗语说的,仇人相见,分外眼明。如今怎饶得他过去。"众妖道："大王虽然去,猪八戒却仗与孙行者。如今孙行者行动保守着他们,不如放他过林去吧。"魔王听了,大怒起来道："你这小妖们,长他人志气,灭我大王威风。如今我不与他斗力,却与他斗智。"众妖道："大王,若论力,无有猛过如你;若是斗智,只恐斗那猴精不过。众妖情愿举一小妖,他智能最狡,大王若是听了他设个计策,管教大王雪耻除凶,报了唐僧师徒仇隙。"魔王听了,变了怒气,转过笑容道："有计策的小妖在哪里?"只见一个狐妖上前道："有,不远,就在这里。"魔王说："既不远,你便举来。"狐妖乃说道:

> 这个小妖劣蹶,智谋果是奇绝。
>
> 曾经捣药广寒,同住嫦娥宫阙。
>
> 平冈青草蒙茸,碧汉苍鹰诡谲①。
>
> 看他御猎才能,运用狡通三穴。

狐妖说罢,魔王笑道："你举的这小妖,我识得了,乃是林内这兔妖。"便叫他来画一个计策,捉那和尚。"兔妖上前说："大王,我看那三个和尚,止得那猴头脸嘴的不怕风。大王何不把老汉草屋,风掀倒了。那怕风的和尚,自然刮倒,待小妖捆了他来。"魔王道："我发烈烈狂风,掀倒草屋,他却又移到别屋去躲。"兔妖道："大王再掀,只掀得那和尚无屋藏身。"魔王听了,便叫左右帮助发风。只见獐妖上前说道："大王,此计不好。看来和尚未曾捉得,人家草屋已先掀风塌倒,苦了人家,良非上计。獐妖另举一小妖,他变化多端,智能最狡。大王若是用他一计,管教那和尚不消风刮,个个拿到。"魔王问道："这妖在何处?"獐妖答说："就在大王林内。"魔王乃叫唤他出来,看他有何能略。獐妖说道："大王,他能略多哩。他:

> 出自深山林里,灵心非是豚豕。
>
> 神通变化多般,犹豫心情怎比。
>
> 能为美女破男,善盗阳人骨髓。
>
> 休疑此怪无能,到有拿僧奇诡。

獐妖说罢,魔王笑道："你举的这妖,我也识得,他乃是千年老狐。"便叫老狐："你有何策?"狐妖道："大王,此计不难。那孙行者不怕风,闻知他却怕火。大王与他战斗,待小妖放下林野火烧他。"魔王笑道："当年此处八百里火焰山,也不曾烧着他。没用,没用。再想计较。"

却说猪八戒在草屋里等行者,久不见来,他见老汉一家奉承他们有本事降妖的和尚,流水茶汤,饭食馍馍敬他。哪知八戒食肠大,嘴又馋,倚着

---

① 诡谲(jué)——指怪异,变化。

本事不住要婆子烧汤煮饭。婆子不耐烦,乃向老汉说:"那猴头脸长老,久去不见来。这猡耳长嘴和尚又不相应,况他怕风躲着魔王,你还该去报知魔王。"老汉道:"我也为怕魔王怪我报事不的,又安着降他的和尚在屋,正要去报知。"乃飞走入林,报与魔王说:"孙行者先带了那蓝靛脸和尚,挑着经担,偷走过林去了。屋中只丢下猪八戒,等孙行者复来带他过去。"魔王道:"此无他意,只是这猴精不怕风,手段又强,巡林小妖也不来报他偷走过林。"狐妖道:"大王,巡林小妖便来报也无用,反惹一场懊恼。"魔王说:"如何无用,反惹一场懊恼?"狐妖道:"猴精手段强,大王必斗他不过,反费心力,何用? 倒不如此时正好设一奇计,把猪八戒拿来,足以消昔年仇恨。"魔王道:"正是猪八戒,昔年过黄风岭,把我那弟兄们钉耙乱筑,此恨更深。若拿得他来,于心更快。不知你计将安出?"狐妖道:"大王,此计不难。待小妖变个孙行者,引得他来过林。大王却刮起狂风,那时待小妖再哄他寻草屋避风,便着了大王之手。"

　　魔王大喜,说:"此计最妙,你可速去,莫要迟了。万一孙行者先来,此计便行不得。"狐妖忙出林,打了一个滚,俨然一个孙行者,走到草屋来。八戒正在那里眼望行者前来。只见假行者忙忙走入屋来道:"快走,快走。莫要使妖魔知道。"猪八戒也不审个来历,挑着担子,叫声:"婆婆,搅扰你。"便出门随着假行者前走。只见风色不起,林树不动。八戒道:"师兄,果然你身有定风丹,风色毫然没有。"狐妖听得忖道:"孙行者怪道不怕风,原来有定风丹在身。我如今若不弄起风来,怎生捉他。"乃哨了一声哨子,那魔王遂放起风来。八戒道:"师兄,你说无风,怎么这狂风大作?"假行者道:"这魔王原禁人说风,谁叫你开口乱说,这风渐狂,少不得要刮你到半天云里。"八戒道:"难当,难当。这风越大了,怎走得?"假行者道:"连我这定风丹也不灵,如今只得转这弯路,寻草屋去躲。"八戒道:"我们挑着真经,原不走回头路转弯儿。"又道:"师兄,你怎忘了?"假行者随口答应说:"是我忘了,你且耐着性儿,再走几里,那边林子里去避吧。"八戒叫将起来说:"猴精,要我半步儿也难走。空身尚难,况担子又招风。"八戒复坐倒在地,只是吆喝叫风大。巡林小妖远远望见,知是小妖困着八戒,乃飞报与魔王,要智拿和尚。

　　岂知行者与三藏讲一会话,明要迟迟要八戒等。只见比丘僧与道者说:"师父们经担既来,风林已过,趁早前行吧。"三藏道:"二位师父,你不

知我还有一个徒弟未来。"老僧说："当速去迎他，莫要被妖魔计害。"老僧
只说了这句，便动了行者真心，说："呆子望我，当快去接来。"一筋斗打到
草屋，不见了八戒，慌得他再筋斗转来。耳内半路只听得八戒声喊，乃止
住神通。低头一望，看见一个假行者在那里扯八戒，八戒只是哼叫难走。
行者远远笑道："当年来，假老孙的猕猴，费了多少力气。如今又是哪里
妖魔，敢如此大胆。若是竟上前，只恐妖魔也有神通，真假又费精力。且
隐身去探听个来历。"乃隐着身上前，忽然见左林内来了两个巡林小妖。
行者暗自看他，一个是只獐妖，一个却是个地方汉子。他两个走将来，口
里一问一答。汉子道："巡林哥，你大王原是好意，叫我们轮班探听僧人，
说是求僧点化。怎么如今倒与僧人打斗起来？"小妖答道："你不知，大王
本意求僧点化，只因那西来的几个长老，把个正经老僧藏躲偷走去了，留
下几个丑恶的。大王恼他先存了一个防魔的戒心，且又想起他昔年打灭
了他弟兄，剥了他皮毛，做了围裙，见如今穿在身上。俗语说的，恼羞成
怒。如今叫狐妖假变孙行者，哄出他草屋，走到林中。大王大放狂风，先
叫我抢了他担子，然后刮得他骨解筋酥，方才拿他蒸煮受用。"行者听了
笑道："这小妖倒也老实，路上说话，不知巧里有人。我如今且把这地方
汉子抵换了着。"

　　恰好那汉子走了几步，转林去了。这獐妖走上前来，就要夺八戒的经
担。八戒双手按着禅杖道："你是何人，敢来夺我担子？"假行者道："师
弟，这个无妨，是这地方闲人，常时与人挑担。我方才担子挑不动，也央求
他代担过林去。"八戒总是刮得不耐烦，便道："累你代挑去。"那小妖欣欣
喜喜，挑着担子往林内走。行者随变了那地方汉子，迎上前道："巡林哥，
你把担子与我挑去，你速去林中帮狐妖，引了那猿耳长腮和尚来。他如不
来，却扯他迎风上头，刮得他不扯自走，方才是狐妖手段。"獐妖见是同他
来的汉子，忙把担子交付行者，往林中去了。

　　行者挑着八戒担子，猛然想起道："我便哄了妖精，担子挑去。这妖
精听了我言，去林中帮着假老孙的妖精扯引八戒，却不害了呆子？"正思
个两全计策，却只见林外走了个挑脚汉子来。行者忙变了巡林小妖，歇下
担子，叫一声："地方哥，你可替我把这和尚担子挑到前途去，只到那狂风
林外，方才歇下。我如今要去帮拿和尚哩。"汉子道："巡林哥，你如何不
把担子挑入大王林里？"行者道："你不知大王怕那猴子脸和尚神通大，找

寻了来,叫我挑到远处去。"汉子不知是计,乃挑着经担,往前飞走。行者怕他差池错误。待汉子走远,他却拔下一根毛,变了个假小妖,跟在后边。汉子走了几里,歇下担包,向假小妖道:"巡林哥,你又跟来为何?"假小妖道:"我怕你不知挑到何处,故此跟来。"汉子道:"正在此不知挑到何处去?"小妖道:"自有去处。"却是何处,且听下回分解。

总批

  风林以喻世之风波也。风波最恶,越说越有。所以闭口藏舌,方可过得。

  老汉往来报事,颇不惮烦。见和尚有手段,便奉承和尚;见魔王厉害,便奉承魔王。大凡人人趋奉纱帽光景。

第四十二回

正念头八戒知妖　说地狱比丘服怪

却说比丘僧与灵虚子,伴着三藏真经,在这林东草屋前化缘。却有几个善信男子,走到面前,问道:"列位长老,从何处来,往何处去?"比丘僧答道:"我老僧与这个道者,是往东行,随缘路上化斋。"三藏道:"我小僧是大唐中国上灵山求取真经回还的。"众男子道:"这地方亏你过来,你想是转山岭来的?"三藏道:"正是,有些难走。如今现有两个徒弟,耽搁了路程,我们在此等候。"众男子道:"只恐有些难走,风狂的狠。"一个说:"风狂打甚紧?那妖怪甚厉害。"一个道:"没有这接连的山林,也不怕他厉害。"

三藏听了这一声"接连的山林",便问道:"列位善信,这山林连接,有什么事故?"一个说:"西来叫做狂风林,乃是啸风妖魔据住。东去叫做霪雨林,乃是兴云妖魔占住。师父们当初倒转山岭过去也罢,如今过了西来,定要东去。只是在前林间,风固难当,还讨个干燥衣服;若是过霪雨林,这渗湿了行李物件,都要馊烂。"三藏听得,愁眉问道:"善男子,若似我这担柜,都有包封油纸,可得渗湿么?"男子道:"你便是生漆罩了,也要透入。师父,你这担柜内料是经卷,都是纸张。一定要沾湿了,怎处治才好?"三藏抚膺顿足道:"怎么了,徒弟两个又不见来?"

只见老僧与道者说:"老师父,且放心,你看那林东尽处,可是一人挑着担包来了?"三藏抬头一看,果是八戒担子,乃叫住那挑担汉子。那汉子哪里肯住,方要说出啸风魔王差他远送,回过头来看巡林小妖,哪里是小妖,却是毫毛变的,见了个孙行者。沙僧见了,知是行者神通,乃扯过汉子来,把经担夺下。汉子没了势,只得空身转回林去,落得个三藏叫了几声"起动,起动。"三藏见经担包柜俱全过了林,只不见行者、八戒前来,好生忧虑。等候许久,自嗟自叹不提。

却说行者,拔根毫毛,变了个小妖,押着汉子,把经担直挑到三藏面前。他却走到八戒处,见狐妖假着他像貌,扯那八戒上风走去。八戒被风刮得昏头昏脑道："猴精，你便有定风丹在身，不怕风刮。原说保我过林，如今怎么狂风偏向我刮，你既不保我，且把我扯到风头上走。"假行者说："我这会想起师父等着前行，你休迟挨，快走快走。"行者见了笑道："哪里妖魔，敢大胆假变老孙。我想八戒也有神通慧眼，怎么不拿将出来？是了，是了。想因他怕风一节，把个方寸乱了。我如今救他事小，降妖事大。妖精既假变我捉八戒，我如今且将机就计，捉了妖精着。这事必须唤明了八戒，两个同心努力，方好捉妖精。"

　　行者忙隐着身，走向八戒耳边道："师弟，你一向得了慧眼，怎么妖精假变我来诱你，也不知道？我如今要捉妖精，你可正了念头，莫要怕风。有我在此，把慧眼放出来。"八戒只听了行者这几句话，心一安了，便智慧复生。眼见假行者在面前，只不则声。让那假行者推扯，他只是叫风大难走。却看着行者，远远摇身一变，变了啸风魔王。又拔毫毛，变些小妖，随在后边，口里也放些风，走近前来道："狐妖，你拿的和尚怎么了？如何捱迟许久，不捉他来？"狐妖见是自家魔王，乃复了原形，答道："大王，颇耐这和尚不肯走，小妖只等刮得他骨懈筋酥，方才拿他来。"假魔王道："量这个小和尚，何难捉拿。如今访得那唐僧们，连担包都在林东头，不曾出我地方。且把这小和尚作眼去拿了唐僧们来，一总受用报仇。"

　　狐妖听了，忙去扯八戒，把根绳子去拴八戒。八戒明明看着魔王是行者变了，他随着狐妖索系，走出林中。将近三藏处，狐妖道："大王，那前面却是唐僧，还有几个和尚，如今我们作何计较捉他？"假魔王道："且把这小和尚放了索，莫要惊了唐僧，只说我们来请他。"狐妖道："他们已过了狂风林，怎肯信大王请他？小妖有一计，大王把小和尚扯了莫放，径往前去，乃霾雨林兴云大王处。叫他诡唐僧们用计捉了，那时大王之仇报矣。"行者听了这句，乃想道："古怪，方才过了这狂风林，却又是什么霾雨林？正是过一处，又一处名色。想这八百里火焰山，改了这几处林。老孙不往此处过便了，既往此处过，须是仗真经神力，定要平静了，方才是功果。可恨这妖精，又要算计我们。"乃叫声："八戒，莫要走了妖精。"行者把脸一抹，复了原形。狐妖见了一惊，翻身就走。被八戒一把扯倒。

　　行者笑嘻嘻的，他两个把妖精拿到三藏前。八戒解下禅杖就要打，狐妖苦哀哀道："老爷们，俱是出家人，慈悲为本，乞赐宽宥。"三藏便要放他，行者道："师父，他，还有啸风魔王，说前边有霾雨林兴云魔王，必然是他一起妖魔。待徒弟以计诱了他来，除了这两林之害。"三藏依言道："悟空，说的是。"行者叫把狐妖牢拴莫放，他一个筋斗，打到啸风魔王林内，变了一个巡林小妖。只见魔王坐在林内，专等狐妖引了八戒来。行者却走近前道："大王，狐妖不曾捉得和尚，到被孙行者假变大王，捉得狐妖去了。那孙行者仍说了两句大话道：拿了这妖精去，再来捉大王。"魔王问道："狐妖随他怎么捉去，便不弄个诡计神通？"小妖道："狐妖被孙行者与猪八戒两个拿一个，把绳索捆个四马攒蹄，休想那什么神通诡计。他只远远说，叫请大王速去传与前林兴云大王，再作计较救他。"啸风魔王听了道："可恼，可恼。"

行者恐他不肯出林，乃故意又说两句激魔王说："大王，那孙行者捉了狐妖去不打紧，他还说，妖精，任你去传与魔王与什么兴云妖魔，莫说两个，便是十个，都叫他来尝尝老孙的禅杖。"魔王听了，急躁起来，便点了许多麕獐狐兔小妖，出得林中。竟到三藏处来。好行者，一筋斗，先到了林外。见了三藏，把魔王事说知。三藏道："悟空，一林既过，便往前行吧，何事苦苦又要诈了他来。你说除了地方之害，我道你多生事端。"行者道："师父，你又说我行的是，如今又转过口来。"三藏道："悟空，不是这等说。只恐你诱了妖魔来，无计降他去。"

只见比丘老僧与道者说："师父们，你既过了狂风林，保全了担柜，趁天早前途去吧，莫要又缠妖魔了。"三藏依言，把狐妖放了，辞谢老僧道者，叫了几声动劳，押着马垛前走。行者三人，只得挑着担包，随后而行。比丘僧望着三藏去远，乃与灵虚子道："唐僧虽去，这狐妖定要报了魔王来，如何驱遣了去？"灵虚子答道："驱遣不难，大则以法力剿他，小则以智力驱他。"比丘僧道："不然，若以法力剿伤了，释门慈悲方便；以智力驱他，只恐他心不服，又往前途，把唐僧师徒加害。虽然孙行者们有手段挡抵，只是保护经文费了时日。"

他两个正说间，只见陡然生风林外，比丘僧一望，却是一簇妖魔来了。这魔王见唐僧师徒不在，却是一个老和尚同着一个道人坐地，手捏着数珠儿，口里念佛。乃叫小妖问道："老和尚，那一起挑担押柜和尚，哪里去了？"比丘僧答道："他们上天堂去了。"小妖报与魔王，魔王即扯过那老和尚来问道："你这老和尚，怎么说挑担押柜的和尚上天堂去了？你出家人，如何打诳语？"比丘僧道："我老僧是实话，不打诳语。"魔王道："我看这唐僧们,不是往前途霆雨林去,便是从岭上转小道狭路过去。不然,躲在那个庵观寺院,怕我大王们来加害他。如今谬言上天堂,这天堂在那里上去? 若是有个路头,待我领着手下赶去拿了他来。"比丘僧道:"大王,你们上不去,也没有个路头。你们逞妖弄怪,招风惹草,只有个地狱下去。"魔王听了道:"唐僧们如何上天堂?"比丘僧道:"他们求取了如来真经,讽持诵念,自然上天堂。"魔王说:"怎见得?"比丘僧道:"有说,大王岂不闻道讽诵经文者:

　　　　龙天生欢喜,诸佛降吉祥。

魔王道:"怎么我等下地狱?"比丘僧道:"有说,叫做:

　　　　一切诸恶孽,尽堕地狱中。

魔王道:"堕入地狱,便要受诸苦恼,如何解救?"比丘僧笑道:"大王,你要解救,切莫要怀仇恨加害唐僧,休啸风惊伤行客。弭耳攒蹄,伏藏岩穴,修你的来世,自然不堕地狱。"魔王听了道:"承老僧点化了。你众小妖,自归山岩洞谷,安分去吧。"众妖依言各各散,那啸风魔王闭口驯服而去。只有狐妖,"恨"了一声,往前飞走。

比丘僧与灵虚子道:"啸风魔既服心化去,这狐妖心怀忿恨,往前走去,定有个加害唐僧师徒之意,我等当为追捉。"灵虚子道:"师兄,狐本无怪,谁教孙行者以机心诱他! 世间妖魔邪怪,皆是以心印心,我们保护经文要紧。这狐妖弄怪,那孙行者自有机变御他。我们且往山岭高处,远观他师徒怎生过这霆雨林去。"比丘僧道:"师兄,我与你奉如来旨意,保护真经。万一唐僧师徒途中被妖魔加害,把真经亵渎,如之奈何?"灵虚子道:"真经到处,自是万邪不敢侵犯;即有妖魔,我们一路跟随保护为何。"比丘僧点首。两个却拔树援藤,漫山越岭,到那高阜处,遥望着唐僧师徒前走不提。

却说狐妖忿恨行者设诈诱他,捆了多时,要弄神通逃去不能,只待唐僧发慈悲心放了他,他要退入狂风林。无奈啸风魔王已被老僧道者点化驯服了,这点忿恨,不曾消得。乃想着霆雨林兴云魔王广有神通,可以借他雪恨;又是啸风魔王一气的交契,他便往前赶来,投托兴云魔王。

且说兴云魔王的来历,是何妖魔? 乃是当年泾河老龙,只因违了旨意,多降了雨泽,被魏征斩了。恨唐王不曾救解,把唐王诉在冥司。后得唐王忏悔,他这一灵不散,飞到这林来。当先这林,原叫做时雨林。地方有几村落人家,都是好善重僧的。只因老龙一灵到此,逐日兴云布雨,阴霾积出许多虾鳗蟹鲤水族,无日不淋淋漓漓。地方就改了名色,叫做霪雨林。这老龙之灵,倒也显应,自称为兴云魔王。

一日,地方人家苦了这淫雨不息,备了香烛到林来祈祷天晴。魔王见无牲醴①,只是些香烛,说地方亵慢他,越淋漓不止。那些虾鳗等小妖,在这林内成精作怪。忽然狐妖到来,这虾鳗等小妖见了,齐具刀抢迎上前来叫道:"你是那里来的野货,敢在这里窥探?"狐妖道:"列位不必动怒争强,我是云游四方的狐长。打听一件机密事情,来报你们大王的。"众小妖停了刀杖,忙问:"有何说话?"狐妖道:"必须当面禀明,列位自然知道。"于是众小妖押了狐妖来见老魔。按下不表。

且说三藏见天色将晚,一心虑着霪雨林之阻隔,满面愁容,长吁短叹。行者道:"师父放心,且趁着天色尚亮,况且人家不多,又有高大房屋可安这包担马匹,如何便猜疑起来。"三藏道:"悟空,只因你这心肠,把世事看容易了,偏遇着难的所在。"八戒道:"师父,不必催生,好歹也寻个有斋饭吃的人家去投。"

师徒正讲,只见远远一村人家屋脊现出,甚是高大。三藏道:"徒弟们,你看,前边恐是村落,那高屋大厦,我们去投托,住宿一宵也可。"行者道:"师父,你看着似近,我徒弟看来,尚远尚远。只是这阴云渐渐密布,恐有雨来。只怕到了霪雨林,须另在此处,不拘茅檐草屋,且安下的是。"沙僧道:"师父,那旁路里是个人家,可探看借得一宵住,再作计较。"三藏道:"乃勒着马垛子。"行者忙歇下担包,走入旁路来探看这人家。哪里是人家,却是何处,且听下回分解。

总批

　　啸风大王到底有些根器,一点便化,不似狐妖葛藤缠也。

　　泾河老龙,受太宗超度一番,只做得个兴云大王。正为无大乘真经力故耳。

----

　① 牲醴(lǐ)——供祭祀用的家畜及甜酒。

第四十三回

隐身形行者打妖　悟根因八戒受捆

话说三藏与行者走入旁路,看是间倒塌草房,无人居住。三藏道:"悟空,这破草屋安便安下,只是要探看前路,可曾到霆雨林,我们须要打点苦盖包柜要紧。"八戒道:"师父,天色阴阴蒙蒙,想离不远。大师兄手眼疾作,何不往前打探。"行者道:"我们各自认一宗,我便去前途打探路境,妖魔信息。八戒去寻草喂马,沙僧看附近可有处化斋。"八戒道:"沙僧寻草喂马吧,我去化斋。"三藏道:"徒弟,我也认一宗,打点苦盖吧。"

且说行者认了打探,往前走来。天已昏黑,果然雨渐落不止,高屋人家紧紧闭门,没有一人可问。他冒着雨前走,把个皮围裙子都湿透了。那林深黑洞洞的,只听得雨声滴铎的响。地下泥泞深,四望不见踪迹。他正要回路说道:"回师父的话,也不过只是靡靡大雨,大家等到天明,冒雨走便了。"

话说未了,只听得林内"呼呼"乱响,似风非风,似雨非雨。行者站立一看,乃是一个巡林小妖,同着那狐妖走来。"呼呼",是他两个咕咕哝哝说话;"响响",是他两个脚步儿声。行者在那暗处隐着身子,却听他两个说甚话,只听得小妖说:"狐哥,你吃了大王赏劳,安眠去吧。何劳你又伴我出来巡林。"狐妖道:"巡林哥,你不知道,我恨那和尚们要我,诱我,又还捆了,要把禅杖打我。若去安眠,只恐那和尚冒着雨,黑夜过林去了,可不空费这番远来一场。"小妖道:"我们大王也不听人挑唆,你如何动得他?"狐妖道:"我一心只要报仇,便说和尚要平静了霆雨林,复还时雨林,把大王要如何打,如何辱。"行者听了道:"原来狐妖先到此,挑唆兴云魔王,与他报仇。我如今要掣出禅杖,一顿打死这妖,又恐背了师父主意,说我生事伤生。若纵他去,可恶他这派挑唆恶意。说不得与他个警戒,打他一顿,出出气吧。"乃掣出禅杖,暗地里把狐妖一下打了一跤,仍把巡林小妖也是一下,打了个坐跌。狐妖大叫:"不好了,是哪里打将来了。巡林哥,莫不是你要与那和尚报仇,故意到这黑林算计我。"小妖道:"我又不是和尚的故旧,你如何疑我,暗自打我?"

两个你扯着我，我扯着你，都说是你打我打。哪里知行者隐着身，暗地里抢禅杖左一下，右一下，把两个妖精打得头破血流。这狐妖打急了，乃道："巡林哥，这黑地又没有个人，难道你无故暗地打我？"（中有脱漏）莫不你都来，不怕你千百个来，还不知老孙的帮手多哩。行者乃拔得毫毛，叫一声"变"，他却不变自己的法身，却见几个虾鳖虫妖们，便变两个混战混打。把个小妖们打得自各不相识。却又变三四个金睛赤发似狐妖的，把个狐妖扛住，也都执着枪乱刺，混搅在一处。妖精哪里分辨，只有行者明白。众妖慌乱，各自飞跑躲去。

行者得了胜，哪里肯退回。他且不到三藏处去报信，任着性子，直打到深林，却是兴云魔王安眠住处。打慌了的巡林小妖直入报与魔王："一个毛头毛脸猴子像的和尚，打将来了。"魔王听得，着了一惊道："狐妖话不虚传，怎么黑夜里他不安住在西村店肆人家，却冒雨来犯我林；又是一个独自前来，这必是来探听的，被你们惹恼了，他直闯到此。"叫小妖："且不必与他战斗，快行大雨，把他掇得饴头饴脑，气力也没些儿。然后待我披挂出去拿住他。"小妖听得，果然大雨淋漓，把个行者掇得没处藏躲。要拔根毫毛，变件梭衣伞盖，却被雨沾了毫毛，哪里拔得下，分得开。

才想要一筋斗打回三藏处来，忽然黑林深处，滂沱雨里现出亮光。行者定睛一望，就如日色一般通红照曜。那光中明显显的一个魔王，手执着一把飞挝，也不问行者个来历，但叫道："猴头和尚上门欺负大王，休要走，看我大王飞挝。"行者举起禅杖，只当是什么枪刀剑戟，把禅杖去迎敌。哪知魔王飞挝如鹰爪一般挪来，挝禅杖刁了过去，仍飞过挝来，把行者一把连衣带身挝将过去，叫小妖把行者捆倒。行者急使筋斗，那里打得脱，却被魔王口吐雾气缠裹，有如密网罗盖住一般。行者在内挣挫不得，只恨没有兵器，思量拔下根毫毛儿变根当年金箍棒，一则毫毛被雨沾湿，一则思想恐又背了师父不忍伤生之意。左思右想，自心里说道："老孙可是与妖魔拿倒的，好歹思量个手段跑去。"乃大叫道："妖魔，好好地款待外公，放开这浓雾，待外公与你讲三句话。你不知外公性子，你越弄法儿缠裹，把绳索捆绑，冤仇越深，过后外公还你个席儿，却也休怪。"魔王与小妖道："这毛头毛脑和尚，动辄①自叫外公，不知是张外公李外公，且吊

---

① 动辄(zhé)——总是，动不动就。

起他来，问他姓甚名谁，是哪家外公。"众小妖把绳索收紧，将行者高吊在大树枝上，却执着皮鞭打问："毛头毛脸和尚，你是谁的外公？"

行者被他皮鞭打问，乃使出个神通，化出一个金刚身，任他痛打。皮鞭打断，也不知痛痒。呵呵笑道："妖精，你必定不曾吃饭，或是害怯病，没有力气。既要打，着力些才打得外公快活。"小妖一面奋力加鞭，一面道："和尚，你说哪里外公？"行者道：

> "老孙不做假，名分岂虚充。
> 自小多男女，人间活祖宗。
> 你爷曾入赘，坦腹在床东。
> 你娘曾怀孕，生下汝孩童。
> 识得娘生母，须知老外公。
> 相逢该款待，何尝见酒钟。
> 倒吊林间树，皮鞭打得凶。
> 外公虽不怕，意思却欠通。"

那妖精们听了，呵呵大笑起来说道："这和尚讨便宜占大，把我们当他女儿养的。"着实加鞭，就如敲石猴一般。行者越法弄个手段，变了一个精铜法身，那些小妖见皮鞭打断，把棍棒、石头乱打，打得个行者像钟一般声响。那小妖们打的手酸软，没力气。行者越发唱将起来道：

> "好笑小妖精，喜相逢，却没情，把外公高吊在深林境。皮鞭打
> 不痛，乱石敲有声。没气力似害虚劳病。骂妖精，现你娘势，放了倒
> 相应。"

小妖听了，上禀魔王说："大王，这和尚是个妖精之祖，打也不怕，吊也不惧。还在树林里唱曲儿散闷。"魔王吩咐："且放下他来，捆在那剥皮厅。待天明，看林西头可再有和尚来时，一总捉了，剥皮蒸了受用。"行者听了忖道："老孙炼丹炉里也陶熔过了，稀罕你蒸？只是这妖魔倒也厉害，我想老孙从来没有被妖魔拿倒，今日他是什么神通，把我捆缚着，走不得？"按下行者自思自想，只待天明，要寻走路。

却说三藏见天已晚，前途昏黑，雨又渐渐落，只得打点苫盖担包。沙僧寻了些草来喂马。八戒四下里寻人家化斋，哪里有个人家。欲待远去，又恐撞见妖魔。只得空手归来道："师父，大家饿一宵吧，没处化斋。"三藏道："徒弟，马有了草，便罢。他是哑口众生，休要饿了他。明早要他驮

柜担。"八戒道："师父,你便熬的,我却难熬。早知这等,倒不如叫猴精去化斋,我去打探路径。这会猴精打探妖魔,不见回来,莫不是撞见故旧妖魔,款待他斋? 不然,就是善男信女人家款留他。"三藏道："正是。我正在此说他去探听许久,怎么不见回来。莫不是他好惹祸生事,遇着妖魔,费了工夫。"沙僧道："师父,大师兄有神通本事,料不着妖魔之手。只是怎么去探听许久? 叫我们生疑。"三藏道："悟能,你既化不出斋来,何不往前探听悟空在哪里? 假如他遇着善信人家,款待他斋。你我便吃些,也强似熬饥在此。"八戒道："师父,去探听不难,只是天晚昏黑,这雨落渐大。万一走到霢雨林中,撞着那兴云魔王,怎么计较?"三藏道："悟能徒弟,难道你没些手段?"八戒道："都是取得经,缴了钉耙。逢妖遇怪,老大的不方便。"三藏道："徒弟,你还要提钉耙,天道好还,世事反复。你要钉耙筑妖怪,便要惹妖怪兵器伤你。莫说钉耙九齿,凶器厉害,不可筑生灵。便是这禅杖,也不可轻易打人。你们前日把绳索捆了狐妖,打了他许多禅杖,他便怀恨去了。我也恐你们种此根因,或被妖魔捆打。"八戒道："这事,都是猴精做的。"三藏说："你也莫推,你快去探听,看悟空在哪里,霢雨林可走得过去? 好天明前去。"八戒还迟疑不走。沙僧却撺他一句道："此时只恐孙行者正在人家热汤热水吃东西哩。"

八戒听得,拿着禅杖就走。三藏道："悟能,只恐前途雨落,你披一件挡雨的衣去。"八戒道："天气暖,把身上皂布直裰,一发脱了去吧。"他赤着身子,冒着小雨,拿着禅杖,往前走去。越走越黑,那雨越大。他使起性子,直奔深林里来。静悄悄没个形影,耳朵里忽然听见似有人声。恐怕是妖魔,乃蹑着脚步,侧耳听。走近林中,见寨栅内有人唱曲儿,八戒仔细听了几声,认得是行者声音。乃道："这猴精,我与师父们等他探信,他却原来在此吃的快活,饱了唱甚黄莺曲儿。等我进去撞一个席儿。"忙忙地把寨门乱敲。只见小妖开门,看见又是个和尚,生的古怪,忙去报与魔王。魔王道："夜晚了,叫狐妖去认。"狐妖道："来的正好。"乃入见魔王说："这正是猴精一起的。大王不要与他战斗,待狐妖设一计,诱哄他进寨,捆倒剥皮厅。待拿了那两个,一齐报仇受用。"魔王道："这和尚未被雨掇伤,只恐精壮难捆。"狐妖说："他赤条条精身掇来,倒好捆剥。"

狐妖说了,乃变了个假魔王,走出寨门道："可是西来长老么?"八戒道："是,是。"狐妖鞠躬笑迎道："方才有一位先来下顾,斗胆留他小酌。

他倒也老实，大杯小盏，吃多了些，不能走回，宿在小寨唱曲儿哩。”八戒道：“这猴精，怎瞒着师父，背地里吃荤酒破戒，又唱曲儿散心。罢了，罢了，这经担怎生回去？”狐妖道：“长老不必迟疑，小寨虽陋，却也胜似茅草破屋。老实些，进来吧，还有便席奉待。”八戒道：“我师兄老实，大王还不知小和尚更老实哩。”乃大踏步直入。见行者捆倒在地，吃了一惊。方才要走，那禅杖早被小妖夺去。又涌出许多小妖来，将他掼翻在地，用绳索捆绑起来。八戒道：“我既已老老实实进来了，你为何反不老实，将我捆绑起来？单捆绑身子，也还好处；为何连手都绑在里头，叫我怎生领大王的盛情？”妖狐笑道：“你不消着急，先来的那一位已做成额例了。他也是捆绑着吃的，如何因你又坏了规矩。”八戒道：“不是我定要坏你的规矩，但有一说，先来的那一位，他的食肠小，吃不多，故听大王缚手缚脚的，多寡吃些就罢了。不瞒大王说，我小僧的肚皮颇大，俗语说得好，斋僧不饱，不如活埋。既承大王的美情，须让我放开手吃个尽情，方见得大王好客盛意。”妖狐又笑道：“这不打紧，你且去剥皮厅去等，等着待我酒席备完了，再请你放手吃也不迟。”八戒道：“从来请客，哪有个捆绑的道理？”妖狐道：“若不捆绑，倘被你逃席走了，岂不辜负了我一番美意。”遂叫小妖也抬到剥皮厅去，不提。

却说三藏在屋里等到夜，也不见回信，心下焦躁。沙僧因上前说道：“师父，不必心焦。待我去打探一个的信来。”却是何信，且听下回分解。

第四十四回

弄虚脾狐怪迷僧　说功果魔王归命

却说三藏道："徒弟，你可速去速来，切不可又像他们了。"沙僧道："这个自然。"遂黑摸摸地冒着雨，走入林来。四下一听，哪里有个人声，只听得一个鸠鸟儿乱叫。沙僧道："鸠儿，你看这样绵绵不止，还要唤雨。你叫不打紧，便是添我沙和尚苦楚烦恼。"忽然那鸠惊飞而去，似有人来之意。沙僧冒着雨，说不得喊叫起来，叫："行者、八戒两个师兄，在哪里担挨，不早早回师父的信？"不知声动妖魔，却好狐妖又同着巡林小妖走来，听得沙僧叫喊之言，就摇身一变，狐妖变了行者，小妖变了八戒，走出林来道："沙僧师弟，你不随着师父前来，却自己一个冒雨到此。师父如今在哪里？"

沙僧也是皈依了正果的，慧眼也明，只因嗟叹报怨之心，把个光明一时蔽了，就真假莫辨。乃答道："师父现在草屋，眼巴巴望你们信息。不见来报，等不得天明，叫我来寻你，探听霪雨林妖魔何如。"假行者道："我与八戒被魔王留住吃斋。他道天晚黑夜，大雨滂沱，歇宿了吧。因失误回信。魔王知道师父同师弟必定天早前来，已备下斋供。师弟可过此深林前走，吃着斋。我两个去报信师父。"沙僧道："师父尚未得斋，我如何敢先去吃？同你两个回复了师父，大家挑担押马，一齐来吃，可是好么？"假行者道："师弟，你说的固是。只是方才魔王说，他这雨要下三年，一时也不住。我们经担如何等得？我两个再三苦求魔王，暂住一日，待我们过林。他道，唐僧中国长老，让他个尊重也罢了；怎么你三个小和尚，如何不先上我门一拜？古语说，行客拜坐客。你二位既来，是知礼的。自然款待素斋。那一个沙僧，既自做尊重，我定然不遂他心。你如今既来到此，魔王若知，便怪起来，连我们也不便。不如依我计较，顺着来路先上门拜了他。魔王定留你吃现成素斋。把雨住一日，我们与师父一同前来，岂不是好。"沙僧被假行者一愚，道："既是魔王有此意念，我只得上门先拜了他；便不吃斋，也是小事。"沙僧便走，假行者又道："师弟，你把禅杖与我拿去拴经担,以便你来挑。"沙僧道:"随手家伙,如何离得?"假行者道:"拜望魔王,好意待斋。手里拿着根兵器,那魔王定说你不知礼。"沙僧道:"你两个的禅杖在哪里?"假行者道:"我正恐魔王怪我两个携着禅杖,似有争打之状,故此藏在前林里。如今少不得取了去挑担。"

沙僧一时信了狐妖之愚,把禅杖付与假行者,冒雨直入深林,希图拜魔王,吃现成斋。不匡狐妖见沙僧前走,他却转近路报与兴云魔王说:"大王,小妖又假变行者,愚了沙和尚来了。大王可把他也捆在剥皮厅,待小妖再去说了唐僧来。"魔王依言,开了寨门,等候沙僧。沙僧听了假行者之言,走到寨门,叫一声:"把门大哥,我东土取经小和尚沙悟净,特来拜谒大王,望你通报一声。"小妖听得说:"沙长老,我们奉大王命,凡一应来拜谒宾客,唯有西来长老,要捆将进门,待大王验过真实,方才以宾客礼待。"沙僧道:"世间哪有个客来拜谒,先捆将进门之礼? 只有主人倒履迎宾。"小妖道:"原无此礼,只因近日有妖魔假称拜谒,来侵犯大王,故此大王要先行此法。"沙僧道:"我中土无此礼。宁可不拜,回去吧。"方要转身,那把门小妖一声号令,顷刻聚有数十小妖,哪里容得沙僧回走,一齐上前,把沙僧拿倒。可叹沙僧没有禅杖在手,让小妖们捆入寨里。魔王见了不问,只叫送入剥皮厅。

行者、八戒见沙僧又被妖魔拿入,便躁急起来,思量要变化逃走,哪里逃走的? 乃问沙僧说:"师弟呀,你如何不跟随师父,怎么也被妖魔捉将来?"沙僧道:"都是你两个。如此长,如此短,哄了我来。"行者道:"师弟呵,不消讲了,我们会变妖怪愚哄妖怪,如今妖怪就变我们诡诈。我们把个降妖利器缴了,故此受妖魔之害。如今逃走不得,如之奈何? 万一妖魔再愚哄了师父进来,眼见我师徒送与妖魔剥皮蒸煮。"沙僧道:"师兄,你当日说以机变保护师父,你今日机变心何在?"八戒道:"师弟,还要提大哥的机变心;只因他这机变存心,一路来惹了多少妖魔机变。"行者道:"你两个莫要讥诮,我老孙定要弄个机变走他娘。"八戒笑道:"妖魔把我们四把腰儿捆得定定,莫说他娘,便是他老子也不肯放。"按下行者三人被妖魔捉倒。

且说三藏一人在草屋,不见三个徒弟来回信,心中纳闷。他却皈依了正果,也看破了浮生都是梦。这些遭遇,一任倘来。见天气阴蒙欲雨,便知道离霾雨林想是不远。乃信口题几句诗遣闷,以解思念徒弟之意。乃

吟道:

> "淫雨正凄凄,阴霾白昼迷。
> 中华何日到,宝藏尚游西。
> 虑淡忘乡井,情深忆别离。
> 还期天色霁,不被此淋漓。"

却说狐妖假变行者。愚哄了沙僧到寨,被小妖捆倒,他却径来三藏处骗三藏。叫两个虾鳗小妖,一个变沙僧,一个变八戒,他自己仍变了行者,各携着禅杖,走归草屋。见了三藏吟诗,乃想道:"这长老情思典雅,坐在此处不焦心,还吟诗散闷。有此襟怀,只恐我们以假诈他无益。既已到此,只得假诈他。"三藏见了三个徒弟回来,便喜喜欣欣问:"徒弟们探听的怎么光景?"假行者道:"什么光景,霆雨林滂沱不绝,委实难行。幸亏魔王是个旧相识,一个个留我们吃斋,宿了一夜。如今叫我们挑了行囊担包,到魔王寨里,仍大设斋供,款待师父。把雨止一日,与我们过去。"三藏听了大喜说:"徒弟们,可拴上禅杖,趁早挑着经担,我押着马,驮着柜,不可迟挨。"假行者忙把禅杖拴了担子,假八戒、沙僧也一样拴上,方才要上肩。哪知真经显灵,妖怪哪里挑得动。三藏见徒弟挑不动,乃问道:"悟空,你吃魔王斋,必定沾了不洁之物,怎么挑经担不动,平日气力在哪里?"狐妖见经担挑不动,他一心只要骗哄三藏去,便道:"师父,想是徒弟快活了这一夜,又吃了些素供馔,把力气骄惰了。如今且请师父先到魔王寨吃着斋。这担子待我们慢慢挑来。"三藏道:"此事行不得:一则我认不得魔王寨何处,一则要押着马垛。"假行者乃随口道:"师父,此事不难,待徒弟先领了你去,复来挑担吧。"三藏道:"也难,便是我与魔王吃斋,这马垛没有人看顾,必须是等你们有力气,一同前去方好。"

狐妖见愚哄三藏不动,经担又挑不起,乃把马垛子赶起来道:"师父,我徒弟与你押着马垛,照顾也在我,只等师父吃毕了斋,辞谢过魔王,那时我再来挑担。如今且叫八戒、沙僧在此照顾经担。"三藏见假行者这等说,乃道:"徒弟,依你吧。"便赶起马来,往前走去。喜坏了个狐妖,把三藏愚哄前走。将近林中,那雨越下越大。三藏道:"徒弟,这雨却难行,你先去叫魔王停一时,让我到他寨里去。我纵冒雨,这柜垛却恐湿透。"哪知玉龙马原有来历,口喷出逼水珠,雨半点儿侵他不着。三藏见马垛不透,只得冒雨前走。到得寨门,狐妖把脸一抹,现了原身,哪里是孙行者。

三藏一见了,魂不附体道:"不好了,妖魔诈哄了我来也。"两眼落泪,只有个玉龙马驮柜在前,众小妖见了三藏庄严齐整,个个爱敬,不敢上前加害。那狐妖直入禀报魔王说:"小妖已把唐僧诈哄了来也。"魔王道:"叫小妖捆到他三个和尚一处。"众妖方才要捆三藏。

却说比丘僧与灵虚子攀藤附葛,走上山岭,远远望着三藏师徒被妖魔舞弄,比丘僧道:"师兄,唐僧师徒遇怪,你当上前救解。"灵虚子道:"谁叫他们喜怒哀乐忧恐惊惹出来?当令他自解。我看经文不曾亵渎,且看他师徒作何计较。"正说间,只见三藏押着马,驮着经,随着妖入林。比丘僧说:"师兄,唐僧入霪雨林,经柜受妖魔算计了,如何迟误不救?"灵虚子在山顶一看道:"师兄,你在此观看着行者们担子,我去救马驮也。"飞空而下,直到寨前。那小妖方捆三藏,被灵虚子变了一个金甲神人,手执着锋宝剑,大喝一声道:"妖魔休得动手,吾神在此。"众妖慌了报入,魔王随披甲戴盔,手执铁挝,走出寨来。也不打话,直奔神人。那飞挝腾空而起,把灵虚子挝将过去,叫小妖捆将起来。灵虚子忙要弄神通变化,被魔王口吐粘涎,一毫也挣挫不得。

却亏比丘僧在山顶上,看见灵虚子被妖魔加害,他念动真言梵语,把灵虚救回山顶。说:"妖魔厉害。"比丘僧说:"妖魔厉害,终是机上肉,釜中鱼,必遭正气扑灭。只是马驮得经柜,现在寨门,须得解救才好。"灵虚子道:"待我再去战魔王。"比丘僧道:"师兄,你一战不胜,再战也只如此。唐僧事迫,马埃势危,待我去把这玉龙马柜驮转来,莫要被妖魔亵渎。"说罢,也飞空前来寨门。只见唐僧正在危急,被小妖要捆。比丘僧走近马前道:"玉龙马,你听我说。"那马"嘶"了一声,两耳直竖起来,似有听说之状。比丘僧乃说道:

"玉龙马,玉龙马,听我说来须听者。

从前生长水晶宫,你的神通原不假。

莫推聋,休装哑,快把唐僧救捆打。

妖魔本是你宗支,诉出原因灾可解。"

那马听了这话,点点头儿,心中细转念头,大悟前因。遂以意会身,复了玉龙太子模样,步进门来。见兴云大王高坐上面,遂叫声:"叔父,侄儿拜见。"老魔定睛一看,知是敖广之子,急问:"汝从何来?"太子道:"侄因昔年误失明珠,贬在鹰愁涧里偷生。蒙救苦的观音,指速皈正,将杨柳洒水,化作一马,驮了玄奘师父,前往西方拜佛求经。蒙佛祖垂慈,赐得真经一藏,今回东土,呈与唐皇,救渡一切众生。路过此地,师兄们冒犯虎威,望叔父念侄儿千辛万苦的奔波劳碌,施恩释放。"言罢,不觉泪下。魔王道:"向者,我求太宗救一剑之厄,允我所请,仍被魏征依律,此乃昊天之敕,不敢怨他。今贤侄说出根由,何忍阻挠你们。"吩咐小妖:"快把取经僧的绳索解了,即请三藏相见,安排素筵,大开东阁。"太子称谢。

不想那设计的狐妖,见魔王与这玉龙有叔侄之情,道出因果,不肯害这取经的师徒。一路烟,出林飞走去了。毕竟魔王如何款待唐僧师徒?要知缘由,且听下回分解。

总批:

救龙王是西游来历,此回自不可少。

狐妖左变右变,只将吃斋二字哄动了四个和尚,几乎丧命。无怪今时和尚把吃斋当性命也。呵呵。

第四十五回

禁荤腥警戒神马　借狐妖复转毫毛

检点身心早夜时，无穷变幻费神思。
毫厘差处邪魔入，俄顷疏防孽怪欺。
世法牵缠谁割断，人情暧昧更难医。
贪嗔破处真空现，莫把灵明误入痴。

　　话表行者三人，被妖魔捆在剥皮厅，左腾挪，右设法，把平日神通手段使尽，也莫想挣挫的一毫。行者不觉的悲哀起来，向八戒、沙僧道："师弟们，我自从皈依了唐僧，一路来逢山开路，遇水造桥。便是盖世的妖魔，我也上告天堂，下游地府，五湖四海，仙佛菩萨，定要剿灭了他，有谁敢禁住了我。怎么今日被这一个兴云魔王捆倒在此？我想师父孤零一个，不见我三个，心肠定是焦愁。"八戒道："莫要说师父记挂我，我也在此思想他。但不知他饿了一夜，谁人与他化斋？便是得了斋，这时捧着钵盂，吃着斋饭，不知可记挂着我？"沙僧道："二哥，你真真也有几分呆，还想着吃饭景象。大师兄，你也莫要怪我说，这会正该端正了念头。天下事一任倘来，你还要夸来时的豪气。也都是你这灵心机变夸张，故有此报。"

　　三个正讲，只见小妖奉魔王令来解绳索，小妖方才动手，行者心情急，他的神通便灵，"咕嘟"一声筋斗，即打到草屋前，不见了马垛与师父，只见一个八戒、一个沙僧守着三担经包。行者吃了一惊道："八戒、沙僧尚捆在妖厅，是我便一筋斗打来，他两个怎能先来此？必是妖魔假变在此，把我师父设哄到何处去了？"乃向假八戒问道："师父哪里去了？"小妖变的八戒忙答道："在魔王处。你到诱哄了他去，如何又来问我？"行者已知是妖魔假变他身，诱哄了师父去，却不知是何妖，乃故意问道："你两个变得却也真像个八戒、沙僧，我一毫也看不出，你真行。你可看得我真形出来？"假八戒道："我只知你是狐妖变的孙行者，却看不见你真形。"行者道："你的真形，我却看得出，乃是个小妖。"小妖笑道："可知是虾妖，鳗妖，如今在此看守经担。这担包又重，挑不动。"行者乃把自己担子挑上肩,说:"你两个如何挑不动,我分些气力与你挑去。"行者乃向担包吹了一口气,只见假八戒、沙僧挑动担子。行者前行,他两个在后。行者笑道:"且叫这两个妖魔替八戒们送一程经担。"按下不提。

且说八戒、沙僧被小妖放了捆,乃问道:"魔王既捆着我们,要拿得唐僧一齐受用,如何又放了我们?"小妖道:"大王与唐僧叙起旧相识,如今款待他,叫我们来放你三个捆,也请去管待斋。"八戒道:"我师兄怎么不见了,想是你先放了他去。如何患难相共,安乐便先去了,也不等候我们。"小妖道:"正是那个猴子脸长老,我方解绳,他便'咕嘟'一声,不知何处去了。"八戒、沙僧听得道:"不消讲,猴精脱了索,便弄神通。难道他会,我们不会?但我师父与魔王无甚相识,如何倒放了我们? 必是捉到了师父,哄我们出去,一齐加害。"沙僧道:"不如我二人也走了吧。"两个也"划"地一声,脱离了剥皮厅,直走出寨门外。只见马垛子在寨外,却不见了马,师父又不知在何处。两个正疑,只见远远三个挑着担来。八戒向沙僧说道:"师弟,你看担子行者挑到,我们的却是何人肯送来?"沙僧定睛一望,笑道:"二师兄,你看大师兄又弄手段,不知把什么变做我们两个,挑了担包来。"八戒也一望道:"造化,造化。省了我二人力也。"

只见行者与假八戒、沙僧挑着担包,此时魔王皈依了唐僧,即时把霆雨收了。行者晓得小妖弄怪,他却以妖耍妖,只叫他把担包挑到寨门。那虾鳗小妖,假不能胜真,即现了原形。行者与八戒们落得一声哈哈大笑,叫做:

妖魔空设无边计,归还真经送一程。

行者乃向八戒说:"经柜担包,完全在此。师父与玉龙马何处去了?"遂把门上小妖扯一个来问,小妖道:"大王与唐僧叙起故旧,在寨内厅堂讲话哩。"行者又问道:"我们驮柜的马何在?"小妖道:"大王认他是族子,请入寨后,大开东阁款待他。"行者道:"款待我师父,比那大开东阁何如?"小妖说:"我听得大王吩咐,备素食斋饭,款待师父们;杀羊宰豕,治酒款待族子:才叫做大开东阁。"行者听了,向八戒道:"师弟,这却不好。玉龙马随我等,原也有戒行。若是吃了荤酒,犯了戒行。怎生驮得真经之垛? 我只得寻到寨后,叫醒了他,莫迷了西来之性,又堕入五行之中。"八戒道:"正是,正是。且问你,龙马如何是魔王族子,却又与师父是故交?"行者道:"也待我去查出情由。"

话分两头,却说兴云魔王归命唐僧,说道:"老师父,既求取了如来真经,西还东土,课诵忏非消愆。我的冤孽,千万求师超释。我如今收了霖雨,复还他个三时不妄,静听功果。"三藏只是合掌应承。魔王乃叫放得三位高徒,快请来吃斋。小妖道:"我等方解绳索,只听的'哗'地一声,都不知去向。"魔王听了,吃惊起来道:"老师父,这倒是我错了主意,也不曾审问,你这三个徒弟是何处来历,哪里行头,看他个个都有些神通本事。这一放了,他必然手之舞之起来,又要费我智力。只恐那时动起无明,岂不辜负我与老师这一番归命好意。"三藏道:"大王放心,我这三徒,虽然神通大,本事高,却也察情循理。小僧既蒙款待,他必须也留个师徒情分。既看我情分,决然不再生非。"魔王道:"既是老师父见教,我安心候他来吃斋。但不知你这三位高徒的来历,见教与我知道。"三藏乃说道:

> "大徒弟,孙悟空,来历与众不相同。
> 海外有个傲来国,花果山居大海中。
> 此山雄处十洲势,祖脉根来三岛龙。
> 中有石猴天产出,日月精华气所钟。
> 说本事,广神通,百千变化不能穷。
> 水帘洞里登王位,下游地府上天宫。
> 遇了祖师传大道,遨游四海弄威风。
> 我佛只为真经计,将他压在五行中。
> 小僧救得他形体,一路西来道法洪。
> 妖魔荡着金箍棒,骨肉须臾化作脓。
> 他若善时真佛子,说恶便是活雷公。
> 半点私邪容不得,大王只要好相逢。"

魔王听了咬着舌尖道:"久闻,久闻。果是有来历的。不知那大耳长腮高徒来历,请见教一言。"三藏又说道:

> "二徒弟,猪悟能,说他来历也有名。
> 曾为敕封①大元师,总督天河管水兵。
> 水公本义原居亥,配合金公亦有情。
> 等闲不是凡间产,却是阴阳姹与婴。

---

① 敕封——皇帝颁诏书封赐臣僚爵号。

只因蓬莱宴仙客,贪杯醉惹织娥星。

降下凡间为释子,随吾礼佛取真经。

变化多般有本事,降妖灭怪捉妖精。

手执钉耙九个齿,威武从来不顺情。

为方便,度众生,取了真经缴利兵。

如今禅杖挑经担,解下来时也怕人。

大王若是相逢着,斋饭馒头他便亲。"

魔王听了笑道:"我看你这个高徒,像个度量宽,食肠大,忠厚人。这等说来,他也有几分来历。但不知老师的那位靛青脸,刮骨腮和尚,是哪里来历?"三藏道:"他也有来历。"乃说道:

"三徒弟,沙悟净,不是无名与少姓。

天曹曾拜大将军,值殿随班神与圣。

职司卷帘官不轻,养成一点真灵性。

只因有过降流沙,叫他悔罪完功行。

随吾西到取真经,不昧如来存恭敬。

当年也仗一神兵,降妖宝器杖一柄。

打尽邪魔谁敢挡,荡着些儿都丧命。

只为真经不并容,缴了这杖免争竞。

论神通,真个胜,三宝皈依入门正。

西来一路服妖魔,本分随缘无枭獍。

逢邪一怒怎相容,大王好把他相敬。"

魔王听了道:"原来圣僧三位高徒,都是有来历,神通广大,变化多般。我虽未面会,却也久相知。快叫小妖各处找寻请了来。"正说,哪里知行者隐着法身,早已进寨。听着三藏夸奖他们,甚是欢喜。又听得魔王叫小妖找寻邀请,他一面拔根毫毛,变了个假行者,同着八戒、沙僧在寨门外等候小妖报入;一面隐着身走入寨后。看那大开东阁,怎生宴龙马。

却说龙马现了原身,见了魔王一气同枝,各相叙了衷情,摆了筵席在后寨。却捉唐僧,不匡叙出大唐取经的功果,与魔王释罪消冤。他归命释门,与三藏讲说了一番。筵三藏在堂坐下,叫小妖去寻请行者们。魔王乃起身到后寨,齐齐整整,设的是:

五糖五果桌席,三牲三道鲜汤。海珍陆味岂寻常,还簇拥笙箫丝竹,鼓板戏唱弋阳腔。

却说玉龙马只为比丘僧说破他,叫他救唐僧,一时认了同宗,魔王款待他进席。他便忘了释门戒行,看着桌席,便要咀嚼。行者在旁见了,便把桌席一蹬,搬倒在地。那牛羊仍变了活牛羊,雉兔还他个活雉兔。哼哼唧唧,叫的叫,跳的跳。玉龙马见了,怒将起来道:"你这些孽障,已是大王见爱款我,乃我口中食,如何作妖捏怪。你道是活生之物,叫我不吃你。你哪里知我东来西去,受尽了无限辛苦,受那猴精们气,只把我吃草饮水。想你这牛羊能触,叫我这马不敢跟。如今奇逢我大王,正要享用一番,你却装成什么圈套?"

魔王见桌席推倒,牛羊转活,也惊异起来。行者此时,真个神通高妙,乃把法身一变,抖然一尊金甲神人,在寨中席前现出。手执着降魔宝剑,看着玉龙马道:"汝已皈依释门,驮经证果,功将成就。如何忘了戒行,又贪荤腥?"那龙马原有智慧,见了神人,识得是孙行者变化。"嘻"的笑了一声道:"瘟猴子,又来诈骗自家人也。"往寨外飞走。魔王见是神人警戒,只因皈依了三藏,也就正了念头道:"弟子也不敢设荤腥宴客,只是神人何圣,显灵到此?"行者也"嘻"的笑了一声,现了本像。旁边小妖认得是孙行者,乃道:"大王,哪里去找寻唐僧大徒弟,这便是他也。"魔王也"嘻嘻"笑将起来,扯着行者衣袖道:"令师在堂,正着小妖奉请三位法师圣僧,道法高妙,劝戒谆切。已备斋供,乞少住留。"

行者乃随着魔王,走入前堂。那毫毛变的假行者,在寨外同猪八戒们专等小妖禀报魔王知了,叫迎入寨来。行者想道:"我方才假毫毛变去陪八戒、沙僧,如今唐突,不能掩这机变。真假两个,如何见面?倒使魔王看我轻薄。欲待收回毫毛,又恐八戒、沙僧真的妖魔也当他是假。虽然无甚关系,只恐款待斋供心肠被疑,心生怠慢了。"行者想了一会,就弄个神通,向魔王说道:"大王,我闻知你原与我师父故旧相契,若是我们到此,哪里动这一番争斗,都是那狐妖挑唆,要与前林啸风魔王出气报仇。他又会变化多端,把我老孙也不知变过几遭,哄骗我师父。他如今或者假变着我,陪伴着我那真师弟们未可知。大王可吩咐小妖,看他能变得老孙像,不能变狐妖身。臀后定有一尾,若有此尾,便是狐妖。"

魔王笑道:"我正在此敬奉圣僧,要捉住狐妖。"便叫:"小妖看寨门外,可又有个孙行者?"小妖道:"果然寨门外又来了一个行者。"魔王道:

"看他臀后可有一尾?"小妖道:"果有一尾。"魔王道:"是了,孙长老说话不差,定是狐妖。可捆入寨来。"行者道:"大王,不须捆,待我真的一见,他假的自然现形。"行者说罢,往寨外走出,把身一抖。那毫毛又假变狐妖,往前林走了。其实仍还复在行者身上。他欣欣得意,与八戒们直入寨来,受魔王斋供。只是机变甚深,偏惹妖魔拦阻。毕竟如何过这霾雨林,须看下回分解。

总批

诱虾妖鳗妖处甚痛快,假狐妖处略费周折。然而狐妖既假行者,行者自令假狐妖变中空变,无有穷已。飞走之类,善变幻者最莫如狐。前《记》中,呵七大王只一点拨,此本遂畅言之。

玉龙马曾变宝。

第四十六回

蒸僧林六耳报仇　强荦店二客设计

　　话表兴云老魔设斋供，款待唐僧师徒道："往昔恣尤，全仗圣僧西还课诵真经，尽为忏释。自今，我仍归沧海稳眠安睡。愿你成就功德，普及一切，保那唐王风调雨顺，国泰民安。"三藏师徒合掌称谢，辞别魔王。那魔王收了霆雨，复还晴朗。师徒挑押经担，欢欢喜喜前行。但见一路：

　　　　曙色开乌，晴光散野。东方红日，似火轮高拥；南向彩云，如锦色平铺。耳不闻鸠唤，但听雀噪春晴；目不睹霾阴，唯看曦阳暖布。

　　三藏师徒前行，过了百里。只见树木森森，又是一林在目。三藏道："徒弟们，我想当年来时，不曾经游此处。如今怎么一林才过，又是一林。"行者道："师父，你忘了前边那店家老说，当初八百里火焰山，也是我徒弟平定了的，弄了那铁扇，多扇了几扇，火焰都消，变成这些阴霾深林。我如今心情倦怠，也怕走这左一林，右一林，妖魔叠叠的。上前看有甚村落居人，问一声有甚曲径小道，抄弯远转，过一程也好。"三藏道："正是。悟空，我也懒怠走这深林。你看哪里有居人，问个路径。"行者把眼一看道："师父，那前山脚下，是几家村舍，待徒弟走出问来。大家且歇着担子。"

　　行者走近村舍，只见一个老者在那里晒日色，口里咕咕哝哝的。见了行者道："爷爷呀，哪里来的这古怪僧人，活像个猢狲样子。莫不是蒸僧林走得冤魂来了？"乃向行者赔个小心道："师父呵，你不消来惊吓我，只怨你自家不是。放着从山路小道儿不肯过去，偏要往这林中走。撞着妖魔，蒸了你吃，与我老汉子无干，休得要走村舍来惊吓人家。"行者道："老人家，休得要睁着两只眼说鬼话，我是上灵山取经回来的长老。什么过这林，妖魔蒸吃？且是你方才自家口里咕咕哝哝，你倒有些惊吓人。"老汉道："长老，既是取经的，可是当年唐僧么？"行者道："唐僧便是我师父。"老汉道："你却是何人？"行者道："我是他大徒弟，叫做孙行者。"老汉道："再有何人？"行者道："还有师弟猪八戒、沙和尚。"老汉摇着手道："莫要高声,幸然你撞着我老汉。这冤孽正为你们,苦了往来多少和尚,白白的送与妖魔受用。"行者听得,忙问道:"老人家,我不明白这缘故,你可从头与我说。"老汉道:"长老,你们当年来时,不知甚神通,过了这八百里火焰山。闻说熄了火焰,灭了妖精,谁知火焰熄了,却变成许多雨水阴霾。深林妖怪,便盘踞在内。这个林乃叫做蒸僧林。不知何处来了一个妖怪,他说当年被什么取经僧人几金箍棒、九齿钯,把他打得呜呼哀哉。这仇恨不消,如今专一与僧人做对头。若是过往客商,坦坦直走,一毫无碍。只有僧人,被他拿到了,上蒸笼蒸熟,加上作料儿受用。前日有个长老过此,也是我劝他小道转路去。他不肯信,被妖魔拿去蒸了。故此我方才疑你是他的魂灵儿。远远见你走来,只恐又是个送命的,所以咕哝。如今妖魔专恨的是取经僧人,你如何去得?"行者听了便问:"老人家,这转路小道,却从哪里走去?"老汉道:"从我这屋旁有个通路。"

行者得了信,走回对三藏把老汉话说知。三藏道:"悟空,再不消讲了。当年来时,被你金箍棒打死了多少精怪,这冤恨难道不种了根因在此。既是蒸僧林难过,只得往小道转路。"八戒道:"钯耙的仇恨,只该寻钯耙出气,与我老猪何干?如今钯耙已在灵山库,妖怪哪里寻得见。若要蒸我一个活活的和尚,怎么蒸?"三藏道:"徒弟,蒸僧之意,料不是上蒸笼。还是酷炎狠热,教行道的僧人受不得炎热,成了伤病。但不知这妖魔有甚神通本事?"沙僧说:"师父,如今莫问他有甚本事。既大哥问了信,有个通路小道,只得转路去吧。"师徒遂挑起担子,走向村舍来。

却说比丘僧与灵虚子坐在山顶上,看着唐僧师徒点化了兴云魔王,安靖了霾雨林,坦然前行,心中甚喜道:"也是真经感应,并未曾有分毫亵渎。"两个从山顶上行走过来,又见唐僧们过深林,拦阻进退趑趄。比丘僧向灵虚子道:"师兄,你看唐僧们歇下担包,东张西望,又是深林在前。看这深林,云气腾腾,非烟非火,鸟雀儿也不见一个高飞,必定又是什么妖魔在内。唐僧呵,想是你们机心未净,只恐魔头复生也。"灵虚子道:"师兄,宝藏原无阻碍,机心实有缠绕。我与你既承认了保护前来,说不得为他探听个坦途,指引他个大道前去。"

他两个遂变了两个客商,下得山巅,忙奔林路。原来那林西头许多客店,两个走入店中,只见店小二捧了两钟茶汤道:"客官,吃饭么?"比丘僧道:"我们是吃斋的,洁净茶饭便吃。"店小二道:"客官,我这里近日不许卖素饭。如要卖素饭，大王便要来查问客人来历，恐怕是僧人长老假扮在内。"灵虚子道："有一等神僧，能变化，真形不露。那妖魔哪里认得，查出来历？"店小二笑道："我们店家可瞒，大王却灵，哪里瞒得？一见就知是假扮的，定将绳捆了到洞，蒸熟受用。"灵虚道："这等看来，僧人难走这林，却从哪里过去？"店小二道："有个转路，只是地僻道险，崎岖难走。"比丘僧道："行李马匹，可过得么？"店小二摇头道："过不得，过不得。"比丘僧说："既是大王要查吃素的，我们不吃荤，只说吃了。"店小二道："瞒不得他，他更知道。"灵虚子道："店小二哥，这魔王叫做甚名号？"店小二道："也只知他叫做六耳魔王。他恨的是僧人，不知甚么缘故。"比丘僧听了道："我这知缘故了。此魔神通，连如今我们到此，只恐也就知了。却与唐僧师徒大有往因。师兄，我们不必前去，当指明孙行者。这件往因，都是他做下的冤家债主。"说罢，叫声："小二哥，你备下饭，我们寻一乡客就来。"

　　两个出了店门，直奔山脚下来。只见三藏师徒，走到老汉门前，正计较转小路前行。那老汉拦着三藏道："长老，你有这多行李担包，如何过得这崎岖峻路？"三藏道："如今大路又有妖魔，小路又难带行李，如之奈何？"三藏忧心即见如面。忽然两个客官走到面前道："列位师父，是哪里去的？这柜担是甚宝货？"三藏道："小僧是大唐僧人，到灵山拜佛求经，这柜担都是经文。如今要过这山路往东去。"客官道："入国问禁，走路也要访问道途事实。岂不知和尚难过蒸僧林，柜担走不得崎岖路。如今没个计较，可不徒取了经卷来？"只见老汉道："此事已不难，师父们从小道窄路上过去，把这经柜担包托烦二位客官，只说是贩来的客货，便就过去了。"客官道："更是我二人，只好照顾，怎能挑得？就是能挑，一人只好一担，怎能挑得这许多？"三藏道："这村落有代挑汉子，烦他送一程也罢。"老汉道："我这大王，一村大小都熟识，瞒不得。"行者笑道："你们空设计较，不知老孙手段。方才要走小道之意，一则是师父懒待走林，一则是我老孙不耐烦走大路。若是假扮客官货，何必去求外人。如今师父不先同八戒、沙僧过小道前去，待徒弟挑着担子，押着马，从林中前去。"三藏道："徒弟呀，那魔王专寻僧人，你怎送上他门？"行者道："说不得到此地位，只得用过机心。"乃就把脸一抹，变得与两个客官一样。客官笑道："小长老，你变得果然像我等。只恐不中用，过不得林去。"行者道："二位客官，你怎见的过不得林去？"客官道：

"我小子有些见解处,试说与你听。"乃说道:

>"这妖怪,善聆音,世事他偏办的真。
>
>你未说,他已闻,千里通灵响应声。
>
>能变化,最虚灵,风顺从交到处听。
>
>多敏捷,便聪明,真假难瞒这妖精。"

行者听了道:"客官,据你说来,我老孙也识得他了。悔我当初不该在如来前一金箍棒送了他路。闻此魔已绝种,如何又在这林作祟?"客官道:"小长老,看来还是你往因未尽了。"八戒听了一会道:"大师兄他既揽了这买卖,趁早挑担同客官过林去,我伴师父过山径小道去也。"三藏、沙僧便欣然前走。行者笑道:"师父,且转来。说便是这等说,还有几分不妥。师父上灵山为何,本那一点志诚在哪里? 岂有到狭路上,把真经抛弃,托与别人,自己能安心前去?"三藏被行者一句提明,说:"悟空说的是。我也只因要走小路,就忘了来为何事。如今也不管他妖魔,一意只是大道走吧。"八戒道:"师父,孙行者他便会变客官,你看他如今站在你面前,就像南来北往的行商坐贾,我们却不能。"行者道:"呆子,你如何不能? 若是叫你变小和尚,标致沙弥,去骗人斋,便就能了。"八戒道:"便是能变,只恐师父不能。"沙僧道:"二位师兄,何劳争讲。我想当年来时,过灭僧国,我等怎入城?"三藏道:"徒弟,我倒也忘了。曾记得,戴了帽子,半夜装做客人进城。如今我与你们寻顶帽子戴了,趁月色过林去吧。"行者道:"千算万算,那妖魔件件都知,你算总不中用。只是师父平日以志诚无假,从权戴顶帽子还无碍。"乃向老汉求借一顶帽子戴了。八戒、沙僧说不得也效行者,摇身变了个客官模样,挑着,押着马,只等东方月上方行。那两个客官乃辞别唐僧道:"师父,好生小心过林。我们先去,离你不远。若是能为你欺瞒的妖魔,让你放心过去,也是方便功德。"三藏合掌称谢,二客去了。

三藏师徒方才坐在老汉家内。那老汉倒也好善,忙备了茶点,款待三藏说道:"师父,老汉留便留你,也怕逆了魔王怒僧之意。但是我这村间,还不属他林,他不甚深怪。若是那林头店小二家,便要你们吃荤哩。"三藏听了,大惊道:"老人家,怎么店家要我们吃荤?"老汉道:"师父,过客若是不吃荤,他便要来查看,恐有僧人假扮客商瞒哄店家。"八戒道:"我们吃不吃,他如何查的出来?"老汉道:"他便会查。"三藏道:"我们把马喂饱了,说不得再扰老人家茶点。等东方月上,径过店去吧。"老汉道:"林长路远,怎挨饥饿?"三藏道:"我们出家人熬得清,受得淡,便是一两日无斋也过了。"八戒道:"师父是句果子话,徒弟要挑重担,束着肚子却难。"师徒正说,只见东方月上,那月乃三五良宵,明朗十分,有如白日。怎见得,但见:

　　扶疏桂影映长空,真是清辉万古同。

　　莫道山僧无所似,禅心一点照光中。

　　话表蒸僧林,哪里起得这个名色?只因当年孙行者棒打强贼,三藏纵放了心猿,被六耳猕猴假变了行者,他真假两个莫辨,连菩萨也没奈何。只闹到如来前,被金钵盂盖着,他方才露了本相,此时只该听如来发落他。行者恨他打伤师父,抢夺包袱,劈头一铁棒打灭了他。他种类虽绝,这一灵不散,怀恨孙行者道:"你也是我一类,怎下这无情?"乃走到这林来。当年这林乃火焰山中路,居人苦炎热,被行者平复转了清凉。闻知是僧人平复的,每每店肆尊敬僧人。这妖魔恨行者,专一在这林弄炎热,蒸和尚。故此起了个蒸僧林。便是这妖魔拿倒了和尚,名曰蒸了吃,实是炎酷当他不起。往来僧人道行浅的,皆被他害。却说这妖魔聪明伶俐,声入心通,变化莫测。当原前,比行者神通更高几倍。只是行者皈依了正果,这妖魔离经背道,一心只要与僧人报仇隙。故此还有些障碍。

　　这日正在洞中,叫小妖摘桃献果,忽然大笑一声。小妖问道:"大王,如何发这大笑?"妖魔道:"当年的对头取了经回,他也识我这一种往因,在那林西设计,趁月过林。如今拿上蒸笼,蒸熟了尽受用。只是信佛人吃斋把素,便是个油水素馍馍一般,汝等小妖速传与林西店肆,待他来投店,务要把荤强他。他若吃了荤食过蒸林哩,你们大放炎蒸,蒸得他闷昏昏晕倒,便把绳索捆入洞来,再等我快心报他棒打之仇。"众妖道:"大王,他们若是不肯吃荤,也不投店,如之奈何?"妖魔道:"你直把他经担抢入店肆,他自然投店。"小妖们听了道:"有理,有理。"乃到林西店肆人家说:"西来有四个僧人,押着马垛,挑着担子。你们安歇他,大王叫必要强他食荤腥,破了他戒行。"店小二道:"他若不肯,何如处置?"小妖道:"大王叫设个方法儿强他。"店小二道:"晓得了。"却怎样设方法,强人食荤,要算计唐僧?且听下回分解。

总批

　　和尚吃一顿荤,便有油水。如今和尚胖的极多,想俱从强荤的来也。

　　有些障碍,来灭了神通。是大知识语。

第四十七回

唐三藏混俗化光　孙行者机心变怪

话说妖魔一心只要等取经的僧人，报行者一棒之仇，终日在臆①牢牢。却遇唐僧们西回，到了前山脚下，在老汉子家，师徒商议要扮作俗人，乘月色过林。他神通早已知了，即忙吩咐小妖，传谕店肆，备下五荤三腥，等待唐僧。却不提防比丘到彼，也是僧人。他与灵虚子 先变了客人，探了消息，复来到店中。店中小二忙摆出饭食荤物。比丘僧说："师兄，这却如何计较？"灵虚道："此事不难，但恐做出来那妖魔就知。我想，妖魔纵然厉害，只与孙行者有仇。我们如今把素饭吃了他的，将此荤物反要他来传谕得小妖。待我再收下些酒，把小妖骗倒，唐僧们乘空儿过林去，也未可知。"比丘僧道："只看你要骗他了。"

正说间，果然店外走进许多小妖，向店小二道："大王传谕，定要你们强西来和尚吃荤，休得误事。"灵虚子一见了，笑嘻嘻地道："列位劳碌，不弃嫌，店家现成酒肴吃一钟儿。"那小妖也有笑嘻嘻地答道："客官受用，我们不当。"就要外走。也有老老实实，就接着杯儿吃下，拿起箸子吃肴。灵虚子把那外走的，一手扯住，你一杯，我一杯，只把桌子上荤酒，散得个干净。店小二又喜，喜的是卖了许多酒食。小妖又欢，欢的是这客官方情费钞。却不知灵虚子设计，荤酒内使了个迷魂法，把些小妖昏沉沉起来，倒在林中熟卧，如醉如痴。那六耳妖魔灵通原广，善于测识。只因他专意在报仇，知道唐僧们到林，设法计较，已遣小妖们传谕设计。他这一点得意心肠，遂把聪明障碍了。

却说三藏，戴着一顶帽儿，充做个客官；行者们都变了客官像貌，乘着明月，往前行走。只见八戒把三藏看了一眼，"嘻"的笑了一声。三藏道："悟能徒弟，你又动了嘲笑心，我知定要弄出假来。你笑这一声，却是何说？"八戒道："我徒弟：

---

①　在臆（yì）——臆，指胸。这里比喻记在心中。

偶尔非他笑，见师戴客帽。

四鬓精打精，强把光头罩。

秃发如老翁，无须似年少。

顶线怎么收，倒搭稍儿拗。”

行者听了道：“真呆子，此时要骗哄妖魔，瞒昧店肆，你且自生疑笑。”

正说间，早已到林头。三藏便觉有些暖气熏蒸，道：“悟空，果然这热气，莫不是当年火焰未尽熄？”行者摇着手道：“张老客官，你只走路，照管货物。”只见店小二听了个货物，便齐来争扯道：“客官，我店安歇吧，月已沉西，时夜深了。”行者道：“我们俱有旧主顾在前，休得争扯。”那店小二哪里肯放手，却亏了比丘、灵虚两个假扮作客，走出店门道：“店小二哥，你休得要乱扯这众客。我知他是前店吃饱了夜饭，乘明月过林去的。”店小二哪里听，月影下却见三藏戴着顶帽子，不见有网巾四鬓。乃一把手揪过三藏帽子，露出僧头来了。去了手，却不来扯，竟往林中飞跑去了。

行者道：“师父，事不谐矣。这店小二走去，定是报与妖魔。如今作速前行。”三藏依旧光着头，便把八戒骂道：“都是你笑我戴帽，我说你动了嘲笑心，必定弄出假来。这店小二飞报了妖魔，蒸僧林罪孽牵缠，如何过去？”行者道：“师父，如今说不得。你与八戒、沙僧速过林去，便是炎热如当年火焰山，也说不得苦熬着，待徒弟听探妖魔消息，看这店小二如何去报。”三藏道：“徒弟，我便与八戒过去了，你这一担经担，却如何处置？”行者正迟疑，只见比丘僧道：“我等既相逢一处，挑却无力，也难代客官送这担子。只是照顾却不难；也罢，叫我这位客官替你守在店中，我乘月同你张老客过林去吧。”八戒道：“老客官，也莫瞒你。什么张客官、李老客，叫了这半回师父徒弟。老老实实是和尚挑押经担，过林去吧。”三藏道：“这个呆子，必要露出体。”八戒道：“师父，你原说志诚不做假，你如何此时也弄假起来？”三藏被八戒说了这一句，点了点头，催着马垛前走。比丘僧也同行，只丢下行者。

行者把担子挑入店家，交付灵虚子道：“客官，烦你照顾一二。我去探听店小二消息来也。”“忽喇”一个筋斗不见。灵虚子变了客人，与行者守着经担，他见孙行者筋斗神通，乃夸奖道：“这猴头真也奥妙。”乃赞叹几句道：

“妙哉孙行者，筋斗果然能。

> 忽喇一声响，斯须万里风。
>
> 尽皆方寸内，不出此虚中。
>
> 寄语善知识，意知意马同。"

却说六耳妖魔坐在洞内，向众小妖说："唐僧做事颠倒好笑，装什么假。戴个帽子，遮了光头；那孙行者们，俱变作客商，要乘月过林，只好瞒店家。如今已入林走着，如何店小二不抢夺他担子入店；我遣去的小妖，如何也不回信？"众小妖道："大王通灵目是知道。"妖魔道："我每常精通万里，百事先知。今日只因仇心动了要报，过于欢喜，遂了生平。不知怎倒生了些障碍，知其一，不知其二。想是当年聪明太过，神化贰阳，与那孙行者打斗，上天下地，出幽入明，谁能辨别真假。后来被他扯到灵山，谒见如来。被如来看破，把金钵盂罩下，露出本相，被孙行者一棒。想是这一棒之亏，损了些知识灵性。料着如今小妖传谕了店肆，定然盘诘①着他，必来报我。"

却说店小二扯下三藏的帽子，看见是一个光头和尚，丢了手，飞往林中，走到洞来要报知妖魔。方入林来，只见地下东倒西卧，都是传谕那几个小妖，被灵虚子把荤酒迷倒在此。他个个去唤，哪里得醒；只得去报与妖魔。魔王听得，把智元一察，笑道："是我恃着小妖传谕店肆盘诘，就不曾细把这仇僧们查看。如今唐僧押着马垛，八戒、沙僧挑着担子，又有那灵山跟来的比丘僧随伴，我如今大弄神通，到前去拦阻了唐僧，却遗下孙行者在此，尚未过林。这和尚原是我的对头，他却也是有手眼的。况店中他的经担尚在，却是那优婆塞假变客官守着。这道人把荤酒诈骗迷了我小妖，情理难恕。如今把唐僧放过去罢，只教他受些炎蒸，蒸倒了他，待我擒了孙行者与优婆塞两个仇人，再去算计唐僧。店小二，你可到店，把他经担封锁在屋，不可与他抢去。那客人定要强他吃荤腥。他如不吃，连茶汤也休与他一口。有一个毛头毛脸形相似我的，此乃我的仇僧，切不可容他挑了担包去店。"

小二领了妖魔说话，回到林西头。却好行者找探前来，远远知是店小二。乃变了一个小妖，上前道："店小二，你去把和尚报与大王么？"店小二道："正是。"行者道："大王如今怎计较？"店小二说："大王智识，已知唐

---

① 盘诘(jié)——盘问。

僧们过林去。如今大放炎蒸蒸他。只待拿了孙行者，方才再去算计唐僧。"行者道："闻知孙行者也挑着担子，随了唐僧前去。"店小二笑道："大王已察知他未曾去，说有个什么优婆塞假变客官，与他守着经担在我店里。"

行者听了道："原来这妖魔灵通，还似旧时。且优婆塞变客与我保护真经，我也不曾把慧眼看他。如今正用得着他，休得说破。"一面辞了店小二，径往洞来，看妖魔作何计较。不妨妖魔早知行者假变小妖，探听店小二消息。那妖魔忖道："他如今往我洞前来了。我如今却变了他，先到店中，诈了他经担来。"好妖魔，他原变过行者打唐僧，连菩萨也认不得他，唯有如来识破。那时比丘、优婆塞如来前都识破了他，他却又变了孙行者到店。

不知灵虚子在店中，见行者一筋斗打去，虽然暗夸他神通，却就动了一种灵心，忖道："孙行者筋斗固打去，丢下经担叫我看守。想这六耳妖魔，灵通虚应。当年如来面前尚弄神通，只恐假变了孙行者来要骗了担子去。我如今且敲动木鱼，唤回比丘师兄计议保经担。"把木鱼连敲了几声，早已惊动比丘僧听闻，说："灵虚子木鱼声来，想是真经被妖魔抢夺。"忙向三藏道："老师父，你可住在这林前空隙地上，料出林也没多几里。可着一位高徒速去救护行者担包，莫令妖魔抢去。"三藏道："客官，多承你陪伴前来，只是这炎蒸酷热，真实难过。如今幸已保全，过了大半路头。既是要救行者担子，悟能、悟净，你两个且歇下，谁人去救？"八戒道："我被这蒸热，不说蒸笼，腿酸脚软，好生难过。沙僧去吧。"三藏道："悟能去，恐老实露出事来。倒不如悟净去罢。只是事不宜迟。"沙僧依言，离了三藏，一朵飞云到了店中。那灵虚子木鱼方住了敲，妖魔尚未来店，小二也未准备。沙僧见了灵虚子，问道："客官，我大师兄何处去了？"灵虚子道："沙僧师父，你也休管他。只是事不宜迟，你可快把行者担子挑到师父处，待行者来。若迟了，只恐妖魔知机来抢也。"沙僧依言，遂把行者经担挑出店门。店小二被灵虚子用个迷目障眼法，哪里知道挑去。

却说六耳妖魔知行者来他洞前，他遂变了行者，要到店肆来骗行者担子，忽然呵呵大笑一声道："沙和尚我倒宽放了，随唐僧去吧。你却跨云躲热，又来把孙行者经担挑去。可恨这优婆塞，以木鱼声传信比丘僧。我如今到店中没用，且假变了孙行者，骗了沙僧担子，有何不可。"

却说行者走到妖魔洞前,只听得洞里吵吵闹闹,咒骂连声。行者隐了身,走入洞来。只看见两个狐妖,一公一母。那母的变得似个婆子样,丧着脸,撅着嘴,恶狠狠的,把那妖魔骂。那公的,变得似个汉子样,吞着声,忍着气,笑嘻嘻的,只赔不是。行者看那婆子,生的:

> 妖模妖样,年纪倒有五十八。粉黛胭脂,搽得眉眼和腮颊。绿袄身上穿,红花头上插。嘴喳喳全没个收留,脸丧着那里有些喜洽。说风流已老有甚风流,论邋遢倒有几分真个邋遢。没法,也是妖魔剥杂,娶得这妖婆,怎不把人笑杀。

却说行者,因何认得是两个狐妖,只因那狐妖在霪雨林走了来,恨行者、八戒捆打他,到这六耳妖魔处挑唆他报仇。不知这六耳妖魔娶的是他姑党。这狐婆虽妖,却敬重僧道。他怪狐妖来借事报仇,却又遇着妖魔恨僧。狐婆屡劝妖魔,叫他莫与僧人成仇。妖魔听信了狐妖,哪里肯依狐婆。没奈何,只等妖魔变了行者去骗沙僧经担,乃在洞内吵闹,咒骂妖魔。行者听了他说变孙行者去骗沙僧经担,出了洞,一个筋斗打到三藏前,不见沙僧,问:"师父,沙和尚哪里去了?"三藏遂把叫他救经担话说出。行者道:"徒弟的担子,哪要他去救?"他不等三藏说毕,一筋斗打到店中。灵虚见了,只疑做妖魔,哪里说实话。行者见经担不在,也不问灵虚子,一筋斗打在林中半路。只见妖魔变了他原身,在林里要沙僧经担。沙僧也是得了正果,能用慧眼,察得是假。

两个正在那里争讲,好行者摇身一变,遂变了个狐婆,走上前来,指着妖魔道:"你这不听好言的怪孽,唐僧师徒十万八千里程途,十余年的道路,辛苦取得真经。又不是他私用的货物,却是普济众生的真经。我好意劝你不要与他报仇,放他过林,你却听信了我那不才的狐妖挑唆,定然发炎蒸抢他柜担。如今又假变了孙行者来骗沙僧,你明事不做暗假,这圈套羞也不羞?"妖魔通灵分明,也知是孙行者假变了狐婆来说。他只因行者说他明事不做,羞也不羞,他这真实愧心,遂现了原身,跳在半空道:"孙行者,你委实也有些手段。你固羞我明人不做暗事,你如何又变了我的婆子,更是可羞。你取上空来赌个神通么?"行者笑了一声道:"惫懒妖魔,你当年已被如来识破,遭老孙一棒灭踪。如何今日又在此林,要老孙复来灭你?"行者也把脸一抹,彼此各现了原身,俱无件兵器。只把两双手左支右舞,但见:

妖魔伸赤手，行者舞空拳。一个踢起双飞脚，一个推开两脊肩。一个单采领劈胸挝住，一个双剔灯当眼来剜。一个鲤鱼跌子偏生熟，一个枯树盘根怎让先。一个骑鹤老子展双翅，一个过海龙王敌今仙。两个本是铜锅撞着铁刷帚，迎春只打得过残年。

行者与妖魔在空中相打，沙僧乘空儿挑着担子往林东飞奔前去。毕竟后来怎生过这林，且听下回分解。

总批

此一回机变更多，因有二心故耳。

打了一棒，减了智慧。过于欢喜，又障了聪明。所以喜怒哀乐，俱亏本性。聪明人不可不思。

第四十八回

烈风刮散炎蒸气　法力摇开大树根

　　本是虚灵一点真，只因彼妄此存仁。

　　相逢莫怪争强弱，理欲难容共一身。

　　话表六耳妖魔，原与行者同枝一脉。只因行者皈依正果，护持真经回国，这妖魔怀那往日之忿，又生出这不了之因。他虽当年神通高出行者一筹，只因如今入了邪妄之门，到底不如行者名正言顺。不说他两个在半空厮打。

　　却说灵虚子既保护了经担，付与沙僧挑去；他仍把客商相貌复还了一个优婆塞道者，从林西店内与了店小二几贯钞。那店小二被他法迷得糊糊涂涂，也不知什么和尚、妖魔，只照平日送了一个客人出门。灵虚子乃走林中，要赶比丘、唐僧，只道行者已去，哪里知行者与妖魔厮打在林中半空里。那妖魔与行者本事相敌，不分胜败，却口里喷出热气蒸来。行者当他不起，正想要走，又恐妖魔不放，遗祸与三藏们。

　　忽然灵虚子见了两个猴王半空厮打，灵虚子却认得六耳妖魔，看见他喷热气，乃想道："这妖魔原意蒸僧，如今且抵换了孙行者，与他前途挑经去，待我与这妖魔赌个神通。必须也要把这蒸僧林宁静了，还他个敬僧林，方见我一番到此。"说罢，乃变了一个沙僧，走上前去叫道："悟空师兄，挑你经担去吧。我被这热气蒸得骨解筋酥，腿酸脚软，挑不动，走不上。拼着性命，替你打妖魔，待我来把这妖魔拳打脚踢，送了他残生。"妖魔总是怒心昏了，听得沙僧之言道："孙行者手段比当年更强，敌他不过，如今不如放他去吧。这晦气脸沙和尚，说话好生惫懒，倒不如拿了他蒸了报仇吧。"乃丢了行者道："饶你保唐僧，挑经去吧。"

　　行者分明要打灭了妖魔方去，只因听得个保唐僧挑经去，他遂息了争心；又慧眼照出沙僧是那客人灵虚变的，乃"咕"地笑了一声，一个筋斗打去了。妖魔也笑道："你会，我岂不能。但只是要拿这晦气脸和尚，且饶你去吧。"方才下地来与沙僧相打，妖魔把眼一看，乃叫道："优婆塞，你好没来由，设假沙僧哄了我的对头去。且问你与唐僧有何相干，变客商保他经担？"灵虚子把脸一抹道："明人不做暗事，我便是优婆塞，你道我与唐僧有何相干，我且说与你听。"妖魔道："你讲来我听。"灵虚子乃说道：

"他本是金蝉长老，在释门几劫出家。取经回去到中华，福国保
民功大。我奉如来旨意，暗地保护随他。妖魔何苦做冤家，你不怕那
钵盂儿罩下。"

妖魔听了"钵盂"二字，咬牙切齿道"我当年与孙行者打斗，实是被如来金钵盂罩下，现了原身。你今日揭我的短，且问你，既与唐僧有相干，他这西还东土，十万余里路上，都是孙行者做下的金箍棒对头，处处要报他个仇隙。你有甚神通本事，敢包揽这保护的大事？"灵虚子道："你问我神通本事，我且说与你听。"妖魔道："愿闻，愿闻。"灵虚子乃说道：

"说我神通广大，本事其实高强。任他魔怪尽能降，变化百千万
样。敬奉如来敕旨，真经保护归唐。笑你六耳怪魔王，空作冤愆
孽障。"

妖魔听了，咧嘴张牙，大笑道："你夸变化多能，我如今更替你打个赌斗。你如胜了我，我便远离这林，不复与唐僧为仇，让他们前去；如你不能胜我，可早早脱了衣裳，洗个澡儿上蒸笼，替那孙行者当灾，把这林从此改做蒸道林。"灵虚子道："妖魔，你如今与我赌个甚本事？"妖魔道："我便与你赌个顺风千里听。你能听唐僧前途与徒弟们讲说甚话么？"灵虚子道："我听便不闻，却能知唐僧走到何处。"乃把身跳到空中一望，下地道："唐僧将次出林矣。"魔王怒目圆睁道："趁早受捆，你已输我一筹也。"灵虚子道："我固让你一筹，你却不曾见我的本事哩。"妖魔道："你有甚本事？"灵虚子道："我便与你赌个今知来日事。你能知明日你做何事，我做何事么？"妖魔道："事来我能知，事未来却不知。"灵虚子也怒目大睁道："你当远去罢，我也胜你一筹了。"妖魔笑道："我要验你明日何事，又费一日工夫。"灵虚子道："我要问你，听唐僧何话，又一迟了，哪里去对？"妖魔道："你夸变化多能，我便与你赌斗个变化吧。"乃呼吸一口，顷刻一团热气，如云如雾喷出来。灵虚子看他这热气：

腾腾如雾罩深林，赫赫炎蒸遍体侵。

烁骨销肌真可畏，宛如烈焰炽人心。

灵虚子待妖魔喷出热气蒸人，他也把口向东方巽地取了一口气，叫声

"刮",只见:

> 大风忽地自空来,密雾浓云尽刮开。
>
> 任教炎蒸如火炽,顿令顷刻似凉台。

妖魔喷热气蒸灵虚子,被灵虚子刮起烈风吹散。他复了原形道:"汝能变风,刮散了我炎蒸。必不能挽回风势,挡我水冰之雹也。"复喷一口唾,只见半空中冰雹乱打落下来。灵虚子看妖魔这冰雹:

> 翻空玉屑如鹅卵,大小粗圆有半斤。
>
> 鸟兽行人忙躲避,稍迟打断脊梁筋。

灵虚子任妖魔吐出冰雹,凭空打将来,他却腾起半空,反在冰雹之上,叫道:"妖魔,好冰雹!""哈哈"一声:

> "笑妖空撒这寒冰,行见蒸僧又冻僧。
>
> 只道神通居你上,可怜空费这场能。"

妖魔正撒冰雹,要打灵虚子,被灵虚子跳在半空,反在那冰雹之上呵呵笑他。他知无可奈何,乃复了原身道:"汝能逃吾冰雹,决不能胜吾众小妖齐来扯你不放,看你如何腾空躲我冰雹?"乃于腰间取出兽面牌来,连忙敲了几下。只见那深林中来了许多麝獐鹿兔小妖,便要来扯。灵虚子想道:"这些小妖乱扯,我如今变个化身,也分出许多法体,事却不难。只是与这妖魔斗胜赌强,恐唐僧前行又遇着妖魔加害。比丘僧独自恐不能保护真经,你敲兽牌,我便敲动木鱼声,传了比丘僧,他必来策应帮助我。"乃把木鱼梆子连敲了几下。

却说比丘僧变客伴送着唐僧前行,见他师徒离了蒸僧林,安心前去。忽闻木鱼声响,便又是灵虚子有甚事情,乃辞别三藏道:"我便同师父过林来了,那同伴在后,怎么不来。如今只得等他,长老们先行一步吧。"三藏听得,叫了两声,起身辞别前行。比丘僧随着木鱼声,却好到得林中。只见众小妖将次把灵虚子扯手扯脚,要把索子捆。比丘僧上前,大喝一声道:"妖精,休得无礼!"

灵虚子见了比丘前来,笑道:"师兄,莫要喝他,看他甚神通能捆得我?"比丘僧道:"师兄,虽然比手段不怕他;也不可使他不知高低,犯上犯下。你何不上前行走?我与你保护唐僧经文,却在此敲木鱼唤我何意?"灵虚子便指着妖魔说:"你看那妖魔,形像狰狞,只要与我比神通变化。方才变了许多样数,彼此两不相下。他如今唤出众小妖,要拉着我放冰雹来打。我若分出化身，也不怕他。但恐误了工夫，前途不得保护真经。故此敲动木鱼，请你来帮助，安靖了这蒸僧林，使后来僧人不被他害。"比丘僧道："此事不难安靖，你可速往小路转过林去，到前边观望着唐僧们行路。待我在此遂了这妖魔之愿，因而安靖了他来。"灵虚子问道："你如何遂了妖魔之愿？"比丘僧笑道："此即舍身喂虎，割肉喂鹰之义。妖魔与孙行者有一棒之仇，异世不忘，费了无限心肠，蒸害了许多冤枉。如今遇着唐僧对头，又被我们多方保护。此愿未遂，必定此冤未解。我如今假变个孙行者，与他上蒸笼蒸了受用。他心既遂，他仇便消。"灵虚子道："这如何得行，经尚未保护到东土，师兄怎便激义舍生？"比丘僧道："我说舍身割肉，正是出家人本意。只要遂了妖魔报仇之愿，哪惜舍生之嫌。"

比丘僧方才说毕，只见妖魔喝去众妖，走上前来，双手合掌道："圣僧，是我自作孽障，异世怀仇，不忘报复之过也。我想唐僧千山万水，受苦吃辛，取了经回，也只为普济众生，成就无上菩提。我当年纵受了他害，如今正该借经忏悔前愆；乃生出这无端过恶，蒸僧加害，正是冤孽牵缠，终无了期。今闻圣僧喂鹰虎之喻，愿舍生激义。我情愿悔过消愆，复还个敬僧林吧。"

说毕，化了一道清风，不知妖魔去向。比丘僧、灵虚子大喜，乃从那老汉村落屋傍小道上山崖往前途走去。恰好老汉遇见，问道："唐僧师徒过林去了么？"比丘僧把妖魔忏悔前情说出。老汉也合掌称谢，留两个吃了茶点道："我这林，已后僧人不被妖魔蒸了。"

两人吃了茶点，从山岭方走了三五里。只见后面一个小汉子，领着一个婆子，赶上叫道："那和尚道人，还了我六耳魔王来！"比丘、灵虚听见，立住脚看了一眼道："原来是妖婆与狐妖，你两个赶来为何？"婆子道："我当原前怪我魔王报什么仇，蒸和尚，每每外他。又恨我这狐侄挑唆魔王，阻拦唐僧。却原来你们这和尚道者，不是个好人。方才闻知在林间变化多般，把我个魔王害得无影无迹。你岂不知我婆子靠着丈夫过活，你两个只还我个魔王便罢；若是没有个魔王还我，休想过此山林。便是那唐僧们，也难安心挑押经担前回东土。"比丘僧说："婆婆，你休扯着我们要魔王。你魔王解悟，恩与仇总归空幻。他如今忘了报复，得往好处去了。你与狐侄当远去山谷，修真养性，转生人道去吧。"狐妖听了大怒起来道："放你的臭屁！你把我的仇人放过林去，又把我魔王不知害到何处，想要躲过这林。这如今冤家撞着对头人,怎肯放饶你去!"

灵虚子也说不得发了嗔心,路旁一株大树,他使个大力神法,连根拔起,扯去叉枝,举在手中,就要打这两妖。比丘僧忙止住道:"师兄,出家人莫要动火性。"灵虚子道:"师兄,你便是出家人,我却不曾削发,待我打这妖精,与地方除害。"狐妖笑道:"你会拔树,我岂不会。"他也使出大力神通,比灵虚子更拔起一株大树,也去了枝叶,舞将来,直奔灵虚子。他两个在山崖上大斗起来,但见:

> 妖狐手舞大树,灵虚架起丫杈。亏他十指怎生拿,非枪非剑戟,又不是狼牙。倒使了一个枯树盘根势,盖顶旋来一撒花。

两个大斗了一会,比丘僧忙把手提着数珠,往空一丢。只见两株大树都被数珠子收束起来,动舞不得。比丘僧乃开口说道:"师兄,我劝你且停着手息了怒。天地间事,有相干不忿则争,你两个有甚相干?拔起无干之树,斗这一番没来由之气,取经是唐僧师徒,报仇是六耳魔王。我们走我们道路,他与婆婆寻他的魔王。空费了这场打斗,这叫做不忍一朝忿,岂是你我吃斋念佛人所为。"灵虚子听了,把木鱼拿在手中道:"我依师兄,做我的本业,走我的路吧。"那狐妖还恶狠狠地道:"哪里去寻找魔王来?"比丘僧见他不放,乃道:"你要魔王,那山下林中,不是你魔王坐地?"两狐妖回头一看,比丘与灵虚飞走前去,狐婆与狐妖赶来。灵虚子忙把木鱼儿敲了几下,那两妖畏惧声响,哪里敢上前。看看妖气消灭不见,他两个方才越岭过山,赶上唐僧。只见他师徒挑着担,押着马,安心过了深林,往前行去。哪知这狐婆与狐妖怪心未遂,被灵虚子打斗一番,比丘僧又诈哄了他回头看魔王,敲木鱼逼得他不敢上前,生出这段孽冤。他却不寻比丘,两个转个弯路,又抄到唐僧前途,拦阻唐僧,说道:"事从根起,都是孙行者、猪八戒捆打之仇。如今必定要报了他们,此恨方息。"

却说敬僧林东百里还是八百里境界,又有一林,叫做臭秽林。如何叫做这臭秽名色?只因当年火焰焚山有几条千尺大蟒,焚死未尽,被孙行者把火焰消除。这蟒骸遗秽,积臭在林,便起了这个名色。往来行人,当不起这秽气熏蒸,更怕炎天,怎生行走。这林积阴日久,中间有些妖魔小怪,迷伤过客。这日,正掀播那臭秽,思量迷着个行人。却好狐妖同着狐婆两个,超弯到这林来。他两个闻见这秽气伤人,狐妖乃向婆子道:"这林深密阴沉,不说前林,只是怎么这臭气难闻,料必有甚缘故。若是村乡众人家的，必是彼推此捱，不肯出心打扫。若是一家的，这主人定是个懒惰邋遢的。"两妖正说，忽然那林中走出许多光头小孩子，个个手里拿着些臭秽东西，又在那上风处刮来。见了狐妖两个，就抢上前来道："行路的，休要走。看我这东西打来。"狐妖睁睛看那东西是甚物，又臭秽的紧。却是何物，且听下回分解。

总批

六耳魔王一点便化，毕竟是耳根圆慧。今人多方劝不醒者，真猕猴不若也。

今日遍地皆是以臭秽东西迷人，正是此辈孩童。人反觅其香，何耶？

第四十九回

清净地玄奘尊经　臭秽林心猿遇怪

话说狐妖睁睛看那小孩子，个个手中捧着的都是焚不尽的蟒身腐蛆烂肉，只道这两妖当它不起，丧魄消魂，他因而捉拿到林内，咬嚼受用。谁知两妖神通本事多能，向孩子吹了一口气。那上风反向他刮，众孩子自当臭秽不起，手捧的秽物，又抛弃不掉，个个如钉定住一般，莫想挣挫得动。这狐妖又变了一把刀拿在手内，上前要杀。那众孩子哀哭起来道："魔王饶命！"狐妖笑道："你这些小厮，如何识得我是魔王？"孩子说道："平日过客到此，被我们把这臭秽打去，不论他身体、行李，一着了这秽污作践，小则灾疾，大则残生。若是害倒，我们活活地吞吃了；吃不尽的，也都做成这臭秽。今见你神通本事，料不是平常过客，定是个有力量的魔王。我们一则年小孩子，没有个管头。若是魔王肯饶了我，情愿拜你做个干老子爷娘。"狐妖笑道："做你们的干老子，这腌臜①臭气，却难过日子。我想你这些小妖精，往往加害道途行人，不如灭了你倒也干净。"把刀就要去杀。只见狐婆拦住道："侄子，你如今赶过唐僧前来，原意要报仇，何不便安住此林，调度这孩子们。待那唐僧过林，这些臭秽打得他身体、行李，没有一件干净。他们定然当不起这孩子们扛打，此仇可不报的快哉？"狐妖听了大喜，当时又吹口气，只见那小孩子们齐都动得，弃了秽物，各上前拜这狐妖为干老子。当下狐妖一同狐婆走入他深林里边，不闻臭秽，反觉异香喷鼻。两狐妖大喜，乃教这小妖们变化跌打拳脚。按下不提。

却说唐僧师徒坦然过了蒸僧林，一路来倒也安靖。三藏跟着马走的力倦，叫声："悟空，且看哪个洁净地下，把担柜歇半时，待我权坐卧一会。"行者道："师父，这路上处处洁净，你要坐卧，便歇下，何必又动一个好洁心？"三藏道："徒弟，你不知，我便随寓而安；这真经，却又安住在洁净去处，恐尘垢染惹。"行者笑道："师父，只要人心无尘垢，自然真经洁

---

① 腌臜(ā zā)——脏；不干净。

净。"八戒听了道："走便走,歇便歇,说什么长,道什么短。叫我侧着两个耳朵听,听的不明白,又费心思想,肩头上又吃着力。只因你两个一言半语,叫我一个三心二意不闲。这地下倒也干净,便坐一会何妨。"八戒就把担子歇下,行者、沙僧也只得落肩。三藏把马扯住,行者、八戒搭下柜埠。师徒却才坐在背日色树阴之下,三藏忽然想起那陪伴客官道："徒弟们,我想出外行路,那里处处偏逢着妖魔精怪,难道没个善知识好人。就如前来这两个客官,一个伴我过林,一个替你看守店中经担。多亏了他,也都是真经感应,到处效灵。"行者听了笑道："师父,我徒弟久已知他,不好向你说的。只恐这客官半路上望亲戚,不往前行;若是往前行,他还要陪伴师父到地头哩。"

师徒正说,只闻得一阵风过,微微有些臭秽吹来。三藏道："悟空,是哪里臭气?"行者道："都是呆子,不捡个洁净处歇下,想是近那个东斯粪堆去处,风刮将来。"三藏道："这气味不是粪溺,多是腐烂臭物。你可探看上风处,若是风刮来的,我们可迁过下风处去好。"行者把身子一纵,跳在半空,手做个阴篷。向前一望,只见:

密树阴阴一望高,摇摇风摆似波涛。

若得妖怪巢林下,怎得吹来这阵臊。

行者看了,跳下地来道："师父,真是过一处,又是一处淘神费力所在也。当年稀柿衕①,动劳八戒师弟。如今又用的着他老人家了。"八戒笑道："什么稀屎衕,干屎衕,只要像当年那些人家供给不迭的斋饭,把老猪吃饱了,然后看手段还钱。"三藏道："悟能徒弟,少不得用着你,便化一顿饱斋供你。如今就着你前路探个消息,看是甚地方。"八戒道："探什么消息,大家挑着走,撞天婚。只恐这刮来的臭秽,是哪里人家妇女倒桶子哩。"三藏喝道："呆子,休乱说,快去探看。一面探看消息,一面有人家可化斋,便化一顿吃了前行。"

八戒只听了个化斋,便爽爽利利,往前走去。只见远远田陌中,一个汉子在田里耕锄。那陌上一个妇人,手提着茶汤饭罐,叫汉子吃饭。八戒走上前,深深唱个喏道："女善人,我和尚远从灵山来。饥了,问你化顿斋。"那女人哪里答应,八戒又说一遍。那女人只是两眼瞅着八戒,那汉

---

① 衕(tòng)——即胡同的"同",意为小路,小道。

子乃走上田陌来道："长老，我这妻子是耳背的。你要化斋，当前走半里，有村居人家化斋。我这些微茶饭，是我辛苦做工的受用，哪有的斋你。"八戒道："善人，斋便不化也罢。只是问你个路径，这前去是何地方？"汉子道："长老，你是哪里来的？如何路径也不识？我这里往东二十里多路，乃是个臭秽林。当初也不知这林什么来历，但只是风不顺，便安靖；若是风从顺刮，我这地方臭秽难闻，家家都要备下香草焚烧，解那些秽气。"八戒道："远二十多里如此，那近林的，却如何解？"汉子道："近林的，只探风顺逆去躲避，若是躲避不及，被这气秽多生灾病；灾病也还事小。只恐撞着些小妖精怪，拿了活活吞吃了。"八戒道："行路的，却如何避他？"汉子道："撞造化。不遇着风顺，便过林去了。"八戒道："万一走到林中，半路遇着转风，却如何处？"汉子道："总来看造化。我这地方曾有个仙人过，香了半载。众人求他荡秽除氛，他道：后有圣僧来，自是安净。"八戒听了汉子之言，遂回复三藏。

三藏听了道："悟空，这却怎处？"行者道："信八戒这呆子不成！他又不曾到村落众人家探听；只在田间听汉子几句话，没个对证。"八戒说："有那汉子的聋婆娘在旁看着作证。"行者笑道："越发没对证，一个聋婆娘，怎对证？你的话打听不实，不实。"三藏道："既是不实，八戒再去走探，须是到村落聚处人家。一则众论方的，一则有斋可化。那汉子曾说半里有处化斋，你如何只听个空信就来？快去，快去！"八戒只得再走前去。却好走到村落人家处，果然店肆星密，人烟济楚。八戒上前打了一个问讯道："小僧是灵山取经回来的和尚，路过宝方，腹中饥饿，一行四众，乞施主化一顿素斋。"这村人见了八戒生的丑恶，有的说："长老，别家去化，我处不方便。"有的说："丑和尚，远走开，吓怕人，还要化人斋。"

八戒前街后巷走了一转，哪里有个人应。他走一步，懊恼一步，只闻的鼻子里有三分臭气，那村落人家个个都烧草解秽。八戒上前，见一个老者烧草。乃问道："老人家，烧草薰烟可是解臭秽么？"老汉道："你这丑和尚，既知道这情由，又何消多问？"八戒惶恐起来，飞走回来向三藏道："师父，不消说道，村落人家也没一家好善肯布施斋。徒弟到处去闯，不但化不出斋，还讨人没个好答应。"行者道："斋，是小事。你探打的前林可得过去？"八戒道："斋也化不出，有甚心肠问路？"行者笑道："呆子，真个没用，原叫你探路消息。你却只在化斋上着力。便是化出斋，吃得你撑肠满肚,难道坐在这里,还要探听去,必须要到那臭秽林,找出根脚:哪日好过林,何时没有风,可有什么妖怪活吞人?"八戒道:"正是,正是。我倒也忘了,那汉子曾说有个仙人过林,香了半年。人问他何不除秽荡氛?他说:留与后来圣僧们安静。"三藏道:"悟能,既是仙人有此言,只恐就是我等。你更要去地头查看事实,我们方好计较安静的方法。"八戒见三藏叫他再去,只得没好没气的,口里琐琐碎碎的:"叫我老猪三遭探听,斋饭谁知哪家办哩。"

他使着性子,一直径到这林来。始初风微,臭气犹小,渐渐大刮,那秽污难当。虽说八戒喷过稀屎衕的老把势,这时却也真个受不起。两只手扪着鼻子,口里骂着:"臭妖精,不知是什么怪东西,这等气味伤人!"正说间,那风越大顺将来。只见林中一个小孩子,手内拿着臭秽东西,问一声:"前面是何人,大胆闯将来?"八戒只道是地方人,还要说老实话问路径,乃答道:"我是灵山取经回来的,一起四众,一则我探路径,一则腹饥化斋。"那孩子是狐妖说明的要与西来和尚作对头。这小妖一听了八戒之言,便上前说道:"长老,你既说饿,我这手里现成馍馍且吃一个儿,再指你路程。"八戒道:"馍馍尽是用得着,只是怎么这林中臭的紧?"小妖道:"且吃馍馍,休管它臭。"八戒近前一看,哪里是馍馍,却是一团腐烂臭物。八戒把鼻子捂了道:"这东西如何吃得?"那小妖见八戒不吃,便把手内臭物向八戒打来。八戒将手一挡,那臭物荡着手背,顿时肿痛起来。八戒急了,把林树枯枝摘下来照小妖打去。那妖一声喊,去叫众妖。八戒道:"且走吧,这妖的臭东西厉害。"乃转身飞走。

小妖叫得众妖来,八戒已走远。见了三藏,把手背与三藏们看了道:"都是师父叫我探路径,这是甚东西,打在手背上。一时便毒气生疼,且臭味难当!"三藏看了道:"悟空,这却跷蹊,如何作处?"恰好三藏捧着钵盂吃水,乃向盂念了一句梵语,倾在八戒手背,洗去臭气,少止了些痛。行者说:"师父,这宗买卖,倒也有些难处:比不得较武艺战斗、讲斯文屈直;见了面,就把这恶东西打来,好好皮肤,怎禁得他毒气疼臭。如今且歇住此地,便风顺刮些臭来,路尚离远,待徒弟去探看了来。"八戒道:"切记,不可吃那孩子妖精馍馍,防他手内打了东西来。"行者笑道:"呆子,老孙决不像你,为嘴伤身。"说罢,一个筋斗。他却不打入林来,直打在山顶上。远远望他林内,有何妖魔邪怪,正东张西望。

且说比丘僧与灵虚子,诈哄了狐妖去,乃从山顶崎岖缓步行来。只看着三藏师徒们恭恭敬敬挑押着经文柜担。又见三藏恭敬之甚,行到洁净去处歇下,向经担前整襟瞻拜。比丘僧对灵虚子道:"师兄,你看唐僧信心如此,便是我等也动了不敢怠慢之心。"灵虚子答道:"师兄,话便是这等说。只是这信心,是本来的方好。若是作意,便非真心。"比丘僧笑道:"师兄,既曰信,安有假?你看唐僧,歇在那林西头,想是见了那东边深林风色气焰,师徒们又生出计较来了。你看那孙行者,支手舞脚,必是要打筋斗探消息,恐来问我们。我与师兄设法待他,不可使他识破。"灵虚子道:"我与你变个老虎,在此待他来。"比丘僧道:"你变虎在这山顶,却也相宜。你看山旁一个水池,我便变条龙吧。"灵虚子把身一抖,顷刻一只虎。果然:

威猛不同凡兽,咆哮山顶风生。斑毛白额典金睛,吼动山摇地震。

比丘僧忙向池边也摇身一变,忽然一条龙在池内。但见:

云雾高腾池上,苍龙旋转山前。金鳞映日更鲜妍,岂是凡人能见。

他两个正变了一龙一虎,在山顶池边。"忽喇"一声,孙行者筋斗打到。好行者,坐在石上,一手搭个阴篷,看那深林气焰。一手招风来闻,果然臭秽气随风来。行者正恶那一气,只听得背身后"呼呼"风响,把那臭气直卷而去。顷刻池边云气蒸来,却也香的异常。行者回头一看,笑道:"原来是你二位神通,老孙正在此没主意扫荡这腌臜臭秽。没奈何,就借重你二位到那林间扶持一二。"行者一面说,一面起身前走,把手招呼道:"龙虎二位老友,借重你深林护持护持。"

果然那龙盘旋而至,虎咆哮而来。行者徉徜①得意,直奔深林。正才到得林边,只见那小妖被八戒枯树枝打走,叫了一林的小孩子妖精前来捉八戒。不匡八戒走回,却遇着行者前来。他也不查个势头,一个个捧着臭秽,乱打将来。行者手疾眼快,见了道:"龙虎二位老友,那小妖臭东西打来了。"这龙忙喷出一团云雾,虎吼起大风,直把那臭秽飞卷,反把小妖打去。那妖精慌了,齐齐奔入深林,报知狐妖与狐婆说道:"林西来了一个

---

① 徉徜(yáng cháng)——指自由自在地往来。

毛头毛脸的和尚,我们被他反风逆打,吃了亏来也。二位魔王干爷干娘,作何计较?"狐妖道:"我们有计较,倒不来投你了。只是这和尚我却认得,他叫做孙行者便是。他有些手段本事,也不过会打斗,能变化,却不能挡抵你这臭秽东西。他有何能,反将你们打走?"狐婆道:"狐侄,你平常说,你足智多谋,也善变化。如今说不得斗个智能才好。"狐妖笑道:"俗说强中更有强中手,我被这毛脸和尚破了几宗智谋,他还要就智生智哩。"狐婆道:"事已到此,我与你设个圈套,诱哄着他来。却叫这众小妖暗把臭秽打他个防范不及。"狐妖笑道:"姑计甚妙。"却是何计,且听下回分解。

总批

　　动了好洁心,便得臭秽报。动了臭秽心,又当如何?

　　臭秽一下打在手上,毒气生疼,此是神僧净体。若似今人,心窝中藏了千千万万,全然不知痛痒,反觉快活矣。可怜可怜。

第 五 十 回

神龙猛虎灭狐妖　八戒沙僧争服力

　　记得玄宗悟道时,婴儿姹女坎和离。

　　打开臭秽交龙虎,扫荡妖魔路不迷。

　　话说众小妖被龙虎风云,直把邪氛卷退,他慌入深林,报知两狐妖。哪里知行者伶俐乖巧,一行打败了小妖,一行就变个小妖,杂在众妖中走入林来。闻见异香喷鼻,行者道:"这妖精自己受用这清香,却把臭秽加害别人。"及随众走入林中,听了两妖计较,又要设圈套诱哄,叫众妖精打臭秽东西,乃想道:"妖精只要打臭秽,定是八戒的疼烂买卖,我老孙怎禁得他这买卖。如今幸亏了龙虎两个护持,但不知这狐妖是甚圈套,且再听他作何计较?他说叫我老孙防范不及,哪里知老孙暗进林来,倒先防范着了。"只听得狐婆说道:"狐侄,我和你打斗他们不过,变化又瞒他不得。如今不如把臭秽收了,放些香气,顺风刮与他。他师徒定然放心前来,你却把小妖与臭秽之物,避在深林。待他入了林中,收了香气,却放出臭秽打他,那时他进退两难。此计可妙?"狐妖道:"此计虽妙,恐他们知道此臭秽林不可改,如何此时一旦刮去香风?事出变换,便是虚假。况那孙行者机变万端,智量百出,这圈套如何蒙蔽得他?"狐婆道:"正是其中有一番理节,你且收了众小孩子臭秽,躲入深林,放些香风刮去,引了唐僧师徒来。那时我更有一妙计,管教他入我圈套,报了你历来捆打之仇,仍要还我个六耳魔王。"狐妖听了道:"阿姑,且说你妙计何如?"狐婆道:"你我变个田妇迎着他,只说往时臭秽,近被什么孙行者神通广大,招邀了神龙猛虎,把些妖魔扫灭了。当年仙人过,曾香了半年,说留与圣僧安静。今日果然安静,臭气改了香林,乃是我地方造福,遇着这圣僧孙行者。想唐僧必然信真。"狐妖道:"唐僧便信真,只恐那猴头不信。"狐婆笑道:"那猴头积年好奉承,我称赞他是圣僧,料他心喜。他喜心一生,定然疑心顿去。"

　　两狐妖计较圈套,哪里知行者在旁,一一听着,笑道:"这妖精,倒不像是蒸僧林妖魔家眷,如何不知俗语说的,六耳不传道,怎么老老实实计较与老孙听知？你说妙计，我便将计就计。"乃走出林来，只见龙虎尚在林中，行者上前叫了两个诺道："二位老友，动劳你反风卷雾，打退了小妖。我方才变了小妖，跟众妖入林，备细听那两妖魔计较，他要设圈套引了我师徒到此，入到林中，与我们个措手不及。我如今借重虎友，料你威猛能灭狐妖。狐妖既灭，借重龙友，到林中大施云雾，把那些臭秽孩子直卷得他无影无踪。把香风借出，保全我师徒经担过林，也是二位老友功德。"行者说罢，龙虎点首。行者道："承你点首，似肯扶持。只是那妖魔奸狡，望你还留意，莫使他知情躲避。"他两个依着行者，把身形隐了。

却说三藏歇着担柜，只等行者打探回信。忽然风顺，只闻得香气刮来，异常喷鼻。八戒道："师父，这风刮来香，想孙行者平静得臭秽林了。"三藏把鼻一嗅道："徒弟，这会果然香气刮来，且更异常。我们走路吧。"八戒道："也要等大师兄挑他担子。"正说间，行者一筋斗打在面前，他半句不讲，只说挑担子走吧。八戒沙僧忙挑起担包，三藏押着马垛，一齐走进林边。那香风馥馥，如焚沉檀宿降；这长老欣欣，似升霄汉云天。只见八戒道："师父，也是你老人家功德，不似我来探听时那些臭秽。"三藏道："徒弟，也不可作等闲看待，还须要兢兢业业过去。"沙僧道："师父说的是。且歇在这林头，须再探个的实消息。"行者道："且放心走，莫要怕他。"三藏道："悟空，悟净也说的有理。俗语说的好，莫信直中直，须防仁不仁。"

师徒正说，只见一个婆子，手提着一个竹篮儿，口里咕咕哝哝说："亏了圣僧，真真好神通，把妖魔灭了。一个臭秽林，还了一个香气林。来来往往的都好行走。当初着了臭秽的，生疮害病。如今被了香气的，便走路精神。"三藏听她自言自语，乃道："徒弟，听这婆婆可信圣僧功德，但不知是哪个圣僧？"那婆子便说道："闻知是西还的孙行者长老。"行者一听，大笑起来道："这妖精朝着灵床儿说鬼话。老孙可是你欺瞒的。虎老友何在？"只见那林头跑出一只金睛白额虎，就地咆哮，真个吓人。三藏见了道："悟空，你说不可轻易，须要兢业存心。你看猛虎出林，须要躲避了它。"只见那婆子慌张，走头没路。忽然现出原身，乃是一个母狐狸。往山高飞走去了。三藏道："原来这婆子便是妖魔，她哄了我们入林。"行者道："此时休要疑畏，放心前去。"

师徒乃坦然前走，方到林中，只见一个汉子领着许多小孩，簇拥前来。

行者见了笑道："妖魔，免劳费心。白额金睛赶你婆妖，就来捉你。"妖狐听了打个寒噤，不敢上前去，叫小妖快把手内臭秽打来。行者叫一声："老龙友何在？"只见半空中金龙飞下，把众小妖云收雾卷，半个不留。这深林香风馥郁，你看他师徒放胆前行。方才出得林东数步，只见路前两只狐狸，俯伏地下，若有哀鸣之状。行者便要掣下禅杖打来，三藏忙止住道："徒弟，西还不是东往，禅杖不比金箍，当念真经，普行方便。"行者道："师父，他虽匍匐在地，其心实怀复仇。你看俯伏地下，两眼看着我们，实有不忿之心。双膝屈于真经之前，只恐是假。"三藏道："徒弟，世事人情，都可假的。如来真经之前，他假不得。非是他不敢假也，是不容他假。彼此皆真，自是无假。"三藏只说了这几句，那两妖点番化，一道风烟去了。

三藏师徒嗟叹了一会，往前行走。忽然东方云雾腾空，风雨将至。三藏道："徒弟们，方才过了这臭秽林，爽朗晴明。不多几时，却又风雨来了，怎生行路？可急急上前，看有甚人家，可以躲避风雨，化顿斋饭充饥。"三个徒弟依言，忙忙挑着经担上前。果然那山凹里一村人家，正在那里烧烟做饭。师徒们上前歇下担子道："善人家，我们是中华大唐僧人，上灵山取经回还，路过到此。那东方风雨来了，求一个空闲房屋，暂避一时。"只见那一家大门里走出一个士人来，三藏见那士人：

头戴飘风一顶巾，身穿玉色布包新。

相逢未识情和性，举动飘飘已出尘。

那士人见了三藏一表非凡，乃道："老师父，请屋里坐。"却才把眼看行者们，也不惊异道："列位师父，想是一路同行的。可把担子快卸下进屋来，风雨只恐就到。"行者们便忙忙卸下经担，扛进屋里。只见一所大厅堂，师徒们坐下。那士人便问道："老师父，小子在屋里，已听知你们说是大唐僧人上灵山取经回还。只是灵山到此，途路甚远，闻知一路来妖魔拦阻，甚是难行。就是我这地界，东去有一林，西来也有一林。且说这西来林，臭秽难当，行路之人多少伤害，师父们如何过得来？"三藏便把过林这些功劳，多亏了大徒弟孙悟空，如此如此手段说了。那士人两眼看着行者，笑道："这位师父，相貌非凡，真有降龙伏虎手段。我这村中，曾说这林要复了香气，只等圣僧来。今日果应前仙人之言。"士人恭敬行者，一面叫家僮备斋款留圣僧。八戒见了，便叫将起来道："师父，我徒弟也曾三遭探听，只看这手背被伤。难道过这林，只是孙行者眼力过来？"沙僧说："便是这担子，也要我等用力担将过来。"

三藏微微笑道："请问先生，高姓大名？这后林已过来了，方才说前一林叫做甚林，不知可顺便好走？"士人把眉一蹙道："林虽好走，当初不知是甚缘故，来了一个妖怪，盘踞在内。往来行人噤声悄悄地便安静过林；若是咳嗽一声，脚步稍走得响，一时惊动了这妖怪出林，拿将去，也不伤害，只荡着他邪气一迷，把生前行的事都忘了。便是熟识亲友，毫不相认，痴痴呆呆。医药也不效，符水也不灵。"三藏道："山上可有条小路转的过去？"士人道："小路虽有一条，却转远了几十里，且是崎岖险峻，空手尚难，行囊怎过。师父们有这许多柜担，去不得。"三藏也愁着眉道："如何处，人便蹑着脚步，忍着咳嗽；这马蹄却也要走得响。万一惊动妖怪，如之奈何？"八戒道："古怪，古怪。我这两日辛苦，动了痰火，偏有几声咳嗽。"士人笑道："师父，你却真个有些难过，你先进我屋。有个不忿，你老师父归功在你大师兄身上，只这个心肠，偏要动了无明，惹出咳嗽。若被妖怪拿去，荡了他邪气一迷，那时把世事连你师父们都认不得。"八戒道："我也不管认得认不得。只是还吃得斋饭，挑得经担，便由他罢了。"只见士人家仆捧出斋饭来，师徒就席吃了。天色已晚，安歇在厅上。这士人与三藏讲谈些道理不提。

且说比丘僧与灵虚子变了龙虎，助了行者，把臭秽林扫静，点化了狐妖。他两个从山路小道走过来，看见三藏师徒在这村舍士人家歇住，安心前走。他却直闯过林，不曾问出这妖怪事情。走路脚步声响，那灵虚子又咳嗽了一声，忽然惊动了妖怪，叫声："小妖们，看林外是何人声嗽，可去捉将来。"小妖得唤，便走了十数个出林。看见两个僧道林内走来，上前扯手的扯手，抱脚的抱脚，哪知他两个本事高强，把手结了一个心印诀，口里念了一句梵语，把十数个小妖倒禁住了，加绳捆在地。比丘僧问道："你这些妖怪，快供出事情，叫做甚地方，是何妖魔？"众小妖哪里肯说，只求饶命。灵虚子把林树枯枝摘下一根道："师兄，这些小妖不打，如何肯供！"小妖慌了，只得供称道：

> "这林久传来，西行计七道。
>
> 总是世迷途，故把天真耗。
>
> 生老病死苦，五者谁能拗。
>
> 名唤迷识林，魔王从此号。
>
> 任你秉聪明，过了这关窍。

从前万有为，尽作不知道。"

比丘僧听了，大喝一声道："妖精，我已知你事情，你哪里知我僧道本来也有两句：万劫不能迷，回光有返照。"灵虚子说："师兄，何必与他讲，待我打灭了他，让唐僧师徒好过。"方才要举起枯树枝打妖精，不期魔王知了，遂顶盔贯甲走出林来，手拿着狼牙棒一根，叫道："哪里来的和尚、道人，上门欺负我大王。不要走，吃我一棒！"灵虚子忙把树枝架住道："妖精，我已取了小妖供状，知你姓名事实。你何苦居住这林，迷惑往来人心，叫人当面尽不相认？今遇着我两人，自有神通，不被你迷。还要扫灭了了这一种妖魔，我方才过林前去。"

魔王听了，呵呵大笑起来道："你这两个僧道，岂不知往来纷纷行客，他若肯安心静气，自然过去。他自动了无明，招风惹草，惊动我魔王，荡着我气焰，入于不识不知境界，如何怪我迷惑他心？我魔王也不与你争论彼长此短，只说我这众小妖何事犯你，你把他们个个禁住在地？休要架住我棒，看我打来。"只见：

魔王狼牙棒狠，灵虚枯树怎挡。比丘见了便慌忙，手内菩提抛上。

变了青锋慧剑，飞来劈那魔王。妖魔本事也非常，就变了凶模怪样。

灵虚子树枝敌不住魔王狼牙棒，看看败了，比丘僧忙把手内数珠子解下两粒，往空撒去。那菩提子节变了青锋慧剑，照魔王劈来。魔王见了，也不慌不忙。摇身一变，却变了三头六臂、七手八脚一个形像，口里喷出火焰。比丘僧与灵虚子挡他不起，思量也要变化敌他。又计议道："且退回山顶，再作计较；看唐僧们如何过去。那孙行者机变甚高，莫若等他来弄个手段，扫荡了这妖魔。只恐是他师徒心志不洁，造出这魔孽，还等他师徒来解。我等莫要轻身与这凶恶妖魔交战，留些精力好保护经文到那东土。"这正是：

得放手时须放手，可饶人处且饶人。

要知后来事情，且听下回分解。

总批

灵虚子、比丘僧保护经文，可谓勤矣。然一下挡妖精不起，便思量留与行者。大似今之为朋友出力的。

每怪行者机变生魔，及遇妖精，又思量他机变。西方路上，何日得干净也！

第五十一回

指心猿复还知识　遭魔怪暂蔽圆明

话说比丘僧与灵虚子退到小路山顶上，只看唐僧师徒如何过这迷识林。这妖魔得胜也不追赶他两个，洋洋得意，退到深林，叫小妖们摆设筵席，大吹大擂庆功。他这妖魔摆的却不是珍馐百味走兽飞禽，摆的都是迷倒了的来往营营贪名逐利，只认得那纷纷利欲在前，哪里认得人情物理、终朝熟识亲朋，过这林不曾吞声忍气，响动惊了妖魔出来，见了妖魔凶恶，又心中惊怕，那妖魔邪气一喷，便被这小妖们捆倒，蒸的蒸、煮的煮，把做筵席与魔王受用，却又不伤了他性命，只把这人的精神意气吞吸了。故此过了这林的，如痴呆懵懂①，生平不曾相识的一般。这妖魔真也有些厉害，诸般受用，只不曾受用过和尚、道人的精气。他与比丘、灵虚两个战斗，正要下手擒拿，不匡他两个退让了一步，这妖魔欣欣喜喜，退入林中。一面叫小妖探听和尚必定还要过这林，一面做庆功受用筵席。

却说唐僧师徒在士人家住了一宿，次日起身前行。那士人只是恭敬行者，说他神通本事，能安净了臭秽林，料这迷识林自有手段过去。无奈八戒不忿，只是争长竞短，夸自家本事也不小。三藏见八戒、沙僧都动了这不忿争心，乃向八戒、沙僧说："你徒弟两个只管较长短，起这争忿不平。自我看来，便是悟空有本事，成了灭妖之功，保得真经回国，也是你们大家功劳，何必较量？尔我若是这心一生，只恐前途就有这种魔孽。"行者听了三藏之说，乃笑道："师父之言有理，前途若有妖魔，便是他两个惹出来的，就叫他去挡抵，莫要来缠我老孙！免得说我有本事，夺了他能。"八戒道："不难不难，且请问主人家，前去这林叫做何名？可有什么妖魔厉害？"士人答道："我小子年浅，却也不知当年怎起。只知如今这前林约有百里路远，中有一个妖魔，名叫迷识魔王，这林因也叫做迷识林。但凡往来行人，都要忍气吞声、蹑着脚步儿过去。我这地方吃这妖魔亏苦，若

---

① 懵（měng）懂——糊涂，不明事理。

是圣僧们道行神力，打破了这一林，不使人被妖魔迷弄，阴骘不小。"行者道："假如人被妖魔迷弄了的，却怎生模样？"士人道："我们知道的，保守性命，无事不过这林；若是不得已要过这林去，便轻身爬山越岭，多转几十里路过去。有一等把性命看轻了的，冒险过去，被妖魔知觉，拿了去，把些毒气熏蒸，这人便昏沉沉，不识平日所为何事，连父母妻子也认不得。"三藏听了，合掌道："善哉，善哉。这是看轻了性命，忘却原来，把这一点惶惶自迷了。"乃向行者道："悟空，你能破除得这妖魔么？"行者道："何难？徒弟只消一个筋斗，往回他几千万遭，也不得迷失原来。"三藏道："只恐八戒、沙僧不能过去。"行者道："正是，正是。"八戒听得，笑道："你这猴精，便是有本事的，会打筋斗，老猪们难道不会腾云驾雾过去？"三藏道："悟能，你便腾云驾雾过去，我与经担却怎过去？看起来便是悟空筋斗也只好保自身一个过去。"行者道："师父说的真是见道之言。如今且待老孙先打个筋斗过林，探个消息，再来计较。挑经担只是一件，老孙若是探了实信，过去无碍，我只顾我的担子，免得八戒又与我争本事。"八戒笑道："你有本事探信，我也有本事，我的本事比你还更高哩。"沙僧道："二哥，你的本事如何比大哥的更高？"八戒道："他先存了个怕妖魔的心肠，打筋斗远远探信，我老猪老老实实拿着禅杖，直闯深林！看什么迷识魔王成精作怪！"行者道："好本事！各自赌本事罢。"行者说罢"忽喇"一声，一个筋斗打去不见了。士人见了，合掌道："真是圣僧，可敬！可敬！"八戒道："主人家，你没要只夸他的本事，你看我从老实上做本分。"拿了一根禅杖道："沙僧，你且保护着经担，陪伴着师父，我去探信过林，再来挑经担。"他雄雄赳赳出士人大门，往前走去。

　　却说行者一筋斗打过迷识林，回头一看：阴沉沉树木森森，静悄悄人烟寂寂；虽然也觉忘记前来事因，却还不曾与妖魔会面，尚记得出来打探信息这一种知识。东张西望，只见高山在旁，行者登山望景，那比丘僧与灵虚子越岭前来，见了行者道："悟空，你过迷识林来了。"行者把眼揉了一揉道："二位师父是哪里来？往何处去？"比丘僧答道："我小僧去来，难道悟空不知？"行者道："不曾相识。"灵虚子道："悟空，你如何过这林来？"行者道："我也不知怎样过来。"灵虚子道："你出来何事？"行者道："只有这探信一件尚记得。且问二位师父有甚信息？说一言与我。"比丘僧向灵虚子道："师兄，怪哉！妖魔迷识，我等从山岭不曾染着，孙行者本事高强,尚然难免,况他人乎? 如今他也在迷识一分之处,我们不提明了他,万一唐僧们冒突过林,迷了原来知识,这真经如何保护而去?"灵虚子道:"师兄意见颇是,当提明了他,回复唐僧;我们仍要走回,看他们怎生计较过这林来。"比丘僧乃向行者肩背上一掌,说道:"悟空,听我一言奉告!"行者道:"二位师父,有何话见教?"比丘僧乃说道:

　　"汝师林西望信音,如何忘却本来真?
　　筋斗打回休怠慢,莫教迷识怪魔侵。"

行者正忘记了筋斗打来的,被比丘僧一言提明,他一时省悟,依旧一个筋斗,打到士人家。只见三藏、沙僧坐在堂中望信,见了行者,忙问道:"悟空,探的信息何如?"行者方才复省悟起来道:"师父,这林委实的厉害,除非转山路越岭岩。只是这经担怎生过去?"三藏愁眉苦脸道:"徒弟,这事如何处置?"士人道:"师父,我小子原说有些古怪,好歹只看你八戒探信回话,再作计较。"三藏道:"先生,你不知我这徒弟不能探信,只恐还要惹出妖怪来。"

　　却说八戒提着禅杖,走出大门,望前探信。哪里有个信探? 他渐渐走近林西路口,只见三五个空身汉子走将来。八戒忙上前问道:"列位大哥,可是过林去的?"那汉子们瞅了八戒一眼,道:"长老,你不知此处过去不许声响么? 你若胡言乱语,惹出妖魔来,连累我们。你且歇在此,待我们走去远了,方许你行。"八戒道:"大哥,我是初到此,不知路径的,百事但凭列位教训,只望携带我过林去。"众汉子道:"长老也没甚教训,只是少咳嗽,休说话,脚步儿也没走的响。"八戒道:"谨依言。"八戒乃随着众人静悄悄前走,倒也走过了二三十里,平安无事。这呆子一时气闷走来,想道:"我出来探信,难道只是跟着众人走路? 也须问这同行的姓名、家乡,过林做何事业? 为甚的闭着嘴不许说话? 蹑着脚步不许走得声响? 就是惹出妖魔来,这妖魔却怎个模样? 有甚神通本事? 也须问明了消息,好去回复师父。"呆子走了一会,肚里度量一会,忍不住口,不觉的叫一声:"同行的大哥,尊姓大名? 过林做何事去?"众汉子只听得八戒开口,便齐齐飞跑,不觉的脚步儿也乱了响声。八戒见众汉子跑去,便骂道:"我好意问你名姓,便一句也不答,飞跑去了。难道有你众人我八戒方才走路? 你说叫我莫作声,我老猪生性忍不住,且也不怕什么妖魔。拿着这根禅杖何用? 便大闹他一番,看有甚魔王来弄我!"他把禅杖在林中越乱敲打,那众汉飞跑而去。

却说魔王正大吹大擂吃筵席,忽然听得林中声响,叫小妖探听。小妖是被灵虚子法禁打过的,见了一个大耳长嘴和尚,拿着禅杖在林乱打,哪里敢上前,忙飞报魔王,说林中来了一个大耳长嘴和尚。魔王听了大喜,道:"我正在此思想个僧道受用,早晨那两个有些道法,他识进退回去,想这个和尚敲敲打打,是自送上门的买卖。"乃顶盔贯甲,执了狼牙棒,走出林来。见八戒手拿着禅杖,便大喝道:"那大耳大嘴和尚,有何本事,敢大胆闯入我林?吆吆喝喝,不知避忌!"八戒道:"妖魔,你问我本事?大着哩!"妖魔道:"看你这嘴脸,有本事也不大。"八戒道:"你站着,我说与你听:我的本事。不消讲那当年来灵山一路降妖捉怪,只说从灵山回转:

　　灭虎威狮吼潜踪,降凤管鸾箫绝迹。

　　看权奸佞贼消魂,把霪雨狂风荡涤。

　　饿鬼林手段安平,六耳怪风闻不及。

　　说本事都是神通,哪怕伊妖魔迷识!"

妖魔听了笑道:"原来是你猪八戒,你说的这些本事,多亏了孙行者。便是孙行者本事也平常,只好鬼诨那前来几个深林,却不曾荡着我大王神通法力。若是荡着我大王法力,只叫你前边这些本事一字儿也夸奖不出,便是连那功能只当原来没有。"八戒道:"妖魔!你有甚法力也说与我听,免得我又去别处探信。"魔王道:"你要知我法力,且听我道来:

　　我本是灵台智慧,却装做懵懂痴愚。

　　那途人不知进退,自丧了常住屋庐。

　　荡着我后天一气,只叫他原始皆迷。

　　把他个从前知识,尽都做过往空虚。"

八戒听了笑道:"据你这妖魔说出来的法力,原来是个不识不知蠢物。你哪里知我出家长老的道力,怎能迷弄的?"乃举起禅杖,照妖魔劈面打来。好魔王,挥动狼牙棒,直挺相迎,两个在林中厮杀,不分胜负。妖魔暗夸道:"一路传来,说西来有个唐僧,带着三个徒弟,都有神通本事。今日话不虚传,果然这和尚,比那退去的僧道大不相同。"妖魔一面夸八戒的本事果强,一面同众小妖把妖气直喷出来道:"看这和尚可能避得这一着法力。"八戒正轮着禅杖要打妖魔,不防众妖魔一齐喷出妖气,把个八戒迷倒,众妖将索子把八戒捆入林中。妖魔叫抬过蒸笼,把这和尚且蒸了受用。众小妖依言，抬过蒸笼，方要把八戒上笼，妖魔忽然叫："且住，这和尚是异味，从不曾实着，且把他捆在深林，待拿倒了他这师徒一起，大大设个筵席，去请了八林三位魔王来，庆个长生会。"众小妖得令，把八戒捆着在深林。这八戒被妖魔一齐喷出妖气迷倒，一时昏沉，不识从来做过事，哪里晓得三藏是何人？做和尚茫然无知，取经文毫厘不记。但他原来根基大，本领深，还明白自己被妖魔捆倒在林，那一种要挣脱了绳索跑路的心肠尚在。他看着众妖喜喜欢欢，乃问道："列位大哥，你们这喜欢何事？这地方何处？你们都是何人？把我这绳缠索捆作甚？"小妖听了，大家笑将起来，道："可见我大王法力广大，这和尚被迷，便不知原来事情。"只见一个小妖道："我们平常拿倒个汉子，捆将起来，便昏昏默默，这和尚还晓得问这些来历。"一个小妖道："平常汉子利欲关心，生死系念，他那灵明被我迷了；这和尚无利欲生死所关，他这一抹儿灵光，尚然不昧，所以还知。"一个小妖道："若像那僧道禁住了我们，还要采枯树打，如今也该打他个一党！"一个小妖道："我怜他个出家和尚，把红尘撇了，便是知不知、识不识，总入虚空，便提明了他也无碍。"乃向八戒说："和尚，你问我们欢喜何事，乃是捉住了你这和尚，大王要蒸你受用。你问我这地方何处，乃是往东土去路，叫做迷识林。问我们都是何人，乃是大王的小妖。这绳索捆着你，只待拿到了唐僧、孙行者们，一齐上蒸笼蒸了，请八林三魔王庆长生会。"八戒道："唐僧、孙行者却是何人？"小妖们一齐哈哈笑将起来，道："可见大王法力，这和尚被气迷了，连自己一路来的师徒都不知了。"八戒只听了这一句话便定过性来，以心问心，还有八分不明白。却喜得神通本事，尚存着一分变幻，乃把身一抖，使了个脱壳金蝉法。他把自己鬃毛拔了一根，变了个假八戒与他捆着，自己却脱了索，拿了禅杖而走。却不识得来路，但见林旁有高山峻岭，乃飞空而上。四顾没个去处，远远只见有人爬山越岭，八戒只得走过来问个消息。却是如何问，且听下回分解。

总批

今人机械百出、变诈多端，安得此迷识魔王一还混沌也。

八戒做了和尚，便不能尽迷。如今偏是做和尚的更会迷，只缘自己各有一个迷识魔王，不但自迷，更会迷人。我愿见了和尚的，慎勿轻咳嗽也。呵呵。

第五十二回

胡僧举灭怪真仙　如来授骗迷妙法

却表八戒虽设了金蝉脱壳之变,走到山岭上,问那行道的汉子路径。汉子们也有指说前往东去,后自西来;也有混答应左往北行籴米,右往南去挑柴。八戒哪里明白,任着自己性儿在山岭上东走西闯,没个定向。却说比丘僧与灵虚子战妖魔不过,退让在山岭住下,往往来来两头,看唐僧师徒怎生过林。始初见行者筋斗打过林,已昏迷了几分,他提明了行者,复回士人家去。这回却看见猪八戒提着一根禅杖,如丧魄一般。比丘僧上前叫一声:"猪八戒,你不随师父挑经担,却独自在此作甚?"八戒睁着两眼,如痴如聋,看着比丘僧不答。灵虚子又说一番,八戒乃答道:"师父们讲的是哪个猪八戒? 什么师父? 挑甚经担? 我却不识。"灵虚子向比丘僧说:"师兄,八戒定是被妖魔迷弄了,我们当初若不知回避,往前闯将过去,被妖魔迷弄,想亦就是此等光景。只是我们原为保护经文到此,遇着这样妖魔,须是作何计较使唐僧们过去?"比丘僧说:"如今且把八戒指回到了唐僧处,复了他原来灵觉,再计较他过林主意。只是我们原是暗中保护,不与唐僧们知觉,如今怎么去传授他? 使他知了不便。"灵虚子道:"师兄,我们一路来变化诸般,却也不曾露出形迹,只是瞒得唐僧、八戒、沙和尚,那猴精伶俐,却瞒他不得。"比丘僧笑道:"虽然瞒不得孙行者,他却也仰体真经本意决不说破。如今你我且点醒八戒,说明了他回见唐僧。"叫道:"猪八戒,唐僧是你师父,奉唐王旨往灵山取经。"八戒只当不听见的,摇着手道:"没相干。"灵虚子扯着八戒衣道:"我与你且回见你师父去。"八戒道:"我不识什么师父,我只知往东前去。"挥起禅杖就要打灵虚子,灵虚子一手接着道:"和尚,你诸色皆迷,怎么不忘禅杖在手中? 还要把他打我?"八戒道:"我不知为禅杖,但只知是件打妖魔的器械。"比丘僧道:"师兄,八戒尚知打妖魔,中情尚未泯灭,你扯住他在此,待我士人家唤了孙行者来设法他去。"灵虚子道:"师兄须要变化个不露色相,指引了唐僧们来。"比丘僧道:"留着唐僧守着真经,且唤了孙行者来,料他自有机变。"

却说唐僧坐在士人家堂上,专等八戒消息,许久不回。行者道:"师父,这呆子一时好胜,愤然前去,定是被妖魔迷弄了!如何处置?"沙僧道:"待我去探看了来。"三藏道:"徒弟呀,你如何去得?悟空尚且被魔迷,还亏他空里去、空里来,不曾与魔会面;你万一荡了魔迷,叫我怎生奈何?"沙僧道:"悟空像是赌气不管闲事,我如何不去找八戒?"三藏道:"都是担着利害的,如何他不管闲事?"沙僧道:"他只因我与八戒争说佛力,一般师父只夸行者之能,便是主人也只敬行者有本事。他生这一种骄傲心,便知他不管闲事。"行者笑道:"师弟,你如何也学呆子,动了竞能心,自昧了知觉。这妖魔便是八戒与你生出来的。"沙僧道:"什么生出来的?便是我生出来的。俗说的好:解铃还得系铃人。"沙僧拿了禅杖,也往大门外走了。行者道:"师父,沙僧性急而去,虽说动了嗔心,却还有义气,为救八戒心肠,料此去荡着妖魔,定然失却旧来,迷了真性,我当随他前去。"

恰好比丘僧从山顶下来,远远见是沙僧前走、行者在后,乃摇身一变,变了一个碧眼胡僧模样,上前说:"小长老,看你雄赳赳、气昂昂执着禅杖,全没些僧人气质,欲往何处去?"沙僧道:"老师父,我弟子乃东土大唐僧人,跟随师父往雷音拜礼如来求取真经,路回此处,闻说前有迷识林妖魔拦路,我师兄猪八戒去探听,久不回信,弟子特来找寻,一则访探而去,有甚神通。"胡僧道:"小师父,你去不得。我也是师兄弟两个过此林,只恐妖魔厉害,故从山顶小路远走几里。方才山顶上遇着一个大耳长嘴小长老,手拿着一条禅杖,被妖魔迷了,幸喜他还有一分知识,只是不记去来,如今叫我师弟扯留在山顶。老僧下山来找他个来历,不匡就是你师兄,可快去救他。"正说间,只见行者到面前,沙僧便把胡僧之言说出,行者看了胡僧一眼,笑道:"老孙方才也亏了长老,如今又来指明八戒了,只怕八戒不似老孙,他那一种争能的心肠不能容易指明的。"胡僧也笑道:"你这小长老忒伶俐过了。难道你这伶俐太过不动了一种妖魔?"行者道:"老孙也不管你甚伶俐太过,只是这林妖魔怎生计较除得?我们师徒何法过去?你那左变右变,休来老孙面前混账!"胡僧笑道:"若是我老和尚有计较方法儿过去,如今不在此处来找那八戒的来历。"行者听了,乃叫沙僧:"我与你可到山顶去,找了八戒来,多有动劳老师父。"胡僧道:

"彼此都是一家人，何须作谢。我也少不得同你到山顶上救那小长老。"

行者、沙僧遂爬山越岭来到山前，果然一个道人扯着八戒。那道人也变得一个西番模样，见了行者、沙僧便问道："二位师兄，这位是你熟识么？"行者道："师弟如何不识？"只见八戒两眼看着沙僧、行者，如同路人，且问道："列位长老是过山的么？"行者笑道："呆子迷深了，如何医治？"沙僧只是哭哭啼啼，把前因后节向八戒说了又说，八戒如痴如呆，只是不答，说："长老你讲的是哪里话？"行者见这光景，乃扯了胡僧到山凹里道："老师父，这事如何处置？我弟子使出本事便从山路也过去这林，只是真经拒担，山路难行，望老师见教个方法。"胡僧道："妖魔迷识，果是我无法灭。如今既为经文，只是远来了道路，若是路近，我有一个道友，现在灵山脚下玉真观里修真，这道友神通定能除这妖魔。"行者已知，故意问道："灵山脚下果远，要往回年载，怎能济事？但不知这道友唤做何名何姓？"胡僧说：

"这道友，号复元，观名玉真有几年。

他与大仙相契久，又与如来历劫缘。

修净业，悟真诠，如如不昧这根原。

能知前后古今事，有甚妖魔得近前。

若能问得仙真法，坦坦明明谁敢缠？

只因道路行来远，便是腾云要半年。"

胡僧说尤未了，行者"嘻"的笑了一声，一个筋斗顷刻打到灵山脚下。见了玉真观，他哪里管个禁忌，分个内外，直闯入山门，进了方丈，径到大仙面前。那大仙正闭目静坐，听了面前声响，开眼见是行者，他却熟识，道："孙悟空，你不随唐僧护送经文回国，又来我观中何事？"行者道："上禀大仙，我随师回东土，路过了许多深林，也说不尽的妖魔，幸亏我弟子机变，灭的灭、化的化，林林平静。如今到了个迷识林，这妖魔就叫做迷识魔王，却也有些厉害，把猪八戒迷了，我弟子饶着有几分手段，也几乎被了妖魔之害。如今我师徒难行，经文又难越山岭。方才遇一胡僧，盛称大仙道力能驱除的他，故此远来，冒渎师真，方便救我师弟八戒，保我师父真经过林。"大仙听了笑道："救你八戒、保你师经，俱各不难，只是此处到彼腾云驾雾也要几时。"行者道："不消多时，咳嗽一声，老孙就打个往回。"大仙笑道："你便有此神通，我小道却不会。"行者道："如今也不管师真会不会，只是事急迫，快传我一个方法儿过林去罢。"大仙道："我不亲去驱除妖魔，哪讨什么方法传你？你要传授方法，你当初原是如来给你经文，何不把经文缴还了，师徒们就可轻身回国，便请求如来的方法过林去！"行者听了这"缴还"二字，便道："好，好，我还了经文，少不得还我金箍棒，有了这件宝贝，怕他什么妖魔？"

他也不辞大仙，飞走出门，直上灵山来求方法。却遇如来在大雄宝殿讲说大乘法，聚集圣众听闻，行者当阶跪下。旁有比丘僧等问道："孙悟空，到此何事？"行者乃把迷识林妖魔迷了八戒，唐僧与经文难过的缘由说出。如来听了道："吾既把宝藏真经交付与汝师徒，为甚不仗此真经，敬谨前行，却又多生一番枝叶，前来搅扰。"如来只说了这一句，即命左右闭了殿门，聚圣合散。孙行者沉吟了半晌，只得扯着一个比丘僧，又叮咛备细，说定要求如来个方法，比丘僧："悟空，如来已明示你方法，如何不悟？"行者道："如来说我多生一番枝叶，前来搅扰，我老孙只因遇着妖魔，方来求个方法，如何是又多生枝叶？"比丘僧笑道："正是。你走路只走路，挑经只挑经，管什么妖魔？"行者道："都是那胡僧，教我玉真观寻全真，他又推到如来身上，如来又不明明传授个方法，老师父你又是句混账话！"比丘僧道："悟空，既是胡僧指引你来，他与我是弟兄，我知他有方法能过林，你还去寻他。"行者摇着手道："连他也在那里过不去，没法处置哩。"比丘僧道："他虽不知方法，却善能解悟如来妙法。我写一封书信叫他参悟如来这两句妙法，自然过去，包管妖魔扫灭。"行者道："担上不捎书，老孙几万里可顷刻到，只是口传的信息，片纸只字却是带不得，碍手碍脚，打不得筋斗。"比丘僧说："既你不肯带书，我便口传个信与你去，管教他见信即有方法传你。"行者道："说来，说来。"比丘僧乃说道：

"身原不离经，经岂离得身？

仗此无恐怖，诸魔谁敢侵？"

行者听了，"咕嘟"一声筋斗打在胡僧面前，见他与道人同扯着八戒，那八戒痴痴呆呆，只是要乱走去。行者忙把到灵山见如来与大仙的话说与胡僧，又把比丘僧寄的四句说出，胡僧乃笑与行者说："我此来已明明白白传授了你方法来也。"乃叫行者与沙僧把八戒强扯回士人家。八戒进了士人屋，三藏见了，便问道："悟能，你悻悻地去探信，如何久不来？"八戒哪里答应，只道："你们这一堂屋长老，扯我来讲何事？"三藏听了道：

"悟空，罢了，你看悟能被邪迷了本来，如何处置？"行者道："师父，如今且求这位胡僧老师父的主意过林。"三藏乃稽首胡僧来个主意，胡僧说："三藏师父，我老和尚也没主意，若是有主意，几时过林去了；只是你悟空徒弟到灵山求了如来妙法，又得我同门比丘僧信来与我，如今唯有挑经的挑经，你押垛的押垛，端正了念头，直往林中前去，莫要毫忽离了真经！"三藏听了，心尚迟疑，胡僧便把无恐怖说出。三藏乃向行者问道："徒弟，你如何主意？"行者道："师父，果是口传来实话，世事可无信，一个灵山来的妙法，如何疑畏？我便先挑着经担走罢。"沙僧也挑着走，八戒只是不识前因，三藏与胡僧众等强将经担抬上八戒肩道："长老，烦你挑一程。"八戒道："这是何物？叫我挑走！"几次歇下，众人再三强他，他见行者、沙僧担挑前走，只得同着前行。三藏乃押着马垛辞谢了士人，大着胆子，口中只念着真经。胡僧与道人说："三藏师父，你因有行囊经担，不得不向林行，我们空身还从山岭过去，到前面再会。"三藏与行者深谢，别了前行不提。

却说迷识魔王把八戒迷倒，只等拿了唐僧们方才上蒸笼蒸熟，请八林三个魔王受用，无奈三藏们疑畏不敢轻易过林，住在士人家三五日，这妖魔等候不得，乃把捆倒的假八戒抬出来，上下看了一回，道："好个胖和尚，只恐捆的日久，把元精丧了，不中受用，不如将此一个请了客罢。"乃写了一纸柬帖，差小妖到八林来请三个魔王。这三个魔王却是什么妖精？一个叫做消阳魔，一个叫做铄阴魔，一个叫做耗气魔。这三魔乃是当年孙行者随唐僧西来时牛魔王族种，他传来说，祖上有个大力王，被孙行者害了他。三魔因问孙行者是何人？有甚神通本事把大力王破灭？有人说行者无他能，只是精、气、神三宗宝贝神通广大，行者全备在身，他能制得妖魔。故此这三个妖精专恨孙行者，却没处相逢，只把这三宗做了个仇家对头：阳、神气也，他只喜消；阴，精血也，他偏要铄；气，元阳也，他一心要耗。三魔盘踞在这八林，起了这林名叫三魔林。魔王与迷识妖魔结为交契，常相筵席往来，只因往来行路的，不是过山转路，便是忍气吞声过林，妖魔没有人迷，故此筵席稀少。这一日三魔正相议，说当年孙行者保唐僧灭了大力王，这旧仇不可不报，况每常筵席只受用的是平常人精气，怎得个长老僧人受用受用，也不枉了与迷识林相近。三魔正说，忽然七林一个小妖手持着一纸柬帖儿走入林来，三魔接了柬帖，拆开观看，上写着个《西江月》

一阕道：

　　迷识人儿稀少，相欢筵席多疏。幸逢长老姓称猪，八戒声名久著。为此束来奉请，长生庆会休辜。慨然①命驾下临吾，足感交情不负。

　　三魔看了道："只说吃迷僧罢，又说什么庆长生会，本不当来扰，担听得是猪八戒和尚，便动了复仇之恨。小妖可先去报你大王，说我们就来。"后却如何，且听下回分解。

总批

　　八戒先被色迷，后被食迷，此处又被识迷，有此三迷，故须八戒。迷识等魔王好受用人精气，必是女人化身。客曰唯唯，观其思量和尚，一发可见。

---

　　①　慨然——豪爽的样子。

第五十三回

智度尊经破迷识　圣僧头顶现元神

　　却说唐僧大着胆子，与徒弟们直走迷识林。行者与沙僧见八戒的担子在他肩上东歪西扭，乃上前说道："八戒师弟，这担子是如来真经，好生谨慎着肩。"只说了这一声，那八戒忽然呵呵大笑起来，叫声："师父，我徒弟做了这半日梦。我尚记得与妖魔争打，被他一口气喷倒，便不知怎么回来，如今挑着经担东来也。"三藏见八戒省悟，便把从前话说与他知，八戒方才明白，道："师父，这妖魔厉害，我们安可轻易前行？"三藏道："我也是这等说，独有悟空大着胆子前走，我们只得大胆跟将来。"行者道："师父放心，别人言语还可不信，岂有如来妙法、那比丘僧传言不足信的？况此时八戒复明，便可知矣。"三藏听了，只是念着经咒，一步步往前行走，便觉得精神爽朗。

　　只见林中忽然阴沉将来，远远百十余小妖道："那西来的和尚好大胆！高喉咙，大踏步，你不知我大王法力么？"行者听了大喝一声："唗！我只知我真经道力，叫你诸魔化为尘！"众小妖道："你真经在何处？"行者道："我们挑的便是。"小妖道："你歇下担子与我们一看。"行者喝道："我们呼吸也不离得真经，怎么歇下与你看？"小妖中就有几个狰狞的上前便要来扯，只见经担上金光万道，光中现出金甲神人，各执着降魔宝剑。众妖畏怕，哪敢上前，飞走报与魔王。魔王忙顶盔贯甲，手执狼牙棒，方才出林，只见唐僧师徒挑押着经担，便要上前挥棒来打。只见唐僧师徒个个头顶上现出元神，手里捧着宝藏真经，妖魔看那经签上大字写着"智度尊经"。妖魔方要喷气，哪里喷的出。看着众小妖渐渐矮小，如有渐灭之状，妖魔慌了，不觉的合掌跪在地下，半句声也作不出，静悄悄只把手往东挥，如指引归去之意。行者就要掣禅杖来打，三藏忙说道："徒弟，掣杖便离了经。"行者听了，把指一咬，点点首，挑着担子飞往前走。三藏、八戒、沙僧也只得飞赶着前行。这正是：

　　　　身在经须在，心离道即离。

慧剑将妖灭,安能把识迷。

三藏师徒见妖魔有如降伏一般,乃飞步前走,也不敢惹他,不觉的出了深林,安静无事,方才歇下担子。师徒们定一会心意,只见那胡僧与道人从山岭上走下来,见了三藏师徒平安过来,称贺不了,三藏也再三称谢。

却说迷识魔王分明要迷弄唐僧,怎当得经担上金光灿灿,唐僧们头上现出元神,若有拥护之状,且妖气缩缠渐渐消灭,不是他合掌跪倒,几被真经正气荡涤无遗。他待唐僧们远去,方才退入林中,正要把捆着的假八戒放了,说道:"明明一个猪八戒挑着担子,随着孙行者去了,这捆着的却是谁?原说唐僧徒弟本事高强,料必是假变的在此哄我。"忽然小妖报道:"八林三位魔王到林。"迷识魔只得迎出林间,请入林里,叙了阔私。讲到捆倒猪八戒,等不得捉唐僧,怕捆久不中受用,故此先来邀三位契厚庆个长生会。三魔笑道:"我等本该奉到,只因与唐僧们旧有些仇隙,故此来领盛爱,但不知怎叫庆长生?"魔王笑道:"列位岂不知他们十世修来,吸了他一口精气元阳,必然长生不老。"三魔道:"若是这等说,我们来领盛会,却也不枉了。只是如今还该等拿到唐僧,一齐庆会方是。"迷识魔叹了一口气道:"休想了。唐僧们道力高深,挑押经担马垛已过林多时,我们法力不能迷他。看来这捆着的猪八戒还是他弄的手段。一个替头。"三魔笑道:"怎见是替头?"魔王道:"那真身已见他随众去了。"三魔道:"这不难,且拷问他真假便知。"乃叫小妖抬过捆的八戒来。却说真八戒已明心地挑担过林前去,留下这根鬃毛,被妖捆在林间。形气既从真体分来,变化却也宛然无异,妖魔哪里识得?只见一般肥胖胖、黑腻腻一个丑和尚,长嘴大耳,更是跷蹊。三魔说道:"何必拷问真假,看此便是假的,我等只见个意,遂了复仇之心。"乃叫小妖抬过蒸笼,把水火齐备,将假八戒上蒸笼来受用。一壁厢大设嘉肴美味筵席。

却说八戒元神既复,精气更爽,正与唐僧们歇担定心,猛然打了一个喷嚏,身上发起热汗交淋,说道:"呀,师父,我徒弟随着你们过来,便忘记了拔鬃毛做替头,不曾收得这法身,料是被妖魔上蒸笼摆布。虽然是徒弟一根毛,俗云打草惊蛇、含沙射影,老猪怎肯与妖暗中摆布?欲回转去取,只恐又惹动妖魔,如之奈何?"行者听了,笑道:"呆子,忒老实,怎么弄神通不照后?像我老孙尝拔根毛儿哄过妖精,便复还本体。你如今既失记忘了,只得舍了这根鬃毛走路罢。"八戒道:"爷爷呀,我如何舍得?"乃向行者唱了一个喏,道:"大师兄,没奈何,你帮我去取了来。"行者是个好胜喜奉承的,见八戒求他,他便应承道:"师弟,这事不难,若同你去,只恐往返费工夫。俗说的'买一个饶一个',不如你在此与师父歇力,待我转去与你取了来吧。只是你的鬃毛如何收复?"八戒道:"只呼本来,便就收了。"行者道:"事便不难,只是老孙去时筋斗,回来驾云,也要费些工夫。"八戒道:"如何回来不打筋斗?"行者道:"筋斗可是与人捎带东西的?"八戒道:"我有一个省工夫的计较:你先去取鬃,我随驾云半路来接你。"行者道:"这计较也通。"

说罢,行者一筋斗打到迷识林。只见小妖把捆着的八戒抬出来刷洗,上笼蒸,灶下烧着火,锅里放上水,那假八戒故意哼哼唧唧的。行者就要收他,乃想道,左右是呆子鬃毛,看这妖怪蒸了怎生受用?行者隐着身,一面看小妖蒸,一面走入深林,看妖魔怎样设席。只见上面坐着三个妖魔,下边坐着的乃是迷识魔王,面前摆列着筵席,彼此却讲的都是与唐僧师徒有仇隙的话。行者听那三魔说:"当年祖上传来,说唐僧乃是牛魔王之仇敌,我等皆牛魔王之后裔,今日听得猪八戒正是唐僧的徒弟,那孙行者如今回来怎饶得他过去?今承宠召,看这猪八戒怎生模样,只恐孙行者定来救护他,乘便拿他,报当年之仇。"迷识魔答道:"正是,正是。只是小弟法力微浅,敌那唐僧师徒不过,如今已屈膝降伏,让他过林去了。列位既仇恨他,便是假的也蒸出来与你消这口气。"行者听了道:"原来这三魔记恨前仇,但不知神道本事何如,又不知在哪地方成精。我如今乘他不曾准备,一顿禅杖打灭了他,倒也省力,只恐又惹出事来,且看他怎生受用蒸的假八戒耍子耍子。"只见小妖来报道:"大王,那长嘴大耳和尚也不知烧了许多柴,干了几锅水,他不死不活还在锅里打鼾呼睡觉哩。"魔王听了笑道:"我说猪八戒有本事,原也不受用他的形体渣滓,只吸他的元阳精气。快抬出来便是,夹生儿受用罢。"小妖得令,把假八戒抬到席前,三个魔王便先来嘴吸。那假八戒也不叫疼叫痒,行者隐着身,只看那妖魔吸了一会,向迷识魔"呀"的一声道:"这般一个胖肥的和尚,怎么一毫气味也没有?还有些臊毛气。倒像猪鬃滋味。"三魔只说了这一声,叫出了八戒原来本体,顷刻就复了根鬃毛在席前。行者见了,忙去要抢那鬃毛在手,谁知他着不得色相,一有了形质色相,便隐不住身,打不得筋斗,显然一个孙行者立在筵前。四个妖魔见了道:"原来是孙行者假弄神通。"迷识魔道:

"我已放过你去,如何又来惹事?"忙挥狼牙棒跳出林来道:"孙行者,你既有本事,好歹出林来,与你大战几百回合,莫要使机诈变假哄人。"行者忙去抢鬃毛时,已被三魔抢在手中。叫一声:"迷识魔王,你与孙行者战斗,我们回林备御捉唐僧们,莫叫他走过去也。"行者道:"妖魔,任你怎么去备御,只是把鬃毛还我。"三魔把鬃毛拿在手中道:"物各有主,你叫猪八戒亲身到我林来取。"说罢,飞星往山岭去了。行者哪里有心与迷识魔战,提着禅杖道:"妖魔你已屈膝经前,降心道力,我们既过了林,与你战斗何用?要往前取鬃毛去也。"一个筋斗,只打到三藏面前。三藏见了道:"悟空,鬃毛取得来了?八戒到半路接你去也。"行者道:"师父,鬃毛不曾取得来,却探听了前途事情。原来当年八百里火焰山,今改了八百里妖魔林,我们托赖师父道力,已破灭了七林,这前去乃八林,却有三个旧仇据住,方才被迷识魔请来受用蒸八戒,识破是假,把鬃毛抢了回林,备御捉拿师父。不知这三个妖魔神通本事如何,又要费老孙机变也。"三藏道:"徒弟,你只说机变机变,偏生出许多妖孽。倘在前路抢夺经文,如之奈何?如今快去寻了八戒回来。"只见比丘僧与灵虚子变的胡僧道人尚陪伴着三藏,听了行者之言,乃说:"唐老师父放心,从容走来,我二人与你从山顶小路探林中什么妖魔,倘有来抢夺经文的,自当先来报知。"三藏拱手称谢。

却说猪八戒见行者筋斗打去,他随驾云来接应,不知行者已筋斗打回。他腾空走到半路,只见空中怪云霭叇①,妖气飞扬。八戒定睛一看,却是三个妖魔,跟从着些小妖,吆吆喝喝前来。八戒见了,忖道:"莫不是迷识妖魔又赶来了,莫要惹他,且落下云头,让他过去,再看他怎生模样。"八戒躲在树林里,看那三个妖魔生的着实凶狠。但见:

　　青脸露獠牙,唇掀耳又揥。
　　双睛如火炬,十指似钉钯。
　　赤发蓬松卷,精身靛②染搭。
　　不知何怪物,倒像癞虾蟆。
八戒躲在树林中,看那三个妖魔虽凶,却一个个欣欣喜喜,手里拿着八戒

---

①　霭叇(ǎidài)——形容浓云蔽日。

②　靛(diàn)——指青蓝色。

的鬃毛笑道:"猪八戒,你也只这样个神通,我把你这臭毛瘟毛拿了去火里烧、刀子割,看你怎样变假愚人。"八戒见了,又听着妖魔笑骂,忍不住怒起道:"孙行者替我取鬃毛去,如何又与这妖怪拿来? 不趁在此处收复了上身,若被他拿去,当真烧割起来,怎生区处? 俗语身体发肤受之父母,不敢毁伤,安可使妖魔拿了去伤害?"八戒在林下把身一抖,那鬃毛忽然在妖魔手里落将下来,复还八戒身上。妖魔见鬃毛如风飘在地,三魔齐怪异起来,一魔说:"好好拿着臊毛走罢,却不小心失落了。"一魔道:"这臭毛原是弄怪的,如何不防他?"一魔说:"一时失手,莫过落在地下林间,捡寻便是,何必多言。"乃叫众小妖下地来寻。却好遇见猪八戒躲在林中,小妖见了,便大叫:"大王,鬃毛又变了猪八戒,在林里吓我们。"三魔听得,随按落云头下地,果见了八戒,乃问道:"好八戒,毕竟鬃毛是你? 还是你乃鬃毛?"八戒道:"是老猪的法身。"三魔喝令小妖速把他捆来,众小妖上前要捆八戒,被八戒舞起禅杖,小妖一个个飞走。三魔各执兵器,上前把个八戒围绕当中,八戒只得抖擞精神,左遮右挡。正在危急寡不敌众之际,却好行者复来。正遇八戒敌三魔,行者见了,只得忙擎禅杖来帮八戒。这场战斗却也不小,怎见得? 但见:

　　三个魔王舞兵器,两个和尚弄神通。舞兵器刀枪直刺,弄神通禅杖横冲。三魔是铄阴耗气消阳怪,两个是见性明心木气公。斗的不非邪与正都来求胜,争的有甚紧和要这件猪鬃。哪里是一毛不舍遗妖怪,只为那万法仍归一体中。

三魔虽凶,哪里战得过行者与八戒。看看气馁,这铄阴魔便弄一个神通,呼两魔一个敌住一个,他却口中喷出一道火光,那火直奔过行者、八戒身来,行者向八戒说:"师弟,不好了,这妖魔放火,我们却要跳出这林外,莫使他焚林,我们怎避?"八戒道:"只消捏着避火诀,哪怕他焚林?"行者道:"呆子,手要拿禅杖,怎捏避火诀,且问你鬃毛如今在哪里?"八戒道:"已归我身。"行者道:"原物既有,与妖魔争甚闲气,跑他娘路吧。"八戒道:"你便会筋斗跑了,我却只会腾云,那妖魔也会腾云追赶上,如何跑得脱? 你可诱哄着妖魔,待我先跑了,叫他没处赶,你却打筋斗走路。"行者笑道:"说你老实,这个心肠可是老实? 难道机变生魔只归罪我老孙?"八戒道:"休得说闲话,妖魔喷的火焰渐渐大了,且四下里夺来。"行者忙取了两个林树叶叫"变",随变了一个八戒,一个行者敌住妖魔,让八戒先走路,他看着八戒去远,一个筋斗跑了。三魔哪里知道,那铄阴魔只是喷火,只见火焰飞来,把个假变的行者、八戒烧成灰烬,复了原相,乃是两个树叶。三魔又笑起来,你笑我,我笑你,却是为何而笑,且听下回分解。

总批

　　毕竟鬃毛是你,你是鬃毛。此语大可参禅,客以举似柳子。柳子曰:铲断蚯蚓,两头俱动,是一是二。

　　猪八戒错投母猪胎,却认做真皮毛,一根臊毛也舍不得,真做得当今第一财主。

第五十四回

妖魔喷火空焚叶　行者愚尼变法身

却说三个妖魔战斗了一番,喷火吐焰,只指望灭倒行者与八戒,谁知邪不能胜正。战斗不过,却又口喷火焰,正所谓强中更有强中手,此处难熬会手人。倒被行者把树叶换了身形,只待他两个真体到了三藏面前,那树叶儿被火烧焚出本色来。妖魔见了,你笑我空费功夫喷烈焰,我笑你可惜精神赌战争。三魔笑了一会道:"俗说恼羞变成怒,一不做,二不休,好歹到前边大逞神通,把这惫懒和尚拿倒了,洗的干干净净,蒸什么,多放些水,煮的他烂酱,也邀迷识魔王来还个席。"三魔计较了,回到八林。他三个练习武艺,揣摩变化,只等取经僧人过林。

却说行者一筋斗真快,打到三藏面前,八戒腾空的也到了。师徒们备细把前情说了一番,大着胆子直奔大路前来。师徒四人,连马五口。时值秋天,但见:风清爽,月高明;鸿雁贴天排,蟋蟀藏沙唤。三藏向行者道:"徒弟,我们离了灵山路来,时日已久。这路途还有多少?怎么这林有如是之多?"行者道:"师父依着这路径,八百里火焰山改作深林,说是有八,如今已历过七林,过了这八林,就到西梁国地方,是我们旧来的女主国了。"三藏道:"悟空,我们当年来,要倒换关文,说不得进城朝见他,倒惹了妖魔。如今不换关文,你看那里有便道,就是远转几里,也没奈何过去罢。"行者道:"师父,如今尚有八林未过,天下的事莫要操成心预先料定,走一程是一程。"八戒道:"大哥说的是,如今且看那里有化斋的,必须吃饱了,与他赌斗过去。"行者道:"这呆子只是想斋,这魔又添几分气力。"八戒笑道:"馕多力多,我老猪生来买卖。"三藏道:"徒弟,莫要讲闲话,你看那山凹里露出房檐屋脊,想是地方人家,我们走起一步,一则化斋,一则歇力。"师徒走得前来,果见一所高檐大宅,但见:

　　静悄悄重门昼掩,密森森乔木周围。

　　碧澄澄山溪环绕,丛杂杂竹径长堤。

三藏近前看了道:"徒弟们,这宅院不是人家,乃是座庙堂道院,倒也清幽,我们敲门借寓一时,有何不可?"正说间,只见那重门半开,里边走出一个小尼姑来。行者见了道:"师父,这是个女僧庵,我们不便借寓,照大路往前走罢。"八戒道:"住固不便,难道门前歇着,茶汤也要得她些吃。待徒弟歇下担子,问她取一钟茶汤。"八戒歇了担子,方才上前一步,那小尼姑见了,把门一推掩,往里飞走,大叫起来,那里边问故,小尼道:"是哪里山精鬼怪,吓坏了我。"只见门又开了,一个老尼走出来,张了一张道:"爷爷呀,果然是古怪,番僧又不像番僧,怎么这般嘴脸?"一会里边就走出三四个尼姑来,三藏只得上前道:"女菩萨,休得要大惊小怪,我们是大唐僧人,上灵山取经的,今日回国路过此处。只因我这徒弟要化钟茶汤,惊动小尼,若是有汤,便见赐一盏,如不便,可掩了重门,我们照大道前走,莫要惊动。"只见那三四个尼姑内中一个年纪略长,说道:"既是中华上国取经的老师父,便请小庵吃一茶汤何妨。况我等出家为尼,正也要课诵真经祈保安康,将来得个成就功德。"乃叫老尼大开庵门,请三藏师徒进庵。三藏还赵趄①不敢,谦退站立,那八戒哪里由得师父,挑起担子直进庵门,行者、沙僧也挑担在后,三藏只得进了庵堂。先参谒了正堂圣像,次与老尼问讯,那三四个尼姑都也稽手②,却进屋去了,只有老尼与那年长的女僧陪坐。一面吩咐收拾斋饭、素菜款待圣僧老师父,一面便问大唐风景,又问一路来多少路程,如今取得是何经典?三藏一一答应,方才问道:"女菩萨宝庵何名?有几位在此出家?这地方唤做甚处?往前是何村乡?"尼僧也一宗宗应答,却说到往前是何村乡,那老尼便愁起得来,说道:"老师父,但能过了这村乡,便转过西梁国地方去了。"三藏听了忙问道:"怎说但能过这村乡?想是我们前路来闻得说有个三魔林妖怪成精么?"老尼道:"正是这一宗古怪。"行者笑道:"女菩萨,你替我放心,莫要愁眉皱脸,你不知道我师父善眉善眼,是一个吃斋念佛的老禅和,我小和尚们乃是捉妖灭怪的老放手。"老尼道:"师父呀,你不知这三魔林有三个妖魔厉害的紧,你们怎能够灭的他?"行者道:"女菩萨,你哪里知道,我们是与他相会过一面的。"老尼道:"师父与他不知是何等相会?若是好相会,他们尽是有丰盛筵席款待;若是不好相会,他三个神通变化,你们怎当

---

① 趑趄(zījū)——且进且退,犹豫不进。
② 稽手——古代一种礼节的举止动作。

得他的本事？活活要把残生交与他！"八戒道："只说是不好相会，莫过那妖魔会放火，我们有避火诀，哪里怕他？"行者道："惹着小和尚，他会放火，我还叫他火自烧身哩。但不知这妖魔放火之外，还有甚神通本事？"老尼说："这三魔本事多着哩！"行者道："略说两件儿我们一听。"老尼说：

　　"大妖魔，号消阳，本事说来真个强。

　　诸般武艺宗宗熟，变化神通不可当。

　　饶伊久炼禅和子，岁月难熬这怪王。

　　被他消尽元来宝，不信看伊貌改常。"

行者道："这个本事只好奈何那没手眼的和尚，若是老孙，那五百年前在花果山水帘洞时，却有个返老还童真手段，金箍棒打万魔降。不怕他！不怕他！且再说第二魔本事何如。"老尼道：

　　"二妖魔，号铄阴，说起机谋广更深。

　　能向太山为虎踞，也能苍海作龙吟。

　　不是久修老和尚，怎使妖魔不犯侵？

　　被他发出无明火，炽髓焦肠更毁心。"

行者道："这个机谋也不广不深，只好奈何那半路上出家的长老，若是老孙，当年上天堂、游地府，拔去身后无常，却有个熬尽乾坤多岁月，长生不老到而今。不怕他！不怕他！且请说第三魔本事如何。"老尼道：

　　"三妖魔，名耗气，他的神通真可畏。

　　有时一怒海水浑，斗牛冲处星光闭。

　　堪笑老僧不忖量，惹动无明一旦弃。

　　试问出家事若何，空教眯树为披剃。"

行者道："这个神通也不足畏，只好奈何那火性不退的僧人，若是老孙，从当年跟着唐僧，如今到灵山取了经文回来，却有个入火不焚真法身，妖魔怎竭先天气？"老尼听了，笑道："小师父，据你口说无凭，便是曾与你相会，也是乍相逢，你不曾荡着他三魔手段哩。"行者道："我也不管他手段，只是女菩萨，你如何知他这等切？"老尼道："小师父，难道你从西回，走一处也不访问一处？我这真切，都是东来西往过路的传说便知。"三藏听得，只是愁叹道："徒弟们，我听这比丘尼之言，怎么过这林去？"行者道："师父放心。只要师父把持住了正念，自然真经效灵。便是徒弟们七个林已过来了，何愁这一林？不荡平了妖魔，使往来方便。"师徒正说，只见小尼捧出素斋，师徒们吃罢便辞谢要行，八戒道："师父，天色已晚，前途只恐没处安歇，何不就借庵堂暂栖一宿？"三藏道："悟能，你哪里知君子别嫌疑，我们远路和尚，怎居处在女僧庵？纵我们清白自守，也讨地方人议论，她女僧们也不便。"老尼听了道："正是，正是。可见老师父是道行真纯的，只是天色果然将暮，再走数里便是三魔邻近之处，如何是好？"行者道："前途可有甚村庄人家、好善的檀越①，可以暂安一夜也罢。"老尼道："小师父不说，我倒已忘了，离我庵五里，有一村庄人家，这老员外姓波，只因他好善多行方便，地方人都称他做波老道。但他虽然好善，生了几个儿子都不好善，虽不为恶，都与我僧尼道家不甚敬重。老师父们乘着天色，可走得三五里，到波老道家借寓一宿甚好。"

　　三藏师徒方才打点起身，只见内里三四个尼姑出来对老尼说道："师父，众位师父虽然是男僧，我等庵中尝延请僧众建斋设醮，课诵经忏。今日幸遇中华圣僧，取了真经回国，你看他经文成箱满柜，何不屈留这几位师父，开了柜担，与我们课诵几卷，或是请地方善男信女，做一个道场，也不负了这众位师父降临一番。"那老尼犹自沉吟不答，只见那年长的尼僧也说众尼之言有理，老尼遂向三藏说："老师父，我众弟子欲留众位把经文课诵一番，或是见个道场，真是千载奇遇。"三藏道："女菩萨，出家人诵经、礼忏、建斋、设醮乃是本等，况相逢异地，众徒弟又发了这点道心，敢不依命？只是我们有三不便在此：一不便，经柜担有如来封记，包裹缜密难开；二不便，我们男僧在尼庵浑扰；三不便，离国日久，我大唐君王望取经回朝心急，若在外耽延，非但道路遥远，且费了工夫。"老尼被三藏说了三不便，乃道："此是功德也，要老师父们心悦意肯，强留不得。"那众尼道："师父，只是你主裁不定，列位长老已住在我们庵内，又叫我们忙忙碌碌收拾斋饭，吃得饱腹撑肠，便就在此做个道场，也不为不可，何苦必定要赶路！万一前林遇着三魔，抢经的抢经，捉和尚的捉和尚，老师父也与他讲甚三不便？"那尼僧一面说，一面就走出堂来，三四个把行者的经担抬进一包去。行者性躁起来，道："师父，这便是个妖魔了。"掣下禅杖来就要打。三藏忙扯住道："徒弟，这师父们也是好意，要留我们，况搅斋供，方感谢不尽；便是留在此课诵经文，可以不必开动包担，我们自会诵念，何必

────────────

①　檀越——指施主。

动粗鲁就掣杖要打?"只见老尼笑道:"怪道高徒生的像貌凶恶,性子也暴躁,便是小徒们抬你经担,也只该好取,怎么就动杖要打?"行者道:"老师父,你不知我小和尚一路西还,凡遇抢夺我担子的便要抢禅杖,若是不抢禅杖,这十万八千里路程途怎保得真经回国?"老尼道:"师父呀,出家人抢禅杖打伤了人,却不作孽?"行者说:"我打的不是人,却是妖魔亵渎我真经。既是女菩萨是人非妖,必定达道理,还我担子,与我们趁早赶一程路。"那众尼只是不肯。三藏乃说:"女菩萨,你定要留经担,我徒弟必不肯,这分明彼此不如意。便是课诵了这担子内经典也无益,功德何在? 真经内说得好:海宝千般,先求如意。"八戒在旁也说:"正是,正是。作福如意,受福坚牢。"老尼笑道:"小师父,你这两句是哪里听闻?"八戒道:"这是我老猪化动斋便有这两句话头。"行者见天色渐晚,尼姑抬了一担包入屋,乃弄个神通,拔下毫毛变两担假经包,又变几个小尼姑,把假担抬入,真担抬出,你抬我夺诨抢乱争。老尼也没主意,三藏也分剖不来,行者忙叫八戒、沙僧挑担同他先出庵门,又把三藏马垛随后押着出去。那众尼乱纷纷只见有两担经包在屋,只疑如何这几个尼姑你也像我,我也像你。假的倒说:"与他们前去,便留了他两担经文,拆开封皮,长远供奉也可。"一个个喜喜欢欢,进入内去。三藏方辞谢老尼,老尼也不留三藏,待他师徒出了庵门,把重门掩闭。

　　三藏与行者们乘天尚亮,前行走了五里之遥,果见一所庄屋。三藏看那庄屋:

　　　　灰粉墙围四角包,东西乔木接云高。

　　　　迎门一座青砖壁,必是村乡富室豪。

三藏师徒方才到门首,只见里边走出一个老者来,见了三藏一貌堂堂,便道:"老师父从何处来? 天色已晚,前无住处,思量还要走到哪里去?"三藏合掌当胸道:"老员外,小僧乃大唐僧人,上灵山取经回还,到此天晚,求借宝庄一宿,也不敢扰斋,方才前边尼庵用过来了。"老者道:"何不就借庵一宿?"三藏道:"老员外是明道理的,我们男僧不便寄寓女姑之庵。"老者笑道:"老师父,你便拘泥了,比如比丘僧尼何一处出家? 优婆塞夷何同居修道? 对境忘境,总在老师父这点方寸。"老者一面说,一手扯着三藏衣袖道:"请小屋里坐。"乃叫家仆快收拾打扫厅堂,把师父们经担好生供养在中厅上。家仆依言,不敢怠慢,老者扯入三藏,一个个问名询号,三藏一一答了，乃说："老员外，莫非是波老道？"老者道："正是老拙。老师如何得知？"三藏乃把老尼之言说出，当晚在波老道家安宿不提。

且说三个妖魔与行者、八戒战斗了一番，喷出火焰，被行者把树叶假变，弄个神通走了，他三个你笑我笑，只得回林计较，等候唐僧师徒到来，捉拿出气。毕竟可能捉拿？且听下回分解。

总批

老尼极口称赞三魔本事，只是消阳、铄阴、耗气耳，不知此三种魔人人都会，老尼身上少不得也有两件。

行者变小尼，你也像我，我也像你，不知还有一件东西也相似否？若变得来，四个和尚大不寂寞。

第五十五回
唐长老夜走八林　比丘僧术全三藏

话说三魔在八林深处，久等取经僧，不见到来，乃上山顶远观，只见山顶上来了比丘僧与灵虚子两个。消阳魔道："何面相？是唐僧来了？"铄阴魔道："不是，不是，唐僧们有行囊经担，这来的俱是走方游脚僧。"耗气魔道："便是游方僧道，也拿来发个利市。"消阳魔道："不可。唐僧师徒乃旧仇新恨，断不放他过去；若是游方僧道，我与你变个戏弄他的法，试他的道行何如？若是有道行的，便让他过山去；若是没道行的，且戏弄他耍子。"

两魔依从说："如今变个何事戏弄他？"消阳魔道："我便变个担酒卖的，你两个扯他吃一杯，他如吃了，便是没道行。"两魔依言。消阳魔摇身一变，变了一个卖酒的客人，挑着一担清香美酒，歇在山顶上；两魔变作两个走路的，正买他酒吃。一见比丘、灵虚走到面前，二魔起身拱一拱手，便一把扯着比丘僧衣道："师父，走路辛苦，有琼酒在此，请吃一杯儿。"比丘僧摇手道："客官，小僧是出家人，守戒不饮酒的，不敢相陪。"妖魔道："山僻静处，谁人得知？我与你也是有缘相会，你们出家人背地里吃酒的也有，莫要瞒我。"比丘僧说："老客，你吃你的酒，僧过僧的山，着甚来由强要小僧破戒？决不敢领！请二位自饮罢。"二魔又扯着灵虚子说："道人，你陪我二人吃一杯，料你不是僧人。"灵虚子道："小道也是有戒，况天性不饮，请二位自饮。"妖魔笑道："我两人已是有伴对酌，但为相逢二位师父，在此高山峻岭，幸遇沽酒，当开怀行乐。且你二位不知这酒的好处。"灵虚子道："酒乃伐性之斧，烂肠之物，有甚好处？"妖魔道："有甚好处？有甚好处？你听我道：

五谷造成佳酿，清香滑辣兼甜。合欢散闷解愁颜，养血调荣退算。"

灵虚道："二位客官，你只知酒有好处，却不知我僧道家五戒，把它做第一戒。"妖魔笑道："为甚把它做第一戒？"灵虚子道：

“助火伤神损胃，烂肠腐脏戕①生。亡家败德事非轻，第一戒他乱性。”

妖魔见僧道不饮，一魔扯着灵虚子衣袖，一魔取一杯酒强灌灵虚。灵虚只是力拒，那妖魔便使出个大力法，十指揪来，两手拿住，欲把灵虚子拿倒；哪里知灵虚是有道的优婆塞，他把慧眼一看，笑道：“孽瘴，你这魔头，如何来迷弄我？”乃使个重手法，反把妖魔两手拿住，一捏，妖魔哪里动得，吆喝疼痛起来，见这假酒迷僧道不倒，反被灵虚子说破，乃飞往山前走了。

却又计较，铄阴魔道：“你以酒迷这僧道二人，他有道力，不被我们迷，如今得我变个老婆子，你两个变美貌妇女去试他。他若是迷于色欲，便无道行。”两魔依计，变了两个妖娆女妇，随着老婆子走山岭前来，遇着比丘僧、灵虚子，乃上前道：“二位师父，老妇是山下人家，生了这两个妇女，只因丈夫打柴遇虎狼，丢下她无人养赡，思量欲嫁两夫，往来莫个相配的。我看二位师父年貌尚青，若肯随到我家下，留了头发，成个家室，生一男种一女，也不辜负了青春年少立在天地之间。”比丘僧听了，不顾先走；灵虚子把慧眼一看，道：“妖魔，一计未遂，又设此计，本当不顾而去，但是要保护唐僧经文，安可不顾纵他作耗？他既设法迷我，待我也设法试他，因而驱除这妖，使唐僧师徒道路好行。”乃笑盈盈答道：“老婆婆，我那师兄是披剃的僧人，怎做得你女婿？我虽未披剃，却也是在教的，久绝了色欲，如何行得？”婆子笑道：“没妨。便成就了这宗姻缘，有谁来管你？”灵虚子道：“若说姻缘，也要个媒妁，三茶六礼，寻个门当户对，怎么撞着途路之人，做个露水夫妻？也被人笑为苟合。”婆子道：“没人笑，没人笑。你听我说：

男女阴阳配合，世间一种人伦。我娘作伐岂私奔，苟合何人笑论？”

灵虚子道：“婆婆，你说没人笑论，却不知我修道的道人，色欲最是大戒。”婆子道：“为甚也把它为大戒？”灵虚子道：

“这种元阳正气，生入固命灵根。修身见性与明心，怎肯邪淫迷混？”

婆子见灵虚子不肯从她，乃叫妇女上前弄娇做媚说：“师父，你既说有戒，

---

① 戕（qiāng）——杀害，残害。

也只该像那长老不顾先走，为何笑盈盈与我娘说话，却又乜斜斜①不走？我知你是碍着那长老看见。待我娘儿三个扯你们到家，务要成一门家眷。若是坚意推却，我便扯你到地方官长，说你僧道不守清规，调戏良家妇女，须要大大问你个罪名。"妇女一面说，一面便去扯比丘僧。方才去扯，只见比丘僧如飞前走，一个来扯灵虚，灵虚把脸一摸，顷刻变了一个丑陋不堪凶恶相貌。那妖魔见了，笑道："原来这道人不恋色欲，心如槁木死灰，故此发出败兴的容貌，倒是两个有道行的。去罢，去罢。"灵虚子道："你这会叫我去，我偏不去了，只要羞杀你三个无耻的。青天白日，一个老婆子卖淫诲奸，一个妇女扯和尚，一个女妇看上我这个丑陋道人。"三个妖魔分明还要弄法迷灵虚子，却被灵虚这几句直话羞出他良心，乃往山坡下飞走去了。灵虚子方才赶上比丘僧道："师兄，这分明是三个妖魔弄假骗我等。"比丘僧道："我已明知，故此不顾。"灵虚子道："我也明知，只是要剿灭了他，故此只待说破，免得他愚弄唐僧。"比丘僧道："唐僧师徒这妖魔也不能愚弄，但恐被这妖魔缠扰，有误时日。我们原说探听前路有甚妖魔，报与他知道，如今只得仍变胡僧，再去指引他，莫教他被三个妖魔愚弄，方见我等不失前言。"他两个随又变了胡僧与道人，来寻唐僧。

却说三藏师徒在波老道家安歇，更深半夜，忽然行者"咭"地笑了一声，三藏道："悟空，你笑却为何？"行者道："师父，我徒弟非笑他事，笑那几个尼僧不识真假，把我毫毛假变法身信当经担，只因抢了经担，又混忘了同庵尼僧，也不知谁是谁？喜欢在哪里过夜？但徒弟拔的毫毛只能浑一时，不能久变，想这毫毛替徒弟取耍了一晚，须要收复它来。我看那老尼讲说三魔本事甚详，想他必与妖魔契厚，恐惹出这妖魔，又是一番费时日的事情。"三藏道："徒弟，那老尼恭敬我等，语言切当，必非妖魔契厚。"行者听了道："老尼就非妖契，徒弟正要收复了毫毛来也。"一个筋斗回到老尼庵内，把经担、小尼都收复在身。

却说三魔戏弄了比丘、灵虚一番，不遂他计，暗夸两个道行，欲待再行试他，只为心怀的唐僧师徒要报仇恨，乃从山岭探看唐僧行径。远远只见老尼庵内闹哄哄吵嚷，却是行者毫毛假变的小尼与那众尼争抢假经包。三魔潜来暗听，大喜道："唐僧经担原来在这尼庵，经担既在此，唐僧师徒

---

① 乜（miē）斜——眯缝着眼斜视。

必在此,凭着我们通神变化,必然抢夺了他经担,捉拿唐僧。只恐孙行者们也都有变化手段、战斗才能,不免又费一番精力,不如也照前番哄愚僧道的事,料唐僧道行纵高,他三个徒弟心肠未卜,愚动一个,拿了报仇,也为豪杰。"三魔计较了一回,想道:"酒难入庵,倒是婆子妇女可进尼庵。"乃依旧变了一个老婆子、两个小妇女,半夜敲门,惊得老尼忙叫小尼开了山门。原来是三个女妇,老尼便问:"夜静更深,三位女善人到我庵何事?"老婆子依旧道是村落人家,丈夫打柴被虎狼拖去,欲来投托庵中,闻说西还有几位圣僧,取得宝经,能与人消灾度危、荐亡超祖,路远到此,不觉昏夜。"老尼听了道:"三位女善信,你来迟了,早间有几个西还僧众,是东土上灵山取了经文回来的,今已吃了斋前途去了。"婆子道:"你这老尼,说谎瞒我,我们来时不敢造次敲山门,其实听得你庵堂众尼争抢经担,吵吵闹闹,既是经担在庵,那唐僧岂肯丢了前去?"老尼答应不出,婆子与两妇女便起身向庵后堂去看,哪里有个经担,却是行者收复上身。

且说行者收了毫毛,正要打筋斗回去,忽见三个婆妇进庵,他隐着身,听了婆子这些情节,乃心问口、口问心,想道:"何处村落,夜静更深来投庵尼,要寻我们超亡荐祖?且是妇人家远来,岂没一个家童汉子?此必妖魔来探我们情节!这老尼忠厚诚实,便信了他,我如今试他可是妖魔假变,若是这妖魔,我且设个机变,诱哄着他在尼庵,且同我师父乘夜过了八林前去。"好行者又拔毫毛数根,变了唐僧、经担这一起,在后屋故意吵吵闹闹,妖魔听得悄悄来看,果见唐僧在后屋,便恨老尼瞒他,计较拿唐僧不如先抢经担。却说行者假变了一起在后屋,他却一筋斗打回波老道。此时夜半,只见两个胡僧道人来报三藏说:"前行三五十里,有三个妖魔,假以酒妇迷弄我等,只恐又要迷弄你师徒,纵然老师父们道行高深,不为所迷,但是经文须防他抢夺。"三藏听了,正尔焦心,忽然行者到了面前,把妖魔在庵事情说出,胡僧听了笑道:"唐老师说不得夜走八林,到了西梁地方,何虑这妖魔也?"行者也笑道:"老孙也是此计,只是妖魔赶来如之奈何?"胡僧道:"妖魔赶来,待我们三设假误了他赶来工夫,你师徒自然过林去了。"行者听了道:"事不宜迟,只恐老孙毫毛被妖魔识破,如今说不得瞒了波老道,悄开了他门,我们且偷走去着。"三藏道:"徒弟机变,又动了个偷走心。"行者道:"师父,此时也说不得,把你那志诚心且放在一边。"八戒笑道:"偷了些微麝香,便受了你们多少言语,你今日也动了偷心么?"三藏道:"悟能,偷走路与偷东西不同,快挑担走罢。"师徒别了胡僧二人,暗出了波老道门,往八林直走。行者把自己担子歇在林中,叫三藏们先走,老孙去收复了毫毛来,挑担再赶。三藏依言,催着马垛,与八戒、沙僧先行。

却说妖魔到尼庵后堂,计较先抢经担。三魔乃各挑一担,方才上肩,笑将起来道:"我们又被唐僧愚哄了,岂有经担一轻至此? 定又是枯树叶假托去了。且挑出到庵外,放火烧他,真假自知。"消阳魔道:"连唐僧们只恐也是假的。"铄阴魔道:"且莫惊他,万一是真,又要与他们战斗费工夫。"耗气魔道:"既是要看他经担真假,且到门外拆开担子自知也,不必放火,料经文纸张岂是放火的?"三魔挑出经担,正要拆动,却遇着行者到了庵门外,见了忙收复毫毛在身,又把假变唐僧们毫毛收了,一个筋斗直打到林中,挑了经担赶上,三藏们还不曾走过一里之遥,可见行者筋斗神通之快。

却说妖魔方拆经担,忽然无影无踪,妖魔又齐笑将起来,进后屋去看,哪里有个唐僧? 乃走到前堂,把脸一抹,变出妖魔本像,揪出老尼道:"尼姑,你识我婆妇么?"老尼慌得跪着说:"我尼姑识得,是消阳三位魔王。"妖魔道:"我也不怪你,你原也说唐僧早离庵前去,但不知在何处投宿?"老尼道:"我已指他波老道家去住,多是在他家。"妖魔道:"是了,是了。我们且到波家去拿他。"乃出了庵门,驾起云来,终是不如行者之速? 及到了波家,鸡已鸣了。

却说比丘僧与灵虚子待三藏出了波老道门,他却变了一个唐僧、一个行者,坐在门首。妖魔上前看见,消阳魔便把假唐僧捉住,却是比丘僧假变。两魔就来捉行者,灵虚子便掣出禅杖直打两魔,两魔空手无器械,帮着消阳魔把个比丘僧扯着,驾云回到林中。方才要动手害唐僧,报当年牛魔王之仇,不防比丘僧复了本相,乃是一个和尚。三魔惊异道:"想是我们天未晓,眼目昏花,不曾问明,只当是唐僧,便拿将来了。"只见比丘僧合掌道:"三位魔王,小和尚是西方下来的僧人,偶因夜宿波老道门首,不知有何得罪? 三位不问一声,便把小和尚揪来。"三魔笑道:"分明见你是唐僧,且还有那孙行者拿禅杖打我们。"比丘僧道:"哪里甚孙行者? 乃是和尚同来的道人。他见三位捉了我来,必然要找寻到此。"正说,只见深林外灵虚子复了原相,来求三魔释放了同伴僧人。三魔道:"你从何处来?"灵虚子道:"在波老道屋内与唐僧喂马。"三魔道:"你如何与他喂马?"灵虚子道:"那唐僧有个毛头毛脸徒弟,叫做孙行者,倚强作势,拿我替他喂马,他却说在门外防备甚魔王。"三魔听得笑道:"是了,是了,这猴精弄怪,把这和尚假充唐僧哄诱我们,你且说唐僧们现在何处?"灵虚子道:"魔王若是释放了我同伴和尚,我便指你唐僧住处。"三魔道:"可恨孙行者把你和尚变唐僧,与你无干,放了你去罢。你只说唐僧在何处?"灵虚子道:"尚在波老道的庄上花园里,等候吃了斋走路。"妖魔听得,随把比丘僧与灵虚子放了,飞走到波老庄上花园来寻唐僧。不知何如,且听下回分解。

总批

行者以机变生魔,灵虚子以机变降魔,《南华》所谓"出于机,入于机"也。

凡事可假,真经如何假得? 余曰不然,圣人神道设教,羲皇之六十四卦,柱下之五千言,天竺之五千四十八卷,皆假也。问如何是真? 曰:刚有无字真经,已被白雄尊者抢去矣。奈何,奈何。

第五十六回
陈员外女子逢妖　唐三藏静功生扰

> 漫道西游火焰山，而今改作八林湾。
> 妖魔尽向机心现，荆棘应从大道芟①。
> 肯熄无明超欲界，顿教正觉出尘寰。
> 若能参透西来义，万卷真经一字看。

话表三魔听了灵虚子说唐僧们现在波老道花园内，便放了比丘僧，飞走到波老道庄上，哪里有个唐僧。又奔到花园内，也没个唐长老。三个魔王大怒道："分明是孙行者、猪八戒弄神通，骗哄去了，俗语一不做，二不休。好歹追赶上前，再莫要信他们假变搪塞，只拿住了唐僧，方才甘休。"

不说妖魔驾起云来追赶，却说行者赶上三藏师徒，坦然过了八林，走得三五十里大路，只见人烟济楚，店肆整齐。三藏道："徒弟们，我等费了许多心力，才过了那八百里山林。看这热闹光景，想是当年来的西梁国地方了，你们可上前问一声。"行者道："师父，我等走路，人马劳倦，何须去问？看那店肆料安歇往来客商，我们且投店中住下，自然知道。"三藏依言，走到关口，便有店家扯住马垛道："师父们下在我店罢，我店房宽敞洁净，且饭食齐备。"三藏依言，进了店门，中堂供了经柜担。店家收拾茶水，师徒们吃了。三藏道："徒，这店中真洁净，房屋果宽，我一路来辛苦，且闭了中堂，待我静坐半日，你们打听前途何处地方，可好行走？"行者道："师父放心入静，我们自然上心在意。"当时三藏闭了中堂门楄，焚了一炷香，供奉着经文。八戒、沙僧道："师父，徒弟一路难道不辛苦，我也打个坐安息安息。"只有孙行者性本好动，他走出店来，探问店家："这是何处地方？"店家答道："我这地方唤做平妖里，当年妖精出没，被什么西来圣僧平服了，故此唤这名。师父们若是往东走，却要过西梁女国。我此处离国中不远，前去渐渐都是女人，没有一个男子也。"行者道："我们

---

① 芟(shān)——割除杂草。

当年来时走过的,也曾平过妖。"店家道:"师父既见过,何劳又问我?"行者道:"出门问路,也是我小心。店家,你收拾夜斋,待我师父出静受用。我去前山头观望观望了来。"

好行者,他哪里是观望,乃是想起胡僧与道人说设法骗阻妖魔,我老孙设空偷走,不是豪杰所为,万一胡僧不能拦阻,这妖魔追赶前来,终非万全长策。我如今还当防后,看那僧道如何设计阻他。又想:"阻妖魔,莫如扑灭了,除了地方患,我们也好放心前行。"行者走回林间,正遇着妖魔各持兵器,追赶前来。行者见了,手内没有器械,肚内正思量个计策。只见那林树阴中胡僧两个坐在地下,一个手拿着数珠儿,在那里解下菩提子叫"变",一个手拿着木鱼儿,要把槌敲。行者忙上前道:"二位师父,多劳了,你护送我们过了这林。只是这妖魔意不甘休,思量还要追赶。你们曾说三设假费他工夫,我想费他工夫,他那报仇之心不已,且这妖魔神通本事,也会腾云驾雾,万一千里不辞,我们师徒终是被他搅扰。不如在此扑灭了他,或是化导了他,才是个万全之策。"胡僧说:"悟空,你挑经已离了八林,前途自坦然无事,又何必再来自相缠绕?"行者道:"二位师父,你不知,我老孙不是当年西来的行径。"胡僧问道:"你当年西来怎个行径?"行者道:

> "我当年,过此地,说起妖魔真怪异。
> 里连八百火焰山,炎炎不灭腾三昧。
> 我老孙,真伶俐,借得芭蕉扇一器。
> 一扇风来两扇云,三扇盆倾大雨至。
> 保我师,往西去,又与地方除火气。
> 谁知今日此山中,变了深林藏妖魅。
> 论行踪,与昔异,金箍棒缴无兵器。
> 也不遣将与呼神,一味慈悲为归计。"

胡僧听了道:"悟空,你既发慈悲,难道我两个不行方便?方才也只是为你师徒保护真经回国,故助你们一臂之力。"行者道:"便是我弟子复来之意,也是赞成二位师父功德。"三个正说,只见云端里三个妖魔飞来追赶唐僧。行者大喝道:"妖魔哪里去,唐师父已前去了,我老孙恐你背后说我变假愚弄你不忠厚,故此复来劝你回心向道,皈依了三宝门中,莫做邪魔堕入无明地狱。"三魔听得是孙行者之声,在云端里立住脚往下一望,果然是行者，同着那僧道在林间。消阳魔笑道："这又是孙行者把枯树叶愚我们，莫要睬他，且往前追赶真唐僧。"铄阴魔道："料唐僧去不远，莫要被他们挡住去路，误了工夫。"耗气魔道："只恐是真行者，我们前赶，这猴精攻我们巢穴，截我们后路。"行者在地下叫道："也差不多，我正要攻你后门。"三魔乃落下云头，执着兵器直杀将来，却亏了胡僧把菩提子变了瓜锤，与行者执着抵敌，那道人把梆槌只是敲，妖魔闻声胆怯。但见：

> 三个妖魔抢兵器，一对和尚舞瓜锤。
>
> 道人莫说无神法，梆子敲来声似雷。

那三魔抵敌不过胡僧、行者，正要喷火，却被道人敲动梆子，那妖气忽然消灭。胡僧与道人腰间解下束衣绦，把消阳、铄阴二魔捆将起来。行者方要解束腰绳捆耗气魔，乃向胡僧说："老孙的绳子乃拴虎皮围裙的，十余年不曾解了，没的束裙，弄出下体不便，好歹一顿瓜锤打杀这妖罢。"三魔苦苦哀告，只叫饶命，胡僧说："你既求饶，当远离此林，勿复作怪。"三魔拜伏在地。胡僧乃放了三魔，他三个化一道烟如风而去。行者辞谢胡僧、道人，说道："老孙要伺候师父出静去也。"一筋斗打到店中，那供经一炷香尚未息，店家已备了晚斋，只等唐僧出静。

却说这平妖里居民稠密。离这店十余家，有一员外，姓陈名叫做老生，家资颇富。只生了一女，名唤宝珍。这女子年方二八，聪明美貌，真是无双。一日天晚，明星朗月，这女子叫丫环铺了桌儿在窗外放下香炉，焚了一炷香，对月深深拜。丫环问道："姑娘，你拜月却是为何？"宝珍答道："我焚香拜月，保佑老员外、安人两个福寿康宁。"丫环道："老员外、安人都享福延年，精健比人十倍，何劳你又祷祝？多是姑娘要保佑自己嫁个好人家。"宝珍啐了一口道："多嘴饶舌，贱婢怎么把这污言秽语讥诮我？好生可打！"这女子正骂丫环，忽然风起，那星月下，一朵乌云从空飞卷下来，把宝珍凭空撮去，骇得个丫环大叫起来。陈员外两口方寝，听得喊叫，忙忙起床出来询问。丫环备说乌云卷去宝珍之事，员外着了一大惊道："真是怪异，岂有乌云卷去之理？多是什么妖精作怪。我想这地方当年有妖，如今宁静多时，已改做平妖里，此事却又蹊跷得紧。"陈安人只是啼哭，当时乱了一夜。等待天明，央人找寻，四下里访问，哪里有个踪迹。

却说离平妖里隔界有座山，叫做寂空山。山下有一洞，环绕着一石洞。那洞水潺潺，人莫能到。非是莫能到，只因洞内有一个精怪，能作风浪迷害村人,居民不敢去惹他。这精怪积年已久,每每乘风步云,星前月下,远乡近里,摄人家诸般物件,便是佳肴美味,他也摄去洞里受用。但凡人心自无邪怪,便不招妖魔,只因这女子不安处香闺绣室,多了这一宗焚香拜祷。但不知她心间何事,却惹了这妖魔看见,鼓弄风云,摄到洞中。这女被摄了去,昏昏沉沉,莫知何处。这妖怪却也不知淫乱事情,但只知吸人精气,迷害人身。他见这女子生的娇娆,只是瘦弱,也知爱惜,爱的是女貌妖娆,惜的是她瘦弱。因此不忍吸她,叫洞内小妖好生服侍,又到处寻佳肴美味饮食供养滋补她。女虽思父母,无能脱身,已经年余,遂与这精怪们熟识,要甚饮食,妖精便与她摄来。这日女子忽然思想素馍馍吃,向妖精说:"我想我家邻店有素馍馍,可取几个来吃。"妖精听了,随驾云远来。方到平妖里店家关口,但见那关里金光灿灿,瑞气腾腾,妖精哪里敢近前进关,却在别处乡村摄了几个荤馍馍。这女子见了说:"此非我家邻店素馍,一个我也不吃。"妖精道:"你要这邻店素馍,若是往常打什么紧,近日不知何故,关内金光瑞气,我亲近不得,如何摄得来?"女子说:"当初你怎摄来? 这金光瑞气,必须有个缘故。你还去探个信,说与我知道。"妖精依言,驾云复来关口。只听得关口外有人说,从西来有一起取经和尚,内中一个长老,名唤唐三藏,生的面貌端庄。却有三个徒弟,一个叫做孙行者,相貌毛头毛脸,就是个山猴子;一个叫做猪八戒,长嘴大耳,好生丑恶;一个叫做沙和尚,晦气靛青脸,就似皂君模样。说这一起和尚,都有神通本事,专一捉怪降妖。又有一人说,闻知当初我这一路地方都是他们平过妖的,所以叫做平妖里。妖怪听了,打个寒噤,飞忙回洞,见了女子,把这情节说出。女子听了道:"佛爷爷呀,世上有这样神通本事的和尚,怎么不搭救搭救冤苦之人?"女子一面听说唐僧师徒名姓,牢记在心,一面把荤馍馍与那小妖们吃了。乘那妖怪外去,她一心只想着取经僧人,乃在洞里称念:"唐三藏师父有神通,救我陈宝珍一救。"

却说三藏在店家屋内入静,那静中忽然听得有人称念"唐三藏师父,救我陈宝珍"一句,出了静,叫:"悟空徒弟,我方才静中,忽听得有人要我救她,叫做陈宝珍,此何说也?"八戒道:"好打坐的长老,听了人叫,才显得好静功。"行者道:"呆子多嘴! 你哪里知师父道行宏深,到处或有冤愆求救,欲要超脱。便是老孙天下闻名,会拿妖捉怪,有被妖怪毒害的,也常常心想着我,口念着我。师父怎晓得此处有个陈宝珍? 待徒弟与师父查问。"只老店家挣了一担木,行者乃扯着店小二问道:"你们这地方可有个陈宝珍么?"店小二听得说道:"师父如何问她?想你晓得这宗事?"行者道:"正是。我知这宗事。"那小二连晚斋也不等捧毕,飞走到陈老生家道:"员外,快把报信钱五百与我,我说个姑娘信与你。"陈员外听得,忙忙着要说,小二只是要报信钱,员外道:"你若报得真实,便多谢你五百,足了一千。"店中人也喜,乃扯着员外衣袖说:"我店中住的取经长老知道,可有一个。"陈员外即时到了店中,店小二便指着行者说:"这个师父提名道姓,他必然知道。"陈员外见了行者,一把扯住说道:"师父何处人氏?何方来此?因甚知道小女这宗事情?如今小女现在何处?只求指示明白。"行者道:"我们本不知你甚事情,昨日跟随我师取经回还,路过此处,吾师静中闻得有人呼他求救,自称是陈宝珍。吾师恐有冤枉,命我查勘,适向店小二问一声,不意果是令爱。但不知有何情节,可一一说明,吾等拔救不难。"陈员外听了,抬头一看,见上面立着唐僧,相貌端严,知有道行,遂上前跪下。唐僧忙用手扶起,说道:"员外请起,有甚冤苦事情可以说出。"陈员外起来,对师徒四众施礼已毕,具将去年月下乌云摄去女儿之事一一诉知,说了又哭。行者听了笑道:"陈员外,据你说来,似乎妖精摄去。你莫怪我说,恐你年纪老、家私大、房屋多,你女儿星前月下做了些不明不白之事,有甚逃拐私情,哄你说妖精摄去,及至到外面遭人谋害,以此魂灵叫冤,未可知也。"陈员外道:"我家户严谨,必无此事。那日已是三更时分,丫环喊叫,随即起来,中门封锁未开,又不曾失落一毫财物,定然是妖精摄去无疑。"说罢又哭。行者道:"不消哭,我只怕不是妖精,若是妖精打什么紧,不拘东南西北,天上地下,也要替你查出来。你且请回。"员外哪里肯回家,只是眼泪汪汪,跪在地下,要行者吩咐明白。行者道:"要明白须是问你丫环,那夜月明之下,乌云从何方来?"员外道:"云自东起。"行者道:"晓得了。"说罢,往店门外飞走。员外也飞赶将来,行者道:"老员外,莫要跟来,我替你捉妖怪去,你老人家跟不上我。"店小二说:"员外,你好歹在店中等候。"员外道:"看这长老,什么捉妖怪,那妖怪可是与你捉的?这分明知道我女儿所在,故意推托妖怪,必要跟他个下落。"行者走得快,员外只是跑。走到东关外,见四处没人家,行者把身一纵,飞空起在半天。这陈老见了道:"爷爷呀,原来是个圣僧。"方才回店,说与店家,坐在店中守行者回信。

却说行者跳在半空，把眼一望，只见：

高的是山峰，连来数十重。

长的是溪涂，迂回水向东。

晚烟迷四野，皓月满长空。

不见人形迹，何处觅妖踪。

我师没搭撒，那迷扰静中。

叫我孙行者，哪里弄神通？

行者一面笑着说道："妖精拨嘴，又没个头，向哪里去寻一个女儿还陈老？"踌躇了一会，把手搭个篷儿，往东一望，只见那远隔数重山凹里，一湾涧水，水面上隐隐地起了一朵黑云，渐渐高大，云中若有一物上腾。行者道："想这光景，只恐是个妖怪了。"他便一筋斗到那涧边，隐着身子，看那黑云中却是一个妖怪。乃是何怪？且听下回分解。

总批

妖精不知淫欲事情，却怜爱女子娇媚，乃是真好色。今人恣行淫欲，是真不好色。或问：何以故？答曰：你几曾见人在色上行淫欲的么？

第五十七回

八戒假变陈宝珍　真经光射乌鱼怪

行者看那妖怪像个黑鱼精,怎见得是个黑鱼精?但见他:

> 烟煤脸,青靛头,金钻皮毛亮似油。
>
> 如蚯蚓,似泥鳅,肥胖身材滑溂溜。
>
> 洞里长,浪中游,只为成精谷洞收。
>
> 真好笑,不知羞,这样妖精也吊喉。

行者看便看了他模样,笑他这样个嘴脸也要摄人家美貌女子,但不知可是他。只见这妖怪吐出乌黑烟雾,存身在内,思量要飞腾远去,却又复落下来,收了云气,钻入洞里。行者乃隐着身,变了一个小蛇儿,也游入洞去。只见那妖怪问众小妖说:"宝珍女子可曾吃馍馍?"小妖道:"他不吃荤馍,只要那店小二家素馍。"妖怪道:"如今其实难摄得来,除非明日待那起取经僧人出了关东行去远,方才取得来与他吃。"行者听了,游到洞里,果然见一个女子,生得美丽,怎见得?但见:

> 一貌如花花不如,香腮手托自嗟吁。
>
> 口中称叫唐三藏,救我奴身返室庐。

"师父救她?我想她与我师父有甚相识?我师父静中知她,她在洞中又知我师父。我如今不免变个苍蝇儿,飞近她耳,问个缘故。"乃向女子耳边道:"陈宝珍,你莫惊怕,我便是唐三藏来救你,我乃有道高僧,神通变化。你怎被妖怪摄来?这妖怪何物?你却如何识得我,在此呼名道姓,叫我救你?"女子答道:"你既是唐长老,却在何处说话?"行者道:"我在这里,你看不见,只说明白了,我自能救你回去。"女子道:"我当时在家,因烧夜香,保佑我爷娘,忽然风生云至,被这妖怪背了来。他如今叫小妖供养我,要好东西吃,他便取来,说见我瘦弱,只等养得我强壮,便要与我成夫妻。昨因我要邻家店小二素馍馍吃,他不能取来,说有唐三藏长老在店内,会捉妖怪,因此我一心想着老爷救我,故此口中念诵,不期果然惊动老爷。若肯大发慈悲,救我回去,便是重生父母,再长爷娘。"行者听了道:

"你放心，我去传与你员外，便来救你，只是这妖怪何名？"女子道："我也不知，只听得小妖们称呼他乌金老妖。"行者听了，即回到店中。

陈老尚坐守，见了行者回来，又跪倒，只是磕头。行者道："员外，女子有了下落，只是路远，山洞难过，谷洞崎岖，那妖怪不时出入，怎取得来？除非驱除了这妖方可承得。但不知这妖神通本事，若是有手段的，定要与他较量一番。输赢胜败，总未可期。纵是万分胜他，也要费工夫时日。我如今千思万想，妖怪既会摄你女子，我们也与你摄了来。只是我老孙一个，纵背了你女子出洞，若遇着妖怪，怎生应他？须得八戒师弟陪我去做个帮手。"八戒道："我要养精力，挑经担走路，没气力管人家闲事。那妖怪又不是抢我们的经，阻我们的路，惹它作甚？"三藏道："悟能，出家人方便为本，救人灾难，第一方便，你如推却，便是万里取经，也是枉然。"陈员外见八戒作难，乃磕一个头说："小师父，动劳了你，老汉大大备一餐斋供谢你。"八戒笑道："讲了半日，只这句话儿还听得。"便起身去解担上禅杖与绳索。行者道："要他作甚？"八戒道："有处用着。"随同行者出得店门。

走出关口静处，依前两个腾空，霎时到山洞边。行者与八戒计议道："师弟，如今有三条计，用哪一条好？"八戒说："哪三条计？"行者道："一条是调虎离山，一条是引蛇出洞，一条是偷真抵假。"八戒问道："怎叫做调虎离山？"行者道："我调出妖精在别处打斗，你却进他洞，把女子背还他家。"八戒道："怎叫做引蛇出洞？"行者道："待我进洞，叫那女子出洞来，你却背了去，妖精出洞，待我敌住了他，让你走。"八戒道："如何叫做偷真抵假？"行者道："你变假个陈宝珍在洞外，待我送她一个真的回家。"八戒道："三条计都不妙，纵还了陈员外女子到家，我们离了此处，妖精又摄了去，反害了女子性命，不如老老实实我与你一顿禅杖，打杀了妖怪，救了女子还家，可不是条妙计？"行者道："可知此计妙，只是师父自取了经回，缴了我们兵器，一味慈悲方便，若依了此计，又背了师父与真经。"八戒道："如此乃是偷真抵假罢，我背了真女子去，你变个假的罢。"行者道："你这呆子不老实，莫要又像高老儿庄。我闻妖精供奉这女，尽有好东西受用。"八戒只听了有东西受用，便道："我变罢。"行者道："既你肯变，我进洞与女子说，叫她出洞来，你见了她面貌，照样变就是。"八戒说："你进洞去，我在外等着。"行者乃隐着身进洞，向女子耳边说："我是唐三藏的徒弟，来背你回家。只是洞中妖精们看着，你可走出洞外来，妖精若问，只说闲走散闷。"女子听了,可飞走出洞。行者忙背着他腾云,送到陈员外家。家仆报知,员外一家大喜。且不提他老两口见了女儿,治备斋供谢唐僧师徒。

且说八戒,看见行者背了女子去,他随变了陈宝珍。那妖怪见女子出洞,忙跟将出来道:"宝珍,你出洞何事?"八戒故意扭扭捏捏,道:"奴家在洞中心闷,出洞来散散。"妖怪道:"我终朝摄来的好东好西供你吃,如何只是这等瘦巴巴的?"八戒道:"东西虽好,只是不遂我心,我要吃素馍馍,便是素斋饭也好。"妖怪道:"素馍馍等一日就有。若是素斋饭,不难不难。你进洞去,我取些来你吃。"八戒道:"我在家但是素斋饭便吃得多,须要多取些来。"妖怪说:"知道,知道。"忽的一幌,不知去向。八戒见了笑道:"这妖精乌黑的,是个甚东西作怪?倒也空里来,空里去,不知可禁的老猪的禅杖打?且等我进洞,看他里面光景。"乃藏了禅杖、绳索在洞外隐处,走入洞来。几个小妖,跳钻钻耍子问道:"女娘可吃荤馍馍?"八戒道:"不吃!不吃!等老妖去取素斋饭来吃罢。"正说,只见妖精取得许多素饭蔬菜来。这呆子见了素斋饭,哪里有个女子家风,连汤带水,吃个干净。妖怪心疑,说:"每日这女子只吃些微饮食,如何今日吃这许多?必有缘故,待我试她一试。"道:"宝珍,你可再吃得些了。"八戒道:"吃得,吃得,你取了来。"妖精笑道:"你可的有肚子吃这许多,不像个女子家。"八戒听了一句"不像个女子家",他便心疑妖精识破,乃往洞外飞走说:"狗妖,臭妖!我不像个女子,却像你家奶奶。"妖精听得怒起,赶出洞来捉女子。八戒取了禅杖,把脸一抹,现了原身,道:"哪里精怪,什么妖魔,摄了人家女子来?"妖精见了,忙入洞取了一根枪出洞,问道:"哪里和尚,上门欺人,我便摄了人家女子,与你何干?"把枪直刺八戒,八戒举禅杖相迎,一来一往,两个在洞外涧旁一场好杀。你看那:

　　妖怪长枪明晃晃,如掣电长蛇;八戒禅杖滴溜溜,似钻风破浪。
　　这壁厢涧旁逞威武,只要打妖精;那壁厢洞外奋雄风,专想截和尚。
　　那妖精黑烟阵阵口中喷,那八戒金光灿灿眉间放。一个为摄人女子
　　弄刀兵,一个为扫荡妖魔抢禅杖。

他两个战了三四十合,不分胜败。却说行者送了女子还员外,走到店中,把这情节向三藏说了。三藏道:"徒弟,你两人计策虽妙,只是八戒装假,怎得脱身?就是脱身了来,这女子久后怎保得那妖怪不摄了去?"行

者道:"须是打杀了妖精,方才保得久后。"三藏道:"这却行不得,不是我们取经回还方便法门也。"行者道:"待徒弟去看八戒在那里怎样,好设法脱身。"三藏道:"你去,你去,只是两全无害乃为上计。"行者听了,一筋斗打到洞边。只见八戒与妖战斗,他却拔下一根毫毛,变了一根枪;又想道背了师父之意,如何以枪刺妖怪? 乃去了枪头,又伤损了毫毛。正存了这心,那妖怪便设个金蝉脱壳之计,假变了个乌鱼精形体,他真身却钻入洞水,假形体被八戒一禅杖打得直僵僵在洞外地下。行者见了道:"伤生,伤生,怎么回见师父?"八戒道:"这妖精原来是个乌鱼作怪。"行者道:"我原看他是这精,也罢,便伤了一个乌鱼,救了一家女子,且回复师父,再作道理。"

两个走回店中,恰好陈员外备下素斋,来请三藏师徒,他们却也不辞。到得员外家中,老者夫妻、女子齐齐出来拜谢,摆出素斋,供献他师徒。三藏便开口问:"女子如何知我名姓称呼我求救?"女子道:"也都是那妖精自己说出来的。只因奴身要店小二家素馍馍,他道关内金光瑞气,亲近不得。我问他金光瑞气是何缘故,他听得人说西来有几个取经师父,叫做唐三藏,会捉妖怪。我是以口口声声只叫老师父名姓,不匡果然蒙救。但恐师父们前去,这妖怪复来,如之奈何?"行者道:"放心,放心,我与八戒已打杀他了,原来是一个乌鱼作怪。"三藏听得,便愁眉埋怨行者、八戒伤生害欲,背了取经方便之心。女子道:"师父们不知,这妖怪有腾挪计策,莫要信他,只恐变个假的愚哄了你来。"行者听了笑道:"此事不难,待老孙再去查明的实,必须要保你日后。"陈员外大喜,随叫家仆到店中搬三藏行李经担,到家中供养。三藏辞谢道:"小僧们路过到此,偶逢着令爱这宗怪事,既已周全,只俟小徒查实,与员外做个善后之策,就行前去。"员外道:"小女既说妖怪怕金光瑞气,可知便是圣僧师父在此。老汉意欲屈留老师父们在舍,忙寻媒妁,把小女远嫁他方,或者可绝了这宗怪事,然后多多酬送。"三藏笑道:"老员外,你却不知小僧们来历,如今日夜倍道兼行游,恐耽延岁月,好歹只候大小徒查实便行。"三藏说罢,辞了员外回店。

却说行者听了女子说妖怪有腾挪计策,他随一筋斗打到寂空山涧中来。隐着身,看洞里果然那妖怪气哼哼地坐着,向小妖们讲说西来的和尚厉害,敌他一个尚然不能,怎当得两个? 是我使个金蝉脱壳之计,假变了个形体哄诱他去，只待他们离店出关前去，我依旧把陈宝珍摄来，这会也不管她瘦弱，便成了一对婚姻。小妖道："洞主，你神通本事，那怕他和尚？便去与那和尚们打斗，待小妖与你把陈宝珍摄了来。"妖怪道："你们不知，我哪里怕甚和尚，便是和尚有手段，料敌不过我计策。我若把你众小妖齐执了兵器，与那和尚抵敌，我却把宝珍摄到西边有几处深林藏了，料这和尚不走回头路，女子断然归我。只是和尚不足惧，这金光灿灿、瑞气腾腾，乃是那和尚们取来的经卷，他们半步不离经卷，我丝毫不敢去近他。"小妖道："便是这金光瑞气，洞主如何近不得？"妖怪道："连我也不知。但见：

> 万道金光直射，有如刀剑攻来。腾腾瑞气满空排，尽是神王拥盖。"

行者听了妖怪说话，思量要除了妖怪之根，又怕师父不悦，乃回到店中，把这情节说与三藏。三藏道："徒弟，这却如之奈何？"八戒道："师父，老老实实且把方便收起，待我们去剿灭了妖怪，与陈员外家女子断根。"三藏只是摇头，那员外哭哭啼啼，只叫老师父始终搭救。三藏道："我小僧有一功德留在员外尊府，想能驱怪。"员外问道："圣僧有何功德？"三藏道："妖怪怕我们经文金光瑞气，意欲留下几卷在宅上供养；但这封固柜担不敢擅开，小僧腹中记诵的诸品经咒，员外可抄誊几卷供奉在家堂。令爱若肯诚心诵念，自然妖怪不敢亲近。"员外听了，只待请三藏一面课诵，着人抄誊了几卷真经，供奉在堂上，那陈宝珍也终日焚香礼拜。然后师徒四众收拾柜担，辞别陈员外，坚执要行。员外一家款留不住，那女子千恩万谢，拜了又拜，三藏又再三吩咐，教她莫亵慢了真经。女子依言。后来妖怪果然绝迹不来，员外的女子安静无事。这正是：

> 恁他妖魔千百个，不须妙法两三行。

却说三藏师徒救了陈员外女子，这里中大家小户莫不夸说西还长老神通广大，深信当年平妖之事。这平妖里唤不差，家家到员外堂中誊抄真经，供奉吃斋、念佛不提。且说三藏师徒离了平妖里，往前直走有五六十里，只见远远一个村落现出。三藏道："徒弟们，想到了西梁女国。我记得当年进城，那些闹热不减中华，也有官员驿递。我们朝见倒换关文，却惹了妖怪，费了无限心肠。如今回还，这批文路引不消照验，看有那条路转的前去，也省了许多工夫。"行者道："师父，你看那西关口外是个庙宇，

我们且借寓一时。"三藏依言,把马垛催着走近那庙宇。但见:

颓墙倒壁甚荒凉,哪有山门共庑廊。

但见破篱遮乱厦,仅存屋瓦盖中堂。

师徒走到庙前,那里见个人来。行者们歇下担子,走入破庙。推开破篱门,只见一个女道姑,年已过半百,见了行者,吃了一惊道:"爷爷呀,青天白日,魍魉现形,你何不到那有受享的庵观去显灵? 我一个老道姑存在这破庙,哪讨什么祭祀与你?"八戒、沙僧也进到篱内,老道姑见了越慌道:"又是两个! 吓杀我也!"行者见了,笑道:"老道姑,不必惊疑,我们乃中国取经僧人,回来路过到此,便是我们生像如此不中看,却是有道行的。师父在庙外,你且看他可是魍魉?"道姑把眼向外一张,见了三藏,却才放心。行者乃问她:"这地方何处? 可是西梁国境界?"老道姑尚嘘喘喘地答说。却是何说? 且听下回分解。

总批

八戒前变一秤金,今又变陈宝珍,世间标致女子定不得前身不是猪八戒也。一笑。

女子诵经能驱妖怪,如今越是吃斋诵经女子,偏会装妖作怪,何也?

第五十八回

道姑指路说古怪　师徒设计变尼僧

　　话说老道姑见了唐僧一表非凡,又听了行者开话爽朗,乃放心答应道:"师父们要知我这地方,正是西梁国隔界,也半属着女主。师父们要往东土去,须要到国中倒换关文。"行者道:"我当年进国内朝女主,已倒换过关文,如今回还,不消验了。便是要验,不过差一徒弟进朝看验。只是当时过此,惹了许多怪事,费了我们许多工夫;如今意欲哪处有路通的过去,便转道过去罢。"道姑说:"路便有一条,只是远三五十里,山路崎岖,不甚好行。"八戒道:"不知可有斋饭吃,我们这柜担可碍。"老道姑说:"我当年曾也走过,没碍便是没碍,只恐有两个女古怪,要抢夺你汉子僧人、行囊物件,须要小心!"行者道:"怎么叫做女古怪?"道姑说:"就如强劫一般。"行者道:"这也好计较。"道姑说:

　　　　"好计较,好计较,我今说与僧知道。

　　　　这宗古怪厉害多,盘踞山冈如强暴。

　　　　夺行囊,甚另啰唣①,汉子僧人拿捆吊。

　　　　将刀割肉做香囊,更喜青春与年少。

　　　　活捉了去做夫妻,日久心烦成一笑。"

行者道:"如何成一笑?"道姑说:"她迎新送旧,过后憎嫌起来,都碎割分了,不是成一笑?"八戒道:"大哥,这等看来,还是穿西梁国城,照旧过去罢。"行者道:"我等已取得真经,师父大道已成就了几分,如何又进女主之朝? 不如转这山路,就是遇着女古怪,她既喜青春年少,我师父已老,我等丑陋,料她不喜。"八戒道:"只恐师父听了这事,不肯过此路。"行者道:"瞒着他罢。"乃走出庙来,三藏道:"徒弟,这破庙可住得么?"行者道:"住便住得,只是徒弟打听了个转路,免得又进西梁国女主之朝。"三藏听了,道:"转路罢,你不记得来时要我招赘么?"

　　当下行者们走到西关外,果然十个九个妇女都看着他师徒们。也有

――――――――――――

　　① 啰唣――吵闹。

说道哪里来的和尚，又不像番僧喇嘛；也有说这等丑恶，看着十分吓人。忽然见三藏在后，乃道："若似这个长老，只恐到了国城，不放过去了。"三藏听得道："悟空，你听，人言至此，且问转路的所在哪里，莫要前走了。"行者道："师父，你只跟着徒弟，包管你好行。"三藏依言，师徒们出东关转路，渐渐来到山冈树密之处。三藏道："路虽险隘，还喜经担不碍前行。"正走了三四十里，只见前面一座高山，师徒抬头观看那座山：

> 崔巍接云汉，广阔压东南。
>
> 雁雀难飞越，行人都道难。
>
> 树密风声吼，林深石径弯。
>
> 豺狼时出没，莫做等闲看。

三藏走近山崖道："徒弟们，小心前行，你看这等远阔山冈，其中纵不藏着歹人，也须有虎豹豺狼。"行者道："师父，但把道心放平稳了，莫要愁行路崎岖。"三藏笑道："徒弟，我自从出中华到今日，此心无时刻不放平稳；倒只恐你机变时，生这崎岖多见。"正说间，只见树林里一声锣响，走出许多妇女打扮的，就如娘子军、妈妈队，齐喝道："行路和尚，莫要前走，赶早存住，待我女主升帐，出林盘验，看是何物何货，然后放行！"行者道："师父，我们不可轻与争竞，老道姑曾说叫做女古怪盘踞在此山，拿人捆吊，若是青春年少的，就要成夫妇，我们年也不少，料他也不要和尚成亲。"八戒道："只恐要割肉做香袋。"三藏听了，慌怕起来，行者道："师父莫慌，可容老孙设个机变么？"三藏道："徒弟，也说不得，凭你计较罢。"行者道："锣声响，女古怪摆出林来，叫我且住，待女主出林发落，我们只得且住，待我去看看那女主是何模样，再作计较。"

　　话分两头。却说比丘僧与灵虚子，一个把菩提子变瓜锤，一个把木鱼儿惊灭了妖氛，他顺着山岭，也过了八林，到了西梁国境界。比丘僧向灵虚道："唐僧师徒，道心深重，过此国虽说不乱，但恐这国内女僧尼姑甚多。女主若偏听了这僧尼，把真经留下不发，她比不得妖魔好以法剿，事怎奈何？"灵虚子道："师兄，我们既受保护之任，说不得到处为唐僧们防备，且登山岭看他师徒到何处了。"说罢，乃乘空一望，只见他师徒转路前行，乃向比丘僧道："师兄，唐僧不走西梁，岔路过去了，万一小路妖魔盘踞，歹人出没，如何处治？"比丘僧说："我与师兄只得前去帮助。"他两个也转山前来，远远见唐僧师徒歇着担子，左张右看，不行上前；又见那树林深处许多恶刹妇女，各执着枪刀剑戟。灵虚子道："师兄，你看唐僧驻足不前,那林深里众女兵拦阻,我想此系西梁女国,没有男子,必是这般恶刹作横,待我去探个消息来。"乃摇身一变,变了个雀儿,飞到林中,只听得那女众们说:"造化,造化,西来了几个和尚,挑着许多担子,想是贩货物的客僧。我们只等女主升帐禀报,查盘货物,夺了他的,那和尚若是青春年少,只恐女主留他匹配,若是丑陋,大家割他肉做香囊。"灵虚子听了,一翅飞报与比丘僧,两个计较道:"我等须变一个青年僧人,一个俊俏汉子,待她拿入帐内,相机设法,救唐僧们前去。"按下不提。

且说行者歇下经担,叫三藏们住着,他变了个鹞鹰,飞入深林,探听众妇女说的,与灵虚子听的一般,乃想道:"这宗事倒有些费力,师父虽不青春年少,却容貌齐整,她拿了去定然相留;我与八戒、沙僧,像貌凶恶,他断然要割做香袋。这都不怕她,只是我们的经担怎能保全挑去?且与八戒们计较停当,莫待这女古怪升帐,准备不及。"行者想罢,回到三藏面前,把这话说出,三藏道:"徒弟们,这如何作处?悟空,你机变哪里去了?"行者道:"徒弟机变在这里,如今只得都变做女僧,挑着经担诱哄她过山去罢。"三藏道:"徒弟,你便有神通变化,我却不能,怎得成个女体?"行者道:"师父,你只存想着一身就如比丘尼优婆塞一般,待徒弟与你改换。"三藏道:"这存想不入了邪境么?男女如何得改换?"行者道:"男女虽异,心实一般。"三藏只得依言,师徒大着胆子,上前直走。只见众妇女齐走出林,先把个行者拿住,行者道:"休拿,休拿,我们是挑经担的尼僧。"众妇哪里听,把三藏们一齐都捆入林中。那女古怪升帐,便问担内何货物?行者道:"尼姑等是灵山取来经卷。"女古怪道:"既是女僧,且念她一体,解了捆索,放她去罢,只是这柜担须要打开看验,如果是经,再作计较。"

却说比丘僧两个,见众妇女把唐僧师徒连经担都捆拿入帐道:"事急了。"忙走到林间,众妇女见了,飞报女主,说林外两个青年汉子僧人。女主传令,说既是青年俊俏汉子,好生请他进来,莫要惊吓了他。妇女依言,请入两个进帐。比丘、灵虚进得帐内,那女古怪见了这两个僧人汉子生的:

> 眉清目秀,齿白唇红,面如傅粉莹莹白,声似铜钟朗朗洪。一个宛然沙弥和尚,一个不异龙阳狡童。真个的美丽青年称绝少,哪知是神通变化这仪容。

女古怪一见了两个青春年少,美貌非常,乃下阶迎接,到帐内取座坐了,便问来历。只见灵虚子答道："小子是外国人氏，因这个哥子出了家，披剃为僧之时，许了上灵山求取经文，这柜担中俱是，路过宝方，往国中难走，只得转远小路，不匡遇见魔君，只求生放。"女古怪听了，笑盈盈道："你两人只道躲离国内，怕拿了汉子，割肉作香囊，却不知我们在此，专为偷转小路的。你二人断然是不放去了，自有好匹配到你。只是这柜担果然是经文，我们没处用着。且问你这挑担尼僧是哪里来的？"灵虚子道："我雇觅挑担之人，都说道远地方难过，这都是前途庵庙出家女僧，发心舍力，替我哥子挑押前去。"女古怪道："既是如此，只留下二位在帐内成亲，把这经担都舍与这尼僧去罢。"三藏们听了这女古怪之言，当阶谢了。那众妇女不敢违拗，反撮补三藏们挑押前去。

　　三藏师徒欣欣喜悦，向前坦然走了三五十里歇下，感激这僧人汉子高义。行者只是笑，三藏道："徒弟，你这笑中又动了机心了。"行者道："师父说话也不差，我们虽亏了僧人汉子舍身计，哄了女古怪们，救了我等，脱了虎狼之口，只是老孙却也要救他离了淫乱之门。"三藏道："徒弟，你立心固好，只是你去救他，我们在哪处等你？必须也要离了这西梁地界，直要到那有善男子的地方。"行者道："师父之言有理。"乃复挑起担子，又走了三五十里，行者依旧歇下道："师父，徒弟必要去救那僧人汉子，若再迟延，倒是我等害了他。"正说间，只见一个老婆子走将来，三藏忙上前问道："婆婆，这往前去何处地方？"婆子道："师父，我这地方叫做百子河，隔西梁界远了。河这边，妇女多无男子，还是女国流来气脉；河那边便有男子，却也不敢渡河。"行者道："如何不敢渡河？"婆子说："一则我这边见了汉子便要害他，一则河内有个妖魔，专一禁革女妇不许过东，汉子不许过西。"行者道："我们却要东越，如之奈何？"婆子道："我看你们都像女僧，怎么过得去？"行者把脸一抹，道："婆子，你看我们可是女僧？"婆子见了道："原来毛头毛脸都生的是丑恶和尚，和尚便是男子身，我去传与远村近里，齐来捉男身和尚也。"飞往旁路去了。三藏道："悟空，只是你多嘴饶舌，方喜过了女国，躲了女古怪之难，却又遇着这婆子，你便照着女僧模样走罢，却又变转原相来，叫我那存想之心一动移了，便装女僧不来。如今尚未出界，不曾过河，这婆子去传了妇女来，怎生奈何？"行者道："师父放心，料婆子走到村里，传了妇女来时，也要半日，我如今且回去救了僧人汉子来，再与婆子讲话。师父与八戒们在此等候我。"行者说罢，一筋斗直打到女古怪林前。

却说比丘僧与灵虚子被女古怪留入帐内,叫众妇女备办筵席成亲。这女古怪不是一个,他却有五六个,那为首的便扯着僧人,其下你扯汉子,我也扯汉子,彼此相争起来。灵虚子想道:"我如今意要变出凶恶像来,只恐唐僧们去路未远,万一这贼们追赶上,又生出不美情节;若是不弄个一通,她们你争我夺,情又可恶。"灵虚子思思想想,暗与比丘僧计较脱身之策。却说行者到了林中,隐着身形,走入帐前,见僧人汉子被妇女们扯拽争夺,乃想道:"小男汉子且由他,只是僧人如何与她们吵弄?"乃出林变了一个老尼,直走入帐,向女古怪们说道:"老尼一个徒弟,被魔君们错当做僧人留在内,叫我各处找寻。"女古怪们听说,齐把眼看那僧人,比丘僧却就会意,随变个女僧模样,这些妇女齐把眼看,见这小和尚容貌比前越娇。大家呵呵笑将起来说道:"果然是个尼僧,我等惶恐惶恐,老尼,你领了他去罢。"行者随把比丘僧领出到林,问道:"师兄,你在何处出家?有这高义? 救了我们经担过此,我只得复来救你。但不知你那位善男子是你何人? 如今作何计较?"比丘僧道:"小僧也只为师兄们远来,恐被贼妇女害,故激起义气,与我俗家的一个兄弟舍身救你。既已救了你们,但只问你走到何处? 可曾离了这女国境界?"行者便把百子河事说出,比丘僧道:"师兄,你且去保守经文,计较过河,那婆子去传村里,万一妇女齐来,又反为不美。你休管我,我自有计救我兄弟出来。"却是何计去救?且听下回分解。

总批

　　女古怪原不见得古怪,还是灵虚比丘与行者自作怪耳。

　　行者师徒妆女僧,尽可过得此处,似不必比丘一番转折,只为要显佛家妙用耳。然不如此亦度女古怪不成。

中国古典文学名著丛书

续西游记

下

［明］ 静啸斋主人等　著

华夏出版社
HUAXIA PUBLISHING HOUSE

第五十九回

行者智过百子河　水贼代送西来路

不贪淫欲恋尘华，净此身心是出家。

莫道婴儿婚姹女，丹家道合莫疑差。

话说比丘僧见孙行者来救了他出帐，他忙将数珠一粒解下来，变了个苍蝇飞入帐内，向灵虚子耳内道："唐僧师徒已临百子河，将渡，料这女妇不能追赶。"报了这信，灵虚乃向众女妇道："方才女僧是我妹子，众魔君既放了他去，伏望一视同仁，也放了我去。"只见为首的女古怪道："如今只这一个小汉子，须是我要他成婚。"众妇女道："千载奇逢，难叫你独占，不如大家割他一块肉，做个香囊佩带。"便执刀在手，就要动手。灵虚子已知唐僧去远，把脸一抹，将身一抖，变了一个八十老尼，衣带上解下木鱼儿，敲着笑道："列位魔君，真是千载奇逢，化你盖造一座庵堂，与我母女修行。"众女妇见了惊怕起来，道："分明僧人汉子，怎都变成尼姑？这必是菩萨化现，我们在此山林啸聚伤害人多。"乃俱依着说："我们情愿捐金，与老尼盖造庵堂。"灵虚子道："盖庵堂是一宗末事，还要你等解散了，各归国内，莫要聚此行恶。"众女古怪依从，只问老尼在何处起盖庵堂，老尼便指出西关外破庙便是。这妇女们也有知道的，说是了是了。老尼说罢，大踏步出林。众妇女哪里敢留他，真是成了一笑。后来众女古怪把西关破庙复新，那女道姑先不知这善缘从何自来，后知是西还取经僧人神通变化，过这女主国显的手段。这正是：

莫疑变化为虚幻，总是心猿万种机。

却说孙行者腾那救出比丘僧来，一个筋斗打到三藏面前，日尚未挪寸影。三藏见了道："悟空，你救了那僧人汉子么？"行者道："师父，那僧人汉子也不消我救，总来也是会使机变心的。"三藏道："徒弟，他们如何也使这不正心肠？"行者道："师父，机变若邪，便是不正；若是不邪，便是至正。如今百子河在前，那婆子去传与村里，恐又惹出事来，早过去罢。"师徒到河边，只见那河：

阔岸平分,长流直达,深浅不知。但见风生波滚,源头何自?只看水势东奔,弯弯曲曲快鱼游,涌涌汹汹潮汐发。四顾不见渔舟,只有那鹭鸥浪里翻翻;一望何处渡头,尽都是水泥崖前绕杂。这正是流渐阻隔人何渡,地限东西客怎行。

三藏见了河水流渐,道:"徒弟,哪里寻只渡船渡过去?"行者道:"四顾东西两岸,不见一只渡来,少不得在此岸边等候,看有什么渔舟钓艇,来往客舟,借它渡过去。"八戒道:"当年来时,老老实实朝谒女主,倒换关文,她便有官员驿递相接,虽说是妇女差役,却也成了个体面过河;如今前怕狼,后怕虎,躲躲拽拽前来,倒像个私渡关津的了。"行者道:"呆子,你哪里知道,当年来时,女主要招赘师父,费了多少精神力气,保得师父前去。那时师父还是个空身,如今有这许多经文,万一他留下一宗,怎么了当?故此宁可暗渡陈仓,不可街亭直走。"八戒笑道:"猴精,只说不惹是非便罢,说甚陈仓街亭?我老猪学问浅,哪里知道。"行者道:"这正是汉武侯机变心肠。"三藏道:"徒弟,闲话休提,快寻只船儿过河,莫要惹那婆子传了村里众妇女来,又要费力。"师徒正说,只见远远那河流上头,一只客舟撑来。沙僧先看见道:"师父,那里是只客舟来了。"这只客舟乃是比丘僧与灵虚子前来,见唐僧阻着河流,远寻了一只虚舟撑驾而来。他两个变做舟人,把舟直撑到岸口道:"师父们是何处去的?"三藏道:"从西来,往东去的。"舟人道:"师父们好大胆,甚造化,过了这个没男子汉的境界。快快上船!你看那后边几个婆子领着无数妇女来也。"三藏回头,果见后面许多妇女赶将来,忙忙上了客舟,行者赶上马到舱里,齐挑经担上船。那船如顺风直刮前行,婆子领着众妇喊叫:"河中的魔王,今有我们拿到的私渡官津贩货物的和尚,他逃走到此过河,动劳你替我拿住他,好歹分一两个与我们。"

却说这百子河中,哪里有甚妖魔,乃是近河村乡有一孙老员外,这员外生有九子,俱不务本等,做山贼的,为水贼的,截径剪路的。且说这为水贼的,哪里是鬼怪妖魔,他却是会泅水,在水里凿人舟,翻沉客船,行劫往来之人。女妇过河被他劫掠多少,说河有妖魔,不许妇女过东;男子过河,被他劫掠,便说是魔王不许男子过西。几个水贼正看见远远两个舟子,驾着一只客船,上载着柜担马垛与僧人,忙钻入水底,等候凿舟沉水,他因而抢货劫财。又听得许多妇女赶叫,个个以为贩货物的客僧。待三藏们船到中流,他把船底轻凿抽掉一板,那水直滚漏入船内。行者乃向舟人说:"不好,不好,你这舟子如何以破船载我们。"八戒道:"想必是妖魔假装客载。"舟子道:"师父们,不劳疑我,且傍了河岸,把经担保全。"舟子急撑舟傍岸,那水贼把船撑翻。这贼只当平常僧人贩货的和尚,哪识得积年弄神通的猴王?他使出神力,连舟共载,都送到东岸帮浅。这水贼跳上岸来,手执着板斧道:"舱中和尚也是你造化,船破未沉,帮着浅岸。快把担柜的货物,囊中的金宝献上来,饶你性命!"行者笑道:"你这几个毛贼,若是当年来的,金箍棒现成,都叫你烂酱,只是如今师父不肯,我等回心。与你金宝又无,不与你货物,你又不得遂意,只是现在的柜担,你们若挑得动,让你挑了去罢。但我僧人远来,肚中饥饿,若是你家顺路,化我一斋,货物既送了你,我出家人不打诳语,挑去挑去,省得失水落在河中。"这几个贼信真,齐齐来挑经担,倒也挑得起。行者道:"且住,有斋饭化了我们吃,方才送你柜担。"众贼说:"你这呆和尚,饶了你残生,免污了我板斧就够了,还想要吃斋?"行者道:"斋是你不肯,只为难为这两个舟子,远送到此,你有余钱,与他几贯罢。"水贼道:"饶了他性命,还了他船回去也够了,还想要钱?"大喝舟子:"快走!快走!"舟子看着三藏道:"师父,好生前行,我二人驾破舟去也。"三藏两眼只看着行者、八戒道:"徒弟,千山万水取来经文,如何送与水贼?"沙僧悄悄向三藏说:"师父,孙师兄自有本事,你且看他笑欣欣慨然把担子送贼挑去。"

却说众贼挑担的挑担,赶马的赶马,他道:"好了,你这几个和尚去了罢,如不快去,板斧不饶!"行者道:"一言既出,说送,难道又跟着?小和尚往前去了。"这贼众喜喜欢欢挑着担子却往南走,行者向南吹了一口气,顷刻白茫茫水阻在南,贼众只得向东路走,又转过北来;行者又吹气去,只见高山苍苍在北,哪里有个通道?只得从东大路前行;欲要歇肩,行者拔下无数毫毛,变了许多樵夫猎户在后,那贼恐生事端,只得奋力挑担前走。约走了五十余里,只见一个老者,布袍竹杖,从一所庄门出来,见了这几个贼,骂道:"本分事儿不做,又伤理胡为!且问你,挑来这柜担是何物?"众贼说:"老员外,休管我,我弟兄做惯了这宗买卖,实不瞒你,是几个长老贩来的货物,过百子河被我们劫来。"老员外笑道:"和尚家那里贩甚货物,方才有一个僧人、一个道者在此化缘,我留他吃一便斋。讲起我几个儿子,我说起你们,他道:你们做了一向水贼,堕了无边罪孽,今日有缘,遇着西还取经圣僧,与他出一臂之力,送了五十余里程途。这柜担内都是真经,料你们误当货物。"众贼听了方才掀起担包,看那封皮,知是经文,大笑起来。一个水贼乃动无明,执起板斧,便要劈柜,忽然行者当前一口气吹去,那贼两手举斧,如石柱一般。只见柜子金光现出,那马化了玉龙,抵住他斧。众贼见了三藏们走到面前,老员外见了便请入中堂,叫家童仆把经担抬入,焚香礼拜。向三藏问其来历,三藏道:"贫僧们师徒四人,奉大唐君王旨意,上灵山求取经文,回还路过宝方。"乃把一路这些辛苦说与孙员外,员外欠身施礼道:"原来是中国圣僧老爷,老拙姓孙,名行德,年近八十。生有九子。叫他务本生理,他却不听,乃做此违法事情,冒犯圣僧,罪过罪过!"行者听了,笑道:"老员外,你姓名与我一家,小和尚叫做孙行者,想是排行弟兄。"员外笑道:"小师父,你今年面貌看来不过三十来岁,怎说排行弟兄? 若是一家,只恐老拙还古长一倍。"行者笑道:"老员外,若看像貌,我小和尚连三十也未满;若说生来年纪,在花果山、水帘洞已庆过五百余岁了。"孙员外听了合掌道:"爷爷呀,出家人莫要打诳语,我老拙也不知道什么花果山、水帘洞,你既庆过五百岁,到如今又不知多少岁了。"行者道:"小和尚出娘胎胞也不打诳语,我且说你听:

> 东胜神洲海外国,花果一山通祖脉。
> 中有一石育神胎,日精月华成感格。
> 因风化出我当身,五官六腑皆全得。
> 目运金光射斗牛,惊动天曹说我贼。
> 老君炉火炼成形,历尽春秋千万百。
> 只因要入牟尼门,万劫不坏真金色。
> 菩萨度我拜真师,随取真经建功德。
> 说起传流混道孙,行者名儿师起得。
> 若还问我几多年,哪记经熬日与月。
> 几见儿童作老翁,几见沧海成田陌。"

孙员外听了两眼只看着三藏,三藏道:"老员外,我徒弟说得有几分不差。"员外只得准备斋饭待三藏。按下不提。

且说比丘僧与灵虚子,变了舟人渡过唐僧师徒,见孙行者设出机变,把经担倒使众水贼挑送一程,他两个知路必经孙员外家门来,一面夸行者机变之妙,一面又嗟叹机变失了真诚,背了经义,却也说不得,步步保护要紧。他两个先到员外家化斋,说过百子河有西还取经僧众,挑有经担,被你众子夺来,他道是货物,要行劫掠,殊不知作了罪孽,却又成了功德。两个一面说知员外,一面吃了员外些素斋前行。行到一处地方,只见山高岭峻行人少,树密林深虎豹多。比丘僧席地而坐,向灵虚子道:"师兄,这等一处险隘地方,空身行人尚难,唐僧师徒经担如何得过? 但不知远近何如? 我们与他探个路径,若是走不得,看哪里有转弯去得,便是远几十里,也只得转去。"灵虚子道:"师兄,你坐地,待我去探来。"他把身一纵,起在半空,看那山,高低凸凹犹还可,只是密菁藤萝碍路程;再把眼四下里一望,三面山阻,只有一面无崖无际的大河。灵虚子看了下地,说与比丘僧:"唐僧师徒来此,除非又要转那大河,料这河不比百子河,隔界分男女,没有客舟往来此河。我与师兄先到河口寻下舟船,以待唐僧到来。"比丘僧依言,他两个直走到河口,只见那河水茫茫,无风也有千层浪,哪里有只船儿。两个守了半晌,无船,只得沿着河岸去寻,恰好走到一处港中,见四五个木筏,在那里摆列着三牲烧纸。见了两个僧道前来,便跳上三五个汉子来,把比丘、灵虚拿上木筏,也不分说,就将绳索捆起来要投下水。比丘僧与灵虚子聊施小法,那绳索根根两段,换了又断,众汉方才道:"古怪,古怪! 且问你这僧道,独自两人,身无行李,到此大河,要往何处去?"比丘僧答道:"出家人哪里有个一定方向,随所行住,今自西来,遇见此河,料是有舟济渡,列位具此木筏,必然东西往来,但不知见了我二人,不问个来历,便拿上筏来,绳缠索捆,有何话说?"一个为首的汉子道:"你这和尚,尚兀自不知,我弟兄数人是河上豪杰,专一劫掠往来客商,方在此祭祀烧纸,讨个利市采头,却撞着你这和尚与道人,身无片囊,又是个空门,怎不拿你做个五牲祭祀? 只说你两个有甚神通,把我绳索根根断了?"比丘僧答道:"列位原来是河上豪杰,摆列三牲在此祭祀,讨个采头,真个是遇着利市。你说我僧家乃空门,倒不是空门,乃是送财宝的和尚。"汉子道:"财宝在哪里?"比丘僧说:"我自西来,过百子河,前路见一起贩宝货客僧,柜担甚多,料他高山峻岭,必然难过,定是来渡此河。豪杰若是放了我,留我做个引头,那客僧见我在你筏子上,定然来渡,你那时就中取事。可是我们两个来送采头的?"汉子们听信,乃放了二人,只等贩宝货客僧到来。

　　却说唐僧师徒在孙员外家吃了斋,打点前行,那员外一手扯着行者道:"师父,你既称是我宗兄,生逢异地,我年已老,不知你教诲甚事,只说你这几个侄儿,朝出暮归,不做些本分,今日替你师徒挑了五十余里路程,你可有感化他回心向善的功果?若是劝化的他们做本分生理,也是师父们功德。"八戒笑道:"员外,此事何难?只恨我师兄师弟缴了一件宝贝儿在灵山库藏,若是在手边,都替你一顿结果了,包管你个个本分生理。"行者道:"呆子莫乱说。员外,果是要你儿子学好安分守己,可烦我三藏师父,他最能感化人回心向善。"孙员外听了,随向三藏礼拜请求。三藏道:"员外,你可叫出你令郎来,待小僧劝化他一番。"却是何等劝化,且听下回分解。

总批

孙员外既认行者做一家,其子皆一群猢狲矣,安得能不乱做?

比丘僧要渡唐僧,先打诳语,后来惹动老鼋①,撞碎舟航,失了菩提,皆口孽报也,枉自耽搁了行者许多工夫。

---

① 鼋(yuán)——一种爬行动物,外形像龟,生活在水中,短尾,背甲暗绿肥色,近圆形,长许多小疙瘩。

第 六 十 回

山贼回心消孽障　比丘动念失菩提

诗曰：

莫道弥陀没有灵，万千感应在真经。

消灾降福如声响，缚魅驱邪似日星。

恶孽片言归正道，亡灵半偈出幽冥。

若人悟得禅中理，三教原来共一铭。

当下孙员外叫他的儿子，只有挑经担的来，着三个在家，正在那里讲说："跷蹊古怪，怎么明明白白凿沉了舟，就如神力把船送上河岸。我们昏昏沉沉，只当宝货，南走水阻，北走山拦，挑往东行来，便无阻碍。可见是圣僧，自有神人护佑。像我们这不守本分违父，只谓的报应不知何日？"一个说："从今以后，我去耕田种地罢。"一个说："你去耕种做农工，我去为客作买卖。"一个说："我无资本做买卖，寻一个手艺做罢。"三人正说，只听得员外声唤出到堂前，他也不待三藏开口，纳头便拜，把他三个本分要做的事直说出来。三藏合掌道："善哉，善哉，小僧没有半句可说，只是保你享福延生。"员外听闻也大喜，父子们拜谢唐僧。他师徒出了员外之门，挑起经担，三藏押着马垛才走，那孙员外一手又扯住唐僧，叹了一口气，口里"呜哑呜哑"说不出。行者道："员外，你又有甚说？"那员外叹了一口气道："可惜那六个顽子不在此见师父们佛面，沾经卷的功德，倘前途幸逢，望圣僧开度他做个好人。"三藏拱手领诺，师徒走了几步道："员外记你出这点真心，那为子的也该仰体老父，做些好事。"行者道："师父，总是孙员外为父的不是，生了这几多儿子，从小时就该教他士农工商各执一业，他自然各安本分，谁教他少小不教训，长大习纵了性，为非做歹。方才这三个，也是师父道力真经感应，把他们回心转意。果然员外说的有理，还有六个不在此眼见功德。"师徒正讲说，只见寒风凛凛，云气腾腾，前途又是一派山路。八戒道："西北风急，只恐天将落雪，走路只走路，管他什么眼见功德！"八戒一面方说，果然雪花飘落。但见：

初起漫漫飞柳絮，渐来密密散鹅毛。

高山峻岭银铺顶,古木残枝玉林梢。

梨花落,蝶翅飘,道路迷漫溪岸高。

莫道丰年人不喜,山人闭户煮香醪①。

三藏道:"徒弟们,这等大雪,前途乃是山路,相近又没个人家,我们冒雪行程,怎生是好?"行者道:"师父,且自宽怀,徒弟要这雪顷刻晴霁何难?但只是这两日风吹日晒,浑身干巴巴的,正要落些雪儿润润。"说犹未了,只见山树林内跳出一只虎来,三藏见了道:"悟空,老虎来了,怎么处?我们且住着担子,放他过去便罢。"八戒、沙僧忙歇下,掣出禅杖来。三藏道:"徒弟,舍身喂虎,是我出家人功行,切莫要伤它。"八戒道:"师父,据你这般说,这猴子身上虎皮裙从何处来?"行者笑道:"这馕糠夯货倒会踢人疼腿,你岂知那是当年随师父初出来那片花果山为王的心性,如今随师父年深日久,取了这真经担子在身上,就要仰体真经义理,安可造次伤害生灵?只是我老孙不用禅杖,自有伏虎手段。你且住脚,待我降它。"行者说罢,走近林来,上前才要去揪那虎项,哪里是虎,只见一人站起身来道:"和尚,慢来,你担柜中老老实实是何货物?快献上来我大王们受用!"说罢,往林中飞走去了。行者笑道:"原来是剪径小贼,假以虎皮吓人,他飞走入林,定是有个头领在里。"乃走出林,向三藏道:"师父,虎乃贼人假扮,他入林去,定是报信的,料这贼必是孙行德员外之子。我们如结果了他,一则老者份上,一则师父以方便存心。如今等他来,可以劝化则劝化,如不可劝化,待徒弟使个机变服他。"三藏道:"徒弟,凭你怎使机变,只是莫要伤害了他。"八戒道:"师父,你便慈心,叫莫伤害他,他却假扮老虎剪径伤人哩。"三藏道:"孙员外份上,看机会可劝化叫他做本分,不在此剪径,可不是两全功德?"行者道:"师父,你说得两全功德甚有理,依徒弟,这起人若出林来捉我们,师父先把个道理与他讲;他如不依,八戒、沙僧,你便说出员外分上饶了我罢;他又不依,你两个与他捉过林去,我老孙自有计较。"八戒道:"事便不难,只恐这贼不听员外教训。"

正说间,只见林中三个头领,带着无数小贼,丫钯扫帚,吆吆喝喝,出到林间。雪又狂大,只叫和尚留下货物。三藏乃上前合掌道:"列位豪杰,贫僧是上灵山求取真经回还,这柜担内俱是经卷,哪里是货物,豪杰们用它不

①　香醪(láo)——指美酒。

着,放过僧家过去,到了东土课诵,与你增福延寿。"只见一个头领笑道:"便是经文,我这里镇市上庵观僧尼谁人用不着?"三藏道:"说也不当,仁子,经文可是卖钱的? 可是抢夺了去念的? 你三位豪杰,莫怪贫僧说,人身难得,盛世难遇,正道难闻。我贫僧把个正道说与你听,急早本分,做个士农工商事业,上孝父母,下和弟兄,以乐盛时。这人身一劫不复,万劫难再,如何在这深林做逆理违法之事,玷辱祖宗父母之身?"一个头领笑道:"这和尚只要利己,不顾别人。你便劝我们本分,做士农工商,且问你不耕不艺,穿衣吃饭,做何事业? 你今说我,我且说你:留了须发,做些本等。快把担子献上来,待我打开,看是什么经卷。"三藏无言回答。八戒乃说道:"豪杰,我僧家知你是不信三宝堕地狱的,只是你员外是我这个师兄的同宗一派,方才在你家多承员外留斋,便是你三个弟兄,也承他替我们挑经担子送了五十里程途,你可看他分上,让了我们过山去罢。"一个头领笑道:"这和尚越发乱说,我家员外布施你斋犹足信,只是我那三个弟兄更比我们狠恶,他岂肯饶你过来? 闲话休提,叫小的们把那和尚们拿过来!"只见小贼上前捉唐僧,被行者掣下禅杖,保着师父,把个八戒、沙僧被他小贼拿过去。八戒、沙僧也要抢禅杖,行者忙使个眼色与他,八戒、沙僧只得顺着贼手拿将过去。行者连忙拔下几根毫毛,变了一个孙员外、三个贼兄弟,挑着经担,那老员外气喘喘叫挑不动,行者执着禅杖恶狠狠地说:"老头子,你养的这好儿子,拿了我挑担的徒弟去,我安得不拿你们做替头?"那毫毛变的假员外父子,故意泣哀哀道:"做了好事业,惹了取经圣僧,叫我们挑担。"只见三个头领见了大怒起来,抢着兵器,上前与行者厮杀,要抢员外。行者把身一抖,变了个三头六臂,金甲神人,手里执着宝剑道:"你这伙贼人,如何不知敬重真经,尊礼长老,还要执兵加害? 你哪知我神司且加害你家老幼三个?"贼人见了,慌惧起来,只得弃了兵器,跪在地下求饶,一面叫放八戒、沙僧过来,只求圣僧放了他员外、兄弟。行者道:"你三个要放老头子,你须替他挑担送过山岭,雪不晴,休想放你!"三贼只得满口应承,叫小的们扛抬担子。行者依旧复了原身,故意把假员外叫他回去,却使出大力法,把担子压得那些小贼个个都丢了飞走。行者只是不放三个头领。他三个见小的都去,只得自行挑送。未过三二十里,雪已晴了,只见高山峻岭当前,三贼道:"圣僧老爷,委实前途山路树林狭隘,这担柜难行,望乞饶了我们回家做本分生理,决不为非了。"行者笑道:"你为何前为不善,今却悔心哩?"三贼答道:"方才贻累老子、弟兄,几乎送了他残生,想起不如习本分。这雪天在家,向火围炉,父子吃一杯薄酒,怎教堕落在这不义违法之中?"行者听了道:"你们若是实心,放你去罢。"三贼道:"爷爷呀,怎敢虚谬!"行者说:"去便放你去,这前路既难行,我们当从何道前去?"三贼说:"转弯抹角,过去便是通天河。此河不比百子,滚浪滔天,幸有木筏可渡,只是要小心在意,倘遇着不良之徒,老爷只说我孙员外之子,弟兄们都是你一族同宗。"行者笑道:"老孙说出来历,可是认你做一家的。"当下行者放了他。三个得命回家,惊异这事,备说与员外,弟兄六个改行修善。

且说他九个,尚有三个便是在木筏上的豪杰。他这三个结交了一个巫人,这巫人却有本事,能呼风唤雨,撒豆成兵,变化多般,劫掠了客商货财,他要上分。这日正烧利市,被比丘僧与灵虚弄法断了捆绳,信了两个说出西来客僧货物,他便放了二人。比丘乃与灵虚子说:"唐僧们来此,正无船渡,好借此木筏渡去。"灵虚子道:"事难顺,只是贼舟可是我们出家人搭的?"比丘僧笑道:"师兄,你正不知,这其中有一种功德,只是我与你既留下了贼筏,须是引领了唐僧们来搭,他若见我们本相,再附搭同行,又犯了送经之意,如何作计?"灵虚子道:"不难,待我敲动木鱼,那唐僧自然闻声而至。师兄,借你菩提变为舟航,我与你先渡过河,在前岸相等。"比丘僧依言,把菩提数珠往河内一投,顷刻变了一只船儿,他两个一面取了几个木鱼,一面登舟先渡。这木筏上三贼见了,惊异起来道:"两个僧道,原来是个神人。怪道方才根根捆索皆断,这时又以数珠化舟飞渡。看起来,说客僧货物,都是诱哄我们。可恨才烧利市,被他虚谎这一番。"只见巫人说:"弟兄们,此事何难?你们留此候着那客僧货物到,待我驾一筏前去,捉这两个僧道。"巫人说罢,撑了一个木筏,也作起法来,呼动顺风,直赶僧道。

比丘僧与灵虚子正在河流,他两个一个夸奖行者机变功能,一个议论这机变正乃魔生之种。说犹未毕,回头只看见木筏上一个人来,口中大叫:"那僧道是何障眼法,愚哄我的弟兄?快早过筏来受捆,看你在我面前有何能断了捆索。"比丘僧两个看那人:

> 身着青袍腰系绦,道巾一幅带风飘。
> 手中仗着青锋剑,口内呶呶听絮叨。

灵虚子见他来的凶恶,把手一指,那筏就停住,只在水面上旋转。巫人笑道:"好本事,好本事。"把剑也一指比丘僧的船,只见板缝绽裂。灵虚子道："贼人倒也有些手段。"把木鱼儿抛下水中,顷刻化成金色大鲤,把梆锤变成宝杖,他一跃骑在鲤身,直奔过来,举杖便打。这巫人也不慌不忙,叫一声"老鼋现身",只见水面上浮起一个大鼋,巫人跨着大鼋,舞起青锋宝剑,他两个在水上一场好斗。怎见得:

　　杀气从河起,威风各逞强。

　　剑挥龙吐焰,杖舞电生光。

　　金鲤翻洪浪,神鼋奋巨洋。

　　只教河水浑,谁肯服输降?

两个大战多时,灵虚子见这贼人本事高强,乃把金鲤化了一条金龙,自己变了一个金甲神将,把宝杖变为大刀,那威风真也雄壮。这巫人不能变,将身原跳在木筏上,叫一声:"老鼋,借你的神通与我报仇抵敌罢,我要回河口伺候那贩货物客僧去。"说罢,返上了木筏,飞刮去了。这灵虚子收了木鱼道:"强贼,我且不暇追你,你当那客僧是好惹的哩!"正说,却不防那老鼋听了巫人说替他报仇抵敌,他却在水里一头把比丘僧舟航撞破,比丘僧的菩提子粒粒落水,急急收取,被老鼋抢了一粒,躲入水底去了,比丘僧与灵虚只得登了河岸计议。比丘僧道:"这贼人何有此法术,呼动老鼋,窃了我一粒菩提子去?想这菩提子八十八粒乃灵山至宝,一路保护真经,如何少得?师兄,你计将安出?"灵虚子道:"河水渊深长远,这老鼋必是个妖魔,他在这水中,知游何处?除非师兄以道力收来。"比丘僧道:"师兄,我平日一举念头,这菩提数珠随在何处,无远无近,即收复还来,如今不知落于何处。果是这妖魔窃去,便车干这河水,也要收复将来。但是我们道力尚浅,如之奈何?"灵虚子道:"师兄,你我原不该把唐僧指做客货,诈哄贼人,有此邪妄,便生出这一种愆尤。说不得原为唐僧师徒,少不得变了色相在此河岸,待孙行者来,这猴头神通本事,方能找寻。"两个计定,乃变了一个老僧、一个沙弥,坐在河岸上隔栅功课。毕竟后来怎生找寻菩提子,且听下回分解。

总批

　　比丘僧虽说邪妄,还是为真经事,便失了念珠,今人无故赤口白舌,诱哄良善,菩提种子绝矣。

　　三贼见了父兄挑担,便向和尚告饶,此是有仁义强盗。世之读书做官,身为不义,累及父兄,尚不肯休歇者,视此又当何如?

第六十一回

假宝珍利诱贼心　喷黑雾抢开经担

　　话表唐僧劝化孙员外之子,说人身难得,盛时难遇,正道难闻,把一派本分正理与他讲,他哪里肯信? 只待行者使出机变法术,他方才倾服,替行者们挑送经担到近河的地方,行者方才放他去。三贼既去,行者们挑着担子,三藏赶着马垛道:"徒弟们,方才三个说前途是通天河,我想当年来时,你们除了鲤鱼精,无舟过河,亏了老鼋渡过我等,那时还是个空身,如今求取了这许多经卷,柜担又重多,却怎生过去?"行者道:"师父,我老孙也正虑此,意欲附近善信人家,求化些木料,叫个匠人,造只舟船过去。"三藏道:"徒弟,舟可是容易造的? 我与你到河岸口看一看,只恐今来古往,时易事殊,或者河中有船来往,顺便搭去也不见得。"师徒们走到河边,只见茫茫河水飞流,哪有一只船儿来往。三藏正在心焦,只听得木鱼儿声响了几下。行者道:"师父,莫要心焦,你听木鱼声响,定是庵观,我们且投到那边住下,再计较渡河。"师徒们循着河岸走来,不闻桨子之声,只见一个木排筏子。八戒道:"师父,那远远摆着的不是船只?"三藏望一望:"徒弟们,好了,果然今非昔比,岸边有木牌摆列,定是揽载的舟子,我们上前叫他搭载。"行者道:"师父,你这个叫字儿有三不妥当。"三藏道:"徒弟,哪三不妥当?"行者道:"这木筏若是客人停泊的,他走他的路,你怎叫的来? 一不妥当。若是渔舟钓艇,他停泊河边晒网,或是沽酒与众为欢,怎肯听你叫得来? 二不妥当。若是揽载搭客的舟筏,他见了我等柜担,只道是客僧贩卖货物,自然来揽载,师父何必去叫? 这可不是三不妥当。"八戒笑道:"这弼马瘟,我们搭船也不讨个利市,只是说不妥当。我看那木筏上人,凶狠狠地在那里望着我们,倒莫不又是孙员外三个儿子?"行者道:"莫笑这呆子,到也见得透。师父且歇下在这里。八戒,你问个信来。"八戒依言,走近河边。

　　那筏上正是孙员外三个儿子,带了众小贼在上,方才登岸,见了八戒惊了一吓,忖道:"哪个地方来的? 怎有这样和尚?"乃问道:"长老,何处去的? 想是要搭我木筏么?"八戒道:"正是,正是。我们东土僧人,上灵山取经回国的，列位若肯搭载，愿你作福如意，受福坚牢。"三贼说："我们是守候客商贩卖货物的，长老柜担是何货物？"八戒道："我们是经卷担包。"那三贼摇手说："不搭，不搭。"八戒走回说："木筏上人不肯搭我们。"行者道："我说不妥当，待老孙去问，包你便搭。"行者走近筏前，那三个见了行者，越发惊异道："长老，我们不是搭客载的，乃是渔舟钓艇，停泊在此晒网。"行者便知他意，乃说道："列位，我小僧们异国到此，贩卖些珍珠、宝石到外方卖，路过此河，无船，望乞顺便容留，自有金银谢你。"贼人便问："方才那长嘴大耳长老说是经担？"行者笑道："这是瞒人耳目之言。列位都是善男子，又何须瞒你？"一个贼人便问道："你们柜担既是珍宝，怎么过百子河？一路山岭深林，就不曾遇着我弟兄们？"行者道："遇着遇着，幸喜孙行德老员外是我老孙一族，认出同宗，放我们过来，还承他款留斋供，挑送一程。"三贼心里忖道："有这样信愚哄的老员外！异国贩宝的和尚，哪里查他的根脚？只据他口说，便把这些货财放将过来。"乃随口答道："既是我老员外认了一家弟兄，果然我听见有个族弟兄在外出家为客，快请来，趁顺风送你们过河。"行者大喜，随与三藏们把这情节说了。三藏道："徒弟呀，人有宝，尚然隐藏以防不虞，分明经担，你如何反说珍宝，万一他要开看，或是动了不良之心，真是你说的不妥当。"行者道："师父放心，有了老孙，包你妥当。"师徒正说，那贼人亲来抬柜牵马。上得木筏，贼人一个个问了名号，果然假托熟认行者一家，行者只是暗笑。上了木筏，贼众便掀那担包，见是经卷厢笼，便要开看，诈说："师父们，这担包内是什么珠宝？若要获利，我这河北有几家大户，专要收买，我们替你发落，无非希图几贯牙用，如今必须打开柜担与我们一看。"行者道："好事，好事。既蒙装载，又承作成，且从容到前，自然与列位看了，方才好讲。"三藏听见行者许他开看，只是愁眉忖道："这猴头真是揽祸。"当下贼众撑着木筏，竖起风篷，那巫人作起法来，果然顷刻二三百里到了河中。那贼人忽然把柜担抢入筏内舱中，执出刀来说："长老们，你要囫囵，待我们绳捆抛入河内。"三藏见了道："豪杰们，我僧家委实是东土西游上灵山取了经文，你莫信我徒弟哄你说珍珠宝货。若是货物，前途你弟兄怎肯放过来？出家人决不打诳语。"巫人道："好个不打诳语，如何使我们开筏送了这二三百里？你这大耳和尚与你老和尚言语老实，还与你个囫囵下水；你这毛头脸和尚，明明打诳语，只教你吃我这刀。"只见众小贼把绳索就来捆三藏，行者忙拔了无数毫毛，变了许多小贼，混乱在里,两三个假的倒把一个真的个个捆起来。那三个贼人被八戒、沙僧一顿禅杖打倒,反将绳索拴了,单单剩了个巫人。这巫人不慌不忙,念动咒语,只见黑雾迷漫,怎见得?但见:

　　一天阴云满布,四方黑气攒来。满河木筏乱撑开,马垛担包不在。

三藏见黑雾攒来,乱纷纷只留了一个木筏,却是行者、八戒、沙僧与自己站立在上,马垛担包俱失落,不知何处。乃道:"悟空,都是你打诳语,以致贼人动了不良之心。如今这黑雾虽散,我们担柜经文何处?我与真经存亡相系,这如何计较?"行者道:"师父,贼人被我法身变化,个个捆着,我这里再加一个紧索咒儿,叫他们个个难脱?只是这贼人如何会布黑雾,把这木筏分开?八戒、沙僧,你两个可把这一筏撑到河岸等候,待我去查探,看是什么妖魔贼人弄的手段。"八戒依言,撑筏傍岸,只听得木鱼声响,却是一个老和尚同着一个小沙弥坐在岸头功课。行者见了,便上前道:"老师父,我小和尚们是西还的,被贼人抢了经担、行囊、马匹不知何处去了。又看那贼中一人,会弄法术、布黑雾,莫不是个妖魔?你老师父可知么?"老和尚道:"这木筏上乃是孙员外三子,他附托了个巫人,专在河内为非。"行者道:"一个巫人有甚本事?"老僧说:"他倒也有些神通变化,方才把我一粒菩提子抢落水中,无处找寻。"行者道:"找寻你菩提子也不难,如今我要找寻经担大事去哩。"老和尚说:"快去,快去,迟了恐那巫人放了众贼之捆,打开你的柜担。"行者只听了这句,飞忙腾空,把眼四下里一望,只见那巫人撑开三两个木筏,在那西边僻港内解那贼众的绳索。行者待他解一个,又使个紧绳法,那毫毛变的小贼又伶俐,解开一个又捆起一个,急得巫人解不开,丢了手,却去解柜担。行者道:"这却不好了。"一个筋斗直打到巫人面前,一手抓住衣领道:"好贼呀,解我经担作甚?"巫人不曾准备,兵器又不在手,被行者扭住不放,他便口中念念有词,只见木筏上火焰飞来。行者怕的是火,忙把变小贼的毫毛收上身,紧绳咒儿也念不成,只得放了手,跳在半空,看着巫人救起三贼与众小贼。巫人便要去开经担,那三贼忙止住道:"料这担中明明是经卷,我们用它不着,只是少了一大筏,当去找来。"巫人道:"你们找的找,我开的开。"方才掀苫包,行者道:"事急了。"拔下毫毛,变了几条蜈蚣在那经包之内,巫人不知,将手去解包索,被蜈蚣把他手指尽力咬了几下,巫人害痛,三贼笑道:"我说你且从容,看此担包,日久未动,蜈蚣隐藏,未可造次开他。"巫人凶狠狠地,怒忿忿地,左看右顾。行者道:"不好,这贼恨蜈蚣咬手,莫要寻刀杖敲打,不早防护,怎生奈何?"正在半空踌躇。

却说老和尚功课了一会,向八戒道:"你那位师兄寻着经担,只恐敌那巫人不过,你可急驾此筏去帮助他。"八戒道:"老师父,我这河中不熟,知他们在哪里争斗?"老和尚说:"我这小沙弥河路甚熟,叫他帮你驾筏前去。"三藏道:"甚好,甚好。"他哪里知小沙弥是灵虚子,他与八戒驾着木筏,未走了十余里,三贼驾筏找来。巫人在筏上一面叫痛,一面正寻刀杖,要割打担包。行者半空跟着,正思索计策,却好八戒同着个小沙弥驾筏前来。三贼见了大喝道:"和尚,快还我木筏。"八戒道:"你快送过经担、马垛来。"三贼掣出刀,飞跳过筏,只见沙弥把手一指。忽然两筏离开,三贼落空下水。巫人急去扯救,行者在空中见了夸道:"好一个小沙弥,倒有手段,难道老孙便没手段?"急变了一个水鸦攒入水里,等那巫人来扯三贼,他顺手一扯,把个巫人也扯入河中。小贼忙来救,被他个个扯入河水。这起贼却都是会水的,在河中泅水,早被八戒、沙弥夺了经担的木筏,驾了飞走到三藏处来。好行者,越在河水中变了鱼鹳子,把三贼你一啄,我一嘴,个个有屈莫伸。只有巫人扯了一筏,飞身上去,口中又念了咒语,遣了许多山精水怪来,奔八戒夺筏抢经。哪知巫人纵有神通,却是幻术,怎比行者的道法。他变了鱼鹳子,直啄得三贼丢了巫人,得了一个木筏救命回去。这巫人回头不见了众贼,只指望弄幻术抢担包、夺木筏、拿僧人出气,谁知行者们神通,见巫人遣了山精水怪来助战,忙掣下禅杖来打。巫人只是使法念咒,喝令精怪帮助战斗,被行者大喝一声道:"何处精灵,敢听贼人呼唤,犯我正气禅宗!"只见众精灵走的走,散的散,那巫人犹自口中咕咕哝哝念道:"山精山精,速来助力。"只见那山精笑嘻嘻地反去打巫人,口里说道:

　　"山精助力,助力山精。

　　你惹和尚,却是圣僧。

　　元阳正气,万邪荡清。

　　柜包担子,扃固真经。

　　金光烁烁,瑞气腾腾。

　　我何么么,敢去犯争?"

那山精说罢,散的一个影儿也无,巫人又念咒道:"水怪水怪,速来助力!"只见水怪也呵呵大笑,口里说道:

　　"水怪助力,助力水怪。

> 哪晓僧人,神通广大。
> 三藏法师,沙僧八戒;
> 那个猴王,更加厉害。
> 保经西还,当供筏载。
> 笑你贼人,错做买卖。"

那水怪说罢,一路烟不见半个,只剩了个巫人。他见木筏夺不去,和尚又厉害,只得大声喊叫老鼋来帮助。却说这老鼋精,自把比丘僧变的舟航撞碎沉散,他抢一粒菩提子躲入河底巢穴。众小鼋怪见菩提子放五色毫光,齐上前观看,问道:"主公,这是何处得来宝贝?"老鼋道:"此宝名为菩提子,乃是僧家正念数珠。人若得他在手捏动,清心寡欲,延寿消灾。我今被那巫人叫我帮助他战斗,河上两个僧道,谁知那僧人驾一只舟航,却是菩提数珠子变化。被我一头撞破,那些菩提子落水,僧人急急收去,却遗失了一粒,被我抢来。我想在此河中年深岁久,正没个脱离;入天功德,今得此宝,且躲藏在巢穴。只恐那僧人查出数来,不肯干休。料他也没奈何,此八百里长河,水里广阔,也难寻找。"众小鼋各各相喜道:"主公造化造化,得了此宝,延生出世,就是我小鼋也得沾些福荫。"正说,只听得巫人在河面上呼老鼋帮助,老鼋听了,怕是僧人向他要菩提子,任他喊叫只当不闻。小鼋说:"莫要去,莫要去,万一僧人收了此宝,主公可不空费了这一番欢喜。"按下不提。

且说巫人连声喊老鼋帮战,哪里喊得他来。他见势头敌不过众和尚,乃把口一喷,只见火焰腾腾,向木筏烧来。行者忙叫八戒、沙僧挡低。只见沙僧一口喷出如大雨淋漓,把火顷刻熄了。巫人便作法,顷刻河中风浪大作,行者把手一指,风浪随止。巫人随口念咒语,只见黑雾又腾腾布来,那老和尚与小沙弥向东方取了一口气喷来,那黑雾如风散,依旧青天白日。巫人无计,只得丢了一座木筏与三藏们载着经文乘坐。他撑着一筏飞走道:"让你且去。"这正是:

> 大道肯教邪法乱?真经自有圣灵扶。

毕竟不知后来何如,且听下回分解。

总批

认了同宗便好打劫,莫怪今之为弟兄者狠似贼也。

指经作宝,行者原不错,恨三贼无偷天手段耳。

第六十二回

行者入水取菩提　老鼋将珠换宝镜

话表三贼与巫人指望劫客僧宝物，谁知遇着圣僧们，空费了一场心力，倒送了一座木筏与唐僧们乘坐载经。他师徒欣欣喜喜，八戒、沙僧撑驾着木筏，望东前行。三藏便问老和尚道："老师父，还是何处去的？我等动劳你小沙弥帮力破贼，若是也要过这河向东，便顺在此筏同行；若是往别方，我等就此奉辞。"老和尚道："我老僧东也行，西也往，只是这粒菩提子如何舍得失落不寻？"行者听了道："呀，老师不说，我已忘了，不知你这菩提子失落何处？"老僧说："知在何处，老和尚自家去寻，又何须问你？"行者道："我等方才也蒙沙弥帮助道力，小和尚情愿与老师父找寻这一粒菩提子。师父可与八戒、沙僧先撑了木筏，载得经担前向东行，徒弟去找寻菩提子去也。"说罢，"咕嘟"一声跳入河中，那老和尚便叫三藏们开了木筏，顺风前行去吧，他却与沙弥坐在河岸等候行者。

却说行者跳入河中，捏着避水诀，直到河底，走了许多路，遥见一座门楼，上写四个大字，乃"水鼋之第"。行者呵呵笑将起来道："我说此路曾走过，眼甚熟识，原来是当年我来时鲤鱼精夺占老鼋之所，想这老鼋定知这老和尚菩提子，待我问他一声便知下落。"只见门掩不开，行者敲了几下，里边走出几个小鼋，把门开了道："和尚，好大胆！此是何处，你敢避水前来？"行者笑道："列位，我也不敢夸说入海的手段、降龙的神通，只说你们可知老和尚失落了一粒菩提子？若是知道，说与我，免得拨嘴拨舌坐你们身上要。且问你，这宅第乃是个老鼋居住，如今他在何处？快传知与他，相见我一面。"众小鼋听了，忙入屋内，报知老鼋，说门外一个毛头毛脸和尚，来找寻菩提子，要主公相见。老鼋听道："罢了，这是哪和尚来取菩提子。"乃吩咐小鼋道："你去问他何名何姓，是哪里和尚？他若说出西来与巫人敌斗的，便是那僧道来找寻菩提。你便回他不知什么菩提子，我主公到前河回流港望二主公去了。"小鼋依言，出屋来问行者，那老鼋说罢，把菩提子藏入怀中，从屋后顺流直走到回流港而去。这小鼋出屋道："长老，我老鼋不在屋内，他去望客。且问你何姓何名，道号何称?"行者忖道:"我老孙若说出真名,怕他念昔日恩情款留我,耽误了工夫,不如便认作老和尚,只是老和尚,也不曾问他名号。"乃随口答道:"我叫做外公孙。"小鼋道:"你可曾与巫人争斗么?"行者道:"正是与那贼争斗,方才失落了此宝。"小鼋听了道:"我们不知不知,你到别处找寻去。"行者听了,一手扯着个小鼋,使个重力法,把他肩臂拿住,那小鼋疼痛难当,大叫:"长老饶我,我实说与你听,菩提子果系我老鼋抢了你的,他却躲到河东回流港去了。"行者揪着他满屋寻看,果然不见个老鼋,只得放了手,出了屋门。想道:"我曾走过的熟地方便好打筋斗,这回流港不曾游过,如何去找?"只得捏着避水诀,在河底向东找来。

却说这老鼋有一个兄弟,叫做二鼋,这妖精神通却也大,本事果然高,在这河底建了一个巢穴,在里安身。这日正静卧在巢,忽然老鼋到来,两相叙说,讲到帮助巫人战斗和尚,抢得菩提一粒。二鼋道:"我闻此宝有得之者,转生人道,享福延年。老兄既得,殊为可贺!且借与小弟一观。"老鼋乃向怀中取出,二鼋一见了,惊异起来道:"好宝! 好宝!"但见:

　　圆陀陀宛如舍利,光灿灿不说金丹。宝珠莫做等闲看:怀藏福似
海,捏动寿如山。

二鼋见了,称赞好宝,忙叫老鼋好生怀藏。那老鼋听得,一面把菩提子藏在怀中,一面向二鼋说道:"此宝藏便藏着,只是那和尚不肯轻舍,方才找寻到我巢来,已吩咐小鼋回他,只恐那和尚不肯离门,故此到老弟此处躲避他。万一找寻将来,望你帮助些法力,使他畏怕而去。"二鼋道:"不难,不难,任他什么神通和尚、本事道人,他若有菩提,还要抢尽了他的。"老鼋大喜。两个正讲,却好行者找寻到了门前,行者一望,也有牌楼一座,四字上悬"水鼋广宅"。行者道:"这妖精,我想当年与他除了鱼怪,复了宅第与他,他感我恩德,送我师徒们过这通天河。如今若是见了面,定顾念昔日之情,把菩提子还那老和尚,无奈不曾见面,且是我不老实,不说出名姓,故此他躲避到此。如今且变个水老鼠,走入他宅内,看可是当年老鼋。如是他,便直说向他取。如不是昔年老鼋,再作计较。"行者见他门掩,乃变了个水老鼠,从屋檐钻入,方要进屋,那大门里几个小妖,手拿着大棍,见了水鼠喝道:"此是何处,你敢进来? 看你非河中之鼠,乃何处妖魔托化?"便把大棍打来。行者想道:"此妖如何知识? 必是这河无此水鼠,他们诧异,指做妖魔。我如今就变做小妖,混在他伙里,便可进去。"忙把鼠

身一抖,随变了一个小妖,只见屋门小妖见了,把手来揪着行者道:"你是何方妖怪,敢假变我们容貌身形?"众小妖执棍便打,说扯他去见两个主公。行者忖道:"老孙从来假变飞禽走兽、小妖大怪,再无识破,怎么这妖精灵通识出? 也罢,趁他扯入见老鼋,便就知老鼋详细。但不可露出我真形来,惹妖精笑我老孙手段与人看破。"行者想了一想,乃变了个老和尚的容貌,被小妖扯入。那老鼋见是老和尚进来,往屋后飞走,又回自己宅第去了。二鼋见是一个老和尚,乃问道:"你这长老,既失了菩提子,只该去向老鼋处取,如何假变水鼠、小妖闯进我门? 本当吞吃了你,念你出家僧人,姑且饶恕。只问你这菩提子有多少? 却失落了几枚?"行者哪里知数,但知失了一枚,乃答道:"多着哩,五千四百单八个哩,只是被老鼋抢了一个来。"二鼋听了,笑道:"这定非失菩提的老和尚,岂有不知一百单八数珠菩提子? 想那老和尚出家僧人,岂肯为一粒数珠假托变化来此? 定是妖魔设诈来骗宝贝的。"叫小妖:"快把绳索捆了,取出照妖镜,看是何处妖魔,什么精怪? 然后处治他!"小妖听得,便把绳索来捆。行者想道:"我若使出神通不与他捆,便要打斗起来,又不知他是个什么照妖镜?"乃随着小妖绳缠索捆在阶檐下。两个小妖却抬了一个雕漆镜架,放着一面古镜在上,把行者抬到镜前。行者道:"我且坚定是个老和尚,看他怎照。"那二鼋走近镜前,向光里一看,呵呵大笑起来,我说是个妖魔假变老和尚来骗菩提子,原来是一个猴子精。你看他:

　　凹眼金睛尖脸,猿耳孤拐毛腮。龇牙獠嘴似狼豺,乃是猢狲精怪。

　　二鼋见了,执起大棒便打,口中骂道:"把你这猴精实实供来。是哪山那岭,什么洞谷,成精作怪? 敢到我这里来骗宝贝!"行者大笑一声道:"好妖魔,外公也认不得,还要我说与你知?"忽喇声响,绳索皆断,夺过小妖手中一根棍子,跳上屋阶,照二鼋劈脸捣去。那二鼋举棒相迎,两个方才交手,行者想道:"河里与他打战不便,且到岸上交锋。"乃从屋外跳出河水,二鼋哪里肯出来,只在河中暗自夸道:"何处妖精,敢变化来骗老和尚菩提? 倒也神通高强,我又不曾抢他菩提,与他打斗何用?"乃叫小妖到岸上叫明那猴精,休来我处讨菩提子,你还往别处去寻。行者道:"臭小妖,分明老鼋在你屋内,我到何处去寻? 快早献出! 免得老孙费力!"行者说罢,只见河里钻出一个妖魔来。行者看那妖魔怎生模样? 但见:

　　牙徕嘴,圆额尖头;背如灵龟广阔,足如巨鳖爬游。水内雄威,真个虾鱼难犯;岸边动荡,怎与大圣为仇?

行者见了那妖魔笑道:"你这孽障,只该安伏在窝巢,养你性灵,怎敢藏匿了老僧至宝? 我且问你,你那菩提子今在何处收藏? 照妖镜何处得来? 想都是偷来的了! 今日撞着老孙,都要献出来便饶你性命,若还迟延,我老孙只把你这河水熬干,叫你存身无地!"那妖魔抖一抖身躯,变得似人形状,手执大棒道:"猴精! 菩提子是吾兄得去,你何故上我门索骗! 照妖镜乃我从天宫得来,你有何法力敢要此宝?"行者道:"汝即妖,何不自照,敢把人照?"妖魔道:"我妖不妖,专照你那不妖而妖!"行者呵呵大笑,想道:"这妖魔倒也说得有理,我方才分明变鼠、变老和尚,此身形已做了不正之妖,他便照出我原是个老孙。这件宝贝儿怎肯把与妖魔之手? 如今上计:除了这妖,取了他这镜儿,一路妖精断难瞒我。中计:设个机变,盗了他的去用,纵不能长远得他的。好歹下计:也抵换得菩提子还老和尚。"行者心自裁划,那妖魔暗把镜子悬在手里,向着行者照来,也呵呵大笑道:"猴精! 空费了你心机! 这上、中、下三计都不中用!"行者听了,惊异起来道:"这妖魔通灵,如何知我心间事? 我在此与他战斗也无用。纵剿灭了他,又背了师父取经方便之心。如今要过了河挑担,又要寻老鼋讨这菩提子。可怪这老鼋只是未见面,东躲西避,他既到宅第去了,我只得再去寻他。这会莫要说假,老实说与他知罢。"行者思想一会,乃向妖魔说:"老孙不暇与你争长竞短,既是菩提子不在你处,多系你那老鼋藏在他处,我去问他取也。"一筋斗却打将来。行者此时如何会在水里打筋斗? 只因他走过的熟游之地便不难。

却说老鼋在二鼋处只见了个老和尚,恐是来要菩提子,心慌便走回宅第,叫小妖紧闭大门。不匡行者筋斗快,早已打入他屋内,立在阶前。老鼋一见了是孙行者,随下阶一手扯住道:"圣僧师父,别来已久,想当年蒙你灭了鱼精,复还了这宅第与我安居,此德至今不忘。今日怎么唐突到我屋里,想是令师三藏老爷取经完成回国,路又过此?"行者道:"老鼋哥,你还不知? 我们师徒取了真经,路过此河,遇着木筏贼人,大战了一番。"老鼋呵呵笑起来道:"怪不得巫人两次呼我帮他战斗,先一次乃是两个僧道,被我撞碎他船,得了他一宝,只因爱惜此宝,后次巫人又唤我,便不曾应他,不知后边却是师父们与巫人争斗。早知出来帮助师父们一番,也见不背恩德。且问师父到我处来,三藏老爷在何处?"行者说:"先往河东前去,我正为那老僧师徒失了菩提子，替他找寻到此。"老鼋道："此宝现在，只是两次三番他亲身到我门，又到我弟宅去讨，不曾与他。如今既是师父面上，还他便了。"乃自怀中取出一粒菩提子，递与行者。行者接在手中说道："高情深感，却还有一事奉问，你道老和尚两次上门，实不瞒你，就是老孙假名托姓变化将来。但不知令弟怎便识我？"老鼋道："他有一镜，名唤照妖，乃是张骞乘槎①误入斗牛宫得来月镜，被他偷得。此镜邪正不能隐藏，一照即知。所以师父就是肺腑机心，他也识得。"行者道："妙哉，至宝！我怎能得他此宝，一路回国，遇有妖魔，何难知识？"老鼋道："师父要此宝也不难。我正在此怪他不念弟兄同气，既在他处识得是假老和尚，何故不说？使我又从屋后逃躲回家。直推菩提子在我处，倒是师父也罢了；若不是师父，他可该推我？如今师父既要他此镜，须得此菩提子抵换了他的来。"行者道："此事又难行，我专为取菩提还老和尚，如今抵换镜子，不得菩提，反失了我一诺之信。"老鼋笑道："师父，你道菩提子换了照妖镜么？"行者说："一物抵一物，自然得此失彼。"老鼋说："此镜非同凡物，吾弟常悬了一架，明照四方，只除了不动声色、无形无影，便不入明镜之中。他纤尘不染，万象见形。你偷他不得，瞒他不能，只好实心听他心喜，取得过来，入了你师父之手，再作计较。"行者道："偷不得，瞒不能，你将菩提子抵换便是欺瞒了。"老鼋道："师父，我故说实心听他心喜，他见我得了菩提子，甚爱此宝，说得之者转生人道，享福延生，我今实心向他抵换，则必心喜。那时师父得了宝镜，再计较取菩提。虽说仍是欺瞒，则照妖之宝，已在师父之手矣。"行者听了，大喜道："老鼋哥，老孙去不得，他有宝镜识破，你可将菩提去换，我在此等你来罢。"老鼋道："正是如此。"行者遂将菩提递与老鼋，那老鼋接了，留行者在宅第住下，吩咐小妖好生收拾茶点汤果供献行者。他却怀着菩提，飞星走到二鼋处来。毕竟如何抵换宝镜，要知后来。且听下回分解。

总批

　　二鼋拿定一粒菩提子，死不肯放，不过望生人道。今之生人道者，却将身子狼藉，不知爱惜，真水怪不如。我劝世人，急急找寻一粒菩提子，庶不欠却本来面目。

　　得了菩提便罢，何苦定要宝镜？此是行者多事！

---

　　①　槎（chá）——木筏。

第六十三回

变鼍鱼梆子通灵　降妖魔经僧现异

人须要识此真心，实不虚兮正不淫。

但愿寸衷皈大觉，何须此外觅知音。

谁交屋漏欺明镜，却把生平愧影衾。

不负上天临鉴汝，又何孽怪敢相侵？

话说孙行者只因机变时生，便有妖魔机里生机，变中设变。这老鼋哪里是把菩提来抵换宝镜，他见了行者变老和尚取讨不去，却又一筋斗打到屋阶，当面来要，推托不得，且知当年行者扫灭鱼精，神通本事，一时设此巧谋。行者信了他狡计，坐守候他。他走到二鼋宅里，把这情节同二鼋说出。这妖魔听了笑道："吾兄且在我宅第安心居住，料那猴精守候不得。况且老和尚之物与他无甚干系，他要随唐僧走路，哪里有工夫等你？则这菩提一粒，老和尚不能取去，永为吾兄之宝也。"两鼋正计，却说孙行者是个好动的心肠，况且机变百出，等了一会，吃了那小妖们茶点，一个筋斗直打到二鼋巢穴。他要变化进去，只恐怕照妖镜难隐藏，若不进去，又恐这老鼋机巧设哄他。想了一会道：老实向他要罢。便大叫："老鼋，老孙等久没工夫，要前面赶我师父，那老和尚的菩提子，快拿出来，不换那照妖镜了。"老鼋哪里出来，众小妖把守又紧，假变的事儿又做不得，无计奈何，只得一筋斗打到老和尚前。只见老和尚与小沙弥仍坐在河岸上等，见了行者便问："我老和尚的一粒菩提，小师父找得来了么？"行者道："找便找着，颇奈两个妖精奸巧。三番五次耍弄老孙，取他不来，只得回复你。我要赶唐僧木筏，恐到了东岸等我也。"老和尚道："找着如今在何处？"行者便把前因后节说了，只见老和尚道："既有下落，小师父，你请随师父去罢，我与小沙弥自能取也。"小沙弥也说道："既是两个鼋精，谅此妖魔何难处治？"行者是一个好胜的，见沙弥说此话，乃道："老孙既管了这闲事，岂有不全终始？毕竟要与老师父取来。"老和尚道："多承美意，只是你唐僧前途又遇着妖魔抢行囊了。"行者听了此言，随辞了老和尚说："老孙得罪！为人谋事不忠也。""忽喇"一声赶上唐僧的木筏。只见三藏坐在上面,当中供着经担,八戒、沙僧撑着篙子,正在那河水上行。见了行者到来,便问:"徒弟,与老和尚找着菩提子,取了还他么?"行者道:"费力误工夫。谁知这菩提子乃是当年我等来时那老鼋得去,他如今恃着有个二鼋,这妖魔有一宝镜,邪正照出,分毫难隐,我被他识破,用尽机变,终不能取。"八戒笑道:"只说你机变,此时也穷了么? 何不学我老猪,百事只以老实,你何不老实向他取?"行者道:"八戒,你能老实向他取么?"八戒道:"何难? 何难? 但不知这妖魔躲在何处?"行者把眼在河上一望着:"早哩,我在水底筋斗也打了几个回转,走了数遭,如今看来还在前面哩。"三藏道:"悟能,你既是能老实去取,替那老和尚一取,也是功德,莫要差失了一粒,损了他念头,快把篙子紧撑,若是那老鼋念旧,好歹把宝镜借与我们,一照这点身心邪正,自家也讨个分晓。"行者笑道:"师父,徒弟正也想着他的镜子,无奈偷不得,骗不能,除非你们老实向他借。"按下师徒在木筏上前行。

　　且说比丘僧变了老和尚,灵虚子变了个小沙弥,他只为保护真经,见唐僧们得了木筏,安心东行。乃复了原身。比丘僧向灵虚子道:"师兄,我与你只因设了些假诈,欺诱了巫人与那三贼,乃失落了一粒菩提。孙行者既找寻着根由下落,我与你只得去寻那妖魔问他索取。"灵虚子道:"师兄,如来赐的至宝,安可失落? 取也不难,方才只为保护唐僧们经担,便未暇谋及于此;如今既知在两个鼋精之处,只得使出神通道力,复还了你至宝,再去前途照顾他师徒走路。"比丘僧说:"师兄,计将安出?"灵虚子乃把木鱼儿执在手中;口中念了一句梵语,只见那木鱼顷刻变了一尾鳖鱼,好生神异! 怎见得? 但见:

　　　　龙首高昂,金鳞光灼。喷云吐雾赛长蛟,摆尾摇头过猛鳄。看飞
　　腾激水扬波,观形状高山峻岳。任他狡谲老鼋精,见了藏头须缩脚。

　　那鳖鱼直下河水,径来到老鼋巢穴,直把鱼尾在他前后宅屋一搅,吓得些小妖飞跑到二鼋巢穴道:"主公,快把菩提子送还了那老和尚罢,他如今遭了一条似龙非龙、如蟒非蟒,把巢穴一搅,根椽片瓦也没一件。"老鼋听得慌张,战兢兢地向二鼋道:"怎么了? 吾弟何计救我?"二鼋笑道:"吾兄莫慌,他欺你个不在家,待他到此,我自能保你。"正说间,比丘僧依旧把菩提变了舟航,只是缺了一舵。他与灵虚子撑驾水面,河底却是鳖鱼

游来,到了二鼋巢穴,那鳌鱼把尾又一搅,只见二鼋宅第屋瓦皆震。二鼋忙执了宝镜走出屋来,向鳌一照道:"何处僧道梆子,也来成精?"只见鳌鱼被镜照了,依旧是个木鱼儿浮在水面。灵虚子见了,忙收起来,再念梵语,哪里变了? 乃向比丘僧说:"师兄,道法不胜妖魔,定是他神通广大,我与你又不能入水交战,如之奈何?"比丘僧正无计,只见后面一座木筏撑来,却是三藏师徒与经文在上。比丘僧见了道:"师兄,唐僧们来了,此事还要孙行者方能妥当。只是我原与你是个老和尚、小沙弥,如今莫教他师徒看破。"乃依旧变了老小二人,将舟航泊在河岸,把木鱼儿敲着念经。

三藏在木筏上听闻道:"悟空,是哪里木鱼声响?"行者往前一看,道:"师父,那河岸边泊着不是一只船儿?"三藏道:"船上敲木鱼,定是善人,可与你近前去看。"八戒忙把篙子撑着木筏到前,依旧是老和尚与小沙弥在船上敲梆念经。行者见了道:"老师父,菩提子取了么?"老和尚道:"不曾,不曾,这妖魔真是神通广大,本事高强,还乞师父们替我老和尚一取。"行者看着八戒、沙僧道:"师弟,你们出没波涛,好生便当,且八戒善能老实去取,方便门中做个功德,扫荡了妖怪,也与河中往来造福。"八戒听说,乃两眼看着老和尚船舱里放着几个大馍馍,他笑道:"老师父,你叫我下河取数珠,放着馍馍却舍不得斋我老猪。"小沙弥道:"师兄取了数珠来,便奉你受用。"八戒道:"先受用了去取数珠。"沙僧上前,一手扯着八戒道:"只是师兄贪图口腹,你不快走,我去建首功也。"往河中"咕嘟"一声跳入水底,那八戒方才也下水。

两个在水底走了一程,只见一所宅第屋门大开,那两个鼋精坐在上面,一个手拿着宝镜,一个怀藏着菩提,那光彩射出。八戒道:"沙僧徒弟,如今却是老实向他要? 还是假变设法向他取?"沙僧道:"二哥,我与你一善一恶罢。"八戒道:"善便大家善,恶便彼此恶,怎叫做一善一恶?"沙僧说:"善取只恐妖魔倚强恃势,恶取又恐妖魔也有神通。我与你一善与他好取,一恶与他狠争。"八戒道:"我老实善取罢。"沙僧道:"你既善取,待你好讲一番,取得便罢,如是不肯,待我恶要。"八戒乃整整身衣,走到二妖面前。那二鼋忙悬镜一照,道:"不好了,哪里猪精走入屋来?!"八戒道:"二位魔王,小僧不是精怪,乃是跟随唐僧灵山取经的第二个徒弟,法名猪八戒。"老鼋听了,忙起身道:"吾弟,果是不虚,乃我当年恩人,且请坐下,有何见谕?"八戒道:"别无他说,只因路过此河,遇着贼人,亏一个老僧助力打斗巫人,他却失了菩提一粒,央我们替他来取。闻知我大师兄不老实,弄机巧变幻,魔王不耐烦与他,故此小僧来取,望你方便还了他罢;再者,闻知有一宝镜,能照人邪正,我师父唐三藏欲求借一照自己身心。"老鼍听了笑道:"本当奉命,把菩提还那老和尚,只因他将此变舟航来敌斗巫人,便失了菩提正念。此宝既失,莫说我怪他变幻不肯还,便是菩提子也不肯复归他手。猪师兄,你请回,万万不敢奉命。"八戒道:"宝镜暂借片时。料此不敢骗去。"二鼍笑道:"此吾随身护命之宝,如何借得与人?"八戒苦求哀取,那个妖左推右拒,哪里肯作人情? 只得走出门来,向沙僧道:"不济,不济,善求不如恶取。"沙僧听了,摇身一变,变了个三头六臂雄威勇猛大将,恶狠狠地一脚把小妖踢倒,大门打开,直奔上妖魔屋来。那老鼍忙掣兵器在手,这二鼍只把宝镜一照,明明一个沙和尚在内。二鼍举着宝镜道:"和尚休得要凶张恶致,假变前来,速速回去。菩提子也非你这假妆混去,宝镜不肯容你变幻前来。"两妖只把兵器来舞,沙僧见空手又无兵器,那些假变凶恶被他照破,只得与八戒叫道:"妖魔,你有神通本事,可出河水,上岸斗个胜负,只躲在水底,不为豪杰。"他两个叫罢,二鼍只是不出,没奈何只得钻出河水,把事情说与行者。

　　行者道:"今只除非妖魔出了河水上岸,我自能降他。"乃向老和尚说:"老师父,你如今说不得,且再把菩提接引菩提,这宝方能复还。"老和尚道:"说的有理。"乃在舟航中取了几粒菩提子,交与行者。行者接得,捏着避水诀,钻入河吕,叫:"老鼍,只一粒菩提怎能两相成就功德? 我如今有数粒在此,你得了你成就,我得了我成就,你敢上岸来决个雌雄? 我如不胜便把这数粒送你。"老鼍听得,与二鼍计较道:"老弟,此事奈何?"二鼍道:"妙哉,我正在此想要一粒,不便向老兄取,他既自送上门,便与他上岸赌斗,有何畏惧? 老兄可装束齐整,我与你出河水上崖岸,看那和尚们如何抵斗!"两鼍整束了盔甲,上得岸来,只见三藏合掌在木筏上,向经柜担包作礼,口中朗朗诵念真经。二鼍见忙把宝镜一照,只见三藏与真经在镜中现出,把两鼍实形消灭。怎见得? 但见:

　　　　庄藏无上大真经,宝镜菩提总一空。

　　　　可惜妖魔空费力,真灵照处两消形。

　　却说二鼍把宝镜向木筏上一照,只见唐僧庄严色相在镜中现出,真经万道霞光,照得是通天彻地,出幽入冥,把个两鼍形消精散。菩提子哪里存留得在怀,照妖镜空执在妖魔手。行者见了笑道:"老鼋,我叫你好好做个人情,送还了老和尚,如今只等形迹败露,要留无法留了。"八戒、沙僧掣下禅杖就要打,三藏忙止住道:"徒弟们,若一打行凶,这宝镜、菩提复归妖魔,悔无及也。"八戒道:"师父,我老猪原叫他上岸来决个胜负,如今不打他怎成个豪杰?"行者道:"老孙也叫他决个雌雄,必要打两禅杖儿,方才消了那三番五次取他不与之仇。"只见老和尚道:"师兄们,休要存此心罢,前途尚远,妖魔叠出,只恐两鼋虽服,尚有五气未调,作梗路间,又要定豪杰,决雌雄也。"老和尚说了这句,行者随扯着衣袖问道:"老师父,两鼋五气,老孙不知。请教,请教。"老和尚道:"我也随口道出,只是那妖魔见了真经,将菩提子供献在前,宝镜妖魔也不敢收留。老和尚大胆收了菩提去罢。"三藏忙把菩提送与老和尚,自己收了宝镜。老和尚将菩提子接在手中,叫了几声"动劳",与小沙弥驾舟去了。那两个妖魔乃向真经顶礼,求三藏超脱,三藏悯其真意,仍复课诵真经一卷,两妖化一道青烟而去。三藏方才叫八戒撑筏前道,只见空中五色祥云,云中现出一位真仙道:"快还了宝镜来!此宝即是真经,不容并立。那唐长老只可志诚恭奉经文,休持二种。"三藏见了,忙向空合掌,把宝镜献上,那空中一只金手伸将下来接去,不知所向。

师徒们方才惊异,未行了三二十里,抖然天风效灵,木筏不知何故一夕直达了八百里,到得东岸。三藏登了岸头,把经柜、担包、马匹俱打点停当,乃向木筏合掌拜谢道:"我弟子陈玄奘,一路前来,并不曾白央人,夺取人舟车马匹装载经文,今日过此通天远河,抢夺了贼人木筏,非我本意,实乃巫人自作自取。虽然借人之力,寸步难酬;我弟子欲要谢你,囊又无钱;舟人不在,只得向木筏拜谢远载送程之劳。"三藏下拜,八戒笑道:"师父迂阔的紧,若是那巫人与三贼送来,老猪还要打他几禅杖,送他到地方官长处治他哩。"行者道:"呆子立心凶狠。"八戒道:"我老猪是有传授的。沙僧取菩提的法儿:一善让师父做,一恶待我行。"三藏道:"徒弟休说闲话,你看这河岸上光景我甚熟,却似走过一番的。"行者道:"亏师父认得,却不是当年来时渡水之处,拿鲤鱼怪之所。"八戒道:"是了,是了。造化,造化!斋饭又在口头了。"三藏说:"悟能,你如何晓得斋饭在嘴头?"八戒道:"我记得陈员外备斋供送行在此,他们感我等替他除了妖精,救了童男童女祭祀之患,难道不接个风?以此知斋饭在嘴头。"师徒正说,果然走了二三里，只见居人稠密，较前更觉热闹，那村众大大小小也有认得的，说道："当年平妖捉怪的老师父们回来了。"那认不得的，见了说道："我也曾听闻说当年有取经圣僧过此，那陈员外感恩，至今念念不忘，若是圣僧回来，快去报知。"只见一个老苍头见了道："不消去报，我员外这两日做梦，说圣僧目下西还，他时刻到此打听，方才家去吃饭，叫我在此等候。真真造化，造化！"八戒听了把经担卸下，上前问道："老哥，你是替陈员外报信的么？甚事真真造化？"苍头道："我没工夫说，你师父们会着我员外，自然知道。"他飞往前报信去了。却是何事造化？且听下回分解。

总批

　　只看菩提接引菩提一语，全记俱不必读。

　　止有一元，不容有两，多了二主公，所以相持不下。

第六十四回

误把五行认妖孽　且随三藏拜真经

却说三藏师徒正离了河岸,到得村店人家,人人认得的,道:"取经圣僧一去几载,今日回还了。陈员外望着了苍头的造化,这村舍人家,少不得苍头几匹布了。"正说间,只见陈员外弟兄两个,远远见了三藏们,笑容可掬,飞奔前来,迎着三藏道:"老爷们回来了,往返辛苦,老拙梦寐思念。"携了唐僧的手,请他师徒到家。叙了阔别,便谢他当年恩德,一面备斋款待,一面问道:"路来平安?"三藏道:"托赖施主洪福,一路妖魔不少,仰仗真经感应、诸徒弟心力,得以到此。便问员外一向纳福?"陈老道:"托赖圣僧老爷,自当年灭了精怪,我乡村受了无量的功德。"八戒道:

> "功德功德,替员外拿妖捉贼。受用你些斋饭馍馍,不曾得你些
> 银钱谷麦。一秤金已嫁了郎君,陈关保已做了商客。还有村男乡女,
> 到今并无祭祀的灾厄。我方才听造化了苍头,不知有甚青红白黑。
> 道朝元村里人家,少不得他几匹布帛。"

三藏听了道:"徒弟,老实说罢,何消说词连韵,有这许多。"八戒道:"师父,你老人家不知,我徒弟听说苍头报信与员外,便得村家几匹布的造化;我老猪当年费了许多心力,也不曾得一丝布帛。这皂直裰①还是跟你来时的,如今说不得,员外布施老猪几匹,做件上盖。"行者骂道:"呆子,莫要又动了贪心!且问老员外,我老孙也听闻与苍头布匹,却是何故?"陈员外道:"老爷们有所不知,我这地方属车迟国元会县,料你必往县治回去。离我这处十余里有一村,唤名朝元村,人家户户都也良善,不知何故,近来瓶儿也是怪,盆儿也是精,吵得家家不得宁静。日前有两个僧道打从村中过,一家善信好意,供奉他一顿素斋,把妖怪的事说与僧道。那僧人怀中取出一串数珠儿来,念了一声梵语,到也好了半日;待那僧道出门,依旧妖怪又在他屋里作耗。"行者道:"这妖怪却是怎来怎去? 弄的是何等

---

① 直裰——一种教服饰。

神通？"陈老道："闻知这妖怪不是一个,乃五个五样名色。到了人家,看是哪个名色的入门,这人家一概家伙便照妖怪的名色是成起精来。"行者道："他名色叫做什么？成精却是何状？"陈老说："师父,我老拙,还不知详细,苍头为布已去报知,说当年我家捉妖拿怪的圣僧回还了,此时定有村人来探望。"正说间,果然朝元村人来了十余个,都是香幡花烛来迎,见了三藏师徒们,一齐拜倒说道："圣僧老爷,我等凡民人家,不自知冤德罪孽,十家有九苦,被些妖精缠扰,专望圣僧到来,与我等驱除。"三藏扶起道："闻知日前有僧道与你解妖除孽,你如何放他去？"众村人道："那僧能除一家,不能家家解；能解现在半晌,不能长远除。我们也招他,他道后边有取经的圣僧来,内中一位孙行者老爷,原是收灵感大王的,会家家灭怪,长远除妖。是以我等望列位到来,如大旱之望雨。"行者听了笑道："这僧道知老孙的手段,也不是个无名少姓的。"八戒听得道："这两个和尚道人就不夸老猪更会家家灭怪,长远除妖哩。"村人说："那道人也说出有一位大耳长面的八戒老爷,妖怪也会捉,只是要吃饱了斋饭方才上心。我村家听知此情,个个备下闽笋、木耳、石花、面筋、大馍头、小碟点等候着。"八戒只听了这话便道："师父,我们也是顺回东土正道,便趁着天气尚早,往前行罢。况且扰了员外斋供,没理又住在他家。"这呆子一面说,一面就去挑经担。三藏道："徒弟,且从容一时,待我与陈员外叙了久阔,也消受他高情斋供。"只见村众巴不得八戒就走,孙行者笑道："师父,莫要阻了八戒兴头,正要他慷慨前去捉妖怪哩。"三藏只得辞谢陈员外弟兄。

　　那众村人香幡前导,方才走不上三五里路,只见五个大头大脸、面色各异之人,带领着许多汉子,鼓乐吹打前来说道："朝元村众来迎接圣僧平妖捉怪的。"说罢,吹吹打打一套。那几个汉子,便替行者们把经担要挑。行者道："宝经柜担,比不得等闲货物东西,劳列位借力；此乃我师徒灵山求取的真经,时刻不离我师徒身心的。"那汉子说："师父,你不肯与我们挑,乃是不离身,如何说时刻不离心？"行者道："列位哪里知,比如这担子上了你们肩,你只当个担子挑着前行,若是我们,身虽挑着,这心却敬着,可是时刻不离？"众汉子哪里听,只是要挑。那五个村人说道："老师父放心,与我众汉挑走一步,也见我们来迎接你的敬心。"说罢,便喝叫众汉夺挑。行者心疑,向沙僧耳边悄言如此如此,沙僧点头道："有几分。"八戒见了道："你两个计较什么你七分,我八分,老老实实,他列位要代挑,便与他挑走几步,也歇歇我们力。"行者不言,乃向先来陈员外家的村众问道:"列位善信,这鼓乐吹打来的想也是一村之人?"众善信道:"实是不认得,我们乃朝元村众,只恐这又是别村人户,听得圣僧过此,鼓乐来迎,不曾会面,哪里认得。"行者道:"就是不认得,远村远里必须有个熟识,他如今要挑了我们经担前去,你众善信却在先到陈员外家来的。"众善信道:"我们是朝元村,见有妖魔作耗,求老爷们解除,故此远来迎接。且是陈员外家苍头报信在先,见送了他几匹布的,如何肯把老爷们经担与他夺去?"几个善信便上前说道:"列位是哪村哪里来接圣僧的?我们朝元村众远接到此,你如何抢夺经担?"只见那五个人道:"我们也是朝元村的善信,特为村中家家有妖魔邪怪来迎接圣僧去扫荡,你们何人?敢来争夺!"三藏道:"列位不必争竞,小僧少不得到了贵村也都要拜望,料列位也都是一块土亲朋邻友。"只见香幡的人说:"认不得什么亲朋。"鼓乐的汉子道:"认不得什么邻友。"行者道:"列位只因一个争竞,便对面说不相认,何处去捉妖怪?这便是妖怪了!"那香幡的人道:"老爷,谁是妖怪?"行者道:"你们便是妖怪!"这香幡众村人听了笑道:"老爷说的好笑。"只见那鼓乐的汉子也道:"老爷,谁是妖怪?"行者道:"你们便是妖怪!"那汉子们丢了鼓乐道:"好好的来迎接你,这和尚们如何说我们妖怪?"一阵风齐走了,只剩下五个大头脸的笑道:"长老,我们哪里是妖怪,有句话儿说与你听。"行者歇下担子道:"你说你说。"那五个汉子一个个说来道:

"自古阴阳两判,乾坤比合五行。相调无犯各相生,谁教他失原来情性!不顺彼此复克,朝元各失调停。看来他是怪精,怎把我们错认?"

这五个汉子说罢,飞星走去。众善信齐齐向三藏说:"圣僧老爷,这便是妖怪了。"行者道:"师父,你看这可是妖怪?"三藏道:"悟空,你看这几个头脸觉异,面色不同,来混闹了一番,这会你提破他,飞星去了,便是妖怪。"行者道:"师父,我见他一来迎接便与沙僧说明了。"三藏便问道:"悟净徒弟,悟空附耳何言?"沙僧答道:"师父,他说道:

五般五色相,尽在五行中。

能调非孽怪,不顺化妖风。"

三藏听了道:"果然悟空说的有十分是。"八戒笑道:"好,好,师父要了十分去,你七分,我八分,你两个也分不成。"行者道:"呆子,你晓得什么七分八分,是你吃斋饭哩,尽着馕,便是十分也只说七八分。"八戒道:"猴精,你莫笑我,老猪早也知你那唧唧话。"行者道:"呆子,我什么唧唧话!方才沙僧已明明白白说与师父听了,你既晓得。这些善信在此迎接我们,你却到哪一家去住,便就知他家有何妖怪。"八戒听了,便向众村人道:"多承列位来远接,如今不知到哪一位宅上安住我们。"只见众中一人说:"老爷们,我等都是迎接要家下住的,但只是进了我村西关,便是小子家,顺便安住罢。"众人道:"好,顺便安住,免得又复转来。"三藏道:"列位善人,住便随路相扰,只是要洁净处所供养真经,不要有碍之地。便是小僧们与善人扫荡妖魔,也要个洁净不说去处。"那人道:"老爷放心,小子家房屋颇宽,尽洁净,不说庵观寺院。"三藏听了,乃赶着马垛进了西关。那街市来看圣僧的,挨肩捺背,都道:"好怪异和尚哪里去寻妖怪?"有的说:"没有这怪异相貌,怎有捉怪的神通?"

一时进了这善人之门,只见屋里果然宽大洁净,师徒们把经担供奉在中堂之上,向真经礼拜过。那来迎的众人与地方看的也都合掌礼拜。当下三藏问道:"善人大姓名号何称?"善人道:"老爷,小子姓丁,名炎,实不瞒说,做些陶铸生理。家有老父母弟男子侄,人口众多。只因家无生活计,哪怕斗量金,为此做这生理。岂知近日的这些陶铸的铜锡钢铁器物,件件都成了精怪,吵得家小不得安静,都害了些痰火哮喘之疾。"三藏笑道:"丁长者,你道铜铁器物成精,哪有此事?"丁炎道:"老爷,你不知,那里是这器物成精,却有个妖怪在家中,使作得这器物响的响,打的打,变妖变怪的。日前请了个巫师来,方才敲起钟磬儿,连他的钟磬也随着那妖怪跳舞,乱响起来。始初还只在小子家吵起,如今但是我族姓,或是做我这生理①的,家家去作怪。"三藏听了,看着行者道:"悟空,你知此怪么?"行者道:"师父,我徒弟走来降妖捉怪,个个多有名,须是见了形,方才可捉。这个妖怪看来还是丁善人家家鬼弄家神,依老孙计较,只须家主积些阴功,行些善事,自然安静。"行者说犹未了,只见丁家屋里老小走出堂前道:"老师父们,你便堂前讲话,那妖怪却在屋后煎炒,锅也乱鸣,刀铲儿也敲敲打打,多会说话道:丁炎请了和尚来也没中用,只叫那猴头脸和尚也咳嗽起来。"行者听了,他原是个好胜的,心下一怒,打一个喷嚏,便咳

---

①　生理——活计;职业。

了两声。八戒道："好妖怪，来捉弄和尚了。"行者道："呆子，此怪须是你去查探个根由，待我后治他。"八戒笑道："好猴精，又捉弄起老猪来了。没个形迹，哪里去查？"行者道："你就到他屋后，看是那件器物，便与我拿了来，待我审问他个妖怪来历。"八戒道："你便去查了拿将来，何须要我？"行者道："呆子，快走，我在堂中自有作用。"八戒依言，往丁家后屋去查，方才进到厨房，只见刀铲与锅铛件件铜铁器物齐把八戒攻来，八戒忙把禅杖挡抵，那禅杖也不能敌。那锅铛便说起话来道："丁炎已恶，怎当你这干和尚们来助恶？叫我等受亏！怎不叫他家老小生病？"八戒听了，哪里敢去拿，忙跑出屋来道："猴精，你捉弄我，妖精厉害，你自不敢进屋，却叫我去。你看那些铜铁家伙都成精作怪，说起话来。"行者问道："他如何说话？"八戒道："哪里见形，只听得屋内空里说丁炎已恶，怎当你干和尚来助，叫他受亏，故此叫他家老小生病。"行者听了，乃叫沙僧："师弟，你去查探了来。"沙僧依言，也执了禅杖，走进屋来，只见那器物齐敲敲打打，沙僧喝道："何物妖魔？敢白昼在人家作耗！"只听得空里如人说道：

　　"碧眼僧，听原委，我非妖魔亦非鬼。

　　与僧曾在沙里淘，问我生身出丽水。

　　与人五体乐相和，老者安康少全美。

　　谁叫丁炎大毒情，把我形藏来相推。

　　你往东，我在彼，各存恩怨休来惹。"

沙僧听了半空中的话，明知丁炎做了炉火资生，熔化了五行之性，即回身来见师父，将这般话儿细细说明。行者在旁，根灵心彻，参悟因果，遂向师父耳边几句，三藏大喜。不知道出何事，且听下回分解。

总批

　　人在世界中，个个在五行中养生。而丁炎受此灾害，必有暗中欺骗愚人、巧机煽惑、哄利受用之报也。

第六十五回

五气调元多怪消　一村有幸诸灾散

五气朝元识者稀，识时炼己筑根基。

我强彼弱成灾咎，主懦宾刚受侮欺。

岂是妖魔生户牖①，多因调摄拗明医。

若能参透真经理，把握阴阳正坎离。

　　话说三藏听了行者附耳之言，乃走到后屋，方才要开口，只见空里又说道："换了个老和尚来了，老和尚，你来何说？"三藏道："我来自西，知你有助丁炎之阴功，哪里有作耗之理？只因丁炎不知，借你们为本资生，乃逞三昧腾腾，无明烈烈，有伤了坚刚之性，酿成他一家老小哮喘之殃，误把你做妖魔，却不能安慰你本来，反叫巫师遣汝。我老和尚与你作个功德，这功德非积善事，行阴功，乃是叫丁炎莫腾燎原之忿，且熄昆冈之焚。我老和尚生来以信自守，乃从中华而来，愿以东土培植你不到伤毁，汝等安常处顺，不要在他家成精作怪。"三藏说罢，只听得空里道："老和尚，以何取信？"三藏道："丁炎堂上，现供奉着西来真经，金刚菩萨，宁不为汝们作证？这是不坏之身，料丁炎不敢背叛，复逞无明，妄生三昧也。"三藏说毕，那空里道："圣僧之言，真如金石，我等不独离了丁门，亦且安静村坊，且去朝元罢。"三藏合掌念了一声梵语，出得堂前。只见丁炎同着一家老小出拜谢道："自从老爷入屋，与空中讲了些道理，那锅铛安静，刀铲不动，我一家老小个个病愈，果然是妖怪去也。"当下随摆出素斋，三藏师徒饱餐了一顿，正要打点安歇，门外却来了一人，自称叫做甘余。这人急躁躁地走进屋来道："西回圣僧师父，闻你方才把丁家妖怪三言两句平定了，我小子家中被这妖怪闹吵，大大小小饮食都减，疾病忽生，望乞老爷们驱除驱除，也是莫大功德。"三藏道："善人家，你家老小灾病，哪里就是妖怪煎熬，多因是饮食无节，寒热失调，可回家请个良医，服帖药饵，自然病

---

① 牖（yǒu）——窗户。

除。"甘余道："小子也请了个良医诊脉，他道肝脉只是有余，肾气只是不足。下了一帖药饵，全没相干。我小子说：'先生脉最看得是，怎么药不灵？'他道：'药只医得病，却除不得妖。你家砖儿也作怪，瓦儿也成精，青天白日，大泥块土坯打将出来，把我的药厢都打破，这难道是病？'"行者听得道："善人，你家必有前亡后化冤家债主作耗？"甘余道："小子做些杉木生理，板片营生，有甚前亡后化冤家债主作耗？"行者道："善人，此时已晚，明早当到宅上查探是何冤愆。"甘余哪里等得，只是求圣僧到他家去。行者道："此妖须得我老孙亲去。"乃向着甘余到家，进得堂中，只见墙壁上说起话来道："长老何来？"行者："我自东土来，一路捉了无限的妖魔精怪，却也不曾见你这邪魔墙壁都会说话。"那墙壁答道："岂独墙壁？连瓶壶碗盏也都会讲哩。"行者道："你会讲些何话？且讲来我听。"那墙壁道：

> "我讲话，你试听，我非妖魔作怪精。
>
> 生在中身荣卫里，吃些娘饭与爷羹。
>
> 人能饱我多增寿，谁叫甘余把我倾。
>
> 恃着成林攻伐甚，彼此相仇怨不平。
>
> 怨不平，真恚懒，弄瓦翻砖因此害。
>
> 恹恹病减食无行，莫道无妖也有怪。"

行者听了呵呵大笑起来道："是了，是了，甘善人，你莫疑是妖怪说话作吵，叫你家老小不安，都在你主人偏枯成害。今日你万幸遇着我老孙，我今与你说他几句，他自然安静；只是我真经供奉在丁家，你当到彼礼拜忏罪，自然消灾。"甘余唯唯听行者之言。行者乃向墙壁道了一声梵语，念一声"唵"字，说："我孙行者，乃仗三昧之真来生汝等，汝当安守中屋，勿作妖孽，若违吾意，当叫吾师弟猪八戒来助甘余主人，你等悔之晚矣。"行者说罢，那墙壁寂然不复作怪，甘余大喜，忙到丁炎家，拜谢三藏、行者们，向经前磕了无数的头。众来看问的，个个善心称赞。只见天色已晚，谯楼已打初更，众皆散去。

三藏师徒各人静定，只有行者火般心性，得里坐得住。心又不放闲，乃自裁怀道："丁甘二家，有此二怪，我已知前来迎接那五个大头大脸之人，今已安静了两个，还有三个不知在何人家作吵。虽说五人五家作吵，只恐同类合党被他害者不少。"行者正自裁怀，忽然旁边说起话来道："悟空老师，你如何说人家被我等把同类合党相害，若是我等害他，情愿受妖怪之名,甘当害人之罪。你哪知皆是人情变幻,自生妖孽,把我们伤害,使我们不得调元,偏枯了本来面目,故此我等鼓乐远接,也只图圣僧们仗真经灵应,调摄我等,得以朝元超凡入圣。今幸两个同情异类得沾功德,尚有我三个未蒙道力扶持。"行者听了道:"你是何怪?"他便笑道:"又说何怪,我便是悟空师父,你便是我。"行者也呵呵笑起来说:"这会连老孙也不知谁是谁,你且说来我听。"只见旁边有人说道:

> "我是你,你是我,岂是妖魔那一伙。
> 炎炎灼灼在心胸,赤赤红莲花一朵。
> 放开大地现光明,一正从教万怪躲。
> 莫使龙腾虎不扬,也愁泛滥成坎坷。
> 成坎坷,性不扬,无病也教害一场。
> 老师若识谁为怪,你我同生共一娘。"

行者听了道:"老孙备知备知,只是你如今现在何家作耗? 那两个又在何处?"旁边答道:"我起灭无时,人家何定,师父只看那慎渔父便知也。"行者听了笑道:"你们都不安分守己,便为妖怪。若说与我老孙共一母,我老孙却不是怪;你叫我看慎渔父,不知这慎渔父与我老孙曾相契旧。想我在花果山时,与他在清风明月之下,水帘洞府之前,同着穆樵夫歌吟耍乐,怎叫做妖魔? 你如今必定偏炽己性,成精作怪。"他两下正讲说,只听得旁边又似两个说道:"如今慎渔父也弄得七颠八倒在这里,连我穆樵夫也把歌吟做了悲哀痛苦。"行者呵呵笑道:"你两个正来请的,好老孙却要到人家查你这五个妖魔,看来你们都是五个契合相生的正气之交,地方村众不知,自作妖,把你们作怪。且问你慎渔父与穆樵夫,为甚家家作耗?"那旁又说:"圣僧,要知其情,听我说那慎渔夫。"行者道:"你说,你说。"只听得旁有人言道:

> "慎渔父,说你知,终日纶竿在海溪。
> 满目自恃汪洋量,那问你当年旧契时。
> 可怜遇着无情土,峻岭高山把彼欺。
> 只教沟浍成干涸,霖雨淋漓没救医。
> 没救医,鱼儿少,日食三餐哪里讨。
> 慎老不知怨恨谁,把我指做妖魔吵。"

行者听了道:"此是慎渔父不足处,到把你作妖怪,可不屈了你。真经在堂,汝当代那慎渔父消了这宗冤孽。且问你穆樵夫,可有甚说?"只听的空里道:"穆樵夫也有几句说与圣僧师父知:当年他盛时,夸他有力能扼虎,会焚林,谁知被张铁作、李铜匠欺凌,他没有个力量打柴,无以资生,到这故旧家歌吟,人便说他上门吵闹絮聒,他无处出气,也只得向师父说出此情。"行者道:"你说,你说。"乃说道:

> "穆樵夫,向日乐,打得柴来肩担着。
> 长街短巷卖人钱,夫妻子母相为活。
> 最无情狠李张家,打铁锤铜樵力弱。
> 岂是铜铁克伤他,有斧刀把樵生夺。
> 樵生夺,没资生,故旧不认反相憎。
> 一贫彻骨犹歌咏,哪一个不笑是妖精。"

行者听了呵呵笑起来道:"你说是妖精,我却道是个高人。想我当年寻大仙师父,在那山中会过渔樵歌咏,那等旷达,我如今晓得。你等鼓乐前来,迎接我师徒,无非因朝元村人不自知,失了元阳正气,自作妖邪,乃说你们是妖怪。幸喜我们师徒将心比意,都说明了你。上又供奉着真经,此真经到处灾病消除,妖魔荡灭,你等安常处顺,强旺者勿伤克柔弱。则村家户户,大小安宁,有何妖怪二字加于汝等?"行者说罢,一时堂中静悄悄的。但见:

> 禅灯普照,宝月通明。老僧静定出关,真经供奉在屋。

这正是五气各安无挂碍,一村尽扫有情妖。

行者安静了这五个有情汉子,讲说了半夜,却好三藏出了静定道:"悟空,何事在堂中絮絮聒聒半夜?"行者道:"师父,静者静,动者动。你静,安知我有事?我动,岂犯你静功?但各行其志耳。"八戒道:"什么各行其志,明明的乘我们打坐,他要丁善人的夜斋吃。"三藏笑道:"悟能,你只把个斋饭口口不离,我知悟空为一村消了妖魔灾晦。"八戒道:"这半夜里消甚灾晦,我不信!"三藏道:"你若不信,到明日天早自知。"

哪里等到天早,只见鸡鸣,那村中众善信人等有来谢他师徒的,说自从老爷入了村里,进了丁炎之门,我们大家小户哪里有个妖怪煎炒,便是灾病,个个平安。有来请他师徒的,说合家老幼妇女都要瞻仰礼拜,求降临安慰几朝。三藏都安慰了。

他随辞谢丁炎,师徒挑担押垛,方离了朝元村,出得东关数里,只见那五个汉子,依旧鼓乐相送。行者已知其神异道:"众位不劳远送,但愿你永保一村平安,无灾无障即是功德。"那五个汉子道:"真经感应,师父们志诚,道力洪深,我等且沾安靖,功德无边,尚敢不与一村作福?"说罢,一道祥光飞散,师徒正才赞叹,只见东关之外,左山右水,中间一条大道,有一座石桥,桥上石栏杆好生齐整,上边坐着一人,见了三藏们前来,慌忙上前问道:"老师父们,可是取经回还东土圣僧?"三藏答道:"小僧们正是。"那人听得,向三藏拜了一个揖,袖中取出一个柬帖儿,道:"我小子乃元会县老爷差来迎接圣僧的。"三藏接了柬帖,看了官名道:"多劳你远来,只是我小僧们来时,到一国邑,便有关文倒换,如今回还,原批尚在,故此一路来都不敢惊动官长,便是国王也不曾去朝见;况此去县中又要绕道转路,我等经文担柜不便前去,动劳回复一声。"那差人说:"老师父,我官长非为他事奉迎,只为有个公子在衙门后园里习学书史,偶被妖魔白昼迷倒,昏昏沉沉,如病一般。求神罔效,服药不灵,昨偶好了半日,我官长大喜,说是药医着病神驱其邪。忽至天晚,公子复又病沉。说是西来有圣僧,取得宝藏真经回国,百里之间,诸邪魔妖怪远避的远避,接送的接送,故此那妖魔不知是接送,或是远避,公子得安了半晌。我官长打听朝元村,果有圣僧到来,平靖了一村灾病,驱逐了众户妖魔,特差我来迎接奉请。"三藏道:"多多拜上官长,小僧们实是远转道路不便。"那差人哪里肯依,只是要三藏前去,行者道:"师父,你不消苦辞,老孙听见捉妖怪,就如八戒听见斋一般,心便痒了。"八戒道:"这弼马瘟,动辄就沾惹我老猪,难道你去捉妖怪不是希图人家斋饭吃?"三藏道:"徒弟们且休戏谑,既是悟空要与官长捉妖怪,你看前石桥边可有庵院人家,我们住下。待你去捉妖怪。"行者道:"师父说的是。"乃走近桥边来寻庵庙。

　　话分两头,且说比丘僧与灵虚子得了菩提一粒,依旧复了原体,往前行走。到了朝元村,这丁炎众人乃留了一斋,求他除妖,两人计议道:"这村家灾害病哪里是妖怪作耗? 都是村人自失调摄,生灾惹害,我们虽安得一家,不能家家都安,就是平了一朝,也难平复以后。须是待唐僧师徒来,仰仗真经灵感,自然家家吉庆,永保安宁。"他两个计议了,故此向村众说,后有取经圣僧到来,能捉妖灭怪。他两个离了朝元村,到得石桥,见这差人坐在桥栏,问知乃远县官长迎接唐僧的,便计议道:"经文不可枉道远转,只恐唐僧们去与官长捉妖,岂不误了走路?"比丘僧说:"如今只得留住他们在此,莫使他去。"灵虚子道:"何计方才留得他?"比丘僧道:"除非桥边有座庵庙,方能留得住他。"灵虚子笑道:"师兄,便是庵庙也难留,他们归路之心甚急。"比丘僧道:"师兄,怎见得他归心甚急?"灵虚子说:"他师徒,

　　　　日月久离东土,灵山已取真经。归心急急怕消停,不辞绕路进,
　　怎肯误前行?"

　　比丘僧说:"事便是如此,却要我两个远来保护何为? 若教经文枉道远转,失了唐僧志诚恭敬之心,须要设一个道法阻住他。"灵虚子道:"师兄,你看那桥边一间茅屋,东倒西歪,无人居住,我与你变个破庙,留住他罢。"比丘僧把眼一望道:"破庙他师徒怎肯存留? 须是变座齐整庙堂,我同师兄变两个全真道者,他师徒必来投住。"灵虚子道:"变全真那唐僧也不肯留,还是变僧人方才契合。"他两个走近屋前,运动法力,果然破屋顷刻变了一座齐整庙堂。但见:

　　　　朱门双掩色初新,白粉围墙高罩深。
　　　　日射琉璃光灿灿,果然清洒绝凡尘。

　　他两个变了僧人,敲着木鱼,在庙里功课,不知唐僧可肯留住,且听下回分解。

总批

　　　　安公安公,冶与天通,日岁而后,迎子以赤龙。丁炎以冶致怪,何
　　耶? 只为心中自一炉灶耳。

第六十六回

孝女割蜜遇蜂妖　公子惜花遭怪魅

话表孙行者歇下经担，走上石桥，左观右看，只见前面一座庙堂，甚是整齐，就如新建的一般。他在桥上把手一招，说道："有座庙堂，可过桥来。"三藏乃赶着马垛过桥，师徒走到庙前，那木鱼声越响，僧人诵经声益高。行者敲门，只见灵虚子变个老道开了门道："老爷，哪里来的？"行者："从西来，回东土去的。"老道说："师父堂中诵经，老爷请进堂来。"三藏进入堂中，看那僧人怎生模样？但见：

　　一顶僧珈帽着头，偏衫大袖罩缁裘。

　　庄严色相非凡品，也与唐僧共一流。

三藏与僧人彼此问讯为礼，僧人便问："老师从何处来？"三藏道："弟子从灵山回来，往东土去，这柜担都是取来经卷。本意从大路回国，却为本地方官长差人邀接，前去除妖；但恐枉道，与经文不便，欲借宝房暂住一日，待小徒安靖了官衙来时方去。"僧人道："老师，我这地方妖怪颇多，且是厉害！是哪一位高徒会安靖？"三藏指着行者，僧人把行者看了一眼道："这位高徒能捉妖怪？"行者笑道："不敢，能捉几个。"八戒道："便是我小和尚，也会拿两个。"僧人道："正是，若说从灵山回来，一路妖魔却也数不尽，只说朝元村有五种妖怪，怎么安靖了来的？"行者道："仰仗真经、我师的道力，把这一村疾病全瘥①，哪里有甚妖怪？"僧人道："老师们，倒是从官长县中枉一枉道路，虽与经文不便，却还有一宗便当。"三藏道："师父，哪一宗便当？"僧人道："若救了官衙公子昏迷病症，随便受官衙些斋供，又借得些脚力远送经文；若是住在小庙等候高徒，虽然经文不枉了道，你却不知这条路要过一山冈。这冈高峻，虽说行人无碍，却有几个妖精，青天白日专欺外方远来过客，若是你我出家人僧，更要着妖精之手。师父们，依我弟子说，还是同这差人到官长衙内住一朝好。"行者听得呵呵笑

---

① 全瘥(chài)——病愈。

道："我老孙倒也要随差人到官长衙去住,你却说此路有妖精,老孙偏要住在此也。"乃把经担柜垛竟搬进堂,那僧道故意说："小师父,我僧人念同道说的是好话,这路妖精果是厉害,还是枉道去罢。"行者道："师父,我们不敢多扰,好歹一时,多不过一朝。"僧人笑道："此处到官长百余里路程,就是回转也要两日,再与他安靖一两日也算要四五朝。"行者道："我老孙不同,不同。"便叫差人先行,那差人哪里肯。行者因是不曾走过的州县地方,筋斗不便,只得安住了唐僧经担,与差人一路走来。

果然,离县不远,那差人同着行者到了城门,他叫行者立在城门市上,但见人烟凑集,店市整齐,老老小小见了行者模样,都来看捉妖精的和尚。个个说："妖精不知在何处,可捉得医了公子之病,倒先惹个妖精来了。"行者听得人说他,忖道："这居民说我生像丑陋,指做妖怪,只恐官长见了也疑,且变个俊俏僧人,看他怎样相待。"乃把脸一抹,顷刻换了一个标致和尚。

且说差人撇下行者,进入县中,报知官长说："接得西还圣僧来了。"官长随差衙役备了轿马,出城来接。那差人四下里望,不见了行者,急躁起来,向衙役说："捉妖圣僧分明在此,哪里去了?"衙役指着标致小和尚道："这僧人是了。"差人道："哪里是他? 那圣僧毛头毛脸,古怪的像貌。"行者听了道："那毛头脸古怪像的,是我师兄,他方才回庙去了。说你家老爷不亲出廓迎接他。"差人道："你却从哪里来?"行者道："我老师父不放心,叫我随后跟来的。"差人道："你可会捉妖怪?"行者道："我也会捉,但怕的是妖怪厉害,我的本事敌不过他,若是我那毛头脸师兄,专要降捉的厉害妖怪。"众人没奈何,只得瞒了官长,把这小和尚便当做远接来的,扯上轿马。行者上了轿,扯下一根毫毛,变了一个小和尚,坐在轿里,他却隐着身先进官长衙内,探听妖怪信息。

却说这元会县官长姓卞,名益,夫妇二人只生了一子,名卞学庄。这公子年方弱冠,倒是个清俊之才,父母甚爱重他。这衙后一园花木山池,尽是可玩。一日当春光明媚,景物鲜妍,桃柳芬芳,蜂蝶游戏,公子看书劳倦,走出书斋,到那桃柳之前观看,只见那游蜂浪蝶:

　　阵阵花间眷恋,双双墙内蹁跹,几回来往过东轩。正是春光无限景,蜂蝶也欣然。

这公子只因感叹这蜂蝶情怀,不觉就惹了一种妖怪。却说离县三五里,有一山庄人家,蓄养一窝蜂蜜。这庄人生了一女,名叫做贤姑,为父母患病要蜜调药，她开了这蜂窝，取了些蜜。哪里知这蜂年深日久成了精怪，恼贤姑割了他蜜，乃逞弄妖氛，把贤姑夺了精气，昏昏沉沉，似病痴呆一般。这女子一点性灵既被妖蜂所夺，她遂随在妖蜂身边，一翅飞在县衙园中采桃杏花蕊；不匡公子走到花前，见这游蜂浪蝶采花，他忽动了惜花之心，道："春光艳丽，全靠着这桃杏鲜妍，都被你蜂蝶采残，可恨可恼。"便把春衫小袖去拂，哪知贤姑一灵情性，被公子衣袖一招，惹在身上，进了书斋，满目只看见一个女子。这女子：

斜挽乌云半插花，不施脂黛着铅华。

凡间哪有乔装饰，宛似嫦娥出彩霞。

这女子忽现忽隐，公子被她迷乱了心性，不觉的也昏昏昧昧，如病如痴。官长夫妇，只道是病，那医药不效；认为邪魅，法官不灵。却说行者拔了根毫毛，变了一个小和尚，被差役们轿马抬在公堂。官长忙下阶迎接上堂，以礼款待，这小和尚两眼看着官长众人，并无半语片言。官长问道："长老从灵山下来么？"和尚答道："从灵山下来。"官长说："师徒几人？"和尚道："师徒几人。"官长说："闻知一路来拿妖捉怪。"和尚道："闻知一路来拿妖捉怪。"官长听了，大笑起来道："原来是个痴和尚。"他依着也道："原来是个痴和尚。"官长大怒，起身叫把迎接差人拿过来重责了，吩咐众役把小和尚扯下公堂，问道："你这秃厮，是何处来的？虚冒圣僧名头！诈言会拿妖怪！惊动远近，叫我一个堂堂官长投名帖，差衙役，远来接你！"这小和尚也不慌不忙照依官长问答一样说出，急得个官长在堂躁暴起来，思量要行罚。

却说行者隐着身走入官衙，只因说公子在花园被妖魔迷倒，他进了公堂，直入园内，哪里有个公子？原来他夫妇见公子在园中惹得病，移入卧房之内。行者找寻到卧内，果见那公子卧病在榻，恹恹若醉如痴。行者察他光景，看他左右，并没有个妖怪，乃忖道："看他少年公子，丰姿俊雅，定是思春惹病，怎么冤屈什么妖怪？可恨用药的摸不着病源，空叫那法官乱着邪魅。我如今还出堂，变个医家长老，指明他病症。"行者走出前堂，只看见官长坐在厅上，左右把小和尚拖翻在地，将要加刑。行者隐着身走近前，见了惊道："呀，是我忘了，只顾进园内探听公子病，遂未打点毫毛假变，必定是对答不来，惹官长疑惑。我老孙的毫毛法身，怎教他受辱？"乃向小和尚身上吹了一口气，只见左右方才举杖，那小和尚身上现出一道五色毫光，光中一朵红莲花蕊。这官长堂上见了，飞走下阶，双手把小和扶起道："凡夫俗眼，不识圣僧，冒犯冒犯！"行者见那小和尚答应不出，乃道："是了，是了，方才必是如此，使官长见疑，我老孙不得不现身。"乃从半空飞下，现了原身。那差役见了忙上堂禀道："小的迎接的这才是圣僧。"行者摇摇摆摆，走近官长前道："大人休得见疑，这是小僧徒弟子，向来有些颠痴。"官长只得迎了行者上堂，照前问说，行者句句答应。说到公子被妖怪昏迷的情节，行者道："大人，此非妖怪，乃是公子有甚心情自着了迷，待我小僧见面诊脉，病源自知。"当下官长同行者入得卧内，见那公子卧枕在榻，怎生模样？但见：

> 容颜枯槁，形体尫羸。容颜枯槁似霜后残荷，形体尫羸①如风前败絮。但见伏枕恹恹似有思，向人矻矻②如难叙。真个是不遇圣手神功，难必卢扁不望闻而去。

行者入得卧内，见了公子这模样，乃问道："公子，你这病源何起？"那公子昏昏沉沉，哪里答应。行者见了，把口向榻上一吹，手中结了一诀，只见公子似醉方醒，如梦才觉，把眼看了官长，叫了一声："阿爷。"那官长喜之不胜，便向行者拜了一个深揖道："我的师父，你真是圣僧，人言岂谬？"行者道："这才是小僧与公子开了昏昧，还不曾审问出病源。"乃向公子问道："公子，你病从何起？"公子叹了一口气，说道：

> "一日春光明媚，后园问柳寻花，偶然蜂蝶乱交加。只因才拂袖，不觉病归衙。每日心情恍惚，凝眸便见娇娃。我心不染这冤家，无端翻作怪，日夜在窗纱。"

行者听了，向官长道："公子之病，一半在己，一半是妖，幸亏他一心说不染，这在己的旦夕自安，那在妖的小僧去查探。若查探出来，定然为公除灭了。"官长大喜，方才吩咐衙内，治备斋供，送行者出堂。行者道："大人，小僧进公衙工夫时久，不敢动劳备斋，便是送我出堂也费工夫，老孙要与你公子查系何妖来引诱他哩。"说罢，忽然一个筋斗打在半空，顷刻不见。那官长只是望空作礼道："我小官父子，何幸得蒙神僧救拔。"乃上堂，叫差役请小和尚，早已被行者收复那毫毛身上。他在半空正思想道："公子亲口说衣袖拂蜂蝶，惹了妖怪，不知是何妖怪？要觅这情由，不

---

① （wāng）羸——瘦弱，疾病。

② 矻矻——指勤奋劳作的样子。

去问柳寻花,便查蜂究蝶。"他正在空中思想,却好密丛丛一阵游蜂,采了花心飞来,闹吵在空。行者忖道:"这虫飞薨薨①,哪知人性,便问他公子情由,料为枉然;我如今也变个蜜蜂儿,飞入阵里问他,自知公子拂袖情节。"摇身一变,果然与众蜂无异,杂入丛中,哪里问得出? 只得随众飞到村庄人家。进了屋檐,只见那檐下悬着几只木桶,众蜂出入那桶,行者也随众入桶。只见桶中一个大蜂,见了行者假变的蜂子入内,道:"看他不识采花,罔知造作,快与我咬杀了他出桶!"众蜂果然一齐把行者假变游蜂上前乱咬,行者伶俐,忙把那采花的蜂使了一个法术,夺了他两个的花蕊献上蜂王,那大蜂见了,方才说道:"我正恨贤姑女子割了我御冬之食,把她精气夺了,送入公子花园,使他昏沉终日。若是你这蜂勤劳,一个兼两个之采,这御冬之食尚可补足。"行者听了这话道:"原来是这情节。"乃飞入那女子卧内,果然见一个女子昏沉在床。行者看她怎生模样? 但见:

> 袅娜身躯卧在床,形容憔悴实堪伤。

> 只因割蜜为亲药,误惹群蜂作怪祅。

行者见了道:"原来是怪蜂夺了这贤孝女子的精灵,到那公子园中又遇着公子怒蜂蝶残花,把衣袖招了女子之灵,乃是这个情节。可喜他一个心不染邪,一个为亲行孝,遇着我老孙,安可不施一方便救他? 若是淫私调媾②之情,弄月吟风之病,我老孙岂肯救这样男女,以亵渎了我僧家之体?"行者一面说,一面飞出这人家门外,复了原身,叫一声:"庄内有人么?"只见屋内走出一个汉子,见了行者道:"师父,哪里来的? 若是化缘,我家有个女子病卧在床,没甚心绪,别转一家吧。"行者笑道:"我乃西来圣僧,不化你缘,是本处官长请来捉妖医病。查得公子衙内病根在此,特来医一救二。"那汉子听了,忙请行者入内。行者道:"不消进去,我已见了你女子病源,汝家可将游蜂用发系一两个到官衙园外,叫汝女贤姑名,她自病愈。"庄人依言,用发系了两个蜂子到官衙园后,叫了一声"贤姑",那女子精灵即附在蜂子归来,其女即醒。庄人大喜,留行者斋供,捧出布帛金钱酬谢,行者不受。"忽喇"一声,不知去向。这人家焚香望空礼拜,说是神僧下降。毕竟后来怎生除这邪妖,且听下回分解。

---

① 薨薨(hōng hōng)——象声词,形容众虫齐飞声。

② 调媾(gòu)——调情。

总批

孝女割蜜,公子惜花,自是正事,尚足以致妖如此,这游蜂之不可惹也。

贞女一被蜂迷,不但自祟,兼能惑人,不遇行者,定作勾花使。

第六十七回

老善人动嗔生懈　小和尚供食求经

却说女子精灵复了原身，哪里有病；那公子目中不见了这女子，也安靖起床。只是这妖蜂在庄人屋内飞来飞去，见行者传这庄人，以发拴系招了这女子精灵回家。他众蜂道："这和尚是何处来的？既非医僧，倒有几分神通手段，破了我们之法，又系缚我等之身，此仇不可不报！"乃查探这和尚是西还取经僧人，现在石桥一座小庙堂内安住。这众妖蜂一时离了庄人之家，却飞到石桥小庙中来。哪里知庙乃比丘僧与灵虚子假化留住唐僧以待行者，不过一朝。行者一筋斗打回，三藏见了道："悟空，医了公子病，捉了妖怪么？"行者把公子与女子话说了，三藏向庙主僧说："师父，倒是我等在此等候悟空，若是枉道去时，果是于经文不便，如今须向大道前行。只是师父前日说前去要过此山冈，冈上妖怪甚多，我又有经文马垛，可碍？"僧人说："老师父，放心，于经文无碍，只是要高徒们费一番心力。我与道人也要离此庙，过山冈，探望一个施主人家。这施主却是敬我僧家，师父们到彼，自不敢慢。"三藏听了道："老师若肯扶持，便同过山冈，万一妖精作耗，也仰仗一二。"僧人说："老师父先行一步，我与道人随后便来。"三藏辞谢僧人，师徒们离了庙堂上路前行。

却说那妖怪飞到庙前，丛聚在那殿脊之上，见三藏们离庙前行，知道他必过高冈峻岭顶。先一翅齐飞来，指望弄妖作怪，迷魅唐僧师徒，报行者救公子、女子之恨。哪里知圣僧保护着真经，到处有百灵默助。却说这山冈树木森森，中有一巢，是几个灵鹊聚居，这灵鹊只因久在山林，成了精气，迷昧往来行人过客。怎见他成精迷昧行客？他：

> 有时变妖形，有时变兽类；变兽类好似虎豹豺狼，变妖形宛如魍魉魑魅。或在冈头，或在林内；在冈头喳喳声是飞擒，在林内凶凶势如蜂虿。只因他巢顶曾闻一字经，善根未把灵心蔽。

这妖鹊聚居冈头巢内，迷弄行人。一日，自相悔过道："我们生居扁毛畜类，昔日曾巢于灵山，得沾了僧家法会，听了经文；如今在这山林，正当引迷人归正道,如何作妖弄怪缠害途人?堕了恶孽,转生怎能脱离禽兽之道!"只见一个妖鹊说:"我等原与世人不相干涉,无奈一等渔猎之辈张弓打弹,伤害我等。他打了我等去,且莫说伤我等生那一番苦楚,只说不曾被打去的,那惊弓高飞,心慌意怕。如今成了一种灵异,正当遇行人过此迷弄他,报打弹之仇!"又有一妖鹊道:"你我既投此六道,欲求超脱,仍弄妖氛伤生害命,益堕了无边罪孽,还是做些善事好。"这几个妖鹊,你要行善,我要作恶,一个老鹊儿道:"汝等不必乱生意念,依我,行善的行善,作恶的作恶。只是行善的见往来的是善人,便以喜喳喳指他迷途荒径;作恶的见往来的是恶人,便以凶狠狠伤他残生性命。"众鹊依言,在高冈树林专等那往来行客。

却说比丘僧与灵虚子,见唐僧师徒前去,收了道法,依旧石桥边是一间破屋。灵虚子向比丘说:"师兄,分明过山冈是一条正道东土大路,若是转远枉道,果于经文不便,你如何不留住唐僧,反说高冈密林,妖魔厉害,专欺外方僧道?"比丘僧道:"师兄有所不知,唐僧行止,都听那孙行者。你岂不知这猴王性情执拗,你若说山冈平靖可行。他便往官长衙中捉怪,定不住留庙堂;我说山冈妖精厉害,专弄外方僧道,他断然要走此路,正乃留唐僧之意。"灵虚子听了,笑道:"师兄,你意见虽高,却动了虚假之魔,只恐前途定有妖精之阻。"比丘僧说:"是呀,师兄之见更高,我也只因一时恐唐僧不留住庙,故设此意,看来连这假设新庙才属不情,前途定有妖魔阻拦他师徒。我与师兄须是超越在唐僧前,路遇有妖精,当为唐僧扫灭了,他好挑押真经柜担前行。"两个说罢,随驾云在空,离了石桥,赶过唐僧前路。他两个在半空云端里,看着唐僧师徒四人连马五口,挑的挑,驮的驮。但见:

> 唐僧押马垛徐行,行者沙僧趱路程。
> 唯有悟能挑着担,乜斜两眼望妖精。

比丘与灵虚在半空看唐僧们恭敬志诚挑着经担前行,唯有猪八戒左顾右看。唐僧道:"悟能,走路只走路,那两眼左观右看是何故?"八戒道:"我被那庙堂和尚说山冈妖精厉害,专要迷和尚,恨我在庙里少了些见识,不曾借得那道人一顶布巾戴来。"行者笑道:"呆子,若是我老孙是个道人,在庙里还要剃了须发来过此冈。"八戒听了哈哈仰面一笑,早已看见半空两个僧道在云端里行,八戒大叫道:"才说我左观右相何故,你看半空里不是妖怪来了?"三藏举头一看道:"徒弟们,你看空中果有两个人,却不是妖怪,明明一僧一道,腾云驾雾,这必是圣僧圣道鉴察我等挑经,须要志诚,不可怠慢。"三藏说罢,便合掌望空道:"菩萨,我弟子玄奘寸步也不敢怠慢经文。"那八戒、沙僧也合掌望空下拜,只有孙行者大叫:"动劳你二位,查探查探前途有甚妖精,替我老孙剿灭剿灭。"三藏道:"悟空,你开口便说把妖精剿灭,我们出家人以慈悲方便存心,这剿灭二字无乃忍心害物!"行者道:"师父,你不剿灭了妖精,那妖精却不饶你。"三藏道:"徒弟,你哪里知割肉喂鹰,舍身喂虎,有此慈悲功行,方成佛道。"三藏正说,只听得那半空里夸道:"好一个仁心和尚。"顷刻云飞如箭,那僧道往前去了。八戒道:"快得紧。"沙僧说:"果然去得疾。"行者笑道:"还不如老孙的筋斗儿更疾、更快。"

按下他师徒四人走一程说一程。

却说比丘僧两个离了唐僧往前赶过三五十里,到了山冈峻处停了云头,坐在岭上。灵虚子道:"师兄,此冈虽峻,经担倒也可行,且这树林深密之处,清风徐来,鹊巢联络,定是没有妖魔之处。我与你敲动木鱼,课诵两卷经文,也是功德。"比丘僧依言向胸前除下菩提数珠捻动,他两个正才朗诵经文。

却说妖鹊居巢等候过往行人,忽然听见梆子声敲,出巢观看,见两个僧道坐在冈子上,口中念念有声。那作恶的妖鹊向老鹊道:"这两个敲梆子,口咕哝定是猎人网户,待我去捉他。"那行善的道:"明明一僧一道课诵经文,但恐他远路走来,腹饥力倦,我当于前村设法化些斋食来供他。"老鹊道:"好事,好事。"这妖鹊出巢,摇身一变,变了一个小和尚,走到山冈凹里几户人家门外说:"小和尚是西来往东路过的,我师父肚饥力倦,坐在冈上敲梆诵经,叫我小和尚到善人门上乞化些斋饭充饥。"这几户人家倒也信心,有斋饭便布施出来。又走到一处冷静孤村,一家房屋颇高大,不见个人在屋中。小和尚连声呼叫,只见那墙里飞出几个游蜂来,见小和尚也不管光头滑脸,乱叮将来,一面叮,一面传呼,顷刻飞众了千百,把个小和尚顾头顾脸不迭。哪里知这小和尚是妖鹊变来的,动了他心,复了原相。鹊嘴啄蜂更是厉害,虽然厉害,却不禁毒蜂势众,他只得一翅飞回巢树,报知老鹊。老鹊不知缘故,只道妖鹊变个和尚,惹了众蜂,且叫他把斋食去冈上供僧道不提。

却说众蜂见和尚在屋门化斋,变化灵鹊把他们啄伤无数,齐齐怒道:"我等远飞到此,本意报那和尚系发之仇,谁知他们已过冈子,又弄这神通把我众啄伤无数,此恨益深。快探这和尚们走到何方? 我这里摆齐众队前去,定要把他们个个螫倒。"众蜂依言,查探的冈子上两个僧道坐着敲梆念经,便领了无千带万一齐飞到冈前,也不查实,照两个僧道螫来。又有几个鹊妖变的小和尚,正来供斋食,见了蜂拥,动了他那作恶之心,都复了原身,把妖蜂去啄。灵虚子见了,向比丘僧说:"师兄,你知这情节么?"比丘僧说:"师兄,此即你我留唐僧师徒说的山冈妖精无数也。"灵虚子道:"妙哉,妙哉,我与师兄乘他两相争啄,径往前行,这妖蜂定是随我们逐去,此高冈峻岭必要安靖,唐僧师徒奉经前行,可保无虞也。"

却说比丘与灵虚子离了山冈前行,那众蜂簇拥跟去,这灵鹊行善的保护着两个僧道过了山冈,到了一处地方,有几家烟火相连,一座接官空亭所在。那亭内一个老叟坐着,见了一僧一道前来,便恭敬相待,问道:"二位师父自何处来?"比丘僧答道:"从西来,要往东去。"老叟道:"有何去住?"比丘答道:"出家人随所去住。"老叟道:"二位师父不弃山乡,我家中正才收拾晚饭,奉供一斋,何如?"比丘僧道:"多谢善人布施,只是后边还有西来四众取经僧,善人不知可肯方便一斋?"老叟道:"此四众可是二位一起的?"比丘僧说:"出家人哪里分个一起与否,但是我两个承善人赐斋,他四众到来,只恐老善人不便布施多人。"老叟道:"这事不难,且请二位到我家下供奉一顿现成素斋。"比丘僧与灵虚子方才随着老叟走到家门,只见妖蜂成阵飞到老叟门外,树林枝上的那灵鹊飞来乱啄。老叟见了,忙拿了一根竹竿,把灵鹊乱打道:"是何人家,走了养蜂,飞到我家,到有十分财气! 可恨你这鹊子啄它。"

一面打鹊,一面叫家仆取桶接蜂下树。他却才扯两个僧道衣袖进门,比丘僧说:"老善人打鹊啄蜂,固是一种善心,只是接蜂入桶,又生了一种冤愆孽障。"老叟道:"师父,打鹊禁它伤蜂,真是善心,接蜂入桶,怎么是又生一种孽怪?"比丘僧笑道:"这蜂簇拥,本来螫我二人,众鹊啄它,也有些缘故。我小僧不敢说破,悉听老善人主意罢了。"老叟道:"原来二位师父恨蜂来螫你,你便快心鹊子啄它,看来乃非出家人心肠了。"老叟说罢,便把面色放出嗔心,有个不肯供斋之意。比丘僧见了,退走一步道:"老善人,我小僧承你好意方便斋供,只是后边尚有一起四众,若是同仁一视,且待他们到来领你布施罢。"老叟主意只为比丘僧说他打鹊,起了一种嗔心,便答道:"寒家晚饭原也不多,既是二位要候一起,且在大门前等候一时。"他往屋内进去,只叫家仆好生安置了蜂桶。比丘僧向灵虚子道:"看此老叟,只为贪接蜜蜂生利,又因我们说他打鹊,遂起了不布施嗔心。他情意既懈,我等见机当行,留此斋饭以待唐僧师徒罢。"两个不辞老叟,出门而去。

且说三藏押着马垛,行者们挑着经文,一路安靖前来,到了山冈,师徒力倦,也坐在岭上。八戒道:"师父肚中饥饿,这山凹处可有人家化一顿斋充饥也好。"三藏道:"徒弟们,谁去化斋?"行者道:"八戒既叫饿,他便去化。"八戒道:"我化来了,你可吃么?"行者道:"先供了师父,自然供我。"八戒道:"你便去化,若是化了来,先供了师父,自然供我。"行者道:"呆子,我却是师兄,理当让我!"八戒道:"既是你化出来,还该让我。"沙僧道:"两个不必去化斋,又不知这山冈内可有人家,就是有人家,不知可肯斋僧布施。斋在那里,且先你争我争动了这争竞心,只恐怕又生出一种妖魔来。"沙僧正讲,只见那树林中走出两个小和尚来,手捧着一钵盂斋饭,一个要分吃,一个要先吃,抢抢夺夺,被三藏见了,叫一声:"小和尚,你两个有甚相争?"那小和尚见了唐僧,忙向前道:"老师父,是哪里来的?这些柜担是何物?"三藏道:"我是东土大唐僧人,上灵山求取真经回还。"小和尚道:"这柜担内必是取来经文,不知老师父取它何用?"三藏笑道:"可见你两个是山乡小子,只知剃了头发,手里捧着个钵盂,化些饭食度日。这会听得你一个要先,一个要分。全没个礼节,不知道出家自有三宝真经。这经文课诵,上则超凡入圣,次则降福延生,三则忏罪消灾。"小和尚听了,恭恭敬敬把钵盂斋饭献上唐僧道:"老师父,这是我两个山凹人家化了来的,既是老师父远来,情愿奉敬一餐。"三藏道:"你两个为这饭动了争长竞短,我如何受你的?就是你两个也饥饿难当。"小和尚道:"老师父请受用,我们再去化罢。"三藏见他诚敬,接了钵盂在手,食了一半道:"徒弟们吃了,只一半罢。"行者道:"八戒,你吃了罢。"八戒笑道:"你看这猴精,他嫌师父残剩,故此让我,你吃了罢,这些微不够老猪塞牙缝。"行者道:"既是你嫌少,我吃了也罢。"方才向三藏前取钵盂,八戒看了一眼,早已取得在手,三扒两咽一顿吃了。那小和尚见了,便向三藏道:"老师父既受了小和尚供奉一钵盂粗斋,但求把经文与我两个一看,也不敢指望超凡入圣,只求降福延生,就是老师父的功德了。"三藏听了,只是摇手道:"这却不敢奉承。"却是何故不敢奉承? 且听下回分解。

总批

此回嘈嘈杂杂大有意致。

唐僧才受得一钵盂供献,便为开经吃力,信是功德难消。如今和尚吃尽十方,不思报答,却如何怎得灵雀唤醒?

第六十八回

真经只字本来无 片语仁言妖孽解

诗曰:

> 种种机心种种妖,些微方寸不胜嚣。
>
> 老僧识得除妖法,一句仁言万怪消。

话说这两个小和尚,乃是小灵鹊变的,山凹人家化了斋来供那僧道,被妖蜂叮了,赶蜂的赶蜂,斋僧的斋僧,不匡比丘与灵虚子前去,却遇着唐僧们到来。见了经文,献了斋食。唐僧受了他献,两个就要把经文与他开看,三藏乃摇手道:"小和尚,这经文柜担有包封局固,开不得。"小和尚道:"老师父说不得,你吃了我斋饭,若是不把经文我看,这功德怎消?况经文也是公器,就是师父们取到东土,少不得也要开与人看。"他两个只是要看,三藏只是不肯,三藏道:"小和尚,我腹中记的诵来你听罢。"小和尚道:"耳闻不如目见,老师父若不肯开与我两个看,我到山中叫了我大大小小师兄师弟来,少不得也要开看。"他说了便走去。三藏道:"徒弟们,这如何处?想这荒野山村,和尚们不知礼法,倘众来抢夺,如之奈何?"行者道:"师父,老孙看这小和尚面貌语言不似个僧人,只恐是两个妖魔,待我跟他去看,是何怪成精。"三藏道:"徒弟倘看出是妖精,千万不可伤害他。"行者道:"师父,古语说得好,人无伤虎心,虎无伤人意,只恐妖怪是来伤害我们的,老孙却不饶他。"

且说两个小和尚离了唐僧往山中走去,不知行者隐着身跟将他来,在无人处复了原身,一翅飞入窝巢。行者见了笑道:"我说是妖魔,原来山冈僻路,鸟鹊也作怪成精。我不免也变个小鹊儿飞入他巢,看是怎个光景?"摇身一变,变了一个小鹊雏,怎生模样?但见:

> 小小身形一鸟,茸茸毛羽初生,喳喳不住会嘤声。正是学飞方展翅,虽小却通灵。

行者变了一个小乳鹊,飞到那大巢他却用了一个法里法,又把身形隐了,飞入巢中。只见那巢深大广阔无数的在那深林。行者看那巢中一个老鹊在上，来来往往无数的妖鹊，有的说我们行善的化斋供僧，有的说我们作恶的赶啄怪蜂。老鹊道："你们赶啄怪蜂，虽是行恶，但为保护那僧道，便也是行善。"只见这变小和尚的鹊子说："山冈下见有四众僧人，正是取经和尚，我方才献了斋饭，求他真经一看，那和尚坚执不肯。"老鹊道："经文乃是度脱众生至宝，世人尚且难闻难遇，我等禽类正想超脱，真是希逢，可叫众巢诸鹊齐变作村居善男信女、和尚道人，去求他真经一看。如是不肯，汝等作恶的便抢夺了来，也无伤于义。"老鹊一面说，一面传与众巢，那鹊顷刻飞聚了来商议。只见那啄蜂的鹊也回来了，向老鹊说道："我们保护那两个僧道，去啄那游蜂，到了前途，被一个老叟怪我们啄蜂，把竹竿打了我等回来，却把那众蜂用桶收去。闻知这蜂正要与取经的僧人报仇，我们若是看了他经文，便为他护送前行；若是他不肯把经文开看，便哄他到老叟家安歇，那众蜂定要打他们螫害。"老鹊听了道："且去求他经文要紧。"一齐离了窝巢，果然个个变了村居僧道、善信人等，走出林来。行者听了，忙飞去到三藏面前，叫八戒、沙僧快挑着飞走，叫三藏赶着马垛莫要迟慢，老孙打听了妖魔来也。遂把众鹊计议之言，一一说出。三藏心忙，八戒、沙僧着力离山冈飞往前去。

好行者，忙向空中念念有词，只见那五色彩云从空飞下，行者提住云头，挝着云尾道："求你暂作经担柜包，以诱众妖鹊，待我老孙挑着真经，同师父过了山冈，到得前途，你再散去。"那彩云果然待行者挑了经担前行，他照依柜担变化，无有两样。这众妖鹊一齐走到冈前，不见了唐僧师徒，但见经柜担包完全在地，众妖鹊变的善信僧道，大家你抬我扛，都搬到深林巢前。那老鹊大喜，向众妖鹊道："我当年曾见僧尼道俗焚香拜礼，方敢开诵经文，汝等可焚香开看。"这妖鹊们却也神通，随向村庄人家取得炉香焚起，你看他动手把柜担拆开，哪里有片纸只字！但见：

五色祥烟霭霭，一天瑞雾蒸蒸。何尝一字见真经，尽是彩云光映。

众妖鹊齐惊异起来道："好和尚，变假藏经愚哄了我们前去。"只见老鹊向空拜礼说："你众鹊不知，这正是真经从来无字，况我与汝辈何物？有何功行？便要见闻至宝？且欲见闻至宝？却生一抢夺之心，宜乎付之长空无有。如今必欲要见闻，还当发一善行，消除恶念，前去保护取经众僧，莫教怪蜂作孽。那时有此功行，料众僧感汝等，必把经文你看。"众鹊

依从老鹊之言,齐齐一翅飞到那接官亭处树枝之上,你看他:

> 飞的飞,叫的叫;飞飞叫叫不停留,叫叫飞飞如快乐。满空上下翻,深林接树噪。黄昏日已晡,众鸟奔来到。喳喳一片听他声,真是灵禽来喜报。

　　却说那官长卞益夫妇二人止生了卞学庄一子,被妖迷乱,喜得西还取经圣僧救好,正值花柳争妍,园亭赏玩。夫妻两个说道:"这等一个好园景,怎么百花芳菲,就没个蜂蝶儿飞来妆点景致?"卞学庄道:"爹娘,正为这蜂蝶一节,孩儿惹了一场灾病。"卞益听了道:"正是,我要问你,当初这病源怎起?"卞学庄答道:"那日孩儿看见桃杏花开,春工富丽,苦被那浪蝶游蜂争采残伤,我一时拂信春衫大袖,不知怎么那游蜂作怪,孩儿被他迷昧了,昏聩①不省。目中只看见一个女子,来来往往,或现或隐,今幸那取经圣僧救了。病虽已愈,只是心疑,怎么两个蜜蜂儿便作怪迷人?"卞益听得,次早出堂,便问左右:"这地方谁家有蜜蜂探花?"左右报出村庄人家所养。官长拘了来问,那庄人供称:"日前有蜂,只因作怪迷了女子,幸亏西还取经的圣僧救好,如今把蜂巢逐去了。"卞益听了嗟叹:"有此异事!公子既好,这圣僧尚未酬谢。"乃复差衙役持了布帛金钱向前途接官亭来,酬谢唐僧师徒。这差役正坐在接官亭内等候唐僧。

　　却说那众妖蜂被老叟叫家仆收了在家,这众蜂出入他家往往来来,采花做蜜;不防那众鹊见了道:"那螫僧道的妖蜂益多越盛,看他逞妖弄怪,似有螫那僧人之情,我等既要保护取经圣僧,安可容留他在此?"却好两个蜂子飞到官亭,这灵鹊一翅飞入亭中,一口啄了一个,这一个忙飞去报与众蜂,众蜂大怒,一齐飞出屋来,不见灵鹊,但见一个差役卧在亭中。他一螫把差役叮伤,差役打听得老叟家下养蜂,随回衙禀知官长,探老叟家仆拿了到官。差役依旧来亭上等候唐僧。老叟见养蜂惹出祸害,遭那众蜂又不散去,正在无计救仆,不免到亭子上打点差役,却好三藏师徒到了接官亭内。老叟正为恼日前僧道不辞而去,见了唐僧们在亭子上敬坐,心下正嫌,只见官长差役忽然走到唐僧面前,捧出礼物名帖道:"小人奉官长差来,远送圣僧以酬救好公子之病。"那老叟见官长差人远送唐僧,一时便起恭敬,请唐僧到家内待斋供,备细把养蜂惹了官长缘故说出。行者

---

　　①　错聩(kuì)——头脑昏乱;神志不清。

听了道："这妖蜂到此处还生事惹非。"三藏道："徒弟，不是这等说，天地间物各自相安，这蜂岂来害人，必定是人去伤他，惹动他毒心，故作妖孽，徒弟，你说妖蜂，我还说是人自作怪。如今老善人也不必逐蜂，随他自安其处，也不必忧虑家仆，待吾徒弟与你讨个方便人情，包管官长放了你家仆回来。"老叟听得大喜。三藏随写一纸禀帖，谢辞远送礼物，顺便与老叟方便家仆。差役回复了官长，果然官长不究，家仆放回。这老叟见唐僧与官长交通，乃大设斋供，款留三藏师徒在家。

且说众蜂原为报和尚拴系之仇，飞聚于此，等候唐僧。只为灵鹊生端，螫了差役，被老叟遣遥不去，恰遇着唐僧到来。众蜂计议正要齐来螫害唐僧，不匡三藏对徒弟们说了一句"各自相安"好话，那众蜂听了道："原来取经圣僧果然存心仁厚，说我等原不害人，因人来伤我，故作妖孽。比如这老叟敬藏我们，虽说觅利，他也有安我等之心。只因他起了一个嫌恶那僧道而去，便生出这官长捉仆之情。有来这几个僧人，我们也当保护他前去。"众蜂说吧，一齐飞出老叟之屋，方欲往前飞，只见众鹊在东树枝头飞噪，吓得往西飞去。

却说众鹊在林间，见老叟家留住唐僧，那众妖蜂又飞散了去，乃向老鹊道："我等护送僧人到此，你看他那柜担供奉在堂上，却不见那化为乌有无字经文，必须去要他开看。"老鹊道："论护送有功，那僧人必然肯开与你看，但是汝等以何法去要他开那柜担？"众鹊说："还是行善的变做和尚道人去求他布施一柜担来罢，如是不肯，待我们作恶的再计较一法去取。"众鹊计议了，却叫两三个行善的鹊依旧变作僧道，走到老叟门上化缘，那老叟看见是僧道，仍恭敬请入中堂。三藏师徒见了，彼此问讯。三藏便问："师父们何来？"僧道答说："我弟子们自车迟国智渊寺来，游方化缘为生。"三藏听了，乃向行者道："这寺乃我们昔日来时救他灾难之僧。"行者道："正是，正是。"乃把昔日救他们事情说出，他哪里答应的来？三藏忙替他说："昔日想师父们避难在外，故此不知。"这僧道说："正是，正是。且请问老师父何来？"三藏道："我等自西还东。"僧道又问："往西何事？"三藏道："上灵山求取真经。"僧道听了说："这柜担中想是经卷了。"三藏道："正是。"只见那为首僧人走近三藏面前，深深打了个问讯道："圣僧老师父，我小僧昔日闻得东土圣僧上灵山取经路过本国，救了我一个僧，至今感恩，都说待老师父们西还，务要求赐一担经文看诵，不负出家修行本愿。今日何幸在此相遇！万望老师父慨然方便,赐我弟子一担,回到寺内课诵看阅。"三藏道:"这不敢奉承。我等奉唐王旨意,万水千山,经年累月,取得真经;且有皇封扃固,哪里开得? 况说布施,万万无此事理!"这僧人门前风刮来的贼树叶(中有脱漏),三藏道:"徒弟,你虽说假于道,却也合真,只是你不该说破。天地间事,说假便不真,当真便不假。如今快辞了老叟前行去罢,只恐弄出假来。"那僧人又来要经,行者道:"师父所见甚明,我们速行为上。"三藏辞谢老叟要行,那老叟道:"老师父大德,感恩不尽,正该留住几日,如何要去? 就是要去,此时天色黄昏,前路盗贼啸聚,不便夜行。"三藏只是要行,老叟哪里肯放,毕竟如何,且听下回分解。

总批

　　灵鹊啄蜂,化斋护送经文本是极好心肠,只为要看经卷,反当

　　……

第六十九回

悟空三诱看经鹊　比丘四众下灵山

　　话说那灵鹊变的僧道欣欣喜喜,扛抬着两个经担到了林中,正向老鹊夸能,忽然歇下一风吹起,与那林中树叶混在一处。众鹊笑道:"又被和尚诱哄了来也。"老鹊道:"非哄,非哄。"众鹊道:"何为非哄?"老鹊道:"我当年听闻过经典,便是这风、这树与叶,皆是经文所在,怪你等缘悭分浅,自不识耳。"众鹊哪里肯听,又计较说:"这和尚们,善求两次被他诱哄,如今只得作恶问他取。"老鹊说:"不可,不可。真经岂容你恶取? 不如回林去罢。"众鹊中行善的也动了嗔心,乃与恶鹊计较,变了一伙盗贼,明火执仗,乘着夜尽,飞走到老叟家来。

　　却说三藏师徒被老叟留住,正才安息,忽然门外喊震,行者忙起来,向天井一望,但见那明明火把,照着一簇强人,口口声喧,只叫开经来看。行者道:"师父,那树叶儿果然识破,弄出假来了。"八戒道:"偏我使个机变就不灵,如今怎么处?"行者道:"沙僧师弟,你也使个机变,诱哄他去。"沙僧道:"师兄,我当初原以恭敬取得经文,本不会机变。若是强人来恶取,古语说的好,恭敬不如从命,把我们经担献与他自家去看罢。"三藏道:"悟净,这却使不得! 悟空徒弟,还是你设个计策,第一莫惊吓了老叟之家,第二还要保全了我们经担。"行者道:"师父,我老孙又要使机变了。"三藏道:"徒弟,由你罢,只是莫要似来时打杀了强人。"行者道:"放心,放心,金箍棒不在手头了。"行者一面说,一面把毫毛拔下几根,都变了经担空柜,叫八戒、沙僧都躲入柜担中,却把真经柜担移在老叟深屋,与三藏看守。说道:"师父,谨守经文,切莫惊惶恐惧,待徒弟们退了强人,自然前去。"三藏依言,躲入深屋。

　　却说众鹊变了一伙强人,到了老叟门前,吆吆喝喝,吓得那老叟一家大惊小怪。老叟听那强人口口声声只讲快献出经担来,想道:"这和尚们必定是贩宝货的,惹了强人眼目,我也不管他,且开了门让他劫了去罢。"只见门开,众贼抢的抢,抬的抬,把柜担一齐搬出。且说行者毫毛变的柜担，里边坐着八戒、沙僧，行者把那空柜中自己又多变几个在内。却说这众鹊变了强人，恶取了柜担，喜喳喳叫出歌声儿来。他道：

> "吾辈真灵果是灵，神通变化取真经。
>
> 两次善求被僧要，三番恶取到消停。
>
> 扛了去，到山庭，看的看来听的听。"

行者在柜内听了道："这妖精抬着走罢，还要打个歌儿，我不免和他两句末韵。"乃接着后句说道："哪里把经与你看，外公实是不相应。"那抬柜的妖鹊听了道："不好了，怎么柜里经文说起话来了？"老鹊道："休要晓，经文原是说的话。"妖鹊道："它道哪里有经，却是外公在里。"老鹊道："到山冈去看罢。"妖鹊道："远些好，免得那僧人来吵闹要还他。"只见八戒听得行者接他歌韵两句，他也忍不住说："近些看罢好，便当包回换。"老鹊听了道："呀，这分明又被他们耍了。"忙叫众鹊歇下柜担，看那封皮甚固，苫盖又全，绳索粗，缚的又紧，个个笑道："这哪里是假。"老鹊道："是真是假，打开看罢。"只见开了行者的柜子，钻出一个毛头毛脸的和尚，那妖鹊们齐诧异起来道："经在那里？"行者跳出柜子说："我便是经。"老鹊叫再开那经担，只见八戒在里钻出来道："我就是经。"沙僧也一样钻出担子来说："我就是经。"老鹊见了，向众鹊道："是了，是了！不差，不差！和尚是经，经是和尚。我昔年闻过道法，真是不差。"乃向行善的灵鹊道："善求恶取，明明已如看见，去罢，去罢。"那行善的听了，仍复了灵鹊，一翅复回山冈巢窝去了。丢下作恶的那里肯去，说："我不信这和尚三番五次变假诱哄我们，我们既已明火执仗来劫他柜担，如今只拿这三个和尚明明要罢。"乃举起手中棍杖，齐上前来打斗。行者三个见势头不好，说不得揝出禅杖相迎，只见众鹊齐拥将来，行者三个力寡，左支右挡，看看斗不过。好行者，叫声："八戒、沙僧，你去老叟家保护着经文与师父，待我一力剿灭了他罢。"八戒道："大师兄，我们三个尚然力寡，你一个怎剿灭的他？"行者道："你不知，我们三心两意，有此反不能胜众妖，你快去快去，我自有机变。"八戒、沙僧依一言去，回到老叟家来。这行者设出机变，拔下许多毫毛，变了无数行者，个个拿禅杖，在树林外与众鹊变的强人打斗。但见：

> 假强人，伪行者，两下相争交战野。
>
> 一边恶鹊想夺经，一边神圣怎肯舍。

你空抬，我枉扯，抢来柜担都变也。

妖精空费一场心，哪识猴王不可惹。

不可惹，徒作恶，当听巢中那老鹊。

明明三次见真经，一想回头无限乐。

善来求，恶莫作，作恶便惹恶来缚。

我衰世，不闻经，怎教方寸乾坤阔。

　　众强人被许多行者一顿扛打，复了原形，乱飞而去，行者收了毫毛，笑道："原来这些怪鹊成妖。若是我，当怎么孝心惹了妖怪。"（中有脱漏）行者笑道："谁教那两个男女家耽误了婚嫁之期，就生了这种妖魔之害，幸亏女子是孝心所为，那公子虽迷还有不淫乱之意，所以得徒弟两家之救。"三藏听了道："悟空，你话便是篇因果，只是这起恶鹊又被你三番哄诱，只恐恶心未遂，又要作别项妖怪，前途夺我们经文。"行者道："师父，我们各有经文在身，大家谨慎保守前行，莫教怠慢。"师徒们说了，天早明亮，乃辞谢老叟前行。

　　且说比丘僧与灵虚子，见老叟面动嗔色，他两个不辞而去。走至前途，却好一座庵庙大门前立着两个和尚，见了比丘僧，便上前问道："老师从何处来？"比丘僧道："我从灵山来。"那两个和尚深深打个问讯道："老师莫非就是大唐中国取经圣僧？"比丘僧答道："我非东土圣僧，乃是灵山下来僧道，信步到此。二位师兄问取经圣僧何意？"两个道："我等乃是车迟国智渊寺住持长老差来远迎圣僧的。"比丘僧道："你长老怎知圣僧此时到来？我那灵山离此道路遥远，难计岁月算时日的，必定有个先知。果然后边相隔不远，有四位僧人，取了经文，将次到此。"那两个和尚听了笑嘻嘻道："我长老真是妙算。"比丘僧问道："你长老怎么妙算？"和尚道："我长老说当年我寺中和尚们被妖怪扰害，遇着取经的圣僧，每人与一根护身的毫毛逃难，但遇着兵役，拿他叫一声'齐天大圣'，就有一个神人救他。故此寺中僧人救了性命，到今感念不尽。日前长老屈指一算道："今年、今月、吉日，圣僧取了真经回国，路必过此。恐他百里之外不进国城朝谒国王、倒换批文，故此差我二僧远来迎接他们。"灵虚子听了道："你长老既能妙算，就算出进城不进城？如何又说恐他不进城，方才差你远接；若是圣僧不进城，你来远接也无用。"和尚说："我长老正有一句话说，料圣僧听了，必要进城。"灵虚子问道："你长老有一句甚话，那圣僧听了便进城?"和尚道:"说不得,我长老妙算,封了一个锦囊袋儿,叫我两个待那圣僧不肯进城方才拆看。"灵虚子笑道:"我这师兄便是圣僧一起,先来探路,果是此处有一便道,又近百里,东行,真是不绕道进城。多多拜复你长老罢。"那和尚笑道:"老道者,我们削了这几根头发便不打诳语的,你方才说有四位圣僧在后将次到来,如何却又说一起?且我长老说那圣僧中有一位猴王像的,乃是齐天大圣。这封袋儿只等他不肯进城方才拆开来看。"灵虚子只是要他的封袋儿看,两个和尚哪里肯。灵虚子道:"前边不是圣僧来了?"和尚回头一看,灵虚子随把脸一抹,变了一个孙行者像貌,立在面前道:"我们走近路不进城!"两个和尚回转头来,见是孙行者,一个道:"是了,是齐天大圣了,长老临付封袋时曾说那圣僧毛头毛脸,彀眼①凹腮,便快拆封看罢。"一个道:"不是,不是,可见长老推测妙算,他道圣僧取了经文回来,必有包担行囊,或挑、或抬、或马驮,前途妖魔甚多,莫要被妖魔装假设诈,看此封袋,露了我事情。"灵虚子见他只是不肯,乃向比丘僧说:"师兄,想来也不必看他封袋,多是长老感行者昔年为他寺僧剿除妖魔远接,或者这寺中近来又有什么妖魔作怪,孙行者心性好揽是招非,只恐他听信了长老封袋儿情节,又进城便要朝谒国王,照验关文,远转百十余里道路,又费了时日工夫。我与师兄莫若驾云进那国城,到智渊寺面见那长老,看是何样情节。"比丘僧依言,两个乃向和尚说:"你不肯把封袋拆看,我们实是不进城,往便道近路去了。"乃向前走,那和尚只是坐在庵门等候大唐圣僧,按下不提。

　　且说灵山宝经阁上一尊古佛,闻知如来以真经一藏发付唐僧取去东土,又命比丘僧与优婆塞保护一路前行,一日忽然发大智光,照见前途妖魔阻道,乃向白雄尊者道:"自汝作起神威,取还那唐僧无字真经,换了有字经文,也是唐僧们志诚功德,也是东土众生有幸得沾人天利益。但唐僧来时,有妖魔等难,如今真经到处,诸难尽消,如何迎有种种妖魔,虽不敢干犯真经,只恐亵渎宝藏。"白雄尊者道:"真经功德真乃人天利益,众生得见闻,果是万劫难遇。但来取之易,而去之不难,只恐人情视为轻易;所以唐僧们来,也使他万苦千辛,真经去,也显出许多灵应,方为济度众生。只是道路多逢妖怪,佛言不遇妖魔,灵应何见?况路途本无妖魔,众等种

---

　　①　彀(gòu)眼——指勾眼。

种防御妖魔，即生种种妖魔。汝当传谕众圣，谁肯保护真经，与比丘众等助些道力，莫教他逢妖作怪，自己先动了妖怪机变，则行道坦坦，何妖作耗也？"尊者奉旨，即传与众圣，当时就有比丘僧四大众说："当初我等一个比丘，法名到彼，领了如来旨意，保护经文，去日已久，尚未见复命，我弟子等愿前去助些道力。"尊者道："经文到处，灵感异常。汝等但去暗试他四众，看他那志诚的，可常守志诚不变？老实的，可始终老实不差？恭放的，可朝夕不违背怠慢？只是那机变存心，狡诈百出，若用之驱邪缚魅，亦当引之崇正，莫教机里生机，变中用变，则道路自然无妖魔阻拦真经矣。"四大比丘听了尊者传谕佛言，即时驾一朵祥云，早到了车迟国地方。料唐僧必由国中过，乃接落云头，径到智渊寺来。长老正在方丈料理僧纲司事，忽然山门外进来四众僧人，长老看那四众僧人生的相貌非凡，庄严出众，怎见得？但见：

　　　光溜溜发皆削剃，丰伟伟貌尽方圆。袈裟偏袒右边肩，宛似阿罗体面。更有一宗出众，威仪举动庄严。但看他开口个中立，眼下圣凡可见。

　　长老见了，忙迎出方丈，请入中堂。那四众僧人进了中堂，向殿上圣像前瞻拜了，下得殿来，才到方丈房中，与长老叙礼坐下。长老便问："四位师父何来？"四僧答道："自灵山下来。"长老听了道："老师父只说个灵山，小和尚也只耳闻来路却远，我这里昔年东土有四众圣僧，向灵山求取经文，已知到了灵山，取得经文，如今将次到来。当年去时，由我国中倒换关文，朝谒国王，留下莫大功德在这寺中，我等欲报深恩，只望圣僧前来报谢他恩，借阅取来的宝藏。但恐近日东土大路新开了近便一河，方地造有船只，圣僧若取便往近路去，我小僧此处空望一番。"僧人听了道："唐僧师徒，果是灵山取得经回路，已将次到此，长老如何便得知？"长老道："小僧有一推测妙算，料他必要来。"四僧听了笑道："长老神术一至于此？我四僧借你一推测，从灵山到此何事？"长老听说，只得起动年月日时，排下吉凶消长，他推测了半晌，只是思想不言。那四僧个个端坐，却是何说，且听下回分解。

总批

　　众妖鹊只思量要看经，放着一个老鹊，正是无字真经变。

第七十回

长老推测施妙算　行者开封识怪情

诗曰：

> 万事于心要志诚，志诚真可对神明。
>
> 豚鱼有觉犹能格，金石无情亦可倾。
>
> 恭敬须知为进步，虚张定是失真情。
>
> 人能举动循天理，变怪妖魔永不生。

话说四大比丘闭目端坐，存了一点不偏不倚、虚空无我之心；那长老左推右测，哪里推测得出，思思想想，没了主意，便走下席来道："四位老师父，莫非是圣僧？小和尚推测不来。"四僧开眼道："长老，你既不能推测，料妙算也没处着力，我闻那唐僧们但以志诚恭敬向灵山取了真经回还，俱照大道行来，他自然由新开近路从河觅舟而去，你却有何妙算使他必进城到你寺来？"长老说："我小和尚已有一封袋付迎接的僧人前去，若是那圣僧不肯进城，见了封袋内说的情由，他必然不辞远道。老师父，我既是个妙算，要动他来，这机微怎先泄的？只待唐僧师徒来时，四位师父自知也。"长老正向四僧讲论，只见山门外走进两个僧道来，见了四大比丘，大家呵呵大笑起来。比丘僧到彼与灵虚子便问道："师兄不在灵山听法，却远来到此何事？"两个只问了这一声，那长老在袖中占了一课，便推测着了，忙下阶来，望着众比丘深深稽首拜礼道："凡僧俗眼，不识菩萨降临，有失焚香迎接。"众比丘见他识出，乃说道："长老这会推测入灵，总是我等几微先露了与你，你既知我等，必然知我等此来何意。"长老袖中又占一课道："四位菩萨乃是照察取经僧人一路回还诚敬与否，若是诚敬，自然妖魔不敢犯，若是不诚敬，只恐邪怪横生。"四僧说："长老，你便再传一课，推测这取经僧人诚敬与否。"长老道："菩萨，弟子这推测只占得现在事情，若是那诚敬与否，乃在取经僧人之心，这心变幻无常，举动顷刻，须是试他以事，看其应答何心，然后方知。"四僧听了道："果如长老之言，我等特为取经僧人到此，不知他心意如何？"灵虚子道："我弟子一路同到彼师兄前来，唐僧志诚仍守不变，八戒老实，沙僧恭敬，依旧不差。无奈途次妖魔自外来犯，孙行者不得不以机变灭之，便是我两个时或助他们些法力，未免也入了一种机变，自知这方寸几微不胜机变，堕了罪孽，只为保护经文，不得已耳。方才路过前途庵堂，见两个和尚奉长老差遣，迎接圣僧。他道长老妙算，有一封袋，只等孙行者到来，不肯进城，方拆了看，其中有必使他进城到寺之计。我等欲要封袋一观，两个道：机难先泄。不知此袋中长老何计算之妙也，我两个原有保护真经之责，故到此探听，长老必要唐僧师徒进城到寺，何事相干他？若系报他昔年来时破妖救僧之德，此为一端私情，叫他师徒又远转了百里程途，其亵慢真经，过在长老；若是有甚妖魔作耗，思想孙行者毫毛求难的神通，他如今不比昔年了。"长老听得个孙行者不比昔年，大惊问道："孙行者自来谁不知他名叫做齐天大圣，降妖灭怪保唐僧的神通广大，怎么如今不比当年？"灵虚子道："长老你实是不知，他自

　　唐僧到彼岸，宝藏已求来。

　　无用金箍棒，空余机变材。

　　慈悲福地种，方便法门开。

　　若说拿妖怪，推聋装哑呆。"

　　长老听了灵虚子之说，暗欢喜道："我正要今日的齐天大圣，不比昔年，想是他师徒求取了真经，信受奉行，一心只是保守经文返国，不管一路妖魔生事。想我生事扰害寺僧，若是他齐天大圣到此推聋装哑，坐视不顾而去，也不费我差僧远接之意。"灵虚子看了长老暗自裁怀，乃向比丘僧说："原来长老这暗喜心肠便是妖魔，但不知他何等情由，来寺做住持长老。若是扰害寺僧，我们当为寺僧驱除，使唐僧们经文好生可去。"乃向长老问道："你欲接孙行者到此，想是叫他驱除妖怪。不知这妖怪是甚样精灵？在哪里生事？"长老道："我弟子若说出来，便是那锦囊封袋儿中妙算，非是妙算，乃是求齐天大圣师徒们远转一程，莫要往那新开的河路一带前去。那新开河路一直东行，乃是我弟子寺中众僧的俗家住居在彼，且多有出场田地，一年租税米谷倚靠为生。不知自从近日开了通路，生出许多妖怪，把稻谷尽数残伤，青天白日还要迷昧往来行人，我寺众僧大受其害。封袋中实是开载这些缘故，要报齐天大圣昔日救寺僧之恩，今日求了经文回来，宁可远转一程，讨个平安道路回去。"灵虚子听了道："长老，你

这是个报恩好情,却怎说是个妙算?"长老说:"我弟子若不封个秘密袋儿,只恐他不肯听信前来。"灵虚子乃向众比丘道:"长老果然妙算,那孙行者听得封袋之言,定然进城。到彼师众欲试其初心诚敬,我与到彼师兄已知久矣;师众不信,当往前途再试。此长老处让他迎接唐僧到来。"四大比丘与比丘、到彼僧即离寺门,那长老敲动钟鼓,聚积寺众,齐拜留众位菩萨少住鸾驭,愿献香斋供养。众比丘道:"留以待取经僧人。"乃驾云乘空而去,这寺僧个个望空瞻拜道:"爷爷呀,活菩萨临凡。"

却说众比丘登了云路,乃向灵虚子道:"优婆塞道兄,你知这长老推测妙算么?"灵虚子道:"我弟子略知一二,因方才见其暗喜心肠,只恐这长老是个妖魔。"众比丘道:"分明是一个妖魔,他怕孙行者路过他地方,定要为地方方便,驱除精怪,故设个计较愚哄唐僧们不往他处走。"灵虚子说:"师兄们既知为妖,就当剿灭他,如何放他推测计算唐僧?"众比丘道:"师兄,你有所不知,我们是奉佛爷旨意来察取经僧人唐僧师徒诚敬。这妖魔倒有灵机占测,正要留他以试唐僧们道行。若是方才我等一动了法力驱除,未免惊动一寺众僧。但不知此妖从何处变幻,迷昧了寺僧,作个长老。你与到彼师兄原奉佛旨保护真经,非同我等前来暗试他的,你还当紧随唐僧前后,料孙行者不被他袋儿算计。"灵虚子依言,乃辞了众比丘,仍与到彼僧在那新河境界等候唐僧。那众比丘却去前途查探那长老妖魔来历。

且说三藏辞别了老叟,师徒们挑押着经担前行,一路叹息蜂鹊也成精作怪,只见八戒道:

> "作怪作怪,惹了这宗买卖。
>
> 肩头生疼,脚步又快。
>
> 肚里空虚,觉不自在。
>
> 妖怪偏多,猴精愈懒。
>
> 挑着飞跑,不肯少待。
>
> 莫怪老猪,歇歇何害。
>
> 寻个人家,深深下拜。
>
> 化些素斋,几样蔬菜。
>
> 他若不施,我便放癫。"

行者听了笑道:"呆瘟,人家回言,不少你债。"八戒道:"我也是挑得辛苦,腹中饥了,且说一句儿散散心。"行者道:"你散心,我也戏你一句儿解解闷。"三藏道:"徒弟果然力倦腹饥,且歇下担子,寻人家化一顿斋饭接接力。八戒也说得是。"行者方才歇下担子,把眼往前一望,道:"师父,人家到没有,那前边好似一座庵庙,待徒弟们去看看来,若是可安住的,再去化些饭米来煮。"三藏道:"你们齐去走走,莫要推一个。"八戒道:"师父,好生照顾担柜马匹。"三藏道:"无妨,我自小心在意。"行者三个方才走了几十步,那山门两个和尚远远见了,乃迎上前来问道:"师父们可是东土取经回来的圣僧?"行者道:"我们正是。"两个和尚听得连忙稽首道:"小和尚乃是车迟国城内敕建智渊寺住持长老差来远接的。我长老感昔年圣僧来时,有一位齐天大圣拔毫毛救了一寺僧性命,到今念念不忘,只等圣僧取得经回,迎接到寺,酬报大恩。"行者道:"原来这地方到了车迟国,离国尚有多少路?"和尚说:"尚离一百二十余里。"行者道:"我曾西来问人说,新开一条河路,不必进城路远绕道,省得又要朝谒;况我们来时,要倒换关文,如今回还不用了。多多拜上你长老,说我们从新路回还。"那和尚听了道:"我长老正恐圣僧不肯进城,故此差小和尚两个远来迎接,还有一纸锦囊封袋儿,奉与圣僧老爷看。但我长老原说是四位圣僧,如何今日只三位?且说有行囊经担,如今不见。"行者道:"我师父尚在前面看守着经担马匹哩。"和尚道:"这等我们须要见了老师父,方好求他主意。"行者道:"你且把封袋儿取出我看。"和尚道:"长老原叫我小和尚只等齐天大圣不肯进城,方把封袋儿拆开。"行者笑道:"老孙果然有名,我便是齐天大圣,快取出来看。"和尚道:"看师父像貌,长老说与我的话倒也是了,只是老师父尚未见面,他乃师长,须要见了他讨个主意,方敢拆封。"行者心躁,只是要和尚取出封袋儿来看,那两个和尚你推说在他身上,他推说在你身上,只等见了老师父方拆封袋儿。说家有长,岂有背了老师父拆封之礼?行者见他这等说,乃同他两个走回三藏处来。两个走不多几步,见三藏坐在地下合掌向经柜前课诵经文,他两个看见经担包上五色毫光,映着日色,灿烂半空,哪里敢上前,口里只叫:"请那老师父近前拆封袋看罢。"沙僧道:"二位师父,你既远来迎接我等,既见了我师,岂有不近前相会?如何叫我师父倒来接你?"和尚说:"我奉长老命,叫我见了老师父,须是他来看此封袋。这袋中乃长老妙算在内,有益与你师徒途路便当的说话。"沙僧见他说到途路便益,只得飞走到三藏前,把这情节说出。三藏听了是途路便益之言，便起身飞走到两个和尚之前，各相问讯了，和尚又把长老迎接前情说了一遍。三藏道："我等西游日久，归心甚急，既有便益新开河道，当觅舟前往，不必进城，免惊动寺中长老，又免得朝谒。"那和尚听见三藏之言，方才身边取出一个锦囊封袋儿递与三藏，那行者心躁，也不等三藏接看，他便一手抢过去，开了大叫着念道：

　　"敕建智渊宝寺住持长老原无，遣僧百里外程途迎接大恩师父，

　　一则感恩图报，一则便你师徒莫从新路惹妖魔，还走城中旧路。"

(此处原文有脱。)远还招手叫道："老师父，从这山凹里来。"行者道："你既要我们走那山凹，我却力弱不能挑这担子过山，烦你替我们挑几步。"那和尚道："我们也力弱不能。"行者道："劳你过来帮抬帮抬罢。"和尚哪里肯来，只见行者从新开路上走，道："你那两个小和尚，好好回去，莫要动了老孙当年来的性情，这挑担的禅杖虽不是金箍棒，却也不相应。"那和尚见势头不好，只得过山凹去了。三藏道："徒弟，长老感旧，差和尚远接，也该好意回复他去，如何讲出金箍棒昔年情性？"行者道："师父，你们真真志诚老实，不识这二人情景，我老孙知道他几分了。"却是何说？且听下回分解。

总批

　　四比丘存了虚空无相之心，龟精便算不出，可见被鬼神算计着者皆属第二念耳。

　　两个妖和尚见了经担，不敢沾身，若请他来寺，何以处之？此是龟精失算。

第七十一回

比丘众共试禅心　灵虚子助登彼岸

诗曰：

　　心邪到处是妖魔，我欲平妖事若何。

　　信受奉行经万卷，只消一句佛弥陀。

　　话表两个和尚只指望开了长老封袋，取经僧便进城远走，哪知孙行者听得新开河路有妖魔，越动了他拿妖捉怪之心，又见两个和尚不敢近经担之前，他便使出机心，叫和尚替他挑担；他明知妖邪不敢侵犯真经，就识两个是妖魔差遣来的。乃向八戒、沙僧道："师弟，你知这两个和尚不敢近我们身是何缘故？"八戒道："他怕我们扯他挑担子。"行者道："非此之故，乃是邪魔不敢犯真经。我们既不进城，要从河路前进，你看前边可有船只？把经供奉船上，你与师父照管着，待我查探这长老为什么差两个妖魔来迎接我们。想这长老也是个妖怪！"八戒道："只恐前面没有船只。"行者道："既通水路，岂无船只？"正说间，只见一个店小二走上前，见了三藏便扯住马垛道："老爷们是往东行的，少不得搭舟船安逸快活，胜如陆行劳苦，须是到小店住下，为觅舟船，包送前途。"三藏道："悟空，你主意何如？"行者道："师父，既是水路顺便，随着店小二到他店里住下，再觅舟去。"三藏听了，随着店小二前行，方走了百余步，又见两人飞奔前来道："师父们可是往东土走的？"三藏道："我是往东土走的，你问我是怎么说？"那人道："过此山冈，有个小路，沿河不过三十余里便是东行大路。这山冈三里，我家新开了小店，专下来往客商，师父们不必觅船，况那舟船不便载马匹，须是到我小店安下。"三藏道："舟船安逸，我等一路劳苦，正要息息力。"那人说："师父要安逸，我小店有车，坐的人，又载的柜担，比他舟船更安逸，又无惊恐。"店小二听了道："老爷们不必听他，我这里只有条新开河路觅舟前往，那里又有条过山冈小路？闻知这山冈小路近日出了几个精怪，专一迷弄过往客商，老爷不要信他，还是从水路觅舟安稳。"那两人道："老师父莫要信他，水路近来妖魔更多，还是从山冈小路前行安稳。"两下里你争我夺,三藏没了主意,向行者道:"悟空,你的心下裁夺,还是走哪边路好?"行者说:"两边都有理,但徒弟不曾走过,当年从国中来的路,徒弟便知。如今要就一边前走,须是等个近处往来之人,问个的实方好。"三藏道:"有理。"乃向店小二与那二人说:"你们不必争夺,好歹等个行路之人,或是本处居民,问个端的,我们自定了主意。"八戒道:"等人问信,且卸下寻些水来吃着。"一面把担子歇下前去寻水,那店小二随走近前,把担子挑上肩道:"老爷们还是从我店觅舟安稳。"挑着担走。那两个人看着到退,却不敢上前争挑担子。行者见了,上前把店小二扯着道:"你何故抢夺人货物,就是到你店安下,也凭我客人。"乃招手叫那两人说:"你来挑了去,我和尚一生性拗,店小二抢担子,我偏不往他店去。"那两人哪里肯过来,倒往后退道:"师父们若肯往小店去,请自行挑担,我怎敢抢夺师父们行囊货物?"行者听了,乃向三藏耳边道如此如此,三藏听了道:"徒弟,莫要疑心动了。"行者道:"师父,我徒弟不是疑,实实见的。"八戒笑道:"两个说寂寂话,秘密教,想是瞒我老猪哪里吃斋饭。"沙僧道:"二哥只是把斋饭在口中讲。"三藏道:"沙僧、八戒,非是说斋饭,乃是动了疑心。"说话未了,只是路旁走过四个僧人来,看着三藏道:"师父们计较何事?我远远风闻你们讲的是妖魔精怪,出家人只该满腹真经,出口真经,如何口头不讲真经,但说妖怪?"三藏见那四个僧人生的古怪,说得惊人,打了一个问讯道:"列位师父,我师徒是在此计较两边道路,从哪一条道路前行,并不曾讲妖说怪。"僧人道:"我们听得你说疑心,这疑心动,就是妖怪生。且见你师徒附耳低言,说些甚话?出家人说正道,何必悄语低言?便使人人听得,方是个僧行。"三藏合掌谢教。行者笑道:"四位师父,你说的尽是,行的却非。"四僧问说:"我们从大路前来,怎么行的非?"行者道:"老孙瞒不得的,你四位却是暗地里来试我师父禅心的。我如今也不管你,只是这路老孙不曾走过,依店小二说到他店觅船前往,安逸快活;依那两人说过山冈有条小路,且有车辆可载,更是安稳。"四僧说:"你师徒如何主意?"三藏道:"依我弟子,还是过山冈雇车辆安稳,那舟船,人与柜担虽安,马匹在上却不便。如今只因店小二说旧无此路,近来多妖怪,我弟子为此怀疑。"四僧问行者说:"你主意何从?"行者道:"前途有人指说新开河路既通舟船,还是水路从店小二的好,只因说山路近来妖怪甚多,我老孙专一好惹个妖怪,所以主意不定。"四僧说:

"我们方才说你们不讲经文,只谈妖怪,一个师父怕往妖怪处走,一个徒弟却好惹妖怪。依我四僧,还是从店小二去觅舟安逸。"三藏道:"列位师父也恐近来水路多妖。"行者听了又向三藏耳边道如此如此,那三藏听了越动起疑心,直说出来道:"徒弟啊,我只从:

> 灵山求得此真经,日夕行来不敢停。
>
> 过岭盘山游水路,惊心吊胆没时宁。
>
> 妖魔有犯亏伊力,保护无虞仗佛灵。
>
> 附耳教人无主意,不如明白说来听。"

三藏说罢道:"徒弟,依你附耳之言,道那两个人不敢近前夺店小二的担子,就是那来接我们的两个和尚变化了来的。若是这等,我们就该往水路随店小二去的是,你却又叫我往山冈过去,故此没个一定主意。"四僧道:"师父,你既是灵山求了来的经文,我闻如来真经不肯轻易与人,你仗何事何心求得来?"三藏道:"列位师父,我弟子:

> 上为国王水土,重恩来把经求。志诚一点在心头,功果喜今成就。"

只见那四僧听了齐齐说道:

> "为报君恩求取,志诚不是私谋。始终信受莫疑忧,有甚妖魔敢诱?"

四僧说罢,那两人听了飞走道:"和尚附耳之言,乃是说破了我等来历,且报与我长老去也。"四僧听得他说长老来历,正要查探此情,乃向三藏道:"师父,你只把原来志诚心莫改,纵遇妖魔自然荡灭。我四僧实是来暗试你禅心,看你志诚,若终守不变,不生疑惧,经文方为托付得人。我已知迎接你们的都是妖魔,须要正了念头相待,自是无碍。"看着孙行者道:"悟空,你这个猴王,我等瞒不得你,只要你灭此妖魔,保你师父莫生疑障,我等去也。"说罢,腾云而去。三藏忙合掌望空拜礼,行者笑道:"师兄,远劳你来查探,你可回去说唐僧的志诚始终不变,倒是我老孙机变,西还一步有百千万种也。"

却说八戒歇下担子寻水去吃,他正来到河边要吃水,没个碗盏,看着一湾人家又远,方才用手去取吃,只见比丘僧与灵虚子变了两个舟子,驾着一只船儿,摇着橹,走近八戒,叫一声:"那和尚,要吃水当寻一碗盏来取,如何动手?若是你手不洁,可不秽污了一河之水?"八戒抬起头来,见是舟人，便停住手道："善人，有碗盏借一件与小和尚吃些水。"那舟子忙在舱中取了一碗，递与八戒，八戒接了，取得一碗水吃毕，便道："善人，可有瓶罐再借一件，取些水与我师父去吃。"舟子故意问道："你师父在哪里？"八戒指道："那远远西边歇着柜担的就是。"舟子又问道："柜担何物？"八戒把前后事情说了一遍，舟子道："原来你师父是中国取经的圣僧，既是到此，何不远转一程，到国王处讨一张勘合①批文，来此取应送舟船，这所属地方，谁敢不应付？"八戒道："我们原有批文在身。"舟子道："既有批文，取了来，我们照验，实不瞒你说，我这舟船便是递运官舟来往接应公差的。"八戒听了大喜，随取了一瓶水，走到三藏前，把舟子话备细说出。三藏道："既要看验批文，八戒可取与他看，若是官舟顺路，应付前去，莫便于此。悟空，你莫想过山冈雇车辆。店小二哥，你也免劳挑担，我们不到你客店去了。"行者心肠，正为那两人要接过山冈，被四僧说破是妖魔，飞走而去，他定要找寻妖魔来历。怎奈三藏没有主意，听了八戒这段情，坚意从水路搭官船，力辞店小二。店小二笑道："师父，我这地方哪有应付的官船，看将来，方才那两个接你们过山冈、雇车辆，就是这两个人，分明妖魔，休要错认。"行者听了此言，笑欣欣地道："正合老孙之意，师父不必三心二意了，上官船罢，八戒快把批文送与他验明了，我这里搬柜担上船。"八戒依言，随到河下。灵虚变了舟子，走上岸来，看了此文道："应该应付，请师父们上船。"八戒传与三藏，师徒一齐到得河下，那店小二随后跟来，向三藏正言厉色道："师父们，我非争揽你们生意，实是我这地方妖魔甚多，看此舟非我地方所有，这两个舟子又非熟识，莫上他船，多是妖怪诱哄！"行者道："店小二，莫要为你买卖破人上门生意。"三藏见店小二阻拦得紧，向行者说："悟空，你也要个主意，只恐店小二见我们僧家，出片好心，他此地人烟稀少，如何与舟子不相熟识？"只见舟子笑道："师父，你不必动疑心，舟船便与你载去，你们若会操篙扶舵，我两个不必相送，免得店小二疑我，也省了一路盘费。"八戒与沙僧道："二位不去，更

---

① 勘合——古时调遣军队，用符契为凭，上盖印信，剖为两半，以一半交奉令调遣的人，另一半交被调遣的军队的主将。在奉令调遣人到时，将二符契相并，验对骑缝印信，叫做"勘合"，又叫"勘契"。又皇城车驾出入，亦须"勘合"。

妙更便,我两个积年会驾船走水路。"乃跳上船,几篙子把船撑开,店小二
扯着两舟子说道:"你是哪里舟子,私把船搭载人货,不由我牙行店家。"
比丘与灵虚只不则声,看着三藏舟行去远,乃向店小二道:"你没要扯我,
我两个哪里是舟子。"店小二道:"你不是舟子,如何驾舟?我被你两个夺
了生意,坏了埠头,哪里放你!定要扯你地方官长去讲!"舟子见店小二
扯着不放,把脸一抹,身子一抖,却是一个和尚、一个道人。店小二见了,
丢了手道:"爷爷呀,我说此处没有这舟子,定是那两个来接的妖怪诱哄
了这几个客僧去了。"比丘僧听了道:"店小二,你休疑我僧道是妖魔,我
两个是:

> 鹫岭比丘僧,灵山优婆塞。
>
> 保护取经人,恐被妖魔贼。
>
> 慈航神普渡,宝藏通南国。
>
> 众生应有缘,而遇此功德。"

比丘僧说罢,与灵虚子腾空而上。那店小二见了向空磕头道:"爷爷呀,
原来搭船去的众僧也都是神人,想必是为地方平妖捉怪的,不免到村间说
与众人,建个圣僧庵庙,为地方求福保安。"店小二说罢而去。

却说三藏师徒上了船,八戒沙僧撑着篙,摇着橹,顺流而东。约走了
三五十里之遥,傍那河岸里路,好一座山,但见:

> 怪石留云,峰峦接汉。菁葱绿树,远远似白鹤栖迟;缥缈青烟,漫
> 漫把碧天遮荡。遥观岭头,云雾飞来飞去,随风变作奇形;近听脚下,
> 溪流声高声低,带雨敲成雅韵。横遮路径,举头尽是松阴;直断云根,
> 入眼许多怪石。静悄悄行人迹少,闹轰轰飞鸟声多。休言狐魅潜,只
> 恐山精出没。

三藏在船上见了这山,说道:"徒弟们,你看,好座高山,景致秀丽,上
面定有高人藏隐修行,我们上去登眺登眺。"行者道:"师父,趁着这没舟
子的船过河去罢,不必又上此山,只恐山中虎狼还是小事,万一妖魔在内,
我们又去惹他?"八戒听了笑将起来,三藏道:"悟能,你大笑为何?"八戒
道:"我笑的是大师兄心口不一,你心里每每喜去寻妖捉怪,这时却怎生
又怕起来?"沙僧也说道:"师父要上山看看景致,你便阻拦,说没舟子的
船过河去罢。正是有舟子,恐他不肯耽延工夫。没舟子,随的我们。"行
者被八戒、沙僧一激,便道:"住了篙橹,大家上山走走。"三藏道:"徒弟,

我们停篙罢橹,上山有几宗方便的事,说与你听。"行者道:"几宗甚事方便?"三藏乃一宗一宗说出。却是何事,且听下回分解。

总批

摹写店主人声口绝像。

龟精唯恐行者从水路登山,破他行径,只要他进城,不知进得城来,见了行者,岂被你当面瞒过? 枉自露了破绽,费了心机! 所云锦囊妙算,只一乌龟见识耳。

第七十二回

唐三藏登山玩景　猪八戒得意赏心

话说行者问："师父,是哪三宗?"三藏道："徒弟,一宗是西方地界好山好景,也是我们来一场登玩登玩;一宗是上有藏修好人,瞻仰瞻仰,得些教益;一宗我们在舟船,你们撑驾劳苦,歇息歇息,便是马也要与他放散放散。"行者道："上山无碍,只是上得山,大家都不在船,何人照管经柜担包?"三藏道："悟空所见得当,必须留一个在船照管,便是马也要一个人看他。"行者道："马且放在河岸吃草,只是要人守船。"八戒推沙僧,沙僧推八戒,三藏说："你两个都是要上山观望的,故此不肯守船,悟空原意不上山,你在此守船罢。"行者道："师父到也公道,你们去观山玩景,我老孙守船,罢,罢。你们去,只是莫要延捱工夫,不可惹动妖精。"八戒道："这猴头,气不忿人去,便诅咒人。遇着妖精,狗妖精,臭妖精,我老猪也有本事降他。"行者笑道："呆子,你动了诅咒心,如何倒说我?你去你去,只不要惹动妖精,没本事降他,还来寻老孙。"当下三藏叫沙僧把玉龙马索上河岸,那马见了山根下青草茸茸,飞走去吃,沙僧钉了一个桩儿拴着。师徒三人一步一步走上山来观玩景致。

却说行者见他三个上山,那八戒指手划脚说景致,夸山水,三藏喜气洋洋,眼观耳听,他便动了一点真不忿心,说道："你们观山玩景,叫我老孙守船,冷静静在此船内,我便去走走有何妨碍?"遂拔下一根毫毛,变了个行者照顾经担,他却隐着身子,不与师父看见,直走到山上,跟在三藏后面。只见三藏道："山景果是秀丽可玩,只可惜不曾叫得行者同来一看,想他独坐舟中,必然纳闷。"八戒道："这猴头是个会潇洒的,怎肯纳闷?倒是徒弟一片老实心肠,若见师父叫我守船,倒有几分纳闷。"行者听了道："好呆子,我倒让他来观玩景致,他却背地议论我,且耍他一耍,看他如何!"那八戒正才两眼看山,一只手指与沙僧说："你看那:

> 山高望远路,河窄线般长。
>
> 行人如蚁过,往来何事忙。"

行者听了道："这呆子他也晓得得意赏心处。"乃变了一个蜢蜂，先把八戒眼上一螫，又把他手指处也是一下，八戒叫将起来道："沙僧，不好了，都是指景致与你看，惹了蜢蜂，螫了手、叮了眼，疼痛难忍，这会就有好景致也难看到，不如在船上看守了。"不知行者假变的蜂芒却无毒，一时便不痛。八戒把眼揉了一揉，睁开看见一个蜢蜂正飞，便把手去扑，骂道："是你这狗蜂叮我。"行者见八戒骂他，即忙飞到树根下，变了一条小赤蛇，照着八戒脚下一口，八戒叫一声："哎呀，怎么脚又被土龟蛇咬了，疼痛难忍。师父，我不去望山景了，回船看行李，换了行者来罢。"行者心肠就转过好来，心中想道："师父老人家方才看着好景致，便口口声声思念我；八戒叮的没兴头，要回去守船，也说换了我来，这情意还好。"乃隐着身走回船来，收了毫毛。只见八戒走回船上道："大师兄，师父与沙僧看山玩景，我恐他贪景忘归，惹动妖魔，虽说老猪有本事降他，只恐妖精厉害，不如你是个降妖惯家。一则让你去看看山景，一则恐师父动了贪魔，惹了精怪，你去保护着他。"行者笑道："师弟，你叮的没兴头，方才来换我？"八戒道："罢了，老猪无心被你有心耍了，你耍！你耍！只教山精出来耍你！"行者道："呆子放心。"

却说三藏与沙僧看了一会景致，见八戒回船，乃坐在山冈之处，四顾青松隐隐，白石峨峨，隔着一湾溪水，却没个路径可登。三藏道："徒弟，你看那松树旁白石内，像个洞门，其中必有藏隐修行之士、避俗逃名之人，我们怎得个路径通得过去访一访？"沙僧道："师父，这有何难，师父坐在此，待徒弟驾云过去看了，可通路径，再来接引师父。"三藏道："有理。"沙僧乃驾起云头，从空飞下，到那松旁石畔，果有个洞门。沙僧进入洞中，约走了三四里，都是一派顽石，渐渐从黑暗生出光亮。沙僧抬眼来看，见一个洞中，许多小妖咕咕哝哝，在那里说道："大王久去不见回来，把这长老大石压禁在此，再过两朝，不是压死，定是饿伤。"沙僧听了，大着胆子，直走入内，那小妖们见了也不惊异，连忙问道："你这和尚，想是长老的徒弟、徒孙，来探看你师家也。谁教他出家人利名心胜，来买了这新垦山场，指望开山获利，恼了我大王，压禁在此。再迟两朝，不见你来，你长老也难保，便是我们也要蒸他吃了充饥。"沙僧听得，口里诨答应，心里却裁怀："什么长老恼了大王？"便问小妖说："我小和尚正是来看我师家的，如今被大王压禁在哪里？"只见一个小妖道："我怜你出家人，指与你去看，你可进这小洞去。"沙僧依言，进入小洞，只见一块青石板压着一个老和尚，那老和尚正在那里哭啼啼说道：

"自叹生来命薄，父娘早逝身孤。披缁削发剃须胡，老大为僧受苦。

只恨利心惹衅，开山凿石贪图。妖魔动怒害身肤，怎得徒孙探顾。"

那老和尚说一会，哭一会，沙僧听了乃近前冒认做徒孙道："老师父，我徒孙特来看你，你为甚的压在此处？"老和尚眼昏，听见一个小和尚说是徒孙，便哭着说道："徒孙，千不是，万不是，我自家不是。想我出家多年，也挣得一个家私，又得了你们贤徒弟子扶持，做了一个方丈长老，此心便该知足。古语说得好，知足不辱。谁教我积了些私囊，又贪图产业，买了这山场，开垦田亩，斫伐树林，惹恼了一个积年在此山洞的魔王。他嗔我开垦出路来，说不日有西还的取经唐僧，恐怕从此路过。他徒弟中有个齐天大圣，这和尚却惹不得，当年在国中剿灭了虎力、鹿力、羊力三个魔王，救了寺僧，至今提起来，妖魔哪个不怕他？为此把我大石使了个妖法压在此处。这妖魔闻他假变了我，叫两个小妖从西路去迎接唐僧，只要他们进城，不从这新开路来，方才放我。徒孙，你从寺中来，可曾听见两个小妖迎接唐僧？到了那里，若是进城过了我们寺去，我就得出来了；若是再过两朝，唐僧打从这里来，难为了他妖魔，怎肯放我？"老和尚哭着说，说了又哭。沙僧听的备细，说道："老师父，你耐心一日，我打听了唐僧去向，再送信与你。"说罢，退出洞来，驾云从空到得三藏面前，恰好行者也来了，沙僧便把这事情备细说出。行者大笑起来道："师父，我徒弟说那来两次迎接的人不敢近我们经担，有些古怪，必定是妖魔。我等不知而去，倒也罢了。如今他既知老孙的大名，我们又知被冤的长老，少不得师父上了船，叫八戒撑着篙前走。沙僧师弟，你牵了马到船去，我定要剿灭了妖魔，救了长老，方才来也。"三藏道："悟空，妖魔只恐厉害，还该留着沙僧帮你。"行者摇着手道："不必，不必。"一个筋斗不见了。三藏与沙僧下了山，回到舟内，只见八戒笑欣欣道："师父，山景好看，怎么行者不回？"三藏道："悟能，你休要管他，你且撑着篙，我们到前路等他。"只见沙僧牵得马来，上了船，师徒顺流先走。

却说行者一筋斗不打到别处当年他来时的熟路，直打到智渊寺山门，观看那：

梵宫原是旧，绀殿①未更新。

---

①　绀（gàn）殿——指佛寺。

独有碑亭倒,唯存负重身。

行者看了那碑亭两座,石镌字迹全无,仅存了两个负重龟形。说道:"可叹!我们当年来此,何等寺院整齐;几年间,倾颓至此。"正左顾右看,只见东廊下走出一个长老来,行者犹认得他,是昔年相会过的长老,却又听了沙僧说的长老被妖魔石压在洞,机变心肠一时便动,把脸一抹,变得与长老模样一般。那长老见了惊异起来,上前一把扯着行者道:"我已压禁你在洞,从何走来?"行者故意道:"魔王,你好心狠也,你怕我指引唐僧从新开河路过你洞,却把我压禁洞中动弹不得。哪知唐僧不依你差人迎接进城,却觅舟从河路前去。到了山前,师徒们上山观望景致,进你洞来,看见我压的苦楚,拿倒你小妖,备细知这情由;被什么齐天大圣手执着金箍棒,把小妖都打杀;念了一句梵语,把石板掀起,放我回来;说叫我遇着魔王,休要假变我长老,急别处安分守己,学好也罢。"妖魔道:"你便放了,那唐僧们可曾去哩?"行者道:"他已下山回船顺流去了。"妖魔袖中把课一占,笑道:"你人与说话都假,且等我差的两个回话。"只见山门外走入两个汉子来道:"大王差我迎接唐僧,叫他进城到寺来,他不肯,已觅舟从河路去了。我等又哄他过山冈小路,苦被店小二说破,只得回来,望大王再作计较。"这妖魔看着行者变的长老道:"我如今也不追究你真假,只说那和尚把什么金箍棒打杀了我洞中小妖。这情理可疑。闻说齐天大圣近日缴了金箍棒,改心行善,如何又有此言?我且回洞看,可曾伤毁我小妖。"行者说:"我还见他把乱石塞了洞门,一把火烧个干净。"妖魔听了咬牙大怒,飞星就走。行者筋斗却快,早已打入山洞里,果然那真长老被石板压住,口里哼唧。行者忙上前推那石板,哪里推得动,只得念了一声梵语,也是长老灾晦该满,被行者轻轻推起石板,那众小妖齐上前来争,被行者一顿拳头打开,把长老背出洞来,叫声:"长老,我不是别人,乃是唐僧大徒弟孙行者。先前假充你徒孙的,是我师弟沙僧,备细你情由向我老孙说了,故此我到你寺中点破了妖魔。他如今回洞来,待我老孙再替你捉弄他,你可从小路走回寺,或是河边有甚相熟,且叫他送你回去。此后不要痴心贪利,忘了你做和尚本来面目。"长老满口答应,行者送了他到河岸,那长老慌慌张张,哼哼唧唧去了。

好行者,随即走到洞外。变了一个长老,卧在地下,只见众小妖出洞,见了道:"长老,你被一个毛头毛脸的和尚推起石板,背你出洞,如何还卧在此处?"行者故意道:"他好情方才救了我,叫我回寺去,怎奈我久被压伤，腹中又饿，只得倒卧在此。"众小妖笑道："谁教你贪图财利，触犯了我魔王？如今若把你拿回洞中，依旧压着，等魔王回洞，只可怜你是个老和尚，便是蒸了你吃，瘦巴巴也分吃不多。"行者道："我老和尚压昏了，不知为甚触犯了你魔王。且不知你魔王是何来历？"一个小妖道："你放了石压，救了性命，乘空去罢，还要根究我魔王来历？"一个小妖道："便说与他何害？且叫他知道我魔王神通本事。"行者道："说说我老和尚听，回到寺中吩咐寺僧，以后莫使他到这山中伐木打柴，惊犯了你魔王威灵。"那小妖便说："我魔王：

　　　本是四灵之一，住居溪涧河中。只因开垦不相容，移入深山石洞。
　　说起他身本事，推测妙算神通。经年历岁更无穷，似你山门负重。"

行者听了道："你魔王来历本事，我老和尚知道了。只是你魔王恨我开山凿路，冲犯了他，把我压禁在此；又怕唐僧的徒弟齐天大圣过此，却变了我在寺中，差小妖迎接唐僧进城，免得他来此河路走。哪里知那齐天大圣心性多拗，你说城内寺里有妖魔，新开河路安静，他便进城要惹妖魔，只因你说此处多妖，故此那唐僧偏来到此。如今多亏那齐天大圣救了我出来，我想他便去了，我老和尚怎能离得寺里？你大王神通又大，依旧拿我来压着，如之奈何？"小妖道："我大王回来，若是唐僧去远，他不念旧恶，必然放你。"行者又问道："你大王推测妙算，当初就该先知唐僧们必不进城，另算个计策，使他必进城。"小妖道："我大王常推测百事皆灵，不知如今怎么推测不出，妙算不来。正也为怕此一宗。"行者备细问了，正要使出猴拳打众小妖，却好妖魔复了原身，走回洞来，见了行者假变长老卧在地下，那众小妖周围守着，一时不暇推测，乃道："我占测那山门长老人话皆假，不知是何处妖怪来设诈愚我。看此小妖围着长老，怎得出洞来？"众小妖便把毛头毛脸和尚念梵语打猴拳、推石板救长老出来的话说出。妖魔听了，忙袖占一课道："古怪，古怪，怎么占不出那唐僧们去到何处？这救长老的何人？便是这长老也不知真假，却是何故？"且听下回分解。

总批

　　猪八戒遇妖精，便惹不过，却又恼人说他怕妖精，所以浅学之士，越好人奉承，都是猪八戒一流也。

　　老和尚不知足惹了龟精，今人求田问宅，殆无虚日，越发盛旺何也？曰：渠家无数龟精作耗，譬如变住持在寺，人自不识耳。

第七十三回

贪利老僧遭怪压　含灵负重向经皈

诗曰：

推测前知事颇微，无计妙算说神机。

五行颠倒原非幻，八卦寻求果是奇。

河洛灵含千古秘，鬼神奥剖十分疑。

老僧不露玄元窍，把握真经任你推。

话说这妖魔占验不出，乃向行者变的长老问道："你是唐僧救你出来的么？"行者道："正是唐僧的徒弟救我老和尚。"妖魔说："我那石板之上载了真文，我又使了移山之法压住了你，他如何托得动？"行者道："他先前也推不动，念了几句真言咒语，轻轻的就揭开。我老和尚出来也问他：'爷爷呀，你念的是何咒语？'他道：'念的是真经，这经灵应，人若念动，诸魔化为尘。'他又说：'念了真经，莫说救你一个老和尚，便是泼天的妖魔，也教他听了真经尽皆消灭。'"妖魔笑道："我魔王的神通本事，推测占验妙算玄微，他那真经怎当得我这灵应？"行者道："我当时也对他说魔王推占的神通，他道：'任你甚神通，遇着他的经咒便不验，若是皈依了他三宝门中，念了他真经咒语，便不消占验，比推测更灵，还要超凡入圣成佛作祖哩。'"妖魔说："如今也罢了，料想唐僧到此观玩了山景，觅了舟船前行趱路，我此处平安无事，你这长老也受了一番磨折，出了我魔王一口气。如今放了你回寺，以后不许叫你寺众来山谷搅扰。"乃叫小妖扶他回寺，行者故意起身，踉踉跄跄道："谢大王活命之恩，只是你既有此好意，我老和尚也把个好意报你。那唐僧的徒弟救了我出洞，临去说：'传语那老龟魔，他会占测，不知我齐天大圣极会机变，我师父唐僧们虽乘舟奉经前去，我还要计较他怎该变你长老，又叫小妖变和尚来诈迎我师徒。这却难恕！且是成妖作怪，在这山洞阻拦僧俗人等不得打柴伐木，我大圣还要去取了金箍棒来，把这老妖小妖个个打杀，叫他莫要信人说近日西还的孙大圣不比往年来时剿灭那虎力等魔，如今慈善了，不知道如今的孙大圣更厉害多哩。'"妖魔听得慌惧起来道："长老,实是唐僧的徒弟有个孙悟空,神通广大,当年在国中灭了虎力、鹿力、羊力三个魔王,到今闻他名的心惊胆战。昨闻说他取了真经回还,一路慈悲方便,我如今自悔当初不该假设迎接之计,又不该把石压禁着您,惹的那孙悟空不肯干休,却怎么是好?不知那唐僧们可容我改过?这孙悟空可肯发个慈悲,不去取金箍棒,饶了我们性命?"行者道："你这大王口口声声只叫孙悟空,不知悟空二字乃是他法名,你称名道姓,万一他有千里眼、顺风耳,知道你背前面后,益发动起怒来,这不是火上加油?"妖魔道："长老,你说的是,我如今倒求为个妙计罢。只是那孙大圣开个方便之心,同唐僧们过去。"行者道："那孙大圣也曾说,只叫你魔王洗心归正,自然他便饶你。若是你要推测灵验、妙算神通,叫你好好的在河路效些功劳,你安他经文前去,唐僧师父自有经文一卷课诵与你听,包管你不堕妖魔之党;若是逞妖弄怪,不信他好言好语劝你,他定要抽你大魔之筋,剜你小妖之髓。依我老和尚之计,早早洗心归正,乃为上策。"妖魔笑道："你这老和尚言语太毒切,那孙大圣哪里这等厉害,你也该为我说两句方便好言语。"行者道："你这大王苦苦压我和尚多时,是我老和尚仇人。俗语说的好,仇人相见,分外眼睁。那孙大圣救了我出来,是我老和尚恩人,岂有恩人说与你的言语我不明白毒害向你说?"妖魔听了,叫两个小妖："把长老推了去罢,免得在此长他人之智量,灭我大王之威风。"两个小妖方才举手来推行者,行者笑道："你这两个倒了架子的负重碑文,压不怕的妖精,你假变人形,方来迎接我们圣僧,此时何来推我?"把脸一抹,只见是一个:

光头未剃尽,毛脸孤拐腮。

眼凹金睛现,风猹两耳开。

虎皮裙一幅,皂布袄三裁。

一个孙行者,打从何处来?

行者现了原身,那妖魔见了道："原来孙大圣也只是一个虚名。且莫说他小家子变了两遭长老愚哄我魔王有甚来由,便是这等一个毛头毛脸的和尚,也未见的有甚神通?"行者笑将起来道："妖魔,老孙非是小家子变长老两次愚哄你,无非以善化导你,免了我动金箍棒,伤了我师父仁者之心。你若说我虚名,有甚神通?你却也不知我的神通,乃机里藏机,不怕你怪中生怪。且听我说来:

　　我的神通说你知，鸿蒙初判我生时。

　　花果山中曾养圣，水帘洞里乐嘻嘻。

　　上天下地无人挡，捉怪拿妖谁敢欺？

　　只因拜了唐长老，保护灵山谒圣师。

　　一路西来功效著，诸经取去不差池。

　　金箍棒缴多妖遇，机里藏机奇变奇。

　　逢林荡涤拦经怪，遇水消磨阻路螭①。

　　手段当年今尚在，名儿昔日满车迟。

　　饶你怪中生出怪，袖占了验往灵龟。”

妖魔听了笑道：“我只闻你神通，今听你本事也只如此。你敢与我斗个神通本事么？”行者笑道：“你这个妖魔，敢与我斗什么本事？”妖魔说：“听你方才讲，金箍棒儿缴了，只用机变，我就与你斗个变化罢。”行者道：“既你要斗个变化，也须较个胜败，若是胜了的，如何处治败了的？”妖魔道：“我洞中有生铁扛子，叫小妖取出来，如是败了的，与胜的打十扛子。”行者道：“便是这等，立个誓约，不许反悔！”妖魔道：“我小妖便是中证。”行者道：“小妖是你一家，我老孙孤身在此，这誓约难凭，须是寻个外人作证。”妖魔道：“便依你等个走路的过山冈来，扯他立个誓约。”正才望山坡之下，只见两个汉子走来，那汉子不是别人，正是比丘僧与灵虚子两个，他把摄来舟船，渡了唐僧前去，又警戒了店小二，却一路前来。远远见行者与妖魔在此斗胜，就变了两个汉子，走近前来。行者明知，故意叫道：“二位大哥，我们借你做个中证功德。”汉子道：“什么中证功德？”行者说：“实不瞒我，我是唐僧的徒弟孙行者，这是洞中老妖魔，要与我斗个神通变化。若是胜了的，把不胜的打十生铁扛，不许反悔，故此寻二位作证。”一个汉子道：“青天白日，我们走山冈赶路的客人，怎遇着你两个山精邪怪斗什么变化，且是败了的打十生铁扛子？爷爷呀，除非就是生铁头。”一个道：“这和尚说是唐僧徒弟，我也闻名，不是邪怪。只是这洞中老妖魔若败了，却反悔不得！”妖魔道：“不悔，不悔。”汉子道：“既不悔，你们斗来我看。”行者乃问妖魔：“你却变化何事？”妖魔说：“且叫小妖拿出洞中扛子来。”乃叫小妖进洞，他便使个机变，悄地吩咐小妖把两样扛子取出来。

---

　　①　螭(chī)——同“魑”，魑魅。

一根生铁,重有五百斤;一根栗木,假漆做铁。那妖魔使了一口妖气在上,都是一般重。哪里知行者是个积年伶俐 的,见妖魔悄地吩咐小妖,他便使个机心,拔一根毫毛,变了个小妖,跟着进洞,知道是两根扛子,乃向妖魔道:"扛子只要一根,如何取两条出来?"妖魔道:"你拿一根,我拿一根,不是两根?"便叫小妖把栗木的递与行者,行者接在手中道:"且放下,待胜败见了再拿。"妖魔就掣出扛子,指望就要乘机来打行者,岂知行者早先有这机心,叫毫毛变的小妖把他铁扛子抵换过来,方要动手,只见比丘僧与灵虚子在旁见行者与妖魔俱动了杀机,两个计议道:"不好,行者与妖魔动了杀机,料妖魔不能奈何行者,只是行者轮起铁扛,又犯了伤生之戒,不辜了唐僧方便之心、我两个慈悲之念?"两个走上前,各拿一扛子道:"你二位原说斗神通变化,叫我作证明,怎么先轮着扛子,便是打斗之意,我两汉要行路,便不管你斗胜败了。"行者道:"有理,有理。"且叫老魔:"你变来。"那妖魔道:"我与你变这山上乱石罢,乱杂在内,不许识出,若是与众人识出,便是败了。"行者道:"待我先变。"乃把身一抖,飞入山间,杂入乱石。众人齐看,哪里认得个行者的身形? 但见:

> 奇峦凸凹,怪石参差。奇峦凸凹萝缠,怪石参差苔藓砌。青磷叠叠,数不尽的大小成堆;白璧苍苍,辨不出的高低作势。排排杂杂满山冈,乱乱纷纷当径地。正是纵横好似八门屯,形状足有千般异。

行者变了块峦石,杂在乱石之中,远远只听得山左叫道:"老妖,你识得老孙在哪里?"妖魔闻声,走近前道:"孙行者,我识你在这一堆石里,那块猴子像的就是。"只见山石又叫道:"不差,不差,我老孙却在这里。"妖魔又走近前道:"我识你在这几块石内,那藤萝不缠绕,独自一块就是。"只听得山前又叫道:"乱说,乱说,老孙却在这里。"妖魔没了主意,乃叫道:"你变化果奇,我众人识你不出,你复了原形,看我魔王手段。"忽喇一声,行者早已立在面前,叫:"拿过扛子来,让老孙打。"妖魔道:"我尚未变,待我变,你若识出,方是你胜我败。"行者道:"你变来我看。"妖魔也把身一抖,飞入山间乱石,众小妖齐齐叫:"好! 我魔王神通本事,果是非凡!"哪知行者机变更奇,他把毫毛拔下无数,根根变了自家拿着块石头,块块石上敲敲打打道:"妖魔,我识出你变在此。"把个一山石头块块被行者说着打着,那妖魔躲藏不得,现出原身来。行者执过扛子向两个汉子道:"二位大哥,这魔王被我说出,应该我打他十扛。"妖魔王袖占一课道:"休要夸你能,是你分身变化块块撞个影壁,你何尝直指那块是我?"行者被妖魔推测出他机变,停住扛子道:"也罢,你既不服,且问中证,可该打你?"汉子道:"孙行者就是分身变化,却也真奇,该算老妖之输。"妖魔只是不服道:"再变个树木在松林内,若是识出,便算输。"行者道:"你变你变。"妖魔道:"先讲明白,不作分身变化撞影壁,须要实实指出那株树木是变的方算胜。"行者道:"老孙说过,不撞影壁,你变来好。"妖魔把身一抖,飞入林中,杂入众树,果然众皆不识。但见:

满山绿树,遍岭青松。满山绿树影萧疏,遍岭青松枝密杂。高冲霄汉,真个是拨雾留云;连接岗峦,果然如排川倒峡。鸟鹊飞投声韵奇,猿鹤栖舞欢和洽。正是苍苍郁郁洞幽阴,划划轰轰风乱刮。

妖魔变了树木杂入众松之林,他也效行者在山岭内东树上叫道:"孙行者,你识得我老魔王在何处?"西树上也叫道:"孙行者,你识得那株树是我老魔王?"孙行者被他东叫西叫,倒也没了主意,乃答道:"你这老魔,我岂不知你变的树? 你听我说着你:

你青不变,翠不变,郁郁苍苍又不变,笑你变得老枯枝,怎耐寒霜风打颤。高出山冈露着头,低居丛树难藏面。四肢委随怎挣扒,双眸空蔽人不见。东声西叫两头忙,到此何犹不服善。大圣不比昔年来,得了真经行方便。妖魔若不早回头,动起焚林灰一片。"

妖魔听了道:"让你焚林,我挽动长河之水,往林中倾来,便就熄灭你那混猜话儿。警我的言语,不信,不信。你只说这满山树木,哪一株是我?"行者真伶俐,早已拔了几根毫毛,都变了些飞蛾儿,株株树上探听说话的在何处,乃变个啄木虫鸟儿,把嘴向那树上乱啄,妖魔被啄,怕痛,行者见了大叫道:"那株矮扒叉四脚蓬松的是你。"妖魔被行者说着,他也忽喇一声往山下河内钻去,许多小妖也随走了。行者便要脱了皮裙下河追赶道:"这妖魔,往哪里走!"正是:

饶你走上焰摩天,脚下腾云追赶上。

毕竟后来怎么? 要知详细,且听下回分解。

总批

龟精闻行者名十分惧怕,及见了真形,反加侮弄,故兵以不用为威,先声夺人之气乃为上着。行者听他说怕,急急现形,真小家子也。

赌斗处,亦磊磊有致。

第七十四回

玉龙马显灵抓怪　老住持妄想留经

　　话表行者要下河追赶妖魔，那两个汉子道："师父，你何故与妖魔打斗？我两个在此行路，青天白日遇着你们，你若有正事，出家人行些方便，放了妖魔去罢。"行者便把唐僧取经路过到此缘故备细说出，两汉道："既是你师父保全了经文，前途已去，你只该随你师父走路，苦苦在此计较这妖魔何用？"行者被两汉说明，看着河水道："好了，这妖魔去也，这生铁杠子定是要打他。"两汉又劝了一回，行者听了他两个解劝，又心系着三藏前行，遂一个筋斗打到三藏船边，三藏道："悟空，你灭了妖魔，不曾伤害他性命么？那长老可曾救他回寺？"行者备细说了一番道："只是不曾追赶上这妖魔。"三藏道："悟空，你饶了他，不但不背了我方便之心，且成就了你慈悲之德。"行者说："师父，我弟子追赶他，非是要伤害他性命，只是要感化他。这妖魔走入河内，是变化本事不如老孙，怕那一下生铁杠子，他的心肠尚未曾感化，只恐我们过来，他又去害那长老。"三藏道："徒弟，我们只要保全经文，过这河路去。我打听得此河路长远，你也替八戒、沙僧撑撑篙、摇摇橹，省省他力。"行者笑道："我老孙费了无限的心力降魔，他两个也该替我降降魔。"八戒道："大哥，你降魔费心不难，我们撑篙费力却不易。此后遇有妖魔，待我去降，如今你且撑篙着。"行者道："师父既吩咐了，便替你撑一撑篙。"乃接过八戒手中篙来，胡撑乱撑，撑的那船左转右磨，八戒忍不住呵呵笑道："吃饭有你的，撑船却没用！"行者道："呆子，你岂知道细人做不得粗事？"按下唐僧师徒舟摇摇而前行。

　　且说比丘僧与灵虚子见行者去了，不赶妖魔，两个正要复了原身，只见那河中忽然妖魔钻出来，见了两个汉子尚在山间计较说话，乃道："二位行客，非是我躲入河中，委实的那孙大圣神通广大，本事高强，你二位既做了证明，铁杠子怎饶得过？"比丘僧道："你这没用的魔王，如何惹那孙行者？他是有名的齐天大圣，你闻他名，只该远离了山冈、河水，怎么还与他比斗变化本事？想你还是不识他！若是不识他，该去讨个占，求个课。"妖魔笑道："不瞒二位说，我的推测占验妙算玄机，从来灵异；不知因何，今日逢着孙行者便灵验不出，妙算不来。"比丘僧说："你既知占验，你就推测我两个是何人？过此出往何处公干？"妖魔听了，袖占一课，说："呀，原来是二位菩萨到此，救了我妖魔！但我只占的菩萨出，却占不出菩萨过此冈往前做何公干？"妖魔乃双膝跪倒，求菩萨把这推测不出缘故指明，比丘僧说："汝能推测我两个来历，也为灵验，却不能推测我前往何事公干，总是你尚在后天道理上用意，遇了先天道理，自是让了一步。"那妖魔听得，又拜求菩萨指明先天后天道理。比丘僧说："先天道理不能口说，你若悟得，岂复作妖魔？若必欲要明，除非求那唐僧把真经授你一卷。"妖魔听得，磕了几个头，依旧往河里飞走下去。

　　比丘僧与灵虚子方才复了原形，两个从山路走过唐僧舟前，看着他师徒撑篙，把个船东转西磨。灵虚子说："师兄，你看那舟航不稳载，多是他师徒又动了什么机心。"比丘僧说："明明是行者横撑竖撑，没好没气的，这其间必定是他与八戒、沙僧有甚不平等心，以致舟航不稳载。但恐经文在上不安，乃我等保护不敬，况舟船是你我道法设置与他，还当叫明了唐僧，把他弟子平等了不平之心。"灵虚子道："师兄言之有理。"两个计议了，仍变了舟子，在河岸上叫道："那船上长老们好生撑篙摇橹，如何把只公差船撑的左转右磨？你想不会操篙，莫要撑翻了，不是当耍的！你们性命所系，况有经担柜包在里，小心！小心！我们说与你，到前东关岸头等候交还。"三藏听了，忙叫道："二位大哥，这河路到东关岸头还有多少路？"舟子说："路便不远，只是要过两处河滩，有个三岔河道儿，莫要走错！且河水流急，更要小心！若似你们这样横东竖西，只恐错了三岔路头，弄翻了船只！"行者听了道："舟子大哥，你倒把门户推在我们身上，在河岸上走稳路，说不利市话。你放心前去，我老孙撑翻了你船，料会掉转来。"舟子微微笑去。三藏道："悟空，舟人说的也是切要之言，你若不会，还与八戒撑罢。"只见八戒咕嘟着嘴在舱里打盹道："且再替我撑半会，我这时腹中饥饿，心力疲倦，便歇歇有何害？"行者见八戒这说，故意把篙子乱撑，那船几乎歪翻，吓得唐僧动了怒容道："悟空，你何故不小心？！"行者道："师父放心，没妨没妨，莫要动了嗔心。"师徒正讲。

　　却说那灵龟妖魔，他听了比丘、灵虚两个说得唐僧经一卷，自然占验通灵，转生善果。他走下河，一直赶来，果见唐僧师徒驾着一只舟航，但见那舱中霞光灿烂，他随推测，知是经文，却不敢犯舟。只因三藏动了怒容，行者说道："嗔心，"把篙子故意乱撑歪翻，这妖魔的心肠就变，说："这几个和尚原来各心其心。我如今求那唐僧诵念一卷经文，不如掀翻了他船，抢他的经柜担子，把那孙行者淹他个七死八活，以报他变长老、放长老之恨，斗神通、躲铁杠子一羞。"妖魔方动了这个心肠，哪知真经在舟，自有神力拥护，况玉龙马在舱中，见那舟船歪翻，他显龙性，下水扶持，看见了妖魔在河内，称歪作耗，他抖擞神通，复了原形，一爪把妖魔抓到岸上。八戒见了，便拿起禅杖，劈头照妖魔打去，三藏忙扯住道："悟能，休要动手伤生。"八戒道："师父，只说我不替猴精降妖，及至我打妖怪，你又扯住。"行者道："呆子，这样现成拿倒的妖魔累及你好打。"只见那妖魔被玉龙马抓到岸上，他望着船中，只叫："孙大圣，你始终方便罢。"行者见妖魔乞怜，又见三藏扯着八戒叫莫伤生，乃问道："老妖，你已输了赌斗变化神通，与我躲逃了十下生铁杠子，如今又来侵犯我舟航何意？"妖魔答道："实不瞒大圣，只因我推测妙算不灵，两位菩萨叫我求三藏老爷传授我个先天道理，故此前来。"三藏听得笑道："你这妖魔，识甚先天道理？我也不能向你口说。"妖魔道："望老爷把真经赐我几卷罢。"三藏道："我求来的真经包封甚固，哪有的赐你？但你既说菩萨叫你求我，我却记得菩萨的真经，课诵一卷与你听罢。"三藏方讽动了一句真经，只见那妖魔化一道乌云而去。当下八戒接过行者手中篙子，撑了开船，平平安安稳载前行。这正是：

> 妙计称玄算，占验说灵龟。
>
> 但存心里正，犹豫不须推。

却说四大比丘试了四众禅心，并无怠慢，径回西方缴旨。乃于经阁见了古佛。四比丘向佛作礼毕，便说："唐僧师徒一路西还，果然尊敬经文，无时刻懈怠，只是孙行者机变心生，未免道路多逢妖魔梗犯，因而保护诸弟子也动了灭妖降怪之心，用出机谋智巧之变，虽无伤于唐僧德行，只恐亵慢了经文，望乞我佛，还垂宥护。"古佛道："如来以大智慧力，付托了三藏真经与唐僧东去，料自垂宥护，我也不该过虑，但只是机变生魔，于我心终是放不下，须是谁再去究正了那保护诸弟子各体，唐僧志诚方成就大家功德。"古佛说毕，只见优婆塞等五众走过前来，向上拜礼道："弟子等愿往究正取经僧师徒。"佛言："汝等虽云在道，未授沙门，有何因缘故去究正?"优婆塞说:"灵虚子系我等一体,前去保护真经,但恐机谋智巧,他更用多,反于经文有累。"佛爷说:"汝众既与他有情,好生前去试一究正,各复了本来志诚,既便回来,纵是遇有抢夺经文妖魔,那众诸弟子自有驱邪缚魅道法,汝等不必设出智力,又添了一番孽怪。"当下众优婆塞领了古佛旨意,出了灵山宝阁,一架云头,不消刹那之顷,早来到车迟国东界。却好一座古寺在前,众优婆停云而下,上前观看,好座古寺。但见:

> 绀宫高耸碧琉璃,七级浮屠天样齐。
>
> 楼分钟鼓声相递,阁列廊厢彩各奇。
>
> 日照珠帘通宝殿,风吹香气满丹墀。
>
> 禅堂大众如云集,班首须知是住持。

优婆塞五众走入殿堂,都是茶褐色道服,青裹头唐巾,向圣像合掌拜礼了。只见那班首走入殿来,相见了,便问道:"列位道爷从何处来?"一位优婆塞便答道:"我等自灵山下来。"那住持听了道:"我等只知灵山乃西方佛境,不知此处到彼有多少程途?列位道爷从何年月日行来到此?如今欲往何处去?"优婆塞答道:"我等之来,不论月日的,因为东土大唐有几位取经僧人上灵山取得如来真经回国,我众奉古佛旨意,来探看众僧可终始志诚恭敬,不轻易了经文?或是动了嗔妄之心,略有改变?我等必须要究正他们,使他各复正念。"住持听了道:"原来是列位菩萨下降。"乃唤过大众寺僧,齐上殿行礼。便问道:"列位道爷,我住持和尚当年也曾听闻得有几位大唐取经僧进国城倒换公文,大显神通,救了智渊寺五百大众、长老僧人,如今想念他的功德,怎能够见一面?不知道爷可曾相遇着他们?"优婆塞道:"他们尚在河路舟船上,不日就到。"当下住持整备斋供,请众入禅堂安下。到晚,住持在禅床上忽然起了一念道:"我在这寺有年,早晚应酬地方善信施主做斋设醮,不过是几句科仪套子,钟鼓声敲,怎能够得一藏经典在寺?善信人家大斋大做,小醮小设,有此经忏,大斋醮定是常有,我这寺里断然兴旺起来。"住持动了这妄想,一时入静不能,乃卧在禅床上熟睡不省。只这妄想就生了一种邪魔,只见一梦非梦,神游到山门外深树林内,遇着一起精灵邪怪道:"住持师父,你好做的人家斋醮也。"住持道:"我和尚信受科仪,一从王法,也不知好与不好?不知列位有何说?"精灵道:"你习成套子了却道场,再禁的施主不虔诚,你僧众图应事只为小乘,我等终未得度离幽拔苦。如今幸逢大唐圣僧取得真经还回,将次到寺,伏望你转求那圣僧,把真经课诵,建一场大斋醮功德,使我等超生入道。"住持听得笑道:"列位,我正有此一念,须是把唐僧们真经设法留他一藏,永远在寺,与人做醮方才有益;若是转求他们做一会功德,怎能得长远?"精灵道:"住持师父,你如何设法留他的?"住持道:"如今见有灵山下来的道众,随路保护,就是唐僧肯留,这道众寸步要究正他们,多是不肯,你列位可有个计较能留?"精灵说:"此事不难,此离河路三十余里,有条三岔路口,从东直来便是此处;若是转了一弯岔路,便往桃柳村去。入得此村,这村中有一大户人家,弟兄十余个,强梁跋扈,作恶非常,我等正也要生些灾难与他。你可到岔路指引唐僧从桃柳村去,到了他家,使他弟兄倚强夺留,就是留不得取来的经文,打开了誊抄,才放他去,这计何如?"住持一喜,便醒回禅榻,自想道:"此梦不假,岔路是真桃柳村,大户见有。我如今宁可信其有,不可信其无。"不等天明,悄悄开了禅堂门,吩咐徒子徒孙支应优婆塞道众。住持走到岔河路口,天尚未晓,但见:

满天星斗有余光,皓月虽沉尚照方。

堪笑住持蕉鹿梦,误同邪怪错商量。

毕竟后事何如,且听下回分解。

总批

优婆塞等能纠正四众念头,何故不能纠正住持? 明是要降此一番魔障耳。

心思不一还要受乌龟气,何况于他?

龟精一句真诠便化,只缘他灵不过。

第七十五回

优婆塞纠正路头　村众人误疑客货

词曰：

　　世事尽皆梦幻，人生自有真经。老僧披剃换仪形，只为了明心性。　　一人贪痴皆妄，此中味却虚灵。邪魔乘隙乱惺惺，早把一腔持定。

——《西江月》

　　这一首词，单说出家的人既然削发披缁做了和尚，便该打破无明，戒了贪嗔痴，方是明心见性，清净根因。住持只因妄想留经，引得精灵入梦，遂起了个早，走到岔路，等着唐僧们到，要指引他师徒转弯岔河路，到桃柳村去。只见远远来了两个僧道，见了住持便问："长老师父，这清早在此何事？"住持倒也伶俐，便答应道："我弟子是迎接往来善信，揽见几位施主的。今闻得东土大唐取经的圣僧到来，故此远来迎接。"僧道说："何以知之？"住持道："昨日有灵山下来五众道爷在我寺禅堂安住，说后边有取经僧明日准到。"比丘僧听了，乃向灵虚子说："师兄，前有四大比丘到来试唐僧禅心，见他志诚始终不变，已回灵山，如今又是何人前来？"灵虚子道："莫不是我等优婆？必定有意而来，我与师兄当先探他真实何事。"乃向住持道："师父，你接着唐僧，务要叫他好生操舟，莫要歪撑乱撑篙橹，把人家船只使坏，我到你禅堂相会那道人去也。"说罢，前行去了。

　　却说八戒与沙僧，他两个原在河水内惯熟舟船撑驾，连夜乘舟便撑过两滩，到了三岔河口，天已明亮。三藏看那三岔口：

　　　　河水流渐一样排，堤崖转角两条来。

　　　　船行那道从东路，夹脊双关莫乱猜。

八戒撑到三条岔口道："师父，如今是从哪条岔路前去方是东关？"三藏道："悟空，你问个路径，莫要错走了。"行者道："那前面是个和尚来了。"住持走近船前，八戒道："师兄，我们是往东关走的，这河三岔，两条前路从哪条是正路？"住持道："列位师父，要从东关正路，须沿这桃柳树湾前去。这前村三五里,有一大户人家,弟兄甚是好善,师父们若是投到他家,不但款待斋供,还要奉送衬钱布帛;且是车辆俱有,不须舟船,直送到东关。"三藏听了,不觉动了一喜心,那八戒听了有斋供,也不等住持说毕,便把篙子向桃柳村撑。这住持一面说,一面向桃柳村飞走前去。

话分两头,却说桃柳村中,果有一大户,姓王,家私巨万,众人叫他王员外。这员外生了十个儿子,平日不守礼法,作恶多端,员外在日还畏惧一分,只因员外不在,终日倚富欺凌乡村,谁不怨恨?却也古怪,天道祸淫:他这十个弟兄倒有七八个灾病缠身,莫说家仆十有九害,便是六畜也不兴。这夜却有这些精灵邪怪与住持计议了留经,就到他家托梦与他弟兄说:"汝等作恶招灾,本当大降祸害,只因你员外在日,尚有善根。喜遇的大唐圣僧取得真经到此地过,汝等须留他们在此,建一斋醮,把他经文留在僧寺,永远与那寺僧看诵,自然你一门灾罪消除,我们也超生善道。"弟兄夜梦相同,早起半信半疑,恰好门外住持前来探望,弟兄们便把梦事说出,住持也说出情由道:"果然取经圣僧到了岔河,若从右行,便往东关,打从小寺山门前过,小僧恐不能留得他经,因此指点他们从此村来,仰仗众位势力,自能留住。纵是他们不肯,便打开包裹,誊抄了还他,也是便事。"他弟兄道:"住持,你寺僧求他留下最为方便,如何要我家留他的经文?"住持道:"我念老员外在日,看顾我小僧,此德难忘;况且列位身体欠安,闻知圣僧经文到了宅上,定是降福消灾;若是长远供奉,家道必然昌盛。若列位留了经文,自家不供奉,舍与小寺,那时小僧与人家做斋设醮,这功德全归列位。"众弟兄听了大喜,便叫家仆前村看守,等候取经僧到来,停舟留住。

却说比丘、灵虚两个听得住持说道众在禅堂,奔到寺中,进入禅堂,两下相见。比丘僧便问:"列位师兄,到此何事?"优婆塞答道:"前者白雄尊者传谕四大比丘前来试唐僧禅心,已知他师徒本一志诚始终不变,真经有托。但恐他机变心生,走错了路头,又惹妖魔作横,是以我等前来纠正。务要他们莫生妄念,误入邪宗。"灵虚子听了道:"正是。我两个保护前来,逢山过岭,穿林入谷,不知过了多少妖魔,幸亏唐僧不曾错了路头,行者有些手段,得万全过此,再过三五国邑,料到东土。只是我弟子们不得已,遇有妖魔,为保护真经,不得不生出一种机变。"众道听了说:"你二位师兄既为经文保护,正念便生出变幻,亦非邪妄。只是如今你随着唐僧前后,他如何不见到来?"灵虚子道:"前途有河三岔,但恐他们认错了路头便耽延了时日。"众道听了说:"我等前来,正为奉古佛旨意,纠正他师徒志意。若是他们失了正路,必惹妖魔!二位师兄当速到岔河,探听他师徒趋向。"只见比丘僧听了道:"唐僧定然要走错了路。"众优婆塞问道:"师兄你如何知?"比丘僧:"我看唐僧喜怒动心处上见。"众道笑道:"师兄,喜怒动心,怎么就要走错了路头?"比丘僧说:"师兄们,你岂不知喜怒根乎七情?试听我说:

> 太喜偏于阳,太怒偏于阴。
>
> 哀乐忧惊恐,过偏伤此心。
>
> 灵台既有损,妖魔自外侵。
>
> 举步恒迷乱,中逢何处寻。"

比丘僧说毕,众优婆塞道:"师兄,你二位有保护经文之责,我众等为纠正唐僧而来,既是有个三岔河口,只恐此处他师徒心志偏于喜怒,错了念头正路,可速到岔河指引他们东土大道。"灵虚子道:"列位师兄,你既为纠正而来,莫惜一劳,须当前往,我两个后来。"众道依言,一齐出了寺门。那众寺僧没有住持在堂,便也没人做主款待相留。这众道驾起云头,顷刻到了岔河路口。

　　却说八戒撑篙方走了三五步远,却也古怪,那舟船左撑右转半步不行,就如有绳缆牵扯在水一般,正在那里发急,说:"师父,那和尚说这沿河随着桃柳树去三五里有大户人家,车辆也有,我们把这船卸了载去罢。那两个舟子既不操舟,料必来收了船去。"三藏道:"徒弟,世间哪有白使人舟船不谢他的?"行者道:"师父说的有理,只是我们出家人遇处化缘,哪有甚钱钞谢他?"三藏道:"我行囊中尚有白布两匹,是陈员外当年送我的,放在船上作谢礼与舟子;徒弟们若各有行囊中物,送他些也好。"行者道:"师父,老孙却没有甚物,只有一个金箍儿在头上束发,当年来时受你念了千千万万紧箍咒,咒的痛,如今取了经文,我也不生事闯祸,你也不咕咕哝哝,把这箍儿取下送了他罢。"八戒道:"大哥,你便有物送他,我只有下灵山来时偷了些麝香,尚在囊中,送了他罢。"沙僧道:"师父,你老人家真有些差见,如今舟子不知在何处,丢了一只空船,又没人照管,把两匹布在何处?有人见了取去,却不空费了此心?"三藏道:"徒弟,你不知,我将此布放在舱中,舟子若得了,便尽了我酬他之心;如舟子不得,也尽了我这不白使他船之意。前辈菩萨过渡，遗一文钱在空船，为谢心正如此。"师徒正相讲论，只见优婆塞五个远远按落云头，见唐僧们船在河口，那八戒左撑右转，沙僧前摇后顾，船只在那岔边，行者呵呵只笑，三藏蹙着眉头。五众乃走近岔河之口，大叫："那行船长老们，是东关去的，如何把船向南撑错了路头？是谁指你？急早转过篙来。"三藏听得，叫："八戒，你看那几个道友，在那里说错了路头，急早转篙。"八戒道："莫要信他，方才那和尚走去，说三五里有好善大户，斋也有的吃，难道和尚哄我们一家？只恐这道人怕我们到大户家夺了他施主，不然，恐是妖魔。"行者笑道："这呆子，好人不识！你便不识，老孙却认得。"乃向三藏说："师父，可认得这众道么？"三藏道："徒弟，我一时心在船不行，便妄了。"行者说："师父，这道众是灵山下来的优婆塞师父门，必是见我们错了路头，指引东土正道。"三藏道："既是你认得，叫八戒转篙。"八戒犹自迟疑，被行者夺过篙子，复回一撑，那船顺流即转。三藏停舟上岸，合掌向道众称谢，且问："列位老师，有何公干自灵山下来？"道众说："圣僧，你如何认得？"三藏说："小徒孙悟空说知。"众道笑道："悟空，你既认得我等，灵山也是你走过的熟路，如何今日把船向桃柳村撑？"行者道："我老孙也是一时因师父与八戒动了喜怒心肠，便没了主意。"众道笑说："一则是你师徒动了喜怒之念，一则你机变心肠寸步未忘，急早顺流从此前去，到了东关，再过一国邑，自达大唐境界。慎勿错了路头，妖魔便生挠阻。"三藏合掌称谢，正才要行，只见住持领着许多汉子走近前来道："老师父，如何停舟不行？"又看着道众说："列位老爷，如何不在禅堂安下？又到此来何意？"众道说："住持师父，这早一晌如何不见你？你到此何事？"住持道："弟子在这前村王姓人家做斋醮，偶因遇着圣僧到来，特为施主转请列位圣僧到他家一斋，求圣僧课诵几句真经，消灾释罪。既是众位老爷俱在此，请乞同到施主家，随喜随喜。"说罢，便叫众汉子跳上船，撑篙摇橹。行者听了，两眼看着众道，众道又把眼看着唐僧，问道："圣僧，你主意如何？"三藏道："善信家修斋设醮，既有了这位住持，何要延我等？我等僧人，虽然出家人到处随喜，只是我们奉着真经回国，路既不顺，怎敢逆行？还是依众道师，往东关从此顺流去罢。"那住持道："列位圣僧老爷，莫要辜负了这施主仰望延请，还是随喜随喜。"乃叫汉子们撑船往桃柳村走，八戒沙僧便去夺篙，行者叫："莫要动争夺。"乃看着众道说："列位老师，我老孙不得不使个机变了。"把口向船舵一吹，只见那汉子们越往南撑，那船越往东走，如顺风扯蓬之状，飞疾前去。船既行，众道在岸上大叫："圣僧不要错路头，你看顺流遇风，何等如意！我等回灵山去也，只是孙悟空机心莫要过用太刻。"说罢，彩云腾起，众等见了，齐望空礼拜。三藏安心在船，众汉子只得同住持回去。

师徒顺流而行，早见树头上显出一座牌楼，上有一匾，两柱上悬着一联对句，且是人烟闹热，鸡犬之声盈耳。三藏道："悟空，想是到了东关，不知这关内是何州邑？你近前探问行人一声。"行者笑道："师父，你看那牌楼有字，近前自知，何必问人。"师徒正眼望着牌楼，只见岸上一起人，上前扯着船缆道："哪里和尚，盗了我们舟船，装载货物前来？且问你，这船上原旧的客人货物何处去了？"三藏见了，慌慌张张问道："列位是何人，扯住我船？我僧家非无来历，现有批文可验，这船是西关公差拨来应付我等的。"众人怒汹汹地道："胡遮乱掩，我这船现有字号，乃是桃柳村大户王员外家装载客货到西关贩卖，昨有地方官长行文来说，据西关店小二报称，客人王甲有船载布千疋，路被盗贼劫去，无处缉捕，你们既装载货物前来，料必这柜担定是布匹。"众人一面讲，一面就扯着三藏上岸，要去报官，就有几个下舱搬抢经担。三藏道："列位，莫要乱做，我和尚非比等闲，来时曾与你车迟国王相会，回去自有批文可证，便是到你什么地方官长，也要以礼迎待我们。那时查出我和尚的柜担却是经文，不是布匹，你众人悔是迟了。"众人哪里肯听，只是乱争乱扯，正在莫解，只见岸西走来一个和尚，三藏却认得他正是岔河请他的住持，乃叫道："老师父，你知我们是取经僧人，如何这地方众位冤我做掠布劫客之盗？"住持忙喝住众人道："莫要乱扯，凡事只以理讲。且问你众人为何扯着这位师父？"众人说："我村中有人贩了千匹布帛，载此船前往西关，今人货不知所在，地方有文行来，说客货被劫。今日这和尚们却载了柜担前来，事迹有据，安得不扯送官长。据他说是经文，便是经文，只问他此船从何处得来？"住持乃向三藏问道："师父，你此船果从何处来的？舟子在何处？"三藏取出批文与众人看，说："是西关公差应付了来，叫我到东关交卸。"住持笑道："是了，分明公差把只无碍的船搪塞了师父们来了，先前我小僧劝你到大户人家随喜斋醮，你却不肯，虚负了那施主一片好心。你众人且莫争扯，便是这船莫过是王员外家昆弟的，我与他昆弟莫逆，且是我寺中施主，方才正差家众迎请取经圣僧到家斋醮随喜,如今且请列位师父到我寺禅堂,再查验柜担。果然不是布匹货物,这情节一是无碍。"众人听了齐说:"既是住持相熟,知道来历,我们且把他行囊柜担送到你寺中禅堂住下,再作计较。"三藏道:"住持老师父,我们东行,你寺路可顺? 若是不顺,我们宁在这关外查明了来历罢。"住持道:"师父往东,我小寺正是顺路。"只见众人你抬我扛,把经担挑的挑,丢了船上岸就走。八戒道:"大师兄,你怎么由他扛挑?"行者笑道:"老孙正要他送一程省省力哩。"众人一齐前行,到得牌楼下,三藏方才仰面看那牌坊,上有字写着"雄镇古关"。那左右柱上一联道:

　　　　清宁不扰开雄镇,机察无虞过古关。

　　且说三藏师徒随着住持进了牌楼,那街市人民见了行者、八戒们相貌古怪,个个惊异。有害怕的躲在人背后看道:"爷爷呀,中国圣僧怎么这等异相?"又有看见三藏的道:"这位长老却真是不凡。"按下三藏没奈何,只得随众人挑着担包,押着马垛行来。

　　且说比丘僧与灵虚子在禅堂安下,让五众优婆塞先到岔河探听唐僧,他两个却慢慢的你说我讲,方才出了禅堂,打从古关前来。讲说的却是何话? 且听下回分解。

总批

　　　　和尚做事专靠施主力量,住持要借王家弟兄势力留经,西来道众既纠正了路,明明腾云而去,就该点化众人,令其瞻仰,省却许多葛藤,亦不致再生机变也。

第七十六回

惊住持真容说话　附老妇王甲回心

话说比丘僧与灵虚子，见优婆塞道众前到岔河纠正唐僧师徒路头走错，他两个慢慢行将来。一个说："我两个保护经文，一向不与唐僧们识破，今日安可同他们前去纠正？"一个说："我们撑得河中便船渡他师徒，还当终始了他。这舟船篙橹原归了船主。"两个出了寺门，依旧变做舟子，往关前走来，远远的见众人把唐僧经柜担挑着前来，乃上前道："长老，我应付了船只，便是公差，如何白使人也不候我交卸？便是旧规上仪也该送些酬谢！"三藏一见了两个舟子，连忙说道："二位大哥，多承你应付船只前来，却不知你这船从何处来的？这村中众人说是被劫客货的盗船。今既见了二位，我小僧事便明白。"舟子道："列位不必扯这长老，他乃取经僧人，现有明文，我方应付。况此船乃西关民家应当差的。"村众道："既是民家应差的船，如何你舟子不在船撑篙？且我这东西关谁不熟识？并不认得你！莫非你便是劫客货的？"连舟子俱扯着不放。只见住持道："莫要争讲，且到寺中，开了柜担，再作计较。"比丘、灵虚子见事势不好，恐怕到寺中不便区处，乃说："莫要冤了僧人，我两个本是舟子，你们何故推不认得？"把手一挣，飞走道："且撑我的船去罢。"这村众也有赶去的，哪里赶得上，忽然不知舟子去向。

且说众村人挑着经担，同着住持到得寺来，三藏见了一座大寺院，山门上有匾，写着"大光禅林"。三藏进了山门，众村人把经担挑到殿上，乱吵乱闹便要打开了看。三藏道："列位，我小僧果是取来的经卷，包封甚固，不但不可开，且不敢开的。你列位若果是被盗劫了客货舟船，捉获不着，我小僧这几个徒弟却会捕贼，不消时刻，便与你们捉获了贼来，包管你人赃立现。"众村人笑道："这等会捕贼？除非是神人！"行者道："你众位说的不差，我老孙比神人更灵应哩。"众人听得道："既是如此，且从容一日，务要长老们捉出盗来，我等见了明白，方免开你包担。"行者道："列位且在山门外歇下，待我与你捕贼。"众人依言，退出山门。三藏方才礼拜了圣像，问讯住持。这住持撞动钟鼓，只见寺僧齐出，恭谒了三藏师徒。三藏乃通问住持道号，住持答道：“弟子法名通玄，管理这寺僧众，应接往来施主。昨有灵山下来优婆塞老爷，说指引取经圣僧路头，在此禅堂安住。只因小僧到桃柳村王员外家做斋，迎老爷们去了。我早时劝圣僧到桃柳村那条路王家随喜，圣僧不肯去，不匡到此处被村众查认出有碍舟船，如今若不还他个明白，这村众岂肯甘休？依弟子主意，不如开了担包，把经文布施在小寺，不消劝解，他们自然息争。”三藏道：“师父，且从缓，待我与小徒们商量。”住持退入禅堂，三藏乃与徒弟们计较道：“徒弟，这事如何处？我们若不开担包与他们看，他众人指为布匹，倚势打开，况这寺僧又要布施在寺，如之奈何？方才悟空许他捕贼，这不过缓他一时，哪里去捕什么贼？”行者道：“师父，我看这事多系住持长老有个异念。怎么他领着桃柳村众汉子撑篙，要我们到王家去，我们不依他，从这东关来，便就是桃柳村王家被盗之船？你与八戒好生守定经担，待我徒弟探住持的心肠何意？”行者说罢，隐着身径入住持房内。只见住持向徒弟说：“我这寺中，与人家做斋设醮，只依着科仪小乘套子，便是小斋，所得无多；如得了唐僧取来大乘经藏在寺，与人家做斋醮事，山门定然兴旺。却好夜梦精灵，俱因我留之故，但恐唐僧不肯，故此指引他们到桃柳村，叫王家弟兄倚着强梁，肯留便罢，若是不肯，便打开他经担就抢夺下，或抄誊了，才放他们前去。不匡到岔河旁，有众道人指引顺流而东到此。王家设计，说客货在船被劫，诬他师徒，拘留他在此，若是捕不出盗，这王家村众定要开了他担包，那时你们齐了寺众，各具纸笔，若是唐僧不肯留下经卷，你们便抢去抄誊还他。”那徒子徒孙听了道：“老师父，你真是妄想，我们闻得唐僧当年上灵山，一路逢州过县都有应付，便是国王也以礼相待，与他们倒换关文。如何把盗情诬害的他？况且闻他师徒到处拿妖捉怪，神通变化异常，抢夺他经文不得，反惹他们送到州县官长，师父定要吃他亏苦。”住持说：“徒弟，你们不知，我自从听得他们前来，便立了这心，恰好梦中精灵，指引王员外众子。他弟兄势力，哪怕什么官长，他弟兄留下经文，日后定是本寺中一宗斋醮大法事。”住持与师弟计议，哪里知行者备细听知。乃笑道：“原来是这等情节，我说住持有个异念，若不警戒他，怎能保全经担？”回到殿堂，把这情节说与三藏，三藏道：“徒弟，这住持要大乘经卷在寺，与人家做斋醮，此心甚好，怎不明明白白待我等来时说要，却串同王员外家弟兄诬我们盗舟,思量要诈抢,这岂是出家人好意?"行者道:"他如今要我捕盗,更是难我计策,我如今就他计策,只得设出机心。"三藏道:"徒弟,心机由你,但只是要依我五宗事,方许你设。"行者道:"师父,哪五宗事?"三藏道:

　　"不行奸巧不伤生,不亵真经坏教名。
　　要把住持村众汉,回心向道息无明。"

行者听了道:"师父,这却难,若设出机心,定有几分奸巧。"三藏道:"徒弟,奸巧机心,伤了本来浑朴,行不得,行不得。"行者道:"众人若来抢夺,只得相争,若抢起禅杖,难保不伤生害命。"三藏道:"抢动禅杖,这非出家人道理,行不得,行不得。"行者说:"真经是不敢亵,但住持立了忘想心,先自坏了教,他既与强恶弟兄设计陷害,立意抢留我们经担,怎肯轻易又回心向道?"三藏道:"不教他回心向道,经担怎得出这寺门? 盗情事怎能洗白?"行者听了三藏这五宗事,眼看着八戒、沙僧道:"你两个师弟可有不犯了师父这五宗教海,出一个神通妙算,保全了经文前去?"八戒道:"你许了他说拿出盗来,便保全了经担不开。"行者说:"你未尝有盗劫,明是诬害我们,叫我老孙哪里还他个盗贼?"沙僧道:"不如师父老实求住持,叫他向王家解劝,放了我等去罢。"三藏道:"悟净,此计甚当,只恐住持不允,再计较其次。"行者说:"料住持与村众串同,定是不允。"八戒道:"寻近处官长告明了去。"行者道:"等待告明,经文已被他众人抢开了。此策非良。"八戒道:"先须师父善求,他若不允,后讲告明,住持若畏官司,或者消了这段妄想。"三藏道:"悟空,且依着他二人,待我善求住持解劝,他若不允,你们再讲官司理。"行者依言,只见住持歇了半日,上殿来问道:"圣僧缉防着盗劫了么?"三藏笑道:"师父,我们一个出家人,且是过路到此,哪里去捕盗,就是会捕,那盗劫了客货运去,我徒弟往返也要多日,怎能半晌缉着? 方才说比神更灵,许众人捕盗,无非从缓。求师父念我等同在龙华会上,是一教流传,转劝王家昆仲,方便放了我们回国,也是积福功德。"住持道:"圣僧之言,敢不听从? 但有盗无盗,只是把柜担开了与他们一看,不系是布匹,自然放你前去,若叫我劝解那王家弟兄,便疑我弟子有私了。"八戒听了道:"住持师父,开柜看验,这事断然行不得,我们必须要到近处官司告明,况我们现有批关执照,那时只恐连累你老和尚反为不便。"住持听了,变起面皮道:"小师父,你说话好没分晓,这村众正要把你们送到地方官长审究来历,你纵有批文,那王家弟兄势焰,却不怕你,便是我寺僧也靠着他些势力。"八戒见住持咬定牙关只是不允,将次叫那山门外村众进殿来开柜,乃直说:"老师父,看你这语言相貌,多是与村众合伙串同诬害我师徒之意。"住持听得,大叫起来道:"爷爷呀,青天白日,我好意念你同道门中,请你到寺,免得在舟上与村众争辨。就是打开了经担,不过再一包封,如何说我串同诬害?便就与你们殿前发誓。"住持叫一回,跳一回,那村众已进山门上殿,将有抢打之机。

却说比丘僧与灵虚子两个,见村众齐拥了唐僧师徒与经担到寺,他两个忙复转,隐着身形,进入殿中,见住持发咒誓,村众动抢心,随变了把守山门两员神将,站立经担之前,现出真形。但见:

> 顶上金冠八宝镶,红袍罩甲透霞光。
>
> 手中执着降魔剑,显在真经护法王。

住持与村众人见了,吓得心惊胆战,齐齐地跪在殿前,那村众只是磕头,住持便开口道:"菩萨,弟子一心救解圣僧冤诬,并无异念。"神将道:"那通玄和尚,你好妄想,欲留经建大斋醮,虽是为地方人民祈福,只是勾引王家弟兄,诬害取经僧人。这件邪心罪在不宥,那村众人等欲抢开柜担亵渎真经,只叫你那弟兄家眷老幼灾殃无可医救。"神将说罢,腾空而去。众人不知是比丘僧与灵虚子化身,唯有行者微察其意,随腾空道:"二位老师父,警戒他们,其计虽妙,只是我师父还要他回心向道。"比丘僧笑道:"孙悟空,我们警戒他,留着回心向道与你设机变去罢。"行者说:"老孙这机变事儿尽惯尽惯。"乃拔了一根毫毛,变了一个假行者,随着三藏在殿上。只见住持凛凛地回到房中纳闷,行者随隐着身,跟他到房中。那众徒弟问道:"师父,如何纳闷?"住持道:"圣僧难冤,经卷不可留,真真空费了妄想,反造下罪孽,还要罚王家村众的灾殃。想当初我这妄想心是精灵梦寐之间动的,今日明明神将护着真经,说得我毛骨悚然,如何解救?"行者隐着身听了,看住持房中挂着一幅长老神相,却是住持的先师真容。行者乃躲在后边,叫一声:"通玄徒弟,你动了妄想,误听精灵,诬害取经圣僧,把我也牵连罪孽,急早忏悔,若不忏悔,空负出家,还遭病害。"住持听了,忙向真容前道:"老爷呀,也是徒弟一时妄念,却怎样忏悔?"行者道:"作速向桃柳村王家去,叫他弟兄设斋、供礼、拜真经,求那取经圣僧消灾释罪。"住持满口答应:"我徒弟就去。"行者又说道:"那圣僧在殿上口渴肚饥,快叫常住供应莫迟。"住持连声应允,随出山门,到桃柳村王家来。行者随着他到得王家,只见王甲出迎进屋,行者依旧隐着身,听那王甲向住持说:"家众接唐僧不来,设计诬他,指望开他经担,与师父或抄或留,谁知真经有神将拥护,到惹了灾殃。如今弟兄老幼十有八九疾病起来,如之奈何?"住持答道:"我小僧为此倒牵连亡故的师长。"乃把真容说话,叫他忏悔的话说了。王甲笑道:"忏悔可信,岂有纸上真容会说话之理?"行者在旁,见王甲不信,又动了一个机变,随走入他屋内,只见一个老妇人在屋后走将出来,行者看那老妇人:

> 白发垂双鬓,青绞裹半头。

> 不同常妇婢,定是老忘忧。

行者见老妇执着一根拄杖在手,旁边随着两个丫环。那老妇问丫环:"堂前何人讲话?"丫环答道:"是大光禅林住持。"那老妇在堂后听他两个说话,把耳一侧,这行者即变了一个苍蝇儿钻入他口内,把拄杖将屏门打了一下道:"王甲,你与和尚讲什么话?"乃走出堂前,指着住持骂道:"你一个出家和尚,吃斋念经是你本等,便是要留下抄写那西来圣僧的经卷,也还是正念,如何不明白待圣僧到地方,请他到寺,求他把经文传你,乃来我村串同我王甲这一起暴恶弟兄,设计诬害,把他们拘留在寺?不敬圣僧,亵慢经典,罪孽难宥。你这王甲不孝,堕入无明。和尚连累我亡故师父,你却连累我不得超生。我非别人,乃是你父王老员外,你要家下大小灾殃消释,急早到寺,整备斋供,求那圣僧建一场功德,仍着家仆汉子们,把经柜担包送他过前村。闻知那圣僧中还有一个神通广大、手段高强的孙外公,他老人家要些后手,爱些便宜,你须是另外送他两匹布帛。"行者说罢,把老妇人使作的他东舞西跳,一会昏昏迷迷坐在上席,这王甲与住持满口应允道:"是老员外精灵附着老母。"乃叫丫环扶入屋内,他两个随到寺来。行者依旧到殿,收了毫毛,侍在三藏之侧。只见王甲带着几个家仆村众汉子走上殿来,却如何说,且听下回分解。

总批

　　此一回似前本寇员外故事。

　　通玄只为要作大乘斋醮,便造出如许恶孽,不思量如此作来有何功德。正是有心为善,善即是恶。

第七十七回

诵经功德病灾除　设计妖魔空用毒

诗曰：

> 福德由心作，灾殃自己招。
> 妄想原非正，贪嗔即是妖。
> 虚空神有鉴，报应事难饶。
> 忏悔从何道，真经一句消。

话表三藏与徒弟们坐在殿上守护着经文，那八戒苦着脸，沙僧愁着眉，三藏面貌虽平和，语言却也倦怠的一般；只有行者拿过一根鼓槌来，敲敲钟，打打鼓，口里哼哼唧唧，不像唱曲儿，又不像念经咒。三藏道："悟空，你说设机心保护经文，方才神将显灵，把住持村众吓倒了去，虽说他不敢来开我们经担，只恐这村众人回去，说与那王家弟兄，他有见了信的，有未曾见不信的，那舟船盗劫客货的事，终是未明。万一再有地方或公差来盘诘，如之奈何？你机变不知在哪里使，却敲钟打鼓耍戏，叫我师父心肠终是未安。必须依了我那五宗，叫这村人与住持都回心向道，好好的放我们去。"行者道："师父放心，你老人家一个不放心，使得那八戒、沙僧愁眉苦脸，不像模样。"八戒道："我苦着脸，是这寺僧供应的茶不消渴，饭不充饥。"行者笑道："呆子，略等一时，包你饱肚撑肠，还有两匹布儿送你。"八戒道："猴精，你禁人妄想，缘何自己也会动了妄想？他假若肯大大斋我们一饱，放了我们去，便该许个大大愿心，还要妄想他布匹？"师徒正说，只见住持同着王甲与村众多人上得殿来，齐齐拜跪在地道："圣僧老爷，我等凡僧俗子，不知圣僧取得真经回来，佛力无边，神灵远护，妄起邪心，致于罪谴，使得一家老幼灾殃。伏望圣僧老爷大垂方便，建一斋醮功德，赦罪消灾，我等情愿备一顿斋供，再不敢开动柜担，还着仆众远送前行。"三藏听了，合掌称谢。行者道："善人们倒也不劳斋醮道场，只是把盗劫的事开除了，我们便够了。"王甲道："这都是虚记，神灵不宥。"正为有此，当时传的远村近里都晓得王家弟兄有此一件显应事情，个个齐来看圣僧启建他们忏悔道场。这正是：

只因喜怒生妖孽，妄想根缘动梦因。

却说三藏师徒见住持与村众人都回心向道，要建一会斋醮功德，只得依从。住持乃纠合众僧，一时香花灯净，果茶食，宝珠衣，醮事整齐了，请唐僧主坛。三藏再四让与住持道："我小僧的法事却是东土沙门传授，道路隔远，住持师父此处离灵山路近，只恐科仪习来不同。"住持道："圣僧岂不知万国九州，风土虽异，唯我释子功课法事一样不差。"三藏道："正是三教一理，人人都在这方寸相同。"当时三藏辞却不过，只得登坛主持法事，王家弟兄扶病而来，听了三藏课诵诸品经忏，归家疾病痊瘥①，人人欢喜。那王甲果然拿得两匹布帛，走到殿堂，一看八戒道："小师父，你可是孙外公？"八戒见了布，便答应说："我便是。"王甲悄悄把布送与八戒道："我老员外神附老母，说圣僧中有一个孙外公，他的功德更大，因此私具布匹奉送。"八戒接得布，笑道："这猴精，讨后手，待老猪且诈了他的。"哪里知行者明试八戒禅心，见八戒暗接了布，乃念出几句曲儿来道：

"僧家到处随所有，怎去打偏手？假充孙外公，诈布真羞丑。快将来，四分分才悠久。"

八戒听了笑将起来，说道："猴精，我老猪固不该假充你，你却也不该先安下后手。"那王甲听得众弟兄灾殃皆愈，随具金帛相送，三藏不受道："课诵功德是我僧家本等，只要祈保善信安福，岂有受金帛之理？若是希图善信金帛，明是把经忏为货利。罪过！罪过！"行者道："师父与人家功课，明白不受，还有假充讨背后的哩。"八戒听了，把布向行者一掷道："你是有功人役，让你得罢。"行者接了布在手，呵呵笑道："老孙有本事问人要，却也有处用。"沙僧问道："师兄，你哪里用？"行者又念了几句曲儿道：

"僧家方便存心地，不贪名和利。若遇布施来，受了为贫济。这不为掠人美，市恩义！"

道场事毕，三藏辞谢住持、村众要行，王甲唤家仆挑经担，抬马垛，远送一程。师徒们欢欣鼓舞，那地方观看的哪个不称扬圣僧道场功德，诵经的因果？把村家灾殃洗荡，疾病消除，都回心向道。

却说比丘僧与灵虚子两个，变了神将拥护着真经，警戒了住持村众，不敢动开柜邪心。他两个复了原形，腾云前进，不止一日，来了一座高山，

---

①　痊瘥（chài）——病愈。

他看这山景致,真个不同:

> 嵯峨山顶接云霄,俯仰林深杂树梢。
>
> 翠绿阴中观鹤舞,崎岖岭上听猿号。
>
> 成群獐鹿穿崖谷,结党豺狼动吼哮。
>
> 不是真经神保护,怎能攀陟路岧峣①。

比丘僧看了山巅高耸,路径险峻,对灵虚子说:"师兄,莫道唐僧当年来时历过多少险难,只就如今回去,这些山高岭峻,狼虫虎豹,若非是他师徒神通本事,一步也难行。我与你受了保护之责,只恐此山中有妖魔邪怪,须是保得他们平安过了此山方才放下心意。"灵虚子道:"我看此山,四围险峻,八面崔巍,乱石有妖魔之态,乔松多邪怪之形。寒气逼人,冷风透骨,定是精灵内藏。待我搜寻一番,且替唐僧们打扫洁净,使他安然奉经文过去,也不枉了我们保护一场。"比丘僧道:"你何法搜寻,怎打扫洁净?"灵虚子说:"你看远远山松,顶上气氲错乱,非云非雾,必是妖气飞扬。我与你上前探看,底下是何因由?"比丘僧依言,两个攀藤拊葛,走上岭来。但见乱石垒垒,一个洞门。他两个看那洞门,不大不小,不高不低,青松环绕,蔓草平铺。两个正走进洞门观望,只听得里面呵呵笑道:"连胜三局,福缘君当有奇珍享也。"比丘僧向灵虚子道:"师兄,你听这说话,定是玄隐在山洞有道高人。我与你进洞探谒何如?"灵虚子依言,两个进入洞来,只见两个隐士对着一枰棋局,见了比丘二人,忙立起身来。二人看那隐士怎生模样?但见:

> 篛冠束发道家妆,四褶分开吊角裳。
>
> 腰下黄丝绦子系,手中白羽扇儿扬。
>
> 形容不是凡常像,谈吐须知抱道藏。
>
> 一局棋枰消白昼,深山相共乐羲皇。

隐士见了比丘僧与灵虚子,彼此以礼相叙了,隐士问道:"二位师真从何处来?怎到我这荒僻洞谷一游?"比丘僧答说:"我小僧自灵山下来,路过这山岭,偶以览胜。见山松青翠密围,不知有仙洞居此,唐突二位起居,得罪!得罪!且请问二位大号,适间听得说'福缘君当有奇珍享',是何意也?"一个隐士笑道:"小子道号福缘君,这友号善庆君,我二人潜名不仕,隐居在此。适因对局,较一席奇珍胜负,是小子连胜三局,善庆君连负三局,例有奇珍之供。"

---

① 岧峣(tiáo yáo)——亦作"迢峣"。山高峻貌。

灵虚子问道："奇珍何物也?"隐士说："我们先定的棋约,但凡负者供胜者一味奇品珍馐。"灵虚子听了笑道："这山岭洞谷不过是雉兔麕獐,山花树实也不足称奇。"隐士道："正谓此不足为奇,小子既负,如今只得下山去采取奇珍。若是采取不出,我有一友名唤美蔚君,他离此处六十余里,大山峰下,洞中常有奇珍受享,我须往求,他定然帮衬我小子一两品。"隐士正说,只见洞外走进一个僮仆来道:"我主人美蔚君到来了。"两个隐士忙起来,下阶出迎。只见一个人生的面貌跷蹊古怪,比丘僧看他:

　　兽面怪形人像,龇牙咧嘴嘻呵。分明一个野猩魔,怎与山人酬和。

比丘僧见了,悄地向灵虚子说："师兄,我看这人有些妖气,须要留意待他。"灵虚子道:"我已识他面貌,知他情节。原为与师兄搜寻妖魔而来,少不得调出他实迹,仗我们的法力驱剿。只见美蔚君向福缘君问道:"二位师父自何而来? 怎么到得此洞?"比丘僧便把前话说出,美蔚君听了,又向善庆君问道:"二位着棋谁胜谁负?"善庆君笑道:"正是我输了三局,例当具奇品佳肴奉享福缘君。"美蔚君道:"老兄,奇珍在何处? 取来我们共享。"善庆君笑道:"山内无奇珍,正要来求老兄帮衬一两品。"美蔚君听了,乃向善庆君耳边道:"奇珍不过此僧道二人,我闻出家和尚都是十世修来,若吃了他一块肉,自是长生不老。若似这一个道人,未曾削发,便有俗缘未净,做不得奇珍。"善庆君听得,也向福缘君耳内悄悄说出。福缘君摇着头道:"此事做不得! 我便不受你这奇珍之享,也莫坏了一个出家僧道。况我等清白自守,隐藏在这山洞,食些松花果实足矣。"善庆君点头道:"老兄说得是。"又向美蔚君耳内说:"做不得。"他三个悄耳低言,比丘僧将慧目聪耳一听,备知其故。向灵虚子也附耳如此如此,灵虚子也悄悄说道:"师兄,我看这美蔚君明明是一个妖魔,若不剿除了他,只恐唐僧们经文过此,怎留得他计害? 我们如今在他洞中,不便以法剿,须是诱他出洞方好。"两个计议已定。

　　却说美蔚君见福缘君不依他,忽然心生一计,向善庆君道:"二位师父既是远来到此,你们也该整备一顿斋供款待。"福缘君道:"山洞荒疏,无可奉供,仅有些山芋花果。"美蔚君道:"快备办出来供客。"少顷,洞里小童捧出几盘山芋、果实、茶汤、松花之类,比丘僧两个见了,随起身道:"我僧道吃过了早斋,偶步出岭,不意遇着二位隐君,又奇逢这美蔚君,亲睹清光足矣,安敢取扰奇珍? 况我僧道夙有愿戒,不敢妄受善信一水之施。"两个一面说,一面出洞走。那福、庆二隐士但以口留说:"二位师父,何碍一杯清茶?"只见美蔚君起身出洞,把手扯着比丘僧说:"长老,你好不知敬重。出家僧道,谁不吃化人斋供?况我等以茶果山蔬待你,何为见了反走?明明绝人太甚,岂是你僧道所为!"比丘僧笑道:"老善人,何必动嗔?小僧们领你一杯茶汤,便犯了我誓愿,也不使善人生嗔。"美蔚客笑道:"我也是留客之意,既然见弃,我也不敢苦苦相留。"乃在袖中取出两个桃实道:"此桃乃蓬莱山得来仙桃,二位师父且每人吃一枚,包管你长生不老。"比丘僧接得在手笑道:"善人,此桃我小僧认得,非蓬莱仙桃,乃此山所出,若是仙桃,善人自食,肯布施我等?"美蔚君说:"真实不虚。"灵虚子问道:"怎见得是真实不虚?"美蔚君说道:

> 本是蓬莱海岛,灵根出自仙家。三千年岁一开花。结实三千年大。"

灵虚子听了笑道:"我小道说你这桃子是假。"美蔚君道:"怎见得是假?"灵虚子也说道:

> "看此两枚桃实,常来在此山冈。吃他立刻把人伤,哪里哄得道
> 人和尚?"

灵虚子说罢,把那桃子往山洞一掷,只见那桃子化了一个毒蝎,比丘僧也一掷,变了一赤白花蛇。美蔚君大怒起来道:"何处山僧野道,到此当面弄障法眼,坏人行止?我好意奉你两枚桃实,你却变了蛇蝎,晓人不当如是说罢!"径往前山去了,这福缘两个隐士也忙把洞门闭上。灵虚子乃向比丘僧道:"师兄,分明这三个妖魔隐在山洞之间,唐僧师徒路必由此,万一遭他假以斋供桃食供他师徒,怎么好?我与你为经文保护,不得不剿灭了这三个妖魔。"比丘僧说:"师兄,我看那两个隐士附耳低言,不肯以毒加害我们。似有人心,只恐非妖,娱被那怪欺瞒为友。若一概剿除,又非我僧家方便法门,况那美蔚君走去,这两个又闭了洞门。我与你且到山前等候唐僧到来,把这妖魔事因指说与他,叫他们好准备过山。"灵虚子依言,他两个乃走回山岭,到得个山坡下一间茅草空屋,变了两个过往汉子,坐在屋下,专等唐僧到来。毕竟如何,且听下回分解。

总批

> 精灵梦中托和尚留经,毕竟受了超度,信是有情功德,只是住持
> 和尚多此一番作孽耳。
>
> 猩怪要把和尚作奇珍,忘了自己是奇珍。未赢他人,自输。自己
> 世之为猩怪者何限?

第七十八回

孙大圣古洞留名　福缘君深山遇祖

　　话说三藏师徒自辞了王甲众人，行够多时，不觉到了一座山脚下。三藏叫一声："徒弟们，你看这高山处是什么所在？问一问人，好走。"行者道："师父，你我当日来时，走过了十万八千，那时俱是生路，一路妖魔阻挡，尚然到了西天；如今回来，仗真经保佑，三停走了二停，纵有高山，都是日前走过，不足为惧，你还这样担心怎的？"三藏道："徒弟呀，不是这等说，当初来时，只是空身没有挂碍，遇了妖魔，要捆要吊，要蒸要煮，拼了一个身子，今日取经回来，万法传流，尽在我们身上，干系甚大，万一有些差池，亵慢真经，岂不失了西来本意？东土永不沾恩！虽然走过许多路程，古人云：为山九仞，功亏一篑。以此一发要小心，还问一问的为是。"行者听了，只得走上山坡下来。却见两个贫汉坐在草屋之下，冷风凄凄，嗟嗟怨怨，行者见了，上前问一声："二位老哥，过此山是何境界？哪州府县？这山路可平坦好行？"汉子道："此山峰接峰，溪连溪，其实险峻遥远。若往右岔路，便通乌鸡国境界，若从左岔道，便往东土大路。只是你们有柜担行囊货物，恐要报关倒换批文。若说平坦山路，也未必甚平坦，但是山溪洞内多有妖魔出没，师父们须要小心过去！"行者道："有劳，有劳，这等寒风，我看你两人身上衣裳又单又破，有两匹布帛奉赠，倘不见却，可携去做一件衬衣。"行者乃取出两匹布，递与汉子。汉子辞道："我二人贫寒甘受，怎好要你出家人东西？"行者道："化将来，布施你，正是我出家人功果。"汉子笑道："有余施不足，你既是化的布，不足方化去，不为有余，如何施我？"行者道："你也莫说有余不足，只是要有名。我和尚家化得来的布，便不是无名。见你两个寒冷无衣，布施与你，乃是有名。老实收了去罢。"汉子接了布在手道："我若不收，辜负你济贫之心；收了你的，又损了我甘贫之心。也罢，我两个取你一匹，成就你心；退一匹，成就我心。"三藏与八戒恰好走到面前，三藏道："悟空，你不问路径过山，却在此做甚？"八戒道："他打偏手的两匹布，想是在此发脱卖钞，这钞还该分与我，不管闲事!"便找汉子退的一匹布,抢在手中道:"大哥,你把钞买我的,让你些。"汉子笑道:"长老,你莫要动此鄙吝狭隘之心,留此布过山找路有用处,我二人不买。"八戒道:"过山便过山,找路就找路,要此布何用?"汉子道:"我知过此山有两个隐士,一个叫做福缘君,一个叫做善庆君,他两个似妖非妖,作怪不怪,隐藏在个山洞,对局赌胜。你若过山访他山洞,可将此布送他作赘,问他个前途路径,到地妖魔。那二人定然指引与你,若是款留你们斋供,须酌量方食。"汉子说罢,拿着一匹布,叫声"多谢",往山坡下飞奔去了。三藏听得道:"徒弟们,看此指引二人,一团取与的道理,莫不是个好人,来指引我们?"行者笑道:"我老孙一时也被他愚了,不曾把慧眼看他,如今且打点过山。"师徒们挑担押垛,走上高山不题。

却说五众优婆塞纠正了唐僧师徒岔河路头,腾云回到灵山,禀复了白雄尊者,转达古佛。佛言:"唐僧虽正了路头,无奈他徒弟们一路种种心生出许多妖魔,过了岔河,还有赛巫峡、九溪、十二峰。这峰下有洞,洞内有妖,或藏于山,或潜于溪,只恐这妖拦阻了经文,唐僧师徒力量绵弱,敌妖不过,是我经卷之忧。"白雄尊者道:"现有比丘僧与优婆塞两个沿途保护,料妖魔自远。"佛言:"正谓他两个遇有妖魔,也未免动了法力,变化机心;因此遇着妖魔厉害的,变化更强,反吃了妖魔之累。汝可宣言圣众中有愿捐法力前去扶助唐僧等过山越岭,不致亵慢了经文,亦是仰体如来至意,不负了保经功德。"尊者依言,随宣言圣众,当有四位神王出班说:"我等愿显神通,与取经人奋一臂之力。只是不远随行路,待他们遇有厉害妖魔,我这里方去与他驱除。"尊者道:"路途遥远,妖魔变幻,俄顷之间,神王如何得知?"神王道:"我闻如来以数珠及木鱼梆子给与比丘二人,当令人传知与他,遇有难灭妖魔,敲动梆子,我处自闻声去救。"尊者听说,传白古佛,依允神王所说。

神王乃令部下报事使者,前往唐僧处探看他师徒,恰遇着比丘、灵虚两个,手里拿着一匹布帛,便问道:"二位菩萨,你保护唐僧经文,如今作何光景?"比丘僧答道:"一路来费心劳力,幸喜保护周全。只是如今过这高山前去,妖魔不能必其全无,使者到此何事?"使者乃把神王叫他传旨报事说出,道:"凡遇妖魔厉害,不能驱除,当敲动木鱼,神王自然来助力。又闻此山过去,有赛巫山、九溪、十二峰,极是险峻,倘遇有妖魔之处,须要与唐僧师徒努力前行。"使者说罢,就拨转云头,灵虚子忙把布送与使者道："远劳你传信，一匹布儿奉赠。"使者笑道："圣经神力，安有徇私受贿之理?"灵虚子也笑道："只因取经的在灵山讲要人事，说后来诵经的恐怕白诵无功，他存了这一句徇私之言，故我等不敢废了这酬劳之礼。"使者一笑而去，比丘与灵虚腾空前往，他两个隐身在福缘君山洞之旁，看唐僧如何过山，可到此洞招惹妖魔邪怪?

却说唐僧押着马垛，上得高山。山虽高，路却平，便是有些险隘，远望着有许多悬崖谷洞。乃向行者道："悟空，你我山便走了几处，却不像此山峰头远接，洞谷繁多，山脚下溪水萦回，有如组练。不知此高山何名?地界过去何处?"行者道："师父，正是我徒弟忙忙的与那两个汉子只讲了些布施布匹的话，便不曾细问他这些事情。"八戒说："那汉子叫你将那布匹向什么洞里，问什么福缘君，自知路径，你这会便匿起，故意说混话。"行者笑道："呆子，行行步步只以私心窥我。"三藏道："两个不必争讲，看那山松密处，似有人家。"行者道："山谷那是人家，多是隐士处，待徒弟看来，请师父去相会。"三藏与八戒、沙僧歇下担柜，坐在山树之下，等行者探问去来。

行者心躁，哪里有出路走?他从空一跃，就到石洞之前，看见洞门大开，乃隐着身走入洞来。只见两个隐士对局，一个道："我棋输了又要寻个和尚作奇肴也。"一个笑道："休要讥诮，此乃往事，美蔚君立心险处，几乎惹动那和尚道人生出事来。"行者只听了一句"又要寻个和尚作奇肴"，暗忖道："此必是妖魔，要捉我等蒸煮，我如今没有了金箍棒，又不敢背了师父不伤生之心，只得隐忍看他是何精怪，再作计较。"乃走出洞门，摇身一变，变了个标标致致小和尚，在那洞门外叫道："洞内隐君，可容我山僧探访么?"只见洞里走出福缘君来，见了行者道："小长老，进洞里面坐。"行者随进了洞内，那隐士便问："小长老，从何处来?"行者答道："从来处来。"隐士听了道："这小和尚答应非凡，一定是有些道行的。"便叫山童取山芋果实出来待行者。行者见了山芋果实，他也不辞，便吃。方才到口，只闻得腥气钻鼻，行者想道："山坡汉子曾叫我酌量吃他东西，看此腥秽之气，定非嘉果。"乃弄个障眼法术，把他果品摄在洞外。便问道："二位隐君高隐山中，此必修炼服食，祈保长生，但不知交往何人以为师友?"福缘君道："小子有友无师，即是这位善庆君，日相与盘桓在松筠洞谷之间。"行者道："人岂无师?就是隐士这一局棋，当年也有个师父传授将来;况你要学长生大道,岂有不从师指授?"福缘君道:"我小子不是从师指授的,却是积祖传流的。"行者道:"到是家传,且问你祖上是何人?"福缘君道:"小子祖上却也是有些来历。小长老若从西来,必定也知一二。"行者说:"十洲三岛,上天下地,凭你开辟以来,神仙佛老,我小和尚都知道,你说是何人?"福缘君说道:

> "我祖说来根基正,不是无名与少姓。
>
> 曾受天精与地华,坎离混合延生命。
>
> 花果山里乐逍遥,水帘洞内修真性。
>
> 只因放荡在乾坤,菩萨度他成功行。
>
> 跟随长老号唐僧,前去求经到佛境。
>
> 说起我祖本事高,神通变化多灵应。
>
> 谁人不识孙悟空,美王齐天老大圣。"

行者听了呵呵大笑起来:"原来这隐士是我的流派。想我离了花果山多年,这遗下的大大小小,不在花果山过日月,却走到外方来。虽然不为非作歹,只是变幻这隐士假名托姓,便是弄妖作怪。我如今且探他,所行的若正,还指引了他归花果山;若是在这山洞为非作歹,定是惩治他。方才听得他说寻个和尚作奇肴,便就在此话上探他个善恶行止。"乃问道:"隐士,我小和尚方才听得说寻个和尚作奇肴,小和尚现在此,不劳去寻。不知作什么奇肴?"福缘君笑道:"小长老有所不知,我与此友终日在此洞中盘桓,约以胜了三局棋,那负的供一奇品珍馐。昨有两个僧道也走入我洞间,正遇着我一友来,要把那僧作奇肴,我小子们不肯,我那友把两个桃实送僧道吃,被他识破,几乎动了那僧道嗔心,惹出祸来。"行者笑道:"两个僧道有甚嗔祸?"福缘君道:"小长老,你不知那僧道,他说打从灵山下来的,万一是我那祖宗孙大圣一起的,取了经回来,闲到此山观山玩景,一惹了他,怎么了?"行者听了,又问道:"隐士,你那一位要把僧人作奇肴的在何处?"福缘君说:"他虽与我们为友,却不在此处居住。"行者道:"在何处居住?"福缘君道:"小长老,你问他住处何用?他不比我,我等看祖上面皮,还敬重你僧人;你若寻着他,便真真与他作奇肴也。你莫问他,我们也不与你说。"行者乃从衣袖内托出布匹奉与隐士道:"小和尚前途人家斋僧布施来的一匹布,远路行走,带在身边累赘,愿送与二位隐君,望二位把这友住处说与我。"福缘君接得布在手,大喜道:"小长老,我方才问你从何处来？你浑答应我'从来处来'，我所以不说明白这友住处。"行者道："你若问我何处来，我实说与二位，我从灵山取得真经来。"福缘君笑道："小长老，你是送经的么？"行者道："灵山无送经的，只是我等取经的。"善庆君摇着手道："小长老，你休瞒我，我们久知唐僧取经只有三个徒弟。大的便是福缘君的祖，叫做孙行者，第二是猪八戒，第三是沙僧。闻知这三个生的面貌古怪，本事高强，你这小长老必是假借他们行头，骗哄人的，这布匹也是骗哄来的，我们不受。"行者见他疑作骗哄，乃把脸一抹，现出原身来道："你两个认得我孙行者么？"一手便扯着福缘君道："你这妖魔，不安分守已在山洞中，却诈称我派在此变为隐士迷人。且问你，这个善庆君何怪？"福缘君被行者扯住了，乃说道："我两个其实非怪，乃青松白石之下一啸一舞，结为双清之友。但求超出尘凡，岂肯堕入无明，有伤僧众？望祖宗怜而释我。"那善庆君见行者问他何怪，惶惧起来，扯了一个山童往洞门外化了两只仙鹤腾空就飞。却被比丘与灵虚两个在山松之旁，见行者到洞内收服了妖魔，隐士化鹤飞空，他便腾空而上，骑在鹤身，叫他："且飞往前山峰处，再拷问你与那美蔚君在何处。"两鹤只得颉颃①上下，飞到前途一座山峰住下。比丘僧与灵虚子方要拷问，不防他一翅飞去，两个只得在山峰高处，眼望唐僧从山峰大道前来。

　　却说行者扯着福缘君道："孽障，我已知汝假托吾派，隐遁在此逗妖弄怪。但据你说不伤害僧人，还知敬重我，今且饶你，快实说，把和尚要作奇肴的妖魔在何处？"福缘君道："这妖魔在六十里外大峰山下一洞，名唤美蔚洞，他就叫做美蔚君，与我这善庆君交契，祖公若是前行，必要经这山下洞前过去，只是这妖魔不论僧俗人等，犯着他便要捉拿到洞蒸煮还是小事，还要生夹而吞。"行者听了道："厉害！厉害！我如今本当要重处你，姑念你是吾一派，且与那鹤舞啸在此，还未阻拦我们回路，侵犯我们真经。恕饶你速回花果山养性修真，莫要坏了老孙的体面。"行者说罢，福缘君化了一个猕猴，望山岗飞走去了。行者方才显出一个神通，拔下毫毛，变了许多猴子，把山前怪石搬了无数，填满了山洞，叫一声"长"，只见那石与山洞一时长起来，新旧粘连，合成一块，把个洞塞了。却走回到三藏面前，备细说出。八戒笑道："猴精，这会自家称呼不得外公了，换了名色，

---

①　颉颃(xié háng)——鸟上下地飞。

我与沙僧也该出些分金贺你。"行者道："贺我何事?"八戒道："贺你做了妖精的祖宗。"行者道："若是这等称呼,师弟,你以后只叫我做孙祖宗罢。"沙僧道："二哥,哪有此事。"八戒道："他一匹布儿现答贺了孙男嫡女来了。"行者笑道："真真亏了这匹布,方才讨得前途妖魔实迹。"三藏听了道："悟空,你讨了前途实迹,却有什么妖魔? 可厉害么?"行者道："说这妖魔专要捉我们当奇肴或蒸或煮或夹生儿吞。"八戒道："爷爷呀,这等我老猪倒放心,猴精却难过也。"乃是何说? 且听下回分解。

总批

　　古佛为一藏经费了无限心机,千万世而下,许多罪福皆缘于此,信是如来多事也。

　　以蛇蝎作桃实,人知恶之。今人食前方丈,迷心腐肠盈几案,皆蛇蝎矣。虽然未若大官罗列,皆小民精血骨髓也。

第七十九回

玉龙马长溪饮水　猪八戒石洞夸名

诗曰：

真经岂有阻？机变实生魔。

无邪方寸地，到处是娑婆。

话说八戒听了行者说妖魔要把和尚作奇肴，他笑道："我老猪乃时常肴品，不为奇，妖魔定然让得过；你猴精若被他拿住，真是奇肴。"行者道："呆子，你哪里知往时妖魔被老孙拿倒不为奇，如今拿倒的妖魔，我祖宗要把他做奇肴哩。"三藏听得道："徒弟们，且打点走山路要紧，争什么闲话！我们且从此山前行，到六十里再探那美蔚洞妖魔事情。"按下三藏师徒盘山越岭前行。

且说美蔚君把蛇蝎变的桃子，指望要毒比丘僧道两个，隐士不肯，又被僧道识破他计，他自愧没趣，飞走去了。到得美蔚洞中，唤过麝獐狐兔众小妖过来，说道："灵山下来有两个僧道，他在福缘君洞中游耍，我正要以计毒他作为奇肴，无奈善庆君不肯害他，却又被那僧道识破我计，以此归来，怀恨在心。汝等计将安出？"众小妖道："魔王一计不成，再生一计，只待那僧道过我这山洞，我假以布施茶汤斋饭作福，料僧道必来吃，可以毒害，便出了此恨；倘他再有本事识破，魔王可再放出威势，小的们一齐帮扶，好歹拿住他。或蒸、或煮，当奇肴受用。"魔王道："若论我威势，拿这两个僧道有何难哉？只要他前来过此山洞，大家努力擒他。"

妖魔正议，只见半空大小两只鹤飞鸣而来，小妖忙报与魔王说："洞外两鹤飞来。"美蔚君听了道："此必是善庆君，他到此何事？"忙出洞迎接，果然是善庆君带着个小妖童进得洞来，仍变转隐士身形，便把孙行者盘问福缘君的话说出来道："我闻孙行者随唐僧取得真经回国，路必由此，他们神通广大，本事高强，一路专一寻妖魔的过失，显他们的功劳。只拷问的老友要把和尚作奇肴，定是不与你干休。"美蔚君笑道："我与众小妖正在此计算两个僧道，却又有孙行者这一节。我闻唐僧取了灵山经卷回还，这经卷有无边的利益，人若得课诵的，消灾释罪，降福延生。我与善庆君待他过我山洞，整顿起众小的，把他师徒捉了。或蒸、或煮，便是夹生儿吞吃，把他经卷夺了在洞，岂不乐哉？"善庆君道："我闻孙行者有通天彻地本领，翻江搅海神通，我们万一敌不过他，倒把声名坏了。"美蔚君笑道："何碍，何碍！我这山洞连接十二峰，下有九溪滩港，与谷洞星联，我相交的洞主溪魔甚多，任那唐僧师徒便有推山倒海本事，也出不得我这几处关隘。"善庆君道："我与老友契交多年，倒也不知你相交的洞主溪魔在哪地方，有多少名数？这山洞溪港恶险，要阻的住唐僧回路，魔王有甚本事敌得过孙行者们？"美蔚君说："老友，你是不知，听我道来。"乃道：

　　"赛巫山有十二峰，五岳朝天顺不同。

　　九溪十八洞排列，龙虎风云变化中。

　　说起魔王真厉害，天地人和变不穷。

　　苏秦背剑能锋利，槅眼枝花满架丛。

　　马军拗处应难敌，孩儿十个紧相从。

　　二郎五岳虽游过，鹰行十道不能通。

　　任他八仙能过海，只教绝缘与孤红。"

美蔚君说毕，善庆君道："老友，你有这些交契，料那唐僧不能过这险隘处所，我也恨那孙行者，把个福缘君老棋友逐去了洞，如今只得依栖在此。得那唐僧来，我也出一臂之力！"美蔚君大喜，当下唤小妖摆设起饮馔，他两个妖魔在洞中大嚼大饮。

　　却说唐僧师徒盘山越岭，走了五六十里山路，暖风晴日，树色山光，师徒欣欣喜喜前进。唐僧跟着马垛，那马走得饥渴，看见山下清溜溜溪水，飞奔山坡之下，就去饮水，三藏怕他陷入溪泥，水湿了经柜，方上前扯缰，那马一个踶趹①，把柜垛掀下在地。慌得行者、八戒歇下担子，忙来扶救柜垛。那马直奔下溪饮水，三藏急向柜前合掌拜礼，安慰真经说道："弟子陈玄奘，路不小心，驭马不调，跌失柜垛，亵慢了经卷，罪过！罪过！"回过头，指着溪内马道："你这不良之马，缘何不驯服其性？造次赴溪，致闪失尊经！"却说那玉龙马哪里是赴溪饮水，却是见了那溪中一个怪物，他一时性起，飞奔下溪，要去擒捉。岂知那怪物在溪水中正戏水取乐，见了

---

　　① 　踶趹（dì jué）——用蹄子踢，踏。

玉龙马奔来,他这溪长相通入百余里滩港岸头,便连山洞一时钻不见了。

却说美蔚君正与善庆君对酌,忽然一个小妖报入洞来说,长溪报事黑鳗小妖要进洞见魔王。美蔚叫他入洞,那小妖气嘘嘘道:“魔王在上,小妖奉长溪魔王差向溪头探听西还取经长老,今偶在那溪头戏水,只见四个长老挑押柜担,从山岭前来。一匹马直奔溪水来拿小的,这长老们必定打从长溪沿山岭而来,望魔王善待则款留着他们,恶待则擒拿捉下。小的如今飞报与长溪我魔王去也。”说罢,飞走出洞。美蔚君听了大笑起来道:“老友,我欲入,斯人至矣。快叫众小妖来,我如今待那唐僧到,要以恶待他。恐那孙行者们闹将起来,反为双敌,不如设个计策,好好善待他们,务必拿倒他师徒,抢夺了他经担,方为良策。”众小妖道:“魔王良策,莫如假设些斋供果品款待他,暗放上些毒蛇毒蝎等物,他一沾唇,自然被我们拿倒。”魔王大喜,乃把洞内打扫得洁净,他两个变了清清雅雅隐士,坐在洞中,故意谈天论地,却叫众小妖都藏躲,准备下绳索、蒸锅、笼灶,只叫一个小妖,变个小童立在洞外,专等唐僧过山。

却说玉龙马奔入溪内,见水内怪物远走去了,嘶了一声,仍上溪岸来立着,待行者、八戒把垛子背上他身,依旧三藏跟押在后。那八戒没好没气,把马鞭了一下,骂道:“瘟马,水又不饮,却把柜垛抛下,亵慢了经卷,叫我师父又陪一个小心。”三藏道:“徒弟,我这玉龙马从来不造次跌烈,想必溪中有什么妖魔邪怪,我们还从山路前行,不要沿溪走罢。”行者道:“师父见的是,若是山路,老孙是地里鬼,便去探看妖魔;这溪水中其实不能测度,要探看溪中,须是八戒与沙僧两个去的。”八戒道:“猴精,好作成放着山路走罢,何必沿溪岸,废了工夫去找妖探怪?”三藏依言,赶着马垛上得山冈,往前正走,远远见乱石参差,乔松联落,隐隐现出一洞,洞门前立着一个山童。三藏道:“徒弟们,你看那松林石洞之前,立着个童子,生的清清秀秀,定然是修行的道童。好好上前问他前途地境,莫要惊吓了他。”八戒道:“师父,只是你老人家说话有些伤简,徒弟们哪一遭问路吓坏了人?”三藏道:“只因徒弟们生像稀奇,往往人见了惊异。”八戒说:“师父,若是这等讲,我老猪便上前问路,看那童子可惊吓。”乃歇下担子,直走到洞前,向童子叫一声:“道童哥,我小和尚请问你这山路往前是何处地方?可有甚庵观寺院、妖魔邪怪?”童子一见了道:“爷爷呀,你现是个妖怪,如何又来问我?”八戒笑道:“道童哥,我一个问路的外方和尚,你如何说我是妖怪?"童子说:"我见你生像古怪。"八戒道:"生像是父母遗体,你莫要大惊小怪。"童子道:"你问路往何处去的? 莫不是取经回还的唐僧么?"八戒听他提出取经唐僧,忖道:"我师父来时,名儿远播,每每惹动妖魔,再没一个供奉款待的,只是要拿去蒸煮受用,我如今把老实心肠说不得,捐起捏个谎话儿,哄出路径去罢。"乃向童子说:"我和尚不是取经回还的唐僧。"童子说:"不是唐僧,想是唐僧的徒弟?"八戒道:"也不是,我是挂褡游方和尚,前往乌鸡国望施主去的,闻知唐僧取了经回还,不往此山过,却沿着溪岸上往南去了。"那童子听得八戒这话,便走入洞内说知两个妖魔说:"洞门外一个和尚,称说唐僧从沿溪岸去了。"妖魔听了吃一惊道:"是了,黑鳗小妖去报他魔王,无人守候,所以唐僧不往山来。你且走出洞,把和尚叫进洞来,待我问他真实消息。"山童走出洞来,向八戒说:"长老,你要问前途道路、寺院妖魔,我年纪儿小,实是不知。我洞内现有家主,你可进去相会,一问自知。"八戒不肯进洞,说:"道童哥,我和尚生的古怪,你且憎嫌,若进洞去,你主人嫌我,推出洞来,没趣,没趣。"山童道:"没妨,没妨。我主人喜的是丑陋相貌僧人,倒有斋饭供他。若是标致的,便心里不乐。常说和尚家要腹中有些道理,身外不要美观。"八戒道:"我知道了,想必你主人的生像也比我和尚差不多,你既说还有斋饭,我远来肚饥, 正用得着。"便往洞内飞走,见了两个妖魔变的隐士坐在上面,乃走近前道个诺说:"二位隐君,我小和尚从乌哩乌喇来,要往乌鸡国望施主,不知前途何处? 可有庵观寺院、妖魔邪怪? 求隐君指引前行。且是远来,腹中饥饿,有便斋饭,布施一顿也是功德。"妖魔听了道:"和尚,你既问庵观寺院,只该问道士僧人,如何打听妖魔邪怪? 你便是妖魔邪怪! 本当捆打你这无知野秃,姑念你是个游方的,叫山童推他出洞去罢。"八戒乜斜着眼看着妖魔道:"二位隐君,推也要化一顿斋饭充饥。"只见善庆君笑道:"斋便有的,只是要等候西还的长老。我问你,可知西还的取经僧么?"八戒道:"闻得他从溪岸上过去了。"善庆君看着美蔚君道:"老友,空费了一场计较,唐僧已去,这整备的斋供果品,没处款待人了。"八戒只听了这一句,暗想:"这隐士必与我师父有旧相识,方才整备下斋供等候,或是传闻大唐圣僧取了真经回国,要瞻礼我们经文,故此设下斋供。我扯甚谎,说是过路望施主的。"乃上前道:"二位隐君,我老猪平白有名的老实不会扯谎,实实的是取经回还唐僧的第二个徒弟猪八

戒。"妖魔听了笑将起来道："我闻知唐僧乃中华有功行的长老,必定面貌
庄严,哪里有你这样个长嘴大耳的模样?"八戒道："隐君,难道你既知唐
僧,就不知他徒弟有个猪八戒?"善庆君说："我们只晓得唐僧,实是不知
什么猪八戒,你试说个来历我们听。"八戒道："我若说出来,只恐你二位
要吓破了胆。"妖魔道："你说,你说。"八戒乃说道:

> 　　"老猪不是凡和尚,曾受敕封称上将。
> 　　督理兵众管天河,手握金符坐玉帐。
> 　　只因酒罪犯邪非,贬下凡间为和尚。
> 　　立功跟得取经僧,一路降妖歼魔障。
> 　　九齿钉耙厉害凶,妖魔荡着神魂丧。
> 　　八戒名儿谁不知,如何只认唐三藏?"

美蔚君听了笑道："我也曾闻唐僧有三个徒弟,唯有一个孙行者会弄虚
头,倒不知又有你这个更会弄虚头掉谎的。"八戒道："二位隐君,我老猪
句句是实,怎叫掉谎?"美蔚君笑道："方才说唐僧你推不知,此时直认做
他徒弟。且问你,九齿钉耙在哪里? 明明虚头假话。也罢,既是唐僧徒
弟,莫要虚负了我设备的斋供,且请在后洞,少待唐三藏与孙行者一齐到
时,款留斋供。"八戒道："知他们何时才到,若是现成备了,我老猪先领了
盛情也罢。"美蔚君道："山芋桃实你先吃两个儿,若是别项,须是等唐僧
到来。"八戒道："老猪从来不吃果品,便是馍馍,先拿两个儿也好。"美蔚
君乃吩咐众小妖把毒物变做热馍馍捧出,八戒见了,也不等他摆设,便将
手去取,连吞带咽,不觉的吃了二三十个,一时毒气发作,把个八戒毒倒,
被众小妖捆入后洞。这正是:

> 　　自作虚魔招谎怪,更生贪馋惹妖氛。

毕竟后事八戒怎生解救,且听下回分解。

总批

唐僧来时,没一个款待的,遇了妖精,要蒸要煮,此是真正魔头,
倒好防备。取经回日,往往假充迎接,中藏杀机,倒不好防备,所以成
道之时难于下手。

人之取猩猩也,醉之以酒,其算计唐僧,正是用此法。

第 八 十 回

比丘假魂诉毒害　行者设计诱山童

　　话表三藏见八戒向洞前童子问路去,乃叫:"悟空,你看八戒莽莽撞撞去问路程,他这模样只惊唬了人,恐生事惹非,且走去半晌不见回来,叫我系心,你可探听个事实前来。"行者道:"师父,我闻这高山长溪妖魔甚多,八戒问路不来,定是动了邪心,惹了妖魔。我老孙若去,须是得当初来的金箍棒在手,相机行个掣礼,如今没这棒子,遇着妖精厉害,连徒弟也没力量。沙僧师弟,你可前去,探八戒如何不来?"沙僧道:"大哥,你推没力量,我越去不得。"三藏道:"悟净,你莫推阻,也该遇事上前,大家公同合力"。沙僧依言,乃掣下禅杖,往洞前走来。只见那山童走出洞来问道:"长老,可是找寻长嘴大耳和尚的?"沙僧道:"正是,他如今在哪里?"山童道:"我洞主听他说是唐僧徒弟,请入后洞款待斋供。"沙僧说:"许久怎么不出来? 我师父望他回信。"山童道:"他贪着馍馍斋饭,不肯动身,须得你进去唤他一声。"沙僧依言,走入洞门,只见两个隐士坐在上面讲谈,哪里见个八戒,乃走上前道:"二位善信,小僧问讯了。"那两个妖魔站起身来道:"长老莫非唐僧么?"沙僧道:"小和尚乃唐僧徒弟。"妖魔道:"孙行者可是长老?"沙僧道:"那是师兄,小僧乃沙僧,法名悟净。"妖魔听了忙笑道:"原来是唐长老第三位高徒,请入后洞待斋。"便叫众小妖迎入洞后,只见桌上摆着馍馍果品,便叫沙僧受用。沙僧道:"此斋难领,一则不见我八戒师兄在何处,一则主人不进来陪斋,叫我独自受用,乃是赏赐我僧家,没这情礼。"众小妖道:"我洞主备下斋供,专候唐长老,长老未来,故先设个小桌待你小长老。你莫虚负了我洞主好意,聊吃一个,以见迎接之意。"沙僧见了桃实在前,便去取一个桃子,方才开口去咬,那腥气难闻,想起汉子指路说隐士款留斋供,酌量方食,沙僧便停住口不食,把桃子袖入衣袖,只问八戒何处。那小妖们只待沙僧毒倒,动手要捆,猛然八戒被捆,毒气伤疼,在洞后哼了一声道:"师父呵,我徒弟只是贪馋为嘴,吃了他毒害,被妖捆缚在洞中,你若不知来救护,何人与你挑担转回东?"沙僧听了道:"原来八戒贪心,惹了妖魔捆缚在此,我也误闯入来,倒是不曾着了他毒,只是怎得出他洞? 如今说不得，且救了八戒再作道理。"乃闯入后洞，只见八戒被妖魔绳缠索绑，捆吊在洞，见了沙僧入来道："师弟救我。"沙僧道："二哥，你怎么不使出变化法力？"八戒道："沙僧师弟，我恨当初把九齿钉耙缴在宝库，没有兵器，怎打妖精？又因嘴馋，动了贪心，自家作了孽障，变化法力哪里使得出来？没奈何救我出洞。"沙僧道："我孤树不成林，你且忍耐，待我打出洞去，叫了大哥来帮着救你。"沙僧轮起禅杖，便把小妖乱打，小妖叫喊起来。只见两个妖魔走入后洞见了，忙擎了兵器来敌。沙僧力寡，被妖魔拿倒，美蔚君就要取蒸笼，把八戒、沙僧且先蒸吃。善庆君道："老友，且从容，如今先吊他两个在洞，待拿倒唐僧与孙行者，然后一齐动手。邀了长溪等友同来受享，也见你的情分。"美蔚君依言，把八戒、沙僧捆在后洞。

　　却说三藏与行者吩咐沙僧去寻八戒，他师徒两个坐在山冈子上，看着山松石洞，野岸长溪，三藏道："悟空，我与你们自出了大唐国门到了灵山，受了多少辛勤苦恼，怪难灾屯，今幸的取得真经回来，又过了许多时日，路途辛苦，不知到中国家门尚有多少路程？似这等高山远水，叫我为师的真真不耐烦恼。"行者道："师父，你原说仗一志诚，求取如来宝藏，今幸遂愿，正该欢欣鼓舞，打起精神。料离灵山东来，时日已久，国门也将次到了，怎说出不耐烦恼？又动了烦恼障碍？所以步步招惹邪魔怪异。"三藏道："悟空，你说便说的是，只是这会沙僧去问路找八戒，如何久不回信？怎不教我系肚牵肠？"行者道："师父，你且耐心，再等一会不来，少不得徒弟也要去探信。"三藏见行者宽解忧心，只得放下愁怀，对着高山流水，又动了唐人风韵道："悟空，你既宽我怀抱，谅你怀抱必宽，我与你对此高山流水，联一两句散心，我便咏流水，你却和高山。"行者道："师父尊大，当咏高山；徒弟卑小，当和流水。"三藏依言，乃咏高山道：

　　　　"泰兵逼云霄"（唐）
　　行者忙接韵和道：
　　　　"溪流涨远潮"（孙）。
　　　　"雁飞人不到"（唐），"风落叶随飘"（孙）。
　　　　"上有天光映"（唐），"旁无野树招"（孙）。
　　　　"登巅瞻万里"（唐），"游浪越千桥"（孙）。
　　　　"樵子步难蹑"（唐），"渔翁网不消"（孙）。
　　　　"只因峰势耸"（唐），"端为逝滔滔"（孙）。

三藏与行者心志在高山流水，坦然自得，一时便忘了八戒、沙僧去探路径不来，不知他两个被妖魔捆缚在洞内，等师父们去救。

却说比丘僧与灵虚子两个，自从变汉子接了一匹布，指引了唐僧师徒过这赛巫山溪，他一路远远在唐僧前后随着，也明知妖魔计阻唐僧们，只因他师徒一种心生出一种邪氛，任他师徒自相扑灭，遂由他行歇坐。二个从峰险道乘云而来，正见唐僧与行者两个坐在山冈，彼此谈讲。比丘僧说："师兄，你看唐僧与孙行者两个坐在山冈讲谈，似传授道理的一般，怎么不见八戒、沙僧两个？"灵虚子道："八戒、沙僧想是哪里化缘，孙行者的道理纯熟，唐僧必然私相传授。我与师兄隐着身形，听他讲说什么道理。"比丘僧依言，两个隐着身形，走近三藏面前，听得他师徒联诗，乃相说道："出家人联诗赋句，虽说是活泼心胸，未必不思虑劳神。"又听得三藏咏毕诗句，想起八戒、沙僧问路，不见回来，动了忧虞之色。两个计议道："我们曾指引他师徒说山洞有怪，溪水多妖，怎么不小心防备，轻易去找探路径？定是八戒、沙僧遭着妖毒。"两个离了唐僧处，依旧隐着身，走过山冈，到了美蔚洞。进了洞内，只见两个妖魔坐在洞内，一个说："唐僧不见来找寻徒弟。"一个说："摆出毒馔上前迎他来罢。"两妖计议，比丘两个又走入洞后，见八戒、沙僧被妖魔捆着，惊道："原来这两个痴子遇了妖魔毒害！"比丘僧道："师兄，这如何解救？"灵虚子道："师兄，我们原为保护经文，经文既歇在山冈，唐僧坐守，我与你说知，须得孙行者来，设计救他。如今若在这洞与妖魔争斗，万一妖魔厉害，连我们也不便。"比丘僧说："师兄，唐僧虽有想八戒、沙僧忧虞之色，尚有联诗赋句之怀。我与你显然去报，又恐唐僧疑我两个无因而至，做甚情节；去报孙行者，他又是个机变多心之人，疑中生疑，把我们也当妖魔使诈，不信在心。便是去救，也不着力。"灵虚子道："我有一计，你隐着身假作沙僧，我隐着身装做八戒，只说是被妖魔毒害杀了，魂灵儿来告诉他，求他拿妖报仇。那唐僧听得，必然哀痛起来，这孙行者方才着力。"比丘僧笑道："师兄，明人不作暗事，若这假装魂灵，两个在暗处报唐僧，不如明明的变了八戒、沙僧，替他挑了担子，从长溪岸上过了这美蔚洞，把经文寻一处洁净庵堂供奉着，再来救他两个罢。"灵虚子道："师兄，依你这说，我们两个依旧是送经到东土，原非保护之义，有背佛旨，如何做得？"比丘笑道："师兄，依你，假他魂灵儿，却是孙行者的机变心肠，只恐那猴王机变又巧，怀个不信心，又识破我们之假。"灵虚子笑道："说不得，这机变心肠用的正大，便是孙行者也向如来前讲过。如今八戒、沙僧动了贪嗔邪念，以致妖魔毒害,我等若拘小节,怎生救得他两个? 真经何人挑担?"两个计议了,乃隐着身,走到三藏面前,正遇着三藏与行者联诗方毕,忽然三藏叹一口气道:"悟空,他两个探信久不见回,莫非是:

> 错了路头行去远,化缘村里故来迟。
>
> 坐看水色山光景,也学讴吟谩赋诗。"

三藏正说了这几句,只听见空里道:"师父呵,你可想我? 徒弟探信久不回来,哪里知我徒弟:

> 探路逢妖太不良,假供斋果毒中藏。
>
> 伤了徒弟魂来诉,师兄师父快商量。"

三藏听得道:"悟空,不好了,你听得空里八戒、沙僧魂灵说话么?"行者笑道:"师父,我老孙听便也听得,只是将信将疑。"三藏道:"如何将信?"行者道:"八戒久不见来,他平日好嘴头食,不顾生冷,必是贪斋供,被妖魔要害;沙僧不该拿了禅杖去,必是遇着妖魔敌斗,寡不胜众,被拿倒了。一个贪伤命,一个嗔送生,这或可信。"三藏又问说:"如何将疑?"行者道:"八戒平日有法力,沙僧往常多神通,轻易妖魔不敢犯,他就是逢着妖魔厉害,毒杀了他,他两个俱是有来历的神道,哪里显个阴魂儿来讲话? 这实可疑。"三藏道:"悟空,我也不管你信与疑,只是你须速去探信。"行者道:"师父,非是徒弟不去探信,只推在他两个,但是此高山长溪,闻得妖魔众多,师父与经文要紧,故此徒弟不肯远离,徒弟若远离了去,万一妖魔来侵近师父,他两个抵挡不住反为不便。如今师父既叫徒弟去找寻他两个,须是师父正了念头,莫要系心忧虑他两个徒弟,也莫贪山光水色,又动了歌咏费却神思,牢守真经,勿使邪魔侵夺。"三藏道:"悟空,你说的真真正正经,我件件依你。"行者说罢,忽然一个筋斗不见了。三藏独自守着经柜担包,只得依着行者,正了念头,把平日记诵的经典课念几卷。那比丘与灵虚假做八戒、沙僧魂灵儿告诉了一番,又听得行者说将信将疑,他两个唯恐行者识破,只待行者信了唐僧之言去找寻八戒、沙僧,见三藏孤身坐守经担,他两个现了身形,变了两个樵子,走近山前。三藏一见了是樵子走来,便叫道:"二位善人,小僧是过路僧人,在此山冈歇力,徒弟前去探路,不见回来。请问你此去有多少山路方才有城市人烟,庵观寺院? 这山冈上路可平坦? 或是那沿溪岸上可行? 乞善人指引指引。"樵子笑道:"师父,你是出家人,随着路头走罢,何必问前顾后? 你想这问路的心肠,七情妖魔便从此出。"三藏道:"善人说的固是,我小僧发一点平等心肠问路,本是一心在这经文上探个路头。"樵子道："老师父，你原来是取经长老，为经文问路，你不知这山冈大路虽说平坦，却谷洞众多，狼虫虎豹等兽都会弄妖作怪，你徒弟既去找寻路径，独自一个在此，万一妖魔扰害，怎生奈何？"三藏道："善人，小僧身命原付之不有，只是为经文不得不系念，二位善人若肯方便，少伴我小僧片刻，等我小徒回来，深深酬谢。"樵子道："正是我二人也有此意，老师父且安心守候。"按下不提。

且说行者一筋斗打到洞前，才半里多路，自家笑将起来道："几步子路也费个神通。"方抬起头来，一个山童走到面前说："打虎跳的长老，此是何处？还打虎跳撒个欢儿？"行者见了道："山童，我和尚是打筋斗耍子。"山童笑道："长老果然打筋斗好耍子，我在这山洞前闷起来，要打个筋斗耍子，无奈不会，长老可肯传授我？我偷些洞主的馍馍果品送你。"行者道："山童，若说这话，我便不传你，我乃出家人，你怎说偷些洞主馍馍我吃？偷便是贼，不连累我做贼心？"山童道："你若传会了我，凭你要甚谢礼。"行者道："我若传会了你，便是师父徒弟称呼。"山童道："便做师弟子称呼也罢。"行者道："称呼只是个虚名，还要个实意。"山童道："实意是何说？"行者道："比如我师父问你一句话，你徒弟真真切切说出，半字儿也莫扯谎，乃为实意。"山童道："真假虚实在我心里，比如扯个谎话哄了师父的法儿去，便怎么？"行者道："这叫做欺师慢道，大不为敬。凭你怎样学习，终久不会，便是会了，也不精。"山童听了，乃作一个揖道："师父，你只要教会了我徒弟，凭你问我甚话，一毫不敢扯谎。"行者说："先问一句，试你可真实，方才好传你。"山童道："先传了打一个筋斗着。"行者说："传筋斗只消一句，问你话却多，须是先说两句实话儿，你便听一句就会了。"山童道："师父，你问来，我实说与你。"行者乃问道："有两个标致小和尚到你洞前来探路境么？"山童道："有的，我若说标致，师父就说我不真实，那两个和尚生的一个长嘴大耳，一个靛青脸孤拐腮，在此问路，被我洞主叫进洞去，是实。"行者道："这两个和尚进了洞，吃斋饭，磕茶汤，自在受享哩。"山童道："斋饭茶汤虽有，只是不得自在受享。"行者说："如何不得自在受享？"山童道："师父传了我打一个筋斗，我便实说。"行者说："不难，不难，我便传给你一个筋斗，你且实说来。"却是何说？且听下回分解。

总批

比丘、灵虚变鬼魂，大无谓，不似西来本意，或者欲为二人代灾耳。

前《记》不传筋斗，亦是缺陷，得此童子，唐长老又添一徒孙矣。

第八十一回

传筋斗直指明心　设机心何劳利斧

诗曰：

> 血肉身躯血肉群，思量底事暗销魂。
>
> 百年事业浑如梦，两字功名薄似云。
>
> 行见朱颜成雪鬓，坐看白骨共山坟。
>
> 从来指出长生法，阴骘弘开方便门。

却说山童定要行者传了他一个筋斗，方才肯实说两个和尚进洞不自在受享的缘故。行者只得教他，把两手按地，着力一翻过身去。山童依着，果然一翻，打了个筋斗，喜喜欢欢，就往洞里要走，行者忙一手扯住道："山童，这个筋斗不好耍子。"山童道："怎么不好耍子？"行者道："两手按地，一则费力，一则污手，又且翻过去跌了一跤，哪里好耍子？你看我不按地，不费力，半空里一个筋斗，好耍子。"山童道："师父，你打来我看。"行者就凭空里一个筋斗翻过去。山童见了道："师父，这个筋斗果然好耍子，你传授我。"行者道："方才教会你一个按地筋斗，你会了就走，不肯把实话说完了，如今必须尽把实话说完，方才教你。"山童说："实话那两个丑和尚进洞，说是唐僧的第二、第三个徒弟，我洞主把毒物假变馍馍果品款待他。一个叫做猪八戒，贪馍馍中了毒，怎得自在受享？一个叫做沙和尚，不肯受享，抢起禅杖，不思想寡不敌众，只凭着他嗔心便乱打，被我洞主拿倒了，如今在洞后不自在哩。此便是实话。师父，可把凭空筋斗传授我。"行者道："你且说他两个在洞后如何不自在？"山童说："教会了徒弟这凭空筋斗，我便才实说。"行者道："这也不难，你可把两手紧揝①着拳，将头向空一钻，把脚向空一起，自然一个空里筋斗。"山童依言，翻了一个筋斗道："好耍子。"就往洞里要走，行者道："山童，这还不好耍子，你看我，一连七八个叫做流星筋斗。"乃接连一路打了七八个，山童见了道："好耍子，真个好耍子，师父，我把洞里和尚实话说与你罢，你千万把这流星筋斗

---

① 揝(zuàn)——同"攥"，抓；握。

教我。"行者道："自然教你,你且说那和尚在洞后如何不自在?"山童道："都被我众小妖捆的捆,吊的吊,只等拿到了唐僧一齐蒸煮了,洞主们自在受享。"山童说罢,便扯着行者要教他流星筋斗,行者也只得把这筋节说出道："你可乘着一个筋斗势力,只滚打去,便是流星七八个。"山童依言,果然打了七八个,喜之不胜。行者道："山童,你若肯实实把洞主是何物妖魔说与我,他有什么神通本事一齐说出,我还有个万里筋斗传授你。"山童道："师父,怎教做万里筋斗?"行者说："前边这几样筋斗,只在面前打跳,不过眼见丈尺,我这万里筋斗,说一声,千万里顷刻便打到。"山童听了笑道："似这样筋斗,极好耍子,师父可教我。"行者说："这个必须先把你洞主事情尽说与我知道,我方教你。"山童道："料着师父不欺我徒弟,我先实说了罢。我这洞主是个猩猩成妖作怪,叫做美蔚君;那善庆君是个白鹤成精,还有个福缘君是个猿猴成精。只因善庆君与福缘君有双清之雅,我美蔚君与他结契,若论洞主的神通本事,变化多般。他闻得西还有起取经来的唐僧师徒,取得真经过此溪山,说不论人物仙凡,就是飞禽走兽,得闻了真经道理,超凡入圣,降福延生,我洞主因此在这洞里假设斋供,等候唐僧。如唐僧顺意,把经文留在我洞间,长远与我洞主看念,便将就他回去;若是不肯,便先毒害了他,后上蒸笼蒸熟了,还有请这一路结契的溪洞老友来受享哩。"行者笑道："既是你洞主要留经,也不该便把那两个和尚捆吊起来。"山童道："只因那和尚一个扯谎,哄洞主心肠不善,且先要吃斋贪馋非礼;一个动了嗔怒,抢起禅杖,打上洞门。故此我洞主怪恼起来,一个要就蒸煮,一个劝且待捉到了唐僧再做区处。"行者道："你洞主可知道唐僧难捉的? 他有个大徒弟叫着孙祖宗,厉害多哩,要拿倒了妖怪抽筋、剐骨、剥皮、揎草哩。"山童道："我那善庆君曾说前洞把福缘君认了玄孙,赶了出洞,往花果山去了。他也知这孙祖宗厉害,如今叫众小妖做下准备,只等他来就要以计捉他。"行者听了道："你真真不扯谎,果是实话。"山童说："快把万里筋斗传授与我。"悟空道："传你不难,只是你不曾走过万里路程,如何打的去?"山童笑道："果是我不曾走过百里,怎说万里? 比如我这三五十里走过的山洞,可打的去?"行者道："此便打得,但不知这三五十里是什么山洞?"山童说："离我这美蔚洞五十里,有座慌张洞,洞主与我洞主相契,我曾去请慌张魔王来赴会,故此走过的熟路。"行者道："你既心下走熟,而今想起来,筋斗已打到往回来了。"山童笑道："你这师父,我说了实话与你,你却扯个虚谎与我,我与你现在此讲说,怎么筋斗打个往回了?"行者道："你要我教,须是待我打个你看。"山童道："打来我看。"行者一个筋斗打不见了,山童守了半晌,不见了行者,埋怨懊悔进洞。

却说行者一筋斗打入妖魔洞内,把身形隐了,见那两个妖魔口口声声只是要设计捉唐僧,又走到洞后,只见八戒与沙僧被捆吊着。八戒口里哼哼唧唧道："师父呵,我徒弟自从:

> 皈命投诚跟着你,西来礼佛取真经。
>
> 十万八千途路远,往回终日不曾停。
>
> 跷蹊处处逢魔怪,法力如何我不灵。
>
> 捆在洞中只待煮,可怜一命入幽冥。
>
> 你若悯念师和弟,早着猴精做救星。"

行者听八戒咕咕哝哝说这苦楚言语想念师父,心下想道："呆子到此思念师父,也还是个好人。"只听得骂他猴精,又笑道："这夯货馕糠的,既想要我救你,却背地里又骂我。"随假变了一个小妖,站在八戒之旁说道："长嘴大耳和尚,你想什么救星? 只恐恼了我:

> 洞内众妖齐动手,不将锅煮便笼蒸。"

八戒听了道："小妖哥,你蒸煮,说不得也由你,你却不晓得我有个师兄叫做孙行者,正是:

> 法力齐天孙大圣,拿妖捉怪不相应。"

沙僧听得道："二师哥,在此捆吊着,什么心肠还联诗和句。此时不知师父知道不曾,若还大师兄知道,他是性急的人,怎肯延挨片刻,不来救你和我?"行者听了,依旧隐着身,到他两个耳边说道："师弟,谁叫你一个动贪心,惹了美味魔王全不放;一个生嗔意,弄做个捆吊冤家不放松! 且耐心端正念头,待我来救你。"八戒、沙僧知是行者说话,便说道："师兄,快些救,但把绳索解了,我们法力自然能脱。"行者听得,上前与他两个解那绳索,越解越紧,怎能得开。八戒道："师兄,不好了,越解越扣的痛起来了。"行者道："妖魔厉害,连我也没法,你两个且少待,等我与师父计较,先打灭了妖魔,焚毁了他石洞,再设法救你!"行者说罢,一个筋斗打到三藏面前,只见两个樵子陪伴着三藏,坐在山冈之上,等候行者回音。行者备细把八戒、沙僧情由说出,那唐长老听得眼泪交流,说道："徒弟呵,我只道你:

> 打探路径身耽搁,原来捆吊受灾屯。
>
> 想因动了贪嗔莽,自种还须自拔根。"

行者道："师父，事已到此，悲泣无用，我徒弟只得再转灵山，求个解妖索的神通来救他两个。"只见樵子道："小长老，你何必复上灵山，我两个经年打柴，遇有藤索，便用斧斤割断。我有利斧在此，你何不携去把他绳索割断，等他们挣脱了，使出他原来法力，出洞拿妖。"樵子向腰间取出一把利斧，递与行者，行者接得在手。三藏连忙扯着道："徒弟，二位好意借斧与你割绳索，你却切莫劈妖精！"樵子说："师父，你莫要扯他，我这斧子劈不得妖魔，只割得绳索。"三藏笑道："善人，一把快利钢斧怎莫劈不得妖魔？"樵子说："师父，我这利斧当初也是一个念佛的长老与我解绳索冤怨，不许我伤生害物。若是拿它劈妖魔，只恐自己先存了一种伤生害物心肠，不但缺钝了这斧无用，且惹了妖魔动了敌斗心。"行者道："二位樵哥，老孙先讲过，若是这斧割不断那绳索，或是遇着一两个没要紧的小妖，老孙大胆借你斧子略劈一个也是借斧一场。"樵子说："小长老若存了这一条心肠，我便不借了。"三藏道："悟空，你便割绳只割绳去罢，不可又欺二位动了杀害心肠。"行者依言，携了利斧，有物在身，打不得筋斗，一直走到洞门，依旧隐着身，走入后洞，把斧子去割绳索，哪里割得断？行者性急，把斧子抛在洞内，直走回向樵子说："割不断！割不断！我也不曾劈妖怪，抛在洞里来了。"樵子听得道："小长老，你不消去了，我二人曾与妖魔有半面之识，待我去说个方便，叫他放了两个来罢。"行者道："如此却好，我不去，借重二位去讨个方便。便是那斧子现在洞里，自去取罢。"

樵子别了三藏，他两个走到洞门，也把身隐着，只入洞后，见八戒与沙僧捆吊在内，那斧子原是一个梆槌，抛在地旁现了原形。比丘与灵虚子说道："师兄，你变樵子可也只不该把木鱼梆变利斧，未免动了杀劈之心。"灵虚子道："为救人捆吊，这也不妨。如今他两个绳索紧捆，不得不借利斧。"便拾起那槌，依旧去割，哪里割得开。两个忙把解结经咒念起，只见八戒、沙僧就地一滚，那绳索齐断在半边。八戒两个只道行者来救，往洞外飞走，众小妖拦挡不住，急报与两个洞主。妖魔走入洞后，比丘僧与灵虚子变化不来，隐身不及，却被妖魔见了道："好和尚，前在福缘洞破了我桃实，化为蛇蝎，今又到我洞中放了我拿到的僧人，好生大胆。莫要走！吃我一棍！"灵虚子见妖魔抢起棍来，说不得把梆槌变了根棒相敌，那善庆君也执着长枪来刺比丘僧，被比丘僧举起菩提子只念了一声梵语，那枪忽然折做三段，两下里混战不见输赢。

却说八戒与沙僧解了捆吊，飞出洞外，走到三藏面前，见了行者道："你坐在此，却是何人解了我绳索？"三藏道："徒弟，亏了两个樵子来救你，他便救了你,不知如今怎生出妖魔之洞?"八戒道:"师父,如今说不得,我等回去报妖魔捆吊之仇,再探樵子如何出洞。"三藏道:"徒弟,罢休,你既挣脱了来,那妖魔厉害,不要去惹他,我们挑了担子还沿溪岸去罢。"行者道:"师父,樵子既施恩于我们,岂有任他与妖魔相持不去看看之理? 况我们被妖魔捆吊欺凌,安可饶了他去? 我老孙说不得背了师父方便慈悲,定要把妖魔剿灭!"三藏道:"徒弟,你又动了报恩灭怪之心,依我之念 ,只是善化了妖魔回心转意,好好放我们挑经前去,便就是功德。"八戒道:"师父只想着方便慈悲,一个妖魔把徒弟两个捆吊,要蒸煮受享,情理难甘,决不饶他! 沙僧兄弟,你也曾受妖魔之辱,大家齐去攻他石洞。"行者说:"师弟,我闻妖魔设计拿我们,老孙不得不用个机变心。"八戒道:"又变什么机心,老老实实三条禅杖直打入他洞,料着三个斗两个必然杀我们不过。"行者道:"呆子,他两个妖魔枪刀棍棒,件件精利,我们的宝贝缴库,又不在手,这三条木杖敌不得利器。"沙僧说:"就依大师兄,何劳利器? 但使个什么机变?"行者道:"我已把玄孙福缘君度化回去,山洞火烧塞了,我如今变做福缘君样儿,到他洞里,你两个变做小妖,他必然款留我,你可把他设下的毒物抵换了,就毒倒妖怪,那时再作计较。"八戒依言,与沙僧变了两个小妖,跟着行者,行者却变作福缘君,走到洞前。山童见了道:"大王且停住,我洞主与两个僧道打斗。"行者走入洞中,只见善庆君两个见了,丢了棍棒道:"福缘老友,我只道你被孙行者赶逐回山,原来尚在此。"行者故意道:"老友与此两个僧道又为什么打斗? 向时他破了你仙桃之假,如今又到你洞来?"妖魔道:"可恨他把我拿到的猪八戒、沙僧放了!"行者笑道:"老友,你莫怪,古语说的好,兔死狐悲,物伤其类。他因你拿倒了和尚,故此解放了,那猪八戒是我的瓜葛嫡亲,这两个既解救了他,也于我份上有些情义,可看薄面放他出洞去罢。"美蔚妖魔心尚不依,善庆妖魔再三解劝,一时把僧道放出洞去。行者却识的是比丘僧与优婆塞,只因变着福缘君,故意明讨个方便,只当不识。这比丘僧出了洞门,向灵虚子道:"师兄,你认得这福缘君么?"灵虚子道:"识得,识得。"却是如何识得? 且听下回分解。

总批

贪嗔一动,自起绳索,真有利斧砍不断者,解结经咒,于意云何? 不过一清净念头耳。安得向人人念诵之也!

灵虚、比丘能解八戒、沙僧之结,自己却不能出妖魔之洞,不待行者说分上,信当场出手难耳。

第八十二回

假神将吓走妖魔　揭山石放逃猩怪

却说孙行者变了福缘君模样,劝解了僧道出洞,他识得是比丘,比丘也识得是行者,两下里各相藏隐事情,故此比丘与灵虚子不剿灭妖魔,让行者使弄机变,依旧变了樵子,到三藏面前道:"老师父,我二人向洞中讨个方便,放了你徒弟,如今哪里去了?"三藏道:"他们到山洞与妖魔报仇去了。"樵子道:"师父,依我二人计较,挑着经担从溪岸前途去罢,冤冤相报,岂是出家人功行?"三藏说:"二位之言极有理,我小僧也是这般计较,无奈徒弟们要扫清了这山洞妖魔,只得由他去做。"

话分两头,且说行者劝了两个妖魔放了僧道出洞去了,美蔚君叫小妖整备了筵席款待福缘君,便问道:"老友怎说与猪八戒有些瓜葛?"福缘君道:"只因我祖宗跟随唐僧,做了大徒弟这个亲情友谊上来的。"美蔚君笑道:"这不过是个同门的弟兄,怎么说嫡亲瓜葛?"福缘君道:"老友不知,你听我说来。"乃说道:

> "论瓜葛,有着落,不是无情妄倚托。自从我祖入禅门,礼拜唐僧做行脚。登峻岭,走荒漠,八戒沙僧同撮合。乌斯藏国与沙河,受席投师与发削。与我祖宗情不薄,同上灵山登宝阁。取得真经保护来,师兄师弟相亲合。历高峰,逢猿鹤,感我祖宗垂度脱。劝回花果去藏修,口念如来莫作恶。礼真经,把善作,敬道隆僧无限乐。这门瓜葛岂无因,幸喜今朝相遇着。"

妖魔听了笑道:"我两个正在此恨那孙行者把老友赶逐回花果山,要拿倒他剐骨熬油,你原来不曾回山,却在何处?如今则认做祖宗,把那八戒、沙僧比作同亲。"行者道:"老友,息了这恨吧,我那老祖宗闻得他神通本事高强,着甚来由与他结仇?"妖魔道:"老友,你莫要管他,闻知唐僧坐在山冈,不敢前行,我这里已作准备,只等他来再作道理。"便叫小妖大吹大擂吃筵席。

却说八戒与沙僧变了小妖,混入众小妖中,走到洞后,见桌上有馍馍果品,乃问众妖说:"这果品馍馍怎不摆出筵席上与大王们受用?"一个小妖多嘴道："这是假变的毒物,等候唐僧来毒他的。"八戒与沙僧听了,暗偷了几个,送到妖魔面前。那两妖一时未分辨,吃了两个果品下肚,不觉的毒气攻心,哪里坐得住,起身就往洞后走。八戒、沙僧见了势头,忙对行者道："妖魔已被我们抵换了毒物发作,师兄何不动手?"行者听得,便跳入洞后,看那妖魔呕吐呹喝疼痛,就现了原身,八戒、沙僧也现了原身,抢了洞中棍棒,杀将起来。妖魔见了,顾不得疼痛,忙掣了兵器与行者三人斗出洞来。这场好斗,怎见得:

　　妖魔怒气发冲冠,行者雄心意不端。

　　八戒呀牙怀毒恨,沙僧恶眼把魔看。

　　那一边情同旧恨生嗔怪,这一边气愤填胸没转添。

　　刀去枪来谁肯服,你想割心我割肝。

　　却说比丘僧与灵虚子伴着唐僧坐在山冈,见徒弟们去久不来,三藏一心只要从溪岸上前行,说道："二位善人,承你高义相伴,幸喜不逢妖怪前来,若是妖怪知我孤身在此,这经担柜垛怎保?"樵子道："师父,休使这疑心,你若从溪岸上行,这长溪名色甚多,妖魔藏聚极广,如今只得等你徒弟回来,再计较前行。"樵子正说,只见三藏望着空中。指与两个樵子看道:"善人,你看那山前树木之上烟云乱起,呹呹喝喝之声,莫不是我徒弟们在那里与妖魔战斗? 你二位既与妖魔有半面之识,敢烦劝解两下里莫要相争,只求让我经文前去罢了。"樵子听得,随走到洞前,果见行者三人与妖魔两个战斗。比丘僧向灵虚子道:"师兄,事势到此,我两个不得不扶助行者们灭此妖魔,只是我等以慈悲方便为门,伤这妖魔性命,于心未忍;不灭了他,这狞狰又可恶,事将奈何?"灵虚子道:"日前报事使者曾叫我等敲动木鱼,自有神将来行剿灭,我们如今且不必敲木鱼惊动神将,我二人就变做神将,把妖魔恐吓走了,或是战败,与孙行者们灭了他,亦是成就了孙行者机变,猪八戒、沙僧报仇之心。"比丘僧依言,他两个即时变了两位金甲神将,现身半空,叫一声:"妖魔,休得猖狂! 犯我释门弟子! 趁早皈命投降,改邪归正! 如迷而不悟,看我天兵神将到此,只叫你胆丧灭形!"两个妖魔已是敌不过行者三个,又见了神将,畏惧起来,拖着枪刀兵器往山前飞走,那善庆君化个白鹤乘风而去,这猩猩妖魔见势头不好,摇身就地一滚,变了一个兔子,钻入草中,把地土穿了三个窟窿。行者停着步,向八戒、沙僧说:"我们追赶妖魔,他情急变了一只兔子钻入草中,须是发动三昧真火,焚烧这岭上枯草,自然这妖精无处藏躲。"八戒道:"师兄,我说妖魔败走,赶将来怎么不见? 原来他会变化,我们难道不会? 我就变条小小蛇儿钻入草中去寻他。"行者道:"师弟既举了此念,你就变化去。"八戒把身一抖,果然变了一条小蛇。但见:

赤溜溜细鳞光亮,紫葳葳小尾尖拖。双眸篆豆小差多,三寸身儿不大。

八戒变了一条小赤蛇,钻入草坡周围寻了一遍,哪里有个兔子? 但见草内有三个地洞。八戒个个地洞游进去找寻,费了许久工夫不见兔子,只得走出草坡,复了原身。行者问道:"呆子,兔子捉到了么?"八戒道:"这妖魔不知躲到何处? 哪里寻得着?"行者道:"料只在草坡之内,如何寻不着?"八戒道:"那地下有三个窟窿,被我都游到也没寻处。"行者道:"是了,是了,只说我老孙行动捉妖拿怪用心机,这妖魔变了狡兔,又遗下三穴,他不知到何处去了,我们守此草坡何用? 且去看师父,莫要孤身在山冈,被妖魔毒害。"八戒、沙僧依言,三个一齐走回。只因八戒钻那三个地穴费了工夫,果然三藏坐在山冈,独自守着担柜。

　却说猩猩妖魔变了兔子钻入草中,随向前坡出去,却离三藏处不远。他见了一个长老孤身守着许多柜担,想道:"此必是唐僧,我被他三个徒弟杀败,那善庆君不知何处去向,众小妖料必被孙行者们残伤,我如今正好摄了唐僧到洞,再来抢夺他经担;只是兵器不在手中,又没个小妖帮助,怎么捉这和尚? 也罢,照依我原来面目本事捉了他吧。"乃跳出山冈,来到了三藏面前。三藏正身坐在冈上,眼望着徒弟,手捏着数珠,口念经咒,不甚在意。忽然这妖魔上前,两手把三藏的数珠儿扯着,三藏惊慌起来道:"你是何物作怪? 扯我僧人?"妖魔得了三藏之手,喜跃起来,不言不语,只是大笑不休,将有侵犯头面之状。忽然比丘僧二人变了两个樵子走到面前,见了道:"老师父,此野怪猩妖,当褪了手上数珠,莫要使他扯着手指。"三藏听了,把数珠一褪,那樵子上前把妖魔两足一绊,只见猩怪手捏着数珠,一跤跌倒在地,乱挣不起,随要变化逃走,苦被那数珠子如铁索绵绳捆缚在地,哪里挣挫得动。恰遇着行者三个回来见了,八戒笑道:"果然不出大师兄所料,师父一个被妖魔缠绕。"行者抢得妖洞大斧,举起来就要上前来劈,三藏忙止住道:"徒弟,当年叫你缴了兵器,正恐你们伤生。今日你们又何处取来兵器? 妖魔固当剿灭,只是我取经回还,这点方便之心,劝你暂且饶恕他。"行者道:"师父,你固然怀着慈心,只是他来扯你的心肠却也不善! 幸亏数珠有灵,这两位善人护救,不然徒弟们这时节向何处找寻师父去也?"

八戒、沙僧也不等行者说毕,举起兵器道:"你这妖魔,捆得老猪倒快活。"沙僧说:"我被他吊得倒也爽松。"两个就要下手,只见樵子向行者说:"小师父,我闻此物作味,其唇最佳,我二人也是陪伴老师一场,你可饶他性命,活舍了我去养肥了,做一奇肴吧。"行者听了,呵呵笑将起来道:"我师徒感二位垂护之德,既是活要此怪,我们不伤害他生,却有一个计较,报他那假变毒馔桃实之计,用个道力,定住他在此山冈,叫他永远不能挣挫。"樵子只得一笑,依着行者之言道:"但凭小师父的计较。"行者当时把口一喷,解下三藏的数珠,仍将一块山石压上妖身,口中念念有词,只见那怪毫不能动。八戒见了大笑起来,沙僧问道:"二哥笑是何故?"八戒道:"大师兄前认祖宗,今又接代。"沙僧道:"此是何说?"八戒道:"他曾压在五行山,如今把妖压在长溪岭。"三藏道:"徒弟们,莫要闲谈,费了工夫,误了路程,趁早挑着担子赶路。"行者依言,一时三个挑起担子,三藏深谢那两樵子,看着那妖魔道:"趁早洗心做些好事,超生人道,免使山冈大石压得不得翻身。"那妖魔方才开口叫道:"圣僧,方便把这石块揭去吧。"三藏道:"孽障,是你自作自受,不与我释子相干。"师徒四人,乃辞了樵子,望山前大路而行。樵子看他们去远,复了僧道原身,腾空而起。猩妖压于石下,大叫:"菩萨,开赦我小兽,以后决不敢侵犯取经僧人也。"比丘僧与灵虚子一时动了慈悲,把石揭起,那妖翻身一纵,竟往山前去了。他两个腾空,依旧跟上唐僧师徒,远远望他们挑押柜担前行。

却说那善庆君原是鹤妖,他复了原形,一翅飞了五十多里,早见山峰下一座悬崖,崖下一个石洞,他展翅而下,仍变了隐士模样,走到洞前,只见洞内走出一个小妖,见了隐士道:"先生何处来的?"隐士道:"你认不得我乃是福缘洞善庆君,特来访你洞主。"小妖听得,忙进洞报与洞主,却是慌张妖魔。这妖魔立心奸险,遇事慌张,倒也有些本事,就与长溪相邻交好。这溪中一个妖魔,乃是白鳗作怪,呼为孟浪魔王。他两个时常往来,此时正在洞中对酌,说起平日这慌张孟浪不得叫做豪杰英雄。只见白鳗怪说道:"我昨日差黑鳗小妖到长溪岸头探听,可有什么往来行客,擒捉两个儿蒸煮受用。"小鳗妖报说:"有西还的取经僧人路过岸头,要径往此过,守候了多时,不见前来。我如今要带领溪内小妖前往岸头擒拿,不知老友计将安出?"慌张魔王笑道:"你我正被别洞魔王笑说孟浪,如今不探听个虚实,便往前去,又成了我慌张之名。我闻那取经的僧人,乃是东土圣僧,来时跟随着三个徒弟,都是神通广大,本事高强,万一不量力冒犯了他,叫做揽事上门,为害不小。且闻他取得灵山经文,这经文若是参悟了,大则成佛作祖,小则降福延生,我与你怎得见闻一两卷?料这慌张孟浪尽化为美德。"两个正讲,小妖报入,说福缘洞善庆君来访。慌张魔王摇手叫小妖回他,说洞主外出不在家罢。孟浪魔笑道:"老友人远来相访,如何拒人千里?"慌张魔道:"此友原与福缘君自恃双清,不近我们凡俗,今日之来,正当拒绝。"乃叫小妖出洞回复道:"洞主到长溪内与孟浪魔王饮杯酌去了,不在洞内。"善庆君道:"我特为探知取经唐僧路过此报信而来,如何回我不在家内?"小妖复把此言传入两个妖魔,所以慌张孟浪便走出洞大笑,陪一个罪过,邀入善庆君进洞,便问取经唐僧事情。善庆君不隐,便把美蔚捆吊八戒、与行者战斗不胜,又被神将现圣,两个败阵事情说了一遍。两个妖魔听得道:"老友,你到此何意?"善庆君道:"一则报知二位,二则借力复他这一番之仇。"两个妖魔听了,便叫众小妖各执了器械,前去迎着唐僧师徒,捉他的捉他,抢经的抢经。善庆君笑道:"老友真真不是造次行的,那唐僧师徒智量高深,武艺精熟,只好设个计策哄他进洞,把个法儿迷惑他们心志,乱了他师徒主意,方好擒拿他要经卷。如不依从,捆缚起来,蒸煮受享,料他难逃性命。"慌张妖魔听了说道:"老友若是叫我们设计,真是奇妙,只怕唐僧不来,若是来了,管教他入我计中。"善庆君道:"你计将安出?"慌张魔道:"如今我们采松柏代树枝变化两间草屋在洞旁,善庆君,你可变作一个卖酒汉子,孟浪老友,你就变一个美貌妇女,待那唐僧师徒来时,乔装娇娆,引邪了他念头,那时捆拿由得我们。"善庆君笑道:"好计,好计。"当下妖魔叫小妖采松伐树,果然变出两间草屋,善庆君变了一个卖酒汉子,孟浪妖魔变了一个妇女,真是变的娇娆,怎见得?但见:

> 乌云斛鬓,红粉搭腮。乌云斛鬓傍蛾眉,红粉搭腮描杏态。展双眸秋波清彻,簇两道远山翠攒。弓鞋步步衬金莲,翠钿高高玉上玧。哪里是酒家草舍女佳人,却原来石洞山溪鳗鲤怪。

毕竟这妖魔变了酒肆佳人,怎生迷乱唐僧?且听下回分解。

总批

行者假变隐士,替猪八戒说分上,不过以同门友谊为辞耳;若似今人硬捉去唐僧,孙行者亦不管矣;甚之,自己妆妖作怪,鱼肉其师者何限?真猩猩猴子不如也。

先迷倒心志,乱了主意,然后取他经担。可见心志不乱,此外别无妖魔。

第八十三回

八戒误被邪淫乱　行者反将孽怪迷

诗曰：

> 为甚皈依三宝门，不贪酒色不沾荤。
>
> 清心寡欲存真性，种德施仁固善根。
>
> 割断爱河无可恋，挥开慧剑岂能昏。
>
> 任他妖孽来迷乱，护得如如一点真。

话表唐僧押着马柜垛子，走着山路，望着溪流道："徒弟们，自从离了大唐国门，前往灵山，历过了多少山川，经过了无限苦难，那时还是个空闲身体，无有挂碍，如今有这许经文柜担，甚是干系在心。无奈：

> 走山山有怪，行水水多妖。
>
> 不是飞禽阻，偏逢走兽嚣。
>
> 家乡尤尚远，辛苦怎能消。
>
> 流水高山望，添来步步焦。"

行者听了道："师父，出家人行到哪里便由他哪里，只是你老人家多心，走着山望着水，巴不得一步到国门。怎知心越急，路益远。当年来时，空门身体，只为无挂碍，却有磨难；如今有经文在身，仰仗道力，虽说一路回还，飞禽走兽，也成一个精，作一个怪，但非当年那些凶狠有名妖魔，费了我徒弟上天下地、盘山赴海、请神求仙、驱除荡涤，容易到得今朝。便是如今逢山过溪，遇着些妖魔邪怪，第一是师父乃一家之主，多这一番忧煎挂碍，便生出山精水怪；再加的我老孙为师父与经文使出个机变心肠耍子，便就着识者说破，到处种种遇着妖魔；便是八戒、沙僧动了一个私心，便生出个邪怪儿来。"三藏道："悟空，你说的果是，此后各人都要正了念头，想我当日在灵山取经时，原说志诚心取，如今只守着这一点，做个一家之主吧。"八戒道："当日我们取经，原说志诚老实，自无妖魔，都是你机变生出来的。如今我只守我老实，看有什么妖怪。"行者笑道："呆子，你看前边草屋挂着卖酒招牌，便是妖怪。"八戒把眼望前一看，笑道："猴头，真真捉弄我老猪。天下哪个山城水郭野店村乡不有个酒家;怎么一条山溪大路上,便是村酒野花也不为怪。"行者道:"我们少不得在此歇力,你敢到他店中走一走么?"八戒道:"我老猪肚中正饿,若是卖酒之家有素面饭食,便走入店中吃一顿,有何相碍?"三藏道:"徒弟,我正饥了,且扯着马垛歇下经担,便是溪水也汲些来吃。"行者道:"师父,吃水则可。"八戒道:"吃水也要借件碗盏去取。"三藏说:"我们现有椰瓢钵盂,又何必借碗盏?"行者早已知八戒的意思,要到酒店中寻素食去吃,乃挡他个趄儿道:"师父,椰瓢器小,不够我们吃,须是借个大家伙取来方够用。"八戒听得飞走说:"待我去借了来。"三步两步,走到店中,抬起头来一看,只见一个汉子当垆叫道:"长老,屋里坐,要吃酒么?"八戒道:"店主,我们是出家僧人,不吃酒,不茹荤的,若是有素面饭食,肯布施便斋我和尚一顿;若是不方便,我也不敢强求,但有大家伙借了,取些溪水与我师父们吃。"汉子道:"素面饭食尽有,木桶盛水也便,长老,可进屋内来取。"八戒方才进了屋,只见屋内走出一个妇女来叫道:"长老,要水桶可进里边来自取,素食也有在此。"八戒一见了那妇人,娇娇娆娆,便不觉把老老实实心肠,更变了个懵懵懂懂,走进屋来道:"女善人,你今年多少青春?"妇人道:"二十五岁。"八戒道:"才像个二八佳人。"妇人道:"承过奖了,这几个点心,长老肯用么?"八戒道:"用得着。"妇人道:"要用,可进我卧房来。"八戒哪里是贪色,只因贪那面饭,老实做了懵懂,走入房内,被那渔子闯入房来道:"好和尚,如何走入人家卧内,调戏人妇女?"那妇人也变了脸,胡厮赖,屋后又走出几个小妖,不由八戒分辩,把绳索捆将起来。八戒要使出法力逃走,哪里使作得出? 皆因贪邪迷乱,被妖魔计陷屋中,昏昏沉沉,不省人事。

却说三藏见八戒去久,不见出店门,道:"悟空,八戒又不知进酒肆借家伙取水,不见出店来,想是贪图人家斋饭,只怕酒肆中家伙不洁,若是吃他斋饭,怕沾了糟气,破了他八戒之名。"行者道:"呆子行动只说他老实,只怕遇着不老实妖魔。"沙僧笑道:"大师兄,你说八戒老实,遇着不老实妖魔,依我说,但恐八戒不老实,被妖魔老老实实捆倒了。"行者道:"师弟,你如何得知?"沙僧道:"我看那酒店屋上妖气飞腾,有些不祥,多是八戒在下有甚话说。"行者把眼一望笑道:"师弟,你见的不差,待我去探个信来。"沙僧道:"师兄,你此去莫要老实,只怕妖怪不老实。"行者说:"我自有机变,你可守定师父与经担,我探听去来。"行者走到酒肆门首,只见当垆的汉子见了行者道："长老要吃酒请入屋来。"行者只听了这一句,想道："八戒中了他害,决无疑也。老实和尚怎经得他这一声请字儿?"乃答道："店主,我小僧酒便吃,只怕你无肴。"汉子道："肴品且多,凭长老要吃何物?"行者道："却要美味佳肴,中我意,爽我口,我方才用。"汉子说："长老,什么美味佳肴才中你意、爽你口?"行者说："我要:

煮猩唇和烧豹胎,炸鹦舌搭炒鹤腮。

龙肝凤髓将就用,大海鲸鲵脆骨骸。"

汉子听了道："你这长老,却也跷蹊古怪,要吃的肴品哪里去寻?"行者道:"别物没有也罢,仙鹤的腮儿、鳗鲤的骨儿,难道这两样也没有?"汉子听了个仙鹤腮忖道："这和尚莫非知道我们变化迷他,故意难我? 我只得哄他进屋,把那美人计迷乱了他,再作计较。"乃说道："长老,你要鳗鲤脆骨,屋里尽多,你可进屋自去取用。"行者便走入屋内,只见那妇女卖个娇娆道："长老,你要吃鳗鲤脆骨,尚未下锅蒸煮。"指着八戒道："这便是鳗鲤在此,少待下锅蒸熟了与你下酒,你可进我屋来与你说几句风流话。"行者一见了八戒被捆着在屋,昏昏沉沉,如中毒的一般,乃叫一声："八戒,你忒老实太过,总是被孟浪张狂迷了。真经虽在担内,义理却在你心头,快正了念,把法力使出来,再过时刻,只怕妖魔拿你作鱼鲊脆骨了。"八戒被行者一声叫醒,睁开了眼,看见行者道："大师兄,我好惶恐,你且与我解了绳索。"行者忙去解索,那妇人尤自叫行者进房说风流话,被行者大喝一声道："青天白日,妇女不守节操廉耻,我等是何人? 你捆一个叫一个,我知你非酒家之妇,定是邪魅之妖。我的金箍棒可恨缴库,若在手中,怎教饶你?"八戒道："师兄,莫要说恨字,又动了恨心。"行者道："解了你捆,不使出本事法力,且说我动了恨心!"八戒听得,便把那妖妇也大喝一声道："无耻淫泼,我出家人且不打你,自有人来处你。"八戒说未毕,那妇人吆喝起来,屋外便走进变汉子的小妖,齐嚷起来："好无禅义! 怎么走入屋调戏人家妇女?!"顷刻,只见一个凶恶大汉正是慌张妖魔变来,手持刀斧,走入草屋,叫道："店小二,何事喧闹?"见了行者、八戒方才要举斧,行者、八戒使出法力,乘一个空跳出草屋,呵呵一笑,走回三藏面前,便把八戒被捆、汉子妇人的事情说了一遍。八戒惶恐遮饰,沙僧与行者更加笑他,三藏道："徒弟,莫要嘲笑八戒,他本是个老实守戒的真心,只因他前劫使酒动了邪淫这劫,来时高老庄又犯戒,是这一段根由招惹这宗妖孽。且问你，那凶恶大汉定是卖酒店主，想这山溪路道，多有不良之人，故作胡为，挟骗过客。你两个既落了他计，又乘空跳将出来，他怎肯甘休，必定伙同地方前来寻你两个，纵他不来寻你，我们要从他店前路过，如之奈何？"行者道："师父放心！我看此地僻静荒凉，哪有个酒肆，况且西还善境，怎得个淫妇？必是妖魔假设，要迷乱我等禅心。八戒老实，被他愚弄，我老孙怎放得他过！师父且坐在此，待徒弟使出机心，找他个根脚前来。"三藏道："悟空，机心由你，只是要到处行些方便。"行者笑道："师父，你不知我徒弟：

　　　　机心机心，作用甚深。但除酒色，绝去贪淫。腾云驾雾，入石穿林。遇妖即捉，逢怪便擒，若行方便，须魔不侵。"

行者说毕，一个筋斗打入酒店，他却隐着身，走进屋内，看那妇人如何妆娇卖俏？这凶恶大汉为甚执着刀斧前来？可真是胡作胡为，挟骗过往行客之计？恰好行者与八戒跳出屋，那大汉与汉子妇人故意把屋门掩上，在里边复了原形，三个都是妖魔假变。慌张魔道："已把长嘴大耳和尚拿倒，却被那毛脸和尚救解了去。"善庆君道："看此光景，两个和尚俱不可以酒色迷乱，当设别计迷他。"孟浪妖魔道："和尚家不贪酒色，难道不爱钱财？待我两个假变行客，拾了路遗金宝，那和尚必来争夺，你可变作失金原主，他若迷乱了真心，便好拿他进洞。"慌张妖魔大喜道："此计甚妙。"乃走出屋门，取两块石头，假变了两锭金宝，在那大路上等候唐僧师徒前来。哪里知行者隐着身，在屋内备细看了，是三个妖魔，又跟着他设这遗金之计，便自己先使出机心道："妖魔要我们来争夺遗失金宝，他此计算错了，怎知我师徒是：

　　　　久炼禅和释子，酒色财气俱忘。明心见性万魔降，争夺不存心上。"

行者一面自夸，一面设出个机变道："妖魔把酒色财来迷乱我师徒，待我们一相争夺，便动起无明烦恼，气从此生。我如今先把这四宗儿要他一要。"摇身一变，变了一个女子，头上戴着珠翠首饰，手里携着一瓶美酒，从山下走将上来。那三个妖魔一齐见了，忙走上前，慌张魔便一手扯住道："小女子哪里去的？"行者答道："过山看娘家去的。"善庆君问道："瓶中是何物？"行者答道："是一瓶玉香酒。"孟浪魔便去摸女子的头上金银珠翠道："小女子如何戴这许多首饰？"行者答道："我婆家巨富，下的聘礼是这样多。"三个妖魔你扯我拽，道："大家有份。"慌张魔道："凡事让长，把女子让我，你二位一个要首饰，一个要酒罢。"善庆君说："首饰是死宝，我要活宝。"孟浪魔说："瓶酒值几何？我要女子值的多。"三妖乱争，动起怒气，行者故意说道："青天白日，你这三个人怎么劫掠人家女子？"妖魔道："高山峻岭，僻静荒凉，有谁来往？哪顾得你！"行者道："你们既不顾我，我到娘家没有这首饰瓶酒，怎生答应？你看那路上金宝许多却不去取，乃来劫我？"妖魔道："路上金宝怎如你这活泼宝贝？"行者道："既是你这说，若把那金宝与了我，我携到娘家也有的答应。这首饰瓶酒便随你们取去罢。"那慌张魔听了，忙把路上金宝拾将起来，递与行者。行者笑道："你三个休起骗心来哄我，两块石头如何是宝？"往地下一掷，孟浪魔笑将起来道："一个小女子欺瞒不过，如何哄得唐僧？"慌张魔道："没管他石头金宝，只是要让我这女子。"孟浪与善庆魔两个道："大家在此遇着的，如何让你？"慌张魔乃发起怒来说："不羞，不羞，你一个是福缘洞战败的白鹤妖，一个是长溪水内白鳗怪，怎夺得我当坊大洞老魔王？"三个妖魔只因行者这个机变，便怒气相争，笑坏了个行者。识破了妖魔假石变金之计，反迷了他三怪酒色财气之心。不觉自己一笑，现出原身，是一个毛头毛脸猢狲像的长老。鹤妖认得是孙行者，对两魔道："这原来是孙祖宗，休要惹他吧。"一翅往高峰飞去。那慌张魔与孟浪魔道："久闻说唐僧有个大徒弟叫做孙行者，小家子极会装假弄虚，今日果然，我们也见了。快叫小妖取了板斧来，与我较个输赢胜负。"行者手无寸铁，听得妖魔叫小妖取板斧，便一个筋斗打到三藏面前。毕竟师徒们如何过这山路，且听下回分解。

总批

　　机变又生魔，老实又中魔，然则何道而可？曰：老实亦是魔境，若本来混沌不知，何处得有魔？岂但无魔，并未尝有佛，世人会得此否？八戒前劫动了邪淫，今生皈依圣僧，还要填完孽债，须知今人在色中醉眠者，万劫填还不了也。

第八十四回

拔毫毛抵换板斧　仗慧剑斩灭妖魔

话说行者一筋斗打到三藏面前，把妖魔事情说出。三藏道："徒弟，妖魔要以利欲迷乱我们，反被我以利欲试出他来历，看起来这一路，都是些飞禽走兽为妖。"行者道："师父，你来时有八十一难，皆是你本来未得正果，应有这磨难化现，叫师父受尽了无限之苦，如今取了真经，功成行满，不过是客路回还，见了的山光水色这一段情景。再加之师父耳听之而成声，声即为妖；目遇之而成色，色即为怪。世间草木禽兽，皆眼前变幻，只要师父端了正念，任他当前！但苦了徒弟，费了些机变心肠。"八戒道："大师兄挑着经担走路吧，还要讲什么机变！正为你费了许多机变，叫我一路受几处捆吊。如今腹中饥饿，口中焦渴，且上前寻一处洁净所在，打点些水饭解这饥渴。"行者笑道："呆子，前面酒店里倒洁净。"八戒说："你这猴头，只要揭人短处。"

按下师徒挑押柜担前行。且说比丘僧与灵虚子两个，在山峰顶上远远看着唐僧师徒歇下担子，八戒到酒店借取水家伙这一番事。比丘向灵虚子道："师兄，我看此酒肆气焰上腾，分明是一种妖魔变化，又且拦唐僧经担，迷乱他师徒禅心，我与你及早点破了他，没使中了妖魔之计。"灵虚子道："我们有保护真经之责，当扫灭妖魔，破了他迷乱唐僧之计。只是猪八戒动了不老实心肠，勾惹邪淫，且看他自家正念，待等孙行者机变何如，再作计较。"比丘僧依言，他两个远远看着行者与八戒使出法力，跳出草屋，又看见行者变女子骗哄妖魔，甚是夸奖行者智能妙用。少顷，只见唐僧师徒挑押柜担行路，将次到酒店草屋前边，灵虚子道："行者、八戒固然闹了酒肆，识破了妖魔，他如今草屋尚在，万一唐僧被妖魔又设出一番奸计，乱了禅心，又慢了经文，如之奈何？待我显个手段，把妖魔草屋焚烧，妖邪驱逐，让唐僧师徒好奉经文前进。"比丘僧说："师兄主裁甚高，但宜速行，他师徒将次到也。"灵虚子口中喷出三昧真火，焚妖魔变化的酒肆草屋，焚个干净，那鹤妖早已逃去，只有慌张、孟浪二妖正被行者诱哄，老羞成怒,只望他师徒到草屋中,又设一番迷乱之计。不匡草屋被灵虚子火焚,他两个执了兵器,变了凶恶大汉,带领无数小妖,摆列山前。正遇唐僧师徒到来,两妖见了,大喝一声道:"挑担和尚慢走!早早把柜担献上,前来受捆!若还迟了,你看我两个手中何物?"唐僧见了道:"徒弟呀,若是妖魔,你们各有法力驱除;看这两个凶恶形状,多是劫掠强人,真真的你们缴了兵器,无寸铁在手。你看他那板斧,明晃晃的,真个怕人!"行者听了笑道:"师父,你老人家此时也乱了念头,想起兵器来了?假如徒弟们的兵器不曾缴库,尚在手中,这时遇着强人,你老人家每每叫我方便,如今你反想起兵器,是何心哉?"三藏道:"徒弟,我说兵器,非是要你灭妖,乃是要你镇怪。他见你有兵器,必然怯惧;若是妖魔有怯惧之心,我们便有保全之处。没有兵器,难必保全。"行者笑道:"师父,要兵器何难?徒弟满心都是兵,一身都是器。"八戒笑道:"猴王说大话,你心是血肉生来,身是皮毛长就,怎说是兵器?"行者道:"呆子,你哪里知我:

　　　　胸中甲胄原非铁,心内干戈不用枪。

　　　　一十八般皆武艺,任他妖怪怎能当。"

八戒道:"闲话休说,你看强人狠恶形状,拿着板斧,怒气汹汹。你说兵器不难,此时便会打筋斗上灵山,也要等开库取你我的宝贝。便是哪里去借刀枪,也要认得个相知。缓不及事,真是空头架子,只好哄师父。"行者道:"呆子,没要多说,你会使什么兵器?待我取来,不待你咳嗽一声就有。"八戒道:"我老猪原只会使钉耙,却要九齿锋利的。"行者说:"就替你取了来",暗地里把毫毛拔了一根,变做一把九齿钉耙。那八戒忙忙的咳嗽一声道:"钉耙在哪里?"行者道:"山坡下不是钉耙却是何物?"八戒把眼向山坡一看,只见一把钉耙,他忙取在手,笑欣欣道:"我的宝贝呵,久别多时,今日相见!"他拿在手中,随舞了个三路,开了个四门。沙僧见了道:"大师兄,顺手儿何不把我的宝杖也取了来?"行者依旧拔根毛,变了宝杖在山坡下道:"沙僧,我替你也带得来了,在山坡下,自家去取。"沙僧一眼看见,也取得在手。行者忙变了一条金箍棒,拿在手中。他三个走近妖魔前面,行者看那两个妖魔,变得凶恶,但见:

　　　　一个獠牙青脸,一个尖嘴捞腮。赤发蓬松头上,金睛努出眼来。

　　鼻孔倒翻上卷,髭须横乱排开。两个高声大叫,好似破锣破鼓齐筛。

妖魔见了行者三个各执着兵器上前,便叫道:"是哪个诱哄我魔王的?快出来领斧!"行者便上前道:"我孙祖宗诱哄你,便出来,你敢赌斗么? 料你那劈柴的斧头,怎了当我的金箍大棒!"孟浪妖魔笑道:"你那金箍棒,我曾听得是龙宫得来的,能大能小,大如粗杠子,小似绣花针,前已缴在灵山,如今是哪里借了来的擀面杖? 你如能把他变化,仍旧似当时大小,我魔王便不消与你赌斗,就拜下风算我输,请到我洞中献你一顿斋供;若是不能变大变小,定是假借了来哄我,须要吃我一下大刖①。"行者笑道:"好妖精,你道我这金箍棒是假的? 你看我叫它大。"乃执在手中,叫声"大",哪里大;叫声"小",哪里小,行者心中慌了道:"这毫毛不听我使令,怎么处置?"八戒见了笑道:"大哥,妖魔厉害,比你的机变又深,这金箍棒弄出假来,我的钉钯也要赃了。"行者见棒不变,心下一慌,那慌张妖魔便一斧劈来,行者一个筋斗跳在半空,八戒与沙僧估着钉钯、宝杖是假,忙向经担上取下禅杖来抵住妖魔两个板斧,他四个两对儿厮斗。好斗! 怎见得好斗? 但见那妖魔:

　　明晃晃齐挥板斧,雄赳赳各逞威风。沙僧八戒俱枭雄,禅杖遮挡无空。一边似高山猛虎,两个如大海苍龙。

只斗得太阳西下月生东,那妖魔方才回洞。

　　却说行者不曾提防妖魔说他金箍棒假,一时展转不来,几被妖魔斧劈,他一筋斗打在半空,看八戒沙僧拿着禅杖抵敌,他也要下地来取出禅杖打妖魔。忽然想道:"老孙一生不仿效别人,便是拿了禅杖去斗,看这两妖厉害,也不能取胜,且看八戒、沙僧与妖魔一个对一个如何光景? 再作计较。"只见他两对儿厮斗,看看日落,也没个胜负,真个那板斧钢利。行者待妖魔罢斗回洞,他隐着身走到洞口,只是妖魔进了洞,叫小妖紧闭了洞门,行者不得入,乃变了一个萤火虫儿,但见他:

　　一黍微肢体,两翅小小飞扬。尾上一点似灯光,曾照囊橐亮。

　　行者钻入门缝,飞到洞里,见两个妖魔坐在上面,叫小妖摆开桌子,排开酒肴。慌张魔说:"老友辛苦,吃一杯得胜酒。"孟浪妖说:"相斗到晚,各自罢斗,哪分胜负?"慌张说:"不是老友识破了他金箍棒假,怎把孙行者战败?"孟浪说:"不亏老友板斧厉害,那孙行者怎肯脱逃?"慌张道:"明日与那两个和尚相斗,有个计较。先把他禅杖斧劈了,他无兵器,料是必输。"孟浪说:"今日只因斧钝,劈不断他禅杖。若是明日,须叫小妖把斧

----

　　①　刖(yuè)——断足,古代一种酷刑。

磨快,方才劈得。"慌张道:"有理。"乃叫小妖取出板斧来,好生磨快。小妖听得,走入洞后,取出两把板斧,行者一见了,机变就生。待小妖取水石去磨,他拔下毫毛,假变了两把板斧,抵换了他斧,藏隐在洞中。却不得出洞,千思万想,自叹计穷,只等那洞门开时,方拿得出。如何得开? 想了一计,仍变虫钻出洞外,到了三藏面前。只见三藏与八戒们黑夜打坐山冈,谨守着柜担,正说:"行者的兵器被妖魔识破,如今不知在何处? 这两妖板斧厉害,明日若斗,我们禅杖不过是个木器,如何抵挡?"行者笑道:"我也能叫妖斧缺钝无用。"三藏听得是行者声音,乃睁开眼,看见行者来回,便问道:"徒弟,你何处去? 你久不见来,叫我系心。如今妖魔厉害,他两个难敌,斗一日不分胜败,只恐明日再斗,禅杖当不住利斧。"行者道:"师父放心,我老孙有本事叫他利斧当不住禅杖。"乃向八戒、沙僧耳边说了句悄语低言,他两个随悄悄跟着行者前行,到得洞前,行者仍变了小虫钻入,只见两妖盹睡,众小妖把守甚严。假变的板斧,妖魔收入洞内,真板斧却藏在洞间。忽然洞外八戒、沙僧喊叫起来道:"洞内狗妖魔,臭精怪,你敢夜战么?"行者假变作小妖叫道:"魔王,唐僧徒弟又在洞门外讨战。"慌张两魔忙取了板斧,开得洞门,走出来道:"你这野秃,日间得了性命,这夜间正该养些精神,明日来领板斧,如何不审己量力,黑夜上门,自送性命?"行者待妖开了洞门,已把真斧偷藏出去,递与八戒、沙僧,各拿在手道:"妖精,我等要清平了山路,挑押柜担前行,等不到明日,怕迟了时日,费了工夫。"妖魔哪里管个黑夜,举起假斧就来劈,只见那斧如一毛之轻,睁眼一看道:"不好了,板斧作变,必是孙行者抵换去了。"乃奔走入洞,紧闭了洞门,叫小妖过来,拷问磨的钢斧怎么变作毫毛? 小妖把毫毛一看道:"魔王,小妖们看这毫毛却是两根猴子身上生的。"慌张魔道:"是了,我久闻孙行者能拔毫毛变化,他既能拔毛,我当年也会炼得有神通,且拔两根变化来看。"孟浪妖道:"老友,你会拔毛,我也会剥鳞,且问老友拔毛何用?"慌张魔道:"乘着孙行者三个在洞前讨战,待我拔三根毛,变了他三个,到唐僧处,挑了他经担前来洞中,那时权柄在我手,他拿我板斧来换,让我留难他。"孟浪魔道:"老友此计甚妙。"慌张魔遂拔了三根毫毛,叫声"变",不防行者见妖魔奔走入洞,随隐着身跟进洞里,看妖魔也拔毛叫变,他却弄个神通吹了一口气在他毛上,仍变了三只獐子。但见:

一个头如麋鹿,四只蹄类豹狼。跳钻不定果慌张,仍是妖模怪样。

孟浪魔见了笑道:"老友,收了毛上身吧,变化不得,依旧是原身形状。"慌张魔道:"老友,你能剥鳞变化,且变来一看。"孟浪魔依言,剥下三片鱼鳞,叫声"变",行者又吹了一口气在他鳞上,依旧变了三条小鳗鱼。但见:

> 身似白蛇三尺,尾如秤杆一条。光油身子不生毛,只会钻游不跳。

慌张魔见了,笑将起来道:"不济,不济,想那孙行者,不知是何处得来那个师学? 他有这样神通本事,我们怎斗得过他?"孟浪魔道:"此事容易计较。想我当年,有个家主名唤大鲲王,只因他能变化,乘风万里,化了一个大鹏,上灵山去了,遗下几个子孙,号为六鲲,在此长溪养性,思量也要超出六道轮回。前日闻他说不得上灵山见闻圣道,怎得超腾? 如今若听得有取经僧人西还,见挑押着宝藏真经,他怎肯放过这山溪道路? 我如今且到长溪,传言与他,料他们积祖遗留的神通本事,哪里怕甚孙行者。"行者隐着身,听了笑道:"原来都是些不算数小家子妖魔,若像当时老孙,把他家主祖宗都扫荡个干净,任他去传言。但只是闻此赛巫高峰联络,长溪接连,被这小妖缠绕,阻拦我经卷,挠乱我师父禅心,费了我老孙们工夫辛苦。我如今欲待开了他洞门,叫八戒、沙僧持了他真斧,把这不算数的妖魔劈杀,只怕背了师父方便之心,又非缴金箍棒之意。"行者思想了一会,走出洞来,向八戒、沙僧道:"妖魔原来慌张、孟浪,敌斗不过,闭了洞门逃走去了,我与你且回复了师父,待天明过此山冈前去。"八戒、沙僧依言,走回见了三藏,备细把行者抵换板斧情由说了一遍,行者又把妖魔计较传言小鲲、要见闻圣道、欲求超脱的话说了一番。三藏道:"徒弟们,板斧抵换将来在何处? 拿来与我一看。"八戒道:"这黑夜看它何用? 况且我们没了钉耙,正好得此降妖灭怪。"三藏说:"徒弟们快把此斧埋入山冈土内,莫要带它前行,这器械原与我经文不容并行的。"行者道:"师父,你老人家真有些偏见,只要行你方便不过,妖魔阻着真经,正用着这斧。"三藏道:"悟空,你岂不知,我自有慧剑灭那妖魔。"行者颖悟最敏,随答应道:"师父教诲的是。"乃向八戒、沙僧腰间取出板斧,埋在山冈土内。师徒们且定心打坐山冈,直待天明走路。毕竟如何过此慌张洞去? 且听下回分解。

总批

> 獐毛变獐,鱼鳞变鱼,直缘本来灵性相关,不在行者吹气不吹气也。如行者毫毛无般不变,正是机心用事耳。
>
> 唐僧慧剑,其无碍神通,胜金箍棒万万矣。

第八十五回

灵虚子辨香烟气　孙行者抠怪眼睛

诗曰：

> 人心孟浪与慌张，都从躁妄作妖狂。
>
> 慧剑纵然能扫荡，宝经一卷尽皆降。

却说比丘僧、灵虚子两位圣师，为唐僧师徒放了三昧真火。把妖魔假设草屋焚烧，坐在高峰用慧眼看着行者抵换板斧，战败了妖魔，心中大快，正在那峰头东顾西看。比丘僧道："师兄，这途路悠长，溪山联络，洞谷幽深，妖魔藏隐，都是孙行者当日取经设了这一种机变之心，就动了这山川之险，何时方才平坦保护真经到了东土，完了我二人之责？"灵虚子道："师兄，十万程途，终有到日，但愿唐僧师徒，不变了志诚恭敬，那孙行者机变，不要亵慢背了真经，便是我们也早早回灵山成就了功果。"正说间，只见一只白鹤飞到高峰，变了一个隐士，坐在那峰石之上。比丘僧见了，向灵虚子道："师兄，你看这个隐士，兀坐高峰，倒有些道行。"灵虚子答说："师兄，你看他正则为道，邪则为妖，何不把慧眼观他个邪正？"比丘僧依言，把慧光一照道："师兄，他原来是被孙行者以四事点破了，他逃禅到此，虽然他变幻为妖，却飞扬上下，这高山长溪，道路必熟，禽妖兽怪，藏处必知。我与你且问他个通行大路，好保经文前去。"灵虚子依言，走上峰前，叫一声"隐士稽首"，那隐士忙忙答礼，灵虚子又问道："不敢动问隐士道号何称？住居何处？"隐士道："我乃善庆隐士，自号为善庆君，住在山冈之下，偶见洞天清澈，云树苍茫，来此一眺。二位有些熟识，莫非昔日掷桃实作蛇蝎者乎？"灵虚子笑道："君不说我倒也忘了，君既说，我便知你曾游三岛，声彻九皋，不向灵山听些道法，却在峰顶做此栖迟。"隐士听了，低头不语，比丘僧说："师兄，你休要嘲讪隐君。但求指我们一条正道，莫要引入旁途。且问隐君：我们东顾西望，见许多高峰叠叠，流水滔滔，过此许多程途，方才到州邑郡县？"隐士道："二位既抛却疑心，从正问我，此山名为赛巫，峰不止十二，长溪水绕，到处有名。当年来往商客，坦然行走,只因东土来了几个取经僧,把一路妖魔扫荡,遗下了些小妖孽怪,在这溪水洞谷之间。闻说取经僧人回还,取有真经,有的要求圣僧超脱,有的要诵开经文。不意僧中有个孙行者,机心变幻,手段高强,一路前来,专要剿灭妖魔,故此溪洞中有几个妖魔备办几桩神通本事,待那唐僧的徒弟们前来,定要拿了他,或蒸或煮受用,还要抢夺他的经文。"灵虚子听了道:"隐君莫非也是孙行者打败了来的么?我劝你藏隐溪谷,养性修真,做一个清白高人,莫要惹那东土圣僧。这孙行者变化多能,厉害,厉害!"

鹤妖见灵虚子参破了他,依旧一翅直飞到慌张洞来,见慌张魔独自一个坐在洞中,乃问道:"老友如何独坐,忧闷不乐?"慌张魔说:"老友不消讲了,我当初只因不自量力,慌张孟浪,与那孙行者打斗,谁知他变化多能,板斧也抵了去,我的变化也弄不来。如今孟浪魔王远去传言他结交的六鲲魔王,虽然那六鲲魔王有祖传的本事,怕不远来帮助我们,便是远来,只恐唐僧过山去了,我如今欲抖擞精神,出洞与唐僧们决一胜负。料一手独拍,虽疾无声,就是俗语说的孤掌难鸣。欲闭了洞门,让他过去,此恨又不能消。"鹤妖听了道:"老友,我有一言劝你,不知你可听我?前知那孙行者厉害,故此飞逃于山峰之上,恰遇着两个僧道,他再三劝我藏隐山谷,养性修真,做一个清白高人,莫要惹那孙行者,说他厉害。"又想道:"唐僧取得真经,本是超凡入圣道理,我们何事阻挠着他?不如好好迎接拜送他过山去吧。倘唐僧有个方便度化之心,我们皈依了他释子,也免堕三途六道。"慌张魔听得,低头沉吟,鹤妖笑道:"老友,早若沉吟,不与孟浪作交,岂至于此?"慌张听了道:"既老友有此意,我们当备下炉香,守在洞门,专候唐僧师徒前来。"

却说灵虚、比丘听得隐士说山峰溪水藏聚妖魔,要抢夺唐僧经文,乃相计议,在唐僧们前路探听虚实,可除则先除了,以坦然放心行路。他见鹤妖一翅仍回慌张洞,少顷,香烟缥缈,直到高峰,他两个闻此香气,乃相计议。比丘僧说:"妖魔焚此清香,莫非设计引惹唐僧进洞,又要逗弄妖心?我与师兄既欲前行,探妖魔虚实,当先从此洞。"灵虚子道:"焚香表敬,料非妖气上腾,或者是妖魔回心向道,实因我与师兄说透了那善庆君去也。"比丘僧说:"妖心难料,我与师兄前去试观。"两个乃变了唐僧与行者模样,下峰走到洞前,闻得洞内香烟喷出,真是不同。怎见得不同?但见:

> 一道香烟似彩云,浮空忽变作妖气。
>
> 彩云霭霭香喷鼻,妖气腾腾臭味薰。

灵虚子见了香烟不同，乃说道："师兄，你看香烟气味，邪正交喷，想是妖魔心便向道，尤持在两可之间。师兄既变了唐僧模样，你先进洞，试那妖魔心意；我变行者随后，但看妖魔真假。"比丘僧依言，变了唐僧，走进洞来，小妖忙报说："洞外来了一个相貌堂堂僧人。"鹤妖听得道："此必是唐僧。"乃手执炉香，与慌张魔迎出洞来。那鹤妖屈膝跪下道："山林荒谷，何幸得蒙圣僧下降？"假唐僧道："村野小僧，误造仙居。"鹤妖一面迎拜，一面请唐僧上堂。那慌张魔左顾右看道："闻知圣僧取了真经回还，如今这经文现在何处？"假唐僧道："都是小徒们挑的挑，玉龙马驮的驮。"慌张魔道："闻知圣僧有三位高徒，哪一位神通本事高强？"假唐僧道："论本事都高，说神通有个孙行者却大。"妖魔道："果然闻得圣僧一路前来，真亏了孙行者保护着你，但我等无知冒犯了他，倘圣僧开方便之门，宽宥我等，仍乞转谕高徒，除了以往不究，不念旧恶，容我等拜入法门，亦是功德。"假唐僧笑道："隐君早若有此高意，也免使小徒冒犯，但小徒平日也是个宽宏大量的，说过便罢。隐君既有此意，我徒孙行者现在洞外，未敢擅入。"鹤妖听了，便飞走出洞来，迎假行者。那慌张魔也随出来，见是孙行者在外，躬身相迎，请行者入洞，也叙了些宾主之话。他却慌慌张张向小妖耳边悄语如此如此，起身入洞后，把个小妖变了他身，出堂随着鹤妖行礼，他却带领了几个小妖，没有板斧，执着些棍棒，从洞后门直奔上大路来。叫小妖探看唐僧经担歇在何处？趁唐僧与孙行者两个在洞，料猪八戒、沙僧只顾得他担子，那玉龙马垛没有唐僧押着，行者经担没人挑，小妖们务要打起精神，抢了到洞，岂不美哉？慌张魔与小妖计议未了，只见山冈下唐僧师徒挑押经担前来，慌张惊异道："小妖们，这事不谐，怎么唐僧师徒齐齐走来？那洞中走来的却是哪个？莫不是识破了我的计较，故此回去挑押担子，不知从何处过来？"小妖道："魔王在上，我等也闻知孙行者神通广大，莫不是和魔王一般主意，也变了假身在洞，真身却在此处？大王既至这里，好歹上前使个大神通法力，待小的们帮助，打起精神，明明地抢夺他经担，岂不是好？"慌张魔依言，摇身一变，变了个五头九臂大魔王，手里执着九般兵器，拦阻山冈之前。大声喝道："来的莫非唐僧么？快把经担献来，饶你性命过山！如若迟延，休想放你！"唐僧一见了那妖魔：

五个大头生项上，九枝臂膊出身间。

十只环眼齐睁着，龇牙咧嘴喷黄烟。

唐僧见了惊怕起来道:"徒弟们,这却是什么妖精? 如此凶恶!"行者笑道:"师父放心,莫要惊慌,看徒弟降他!"乃变了个小小孙行者,破头烂额,一只眼,两手只得三五指,跛着足,仰看妖魔道:"妖魔,老孙在此,何乃大惊小怪!"妖魔看了笑道:"你原来是孙行者的替头,也敢在我魔王面前耍嘴?"行者道:"妖魔,你怎说老孙是替头?"妖魔道:"分明唐僧与孙行者到我洞中,我那善庆君信了他,投拜他两个入门,你却假扮孙行者抵挡。看将起来,连唐僧也是假装。"行者笑道:"妖魔,你不打自供也,看起来,这大头大脸多手多脚原来也是假变将来恐吓我老孙的,休要走,看老孙抠你眼。"乃跳上妖魔五个头上,抠他十只眼睛。慌张妖魔一时遮救不来,挡了这只痛,又顾不得那只疼,把九个臂膊丢了兵器,护那眼睛,众小妖见了,打起精神,一齐上前来奔捉唐僧,被八戒、沙僧舞动禅杖,打得那些小妖:

落花流水两无情,丧胆消魂都没命。

慌张魔见小妖败走,自己又被行者抠眼,他越变的大,行者越变的小,没奈何仍现了原身,是一个獐子妖精,他往高峰一路烟飞星走了。行者也复了原身,挑上担子,叫声:"师父,正了念头前行。"三藏道:"悟空,我念头原自不邪,无奈这山溪险隘,可恨那孽识乱生,你方才以小小心机降那大大魔孽,真是手段。"行者道:"师父,我徒弟也是有传授来的,让他大大做模样,怎如我卑卑自小得便宜? 叫他那大眼睛睁不开,不敢小觑了我。"

按下行者降了慌张魔一道烟走了不提。却说比丘僧见鹤妖真心皈依,他把慧眼一观,早知那慌张魔是小妖假变,香烟一正一邪,便是这点怪异。悄悄对灵虚子道:"我们既说化了鹤妖,这鹿妖弄怪,必去侵犯唐僧,他叫做双拳不敌四手,孙行者们自有法力驱除,我们须前行,在唐僧路先,有妖魔,当为扫荡。"灵虚子听得,乃指着鹤妖道:"你既皈依我们,当远藏青松白石之间,效那养性修真之事,莫堕六道之中,人免三途之苦。去吧,去吧。"善庆隐士乃拜谢,化一道白云而去。这洞中小妖被灵虚子说破了,俱走出洞外,却遇着八戒打走了的小妖,说魔王被孙行者降走,不知去向,我等当各自散去吧。都化一阵清风不见。比丘与灵虚子出得洞门,用一个法力叫声:"山峰乱石,各自奔来,把妖洞牢牢闭塞,以后再不许容山精兽怪藏匿其间。"只见那山前乱石块块,随大随小如飞沙走石一般,顷刻把洞门掩塞,两个方才腾空,又到一座山峰之上,左顾右盼,看溪流可有妖,山洞可有怪,好去为唐僧们扫荡。

　　话分两头,却说孟浪妖魔原是白鳗作怪,他见慌张敌不过孙行者,一面传言小鲲,一面离了慌张洞,入得溪水。这溪叫做溪潮溪,因他与獐妖为友,起名孟浪,他回到溪穴,众小妖见了道:"魔王何事关心,这样气哼哼的?"魔王道:"今有唐僧取得经回,我只当以礼恭迎,求那长老们课诵真经,臻五福,超八难,乃信了慌张魔,见了他经担到,被什么孙行者法力变化欺侮,几送了性命。如今说不得到前溪寻我当年同气六鲲,料他有祖宗家风,神通变化,不说那孙行者,若是传言与他,用此手段夺得他三两卷经文,消我这满腔仇恨,也不枉在溪中做了个豪杰。"众小妖听了,只见一个黑鳗小妖道:"魔王,若是慌张魔王不能敌取经长老,那六鲲魔也料敌不过,不如魔王省了这口气。那唐僧中有一匹驮经马,小的前在溪头探信,被那马看见,直奔下溪,几乎被他吞了。"孟浪魔笑道:"你说孙行者本事,我魔王曾见他高强,怎么他一匹驮经的马也能奔入溪中吞你?"黑鳗小妖道:"小的那日只见他:

　　　　四足奔蹀赴壑,一声吼叫呜嘶。哪里是骅骝饮水赴长溪,宛似蛟
　　龙腾地。

孟浪魔听了笑道:"你这小鳗妖,长他人志气,灭自己威风。你还不知那六鲲的神通本事,我如今传言与他,叫他准备唐僧们前来,纵不能捉得唐僧,料也抢夺他们几担经卷。"孟浪魔说罢,带了几个小妖离他穴中,顺游到溪前。

　　却说这长溪不只有九,过了这孟浪穴,下有涌泉,上有尾闾,路本通达,被这小鲲鱼盘踞着。且说这鲲,弟兄有六个,散则各在一穴,聚则攒在这穴,叫做"六道回澜"。此日兄弟六人正在穴中,各人夸逞平日手段高强,设一个聚会筵席。只见把守穴门小妖报道:"顺流游来一个魔王,将次到门。"众鲲妖听得道:"顺流而来,定是孟浪老友,快开门迎候。"只见孟浪魔摇摇摆摆,直到穴前,他抬头看那穴门上四个大字牌匾,上写着"六道回澜",乃向小妖说:"我只闻有几个小友在这溪间盘踞,只许顺流,不许回澜。他今日匾上却有'回澜'二字,正合着唐僧取了经文,许他回还之意。我如今见了他鲲众,须是要阻拦唐僧,方消我这一番仇恨。"正自忖量,只见穴门开处,众鲲齐迎出来。毕竟孟浪妖魔怎生传言阻拦唐僧?且听下回分解。

总批

　　慌张、孟浪,一遇小心,便自降伏。如今人气粗、胆大者,只不曾被人抠过眼睛耳。

　　行者化了猿妖,灵虚化了鹤妖,只缘他根器各别,所以一经指点,便自不问,可见化诲不来者,皆獐子、鳗鲤鱼之类也。呵呵。

第八十六回

六鲲妖怪说神通　独木桥梁沉长老

话说这长溪内有六鲲弟兄盘踞在回澜穴内,各有名称。长的叫做司视魔,次的叫做司听魔,三的叫做逐香魔,四的叫做逐味魔,五的叫做具体魔,六的叫做驰神魔。他六魔各有祖传神通本事,这日相聚溪穴中,筵席上各夸本事,司视魔便说道:"列位昆弟,我等终日混迹溪流,浮生水穴,怎得似我祖变化为鹏,抟扶摇而上九万云程? 闻知如今效灵西极,一翅遮阴,成就了说经功德,可笑我等空有神通变化,都非超凡入圣之基,只怕堕落在红尘,不能脱离六道之穴。"司听魔道:"大兄,弟辈闻你有神通的本事,如何不说与我们知?"司视魔道:"二弟,既要我说出本事,须是各相表白一番,看有哪个的超出寻常,便各相仿效他,也免得寻师传授,访友磋磨。"众鲲道:"有理。"便请大兄先说。司视魔说道:

　　　　"混沌初分日,阴阳即且形。

　　　　双睛炯炯在,千古为谁青?"

司听魔听了道:"大兄,只怕你瞻前不能顾后。这本事也只平常。"司视魔笑道:"有如二弟所说,且把你的神通本事说与我知。"司听魔说道:

　　　　"一点虚灵内,双轮自达聪。任教音响远,此窍即神通。"

逐香魔听了道:"二兄,只怕你多听生奸,不如充耳,这本事也只平常。"司听魔道:"三弟既不满我,便把你的神通本事说来我听。"逐香魔说道:

　　　　"怕逐人间臭,唯祈两窍馨。

　　　　有时能屏气,秽恶不能侵。"

逐味魔听了道:"三兄,只怕你花气不来,腥风时至。这本事也只平常。"逐香魔道:"四弟言是,便把你的神通也说来我听。"逐味魔说道:

　　　　"灵根管不烂,百味我能知。

　　　　更有通玄理,丹田养玉池。"

具体魔听了道:"四兄,只怕你扪之而退,尝之不敢,这本事更觉平常。"逐味魔道:"信如五弟所言,也把你神通本事说来我听。"具体魔说道:

“莫说原无有，生来自伟然。

挺然横宇宙，七尺可希贤。”

驰神魔听了道：“五兄，只怕你摇精劳形，凿丧不保，也只平常。”具体魔道：“据六弟所云亦是，但不知你的神通本事何如？也说来我听。”驰神魔说道：

“一念静方动，何人能我知。

不作瞒天事，唯存勿自欺。”

驰神魔说毕，只见五个弟兄齐声叫：“六弟所说，果是超出寻常，我们个个当仿效他。”正把酒筵杯酌齐齐奉敬，却有小妖报入孟浪魔王到门，弟兄们齐迎入穴。尊孟浪魔上坐，随洗盏更酌。孟浪魔开口问道：“列位弟兄在此议论何事？”司视魔便答道：“愚弟兄正在此各陈神通本事。”乃把六人所说念出，齐夸驰神六弟所说不比寻常。孟浪魔道：“果然出人头地，但你列位不知，还有一件好事。”众魔道：“还有什么好事？”孟浪魔道：“有西还的唐僧，他取有真经，这真经乃是灵山诸神宣说至宝，人得见闻，享福延生；若是参悟了的，超凡入圣，比你六位所说更出寻常万万。”司视魔道：“老友，这唐僧今在何处？”孟浪魔道：“陆行则从诸神峰，水行则自溪岸，只是他有三个徒弟，神通变化多能，一路来明问他要几卷经文，他定是不肯，设法取他的，又不能。不瞒你列位说，我与慌张魔百计设法，反被他徒弟们将计就计斗败了，如今特来传言。列位有何高见？把唐僧师徒拿倒，把他的经文抢夺了，看的看，诵的诵，自然成就莫大功果。”当下六鲲听了大喜，即叫小妖在溪岸探得唐僧到来，再作计较。

却说比丘僧与灵虚子在山峰顶上左顾右盼，只见那远远溪岸上，一个人进前退后，不离那岸头，比丘道：“师兄，你看那岸头一人，非渔非钓，只在那里来来往往，待我把慧眼一观，原来是个探事的小妖。不知是何物作怪？一定是这山洞溪穴之物。我与你上前探他个来历，好报知唐僧，叫他准备走路。”灵虚子道：“师兄，你便前看那溪岸小妖，我却后看着唐僧行路。你看那孙行者机心真巧，把个慌张魔降走了，如今正该坦然放心前行，却又歇下担子，左瞧右看，是何主意？莫不是他们乱了念头？待我把慧眼一观，是何缘故？”定睛把唐僧远远一看，笑道：“原来唐僧要从溪岸前来，行者却要从山路走，他师徒意念不相合，只怕矛盾心生，便妖魔怪出。师兄，你去溪岸探小妖来历，我去唐僧处探他们意念。”比丘僧笑道：

"师兄,我与你即此就分了个彼此,只怕也要惹着妖魔。"灵虚子道:"师兄,既分了个彼此,你便探小妖,如是溪内有妖,你便使出道法驱除;我去看唐僧,若从山路有怪,当为他师徒扫荡"。比丘依言,他两个分头各向。

　　却说三藏见行者法力降服了獐子妖精,心内虽一喜,却又一惧:喜的是徒弟神通本事高强,惧的是山冈洞谷偏有这些妖魔邪怪。乃向行者们道:"徒弟,依我主意,把马垜赶下溪岸边,从水路前去吧。这山冈一则险峻难行,一则妖魔扰害。"行者道:"师父,只是你老人家三心二意,前在溪岸上行,你又怪那马奔溪饮水,抛了经担;如今山路崎岖,又想要走溪岸。我老孙好的是要寻个妖魔,试试我手段耍耍。"八戒道:"你这猴精,拿妖怪试手段,有甚好耍? 惹着不相应的妖怪,又要把我与沙僧捆吊起来上笼蒸。"行者笑道:"呆子,你便怕捆吊蒸煮,我老孙偏不遇着妖魔蒸煮个耍子。"八戒道:"猴子,你要蒸煮也不难,待我后遇着妖魔要蒸时,举荐你耍耍,如今还是依师父从溪岸上走好。便是我老猪,连日身上痒燥,也想溪水内洗浴洗浴。"八戒正说,只见灵虚子变了一个全真,走过山冈,见了唐僧们歇着经担道:"长老们,此时尚在此行走,你们离灵山已久,何事耽搁?"三藏见是个全真,稽手道:"老师父从何处来? 怎见得小僧们离灵山日久? 颇奈道路遥远,行囊柜担重多,又遇着妖魔拦阻,故此耽延。"全真答道:"我从灵山脚下道观中来,见师父离灵山已久,出家人喜得取了经文,见闻受持不必说重多,何须嗟路远? 料妖魔见真经而远避,谁敢生拦阻? 只要你们始终勤劳不倦,志诚恭敬不改,指日东土可到。且问你走路只走路,师徒们你讲我说何故?"三藏道:"正是,我要从溪岸上行,我大徒弟要山冈中走,为此心意不定。"全真道:"我小道亦是山行,有心要望一个施主,虽说高冈却无邪怪;溪岸虽平,虽怕前途有水兽成精。你们还从山路走吧。"行者只听了一声水兽成精,他把马后一脚踢走,挑着担子,直往山下溪岸上行,叫道:"师父,依你吧。"三藏辞了全真,走下山来,那心内又疑惑不定。八戒道:"师父,我们依着你从溪岸上来,你又迟疑,何故?"三藏道:"徒弟,那全真说溪中有水兽成精,故此我犹豫不决。"行者说:"师父,那全真只怕是山洞妖魔,故意来诱你前去。"三藏只听了这一句,便欣然去了疑心,赶着马垜前走,见那溪水澄清,不觉的走几步,讴吟几句道:

　　　　"秋光澄彻景偏清,更在溪流两岸生。

莫道荒凉无可玩，鸢①飞鱼跃足怡情。”

却说灵虚子见唐僧从溪岸上行，那孙行者心拗，听了溪水中有妖精，越往溪岸走，即忙飞上高峰，远望比丘僧在那远岸与小妖答说，遂坐在峰头观望着听他讲甚的。只见比丘僧走到小妖面前，小妖见是一个僧人，便问道：“长老莫不是取经回还得唐僧么？”比丘随口答应道：“正是。”小妖说：“闻知你有几个徒弟，挑着许多担子，怎么不见？”比丘说：“却在后边走来。且问你是何人家的后生，在此何事？怎么知道取经回还得唐僧？”小妖道：“我家主也些认得你。”比丘道：“你家主是何人？与我曾在哪里相会？住居何处？你可说明，待我亲到你家拜望。”小妖只听了这一句，便道：“长老，你在此少待，我去报知我家主亲来迎接。”比丘依言，站立岸边，那小妖转过溪湾，入得穴内，报知六个鲲妖说：“西岸前来了一个长老，口称唐僧，尚有徒弟未曾来，我哄他大王认得他，他信以为真，站立在岸，特来报知。”只见司视魔把眼一张，笑道：“长老便是有个在溪岸，却不像是唐僧，也休管他是与非，且骗他进穴，再作道理。”乃带领两个小妖，变作村庄男子，远远从溪岸上走近前来，向比丘僧鞠躬道：“老师父可是灵山取经回还的唐长老？”比丘僧答道：“小僧实非唐长老，却与他同门在道。”妖魔说：“方才我后生来报说是唐长老，如何又非？”比丘僧说：“人若披剃了皈依释门，便都是一体叫唐僧，是我称我做唐僧，有何相碍？”妖魔笑道：“老师父，这个道理我村庄愚汉实是不知，望你说个明白。”比丘僧说：“善男子，此理易晓，听我小僧讲与你知道：

万物本同气，皆天地所生。

幸得生人道，知我总一情。

僧家同一视，人己不相争。

何必分名姓，当身昧了明。

灵明既昏昧，妖孽怎能平。”

妖魔听了比丘僧所说，怒从心上起，恶向胆中生。忖道：“这和尚没道理，我是我，人是人，怎么相同一视？且莫说别人，就是我六个弟兄，也各一另待。又说‘妖孽怎能平’，明明骂我，此恨怎消！”这妖魔心里怀恨怒，面貌却假作和容道：“老师父讲的一团道理，莫要说亲弟兄不当分你我，便是

---

①　鸢（yuān）——老鹰。

异姓外人，也当同情一视，可怪我村家有几个弟兄不知这道理，你要强，我好胜，在家闹吵。老师父肯回我家，劝化的他们不分你我，同情合气，也是你出家人功德。"比丘僧听了，把慧眼一视道："原来是溪水内妖魔假变村汉前来诱我，我既要为唐僧先扫了山妖水怪，且随着他去，看是何处为怪？"乃答道："善男子，既有昆仲在家，彼此异心，争竞长界，我小僧极力去劝化。只是有一件，先要你为长兄的和睦公平，不相争竞，那众昆弟观感兴起，自然彼此也和好起来。"妖魔道："老师父，你不知，我在家每每先自和好，无奈他众弟不平，你且到我家中，见了自知。"乃引着比丘僧向前。走了里来多路，只见一条独木为桥，比丘僧见那桥：

> 一水作津梁，溪流阔且长。

> 看来枯烂久，更带早晨霜。

那妖魔三步两步飞走过桥，在岸上叫道："老师父，好生走过来。"比丘僧把菩提数珠挂在项上，故意道："善男子，你是家门前桥梁，往来走惯了的熟路，轻轻巧巧走过去了；我小僧不曾走过，见此枯烂独木，危哉恐惧，你可再转来，搀扶小僧过去。"妖魔听了笑道："你这老师父，出家人怎么见危动了恐惧之心？不妨，可大着胆子走将过来。"比丘只得脚搭桥梁，方才走到桥中，妖魔叫一声："老师父，快走，那桥梁蹋了。"一声响处，木烂梁脱，把个比丘落水，这妖魔赴溪中，拦腰把比丘抱着，直入穴来。众鲲妖一齐上前，就要争抢吞食，哪里知圣僧神通变化，那项下菩提珠子更灵，只见金光从粒粒现出，孟浪魔道："列位昆仲，且莫要乱争，你看这长老项下菩提数珠，真乃无价之宝，若是除下来，不说那逼水宝犀。"司视魔道："孟浪老友所说最当，我们取下他菩提，每人各分几粒，胜如报他毁骂之仇。"各各上前去取。菩提中忽然芒刺现出，有如钢锥锋利，妖魔哪敢去取？只见驰神妖魔道："列兄，依我愚见，且把这长老拘留在穴内，待那唐僧师徒路过此桥，便照这计策诱他落水，闻知他们各有宝物在身，我们可以各各分受，免得彼此相争。"众妖依言，扯着比丘到穴后一间无梁静室。比丘只因与灵虚子分了个山峰溪水各自探妖，被众妖拘留在穴室。毕竟怎生得脱？且听下回分解。

第八十七回

妖魔齐力战心猿　机变无能遭怪缚

人身各具六鲲妖，切莫登他独木桥。

错了脚踪沉落水，菩提不现怎相饶。

却说比丘僧被六鲲妖魔拘留在穴室，他岂不知神变化出来寻灵虚子计较？只因妖怪众多，恐唐僧们过此危桥被他计陷，不如且在他穴室，万一孙行者们过此逢妖，好与他协力灭怪。那灵虚子在高峰上也西看着唐僧从溪岸前行来，望着比丘僧与那小妖讲话，一会间，村庄男子引他过桥落水，便欲前来救助，心中忖量妖魔必不能加害比丘，且坐在高峰，待听光景何如，再作神通本事。这点真心，只在保护经文，且任比丘自行法力灭怪。他看着唐僧歌吟，乃招摄神风送唐僧歌声入耳，笑道："唐僧情怀虽说不乱，只是出家人未免讴歌凿性，你道鸢飞鱼跃，足以怡情，我怕玩物如何保志？"

按下灵虚子在山峰坐着看这段情节。且说三藏与徒弟们从溪岸上走到转弯去处，一座烂木危桥，三藏见了道："徒弟们，你看这长溪岸阔，独木小桥又朽烂了，如何过去？便是人走得过去，这马垛怎行？况你们挑着经担，越发力重，如之奈何？"行者道："师父，马垛不难，他原是玉龙，便是沧海也能过得，就是徒弟们挑着经担，自有手段过去。只虑着你老人家，万一失了脚步，虽说有徒弟保护，但水湿了褊衫鞋袜，事也关心。"三藏道："徒弟，只要你们保护得马垛柜担过的溪桥，我慢慢柱杖过去，便是失脚落水，若不伤命，只湿了衣衫，也说不得。"八戒道："师父，我有一计，且把担子卸下，待我先走过桥去试上桥梁可坚，然后再挑担过去。"三藏说："徒弟此计甚好。"八戒歇下经担，上得木桥，把脚力试试道："木还坚固，走得，走得。"方才前进，忽然如人扯他下水，"咕嘟"一跤跌下，三藏见了道："不好了，悟空，你看悟能失脚落下溪水，快去救他。"行者道："师父莫要虑他，他原是会浮水的，自有本事起来。"三藏依然两眼只看着桥边，等八戒起来。

却说八戒正走那桥梁,惊动了六鲲,司听妖魔听得桥梁被八戒脚顿的声响,走出穴来,见了八戒,将手扯他下水,拦腰抱入穴中。众鲲不识,但见一个大耳长嘴和尚,有几分相貌稀奇。那孟浪魔却认得,笑道:"这正是唐僧的徒弟,叫做猪八戒。"众魔道:"搜他身上,看有何宝物,取了众弟兄分。"只见逐香魔把八戒身边一嗅道:"这和尚身边何物,这等窜我面孔?"八戒道:"不敢欺,是我灵山下来偷的客人些麝儿。"逐香魔道:"你这和尚老实。"八戒说:"我原是有名的老实。"逐香魔说:"你既老实说偷的,这叫做巧里得来空里去,且把来与我弟兄们凑分。"八戒说:"麝便分了去也罢,只是放了我出这穴洞。"妖魔道:"你休想出穴,还要捉了唐僧们,取了你经担,方才与你个好处受用。"八戒道:"什么好处受用?想是这穴后摆斋,汤点全备的好处?"妖魔道:"正是,正是。"八戒道:"这等不消你们费心,我老猪原老实进后堂吃着,等我师父吧。"大步走入穴后,只看见一个长老坐在穴后室中,见了八戒道:"你也被妖魔扯下桥来了?你师父何在?"八戒此时还不明白,道:"长老呀,我们由溪岸行来,走危桥试桥木,不知怎么失脚到此。你却是何处僧人?也在此等他的好处受用?"比丘僧说:"八戒,你真真老实,此乃六鲲妖魔要抢夺我们身中之宝,只待捉了唐僧,夺我经担,方才把我们蒸煮了他弟兄受用。"八戒只听了这一句,便要使出变化法力。比丘僧向八戒耳边道:"你休得性急,我与你两人不能胜他六个,且待你孙行者来,再作计较。"八戒道:"师兄,你不知我那孙行者神通广大,怎肯与妖魔扯下桥梁?"比丘僧说:"这妖魔力量,不说行者神通,只怕算妖魔不过,也要被他捉将下来。你我忍耐一时再使法力。"两个在那边低言悄语,那司听魔早已闻知,笑道:"这两个和尚计议要使法力,任你甚神通本事,也只等捉了唐僧方才与你试个手段。"

话分两头,且说三藏两眼望着溪桥下,只等八戒起水,半晌不见踪迹,拭着眼泪道:"悟空,八戒落水,多是甚魔捞去,你快去探个消息。"行者道:"师父,我上山寻怪偏能,入水探蛟到底有些费力。沙僧原是流沙河出身,极会泅水,你去探个消息。"沙僧道:"你听了全真一句水路有怪,不待全真言毕,就挑往从溪岸飞走,此时却又推托。"行者道:"师弟,非是我推托,你也有保经护师之责,降妖捉怪之能。八戒落水,想是被妖魔捞去,孤掌难鸣,你当去帮助他。我若去了,只怕有妖魔到此,你力量敌不过他,师父经文何人保护?"沙僧只得走上木桥,方才走到中间,忽然失脚跌下

桥去,那司视魔就把沙僧拦腰抱入溪穴,不知沙僧是拿了禅杖上桥走的,
虽失脚落水,那禅杖却未曾脱手,妖魔来抱他,他掔动禅杖,直打入穴门,
六鲲妖见了,大怒起来道:"这个靛青脸晦气色和尚,倒是个弄嘴的,你要
与我们弟兄争斗使兵器,只教你先受捆吊,后上蒸笼。"那具体妖魔忙把
沙僧的禅杖夺将过去道:"此也是件宝物,拿了凑份。"沙僧敌不过众妖,
被他拿倒,捆将起来。沙僧忙使个瘦身法,那妖魔见了笑道:"这和尚果
然会弄嘴,你看他使瘦身法,缩得如枯柴一般。"看看走去,忙把索子也收
紧了。沙僧又弄神通,把个身子变得膀阔三停、腰大十围,要挣脱了。那
妖魔也把索子放松了,随他长大,紧紧捆住。忙叫小妖把沙僧扛入穴后,
八戒见沙僧被捆入来,问道:"师弟,你想是也被妖魔扯入水来,却又被他
索捆。"沙僧说:"是我不是,不该舞禅杖,使法力,妖魔说我弄嘴,捆将起
来。师父叫我来探你消息,不知你已被妖魔拘留在此。这位师父是何处
来的,也在此穴内?"八戒道:"我正要使法力,这位师父劝我莫性急,若是
法力使不去,却不也像你多了这一捆?"沙僧说:"如今计将安出?"比丘僧
乃向沙僧耳边低声如此如此,司听魔又听见了,说道:"任你怎计较,只叫
你们出不得我圈套。"

　　却说三藏见沙僧也失脚落水,不觉的哭起来,说道:"悟空呵,看起来
哪里是独木危桥朽烂,明明是桥下有什么妖魔,你再不去查探,这八戒、沙
僧怎么了得?"行者道:"师父,此时真是说不得。徒弟要去水边打探,只
怕徒弟一去,师父独自在此守着马垛经担,万一妖魔来侵,师父只是端正
了念头,切莫轻易上那危桥,待等徒弟探听了消息前来。"三藏道:"悟空,
我谨依你言,快去打听他两个要紧。"行者依言,登了危桥,便又动了机变
心肠说:"八戒、沙僧,只因老实,想是惹了奸狡妖魔,如今我若老实,走到
桥中,万一被妖魔奸计扯入溪水,便与他两人何异?师父怎得个的信?"
好行者,拔下两根毫毛,变了一个假唐僧,一个假行者,两个搀着手,搭着
肩,前走到桥中,他自己却隐着身,一筋斗直打到水内,走上前看。只见一
个大穴,门上一匾高悬,行者看那匾上写着"六道回澜",忖道:"原来是妖
魔巢穴,我一筋斗进来,却不曾看我毫毛假变的我与师父,且看他两个过
桥,是什么妖魔作耗?行者捏着避水诀,口里念着咒语,走到桥边,果然
一个妖魔见了桥上两个和尚扶着肩走,他把桥梁一断,两个假唐僧、行者被
妖魔抱入穴里,行者隐着身跟了入来,只见逐香魔向逐味魔道:"老弟,你

看这拿来两个和尚,怎么不像唐僧与孙行者?"逐味魔道:"三兄,我也疑唐僧们都是十世修行,难道身体不馨香洁净,怎么这样猴臊毛气?"只见孟浪魔笑道:"列位不必心疑,我认得唐僧、孙行者,料此是真。"司视魔道:"休管他真假,且捆起来,送入穴后,那八戒、沙僧自然认得。"众妖把两个假的捆入后穴,只见八戒一见了哭道:"师父呵,你如何上那烂木桥梁,被妖捆入?"沙僧也哭将起来,只有比丘僧见了,微微笑道:"这个猴精,机变真巧。"不匡比丘一笑,那司听魔即知,向众鲲魔道:"如今唐僧师徒已用计捉了,少若迟延,怕孙行者又生机变,我们如今且叫小妖们打点蒸笼,把这五个和尚蒸熟了,一则与孟浪老友报仇,一则与我们弟兄贺喜,得了经文,分他宝物。"只见司视魔道:"二弟,依我且到溪岸取了他经文来,再蒸他们作庆贺筵席不迟。"众妖道:"有理。"叫小妖紧闭了后穴,他六鲲连孟浪魔出了穴门。哪里知行者隐着身在穴后备细听闻,想道:"此事如何作处? 老孙欲待要在穴中救了八戒、沙僧,打斗起来,只怕妖魔众多,知道我在此,倘若上岸抢了经文,如今欲待要回到岸上保护着师父经文,又怕八戒、沙僧被捆在此没个帮手,怎敌妖魔之众? 也罢,如今设个疑似机变,且把妖魔疑吓回穴,再作道理。"好行者,一个筋斗打到三藏面前,只见三藏坐在溪岸上手捏着数珠,口念着梵语,闭着双目,真个是:

　　　　如如不妄动,一点个中存。

　　　　万怪从教灭,谁侵不二门?

行者见三藏闭目静坐,不敢惊觉了师父,却又虑着妖魔齐来抢经,心下想道:"老孙幸喜会打个筋斗儿,来的快,料众妖将到,只得设个机变疑他。"乃拔下几根毫毛,依旧变了自己与八戒、沙僧,各人守着经担,手里都拿着棍棒禅杖,他却隐着身站立在旁。那众妖魔一见,惊异起来说:"唐僧师徒已被我们计捉入穴,怎的又在此处?"逐香魔道:"我辨得出来。"望着唐僧一嗅,但闻得:

　　　　五体莹然洁白,六根清净馨香。至诚不乱守中黄,正是真如和尚。

逐香魔把唐僧一嗅道:"此处的是真唐僧。"又把八戒沙僧一嗅,只闻得:

　　　　半点芬芳不有,一团皮血腥臊。明明五体上毫毛,假变僧人形貌。

逐香魔嗅了道:"假的,假的。"众妖道:"既是假的,料无用处,且把真唐僧与经文抢去。"行者听得,急向唐僧耳边道:"师父,众妖来抢经捉你,你还闭目静坐。"不提防他三藏听了,只当不闻,越加谨密,把念头端正。那众

妖魔见唐僧闭目不理,端坐自如,大家称赞道:"好和尚。"只见司视魔道:
"众弟们,唐僧若是只闭目端坐在此,他恃着有徒弟,我们不得他入穴,这
经文也难抢夺。且把这假变的徒弟破了他假,他真无所恃,自然慌乱了他
心神,我们乘好捉他入穴。"众妖说罢,一齐把假行者、八戒、沙僧举起棍
棒打来,果是假变的,只好设疑妖魔,哪里会斗? 行者隐身在旁,不胜愤怒
道:"无礼妖魔,敢藐视老孙法力!"乃掣下担包禅杖,现了原身,大喝一
声:"孙祖宗在此,谁是真谁是假!"把禅杖挥开,直打众妖,众妖各举棍
棒,在溪岸上战斗起来。这正是:

　　　　　六妖魔齐把心猿斗,老和尚还将意马攻。

　　却说孙行者与六鲲妖魔在溪岸上大战,三藏心肠恃着行者神通,依了
行者前言,端正了念头,把持定了闭目静坐功夫,知妖魔可却,故此不惊心
意;及听得行者大声喝怪,睁开两眼,只见众妖魔狰狞恶刹,行者独自一个
抵敌,三藏便叫道:"悟空,抖擞精神,小心在意,那妖魔众多,好生恶刹。"
行者听了,把身一抖,变得三头六臂,火眼金睛,众妖魔也个个变得异怪模
样。三藏在旁看着,不觉的动了个畏惧之心道:"悟空,须是降服了几个,
方才得免了魔害。你看他个个狰狞,你只一个怎生敌得他过?"行者听了
道:"师父,莫要畏惧,看徒弟降服他。"乃拔下六根毫毛,变了六条索子,
往空抛来,把六魔齐捆起来,慌得孟浪魔忙执棍敌着行者。那六魔方被索
捆,微微笑道:"这个法力怎降得我等?"把身一挣,索子皆断,却个个口喷
毒气,行者被他毒气一攻,不觉的败了阵,那手中禅杖乱了,被孟浪魔一棍
打来,行者见事势不妙,一筋斗打在半空,这六魔见了笑道:"孙行者,你
说会筋斗跑路,我弟兄比你更伶俐万分。"乃乘空直上,把行者一把拦腰
抱入穴内。行者被妖将绳捆吊起来,他忙把假变唐僧收复身上,只见八
戒、沙僧不见了假唐僧,却吊着个真行者,说道:"大师兄,你会机变,今日
怎也穷了?"行者道:"怕你老实也走不出去。"行者被六魔捆缚定了,把法
身变大变小,那妖魔百计百能,不能得脱。行者看着比丘僧说道:"师兄,
你如何也遭磨难?"比丘僧道:"悟空,我不该与灵虚子分了路,他山,我溪
岸境界,便有此各地的妖魔,不知我那师兄今在何处?"行者道:"你何不
把慧眼遥观?"比丘僧笑道:"悟空,你何不把机变设出?"行者道:"师兄,
莫要讲他,我老孙从来不被妖魔加害,今日不知这妖魔甚样神通,遭他磨
折。"比丘僧笑道:"你当年来时,被妖魔伤害,多亏了菩萨圣神到处救你,

怎得到灵山？就是今日，也须要菩萨救护。"行者被比丘僧这一句讥倒，半晌不说。却是如何不语，且听下回分解。

总批

　　一条独木桥，下有无限妖魔，世间人偏要上他跳板，怎不被他扯下水去！

　　到了齐天大圣地位，只为有皮毛，便出不得声闻，果信乎超三界、五行者，非六根清净者不能。

　　此回可当一卷《心经》看，勿得草草。

第八十八回

灵虚子力斗群魔　四神王威收众怪

　　话说孙行者被比丘一句讥倒，半晌没的答应，自己想道："果然我当年随唐僧来，一路妖魔毒害，真个亏了菩萨圣众，这长老如何得知？"乃向比丘僧问道："师兄，我当年事，你如何得知？"比丘僧笑道："你何不把慧眼观看，我当年怎得知。"行者凄怆起来道："师兄，我被这六魔毒害败阵，不知何故，把个：

　　　　聪明为懵懂，机变作痴愚。

　　　　眼前蒙智慧，枉自痛嗟吁。"

比丘僧道："悟空，你且安心，料自有菩萨圣神来救我等。"

　　却说六鲲妖魔把行者捆在穴内，却齐去抢抬经担，三藏正在溪岸，见行者战不过妖魔，忽然不见，他料着行者有本事退魔，心虽系念，却不离了端正工夫，复闭目静坐。这六魔前来，便去扛经担子，哪里扛得动。又去扛那马垛柜子，只见玉龙白马咆哮走地，一声嘶叫，把个孟浪魔王吞入腹子，便来吞这六魔。六魔假败佯输，引得白马追赶到溪穴里，忙将索子把马捆倒。乃复六家计议抢夺经文。司视魔道："唐僧不动身登我们桥梁，如何得捉他落水？便是这经文，想是他各有挑的，不上我等之肩。"司听魔说："非此之说，乃是唐僧谨守经文，一身不动。我们且把桥梁换了阔大坚木，他自然放心过去。待他登了桥梁，再扯翻他入水。"具体魔笑道："唐僧先见了危桥朽木，今忽变了阔大坚木桥梁，他具智慧，必疑是我等设出的虚幻，断然不登。待我假变一村庄老叟，带你们做个后生，扛了一座阔木坚桥去换，他自然动身。"驰神魔道："这计虽好，他也不肯动身，必须变他三个假徒弟去挑经担，还他白马去驮垛子，他方才动身。"司视魔道："这事不难，我们且先去换了桥梁，再变他徒弟去挑担。"具体魔把脸一抹，顷刻变了个老村叟，众妖变了后生，扛着一座大木阔桥，走到三藏面前，叫一声："老师父，缘何坐在此处？不往前走？"三藏道："只为桥梁朽窄，我徒弟上去试试，失脚落水，我小僧只得在此坐候。"老叟道："我老拙也只为这桥危朽,特叫后生扛座阔大的来换。"三藏道:"好阴功。"妖魔把桥顷刻换了,说道:"师父放心坦行。"摇摇摆摆而去。却随变了行者、八戒、沙僧,牵着一匹白马,走到三藏面前道:"师父,这桥却换的好走,徒弟已把妖魔灭了,我们挑了经担过桥去吧。"三藏道:"徒弟们,桥虽亏村家老叟换了,恐重担马垛未必可行,你们且可前走试试过去。"那妖魔口虽答应,只是肩挑不动,三藏道:"徒弟们,如何挑不起?"妖魔道:"师父先走,我们随后挑来。"三藏见那马被经柜压倒,心中疑惑,越不动身。这妖魔见唐僧不走,柜担又挑不动,乃计议道:"唐僧不动身,这经担终难夺,如之奈何?"驰神魔道:"我六人各设个计策,显个神通本事,料一个唐僧何难擒捉?"司视魔道:"便从六弟设计,看你如何诱得唐僧动身过桥?"驰神魔道:"不难,我们既变了他徒弟们,挑担不动,马又压倒,且把马脱了缰走去,我们假以捉马齐走,都不能捉,料唐僧原押马垛,他必然起身来捉,走近桥边,我等便好擒他。"众妖魔依言,只见马忽脱了缰,奔到溪水,这假行者们丢了担子便去捉马道:"师父,你也来帮赶一赶。"三藏道:"一匹马,徒弟们岂不能赶捉了来,何必要我?"只是不动身。那众妖赶马,故意陷入溪水,道:"师父,可来扯我们一把。"三藏也只是不动。驰神魔设计,只见具体魔笑道:"我有计策,必使唐僧动身。"乃假变了一个老婆子,手执着饭篮茶罐,走近溪桥,跌倒在地,叫道:"哪个善心男子,救我老婆子一救。"三藏见前后没一个往来之人,老妇失跌,那饭篮茶罐俱倾在地,便问道:"老婆婆,你如何不叫别人送茶饭,乃自家劳苦?"婆子道:"老师父,你不知我老妇人:

> 有子田中耕,无人送茶饭。
>
> 颇奈老龙钟,跌倒在溪岸。
>
> 两耳聋不闻,双眸昏难看。
>
> 足既不能伸,手又没处按。
>
> 师父若慈悲,救我老妇难。
>
> 但愿积阴功,成就阿罗汉。"

唐僧听了她一篇言语,不觉的动了慈心,忙起身走到桥边,方才要伸手去扶那老妇起身,忽然六个妖魔齐把三藏扯下溪水,抱入穴中。大家欢笑起来,众妖一壁厢叫小妖去搬经担,一壁厢刷蒸笼、洗锅灶,要把唐僧师徒连比丘僧蒸煮。司视魔道:"唐僧们各有宝物在身,须是搜出大家公分了,然后上笼蒸。"乃搜各人身上,只有八戒麝香一物,比兵僧与三藏数珠,沙僧是禅杖,独行者无物。众妖问道:"孙行者,你有何宝物在身? 快说出来!"行者道:"我老孙金箍棒到是件宝物,早已缴在灵山头上,只有个紧箍儿,又除不下,若你们能除便除了去。"只见具体魔把行者头上紧箍除去,却看着白马身上要宝,那马无宝,众妖笑道:"你吞了我们孟浪魔在腹,若不伤他性命,此即是宝,快把他吐出。"那马"咕嘟"一声,吐出一个孟浪魔在面前,众妖魔齐各大笑,只候小妖搬了经柜担包,便蒸唐僧等众受用,按下不提。

且说灵虚子变了全真,坐在高峰,见比丘僧失足溪桥,料他自有道力,不怕妖魔捉弄。见唐僧在溪桥,与妖魔搬弄,料他道性坚持,一点真如不动。又见行者们落水,也谅他们能扫荡妖魔。不匡各被妖拘,只得个唐僧守着经文在岸。遥望唐僧,又起身走近溪桥,被妖捉入溪水。大惊失色道:"不意这溪内何物妖魔? 成精厉害!"乃怨比丘分了彼此,只得从峰上飞空,到得经担面前,正遇着小妖在那里搬抢经文。灵虚子大喝一声道:"小妖休得乱抢,有吾在此!"把梆槌变了降魔宝杵,一顿打的飞走。入穴报知六魔说:"小的们去搬经担,被一个全真道人,手执着降魔宝杵乱打,凶狠怕人。"六魔忙执了六般兵器,出得穴来,到了溪岸。只见灵虚子凶凶狠狠,正寻小妖要打,见了六魔恶状,各执器械前来,并不打话,把宝杵直打将来,六魔举械相迎。这场好斗,怎见得? 但见:

　　妖魔举器械,灵虚掣神兵。举器械六般犀利,掣神兵一杵非轻。
　妖魔是六根不净生来孽,灵虚乃十世修成老道真。一边要抢夺经文
　齐勇斗,一边为保护唐僧灭怪精。这一边恃众逞强难与敌,那一边势
　孤力寡怎相争。全真心惧怯,妖怪力峥嵘。这回灵虚无施谋计,只得
　敲动梆儿请救星。

灵虚子力战六魔,虽说奋勇,争奈那木槌假变的宝杵,终不能降魔。看看败阵,想起昔日灵山报事使者传谕,前途遇有难敌妖魔,敲动木鱼,自有神王来救。乃向衣边取出木鱼梆子,连声敲了几下。只见顷刻云端里来了四尊大力神王,各执着降魔宝器,六魔见了,便腾空来斗。众神王大逞威力,眼耳鼻舌,满身现出万道金光,把个溪穴照耀如同白日;这玉龙马嘶了一声,直跃而出,孙行者把索子挣断,跳出穴来,唐僧、比丘、八戒、沙僧各如梦中苏醒,一齐上得溪岸,总皆神力。你看那行者,举起禅杖横行

乱打,妖魔无计,只得齐跪在溪岸,向神王求饶。神王举宝器就打,那六魔泣哀哀自悔,各知罪孽。唐僧便动了慈悲,向神王道:"尊神求俯赐方便,看弟子取经来意,这妖魔既知悔过,且宽宥了他,令使皈依正道,莫堕邪踪。"神王笑将起来道:"你这禅僧,不想他百计诱你,捉入溪穴,要蒸煮了受用,何故用心反与他说方便?"三藏合起掌来,念了一声梵语道:"尊神执法,我弟子只为真经用仁,顿忘了仇恨冤愆。"孙行者在旁怒道:"师父也忒脓包!想这妖魔搜我们宝物公分,也饶不过他!"八戒道:"他除了你紧箍,倒是去了你件痛根,抢我的麝香,叫我受些臭气,这不当饶!"举杖要打。三藏道:"悟能,若必不肯宽宥他,也不在你那禅杖三五下。"神王见三藏苦苦求放赦妖魔,乃向灵虚子道:"优婆塞你意如何?"灵虚子道:"问我比丘长老。"神王又向比丘僧问;比丘僧答道:"只当无有。"神王听了,乃向腰间解下六根索来,递与行者道:"悟空,你可将这众魔还他个拴锁在穴,莫要作妖。"行者接了索子,方才要锁,只见祥云缥缈,紫雾腾空,光中现出一位金刚不坏身菩萨,把六魔收去,只剩了个孟浪妖魔匍匐在地求饶,愿修善果。菩萨一视同仁而收,化道金光不见,众神王也腾云而去。唐僧师徒方才整理经担,三藏向比丘僧问道:"师父,你何处去的,也遭妖魔之害?"又问灵虚子道:"老师父,你前在山冈,叫我师徒陆路前去,何故也到此溪来?"灵虚子答道:"小道见你高徒不信溪水有妖,执拗而来,故此特来救护。"三藏稽首称谢,八戒、沙僧俱说"有劳高情",唯有行者笑道:"谁叫二位师父各相分路,动了个彼此异念,惹出妖魔?"灵虚子也笑道:"孙长老,你的机变也有穷时么?"行者听了不言,向灵虚身边去取木鱼梆子要敲,灵虚子不肯,执了梆子,飞往那溪桥而去道:"唐长老,好生过来,料无妖魔为害也。"比丘僧见了道:"全真师兄,往何处去?小僧同行去吧。"乃向三藏们一个问讯辞谢了,也过桥去。三藏道:"悟空,你识得这两个僧人全真么?"行者道:"有些面熟,师父可识他?"三藏道:"我却不识,只是动劳他说来救护,想是方才这空中菩萨收服了妖魔而去,使我们脱了穴中之害,都是那全真化现。"行者道:"师父,我老孙看来都亏了他那木鱼梆子一声,正了我等念头,感得众位圣神菩萨救护。"八戒笑道:"猴精会扯天话,既是木鱼梆子救了我们,你方才就该向木鱼梆子磕头称谢,何故还要去敲?"行者道:"呆子,我且怕你们不知那全真木鱼正念之意,再敲两下,尽把妖邪扫灭。"三藏道:"悟空,我心下悟了,你可挑担过了溪梁，还从山冈去吧，便是有个把妖魔，料还不难扫灭。"八戒道："正是，正是。这身上两件衣裳还讨个干净，不被水湿了。"

按下三藏师徒挑押经担牵着马匹望山冈大路前行。却说比丘僧与灵虚子离了唐僧师徒，腾空过了高峰长溪，行够多时，来到一处地方。只见人民稠杂，店市凑集，许多男子女子都在那街上夸称。有的说："当年往此过去的圣僧今日回还，一个个的面貌比前白胖，衣衫更觉整齐，想是西方极乐世界，圣僧们心广体胖，那地方富实，肯修善斋僧，故此衣衫也布施几件。"有的说："我这地方善男信女迎接他们到禅林住下，少不得要报入国中，只怕有官长来迎接圣僧去了，这里要求他们做斋施醮，怎得久留？"只见一个老叟道："圣僧要去，把他取了来的经卷留在这地方，便是本处禅林僧众，也能设斋课诵。"比丘僧听了，向灵虚道："师兄，唐僧师徒自从过了溪桥，任他行得极快，怎么先在我们前路？事有可疑，难道我与师兄腾空反被云雾耽延，叫他赶过了不成？"灵虚子道："我们离了唐僧，过了城池几座，他们虽说路无阻滞，明明尚在后面，怎么说到了此处？除非孙行者神通，先变化了来，我与师兄且向那老叟问个端的。"比丘听了乃上前向老叟打了一个问讯道："老善人，小僧适才间听众人说，取经圣僧到此，地方迎接他到禅林住下，却是什么禅林？几时迎接？只怕那圣僧们过此地方尚早哩。"老叟听得说："二位师父说的是甚话？昨日清晨，我这普静禅林僧众已迎接了大唐取经圣僧师徒、经柜担包马匹，住在僧房。那经卷担子现在禅林殿上，你二位何处来的？怎么不知？"灵虚子听得惊异起来，向比丘僧说："师兄，我与你分了山行水走，原要打探妖魔，幸得这些时一路没有妖怪，怎么有个唐僧早已过此？"比丘僧说："师兄，事有可疑，必须亲到禅林，探看端的。"两个别了老叟，找到禅林，果见僧俗来来往往，都说好一位唐僧，庄严相貌，那几个徒弟生的却也古怪跷蹊。两个听了越疑，忙走到禅林，山门外四个大字在圖，比丘僧抬头一看，上写着"普静禅林"，两个计较把脸一抹，变了两个游方道士走入山门。只见方丈里走出一个长老，见了道士便稽首问道："二位道真何来？"灵虚子答道："小道打从灵山而来。"长老问道："二位道真既在玄门，怎么说从灵山而来？那西方是我释门修行了道之境。二位莫不错了路程？"灵虚子笑道："长老，你不知，灵山脚下，现有道院，复元大仙修真之所，我两个云游到处。但问长老，这禅林中纷纷往来善信，说是看圣僧，如今圣僧在何处？"长老道:"在我方丈中安住。"比丘两个听了,乃走入方丈门外,只闻得腥风透出门来,两个一嗅大惊怪异。却是何说,且听下回分解。

总批

六根邪魔,俱从动入。勿论恶念不可生,才动于善,魔亦乘之而入也。故曰所空既无,无无亦无。

眼耳鼻舌身意,能成魔道,又能放金光,迷则成狂,悟则成圣。

六索锁魔,只是一不动意耳。要之锁魔又复生魔,不如收回本来,成一金刚不坏身也。

第八十九回

修善功狮毛变假　试对答长老知真

话说当年有个狮象国，为害唐僧师徒，被行者大闹皇城，只因三个魔头神通广大，阻往西行，后请得普贤收去，皈依释宗。尚有小狮毛遁脱，修练多年，聚集群妖，占踞一个洞府。忽一日，狮魔想起昔时我父皇结了两个义叔，立国为尊，何等快活？后因要吃唐僧之肉，被一个猴头请了主人公收去，把我们东散西抛，此恨常记于心。前日在外闲游，闻说唐僧师徒取了经文，不日归国，成了大功。但有怨不报非为丈夫，左思右想，想了一个妙计，可以到中华混闹一翻，况取经人的来历，久已尽知。于是摇身一变，变了一个唐僧，又选三个精细的小妖，变了徒弟，白马经担，装得一般无异，望大道而行。来来往往，见了取经的东回，无不欢喜。一日，走到了城市中，但见繁华喧嚷，见了唐僧师徒，男女争观，有几个好事的飞跑普静寺报知。那寺中长老唤集僧众，迎接取经的老爷。这一班浊眼凡夫，岂晓得妖魔所变？接入方丈献斋不提。

再表比丘僧与灵虚子，半云半雾，见有城市，按落云头闲游。但闻男男女女传说唐三藏取经回国，现迎在普静寺中款他。二人转念，为何先到？急忙忙走至寺中，一入方丈，便闻腥风之气，各相惊异。忙入僧房，只见假唐僧倒卧在榻，见了两个全真走入，便翻身内卧，叫假行者："你陪伴全真，我略歇息一时。"那假行者便与全真施礼，灵虚子把慧眼一观，大喝一声道："何物妖魔，敢把圣僧假变？那柜担虽说不是真经，却也被你引动了村市人心，都做了真经一视。"乃向比丘僧道："师兄，我们既是道扮，当取出法剑，灭此妖魔。"比丘僧说："师兄，若以事论，这妖魔假变我僧家，溷扰①禅室，本不可宥；若以情推，他假我僧家，还有一种向善之心，只当驱逐他出禅林，莫使他混乱禅堂。"灵虚子听了，方才要把木鱼槌变慧剑驱妖，只见假行者笑道："你两个分明是比丘、优婆，却假变全真。一个

---

① 溷(hùn)扰——混浊，扰乱。

木鱼槌子，乃是敲梆善器，却把他变青锋利械。你纵说我等是妖，只怕你们假变瞒人，也非正道。"比丘与灵虚被妖说了这两句，也没话答，乃叫长老寺僧上前说："取经唐僧尚离的路远，这都是妖魔假变，你等凡眼不识，但把我释门经义问他一句，若是真唐僧，自然答你众僧。"长老听了，果然你一句，我一句，妖魔哪里能答，化一阵腥风而走。这长老众僧方才知是妖魔，个个惊怕起来道："爷爷呀，若不是二位真，我禅林怎识其假？"一时，往来看取经唐僧的乱传，说是妖魔假变，把个村市男女都改了信心。这正是：

> 不将两句玄诠道，怎识皮毛假混真。

却说只因这村市人怀疑不信，众妖魔又生出一段虚情，乃各相计议道："做妖魔要被神王剿灭，不如假僧人倒哄些斋供。"一个笑道："僧人可假，只是道理不通，方才被寺僧问一句，我一句，盘出假来；又撞着那比丘、优婆把慧眼看破，这斋供纵哄了些吃，便是吃下去也难入腹肠。"一个道："不如还守旧在山洞为妖。"一个说："不好，不好。六道轮回，这乱毛怎脱？"一个说："我有道理，不如变小小飞虫，暗随着唐僧，学他些举动、应答、礼貌、言谈，再往前途行去，料是有人供奉；纵无真经随行，也有仿效唐僧一节善事。"众妖计定，只候唐僧到来。

且说三藏与行者们担押着真经，过了溪梁一路行来，安然无事。过了几处州城，早来到乌鸡国界，三藏见那界口，有几家烟火相连，乃向行者们说："徒弟，我等只因车迟国转路，图了几程近便，吃了许多山冈水荡劳苦、妖魔毒害，幸喜真经保全，毫未亵慢。只是身上衣服久未将水洗，你看山冈路过前面烟火相连，定是通行大路，我等须寻个洁净人家歇下，把这身衣晒洗，以便前行。"行者道："师父，天下名山胜地僧占的多，这界口既属通道，料必有庵观寺院，我们寻一处僻静僧道之家，方便供奉经典。"师徒正讲，远远只见一老叟走近前来，见了三藏们，大惊小怪叫道："妖魔又变唐僧来了。"三藏听得，扯着老叟衣袖道："老善人，小僧们是取经回还大唐法师陈玄奘，现有乌鸡国王文引，如何是妖魔所变？"老叟气嘘嘘的，把三藏师徒上下估置了一番道："爷爷呀，你放了手，前那唐僧们面貌形象还好看，不似如今你们黄皮寡瘦，比妖魔何异？"行者道："老善人，你休论相貌，把我们疑作妖魔，我们万里程途，辛苦劳碌，憔悴是本等。这说前有甚唐僧到此？"老叟道："我也没工夫与你讲，你们可到那普静禅林去住,自有僧道说与你。"老叟说罢,挣脱了三藏之手,往前飞走,向那村市众人道:"又有唐僧们来了。"众人也有怕的,也有看的,说:"只怕又是妖魔。"一时传入禅林。长老寺僧众也怀疑不信,哪里肯来迎接。比丘僧把慧眼一观,乃向长老说:"唐僧师徒们已到村市,将至山门,长老当往迎接。"长老道:"这来的纵真,只怕我寺众僧也不肯去迎接,须等他来时,把经义盘问他几句,如是真的,自然盘问对答;若是对答不出,他又要化阵腥风而走。此乃二位道真始义教诲的,敢不遵你前言。"比丘僧听了,乃向灵虚子说:"师兄,世情俗眼,只因一疑,便生不信。我与你速出山门,指引唐僧到此,叫他也准备几句禅机玄奥对答寺僧,莫要缄默不语,使长老寺僧指为妖怪。"两个走出山门,恰遇着唐僧师徒问路前来,见了两个全真,三藏便问道:"二位师父,此处有座普静禅林么?"全真答道:"转弯抹角就是。这禅林静僻,尽好挂褡;只是长老寺僧要盘问经义,方才留住,老师须要打点对答。"三藏道:"二位师父,我们禅机那在言语对答,若没的说方才是真僧。"全真说:"此处不同,近来被妖魔欺瞒,大家都怀不信,师父们须要着意。"全真说罢,往前走去。八戒听得道:"师父转弯儿走小道过去吧,叫我老猪化斋借寓,说几句现成经咒,讲两句好看话儿却会,若叫我对答经义,真实不能。"行者道:"师父,八戒倒也是老实话,就是我老孙机变千盘有,经文半字无。"沙僧道:"师父,悟空若说不能,你老人家再若没的说,真真不如莫进这禅林,从别路去吧。"三藏听得三个徒弟怀了不信之心,乃合掌向着经柜担子念了一声圣号道:"徒弟,你们挑着担子,原来都是虚挑在肩,不曾着力在意,我做师父的,虽说跟着柜垛与这担包,却不是徒跟着走,泛取了来。这五千四百八十卷,句句真诠都看诵在心,了明在意,任那长老寺僧盘问,自有对答。"行者听了笑道:"师父,你不说我还不会,你一说我更比你能,进山门去吧。"三藏方才走到山门前,那长老寺僧慢慢地走出来问道:"老师父从何处来?"三藏道:"来处来。"长老道:"往何处去?"三藏道:"去处去。"长老只听了三藏两句对答,便恭敬起来,又问道:"老师父,这柜担是何物?"行者道:"这都是长老要盘问,我们要对答的。"那长老见行者答了这句,乃向寺僧道:"这方是取经真圣僧,徒弟尚能对答,况师父乎?"乃齐齐请三藏上殿,撞动钟鼓,众僧向真经拜礼,尊三藏上坐,随备斋供,一时村市男女齐来观看,都把疑心解了。三藏方才问长老:"何故怀疑? 有甚妖魔欺瞒你寺僧?"长老乃把迎接了假变来的,被盘问不能答,化阵腥风而走的原故说出。三藏听了毛骨悚然,对行者说:"悟空,这分明妖魔假我们名色,不知将何物变做经担,只怕亵渎了真经,当速为驱除。"行者答道:"师父既要我徒弟驱除妖魔,你可在这禅林少住一日,待我找寻这妖魔来历。"三藏道:"但不知这妖魔假变我们何意?"八戒道:"何意?何意?他说:

> 借我等名色,假说取经僧。
> 哄人斋余饭,馍馍共点心。
> 素汤吃卷子,清油炸面筋。
> 闽笋生姜炒,山药白糖蒸。
> 石花熬块子,豆腐煮蔓青。
> 三扒来两咽,食肠尽着撑。
> 厨中无半点,碗内精打精。
> 衬钱齐有了,方才动起身。"

八戒说罢,三藏道:"徒弟,妖魔若只是欺瞒人家些斋供,这情节还小,只怕他们假着我等名色,做出僧家坏事,叫这地方疑而不信,禅林不肯迎接,便连我们体面都伤。"长老道:"正是,正是。这妖魔情节可恶,你师徒们却也没奈何他。"行者笑道:"老师,你便没奈何他,我老孙却会奈何他。"说罢,叫一声:"师父,你可在方丈坐等,徒弟我寻妖魔去也。""忽喇"一个筋斗打不见了。长老寺僧惊恐起来道:"爷爷呀,这才是久闻名的孙悟空哩。"三藏道:"师父,你如何久闻我徒弟之名?"长老说:"当初我弟子在宝林寺出家,知道拿妖捉怪的孙悟空,老师父可少住一日,等小徒捉了妖魔,我这里还求老师父建一个斋醮,备办香幡奉送。"三藏见行者去找寻妖魔来历,只得且住在禅林殿上,侍奉经文不提。

　　却说狮毛怪物变了些小虫儿,随着唐僧学礼貌言谈,又听了唐僧对答,这妖魔伶俐,乃相计议,仍变了唐僧们模样,离了普静禅林,他也挑担押马,与唐僧们无二。走前村过后里,市人见了的,都说上灵山取经僧众今日回还了,挨挨擦擦,跻跻跄跄,大大小小,男男女女,观看者甚多。一时传闻到宝林寺住持,奉知乌鸡国王,便差寺僧远来迎接。方才起身出寺,住在廊门。

　　却说比丘僧与灵虚子仍变做两个全真,先行到廊门。见寺僧几个,知是迎接唐僧,乃近前相见。那寺僧便问道:"二位全真从何处来的?可曾见有回还取经的长老?"全真道:"我小道在前村普静寺相会着取经僧众。只是因那唐僧的徒弟当取经时动了一种机变心,便依路来生了种种妖魔,把个唐长老一点志诚也使得恍恍惚惚,幸亏他十世修行,善根深固,真经感应,逢妖遇怪尽都荡平。如今虽然前来,只为有几个妖魔假变了他师徒,前行欺哄人斋供,师父前去迎接,须要盘问他几句。他如答不来,便非真取经僧,必是妖魔变化。"全真说罢,进入廊门,直走宝林寺。见那住持带领寺僧出山门伺候唐长老,他两个把说与前僧的话又讲了与住持听了。住持道:"二位师父,何物妖魔把我僧家作假?"心中一疑,便停住在山门外,等差去寺僧的回信。比丘两个乃进宝林山门,在那殿庑①打坐不提。毕竟唐僧何时方到,且听下回分解。

总批

　　讲道学的,窃孔圣皮毛;习禅和的,窃释迦皮毛;扮全真的,窃老君皮毛:皆一群狮子怪也。安得行者一顿金箍棒打杀!

　　来处来,去处去,是今日假和尚骗施主衣钵,如何试出真僧? 比丘、灵虚大错,唐僧大错,不如孙行者经文一字无也。

---

　　① 殿庑(wǔ)——我国传统建筑屋顶形式之一。由四个倾斜的屋面一条正脊(平脊)和四条斜脊组成。屋角和屋檐向上起翘,屋面略呈弯曲。

第九十回

唐三藏沐浴朝王　司端甫含嗔问道

诗曰：

> 世间哪个是真僧，作像装模孰可凭？
> 识假还须真慧眼，真僧岂在舌唇能？

却说行者他当年走过的乌鸡国宝林寺，一个筋斗就打到寺中，隐着身，看见住持带领众僧同候取经僧长老。走到廊门，又见寺僧奉差远接唐僧，却不知妖魔来历正在何处。行者东走西走，正走到市镇前，见人烟闹热，都传说取经的圣僧已到任界口村里，尚有五十里远。行者听了道："我们住在禅林，离此百里，且师父住下等我回音，如何将次到此？"只得回路找来，果然走了五十里路，一处空野中道，只见人民往来济济。行者摇身一变，就变了个老和尚，上前问那行人，何事来来往往？人人说道："取经的圣僧将到，我们远去观看。"行者道："我师父如何不等我回音，造次行来，就是我的担子谁人挑走？"一面心疑，一面走路。走到前面，果见尘灰腾起，师父柜担飞拥而来，行者看了笑道："果然是妖魔假充我等，便是充别人也罢，老孙可是与你假充的？"把眉一皱，机变就生，走上前，把假变的行者一巴掌打去道："你这个毛头毛脸的和尚。"妖魔怒道："好生无礼，如何打我这一掌？你岂不认得我乃唐僧大徒弟孙行者？"歇下假担子，就来扯着老和尚，行者故意笑道："原来你不是孙行者，我闻得唐僧的徒弟个个见性明心，知微妙识奥理，比如我老和尚打你这一掌，若是真孙行者，便颖悟低头，拜谢我教诲。"妖魔听了乃缩住手，赔个笑脸道："老和尚，你这一巴掌叫做甚奥理？"行者道："这打你，叫做不打你，若是我方才不打你这一掌，乃叫做打你。"妖魔个个听了，齐卸下假担，向老和尚道："长老何处来？请再教诲些奥理。"行者道："我老和尚乃宝林寺差来远探取经唐僧的，往来行人个个都传说真唐僧被妖魔一路来假充，他们欺哄这地方僧尼道俗。如今我寺中住持带领些知奥理僧众要盘问，若是对答不来的，便是假。比如问你可是真唐僧，你道是真的，那住持众僧定指你为假;你若说是假的,那住持众僧方信你是真,更把那假充的来历句句说出,那住持众僧越信你是真实不虚,方才香幡迎接到寺,上奏国王,大设斋供,以礼送过境界。若是装模作样,说是真唐僧取了经文回来,这住持反疑是假,礼貌也疏,迎接也懈,就是到他寺中,斋供也没一点。"妖魔听了各相笑道:"原来禅机微妙,颠倒倒颠,须要识得。我们只装了唐僧模样,若不是这老和尚教诲,却不被人识破?"乃向行者道:"老和尚,你既说是住持差远探的,必须要回复住持,却去说我们是真还是假?"行者道:"如今先问了你,我方去报。且问你挑着经担前来是真孙行者,还是假的?"妖魔道:"我是假的。"行者又问:"这经担却是何物?"妖魔道:"总是假的。"行者道:"你这唐长老、沙僧、白马却是什么假变的?"妖魔难开口说出本来狮毛怪,乃答乱应道:"却是假变假变。"行者听了,把脸一抹,复了本相,掣下妖魔假担子上禅杖,大喝道:"我把你这妖魔如何擅自弄假? 把我师徒变幻。坏我名色! 亵我经文!"抡起禅杖就打,妖魔见是真行者当前,各执了棍棒,劈空就来奔行者。好行者,大显本事,力斗众妖,真是一场好斗。怎见得? 但见:

　　　妖魔恼羞成怒,行者怪恨生嗔。两下里棍棒一时抡,只斗得行者
　威风生猛勇,妖魔怪气化微尘。

行者与妖魔力斗良久,不觉的大恨一声道:"可怪你假变老孙,想我当年,在这界口力战狮魔神通本事,谅你这几个妖精,动了我红炉,把你只当毛发一燎个干净。"众妖听了道:"爷爷呀,这变脸的长老原来是送祖宗的地里鬼。他请了菩萨降服了先代,惹他怎的。且让他过去,再作计较。"化一阵腥风不见。行者笑道:"老孙若穷追你,哪怕你走上焰摩天,也有神通寻你。只如今要回复师父话,打点行程,不得工夫。"说罢,一筋斗打到禅林。只见长老寺僧与地方善信人等知圣僧是真大唐法师取经回还,又恨那妖魔假变圣僧愚诱众僧迎接,乃求唐僧设醮驱灭妖魔。三藏道:"众善信只候我小徒孙悟空一到,自然他驱灭了来。"正才说,行者现身面前,三藏道:"悟空来了,妖魔事怎生探看? 是何物作怪?"行者笑道:"师父,我们只打点前行走路,这妖魔不曾伤害我等体面,只是假我们取经回还,骗哄迎接斋供,倒也起发人物善心。但他以假作真,恐人怀不信,徒弟已设个机变驱逐他了。"三藏道:"徒弟如何驱逐他?"行者笑道:"那妖魔:

　　　作伪且徒劳,我自识颠倒。

　　　　慧剑灭妖魔,尽把腥风扫。"

三藏听得道:"悟空劳动了。"行者又把巴掌打妖魔的话说出与三藏们听,三藏道:"徒弟,这正是道家说的,识得颠倒颠,便是大罗仙。"只见八戒把行者肩上一巴掌,三藏道:"悟能,这是何说? 一个师兄是你打的?"八戒道:"正是不打他,若是师父叫劳动,乃是不劳动。"行者道:"呆子,这是妙法驱逐妖魔,你如何信真?"八戒道:"师兄,你这妙法怎如师父一点志诚取得经文妙法? 不消驱逐,妖魔自远禅林。"僧众听了,齐齐称这位长嘴大耳的长老也会讲经说法,可信真是东土取经圣僧,非比妖魔之假。斋醮毕了,三藏师徒离了普静禅林,往前正路走来。

　　正是景物遐方虽识异,风光到处不差殊。村市人民济济闹热,都来观看中国唐僧,也有夸三藏像貌堂堂,一表非凡的,也有说行者们古怪跷蹊形状的,还有畏怕丑陋的道:"怎么一个好圣僧这般徒弟? 莫不是假变的妖魔?"人动疑畏之心,行者就见貌识情,乃向三藏道:"师父,我老孙看这村市人见我们形貌,若有疑畏,总是那妖魔作伪,动了他们不信,只怕经关过隘要盘诘我等。须是把当年来的关验文引,徒弟到乌鸡国里再倒换了来,方可好行路。"三藏道:"徒弟,我们一路前来地界,都知是取经回还,有何不信? 如今要倒换文引,须要朝谒国王才是。"师徒正说,只见远远一个僧人走近前来,那僧人左看右相,欲言不言。三藏问道:"来的长老有何话说?"僧人方才开口问道:"老爷们可是取经回还的圣僧?"三藏道:"我们正是。长老你从何来? 为甚的左看右相?"僧人道:"我弟子乃宝林寺住持差来远接老爷的,只因人传说有真假两起,故此我弟子看验明白,方敢近接。今看老爷们是真圣僧,且请在驿馆暂住,待弟子报与住持前来迎入寺中。"三藏道:"正是我们也要住在廓外,待沐浴更衣,朝见了国王,方才到寺相谒你住持。且问你如何识我们是真?"僧人答道:"弟子见老爷们挑押的柜担,想必是是经文在内,一见了异香喷鼻,光彩射眼,我弟子信此为真。"三藏合掌称念,寺僧忙礼拜了,回转报与住持,三藏师徒进入一座公馆暂住,按下不提。

　　且说那狮毛精怪被行者打斗败了,化了一阵腥风齐集在公馆厅上,各才计较又要假变唐僧们往前骗哄迎接斋供,只恐禅机对答不来,孙行者又厉害,惹不得。众妖正议,只见三藏们进入厅来,妖魔见那经文柜担,金光灿灿,直逼邪气,哪里存留得住,只得远隐着身形,听唐僧们议论禅机,指望还要仿效。不匡行者进入厅来，闻见腥风，乃把慧眼一观，见了妖魔窃听隐在厅旁，忙掣下禅杖道："妖魔，你想是要老孙教训你两句玄妙禅机，思量去骗人？且叫你试试禅杖！"挥起来向厅旁打去，三藏道："悟空，且打点沐浴更衣，来早朝王。忙忙地且试演武艺，莫要又动了伤生之念。"八戒道："猴精哪里是试武艺，想是空久了的公馆，他在此舞禅杖逼邪哩。"行者笑道："呆子，你哪里知：

　　　　看来都是心间幻，须教打破暗中魔。"

　　且说妖魔不敢复变假唐僧，却又恨孙行者抢禅杖打他各相，计较也弄个机变报行者之仇。听得唐僧来日早要朝王，就假变孙行者走到一个官长门前。这官长位列朝班之上，身居廊庙之中，正直无私，名号司端甫。正当五更，随班待漏，遇着国王免朝，他勒马回第，忽见大门外立着一个毛头毛脸和尚。左右喝他，他大喝一声道："我乃东土取经回还唐僧的大徒弟孙行者，今日到此朝王的，闻知免朝，特来拜谒你官长。如何不行接待？大嗔小喝，甚无宾主之礼，且失敬僧之义，是何道理？"司官长听了道："你既是唐僧的徒弟，如何唐僧不来参谒我官长，却叫你个徒弟前来？自古行客拜坐客，你唐僧师徒前来宾主之礼，我敬僧之义。"妖魔道："我师父乃中国圣僧，你乃外邦官吏，礼当迎接，怎叫我师父拜你？"官长发怒起来，叫左右莫要睬他，鞭马直入公衙。妖魔故意在门前叫骂而去。那官长益动了正直无私之气，写一道疏文，直说我国地邻中华，当宗圣教，西方路远，莫信经文。况自古传来，说他无父无君，我王只当驱逐出境，莫容他入朝。疏上，国王与左右计议，也有说是，也有论非，说是得道伊尹不生于空桑，论非得道地狱专为毁释的设。当时有一个官长，叫做中平公，听得司端甫奏事，乃乘马到来拜谒。两相会面，中平公开口问道："老官长为何上这一章疏？"司端甫说到被唐僧的徒弟登门毁骂，中平公笑道："老官长，我也不管你别事，只说取经的是大唐僧人路过到此，系要与他相接，便会一会，如不相会，便随他过路去吧。那唐僧的徒弟无故岂有毁骂你的？我近听人传说，有几个妖魔假变取经唐僧，诱人斋供，只怕是假，老官长当验其真。"司端甫被中平公几句言语解说，他便想道："东土僧人不过路过此方，我管他是非何用？须是看验真假，且到唐僧住处盘问他一番，如果那孙行者仍前毁慢无礼，当再计较。"乃向中平公道："有如老官长教诲，我与你去探望唐僧，盘问他几句，看那孙行者真假。"当下两个备马，带了跟从，要到公馆中来。

却说三藏沐浴更衣，次早正欲朝王，不意国王挂了免朝牌。师徒计较行路，早有宝林寺住持，带领寺僧前来迎接。那老住持一见了行者，毛骨悚然道："爷爷呀，你真是取经圣僧，当年过此，借我僧房，把铁大棒要打和尚的。"上前礼拜唐僧，便请唐僧到寺安住。三藏忙答礼，与住持叙个寒温。随起身到宝林寺来，众僧都替行者、八戒们把经担挑的挑，抬的抬，一齐搬到大殿中，香花供奉在中。三藏师徒先参拜了圣像，两庑阿罗，次才与住持众僧相拜礼节，只见左庑下两个全真在那里闭目端坐。住持便要开口叫唤。三藏忙止住道："老师，莫要惊动了两位全真。虽说释道异教，却本来同宗。"行者在旁呵呵笑道："师父，只怕他外貌似玄，中心实释。"只见两个全真睁开眼看着三藏大笑道："好个志诚和尚，取得真经来也。"起身向三藏一个稽首，也不存留，往殿门外走出，临去叫一声："孙悟空，妖魔以假混真，须要步步在意。"全真方去，只见寺僧来报官长来谒圣僧，慌得个住持摸摸光头，倒带了僧伽帽，提提衣领，穿不及锦袈裟，跑到山门外迎接。两位官长下了马，走上殿来，便问："东土取经的圣僧何处？"住持答应："殿内安住。"这官长进入殿内，三藏忙下禅床，彼此行了个宾主礼，叙了些客情话。那司端甫两眼直视着行者，若有含怒之色，便开口问道："这位长老莫不就是唐圣僧的高徒？我下官便请教你，这柜担供奉在上的，是取来的经文么？"行者道："正是，正是。"官长道："这经中却是些甚言语？"行者道："都是大人忠君，王爱赤子的言语。"官长笑道："其中没有登门骂人的言语么？"行者道："有，有。"官长大笑起来道："我闻灵山真经，乃见性明心，超凡入圣的道理，怎么有这样说话在内？"行者笑道："大人把这样说话问我老孙，我老孙便说有这样说话在内。"官长怒气越动，乃道："昨日登我门，毁骂我下官，想都是这经内学来的？"行者只听了这句，乃道："大人，怪不得你面有怒色，必是心有不忿，我老孙陪伴师父沐浴更衣，打点朝王，何尝登大人府？又焉敢无因毁骂？"司端甫听了道："小长老，你眼见的不谦恭，向人不称小僧，乃自傲倨呼为老孙，则前情尽假可知。"行者只叫没有此情，便是三藏也解说："小僧这个徒弟，语言虽傲，礼义却知，决无登大人府门作无礼之事。"那中平官长忽然笑道："是了，是了，我闻说有什么妖怪，假说取经僧，莫不是这妖假变，把小长老体面败坏？"行者道："这情理有十分，大人莫要怀恨，待我老孙与你捉了这妖,一则出了你的气,一则明白了我的冤。"两位官长大笑起来道:"若是长老有这样本事,捉得妖魔,我大设斋供奉献,仍备些金缎表礼相酬。"八戒听了道:"不知大人肯备斋供,金缎是我们不爱,便是我小和尚也与你捉了妖魔来。"当下两位官长辞别三藏,更嘱咐行者莫要空言,出了殿门上马,那住持直送出寺外。毕竟行者如何捉怪,且听下回分解。

总批

行者说的都是口头禅,只好哄妖精。

暗中魔三字最妙,能于此中打破,便不须向灵山行处行也。

登门骂人的言语其实都载在经文上,只看今日和尚,便是样子。

虽然今日哄人的遍地皆是,骂人者绝少矣。

第九十一回

说经义解忿救徒　拔毫毛变祆愚怪

话说这青毛狮种遗下的虬毛，本意假变唐僧修善，只因孙行者怪他坏了僧人体面，举禅杖相打，便怀恨起来，遂假变行者，冲犯了司端甫，指望计害他。行者真假不能辨，乃上天下地、出幽入冥、山林草木、飞禽走兽中处处去找寻充他的妖魔。哪里找寻得着？那司端甫终日叫仆从来寺中，以威势喝令住持催促，只要行者捉出妖魔，方消了忿恨。行者没处捉拿这妖魔，自怨力斗之时，与那盘问之会，不曾深究妖魔个来历，被官长催促，不得已乃使个机变，拔了一根毫毛，变了自身，却将绳索捆了，走到司端甫公厅，说捉倒了假行者，特来对质个明白。司端甫听得，忙出厅，见了两个行者，状貌相同，语言一样，一个立在厅上，一个捆在阶下。那立在厅上的却是真行者，捆在阶下的乃是毫毛变的。行者故意说："你这大胆妖魔，如何假变我老孙，冲犯老官长？"毫毛也故意答应道："是你冲犯了官长，怎推是我？"行者故意拿根棍棒照毫毛打去，那毫毛叫："说了吧，是我不该假变你状貌，冲犯了官长。"行者道："我且不打你，你且供是谁？为何变我老孙，使官长怪我？"毫毛乃故意供道：

> "你是谁，我是谁，总是同身共肚皮。你有两耳并双目，我岂无
> 鼻与须眉。你乖巧，我岂痴，休夸富贵笑贫居。堂前你是孙行者，阶
> 下安知不是伊。"

毫毛说罢，行者故意发起怒来道："你看你口口声声还说是我，不肯实供！"只见司官长笑道："长老，我忿恨已解，世间哪有两个？你如今有两个在此，便知你是真，他是假。明明是个妖魔要坏了你名色，你自处他去吧。"行者道："大人纵明白了，只是我老孙怎肯与他干休？"一棍打去，那阶下行者忽然不见。司端甫大笑起来，留行者斋供。行者辞谢道："大人见了明白，我小和尚申了冤，师父望我回话去哩。"辞别出厅，一直回寺，这正是：

> 不将自己谦卑礼，怎释他人忿恨心。

行者设了这个机变，虽然解了司端甫之疑，心里却又恨那妖魔，一心必要找寻出是何精怪。哪里知狮毛妖魔倒也有几分手段，他几个隐着身形，跟着唐僧们到寺来，还想学僧人的盘问对答，思量前途假变，遂他行善功的心肠。却又恼恨行者要驱灭他，不意行者释了官长之疑，又听得八戒说有斋戒也会捉妖，乃相计较道："这长嘴大耳和尚也曾夸嘴，如今且丢开孙行者，把这和尚耍弄他一番，看是他会捉我，还是我们会耍他？"

却说三藏见国王免朝，只得在宝林寺住下，待坐朝还要谒见国王。这地方往来寺中观看圣僧取经回来的纷纷不绝，内中有豪富人家妇女，立心修善，积下的缎帛甚多。他闻得圣僧安住寺中，带领侍儿也来观看，只见唐僧师徒褊衫祆子破旧，便发一点点善心，乃向三藏道："师父们衣破，我愿布施几匹缎帛，与你做件上盖。"三藏道："布施乃女善人功德，只是我出家人远涉道路，有衣遮体御寒便受福无量，若做件新衣穿着，途次不便行走，况缎帛乃蚕吐丝成，非我僧家宜服。"妇女道："师父既不穿缎帛，我家现有织得布匹，取几匹你做件新衣，如途次不便，且安在行里，到寺院更换，有何不可？"三藏道："布施布匹，虽说是你功德，只是尺寸皆女工劳苦，我僧家受了怎消这功德。况出家人有衣在身，又收贮一件在里，也非修行道理。古语说的好：上床脱了袜和鞋，知道明朝来不来。"那妇女见三藏辞谢，乃称道："真是圣僧。"却看八戒身上衣衫更破，说道："小长老，你的祆子如何更破？"八戒笑道："远路挑担，磨破肩袖，又撞着妖魔捆吊扯碎。我师父他便见人却有锦襕袈裟不受布施也罢，我们这破祆子补丁也没一块。女善人布匹，不敢违背师意受你的，若是补丁，领你一两块吧。"妇女道："有，有，送来。"说罢，出山门而去，不知妖魔正在殿旁伺候寻八戒的心事，要捉弄他。却好听得要妇女补丁补祆子，趁八戒走出殿门外，乃变了一个侍儿走近前道："小长老，我娘子说你衣破，可脱了去与你补。"八戒道："善心，善心，只是天寒地冷，身上只有这件衣祆，怎脱得与你去？"侍儿道："小长老何不到我家，换件衣你遮寒，脱下来补？"八戒信真，那侍儿先走，这呆子后跟。妖魔见八戒随来，出了山门，他却寻了一所大空房，引进八戒到里道："小长老，你立在此，我去取件衣来与你换。"乃到后堂，随与众狮毛妖变了几个大汉子走出屋来，见了八戒道："何处和尚？青天白日闯入人家，非奸即贼！"八戒道："我乃过路取经僧人，蒙你女善人怜我衣破，布施补丁，叫我到此来补。"汉子们道："我家哪有妇女？

就是有妇女，也不出闺门到僧寺叫你。看你这个嘴脸，定是不良的和尚，把绳索捆了，送他到地方官长去。"一个汉子道："送甚官长，且取棍棒来，打他一千棒再送他去。"八戒道："列位大哥，委实我和尚有些来历，非不良之僧。你说捆也没干，打一万也禁得，送到官府，只怕还要难为你家。破衲子趁早与我细补，便斋饭不妨摆出来，倒免了你们的晦气。"众汉子道："好大话的和尚，敢在人屋里放刁！"掣出棍棒就打，好八戒拳打脚撑，早夺过一条棍子，与众汉子在屋堂阶大斗起来。吵闹声响，惊动了邻屋人家，左右齐齐来了许多男子，妖魔见势不谐，往屋后进去。众男子见是一个和尚拿着一根棍独自阶前左舞右跳，口里乱嚷乱叫，乃上前叫一声："是哪里和尚，到这空里做甚事？莫不是病疯见鬼？"有的说道："长老是宝林寺殿上挑经的僧。"有的说："哪里是他，那取经圣僧徒弟自尊重在殿上，此莫非是传说的妖魔假变唐僧的徒弟？"八戒道："列位，我实是殿上挑经和尚，被一个侍儿引来，与我补破衲，那侍儿进去了，不知屋里几个汉子走出来，把我当不良的，将棍棒乱打，是我与他们打斗。"众汉子笑道："此乃空闲宅子，哪里有甚侍儿、汉子？"八戒道："方才与我斗，见列位来进屋去了。"众男子扯着八戒走入屋后，都是空屋，哪里有个侍儿、汉子？齐齐把八戒扯着不放道："分明你是个不良，闯入人屋的。"有的说："只恐空屋久闲，有甚邪魅迷哄这长老入来？"有的说："若是寺内取经的圣僧，邪魅安敢犯？"有的说："不如扯他到寺殿，见那老长老自然明白。"众男子扯着八戒出门，恰好遇着比丘僧与灵虚子两个变着两个全真出寺门，长街短巷行走，只为保护经文，要荡涤妖邪。见众男子扯着八戒，乃上前道："列位，此是取经圣僧徒弟，缘何扯着他？"众男子道："他既是圣僧徒弟，如何在人家空闲屋内？不知何事？"比丘把慧眼一观，向灵虚子道："此分明是猪八戒，如何出寺门做此事？"乃问道："长老，你不随师在殿上保守经担，却缘何出来做此事？"八戒把侍儿引来补衲之事说出，灵虚子笑道："是了，是了，谁叫你妄想补衲，误随侍儿，自投痴境，撞着邪妖？你列位同到殿中，见了圣僧自然明白。"全真说罢前去。

　　却说三藏与行者在殿上静坐，眼中忽然不见八戒，说道："悟空，怎么这一会不见悟能？哪里去走？"行者道："徒弟见那妇女要布施缎帛，师父辞谢他时，八戒化他补丁，只恐出山门化补丁去了。"正说间，只见众男子扯着八戒进殿来，把这前因后节说了一番，三藏微微而笑道："列位善人，这分明是我徒弟出门化缘。"众男子道："老师父，若是化缘，怎么闯入人家空闲屋内乱敲乱打，指说无据虚话？"三藏不答，说了四句经语道：

　　"一切有为，如梦泡影，如电如雾，应作是观。"

三藏说罢，众男子齐齐合掌拜谢，称赞而去。八戒忽然起来明白。沙僧道："二哥，你分明被妖魔耍弄，如何不使出你平日神通本事，来捉拿妖魔？"八戒道："我平日的手段不知怎么今日使作不出。"行者笑道："总是你背了师父辞布施之心，化甚补丁，随那侍儿行去，惹了妖魔。"八戒道："似你专惹妖魔，怎么能使神通本事？还要弄个机变心肠？"行者笑道："呆子，我老孙是要拿妖捉怪、保护经文、一片公心，岂是你补祆子一种私意？你不说倒罢了，我如今正要寻那假变我们的妖魔，适间捉弄你的这空屋里侍儿，汉子，一定就是了。"叫声："师父，端正了念头，好生看守经担，徒弟找寻妖魔去也。"随隐着身赶上众男子前去。到那空闲宅内，众男子把屋门关锁各散。行者却变了个八戒，坐在屋槛上，看有甚妖魔。

　　却说众狮妖与八戒打斗，正要齐力把八戒打倒，不意邻众男子来，他却进了屋，隐了形，随到寺殿，听他师徒们说了一番，又要弄个手段。见唐僧念头端正，无因可假，乃复到空屋，见八戒坐在屋槛，笑道："这和尚锁了屋门，出去不得，你看他坐在槛上，没精没神，正好弄他。"仍变了一个侍儿，从屋里走将出来。行者道："好呀，好呀，你叫我来补衣服，如何着人打我？"妖精道："我们进去拿衣服你穿，那是间壁人家的，他怪你进里面来，故此打你。见你说是唐僧的徒弟，因此关了门进去了。"行者道："你方才哪里去了？"妖精道："这里面有一暗门，通着我家，因人多吵闹，我也进去了。如今却来了你补衣服。"行者道："你说取旧衣与我替换。"妖精道："小长老，里边没有替换衣祆，你可忍一时冻，脱将下来，我与你叫娘子去补。"行者机变就生，想道："我正要查他娘子来历。"乃拔根毫毛，变了八戒的样子，自己却变破祆脱下身来。妖怪不知，拿着件破祆在手，看着假八戒道："小长老，你赤精精的不冷么？"毫毛不会答应，只把头摇，那侍儿走入屋内，众妖怪笑道："且先把这和尚冻他一日。"一妖道："莫若扯碎他祆，叫他没的穿回寺。"众妖："有理，有理。"方才要扯，行者道："不好了，老孙的真身怎与他扯？"不觉的现了原身，抢起双拳便打。众妖怪见是孙行者，怕他手段，往前屋就走。那假八戒故意畏寒，赤着身子颤巍巍的。众妖道："孙行者厉害，惹不得，这猪八戒不济，我们且扛了他去。"把个毫毛变的假八戒抬扛飞空走了。行者走出屋来寻妖魔打，哪里有个妖魔？他的假八戒也不知去向。行者心疑，自悔性急，不曾看明是何妖怪，这根毫毛何处去了。只得出了空屋，走回寺殿，见三藏与八戒、沙僧欣欣喜喜，打点行李。行者忙问道："师父守候朝王，怎么打点行李？"三藏道："国王免朝，我们来朝朝门前叩谢，辞了寺众去吧。"行者道："你便去得，我老孙只因找寻妖魔，被他拿我一件宝贝去了，须要寻着妖魔，取将来，方才往前去得。"三藏道："悟空，你金箍棒已缴，紧箍儿已脱，有甚宝贝被妖拿去？"行者道："是件贴身的宝贝，定要寻得。"三藏道："今日虽晚，尚有一夜，你还找寻，不可迟误了。"行者依言道："师父，好生看守经担，我找寻宝贝去也。"说罢，出殿门走去。八戒见行者说寻宝贝出殿，乃与沙僧说道："师弟，你猜行者可是寻宝贝？"沙僧道："大师兄身无私蓄，有甚宝贝？！想是他来时在这国内立下许多拿妖灭怪功劳，有甚地方请他吃顿私自斋饭，假推不见宝贝，要挨一日。"八戒道："是了，三弟可好生看守我的经担，待我尾着猴精之后，看他那家去吃私房斋？"悄悄地瞒着三藏，走出殿门，远远月影之下，见行者东张西望，坐在一座石桥栏杆之上。八戒弄个神通，把蒲扇大耳掀起来，听那行者可说甚言语。果然。行者独坐在桥栏，自嗟自叹，思想毫毛不知被妖怪摄在何处。八戒捏个《顺风诀》，听他说道：

> "我体天地生，精华日月照。
>
> 周身备万毛，一灵通九窍。
>
> 谁非血脉荣，皆是皮肤貌。
>
> 只为诳妖魔，将伊来拔掉。
>
> 来时夸伊神，去来称你妙。
>
> 懊恨强中手，不知何怪捞。
>
> 一毛虽是轻，怎肯舍得耗。"

八戒捏了《顺风诀》，把行者嗟叹之言字字听了，笑道："这猴精原来把一根毛儿当宝贝，舍不得。且再看他动身到何处找去。要知行者寻着毫毛，且听下回分解。

总批

　　八戒往日被吃饭着魔，今日又为穿衣着魔，想出家做和尚只有这两件要紧。友以笑曰："和尚更有要紧的哩。"余应之曰："已跳出高老庄矣，此二者亦是没奈何，拿他出气耳。"

第九十二回

神王举火燎狮毛　猎户疑僧藏兔子

诗曰：

> 万种妖魔万种凶，尽从客感凿天真。
>
> 无边孽障由烦恼，有碍虚灵是妄嗔。
>
> 剪灭直须操慧剑，行持切莫入迷津。
>
> 生人识得玄中理，万劫常存不坏身。

话表众狮毛妖魔怕行者神通广大，本事高强，不敢与他斗，出到屋前，把八戒扛去。到一处空山谷内，忙将绳捆了，把大棍乱打，问道："你这长嘴大耳和尚，向人夸说会捉妖魔，如何被我们捉来？补丁斋饭且从容，等捆着打一千棍再奉敬你。"这毫毛变的假八戒不会说话，只是点头。妖魔正疑，说："怎么这等一个痴和尚，莫不是孙行者弄的神通？也罢，便是假弄，且打他一千棍再作计较。"不知这假八戒乃是行者法身一体，行者坐在桥栏上，无处寻妖？忽然身上打个寒噤，如棒打一般疼痛起来，急躁地自嗟自叹："我老孙也是个伶俐的，怎么把根毫毛失落，不知项下？多管是妖魔拿了去打哩。"心里恼恨错变了八戒。那八戒远远看行者坐在桥栏上，身也不动，他只得立在远等，忽然也觉满身如棍打之痛，正在疑心不提。

却说比丘僧与灵虚子复了原身，往来寺前巡游。月明之下，见行者坐在桥栏，又见八戒远远立着，比丘僧乃向灵虚子道："师兄你看行者、八戒两个，远远各坐立在明月之下，是何缘故？"灵虚子答道："正是，他两个不坐殿上伴唐僧守经担，到此闲坐远立，必有甚故。师兄可去探孙行者，我去探八戒。"比丘僧道："夜静月明，我两个无因去问。"灵虚子道："须是作个有情去探。"比丘僧说："变化有情，不如直以灵山原来状貌，我与师兄分头去问吧。"比丘僧走到石桥边，见行者自嗟自叹，乃上前道："孙悟空，你不打点行李，随师朝王前去，却在石桥适情玩月。自叹自嗟，莫非是学了你师，动了唐人风韵？"行者看见便认得是比丘僧，乃答道："吾师何来？

我老孙那里是适情玩月，乃是被妖魔抢我一件宝贝去了，没处找寻，在此自嗟自叹。"比丘僧笑道："你我出家人，视身外之物有如浮云，什么宝贝动了不舍之情？"行者把身上一指道："我老孙的一身宝贝多着哩。"比丘听见，笑道："谁叫你使机心，把他变化八戒，被妖怪捆去了？便弃了它，这想也值不多。"行者道："一毫弃不得，弃了不为完身。若是找寻妖魔不着，不得这宝贝，怎肯挑经担打点行程？"比丘见行者说出不肯挑经担，忙扣着行者之口道："悟空，切莫动不挑经担之心，只恐此心又生出妖魔，你找寻不着妖怪，何不把慧眼远观？"行者道："正为少了这一根宝贝，不为全体，慧眼便照不出。"比丘僧道："此实不虚，待我与你观看。"把眼四方一看，笑道："那远远山谷之中，妖魔正在那里打你的宝贝。"行者听得恨了一声说："怪道身上疼痛，原来这段情由。"他也不辞谢比丘，一个筋斗直打到山谷前。这众毛妖知行者神通，已先把谷门紧闭，牢加扃固，真是风也难入。行者到得洞前，但听得谷内棍棒之声，千方百计不能入去，变个蠛芒虫儿①，又被妖怪识破，真无奈何。

且说灵虚子走到八戒面前道："八戒，你不随师打点行程，在此处作何事？"八戒看了灵虚子一眼道："老道长，我有些眼熟，想曾在哪里会过面？"灵虚子笑道："八戒，你岂不知，既在佛会下，都是有缘人？"八戒说："我只因孙行者失落宝贝，出来找寻，随他玩玩月。"灵虚子笑道："你非此心，孙行者有何宝贝？多管是瞒你去吃晚斋。"八戒道："正是，正是。你这道长见得透。"抬起头来不见了行者，八戒道："都是与你讲话，把个行者走了。"灵虚子把慧眼四望，见行者在山谷前，乃向八戒说："你师兄在那远山前人家吃晚斋哩。"八戒听得，哪里答话，飞走去了。灵虚子走近石桥，见比丘坐在石栏，两个说出这段情由。比丘道："孙行者动辄拔毛变幻，这会被妖魔把毫毛捞去，恐伤完体，定要寻着不肯挑担动身，如之奈何？"灵虚子道："师兄，我与你须是远远看他收复这根毫毛，若是收复不得，必要助他些法力。"两个远远望着行者在那谷口无计入去，却好八戒走到面前，见了行者笑道："夜晚间便不吃这顿斋也罢，守着人家谷门，想是化缘？"行者道："呆子，都是为你寻妖失落宝贝！已知下落，在此谷内，无奈妖魔把谷口牢闭，我千方百计不能得入。"八戒道："你平日机变神通

---

①　蠛（miè）芒虫儿——虫名。

何处去了？"行者道："正为少了这件宝贝，变化不来。"八戒道："你休瞒我，不过是一根毫毛，我八戒身上也有许多，曾在前林变过，如今拔根赔你。去吧，天早师父辞朝前走赶程。"行者道："八戒，你的毫毛也曾变幻，我倒忘了，如今说不得借你变化个神通本事，打开谷门，收了我的毫毛去罢。"八戒道："拔甚毫毛？再被妖魔捞去，连我也弄做个不全的。我与你使出些大力来，把谷门打将进去吧。"八戒说了，使出一臂法力，把个山谷打的七零八落。那众毛妖正把棍棒打假八戒，见了真真行者、八戒进谷，把假八戒依旧一齐扛了飞空远去。行者与八戒也腾空追赶，这妖魔分了几个拦住空中，与行者们抢拳敌打，分了几个依旧仍回山谷，把谷门将石垒得坚固。行者、八戒被这妖魔使了个乜斜斗打，敌一回又走一回，两个无奈，又恐天明师父打点起身，甚是躁急。

　　却说比丘僧两个在桥栏望空，见行者不能收复他毫毛，又没本事捉拿妖魔，天渐明亮，只得把木鱼梆子敲了几声，惊动了报事使者，顷刻驾云到了石桥之前。见了比丘两个，备知其情，即赴灵山报知神王，神王把慧眼通观，笑道："谁叫孙行者使心机变，动辄拔毛弄假！你有毛拔，魔岂无毛？这种根因，必要消除了他的，方才显出唐僧的志诚，取了真经回国。"叫使者探看这是什么妖魔，使者禀道："小圣已探看妖魔，乃当年青毛狮子遗下虱毛作怪。"神王道："原来这个情节，待我去收服了他来。"神王方才出了雷音寺殿门，只见廊下一个狮子在那里蹲卧着，神王一见笑道："你不随师菩萨，却在此卧。"那狮以爪搜毛，神王道："正是你这搜下虱毛，拦阻了经僧，可急收服了来。"神王说罢，那狮化一道金光不见。神王驾云到了宝林寺前，果见行者与八戒和妖魔斗打，不分胜败，神王帮助行者神威，口中喷出真火，妖魔见了心中惧怕，逃走到谷口。这里齐齐赶来，妖魔无计脱身，被神王一火焚烧。那火焰延入谷内，正要将众妖俱焚，却好行者进谷，见了他毫毛，急收上身，忽然空中一个青毛狮子，把身一抖，那虱毛收上身去，山谷妖魔尽灭。行者方才称谢神王。神王说："悟空，你那根毫毛，动辄拔下假变，故有此狮毛弄你根因，本当也焚了你这根毛，只怕伤了你毫毛，不成完体，以后须戒了拔毛机变，勿损了你师父取经志诚。"行者道："谨戒，谨戒。"八戒道："神王，我老猪忠厚老实问你一声，过了此处，可有甚妖魔了？"神王笑道："你只仗着忠厚老实，哪里有甚妖魔？只怕你贪嗔走入痴途，难免邪气不着。"神王说了，驾云而去。行者与八

戒方才走回宝林寺,只听得殿上:

> 钟鸣鼓响众僧齐,正是焚修功课时。

> 东土取经唐长老,这回打点别乌鸡。

　　行者、八戒走入殿中,三藏见了道:"你两个何处闲行? 叫我系心半夜。"行者道:"师父,徒弟们找寻宝贝,今已寻得,你莫要又说系心,若系心半夜,我老孙晓得,又要被系心妖魔作弄了。"三藏道:"你宝既得,我们趁早国门外朝王,辞了寺众,前行去吧。"当下师徒走到国门外,望上朝参回寺,别了主持。众僧香幡送唐僧出得东郭门。

　　师徒四个,连马五口,离了众僧,晓行夜宿,行够多时,到了一处地界。三藏押着马垛道:"徒弟们,我等离了乌鸡国,走了这些时平坦大路,心下宽舒。今日多赶了途程,身体有些疲倦,你看哪里有甚庵观寺院人家,借寓一日,再趱路前行。"行者道:"师父,你说心下宽舒,便有个怠慢的志念,这身体疲倦,便是一种妖魔弄你。"三藏道:"徒弟,你这话虽也在道,但是宽舒比那忧愁不同。"行者笑道:"师父,我徒弟还说忧愁胜似宽舒。"八戒听得道:"真个走得远了,身体十分疲倦,要宽舒宽舒,方才免得忧愁。"把经担歇在个深树林间,便扯着马垛,解下柜子道:"我们要宽舒,把马也歇他一会。"师徒正才歇下担子,只见后边来了一簇人马。三藏回头一看,只见:

> 尘埃腾涌,声势鸥张;尘埃腾涌乱飞扬,声势鸥张①人气旺。唐
> 僧心胆怯,八戒念头慌,沙僧疑惑怪非常,只有悟空孙行者,抬头望,
> 意思想,不是猎人来赶兽,便是妖魔追长老,下顾美猴王。

　　三藏见了,慌张起来道:"徒弟们,方才只该努力上前走路,都是悟能要宽舒,歇下担子。"八戒道:"却是师父叫身体疲倦,寻寺观人家安歇,如何怪我徒弟?"沙僧说:"寺院人家便有个着落,如今在这深树林间,万一是剪径强人,看见了我们经担,当作货物来,却如之奈何?"行者笑道:"师弟,你好脓包,妖魔来老孙也不怕,便是强盗又何足畏? 你我且把马匹柜担安在一处,掣下禅杖在手,若是强盗,大家齐力保护,不可怠慢。"八戒、沙僧依言,各掣下禅杖,坐在林间,三藏只合掌念佛。行者道:"师父,逢善人该念佛,只怕是恶人来,他哪里信你。"三藏道:"徒弟,你哪里知道,你们拿着禅杖,思量要打,万一打杀了人,伤生害命,不当人子,不如我念

---

① 鸥(ōu)张——鸥,鹚鹰。鸥张指嚣张,凶猛,像鸥鸟展开翅膀一样。

佛,暗中自能解冤化恶。"师徒说话未了,那人马走到林前,问道:"长老们,你可曾藏了我们的兔子?"三藏看那起人:

架鹰随韩卢,骑马操弓弩。

不是劫掳人,一行游猎户。

三藏见了,方才放心道:"列位,我们出家人如何藏你兔子?"那猎人道:"我们赶得两只兔子,分明跑到这林间,如何不见? 那前途左山右冈,我们都有鹰犬把定,必然是你们藏了。你说出家人不藏,我道你们往往讲慈悲,说方便,每每劝人放生,岂有见兔子被赶得慌张不救它的? 若还藏了,必须要还我。"三藏道:"列位善人,其实小僧们见也未曾,如何藏你的?"猎人道:"你称我们善人,我打猎的心肠,恨不得猎尽麇獐鹿兔,你把这二字称我,分明是藏了兔子,故意支吾。看你这些柜担,定是藏在里边,急早开了我看。如果没有在内,便罢。"三藏道:"列位,这柜担开不得,我乃东土僧人,奉唐主命,上灵山取的经文,上有皇封,扃固甚密。"猎人道:"我们只要搜寻兔子,哪里管什么封皮扃固。"一齐便要把柜担打开,七手八脚,人又众多,三藏哪里分辩得来? 乃向行者道:"悟空,这却如何处?"行者道:"师父,若是老孙使个机变,何怕他一千个猎人,哪个敢动我们柜担! 只因一毛儿不敢再拔,禅杖子又不敢动手,动了禅杖打出人命来,你老人家又咕咕哝哝,说损了阴骘。你问八戒,看他怎个主意?"三藏乃向八戒说:"悟能,这众人要开经担搜兔子,你计将何出?"八戒道:"我老老实实开与他看,中间没有兔子,难道强问我要?"三藏:"柜担一开,只恐前途风雨差失。万万开不得! 你且再想个计策。"八戒道:"悟空又不肯设计,我也没法,师父可问沙僧。"沙僧道:"我越没有主意,唯有个恭敬心肠,保护着经担,决不肯与众人开看。"三藏听得,心内益慌,只是合掌称念如来,向众猎户道:"列位善人,其实小僧们不曾藏你兔子。且问你,这兔子值多少钱钞? 小僧情愿脱下衣衫陪你兔价。"众人哪里肯,三藏没奈何,向行者道:"悟空,还是你作个法处。"行者道:"师父,必要徒弟设法,须使机心,你老人家可肯容我?"三藏道:"徒弟,正为你行行步步使机心,便亵渎真经,到处遇着这样妖魔留难,如今说不得了,凭你吧。只要保全柜担,不把众人拆动封皮。"行者道:"师父既叫我使机心,便打杀了几个猎户,也无碍。"乃论起禅杖,向众猎户说:"你们倚着人众势强,冤赖我僧家藏你兔子,定要开我经担,我如今弟兄三个,只有这三条禅杖,你若打得过,我便让你开担子,若是打不过我三个和尚,休要悔懊。俗语说的留情不举手,举手不留情。"众猎户听了大怒,赶来说道:"那老和尚合掌善求我们,情义尚可原容,你这三个小和尚,拿着棍棒三根,讲说打斗,便非良善。我们生长在这地方,你一个过路的,要与我们打斗,你可知俗语强龙不压地头蛇?"猎人说罢,便挽起弓弩,连发了三枝箭来。行者眼快,把禅杖连打落在地,吓得个三藏道:"徒弟们,不好了,俗语说的明枪易躲,暗箭难防,他人众弩多,方才还是留情的三箭,若乱射来,你们怎挡它?"这长老惊惊战战,只是合掌称念。毕竟怎生解散?且听下回分解。

总批

　　青狮石猴同一毛类,尚且各各成佛,多少披人皮的反不如他,真可叹也。

　　脱去皮毛,方见本性,连行者毫毛都焚了的为是。

第九十三回

假变无常惊猎户　借居兰若诱尼僧

　　话说比丘僧两个,坐在石栏,见孙行者得神王法力,复了毫毛回寺,与三藏别了乌鸡国僧寺前行,他两个欣欣喜喜,木鱼声送经灵感。又见唐僧师徒前行,一路坦然大路,正才走到唐僧路前,回头一望,见他师徒歇在林间,与一簇人马争打。比丘僧向灵虚子道:"师兄,你看唐僧在后边,又遇着妖魔了。"灵虚子道:"我与他暗去探看,是何物妖魔?"比丘僧说:"正是暗去方妥,若是显去,那孙行者伶俐,知道我与你,便要推托在我们身上。"乃隐着身形,走到树林,见是猎人要搜兔子、开经担与行者争打这段情节,又见猎人挽弓放箭,三藏心慌。灵虚子道:"师兄,解此争斗不难。"乃向树林上摘了两叶,叫声"变",顷刻变了两只兔子,在那树林根下穴中钻出。猎人见了,齐声叫:"莫要动弩,冤了这长老们,是我等理屈。"众人齐去逐兔,那兔子飞走,往山冈远去。这众人驾马发弩,飞鹰放犬,竟去追那兔子。三藏乃叫:"徒弟们,众猎户见了兔子,除了疑心,息了忿争,前去追赶。我等免了这冤孽,趁早挑着担子走吧。"八戒、沙僧听了,忙挑起经担说:"走路,走路,莫要又说劳倦歇息,动了这懒惰之心,便惹了妖魔怠慢。"行者说:"呆子,你便怕惹妖魔,我老孙恼他赖我们偷藏兔子,又倚众恃强,张弓挽弩把箭来射,到亏老孙武艺精熟,把禅杖打落他箭。若是武艺不精,必遭他射,这会他有了兔子去追赶,待我叫他赶个落空,还吃我个惊骇。"三藏道:"悟空,那猎人如何吃你个惊骇?"行者道:"只因师父被他们惊骇了这半晌,徒弟却要替师父还他个报复,叫他也吃吓一会。"三藏只叫:"罢休,挑经担走路,莫要又动机心。"这行者哪里肯罢,虽依师父挑起担子,随着八戒们前行。走了二三十里路途,忽然丢了担子,一个筋斗依旧打回深树林间。只见那众猎人追赶兔子,不知那兔子原是枯叶变的,走过山坡复了原形,没处寻觅,正在那里东找西寻。忽然林里蹿出一只金睛白额虎来,众猎人见了,全不惊骇,齐齐笑道:"好买卖,捉兔子不着,却撞着你这孽障。"齐架起弓弩,搭上箭,正要望虎射去,内中一个猎人道:"先讲明了,打得这只虎如何分?"一个道:"我要肉吃腹饱。"一个道:"我要骨医手足。"一个道:"我要须好剔牙。"一个道:"我要皮当作裈。"行者听了要走,又怕他们追来放箭,要上前又见他们不怕,把钢叉来戳,正悔懊说:"今日这机心使拙了,万一乱箭射来,如之奈何? 打个筋斗走路,又损了平日之名。"只听那猎人说:"莫放箭射破了皮,做不得坐裈。"行者把慧眼一看,原来是灵虚子,见孙行者变假虎吓猎人,他见猎人不怕,反要张弓射箭,见行者没个计策,乃变个猎人杂在众中来护救。众人听得说射破了皮,齐执着棍棒来打,灵虚子高声叫道:"张大哥,莫要装假了,我们要放箭了。"行者听得,猛想起个法,把身子一直起来,原来是一张虎皮盖着一个汉子。众猎人一齐笑将起来,往山冈头去了。行者自嗟自叹道:"本意来替师父报个惊骇之仇,谁知这伙猎人见虎不畏,反要来射,不亏那救护的道人提明,我老孙几被他伤损法身。如今欲回去挑经担,师父必然问我如何惊骇猎人,我老孙若说个慌,又欺了师父,若直言无隐,却被八戒、沙僧耻笑。如今一不做,二不休,必须把这起猎人定要惊他一场,方好回去见师父。"

行者想了一会,设个什么计较方才惊骇得这伙人? 乃想起打猎是伤生害命的事,幽冥必有鬼责。乃变一个无常人,手执着文簿,走到山冈,只见那猎人射了一会猎,齐歇在林间,行者故意执着文簿,坐在地下,那猎人见了这个汉子,似个公门中人,手执着文册,乃问道:"长官是哪个衙门公差? 手中票子何事?"行者道:"我是勾拘作恶的。"猎人问道:"我这地方哪个作恶?"行者道:"无故伤生害命,游闲打猎,这便是恶人。"猎人笑道:"取诸山林,不伤国课,借以资生,怎叫为恶?"行者道:"你便说不为恶,我冥冥之中却怪你这宗事,伤禽兽性命,差我来勾捉他。"猎人只听了这句话,个个毛骨悚然,大惊道:"公差,借你文策我们一看。"行者道:"这是秘密牌票,如何与你看得?"行者见众猎惊骇,他心既遂,乃往山冈下飞走。众猎放马赶来,哪里赶得去? 个个称异回家,不敢打猎。却说行者遂了机心,正要打筋斗回见师父,只见比丘僧与灵虚子坐在山冈上,见了行者说:"孙悟空,好个替师父报仇,惊那猎人,不是我提明解救,已被强弩先自惊了一番也。"行者称谢道:"二位师父,你前前后后多有劳扶持,请问你何处去?"比丘僧笑道:"悟空,我问你,劳劳碌碌,不跟着师父一样志诚,着甚来? 你师父在前,等你挑担赶路,快去! 快去! 我两个是到东土公干,你休问我。"行者听了,笑了一声,一个筋斗打到三藏面前,三藏见了行者道:"悟空,你忽然丢下担子,又去哪里,想是要惊害那伙猎人,你怎生样惊害他?"行者乃把虎的情由说出来,八戒笑道:"猴精,你哪里知虎见猎人反惊,未曾吓人倒被人吓了,这机变何用?"行者又把变公差勾恶人话说出,三藏道:"徒弟,你只惊人,不独打猎的,但凡为恶的都要惊心,只是你每每动了凶心,切莫将禅杖胡乱打人,恐被无常勾你。"行者笑道:"师父,你岂不知我老孙:

　　　　自从花果做猴王,游遍天宫地狱堂。

　　　　拔去轮回生死籍,万年再不遇无常。"

行者说罢,挑起经担往前飞走,八戒道:"师父,你看这猴精,遂了心意,打起精神,你便飞走,我们等了这半晌,肚中饥饿难行,看哪里有人家,去化一顿斋,吃饱再走。"行者道:"此处都是山路崎岖,除非过了这山方才有人家。"三藏抬头一望,果然高山在前,乃叫道:"悟空,似这等高山,肠中空虚,哪有精力行走? 我跟马垛尚难,你们挑担费力,怎生走得?"行者道:"师父,此山不见甚高,还有高的在前,你且上那高处一望便知。"三藏只得打起精力,上得高山,望前边山路,果然比这山更高。但见:

　　　　崔嵬①上接九天,峻峭遥瞻四野。朝见云封山阜,夕观日挂颠
　　峦。丹崖怪石傍星宸,奇峰削壁冲霄汉。红尘不上雁难过,白雾横空
　　人迹罕。

　　三藏见这高山连接,径道崎岖,道:"徒弟们,当年我们来时,我亏骑着马,你们不过肩担些微行李,不似而今重担,委实难行。托愿经力,不遇虎狼,不遭妖孽,得到前平坦之处就好了。便是饥饿,也只得忍耐。"行者道:"师父,你来时应有灾难,处处高山峻岭,故遇妖魔;如今仰仗真经,果是遇险不险,只要你坚持了正念,不日可到家乡。"三藏道:"徒弟,你叫我坚持正念,真实不虚,只是你也要莫使机心,自然功成行满。"行者笑道:"师父,我徒弟机心乃遇着妖魔不得不使,如今路已渐渐东来,这几根毫毛已戒了,不拔就是,机心也使的不灵,老孙只好做个听使人员。倘得顺意,把经文送上东土,好好西还,把一切机心尽还本等。"三藏说:"正是,正是。"只见八戒没好没气地说:"饥了肚子,苦了脚跟,历着肩头,且说闲

——————————————

　　① 崔嵬(wéi)——高耸的样子。

话！快快地把这高山走下去,看是何处? 可有人家化些斋饭充机可不是好?"三藏道:"悟能,你不必使性子,饥乃大家饥。"行者道:"呆子没理,有谁偏你饱腹? 你使这急性,只怕又要撞着不相应的妖魔,连累我老孙。"八戒道:"若是怨我性急,遇着妖魔,便是我去打斗,料九齿钉耙久不在手,这条挑经担禅杖也随身用熟。"三藏道:"悟能你一个性急心肠,怕动妖魔,却又提起钉耙,动了那伤生无明之念,只恐又要有些怪气。"

正才讲说,只见山脚下卷起一阵狂风,忽然山顶上乌云笼罩,三藏道:"徒弟们,都是悟能性急,没好没气的,你看那风起云兴,定有雨落,你们可快些走下山冈,寻个安歇处。"行者道:"师父,那山脚下是座茅庵,我们去借歇,但不知是僧庵? 道院?"八戒道:"多管是座尼庵。"沙僧道:"若是尼庵,只怕又不容我们僧家借寓。"行者道:"这有何害? 况风雨暴至,出家人岂无方便? 且我们经文到此,纵是尼僧,必须致敬。"乃急奔到庵前,见山门掩闭,行者歇下担子敲门。只听得里面有人问道:"敲门是谁?"行者答道:"是我们过路僧人,偶遇风云忽起,只恐暴雨将来,暂借庵中一避。"只见里面答道:"我这庵内乃是尼僧,安遇不便,再过半里,就有客店人家,何不到那里住宿?"三藏道:"悟空,若是半里之遥,我们趁雨未落,赶过山去,寻个客店人家,委实方便。"行者道:"国外荒野,说半里就有几里,万一走不到,风雨来落,且不要说湿了衣服,只怕雨下了连经文也要损坏,如之奈何? 待我探看个远近。"跳在半空,把手搭个篷儿一望,哪里有人家客店? 乃下地与三藏说:"前面十余里已被阴云遮掩难看,近处那有客店? 多管是尼僧愚哄我,我走到前面,难复回转。如今风雨将至,庵门牢闭不开,徒弟原意不使机心,八戒曾说撞着不相应的,他去打斗,如今遇着尼僧不相应,当去设法叫他开门。"八戒道:"我原说遇着妖魔去打斗,此系尼僧不开庵门,还借重师兄做个主意。"行者笑道:"遇此地方,不得不使个机心,又怕师父嗔怪。"三藏道:"悟空,我岂是嗔怪你,倒是我先动了嗔怪,如今凭你吧。"行者见雨将至,只得把庵门又敲,说:"女菩萨,快开门,我们是过路的比丘尼,到前路人家客店借寓不便,故此特来投托。"庵里听得是比丘尼,忙来开门,行者却把脸一抹,宛然变得一个尼僧,忙叫八戒、沙僧快也变了面貌,沙僧却变的与行者一般,八戒左变右变,只因他性急动了无明心肠,故此变不来。恰好门开,两个尼僧一个年老,一个年少,走将出堂,见行者果是尼僧,乃迎入庵堂,彼此叙礼,只见门外挑了经担,押着柜子,进入庵门。尼僧一见是两个男僧在内,便问道:"女师父如何同着男僧一起? 甚不雅观。"行者道:"二位师父,你不知我们从灵山下来,你这地方分个男女,我那里未入禅门披剃称为优婆塞同着优婆夷,既入禅门披剃了,就称比丘僧与比丘尼,同寓修行,何有嫌忌? 有问师父,但问你的修行功德,莫要猜疑同行男女。实不瞒你,这两个是男僧,我与这个是女。"尼僧听了,忙邀行者、沙僧入堂后屋,却把三藏、八戒安住在前堂,把经担供奉堂上。三藏焚香礼拜毕,只见老尼出堂来道:"老师父,风雨落了,切莫开门,怕有击门的,只说是过路的女僧,若说了是男僧,只怕惹动妖魔来闹。"三藏听了道:"女师父,你这清净兰若有甚妖魔?"尼僧说:"老师父你不知,我这方一向不闻有甚妖魔,只因我收了一个徒弟,削发在此出家,不知是哪个村乡山精水怪,天晴不来,只等风雨晦冥,便有三五成群,提壶携盒,到此堂中,要我这徒弟陪伴他们畅饮,幸喜大家相制,丝毫不以邪乱侵犯。就是我们,俱以清白自守,誓为生死出家。若说是女僧倒罢了,只怕进门见你两个男僧,生他的嗔怪。"三藏听了道:"女师父,为何天晴这妖魔不来?"尼僧说:"天晴行走人多,妖魔说是不便。"八戒听了道:"师父,这妖魔既是风雨前来,我们替你查他个来历,与你们除了,叫他不论阴晴,永远不来!"尼僧说:"可知好哩,我徒弟深恶他来吵闹,回家请了他一个法师,书符念咒,也遣不得他,还齐把法师打个不活。"八戒道:"女师父,你放心,我们有手段,你且进去收拾碗斋饭我们吃了,好与你打妖魔。"尼僧进屋,那小尼僧早已把这情节说与行者知道,又听得老尼说前堂长老要与他驱除妖魔,乃向沙僧悄语低言道:"八戒原说撞着妖魔,他去打斗,我老孙且安静一时看。"乃向老尼榻上一觉困着,那尼僧打点了些便斋,叫起行者来吃。行者吃了,又去卧。尼僧道:"可怜不曾出外走远路的女僧,受不得辛苦。"反将棉絮与行者盖身,沙僧也在旁困了。毕竟八戒怎样去除妖魔,且听下回分解。

总批

变虎变无常惊吓猎人,什么来头? 总是一副猴子伎俩耳。

三五成群,提壶挈盒,与小尼畅饮,又是雨天,却云清白自守,谁人肯信? 此等举动,所以恐被男僧看破也。今之尼庵又好招架和尚矣。一笑。

第九十四回

显法力八戒降假妖　变尼僧悟空明正道

　　话说这一行来吵尼僧的哪里是妖魔，乃是远村近里强梁恶少，看见这庵尼僧姿色，相聚来酒食畅饮，假装妖魔，吓这庵众。岂知这一行人心术不端，自有报应。这日风雨，天晚齐来敲门，八戒听了，乃问道："敲门的是谁？"门外答道："是我等魔王嬉游在此。"八戒道："有我们过路的尼僧在此借寓，任你什么魔王，决不开门。"那恶少们便假作妖魔威势，在门外放火弄烟，说："既是过路的尼僧，我魔王们正要赏鉴，作速开门！"三藏忙起来，向门缝里偷看，只见这起人放火弄烟，面上搽得花一道红一道，忙向八戒道："徒弟，开了门放他入来罢，果然是些妖魔，你若不开门，他弄起神通，于我们不便。"八戒听了，摸了禅杖在手，开了庵门，大喝一声："哪里妖魔？敢到此尼庵作怪！"这恶少都是有膂力①，会武艺的。一开了门，见是一个长嘴大耳和尚，反当做妖魔。见八戒手拿禅杖，夺将过去，一拥入门，八戒措手不及，倒被恶少们你扯我揪，捉拿而去。走到一所空闲大屋，把八戒捆翻在地道："你是哪里的豕精？敢入尼庵！倒把我们作为妖怪？"八戒道："我乃东土取经的圣僧第二个徒弟，你们是人是怪？早早报个明白，免得我们使出打妖灭怪手段。叫你玉石不分！"那恶少笑道："看你这模样，分明是怪。既已被我拿捉到此，有甚手段，说什么取经圣僧！"执起抢的禅杖便打。好八戒，弄个大力神通，双手把大屋的柱梁一拔，那屋瓦皆震，吓得众恶少齐奔出屋。八戒拔下一根柱子，打出屋来，这众少却也强梁，各执着棍棒，与八戒斗出屋外。那风雨已止，明月当空。八戒与众恶少打斗，被八戒大木柱梁打伤了四五个，只剩了两个，见八戒英雄猛力，跪倒在地道："爷爷呀，我等哪里是妖魔，乃是村乡少年，只因好嬉游，常于阴雨到尼庵耍乐。恐尼僧拒绝，故假装妖魔吓他。不匡立心不正，今日撞见爷爷，拿我们当真妖魔打伤，虽是自取，其实冤枉，望爷爷饶

_____

　　① 膂（lǚ）力——体力，力气。

命。"八戒道："你这一班恶人，虽说不是妖魔，每每装妖做怪，去唬吓拐骗尼僧，做那些淫秽之事，就要算做真正妖魔了，怎么反说不是？"众恶少道："爷爷呀，若论起行事来，我们这班人实实俱妖魔，但从本来分别，人自人，妖魔自妖魔，还望大力爷爷留情。"八戒道："既要我留情饶你们打，我肚里饿了，快去多煮些饭，饱斋我一顿，我方才饶你去哩；若吃得不快活，便一个个多要打死。"众恶少听了，无可奈何，只得忍着痛，叫家里做饭去了不提。

却说三藏见八戒开了门去追打妖魔去了，一夜不回，到了天明，放心不下，因叫行者道："八戒去追打妖魔，为何不来？莫非转被妖魔弄倒？你须去寻寻方好。"行者领了师父之命，沿路寻来，东寻也不见，西寻也不见，寻了半日，了无踪影。忽寻到一座山下，见一个樵子斫柴，因问他道："你这山上可有妖怪？"那樵子答道：

> "我这山中平好，不容虎豹安巢。晨昏只是斫柴烧，要寻妖魔那
> 讨？"

行者听了山上无妖，辞了樵夫，又走到水边，见一个溪人钓鱼，因问他道："你这水中可有妖怪？"那溪翁答道：

> "我这溪流安静，鱼虾逐水随波。早来把钓且无多，不识妖魔谁
> 个。"

行者听了溪水无妖，辞了渔人，往那前边深林走去，到有十余里路，只见两个婆子在井上汲水，对面儿讲话。行者思想道："我若上前去问，又恐怕他把我当怪，且隐着身，听他却说甚话。"走近前，只听得一个婆子说道："我家恶少装妖作怪，惹了妖怪，打伤了。"一个道："我家的倚强，惹了和尚，虽未打伤，却要斋饭吃了才饶。"两婆子讲说，行者虽知了些根由，尚不得明白，却好又一个老汉子提着水桶前来汲水，口里骂着；"游荡的好！撞着冤孽，打的好！"行者见这老汉待婆子汲水去了，把脸一抹，变了一个小和尚，现了身，向前望着老汉道："老善人，稽首了。"那老汉忙答礼道："长老，化缘尚早。你可到那前边树里大房屋前候着，略停一停，有斋僧的饭食可以布施你。"行者道："老善人，我和尚不是化你的缘，乃是找寻妖魔的。"老汉听了笑道："青天白日，哪里有甚妖魔？若是要寻假妖魔，到有四五个被人打伤了，今还要贴他一顿斋饭吃去哩。"行者问道："老善人，怎叫做假妖魔？"老汉道："长老，你不知，我这村里有六七个少年，自

恃强梁,日逐相聚游乐,看见前山有座尼庵,每于风雨之夕,携壶提盒去吵闹那尼僧。那尼僧也是个苦守清规的,要拒阻他们,没奈何,他假装妖魔恐吓,地方胆小不敢惹他。却好天网恢恢,昨夜乘雨去游,撞着什么大力僧人,拔起屋柱,打伤了在家哼痛。这分明是个报应!如今那僧人赖着要吃了斋饭方才回去,我们都是汲水做饭与那僧吃。长老,你可到那大房屋门前等候。"说罢,老汉提了水桶前去。行者方才明白道:"呆子原来在此。你便拔了他屋柱,打伤了众人,又挟骗他斋饭,只恐我们去后,这起少年定要加害庵尼,却不是我们贻祸与他?如今说不得使个机心,先救了庵尼后患,次后把呆子叫他斋吃不成。"乃把脸一抹,身子一抖,变了一个尼僧,走到那恶少家化缘。恶少见了便骂道:"都是你们留了和尚在庵,打伤了我等。"行者道:"闻知是过往僧人打斗妖魔。"恶少道:"什么妖魔?明明是你庵尼寻了来的大力气的和尚,把我这里大屋柱如拔草连根起来,拿着打人。"行者道:"善人,既是这等,如今我非此庵尼僧,你也休疑怨这庵尼,待我与你把这和尚打逐了他去。一则替你报仇,一则省了你斋饭,且又与那庵尼去了疑。"恶少笑道:"你这尼僧说大话,那和尚长嘴大耳,膂力不知多少!似你这个瘦小身躯,经不得他一掌。"行者道:"善人,俗语说得好,人不可貌相,海水不可斗量,你不曾见我尼僧的手段哩。你且出门来,看看我的夯力。"行者往门外出来,那恶少也跟出来,只见门前几株大树,那树长得:

　　枝叶蒙茸如盖,周圆大有十围。根生土内且深培,避雨遮阴无
　对。

行者道:"善人,你夸那拔屋柱的长老,不曾见我这拔树的尼僧。"双手把个大树推倒,吓得恶少毛骨悚然,方才请尼僧到家献斋。行者道:"不劳赐斋,待我替你打逐了和尚去。"恶少有了尼僧仗胆,乃领到大房屋内。行者怕八戒识破了他,乃吹了一口气到八戒面前。

　　却说八戒坐在屋内,专等斋饭,哪里思想回庵挑经走路。在屋内见天明斋饭不来,正在心急,却遇着行者假变尼僧,走进屋来道:"长老,你不去挑经走路,却在人家赖斋,是何道理?你便为我尼庵防护,怕有妖怪来吵,却不知夜来的乃是我们俗家十亲九故。如今被你打伤了四五个,正要扯你到官,你倒还要骗斋?"八戒听得,发怒起来,抢起柱子就要打尼僧。行者忙又吹口气在柱子上,八戒哪里拿得动分毫,却被行者拿过来照八戒

当头打去。八戒慌了道：“尼僧，我老猪原意救你庵门，你如何反来打我？”行者道：“谁教你拆毁人家房屋？这屋梁柱拔倒，你且先修了，与你讲话。”八戒道：“不相应了。”往屋门外飞走回庵。这恶少众人方才扯着尼僧说道：“多劳师父替我们复仇，且请献一顿粗斋。”行者道：“斋不敢领，但是有一句话与善人们讲，要你依我一句，包你积福无量。”众人道：“师父有何话讲？”行者道：“男女分别，那尼庵守清规，你何苦要去吵惹？只因你种了这段恶因，便遭着这大力和尚毒打。我非别人，乃是灵山下来的圣尼，专察庵尼不守清规的，降他灾殃，拆毁他屋宇。若是守戒行的，被你们污秽，断然加祸与你。以后不可再去游乐！”众恶少唯唯依从道：“以后再不敢了，且请问这和尚们是哪里来？何处去的？”行者道：“我也不知，但听得说是东土取经圣僧，路过此庵，借宿一宵，以避风雨。”恶少说：“取的是什么经？取到东土哪里用？”行者道：“我也不知，但听得说见闻了的灾消罪释，降福延生。”众人道：“原来如此灵异，我们嬉游宁无罪过？当到庵明明白白求那圣僧，把经文与我们见闻见闻，也消了罪，延得生。”乃扯着尼僧说：“师父，你到何处去？不如就在这庵出家吧。”行者见他扯着不放，乃一个筋斗打回庵内。那众人见尼僧化一阵风不见，齐惊异起来道，分明是圣僧点化。各自安分在家。

却说行者先到了三藏面前，把八戒情由说了一遍，三藏道：“这分明是悟能躁急，动了钉耙心念，惹出了来的。”忽然八戒自山门进来，尼僧们见了道：“师父，我叫你莫开门说是僧人，你不听我说，却被妖魔捉去，今日怎得脱身回来？”八戒笑道：“什么妖魔？分明是村里远近强梁恶汉，来此庵里嬉游，被我使出神力，把他们打得落花流水，再也不敢上你庵门。”尼僧说：“爷爷呀，若是强梁恶汉，你们去后，他怎肯饶我们？”行者道：“不妨，不妨，我已与你除了疑，留下恩德，定是不来吵你庵门。”尼僧见行者变了，依旧是个和尚，乃道：“小师父，你分明昨日是个女僧，我们方才开门留你，今日如何是个和尚？怎么三个男僧带着一个尼僧？”沙僧听得，把脸一抹道：“女师父，你看我可是尼僧？”尼僧一见，惊怕起来道：“不好了，这一起分明是怪。”往后屋就要闭门进去，三藏忙止住道：“女师父切莫惊疑，我们本是取经回还东土僧人，这三个是我徒弟，相貌虽丑，神通本事却高。只因你们说妖，又不肯容留我们进庵，故此显个手段。今天已晴明，我等扰了你们斋供，就此辞谢前行。但请问此去前途，可有什么高山峻岭,阔水长溪,邪魔怪孽?望你指引说出,我们好防备前行。"尼僧见三藏说出一团真情正理,乃平气和色道:"老师父此去都是平坦大道,并无高山长溪,妖魔邪怪,一村一里,皆是店市人家。只是近日来风寒暑湿,这村里大家小户,男男女女,都有些灾疾不安。"三藏道:"何不服药医疗?"尼僧说:"医多不效。"八戒道:"寻个巫师禳解也好。"尼僧说:"禳解也不灵,但是师父们过路也要小心,投个平安的客店。"三藏道:"料往来行客不少,人安歇的,我等也安歇。"尼僧道:"正为客商见此,都远转别路行走。"行者说:"既有别路,我们也转去吧。"尼僧说:"远转路径狭隘,师父的柜担难行。"三藏道:"悟空,你心下何如?"行者道:"师父,你们不知疾病乘虚而入,这往来客商多有不知保爱的,形体亏损,兼且利名得失撄心①,多招邪感。我同师父们出家和尚,利名既无关系,形体原无亏欠,怕甚疾病沾连?老孙还有医方法术,专治怪症,且善祈禳,师父放心前走。"三藏道:"悟空,我也是这个主意,只是医方法术与你的不同。"尼僧听了道:"老师父们既有神通本事,料是平安前去,不必过虑。"三藏乃辞别尼庵,师徒们挑经押马前行。后来何如,且听下回分解。

---

① 撄(yīng)心——扰乱,纠缠。

第九十五回

拜礼真经驱病患　积成阳气散阴邪

诗曰：

　　禅机玄妙不寻常，入圣超凡义内藏。

　　更有一宗灵感处，消灾释罪保平康。

　　话表三藏师徒离了尼庵前行，果然道路平坦，三里一村，十里一店，只是十有九家闭户关门。三藏见了道："徒弟们，你看荒村旷野，萧条寂寞，人家冷冷清清，都把屋门掩闭。"行者道："师父，你忘了庵尼说的，多管是人户不宁。我们不知，径过去吧；既已知道，出家人慈悲为本，方便为门，必须寻个寺观住下，待徒弟拣个医方，行些法术，治疗好了，也不枉经此地方一遍。"三藏道："徒弟说的有理，可牵住马，歇下担子，寻哪里有住处方才做得。"行者乃歇下担子，四面观望。

　　却说比丘僧同灵虚子两个，摘树叶变兔子，救了行者猎人之惊，他前前后后，只随着唐僧与经文到处，却走到这条路上，见村户人家多生灾疾，也动了方便慈心。比丘僧乃向灵虚子说："师兄，你我保护经文到东土，无非也是普济众生，今路到此村人家，多生灾疾，料唐僧决然慈悯，那孙行者定要逞能医治；我与师兄须在此地助他些功德，也是普济一般。"灵虚子道："师兄，这地方没个人家供奉的经文，须是得个寺观，方才留得唐僧住下。"远远只见几株密树，遮着两间空屋，左右并没个邻家，灵虚子乃同比丘近前，使出道法，变成一座小庙儿。一时地方也有来见了的，只当是两个僧道修盖的。却好行者望见说道："师父，那密树林间是座庙堂。"一齐走到前来。比丘两个怕行者认得，忙变个老僧出来，迎着唐僧，故意问道："列位师父打从何来？"三藏道："我乃东土取经和尚，自灵山西还，路过到此，暂借上院安住一宵。"比丘故意："我小庙早已有个游方道者住在此，施药治这村坊方灾病，未曾见效，列位若住在此，恐彼此不便。"行者道："他既不能医病用药，如今当让我们居住。"比丘笑道："除非列位能医。"行者道："实不敢欺，我小和尚手段高哩。"比丘僧道："师兄，你也把高处说一说我听。"行者乃说道：

> "当年也曾尝百草，识得谁凉谁温好。
>
> 寒热须教对症医，补泻必从虚实考。
>
> 望闻问切有仙传，风寒暑温知分晓。
>
> 果然神圣大方家，不是凡庸没工巧。
>
> 大病两服保生丸，轻邪一剂麻黄表。
>
> 还有延龄固本膏，无病服来永不老。"

比丘僧听了道："口说无凭，也罢，既是出家同道，且请进庙来，先把经文上面好生供奉，只是我庙中没有香焚。"三藏道："我们带得有。"乃焚起清香，礼拜真经。八戒道："师父，你方才听了大师兄讲了这些医药，此处不知通着什么地界？哪里去买药？万一有病的来医，将何调治？"三藏道："我正虑此，只是我的药饵与悟空不同。"行者说："师父方才说不同，却是什么不同？"三藏道："我这不同讲说不的，不似你那风寒暑湿望闻问切，从口里谈来，且待你医好疾病再说。若是医好疾病便罢，若是医不好，再用我方。"行者笑道："师父，若是这等说，你那方儿用不着了，我徒弟等那病人来，小病用药，大病用工，自然痊愈。"三藏道："只愿你得成就功德。"

果然，地方病人知道庙内有僧人医病，那比丘僧与灵虚远去传说，一时扶病来医的。行者哪里有一味药饵，却把泥土和成丸子哄人，三藏道："徒弟，泥丸如何治病？分明要吃了伤人。"八戒笑道："猴精，没的拆拽，师父，你说有方与他不同，倒不如依你方术治吧。"行者道："瘟呆，且待老孙医治，如不效，再请师父去医。"八戒道："好猴精，不曾治人的病，先咒老猪瘟。"行者笑道："我的主意乃是先叫你试这泥丸子。"行者说罢，只见庙外济济人来。说："老小病在家中，不能行走，求长老的丸散去服，有好的，有不效的，还求长老斟酌。"行者听得此说，乃道："众人且回，待明日远去，取一样引子来，包你全好。"众人听信退去，行者哪里取甚药引，乃左一筋斗，右一筋斗，把这村里患病人家俱游遍，查他大男小女，是何灾疾。原来家家都有病因，或是不忠不孝，或是奸盗邪淫，或是大秤小斗，或是怨天恨地，造出种种恶因，以致疾病灾害。行者查了这些恶因，想道："原来都是这种情由，莫说我泥丸子不效，便是卢医扁鹊的仙丹也不灵。老孙这个医人做不成，还去与师父医治。"乃回到庙中，三藏见了道："悟空，你哪里寻药引子？人来要药的久等。"行者道："医不成，医不成。徒

弟去查看人家病由,都是自作孽惹出来的恶因缘,若叫我老孙去医,定要医的:

> 东家哭皇天,西家挖地土。南邻叫哀哉,北邻嗟苦楚。

八戒听了道:"猴精,原来说真方卖假药,倒不如师父医吧。"三藏说:"悟空,据你查看病因,既是村家人自作孽,我愿在这庙中拜礼真经三日,劝众个个回心向善,把病根消除,自然安愈。"行者道:"想必师父的法术不同,就是此等也罢。师父行师父的法术,老孙用老孙的丸散,相兼医治。"三藏乃向老僧庙堂焚起清香,朝夕礼拜了三日,那老僧也陪伴功课。

却说香烟缥缈,飞散各家,无远无近,处处都闻香气,病者个个安康,那香气不到之处,真是泥丸子见效。一时把人家灾病消除,村家子弟无一个不到庙中来谢,也有备办斋供的,也有奉送钱钞的,妇女为公姑来谢,也有敬献布帛的。三藏但受他斋供,行者道:"老孙搓泥丸子,也费了心,虎皮裙日久破损,钱钞虽不可受,这布帛受他两匹无害。且换换身上破袄,也好回东土。"八戒见行者受了布帛,他道:"布帛太厚,我老猪正没一文钱钞使使,只当斋衬,受他几文吧。"沙僧见了道:"大哥二哥,师父只受斋供,我看他心似不安,你两个受他钱帛,只怕师父不肯。"行者道:"吃他斋饭充饥,受他布帛遮寒,总是成就善男信女功德。只是出家人钱钞不当受。"八戒道:"偏你受的,我就受不的?"把钱望盘内没好没气的一丢。哪里知这贪嗔一起,妖孽旋生。

这村家多病,只因作恶,招惹了邪魔,遇着圣僧禳解真经灵感,这邪魔正才逃散。只见一个病魔听了八戒这种邪心,就要到庙来冤缠八戒,只因真经在庙,比丘灵虚三藏这一派正气居中,哪里敢近?却飞空往前,寻个头项儿算计八戒。恰来到一处地方,遇着两个鼯鼠成精,在那村镇更楼等候过往行客要迷。病魔见了,知是鼯精,乃变了个客人,走到更楼之下,故意坐在地槛,仰头望那更楼。这鼯精见了随变个更夫,走下楼来,看着病魔道:"客官远方来,想不知此楼上窗开四面,可远望村镇人家园囿①景致。"病魔道:"正是我远来,不曾见此楼上景致。"鼯精道:"客官要登楼,我去取梯你上。"一时取了张木梯,病魔故意上得楼来,那鼯精一口咬住病魔便吸他精髓,哪里知病魔的手段,先投入鼯精腹肠,左撑右打,把一个

---

①　园囿(yòu)——周以围墙,布置亭榭石木,间或畜有鸟兽的皇家花园。

鼺精拿倒。那一个鼺精慌忙问道："客官，你是何处来？把我更夫害倒，地方定来与你拨嘴。你无故上我这官楼，伤害公役，怎肯轻放你去？"病魔笑道："你好个更夫！怎不使出你五技，却被我一计拿倒？"鼺精听得"五技"二字，知客官识破了他，乃现了真形道："我两个也只因要迷弄行客，便把我灵性自晦，原来客官也是一个邪魔，因何到此？望你且宽恕了我这五技的肚肠。"病魔一笑，顿时三个在楼上，彼此说出来历。病魔道："如今有西游取经唐僧，取了真经回还，把我们一起病魔驱逐四散，意欲前来寻个头向，把这和尚们迷倒，不匡此楼遇你两个，必有神通妙算。"鼺精问道："既是那取经僧有本事驱逐你，因何又要迷他？"病魔道："始初他仗一派道心，把我们邪魔远逼，不敢犯正。谁叫他把经咒换人钱帛，动了贪嗔，与那恶人一类。"鼺鼠又问："怎样恶人，你们加病害与他？僧人如何驱逐？"病魔道："我们哪里能加害恶人，只因他自作恶孽，积阴成疬①，各相染惹，这僧人仰仗真经，发出正气，积阳散阴，自然我等病魔容留不住。他今动了贪嗔，故此我得以前来。见景生情，务要把和尚迷倒。但这和尚中有好的不动贪嗔，有两个动贪嗔的，请教你两位如何计较他？"鼺精听了笑道："原来有此情由，这何难计较？今楼前瓜园结瓜正熟，你我随变熟瓜，那和尚们挑担到此，定是歇力，见园中瓜熟，必然来摘。待他吃下肚肠，我们任情加害。"病魔笑道："好计，好计。"

且说三藏礼拜真经三日，把地方灾病消除，师徒辞了庙僧，往前行路，正值炎天时候，不觉的走到更楼之处。三藏道："徒弟们，路行到此，想是镇市，你看好座更楼高阔，下边风凉，可暂歇一歇力。"行者道："看哪里有池塘溪水？我也去吃些来。"大家都歇下担子去寻水吃，却说八戒走到楼前，只见一处空阔大园，哪里有池塘？走了许多远处，只看见一地熟瓜，结得无数，八戒笑道："造化，造化，没有水吃，这瓜极好解渴。"回头四望，不见园主人来，乃拣那熟大的摘了一个，剖开，三嚼两咽，连皮一顿吃个干净。思量又要去摘，不匡吃的是病魔所变，那妖魔入了八戒之腹，他就横撑竖撞，把个八戒翻肠杵肚，半步也难走，倒卧在园地。两个鼺精忙变了一个汉子，一个妇人，各执着棍棒上前道："好和尚，走入我园偷吃西瓜，满地尚有瓜子，且打他一顿，再扯他去见官长。"八戒虽被病魔作耗在腹，

---

① 疬(lì)——恶疾。

他却还有法力,使出个钢铁不坏身躯,任他两妖棒打,只叫打得松快。两个鼯精越着力毒打,八戒只叫打狠些,吓得妖精住了手道:"和尚,你是那里来的? 有甚神通本事? 怎么把我们的棍棒都打烂了?"八戒道:"你便打烂了,我尚不松额,只是实实地吃了你一个西瓜,不知怎么肚内疼痛难当,行走不得,待我那师兄来赔你吧。"鼯精道:"你师兄是谁?"八戒道:"有名的唐僧大徒弟孙行者。"鼯精听了道:"妙哉,妙哉,我闻孙行者原有神通本事,近来取得真经,使出一种机心,真是千变万化。我们虽有五技,怎能胜得智多识广之人,如今得他来时,假以赔瓜,揸落他两卷经文。广开我们的技能。"按下不提。

且说行者与沙僧寻了些山涧凉水,吃得满腹,把钵盂取了些带与三藏吃了。久等八戒不来,三藏道:"悟空,八戒吃水去,不见回来,何故?"行者道:"呆子必是在哪里风凉之处吃了水睡觉,待我找寻他去。"乃把眼四望,只见远远的瓜园内,八戒倒卧在地。行者忙走到面前,见两个男妇手执着半节烂棍,口里乱骂"偷瓜的贼秃",那八戒愁眉皱脸,倒在地下,哼哼唧唧。行者上前叫声:"那男女们,莫要打骂,一两个西瓜,也是小事,便是和尚吃了你的,只当斋僧结缘。"妖精道:"若只斋僧,我们辛苦一场,只好都结了缘吧。你可是他一起的?"行者道:"就是我师弟。"妖精道:"方才正讲等你来赔偿瓜价,你可是孙行者么?"行者笑道:"老孙名儿,你一个看守瓜园的如何知我?"妖精说:"你这偷瓜和尚供招出来的。"行者听了乃向八戒说:"呆子,你何故不明明化他布施,却暗地窃取? 天网恢恢,病倒在地。"乃向鼯精道:"园主,你莫怪,去取匹布来赔你吧。"鼯精道:"一个瓜我怎么要你匹布? 闻道你们取有经文,可将三五卷赔我作瓜价,我便饶他。"行者道:"便是十匹布也舍得,若要真经,便是一个字也难与你。"行者说罢,乃扶起八戒来走,八戒被那病魔舞弄,越加疼痛苦楚,半步也难行。行者只得肩负前走,这两妖扯着哪里肯放,只叫:"快取两卷经文来,方放你。"两下里扯扯拽拽,正在没奈何处。

却说比丘、灵虚两个,见唐僧辞了庙门前去,他依旧还他两间空屋,前来保护经文。未到这瓜园处,远远见是行者与八戒在那里与男女争扯,乃摇身一变,变了一个士人,灵虚变个后生,张着一把遮日伞盖,走近前来道:"你这男女,扯这僧家何故?"鼯精便把偷瓜要经卷赔偿话说出,行者却把八戒吃瓜染病的话也说出,比丘僧听了,把慧眼一看道:"原来都是妖魔捉弄八戒与行者。"悄向灵虚子说:"这种根由,分明是行者、八戒得人钱帛,贪嗔所染,他两个俱有神通法力,这会一身不净,便惹妖孽,无端我只得指明了他,与他自行消灭这种怪孽。"乃向那男女说:"这长老吃了你一瓜,赔你匹布,已过偿了,你如何问他要经看?你两个种瓜小人,不喜布,而要经,岂是贤德?必是妖魔!你这两个和尚不明瓜田纳履之嫌,昧了李下整冠之义,便是有些道行法力也都迷了。"八戒道:"先生你说的一团道理,只是吃了他瓜腹中疼甚,已没奈何,他还要扯着不放。"士人道:"你走热了的心肠,被这冷瓜所逼,我有一丸解药在此,可喜遇巧。"比丘乃把菩提子解下一粒递与八戒道:"此药不须吃下,只一闻他香味,千病千愈。"八戒接了在手,忙上鼻一嗅,那灵气直入腹肠,病魔登时逼出。八戒即爬起来道:"先生亏你灵丹,我安然无病。"便与行者要走。那雇精正要来扯,被八戒挥起拳头就打。雇精两个道:"好和尚,吃了人园中辛苦种来的瓜,还要打人,只叫你到处把来做偷儿送到官司惩治你。"毕竟怎生灭此雇精与病魔,且听下回分解。

第九十六回

动喜心妄入欢境　贪钱钞暗惹邪谋

话说八戒得了比丘僧菩提一粒，把病魔逐出腹肠，也不独安然无病，且自己觉悟起来道："都是我为钱钞动了贪嗔，又无故窃取瓜食，这种恶因，说不得回见师父，自行忏悔。"乃同着行者辞了士人，来到更楼。见三藏坐在楼下，聚着许多地方来往人众，齐看取经的长老。一见了行者、八戒前来，个个惊惶道："爷爷呀，怎么一个端庄和尚，带领着这几个丑怪僧人？"有怕的飞走去了，那胆大不怕的，挤在众前观看。

却说鼯精两个被八戒拳打脚踢，他分明要弄神通变幻打斗，却惧怕行者本事，又见那士人带着后生，头上现出白毫祥光，精怪也知不是凡人。他含忍八戒之气，扯着病魔道："这和尚惫懒！你出了他腹肠，他就支手舞脚来打你，当往前再寻他破绽加害。"病魔辞道："二位不认得，这士人非凡，他手里的丸药厉害，正对着我病魔的根。况这和尚一时误动了贪嗔，故此我得乘空投入他身，今已觉悟，要向师前忏悔，那老和尚仗着真经，又灵不可犯，如今辞别了二位，到别方去寻个自作恶孽的害吧。"说了一阵风从空而去。这鼯精也化一道妖氛，离了瓜园，他两个复到更楼上，计较要报八戒拳打之仇。只听得楼下吵闹轰轰，正是村市众人聚看取经长老，这妖精见了笑道："原来抡拳的和尚在此未行，且杂在众人中，看他如何前去？"乃变了两个行客，肩担着行李坐在楼下。等众人看得去了，三藏方才叫徒弟挑担前行。这两妖便开口故意问道："长老们挑的柜担是何物？可是前往镇市去卖？若是发行的货物，我二人乃镇市牙行店家，须是到我店安下，与你发货，老大有些利便。"三藏道："客官，我小僧非贩货客僧，乃是上灵山取经的，这马垛担包不是货物，都是取来经卷。"两妖笑道："我闻灵山十万余里路远，魔多，你们取这经何用？"三藏合掌道："此经功德不可思议，用处最多。"行者在旁道："第一宗要紧用处是妖魔邪怪一见生怕，闻风远避。"鼯精笑道："长老，你此语多诳，出家人不打诳语，比如我两个是妖魔邪怪，怎么坐在这柜担面前，却也不怕？"行者道：

"便二位是妖,这不怕有三:一是真经在柜担中未开,你不曾见闻,故此不怕;二是大胆妖魔不知真经灵应,强说不怕;三是未见我取经孙祖宗的厉害,口说不怕。"两妖听了已有三分怯惧,道:"这孙行者原有名的,莫不是他识破我们,说此三不怕?他既说出,我们就还他个不怕。"乃向三藏说:"长老,你既是灵山取经回还,如今到何处才住?"三藏道:"我乃东土唐僧,须到本国方住,但不知此往东去是何州邑郡县地方?"鼯精道:"东土我们未到,不知远近,只是此往前去近那宝象国界。"三藏听了,向行者道:"悟空,程途有限了,我记得当年来时你在这国中捉拿妖魔,救了公主,如今若到那里:

一朝佳会添新喜,万里奇逢遇故人。"

八戒呵呵大笑起来道:"好了,好了,莫说我老猪喜欢,又有大筵席斋饭、馍馍、闽笋、木耳、石花、山药,杂不唠叨吃便是,师父与师兄、师弟,看你们脸上个个带笑容,必是心内匆匆添喜事。"三藏道:"徒弟,非是我动了心情,妄入欢境,但念东土不远,经文保全得来,不觉的免了这忧虑之色。"三藏只说了这句,那鼯精两个笑道:"和尚动了这点喜心,我两个好前途捉弄。"乃向三藏道:"老师父,你们慢慢走来,我二人前到镇市小店等候接你。"三藏道:"客官,你好好先行,我们柜担果要慢慢从容,到了你地方店中相会。"这两个鼯精,他仗着五技之能,有类三窜之计,走到前途计较。大鼯精道:"想起那大耳长嘴和尚瓜园动手动脚,此仇不可不报。"小鼯精道:"此事尚小,这老和尚动了七情之喜,我与你正好乘隙夺他几卷经文。"大精说:"他那偷瓜的病根尚在,我们许了他到处拿着当偷儿,且把他捉弄一番,再与那老和尚喜心的算账。"两精计较了,方才前去,不觉到了一处镇市关口。一个店小二迎着道:"二位客官,我小店房屋宽大,饭食精洁,可以安住。"鼯精看那店小二打扮得整齐,便走入屋内,见一个老婆子主店,乃向婆子道:"你店中主人在哪里?"那婆子道:"我丈夫久不在家,便是子母两个开这小店,安歇往来客商。"鼯精道:"如此却好,我们有同行的四个长老,许多柜担马匹,要投个宽大店中。我已向他说我有宽大房屋安住,你子母若要揽这主生意,便认我两人是主店的,好多多总成你些钱钞。"老婆子听了只要多赚钱钞,便满口应承。这妖精计遂,乃在店住下。

却好三藏师徒走到关口,店小二迎接着要三藏安住,行者道:"我们游方僧家,到处自去寻庵观寺院,你店纵宽,我们却不便。"那店小二哪里听信,只跟着三藏后咕咕哝哝叫,扯着马垛,却好到了店门,这齇精忙走出门道:"老师父,我二人先来等候,可进小店里来。"三藏一见,是更楼下相约过,乃住着马垛,叫徒弟们把担子挑进店里,再卸马垛。行者把眼一看道:"师父走路吧,前边有寺院可下。"乃向三藏耳边道:"徒弟看这店主多半是妖魔装假。"三藏道:"徒弟,你真心多,一个开店人家,如何是假?况前面更楼下已许下他到店相会,为人不可失了信行。"八戒道:"大师兄有这许多琐碎,挑了这一日,走了许多路,还是瓜园里止疼的肚子。巴不得到店吃些热汤热水,你偏有这疑心暗鬼。"八戒说了,径挑担子往店屋进去。行者只得进店。你看那齇精,越加小心奉承茶汤,三藏欣欣喜喜住下。这齇精两个暗地里却来偷看八戒的破绽,只见呆子背地在屋后脱出小衣道:"久未洗补,又没个钱钞,前日庙中都是这猴精,气不忿我收钱,一时急性去了,如今却没一文。"齇精听了笑道:"原来这和尚贪钱钞于心未忘,又偷瓜病根尚在,须设个计较害他。"当下天晚,各自安息。

却说行者原向三藏说店主是妖怪假装,三藏不信,八戒又拗,行者虽进了店屋,他却留心。这晚各自安息,乃隐着身,前屋后屋里观看是何精怪。只见两个齇精计较道:"那老和尚动了喜心,我们把个躁急心肠要他,那长嘴大耳和尚既不忘钱钞,我们把两块石头变作白银放在他担子行囊内,等天晓时只说失落金银,搜出来,那时留他的担子,打他的孤拐,尽着报我们仇隙。"行者隐着身听得道:"好妖精,变的像店主却也不差,但不知是何怪?我老孙如今就要抢出禅杖,打灭了他,破了他奸计;又怕师父说我伤生,又且八戒这呆子不信,且待这妖精耍弄,看他怎设计留八戒的经担。"行者却又走到婆子店小二房中,探看是何缘故有这妖怪在店。只见婆子在房中与店小二说:"这两个客官总成我们安住长老,想是要讨些饭食便宜。"小二说:"只怕是要讨长老便宜的。"婆子笑道:"长老有甚便宜与他讨?只怕是歹人要骗挟他外方和尚。"小二道:"若是歹人,我们积聚的钱钞须要藏好了。"婆子依言,乃在床头取出一包银子,放在个瓮里,藏于床下。行者见了,机心就起道:"原来这妖怪不是婆子家的,他既要捉弄八戒,老孙也捉弄他一场。"乃等婆子小二睡熟,拐他藏的银子偷了,放在那妖精的行囊里。

到了天明,大家早起,三藏方才洗了手面,去焚香礼拜经担。只见那客官两个大叫道："这和尚们不是好人！如何夜晚把我店家银两偷将去？快拿出来还我！再送到官司！"婆子听得，也去看瓮内，银包不见了，便一齐叫将起来道："果是和尚们手脚不稳。"三藏听得道："店主人，我们取经僧人不贪财帛，哪里肯偷盗人钱钞？除了我们经包柜担封锁甚固，但是行囊身上，凭你搜检。"魈妖道："定须要搜，方见明白！"先在八戒挑的担子上一个行囊中搜出两锭白银，两个魈精便把八戒拖翻，抡起棍捧就打，三藏忙扯住道："悟能，你却也真真儿戏，店主的银子，你如何动这贼心？"八戒道："师父莫要错冤了我，我随着师父，身也未离，何曾偷他银子？"两妖道："人赃已在，这有甚讲？"那店小二与婆子怒气凶凶的，也拿着两条大棍道："一件实，百件真，快把我的银包拿出来！"一面就教店小二报地方，说从西来的和尚假作取经，偷人银子。三藏道："店主人，莫要乱做，我们现有通关牒文，逢国谒见国王，逢郡邑相会官长，走过多少关隘，住了无数店家，何尝受人丝毫钱财？便是人有布施，分文不受。你须斟酌，莫要冤赖平人。"那妖精只叫留下经担，再拆开封皮，搜婆子的银包，把个三藏急的暴躁，那八戒又赌神发咒，那婆子越发起急来说："和尚不打不招！"魈精道："只开了他担子，自见明白。"行者见师父急躁，八戒叫冤，乃向店小二道："我等游方外来僧众，也不知你这两个店主是你何人？怎么偷了你婆子银包，反来骗害我们无辜长老？"店小二说："你那大耳长嘴和尚现偷了他银子，如何是骗害？"行者道："只是他搜出自家说，你店小二却不曾见。"魈精听得，便拿出石头假变的银，只道仍是银子，哪里知被行者暗使神通，魈精却待开包与店小二婆子一看，果然是两块石头。行者道："可真是假骗人。"魈精说："你和尚会使障眼法，也罢，我银子纵是假，你偷婆婆的须是真。"行者笑道："你一宗假百宗假，店小二哥你也到他房中搜一搜。"那店小二与婆子当真往魈精屋内提起行囊，只见一包银子在内。走出屋来，深深向行者拜了两拜道："原来这两个假装客官，说替我们邀接四位长老到店，叫我说做店主人，他却立心偷人财，坏了长老德。怎饶得他？店小二，快去叫地方，拿他见官！"三藏道："于情可恨，于事且宽。但逐他出店去罢。"八戒道："他方才施翻我，要打拐我，也是自家疑猜，几乎被他冤打。这会见了明白，且等老猪打他一顿报仇。"掣出禅杖就要打。这妖精见计不谐，往店门外一阵风不见。店小二、婆子惊吓起来道："老师父，原来是妖精捉弄你我。"三藏道："店主人，妖精哪里敢捉弄人？多管是我小僧师徒念头不正,引惹了来的。"婆子忙打点斋饭,与三藏们吃了。八戒方才把禅杖去挑担道:"禅杖禅杖,不亏掣下你来,那妖精怎肯一阵风?"行者笑道:"呆子,不谢老孙替你解冤,却谢亏了禅杖,只恐这禅杖又替你添出妖精的仇恨来,还要费老孙的机心。"三藏道:"悟空,你行行步步说机心,我怕你机心愈深,妖魔愈横。"行者笑道:"师父若要徒弟消除了这机心,除非真经到于东土,成就你志诚功德。"沙僧道:"师兄,你说的差谬,不然,假如真经一日不到东土,你机心一日不除,乃是经文使你动此机心,岂不把真经亵慢?"行者道:"师弟,你哪里知真经不与我机心相参,却与你们志诚、恭敬、老实相应。谁教你们念头一离了志诚、恭敬、老实,就把真经慢了,我这机心看将来还是救正你念头的正道。"师徒们讲说未了,只见门外走进一个士人来,后边跟着一个后生,手捧着炉香。三藏见那士人怎生打扮?但见他:

　　　　头戴青巾两翅飘,身穿皂服美丰标。

　　　　双兔足下登云路,一带腰间系束腰。

这士人进了店屋,叫后生把炉香供奉在经柜担前,望上稽首礼拜了起来,向三藏师徒拜了个揖道:"圣僧,我小子久知你们灵山取得经文回还,正当由大道无挂,得无恐怖,直到东土。因何引惹妖魔到处抢夺柜担?昨日瓜园,若不是我一粒丸药,你这小长老怎能远离了病患?"八戒道:"正是,多劳先生妙药,未曾谢答。请问你如何知我们向灵山取得真经回还?如何知我们引惹妖魔?"士人说:"那瓜园男妇即是妖魔,今这店人岂非精怪?只是你抢禅杖,又动了嗔心,那精怪又怀了嗔念,往前路多方加害弄你,你须要小心防备,方才只得经文回还东土。"行者听了道:"先生放心,有了我老孙,包你妖魔荡尽。"士人道:"就问你老孙有何技能荡尽妖魔?"行者道:"有法,有法。"却是何法?且听下回分解。

总批

　　贪钱钞,贪也;贪取经,亦贪也。贪心一动,邪魔因之而入,故以淡漠不动为宗。

　　生一心便长一魔,人只知心是因,魔是果,不知心是病,魔是药也。

第九十七回

齳精计算偷禅杖　行者神通变白烟

士人听得行者说有法荡妖魔,乃又问:"小长老,你有何法?"行者笑道:

> "我法从来三等因,两分精气一分神。
>
> 能知上药归三品,万种妖魔荡作尘。"

士人笑道:"此法高虽高矣,只怕妖魔力大,这三等荡不尽他,小长老可再有别法。"行者两眼看着三藏,三藏道:"悟空,你如何没了法?何不把我们的妙法说与先生一听?"行者道:"师父,你讲吧!我徒弟被这机心在内打搅,难说难说。"三藏乃说道:

> "无上深深微妙法,都来见性与明心。
>
> 要知此法歼妖孽,不到灵山怎识音。"

士人听了道:"圣僧,你是到了灵山的,定是知音,料妖魔不敢阻拦你真经,我小子又得了你教益,但只一件:你们虽能扫荡妖魔,不能必无妖魔前途作阻。总是你这小长老机变心肠未尽,那偷店婆银包,妖孽要复禅杖之仇,这仇心一报不休。不如小长老把这禅杖只挑经担挂行囊,以后再莫掣下来与妖魔打斗。"八戒道:"先生不知,我们当年从东土来时,都有利器在手,故此到处降服妖魔,快心打斗;如今利器都缴在灵山宝库,全靠着这几条禅杖打妖战怪,若再不掣下来,经文怎生保护?"士人笑道:"小长老,你道经文要禅杖保?我道禅杖反失了经文。"三藏道:"先生叫小徒莫掣禅杖下来打斗,这乃是仁人用情,不伤生害物,若是留他挑担子,却甚便,怎么反失了经文?"士人笑道:"老师父,我小子也在道,因就事论事,且说这禅杖如何反失经文,你听:

> 论经文,端正向,僧家何事求三藏。
>
> 禅机见性与明心,慈悲方便为和尚。
>
> 戒贪嗔,无色相,不逞豪梁抢棍棒。
>
> 如土不动守和柔,人我同观宽度量。

若忿争,抢宝杖,更夸如意金箍棒。

九齿钉耙厉害凶,这点仁慈居何项?

去挑经,若打妖魔经反丧。"

三藏听了合掌称赞道:"先生真乃在道,说出皆方便法门,要紧进步。请问,方才说偷银包的妖孽,要复禅杖之仇,不知这妖孽先生如何得知?"士人道:"圣僧,你要知他不难,那前路有座荡魔道院,里边有个老道者,他便知道你们。看,那老道从店门外过去了!"哄得三藏师徒齐把眼外看,士人随出门,如飞前去,不知何向。三藏惊讶起来,八戒道:"师父,这是哪里来的士人? 在瓜园出药医我,到此处讲这些道理。"三藏道:"徒弟,我看那士人多管是位神人,指引我们前途防范妖魔,又叫悟空莫使机心,把禅杖莫去打斗。"八戒笑道:"师父,若叫行者莫使机心,这还容易,若叫莫使禅杖,比如遇着妖魔拿枪弄棒,我们赤手空拳,怎能敌斗? 断然丢不得!"行者笑道:"呆子,你道禅杖丢不得,我老孙的机心更丢不得。丢了禅杖,留着机心,还有计较法术拿妖捉怪;若丢了机心,留着禅杖,万一妖魔厉害,这根朽木做的何用?"三藏道:"徒弟不消争讲,我看那士人的主意:连禅杖机心一概都丢了不用。"沙僧道:"依师父说,我们且把禅杖只挑着经担,大师兄也不必讲甚机心,辞了这店婆赶路前去。"三藏依言,辞了店小二,师徒挑担押垛前去。

却说大小两个䶦精使计捉弄八戒,却被行者机变反捉弄了他,他见八戒抢禅杖要打,化阵风走到前路。两个又设计较道:"我们有五技之能,两次假变捉弄这长老不成,此心不甘,怎肯罢休! 如今上计是捉弄这几个和尚,无奈那老和尚道行纯全,小和尚们神通广大;中计是扛夺他经文柜担,又无奈真经显灵,暗有菩萨保护。"小䶦精说:"我有一计,不如待他投宿客店,或是庵观寺院,先把他禅杖偷去,叫他没有挑经担子,然后与他打斗。那长老没有器械,必定遭我两个棍棒之下。"大䶦精道:"此计最妙。他没了禅杖,不但没器械打斗,且没担子挑经,乘机经文也可抢夺他几担。"两精设下计较。

且说比丘僧变了士人,指引三藏们前面防范妖魔,乃与灵虚子前行,到这荡魔道院。他两个进入院中,只见一个童儿在内,见了一个僧人同着一个道人进来,说道:"二位老师父,请坐奉茶,我老师父到郡国城千峰岭望道友去了。"比丘僧说:"几时才回院?"童儿说:"多则十日,少则五日,今去了三日矣。"比丘僧说:"我有一起东土取经僧人,今晚路过此处,前途尚远,须要借寓院内,你老师父在家,定然不拒,只是你童儿可肯容留?"童儿道:"二位老师父可曾与老师熟识? 若是熟识,这也无碍。前堂空阔,便安歇也可。"比丘僧见童儿肯留,乃出了道院前行。正是:

> 只为真经须保护,不辞道路探妖魔。

话表三藏与徒弟们离了镇市,出了店家,不避劳苦,一程两程前进,早来到近道院地方。只见天色将晚,三藏见往来走路的便问:"前去什么去处可以借宿?"走路的说:"师父们不必远走,此处有荡魔道院可投住宿。"三藏听了,忙奔到院,果见一个童儿在院门看着,见了问道:"老爷可是东土取经圣僧?"三藏道:"童儿你如何先知?"童儿道:"早前有两位僧道老师父在此说的。我师父远出未归,老爷要安住,须在前殿堂。"三藏师徒依言,解了柜担供奉居上不提。

且说大小魖精,立心只要计算唐僧师徒,他离了唐僧们走到前途,却好遇着比丘、灵虚两个走入道院。大魖精说道:"唐僧前后又有这两个僧道随行,我看他不是唐僧一起取经的,却又不是送经的,或时变幻与唐僧们解纷息难,若似暗行帮助之意。你看他进此道院做何事?"小魖精道:"要知他意,须是隐着身形跟他进去,看他何事。"两精乃隐身跟入,听他两个说话,原来是为唐僧们借下安住去处。他趁比丘两个出了道院,随变了比丘两个复入院来,向童儿说:"取经僧住在殿堂,我两个借你内屋打坐一宵。"童儿道:"师父既是我师父熟识,便在内屋住一宵无碍。"童儿说罢,自去安寝。这两精计较了,乃走入殿堂,正遇着三藏师徒一路辛苦,安眠熟卧着,那禅杖俱放在经担旁,乃偷将出殿,远送到一处叫做石塔寺,直放在那塔顶上,正是无人的去处。复来院堂指望偷窃经文,不匡行者惊觉,跳起身来,见没有禅杖,大叫道:"八戒、沙僧,禅杖在哪里?"八戒道:"都是你解担子,放在担柜旁。"行者道:"不见了。"三藏听得道:"怎么处?没有禅杖,担子怎挑?"八戒道:"我说这件器物,一则挑担,一则打妖,都是师父今日也叫莫掣下他,明日也叫莫使动他,想是他没个妖魔儿打打,不耐烦跟着我们,到哪里躲藏去了。"行者道:"呆子,莫要说闲话,趁着找寻。"三藏道:"我昨晚听得后屋内似有人说话,问那道童儿一声也可。"行者随出殿门,只见屋内小门开着不掩,叫得童儿出来问道:"夜晚何人到此?"童儿说:"是你师父们一起与你先来借殿堂安住的一僧一道。"行者道:"我们只师徒四个和马五口,此外并无一人。"心中想了一会说道:"罢了,罢了,我知道了,这定是八戒好反,便掣下禅杖抡起打人,这是那二位保护我们的收了去矣。"八戒道:"是哪个保护我们的?"行者道:"你哪里知道?"三藏道:"悟空,你既知,须是在何处?寻着他取来。"行者听得师父叫找寻,便道:"此事非我老孙怎能找寻得出?"乃把慧眼一照,哪里看得出比丘僧道两个,只看见殿堂前两个妖魔立着。他也会隐了身形,左张右望,只待三藏师徒离了真经柜担,便要抢夺。不防行者神通,那慧光能照出隐中之隐,见了两精大喝一声道:"何物妖魔,在此窥伺!想是要窃我经文!这假变僧道偷了禅杖,定然是你。"两寤精见行者照出他原形,道:"这毛头毛脸和尚真个名不虚传,我们机心不如他更深更大,且避了他,看他们没有禅杖,如何挑担子出门走路?"两精化了一阵风往前走去。

好行者,也随化成风一阵追逐前来,那两精化的风前行,这行者化的风后追,怎见得?但见:

前无影,后无踪,卷土扬尘在满空。

一阵紧,一阵松,倒树摧林山岭崩。

忽然北,忽然东,虎啸龙吟在此中。

飕飕冷,烈烈轰,不与寻常四季同。

这正是邪氛正气交相逐,一点灵光比作风。

寤精化作风前行,看看力弱;行者化作风后赶,趔趔益强。那精心生一计,变了两堵垣墙把行者拦阻了,行者刮在兴头子上,只见高垣大墙拦在前面,不见了妖精,乃复了原身,又把慧眼一照,笑道:"原来你这妖精化成墙壁,钻入穴中,其技穷矣。"行者一面笑,一面把路旁树枝折了一枝,叫声"变",变了一个黄鼠狼,直钻入穴。妖精从后穴逃出,复投殿堂上来,他不知行者筋斗神通来的快,去得疾,见墙穴无妖,随一筋斗打回。两精见了,化成一阵烟而走,行者道:"好妖精,你会化烟,我老孙岂不会化?你只好好的送出禅杖来便罢。"行者说了,也化成烟一阵,直搅住妖精,哪里肯让他逃走。这两精化了黑烟,行者却化成白烟四围乱搅,怎见得?但见:

黑漠漠飞扬上下,白漫漫搅扰东西。混沌不识个中提,恐把莹然混乱,到使黯黮相迷。

两个寤精化了黑烟,被行者白烟相搅,无计脱身,乃心生个机变,就地一滚,变成了两个乌鸦,依旧一翅飞到殿堂一株大树上栖着。行者一筋斗到殿堂,三藏见了道:"悟空,收禅杖的僧道可曾打寻得来?"行者道:"眼见的是两个妖魔假变,把禅杖摄去,我老孙几番追逐,无奈这妖魔倒也有些机变,如今捉拿他不着,这禅杖断然无处找寻。"八戒道:"天渐亮了,赶路没有禅杖挑担,如之奈何?"三藏道:"徒弟们,罢休,寻哪里有竹木,可斫一根棍棒挑经去吧。"行者道:"师父,你便要把禅杖抛弃了前去,我老孙却不肯。当初灵山有了经文,缴了钯棒,这三条禅杖也不是轻易来的,怎么轻易弃了?万一前途把经担被妖魔盗去,也就抛弃去吧?如今禅杖非我徒弟一个的,八戒、沙僧俱各有分,也须大家找寻。"八戒道:"师兄,你话虽是,只怕各去找寻禅杖,师父一人照顾经担不能,若有疏虞,这叫做为小失大。"行者说:"呆子,你虽说的是,但各人挑各人担子,你凭你寻不寻,我老孙却要找寻出禅杖方才出这道院。"八戒道:"你一年找寻不着也等一年?老猪借根棍棒挑经担走路,莫误了行程。"三藏道:"悟空,八戒也说得是。"行者见三藏找寻禅杖之心亦懒,乃犹豫不决,在殿堂闷坐,这机变心肠渐渐使作不出。

却说这荡魔道院老道,法号丹元,道术高深,能识五行倒颠,善配三品上药;若说他的神通变化,也不在孙行者之下。他与宝象国员外山名千峰岭一个全真相契,这日两相讲论玄机,丹元老道忽然冷笑起来,全真道:"师兄何故发一冷笑?"丹元说:"我出门来与师兄相会,院中却来了取经回还的东土几个长老,他这几个道行非凡,功果将成,不知何意牵绊在我道院不去,我今且别师兄,回道院看他们有何干碍?"丹元别了千峰岭,半云半雾,正是:

　　　　不逞悟空筋斗诀,片时也走遍乾坤。

老道来到院中,童儿接着。便把唐僧师徒借寓殿堂,不见了禅杖,没得挑担走路说出,老道随出到殿堂,见了三藏,彼此相叙了方外之礼。他见三藏庄严相貌不凡,问答清朗,看着行者们稀奇古怪,乃叫了几声"好",行者道:"老师父见了小和尚们,不言他事,只叫'好',却是什么'好'?"老道说:"东土到灵山,十万八千里路程,一往一返,无限的妖魔邪怪,不亏了列位这等一个好相貌,怎能去来。无挂无碍?"八戒听得老道夸奖好相貌,便扭头捏项装娇作媚起来,说道:"不敢欺老师父,我老猪还不曾洗脸包唐巾哩。若梳洗了,还好看哩。"沙僧笑道:"二师兄,你便梳洗了,也改不过这大耳长嘴来。"三藏道:"徒弟们,且请教老道长,这禅杖被妖魔盗去,眼下将何担经?"丹元老道只听了三藏一句"妖魔"之说,乃笑道:"圣僧你想必识字,岂不看我山门上四个字匾儿,如何在小院殿堂说出这句话?"却是何话,且听下回分解。

总批

缴了兵器,又与禅杖,本等是佛祖多事。

禅杖劳形,害人尚浅;机心劳神,害人更深,甚于用金箍棒矣。魈精偷去禅杖,行者师徒正该顶礼,反用机变找寻,何处更觅棍棒?

第九十八回

算妖魔将计就计　变葫芦吓怪惊妖

  却说丹元老道向三藏说："圣僧,你一个志诚长老,怎说出妖魔盗你禅杖这句话来? 便是我这道院,你看我山门匾上四字,便是有妖魔,也不敢近前,想俱是你列位高徒自相引惹,且动问这宝经担子,何必要禅杖扛挑? 既用他做扛挑之器,便只扛挑,却每每掣将下来打妖击怪,这岂是取经之事? 如今想是此物不与经文同行,到这近路便弃了他有何妨碍?"八戒道："老师真,我们掣禅杖,打妖魔,你如何知道?"丹元道："你们行的事我自知道。"八戒笑道："我们所行你莫不知,这三条禅杖岂有不识? 望乞老师真指明在哪里,却是什么妖魔精怪偷盗了去?"丹元听了,把头一抬,笑道："你要知禅杖在哪处,是什么妖魔偷去,当问那殿旁大树上两个乌鸦去。"行者听了老道这一句,方才举头一望,不觉的机旋生,就地一纵,凭空直上树枝,便去捉乌鸦。那两精见行者奔来,一翅往前飞去,行者亦变只鹞鹰赶去,紧追不放。那两精乃飞入一空谷,行者也飞入;两精随变了两条小花蛇,从谷后一洞逃走,行者随也变条白练蛇跟来。三条蛇盘搅一处,在个山岭头。䴥精又想计较,行者也动机心,彼此各思变幻。

  却说三藏与丹元老道相对面坐着,三藏道："老师真,你方才向小徒说要禅杖问那树上乌鸦要,怎么我大徒弟孙悟空纵跳在空,连那乌鸦两皆不见,却是何故?"丹元乃从袖中取出一个小葫芦,叫童儿："你可去十里山岭头把此葫芦,若见两条花蛇在那里盘搅,便与我揭开葫芦盖,装了他来。"童儿依言,拿了葫芦,去到一个山岭头,果见三条蛇在那里盘搅如斗。䴥精眼快通灵,一见了童子便复了原形,往岭上一株大树飞走到梢头,驾空去了。童儿揭开盖儿,误把行者变的白练蛇装入,忙走回报与丹元老道。老道接了葫芦在手,向三藏说："圣僧不必虑无禅杖,小道已与你捉了偷禅杖的妖魔来了。"行者在葫芦内听得道："动劳,动劳,捞了老孙来了。"丹元听了忙揭开盖,行者钻将出来,复了原身,笑道："老师真,我老孙正要使个机心捉妖精,不知怎被你装入这件宝贝。想我当年随师来时,几番被妖魔捉弄,装入甚魔吸魂瓶内,被我老孙设法都打碎了他的。今日不是你童儿为我们捉妖精,老孙也要计算你这葫芦了。如今禅杖尚无下落,妖魔不知何处逃走,你这宝贝空用一番,童儿也该打他个失错。"三藏道:"只求老师真设法寻件棍棒与我们挑了经担去便是高情。"丹元道:"棍棒却难得有,圣僧且耐心在殿堂坐下,我道院既名荡魔,岂有不找着妖魔取了原物还你?"一面叫童儿收拾些茶点斋食款留三藏师徒,只叫且放心住下。

却说鼺精两个往大树梢头飞空逃走,到那石塔寺,这寺久荒废,仅存这座石塔,高有十余丈,下无三尺梯,唯顶上一小门,内却宽阔如屋。鼺精偷了禅杖,送在这塔上,并没个人往来登眺。正是:

蜗涎鸟迹经年有,雾笼云停镇日多。

本是高山一片石,壮观梵宇作巍峨。

两个鼺精到了塔上寻禅杖,哪里见有?! 大鼺精吃了一惊,向小鼺精道:"我两个设下千方百计,盗了唐僧禅杖,叫他无物挑经,送在此无人往来之处,如何不见?"小鼺精说:"莫不是孙行者知觉,取了去矣! 那老道神通不小,定前指引他们。"大鼺精笑道:"孙行者若知,取了去挑经赶路,何必又追捉我们? 我们且在此等着,看有何人来便知去向。"方说未毕,只见半空半雾来了三个妖魔,鼺精看那妖魔生得:

肉翅形如飞燕,毛头状似鸺鹠。扁身两耳眼睛无,双足紧生小肚。

三个妖魔飞空而来,见塔上有两个妖精在内,随变了三个恶咤咤的人形走入塔门。鼺精见他变成人形,忙也变成两个凶狠狠的汉子,叫一声:"入塔门的何怪?"那三个妖魔答道:"你是何精? 怎把我平人称怪?"鼺精道:"乘空飞入,登上石塔,非怪而何?"妖魔道:"你见我貌,随变了形,谅你必是精也,到此何干? 实实供来! 免得我魔王取了宝贝来打你。"鼺精说:"我非别个,我乃久修成道的大小二鼺,只因遇着取经西还的僧人,三番两次把挑经的禅杖打我,为此窃取了他的藏于此无人往来塔顶,今来寻不见。你是何精? 到此何干?"妖魔说:"原来你是我一种幻化,实不瞒你,我乃多年蝙蝠,只因在此石塔寺听闻长老住持课诵功果,得了长生灵气。近因此寺荒废,迁移宝象国东一座五蕴庙中。昨偶到此,见三条木杖,不知何人放在此塔,今既是你之物,可在塔下取去。且问你藏此禅杖,那和尚们将何挑经前去?"魖精道:"正为他无物挑经,住在道院不能行,我两个要窃取他经,无奈那小和尚叫做孙行者,神通本事,识破我三次计策。如今又添了道院老道,手段玄灵,恐终被他加害。不如将此禅杖还了他,与他挑经担去,这叫做得放手时须放手,得饶人处且饶人。"蝠妖听了笑道:"我闻得当年有东土取经僧路过此地,有个孙行者神通广大,变化多能,降妖捉怪,真惹不得。但你们有五技之能,怎么到此一筹莫展?"魖精说:"计便有一计在此,若三位念一种化生,助我一臂之力,倘夺得他一担经文,也不枉相逢今日。"蝠妖道:"二位计将安出?"魖精道:"我计欲变作一车,只可容三担经包,与他们载往前途,得空推而逃走。倘他们追赶找寻,借三位恶咤咤的雄威,手执着锋利利的兵器,料唐僧们手无器械,怎敢打斗?"蝠妖道:"此计甚好,但恐那老道与孙行者识得是我们假变,弄起神通本事,如之奈何?"魖精道:"我们执了兵器,远远防备,料他赤手空拳不敢。"魖精计定。

却说三藏师徒吃了老道斋供,乃向老道求借挑经器物。老道说:"童儿,可与孙长老看守着担子,我与他寻妖魔找禅杖去也。"丹元与行者出了山门,正才四望,只见远远两个汉子,推着一辆大车前来。丹元看见,乃向行者道:"小长老,你看那两个汉子推辆车子前来,若是载得你经担,倒方便前行,这禅杖也不必找寻罢了。"行者道:"老师真,这车儿知道可是便路去的? 就是便路。又不知可载得起? 便是载得起,知道可远行? 到了前途,终是没有禅杖方便。"丹元道:"小长老不要想禅杖罢,但看这车子可肯远送。"行者道:"且待他来再作计较。"只见那车子近前,丹元老道见了冷笑起来道:"孙长老,你可识么?"行者也笑了一声道:"老师真,我小僧大胆要将计就计,弄过机变心肠儿了。"丹元道:"你的机变虽好,只是我这荡魔道院怎肯容他? 也罢,前计依你,后计在我。"乃走入院内,随行者主张。行者乃叫一声:"推车的汉子,你车子可肯载担包?"魖精道:"专以载货物为业,长老有何担包装载?"行者道:"有三担经文。"魖精道:"载得,载得,但不知载到何处?"行者道:"随路远载,只到东土交界也可。"魖精道:"载去,载去,只要工价日食。"行者道:"有,有。"乃进入殿堂,向三藏道:"师父,禅杖没处去找,妖魔也没处可寻,今有便车推了去吧。"三藏道:"如此却弃了禅杖,免得你们复动无明。"八戒笑道:"省了老猪力,免了肩头痛也。"丹元老道乃向三藏耳边悄语道:"圣僧,我已知此车乃妖魔之计，你孙徒弟要将计就计，但计一识破，必然打斗起来，我有此葫芦，你可袖在身边，如妖魔难斗，可将此宝汲服他，我自有童儿来取。"三藏接了，藏在衣袖。只见行者忙把马垛柜子背上，叫师父押着前行，他把六个经担都载在车上，一齐辞谢丹元老道，出门上路前行。那老道向行者耳边如此如此，行者道："放心，放心。"师徒们走了三十余里路，那羼精歇住车道："师父们，你腹中可饿？"行者道："我尚肚饱。"八戒说："我便有些想斋饭了。"那羼精忙在车子上解下几个馍馍来，八戒便抢两个来吃，被行者一手夺住道："呆子，也不管个生冷荤素，我看这一馍乃荤物包的，莫要乱吃。"八戒听得是荤的，乃剥开一个，果然腥气难闻。羼精见行者识破他计，暗夸孙行者果是神通，只得又推了三十余里，却来到一条岔路。妖精就把车子转推往岔路飞走，行者忙双手扯住道："我们东行大道。你如何不走，却推这小路旁途？"羼精哪里答应，推着直走，八戒、沙僧叫声："师父，且扯着马驮的柜子，这推车子的从逆路推去，多管是妖魔夺担包也。"三藏道："徒弟，只恐他走熟了的路，我们随他的是。"行者道："师父，你不知老孙久已知道了，八戒、沙僧快来扯住。"八戒与沙僧方才来扯，只见那岔路内荒僻无人，忽然三个凶恶汉子手执着大刀阔斧，大叫道："押经的和尚，快把经文留下，放你残生去吧。"八戒见了道："我说没有禅杖将什么挡他的刀斧，这分明孙猴精叫的推车汉。"行者道："呆子，不要怨我，这妖精们纵然凶恶，也要替我们推几程路方才饶他。"乃一手揪住一个推车的汉子道："你老老实实供出，是什么妖魔偷了我们的禅杖？藏在何处？如今又假变推车来诈骗经担！"行者一面说，一面抢起拳头就打，羼精也不慌不忙，向车子上卸下两条车棍来，随变作枪直来刺行者，那蝠妖变的凶汉也舞起刀斧来，行者见了忙走到三藏前道："师父，丹元老道与你的宝贝快把与我。"三藏道："徒弟，你如何得知？"行者道："出山门悄语便是此事。"三藏乃于袖中取出一个葫芦递与行者，八戒见了道："没了禅杖，看那刀斧厉害，没得挡抵，这会取出个葫芦儿来，不知卖的谁家药？!"行者接了葫芦，方才要揭盖，那羼精眼快，见了葫芦，丢了车子，一阵风走了前途去了。行者揭开葫芦，那三个蝠妖被葫芦吸入，行者忙盖了，摇几摇道："这宝贝倒好耍子，且骗了老道的带在路上捉妖精。"正才要拴在腰间，童儿早已站在面前笑道："小长老，这宝贝骗去不的，我老师父叫我来取也。"行者吃了一惊道："葫芦已还了师父。"童儿乃向三藏取讨,三藏道:"悟空,莫要存此欺心,丹元好意借与我们捉妖,救了战斗,保了经文,快还与他。"行者道:"一个小葫芦能值几何？我有两匹布,不曾做衣穿,与你童儿换了吧。"童儿道:"小长老,你若不还我葫芦,我师父曾说来,若是孙行者不还葫芦,叫我念起咒来便火烧身体,你休懊悔！"行者道:"你念,你念,我老孙也有咒儿灭火。"童儿乃念动咒语,果然葫芦在行者腰间如火烧的腰痛不可忍,行者没（按:此下原缺一一二字。）要使个机心,三藏道:"徒弟,只因你好使机心,十万八千里越走越远,越遇妖魔,如今又要使什么机心？"行者不言,乃向地下取起一眽树叶执在手中,念念有咒,顷刻变了一个小葫芦。但见:

> 两节圆圆大小分,坎离上下合乾坤。
>
> 中藏三品灵丹药,此宝尝随不二门。

三藏见了道:"悟空,丹元老道葫芦乃是久修炼就,荡魔装怪之宝,他已着童儿取去,你却又变个假的何用？"行者道:"师父,此正徒弟机变心肠,有处用也。"乃向三藏耳边悄语两句话。却是何话,且听下回分解。

总批

> 鼯鼠五技而穷,穷生于技也,若本无技,如何得穷？俱鼠类济得甚事？全用窃盗手段,正是孙行者一类耳,虽然盗天地,夺造化,神仙天道固有然者。河上公云:"圣人不死,大盗不止。"大盗矣,何又死乎？张果老仙,长于混沌,不虚,不虚。

第九十九回

灭机心复还平等　借宝象乘载真经

三藏听得行者耳边悄语,点头道:"徒弟,这个不为机心,乃是荡魔老道一种平等功德,复此平等功德,推车的八戒也好放心,驾辕的沙僧也好用力,我们大家且安行几里平等路程。"

却说比丘僧与灵虚子道:"自我变了士人提省唐僧师徒,无非只要唐僧始终不改变了志诚,保守了真经,到于东土,把行者机变心肠消灭了不使,自然妖孽不生,我两个完全了保护功果,好复如来旨意。我也知妖精设计捉弄取经僧人,且不去保护,只这起妖魔偷藏了他们禅杖,免得八戒们动打斗之心,以惹妖魔。"故此远远观看着,只见行者将计就计,骗妖精的车子推经担。灵虚子道:"师兄,他们禅杖被妖偷藏的甚好,只是这妖精变化的车子,终不是个光明正大的事物,到底妖精要设计夺将去。"比丘僧道:"师兄,我与你还须说明了孙行者,叫他更改了机变心肠,自然妖魔灭息不生。"灵虚子说:"师兄,料东土将到,真经有灵,孙行者的机变难使于无妖之境矣。你看那前边的殿宇,层层联络,树林密密杂交,不是梵宫定是道院,我与师兄探看可以容车,料唐僧师徒必然投止。"两个走近前来,乃是一座庙堂,甚整齐。怎见得?但见:

山门高耸不寻常,殿宇崇隆接抚廊。

匾上明悬三大字。庙名五蕴众僧堂。

比丘僧同灵虚子走入庙门,只见一个老和尚坐在那殿门,远远见他两个,忙迎出来道:"二位师父,似远方到此,请殿上一茶。"比丘两个走入殿中,不见圣像,乃向长老稽首,便把灵山下来的话说出。那老和尚问道:"二位师父既是灵山下来的,可知东土有几个取经僧人曾到得灵山取得经么?"比丘僧答道:"老师,你如何知道东土取经僧人?"老和尚说:"我这地方远近哪个不知?只因当年宝象国出了几个妖魔,被取经僧人扫荡了,至今老老少少无不感念,但遇着人家有甚邪魔怪异,便说怎得那取经圣僧来。日久说来,便有几分灵异,或是把圣僧书写名字的贴在门上,邪魔多有避去。如今我这庙堂内,往年安静,不知近年来哪里来了几个妖魔,要求祭祀。白日见形,都是些恶咤咤像貌,地方有祭祀,他便不去作威福。我僧众被他吵闹,每日念取经圣僧,便是书名画符也灭他不得,怎能够圣僧取经回还,往我近处地方路过,请他降妖捉怪。"比丘僧问道:"如今妖魔在何处? 我这同来道友也善捉妖降怪。"老和尚道:"爷爷呀,那妖怪念着取经圣僧也不怕,这道友老爷怎能避他? 幸喜这两日不知何处去了,若是在庙中,我老和尚半字也不敢提他。"灵虚子道:"书名念的却是哪个圣僧?"老和尚道:"闻知当年神通广大,叫做孙大圣,乃取经圣僧的大徒弟。"灵虚子道:"是便是了,只是如今他不似当年,只因取了真经,缴了降妖捉怪的兵器,息了杀生害命的恶心,便是遇着妖魔,只凭着一个机变。如今连机变也将次不使,若是路过此地,只怕不暇与你灭妖。"老和尚道:"老爷,你既善除妖,就求你做个方便,若除了妖,也免得吵闹我这庙堂,与地方作些功德。"灵虚子道:"妖魔来时,我当与你扫除,只是借你一间静室安住。"老和尚乃引着比丘两个到殿后僧房住下不提。

却说魈精丢弃车子,两个往前计议道:"三番两次算计孙行者不成,三个蝠妖又被老道葫芦捞去,如之奈何?"大魈精道:"四计不成,还有五技。我们且变了车子主人,取讨唐僧车子,他没了车子,终是经担难去。"小魈精依言,一个变做老汉,一个变作后生,飞走上前,赶上唐僧,一手扯着马垛道:"何处长老,你贩货物,如何推我车子? 推来,快还了我,免送到官;不然扯了他马垛子去,料这匹马也值的这车子。"三藏道:"老人家,你问那推车子的去要,如何扯我的马垛?"老汉道:"不去寻他,只问你要。"三藏忙叫道:"徒弟们,慢些走,这老人家乃是车主来讨了"行者听得,乃走回看着老汉道:"老人家,这车子如何是你的?"老汉道:"这地方没人家,唯我家打造的。物各有主,你是何方和尚,贩买贩卖希图生利,却偷我车子?"一面说,一面去扯车子。行者把慧眼一照笑道:"这妖魔恶心未改。"乃把假葫芦腰间取出,那魈精一见飞星走了,走到一个山坡下计较道:"算计不过这毛脸和尚,怎么葫芦在他身边? 访的已装了三个蝠妖,被个道童捞去,这却又是哪里来的?"正说间,只见童儿取了行者真葫芦,走到山坡来。两个魈精见了,忙计较。一个变了丹元老道,一个隐着身。童儿一时眼错,乃走近前道:"老师父,何以在此?"魈精道:"我见你久不回来,特到此迎你。你去讨葫芦,如何被孙行者骗去?"童儿道:"不曾骗去,现吸了三个恶咤咤妖魔来了。"魖精道:"葫芦盖儿要牢拴紧了。"
童儿乃取出来道:"拴的紧。"魖精接过手来,把盖子一揭,那三个蝠妖顿
时走出,一阵风走去,童儿见师父揭盖走了妖魔,忙来拴盖,被魖精变转面
皮就要抢夺葫芦。童儿忙念动咒语,葫芦如火,魖精疼痛难当,丢下地来,
童儿拾起开了盖,把个假老道一吸入葫芦,这隐身的小魖精也一阵风逃
去。童儿只得装了大魖精到道院,把葫芦交与师父。丹元笑道:"这妖精
变的我好,且叫他在葫芦内过几春。"

却说小魖精走到前途,却好遇着三个蝠妖,慌慌张张赶路,见了魖精
问道:"大魖如何不来?"小魖说:"他诱哄童儿,揭盖走了你们,他却被葫
芦吸去。"这叫做:

使却机心愚稚子,谁知自陷入葫芦。

万事劝人休计较,从来好事不如无。

三个蝠妖听了道:"多亏你大魖做了我们替头,总是可恨唐僧的徒弟使这
机变心肠。如今说不得叫做一不做二不休,料他离了郡国,必到五蕴庙前
过。我弟兄三个久在庙中作威作福,要求地方祭祀,如今且回庙,再设个
计策,夺了车子还你,抢他的经文柜担,叫他师徒空向灵山求宝藏,何能东
土济群生。"小魖精听得说:"三位作何计策?"蝠妖说:"我兄弟原有五个,
我三个在庙间,还有两个在东路五庄观做道童。如今我三个变做三只宝
象,你便可变做个豢象的①,在庙堂大泽中,只待唐僧没了车子,那时必借
我等驮经,乘隙拐他的担子,有何不可?"

魖精大喜,乃随着三个蝠妖走回五蕴庙。正要作威福,只见殿后祥光
万道,瑞气千条,妖魔见了吃惊道:"我只因两日外游,被孙行者捉弄,不
知这殿后何事发这毫光?"乃隐着身来看,原来是两个僧道在内打坐,魖
精见了,乃向蝠妖说:"观这两个僧道,必是久修有道行的正人,虽然我们
邪不敢犯他,但不知他可有些神通本事,或是外貌有些毫光灵异,心中没
甚神通。待我们捉弄他一番,便好设计夺唐僧的车子。"蝠妖道:"将何法
捉弄他?"魖精说:"僧道家非贪即嗔,我同你四个变个酒色财气四种邪
氛,捉弄他乱了心性,这毫光消灭,那僧屋也难安。"蝠妖道:"酒无用处,
财易动贪,色必起淫,我们变这两宗试他,料他必入我们之计。"妖精说

---

①　豢(hùn)象的——指喂养大象的。

罢,乃变了两个美妇,手捧着两贯钱钞,走近后殿敲门道:"老师父开门。"只听得殿内那僧道叫一声:"妖魔,休得错用心机,堕落轮回六道。"鼫精见殿门不开,僧道在内说破了他计,乃退出庙门,专等取经的唐僧来到。

却说行者假葫芦吓走了鼫精,三藏道:"悟空,你这机心虽妙,但恐妖魔知道是假,少不得再来要车子,却将何计算他?"行者道:"师父,只走正路,莫要多疑,你看那前面树林中殿宇巍峨,必然是座庵观寺院。"八戒道:"近前去看,若是座寺院,我们且住下,问东土路程尚有多少。"行者道:"何必问,我老孙已知不远,只是这车子妖心未忘,恐夺将去,我们又要寻担子挑。"三藏道:"悟空,计骗了来的车子,我心亦未安。"行者道:"师父,便是我徒弟也不安于心,只因妖魔三番五次计算我们,不得不将计就计。如今借车子之力已走了数百里程途,若妖魔明明地来取,我老孙何苦留他的。"师徒正说,只见五蕴庙在前,三藏远远看山门一匾,上有三个"五蕴庙"大字,乃向行者道:"悟空,这庙堂齐整宽大,正好安住一日。"行者道:"八戒、沙僧,快把车子推起。"却不防鼫精与蝠妖变了几个汉子,走近前来,一手扯住道:"哪里来的贩货物僧人,岂不知我这庙宇街道不许推车碾坏,趁早卸下。"三藏听得,忙叫八戒、沙僧:"且停着莫推,这众人说得是。"行者笑道:"师父,这分明是取讨车子的又来了。"八戒道:"你那宝贝儿在哪里?何不取出来吓他。"行者忙向腰中取出假葫芦,鼫精见了笑道:

　　"长老非医非道,葫芦药卖谁家?这物非你手中拿,想要吸妖怪,我们不怕他。"

行者见葫芦被妖魔说破,无计退他,乃叫八戒卸下车子。这汉子便你推我扯,把车子推到个空地。三藏忙叫八戒扯住玉龙马垛,也卸下柜担,叫徒弟们看了,他却整了褊衫,走入山门。只见那和尚依旧趋前,向三藏稽首道:"老师父必是东土取经圣僧,你的徒弟经文俱在何处?"三藏道:"师父如何知我小僧?"老和尚说:"我见圣僧庄严相貌非凡,必然就是。"三藏乃把手向山门外一指道:"师父,那阶头柜担便是经文,看守着的便是小徒。"老和尚见了道:"圣僧何故不到庙内卸担?"三藏道:"因是车子推来,方才有几个汉子,阻却不容,说推车碾坏街道。"老和尚道:"圣僧休要错认,我这庙前那有阻车的汉子?"三藏道:"便是我徒弟也知他是妖怪。"老和尚听了道:"正是不差。久已望圣僧有个大徒弟善拿妖捉怪,我这庙中近日不知是哪里来了几个妖怪,吵闹我庙内僧人。且请圣僧殿堂住下,待我前去请你高徒。"三藏依言进了殿堂,一时便有众僧来参谒,便有传知殿后比丘、灵虚的,他两个故意把殿后房门紧闭,在里面静坐。老和尚去请行者们,行者道:"老师父,我等看守经文担,不敢远离,若是有棍担,乞借三根与我们挑经便是盛意。"老和尚道:"必求师父庙内一坐,素斋供俸,还有一事奉求。"八戒道:"老师父有斋送到这里吃吧,有事便讲了何如?"老和尚不肯,乃传了几个小和尚出来,叫他看守经担,定要请行者们进庙。行者把慧眼一观,却都是真和尚,只得同着老和尚进入庙中。三藏见八戒、沙僧俱来,乃把眉一皱道:"悟空,你方才说妖魔夺了车子去,怎不防经担? 如何丢了来庙?"行者道:"老和尚教众僧与我们看守着哩。"乃向老和尚问道:"老师父,你这殿堂怎么处处皆空,不塑位圣像?"老和尚道:"正为这一节,当年层层殿内俱有增塑减塑圣像,后来不知何怪偷移去了,只见青天白日,许多恶咤咤妖魔现形,要地方五牲祭祀,闹吵我庙内大小僧人不安。"行者道:"若是地方有祭祀,你庙中热闹,僧人得利,如何不安?"老和尚愁着眉道:"老爷仙不知:

妖魔颠倒,行事乖张。

要求祭祀,威福地方。

把我和尚,捉弄难当。

吃素长老,强他荤汤。

吃荤和尚,没点牲尝。

若是怠慢,不是毒打,便是生疮。

菩萨搬去,空此庙堂。"

行者听了道:"原来泥塑木雕的圣像不灵,容此妖魔作耗。"老和尚道:"正是圣像有灵,感应得圣僧到此,定是与我们做主,驱除了妖魔,也是庙僧大幸,圣像必然重建。"行者听了道:"老师父放心,我老孙替你扫除妖魔,包你庙堂安静。"八戒道:"也要我们斋吃得如意。"老和尚笑道:"有,有。"乃叫众僧备斋。

　　却说蝠妖同鼮精取了车子,见行者们进殿去,要来偷经担,只见众僧看守,那经担毫光放出,妖魔哪里敢偷? 蝠妖问计鼮精,鼮精说:"你意原要变宝象盗拐他担子,如今庙旁现有刘员外大泽有两匹白象,何不设计驮了他担子去?"蝠妖说:"有理,有理。我那两个蝠弟现在五庄观做道童,若驮了经担远投他处,料五庄观有空屋安顿,只叫唐僧无经回国,空身西还,那时我们仇恨方报也。"

却说行者吃了老和尚斋供,乃对唐僧说道:"师父和八戒们去看守经担,我徒弟既许了老和尚捉妖,必须与他驱除了,方才行路。"三藏道:"徒弟,车子取去了,经担也须计较怎挑。"老和尚听了道:"圣僧放心,我有一策甚便:离我庙十里,有个刘员外,家有白象二匹,莫说五六个经担,便是十余担柜子也驮得去。只要圣僧们拜借他的,直送到你东土。"三藏听了大喜,便要去刘员外家借象,只见庙门外摇摇摆摆来了一个老叟,后面跟着个后生,老和尚同众僧见了,慌忙上前去迎。却是何人?且听下回分解。

总批

妖精变的车子、变的白象,皆可用得。若竟送上东土,有何不可?有心辨别邪正,便多一番劳扰矣。曰欺,曰骗,俱从心生。

行者机变,无妖魔境界便使不出,须知心与魔正如针芥相投,磁石相引。

第 一 百 回

愿皇图万年永固　祝帝道亿载遐昌

却说蝠妖变了刘员外，鼺精变了个后生跟着，他把两个蝠妖变了两匹白象，牵在庙门外。这蝠妖摇摇摆摆走进来，老和尚迎他到了殿堂，三藏一见，彼此行了个主客礼，这蝠妖开口道："圣僧远来，老汉有失迎候，欲要请过寒家，恐路远不便劳动，闻得经担没有车子载行，家有白象两匹，尽可代车。若不弃嫌，载到东土，不枉老汉一种勤劳。"三藏道："小僧为无物担经，正有意来拜求宝象，不意员外有此盛心，只是何以报德？但愿老员外积此功德，福寿无穷。"蝠妖一面说，一面叫后生指引行者、八戒、沙僧，把经担载上象身。行者却把经担连马垛分作两象驮着，空下玉龙马道："师父来时，原乘此马，今日西还，叫你老人家步行，吃了多少辛苦，理当仍骑回国，方见艳面。"三藏依言，谢了老叟并老和尚，方才要离庙前行，只见庙堂后屋走出两个僧道来，看着三藏道："好一个志诚长老。"又看着行者道："好一个机变心肠，怎么对着妖魔让他捉弄？"老和尚道："谁是妖魔？一个刘员外，经年庙中与我往来，今愿布施二象与圣僧驮载经文。你二位师父来我庙中，说与我捉妖怪，却静坐在后屋。圣僧来时，躲躲拽拽，紧闭屋门。我老和尚方疑你是妖魔，怎把个员外指做妖怪？"行者道："老师父，你也莫管他。如今只除了你与我师父乃是个志诚长老，我们都是妖魔，只是送得真经回到东土，功成圆满，那时得证了正果。便是妖魔，二位僧道老师父，你也莫说师父的志诚，我老孙的机变，我这机变虽说近东土，不使用他，若遇着妖魔，却也丢弃不得，只怕更深。但愿的不遇妖魔，我这机变终还个平等无有。"两个僧道见行者如此说，乃看着鼺精说："谁人跟随白象？"鼺精道："便是我这后生跟去。"只见那僧道笑道："你好好跟着白象，那象安安稳稳驮着经文到得东土境界，管你后生福寿资身，白象化生人道；若有怠慢差池，我两个前途等你！"看着老和尚叫一声"取扰"，望着三藏们叫一声"小心"，飞往前途而去。三藏乃向老和尚问道："此二位何来？"老和尚乃把两个来历说出，行者道："师父，你只骑你的马,我们只押我们的经担,莫管这两个僧道,我徒弟久已认得他,只是经文到了本国,包管你也都认得他。"三藏只得上了玉龙马,行者与八戒、沙僧紧跟着象,辞了老和尚与假员外,望前行路。这正是:

一心认道不疑邪,能使妖魔从正路。

却说蝠妖两个变了白象,驮着经担前行,本是邪妖,怎近得真经?但因他驮载正宝,孙行者明知妖魔诡计,却一念信真,与他驮载前去。这一个蝠妖变了刘员外,待两个变象前行,他孤自复了原身,想道:"我三个原与唐僧无甚深仇,只因鼯精藏禅杖因头,动了这捉弄唐僧之意。如今两个驮经前去,鼯鼠又变了后生前跟,我孤立在此。方才那两个僧道,口口声声似识破我们妖魔之计,在前途等候;若指明了孙行者,这猴精不是好惹的。况这两个僧道,在那静屋内放大毫光,必非凡俗。他临行吩咐好生跟行驮载,乃得福寿人道。我想,不如皈依了正果,先去刘员外家化他的真象,赶上唐僧,与他们驮载前去,这却不是个改邪归正?"蝠妖自家计较定了,乃变了一个老和尚,走到大泽旁刘员外家来。只见那员外正在家门立着,蝠妖上前道了一个问讯,那员外问道:"师父何来?"蝠妖道:"贫僧乃东土取经和尚,今有几担经文在前途,缺少脚力,闻知老员外善心喜舍,家有宝象,若肯布施驮载一两程,保佑你福寿无穷,子孙兴旺。"刘员外听了,忙请蝠妖进屋,一面吩咐看象家童随行打点,叫跟了老和尚前途去驮经担,一面备些斋饭款待蝠妖。

却说三藏骑着马,行者们同后生跟着象。那鼯精一路只想要设计,叫两象驮了经往岔道躲去,不匡行者紧随伴着。行者已知是妖,故意问道:"后生大哥,你员外今年多少年纪?家下有几房妻子?有多少产业田庄?"鼯精哪里答应得出,只说是在员外家佣工日浅,不甚备知。八戒听得道:"大师兄,不消问吧,多管是假变将来的。我们不先下手,只怕中了他计。"沙僧也说:"先下手为强。"行者摇头道:"师弟莫要性急,走一程便宜一程。"乃悄向八戒、沙僧耳边说:"师弟,你两个紧跟了,莫要怠慢,待我老孙察他个根脚来。"

好行者,走了几步,叫声:"师弟们,你慢慢前行,我树林中出了恭来。"乃走入树林,一个筋斗打到五蕴庙前,问人刘员外家何处?人说在大泽旁住。行者又一筋斗打到刘员外家,他那隐着身到员外屋里,只见蝠妖变的老和尚受用刘员外斋供,刘员外一句一句问道:"老师父上灵山取经,程途多少?"蝠妖不能答,只是"诺",员外又说:"闻知师父有几位徒弟,都会降妖灭怪。"蝠妖只是"诺",员外又说:"我这里久望老师父回还,过这地方人家,有些妖怪不安的,求你驱除保安。"蝠妖说:"如今妖怪不比当年了,当年的妖怪怕我徒弟孙行者,如今的妖怪不怕我那孙行者,我徒弟只因取了经回,安分守己,还东去吧,又惹那妖怪做甚?"员外听了,愁着眉道:"便是我老汉今日借象与老师父载经还国,也图你有个大徒弟神通本事,与我降一宗妖。既是妖怪不怕他,求他也没用,这像我老汉不借了。老师父吃了斋前途再设法挑经担去吧。"蝠妖听了把脸也一抹,现出个恶咤咤的形状道:"刘员外,我非和尚,乃是三蝠魔王,只因我那两蝠弟假变了白象,送唐僧经担前去,不胜辛苦,今特来借你真象代劳,如何说要求孙行者除妖方才借象?明明是长孙行者的威风,灭我们魔王本事!"员外一见了,吓得战战地道:"爷爷呀,原来不是取经的圣僧,却怎么好?"行者隐着身在旁笑道:"原来这妖精乃蝠妖所化,既知他根脚,怎肯容留他惊吓善心的员外?"乃把脸一抹,现了真形,叫一声:"员外,休怕,我便是唐僧的大徒弟孙行者,特来与你家降妖。"那蝠妖见了要走,被行者一手揪住,念了一声梵语经咒,顷刻妖精复了原形。刘员外见了孙行者形状,乃跪倒在地道:"真是人传说的孙大圣不差,且问大圣从何处进我门来?怎么口里念了一句何语,便把这妖魔捉倒?"行者道:"我当年来,还论神通本事,战斗妖魔。近日只因随着师父,求取了真经,便是这念的乃经咒梵语,妖魔自是现形,消灭不难。员外可借一笼,待我装了他见我师父。"员外道:"大圣老爷,既降了妖,何不扑杀了?笼去做甚?"行者道:"员外有所不知,我师父行动不欲我们伤生害命,且带他前去与师父发落便了。"员外大喜,随叫家童赶了两只大象,送行者前途而去。

却说八戒与沙僧押着蝠妖变的假象正行,忽然行者一筋斗到得面前,向三藏耳边道如此如此,三藏乃勒住马,叫八戒且扯住象莫走,又叫跟的后生且站住等待,后有驮象来,把经担分减轻些。鼯精道:"老师父走路吧,五庄观将近,又等何处象来?"行者乃大喝一声道:"妖魔休要强说,你看后边员外家童,手里提着一笼,跟着两象来了,你还弄计?"鼯精抬回头一看,就要走,行者又念了一声梵语,只见后生与两只假象俱现了原形,把经柜担子放落地间,原来是两蝠一鼠。八戒、沙僧齐上前捉倒,三藏道:"悟空,可喜你一向打妖杀怪,动辄使机变心肠,如今怎会念梵语经咒,便能收服魔精也?"行者道:"师父,我徒弟也自不知,但觉一路越起机心,越逢妖怪;如今中华将近,一则妖魔不生,一则徒弟笃信真经,改了机心,作为平等,自是妖魔荡灭也不劳心力。"师徒说罢,刘员外家童象来,乃更换了驮载前行。行者把两蝠一顒装入笼中,三藏只叫"放他去吧",行者道:"师父,打杀他固不可,放他也不可,且带他到前村,交付与五庄观大仙去点化他吧。"

正才说,只见两个道童手持一纸柬帖近前来道:"大唐老师父,我二人乃是五庄观镇元大仙的道童,我老师蓬莱赴会,知有圣僧取经,今日回还,不能接待,特遣小道童持名帖一接,且请过观一顿便斋。"三藏道:"此处离你观有多少里路?"道童说:"不远,不远,但是近来此处开了一河,象恐不能渡,只好把经担安在附近,圣僧吃了斋再过来行路可也。"三藏道:"既是大仙不在观中,我们去也空扰,就此拜上,动劳你二位远迎。"只见道童向三藏稽首道:"我小童子有一事干渎①圣僧老爷们,适见那笼中蝠鼠,望你放了他吧,我两个看他:

也是一物生命,为何笼着他身。似哀似苦欲逃生,望乞慈悲方寸。况是释门弟子,正当方便存心。放他六道转投人,免使樊笼闷遁。"

行者听了笑道:"连你道童也该装入笼中,但看你身中全无妖气,想是投入仙家。也罢,还了你这三蝠,作速正了念头,庶不负我师徒取经济度众生美意。"行者说罢,把笼儿付与道童携去。

他师徒依旧押着象,骑着马,只见八戒道:"大师兄,我老猪问你一句,五庄观过了,只怕附近高老儿庄,如今经已取来,你们进奉唐朝,我去续旧女婿吧。"行者笑道:"呆子,我们取经功果若成,都要超凡入圣,与师父同证菩提。这堕孽的事,休要想了。况宝象驮载真经,一路安稳无耽无搁。当年来的山程水程俱经过了,若似有圣神拥护,如腾云驾雾一般。看看只怕到了东土边关。"三藏听了道:"悟空,你说将近到东土边关,我想当年出关之日,镇边的官员与本处的僧道,接至福原寺。今日回还,他们若知,必须来接,这柜担定有差来人役扛抬。刘员外家童大象,当打发他回去,多多致意刘员外,只是远劳他家童,没有谢仪酬劳。"行者道:"我尚

---

① 干渎(dú)——指冒犯。

有匹布,谢了他吧。"八戒道:"我有些麝香送他,出家人空手出门素手归,方为洁净。"行者道:"八戒,今日见你不呆了。"

且说比丘僧与灵虚子两个,离了五蕴庙,料唐僧师徒得了刘员外象载经文,孙行者灭了机变心不使,自然路无阻隔。他两个欣欣喜喜,得成了保护经文功德,一路前来,俱是本等庄严相貌。到了边关,把关员役不肯放入,比丘僧乃说是唐玄奘法师灵山取得经文回还,官员听了,随飞骑传报朝廷。唐太宗闻知,亲至望经楼上观看,果见正西满天瑞蔼,阵阵香风,宛似神人拥护着一起人马前来,正是唐僧与徒弟人役等牵着马挑着担。太宗同众官一齐见了,即下楼相迎,唐僧忙倒身下拜,太宗挽起,又问行者、八戒、沙僧何人,三藏奏道:"臣僧途中收的徒弟。"太宗大喜回朝,只见洪福寺僧众香幡迎接三藏到寺,三藏见几株松树,一颗颗头俱向东,乃笑向行者说:"徒弟们,我当年出此山门,曾说此树头向东,我即还,今果然矣。"众僧无不赞叹。

次早,三藏沐浴更衣朝见。太宗传宣三藏上殿。赐墩旁坐,三藏谢恩坐了,教把经柜担包抬上御阶,拆开封皮,只见祥云从内起,瑞气自天来。太宗龙颜大悦,乃问:"多少经数? 怎生取来?"三藏一一把去时一路魔难,回来多年辛苦,及真经数目陈奏不差。太宗传谕赐宴毕,即召在城大小僧众,将真经演诵,要求个报应。三藏道:"真经不可轻亵,须要在座洁净寺院,大建水陆道场。"太宗甚喜,即命当驾官择了吉日,到雁塔寺搭起高台,与三藏谈经。三藏方才展卷课诵,只闻香风缭绕,半空中有比丘僧、优婆塞两个,高叫:"唐三藏法师,听我祝赞,你取经的功德,上报国恩,保皇图亿年永固,祝帝道万载遐昌。可将真经誊录附本,布散珍藏,不可轻亵,我两个保护功成,回西去也。"三藏仰头一看,方才认得,合掌谢道:"原来一路多亏了二位菩提保护也。"当时随喜的大小臣工、僧尼道俗,个个合掌赞叹。真是:

　　圣僧努力取经编,往返辛勤廿八年。

　　去日道途遭怪难,回时经担受磨煎。

　　妖魔总是机心惹,功德还从种福田。

　　三藏经文多利益,传流无量永无边。

却说比丘僧名到彼与优婆塞法号灵虚,他两个保护真经到了东土,乃一驾祥云回到灵山,正遇着佛爷爷在雷音寺讲经说法。两个上前礼拜道:

"弟子前奉金旨,保护唐僧经文回国,今已进奉唐君,藏贮福林,永扬至教,特复缴音。"如来道:"汝二人功果已成,但唐三藏前世原唤金蝉子,只因不听说法,轻慢大教,贬其真灵,转生东土;今喜皈依,秉我迦持,又苦行求取真经,广济东土众生,功劳不小。比丘僧,汝可速驾祥云,把他师徒引到灵山,同证佛位。"

比丘僧领了如来金旨,即驾五色祥云,到于东土。此时唐僧正习静洪福寺,行者、八戒、沙僧俱要辞了师父,各去参禅。忽然比丘僧捧如来金旨,宣三藏师徒到灵山受封成佛。三藏不敢有违,但看他师徒驾云起在半空,顷刻到了灵山。礼拜世尊毕,向诸贤圣众合掌称念,随班列于佛位。这正是:

> 万卷真经一字心,莫教自坏被魔侵。
>
> 何劳万里勤劳取,不必千方设计寻。
>
> 报我四恩端正念,任他六欲不能淫。
>
> 甚深微妙能开悟,自证菩提大觉林。

此时三藏成了正果,行者、八戒、沙僧俱各归真,龙马还原,灵山大庆龙华胜会,善功圆满,万有吉祥。你看那:

> 鸾岭祥云缥缈,雷音宝刹辉光。极乐世界永传芳,好一个金蝉和尚。

于是大众合掌志心称念:

> "南无过去未来、现在三世诸佛菩萨,
>
> 愿以此功德,庄严佛净土。
>
> 上报四重恩,下济三途苦。
>
> 若有见闻者,悉发菩提心。
>
> 尽此一报身,同坐极乐国。
>
> 十方三世一切佛,诸佛菩萨摩诃萨,摩诃般若波罗密。"

总批

除了两个老和尚,都是妖魔,此语大可寻味。究竟两个老和尚亦是妖魔也。请问哪个不是妖魔?日亦派妖魔乎。

西　游　补

序

曰:出三界,则情根尽;离声闻缘觉,则妄想空。又曰:出三界,不越三界;离声闻缘觉,不越声闻缘觉;一念着处,即是虚妄。妄生偏,偏生魔,魔生种类。十倍正觉,流浪幻化,弥因弥极,浸淫而别具情想,别转人身,别换区寓,一弹指间事。是以学道未圆,古今同慨。

曰:借光于鉴,借鉴于光,庶几照体常悬,勘念有自。乃若光影俱无,归根何似,又可慨已。

补《西游》,意言何寄?

作者偶以三调芭蕉扇后,火焰清凉,寓言重言,以见情魔团结,形现无端,随其梦境迷离,一枕子幻出大千世界。

如孙行者牡丹花下扑杀一干男女,从春驹野火中忽入新唐,听见《骊山图》便想借用着"驱山铎",亦似芭蕉扇影子未散。是为"思梦"。

一堕青青世界,必至万镜皆迷。踏空凿天,皆由陈玄奘做杀青大将军一念惊悸而生。是为"噩梦"。

欲见秦始皇,瞥面撞着西楚,甫入古人镜相寻,又是未来;勘问宋丞相秦桧一案,斧钺精严,销数百年来青史内不平怨气。是近"正梦"。

困葛虆①宫,散愁峰顶,演戏、弹词、凡所阅历,至险至阻,所云洪波白浪,正好着力,无处着力。是为"惧梦"。

千古情根,最难打破一"色"字。虞美人、西施、丝丝、绿珠、翠绳娘、蘋香,空闺谐谑,婉娈②近人,艳语飞扬,自招本色,似与"喜梦"相邻。

到得蜜王认行者为父,星稀月朗,大梦将残矣。五旗色乱,便欲出魔,可是"寤梦③。"

---

① 虆(lěi)——藤。

② 婉娈(luán)——相貌美。

③ 寤(wù)梦——白日做梦。

约言六梦,以尽三世。为佛、为魔、为仙、为凡、为异类种种,所造诸缘,皆从无始以来认定不受轮回、不受劫运者,已是轮回,已是劫运。若自作,若他人作,有何差别?

夫心外心,镜中镜,奚啻①石火电光,转眼已尽。今观十六回中,客尘为据,主帅无饭,一叶泛泛,谁为津岸?

夫情觉索情,梦觉索梦者,了不可得尔。阅是补者,暂为火焰中一散清凉,冷然善也。

辛巳中秋嶷②如居士书于虎丘千顷云。

---

① 奚啻(xī chì)——亦作"奚翅"。犹何止,岂但。
② 嶷(yí)。

西游补答问

问:《西游》不阙,何以补也? 曰:《西游》之补,盖在火焰芭蕉之后,洗心扫塔之先也。大圣计调芭蕉,清凉火焰,力遏之而已矣。四万八千年俱是情根团结,悟通大道,必先空破情根;空破情根,必先走入情内;走入情内,见得世界情根之虚,然后走出情外,认得道根之实。《西游补》者,情妖也;情妖者,鲭鱼①精也。

问:《西游》旧本,妖魔百万,不过欲剖唐僧而俎其肉②;子补《西游》,而鲭鱼独迷大圣,何也? 曰:孟子曰"学问之道无他,求其放心而已矣"。

问:古本《西游》,必先说出某妖某怪;此叙情妖,不先晓其为情妖,何也? 曰:此正是补《西游》大关键处。情之魔人,无形无声,不识不知,或从悲惨而入,或从逸乐而入,或一念疑摇而入,或从所见闻而入。其所入境,若不可已,若不可改,若不可忽,若一人而决不可出。知情是魔,便是出头地步。故大圣在鲭鱼肚中,不知鲭鱼;跳出鲭鱼之外,而知鲭鱼也。且跳出鲭鱼不知,顷刻而杀鲭鱼者,仍是大圣。迷人悟人,非有两人也。

问:古人世界,是过去之说矣;未来世界,是未来之说矣。虽然,初唐之日,又安得宋丞相秦桧之魂魄而治之? 曰:《西游补》,情梦也。譬如正月初三日梦见三月初三与人争斗,手足格伤,及至三月初三果有争斗,目之所见与梦无异。夫正月初三非三月初三也,而梦之见之者,心无所不至也;心无所不至,故不可放。

问:大圣在古人世界,为虞美人,何媚也? 在未来世界,便为阎罗天子,何威也? 曰:心入未来,至险至阻,若非振作精神,必将一败涂地。灭六贼,去邪也;刑秦桧,决趋向也;拜武穆,归正也。此大圣脱出情妖之根本。

---

① 鲭(qīng)鱼——鱼类的一科,身体呈梭形而侧扁,鳞圆而细小,头尖,口大。

② 俎(zǔ)其肉——吃其肉。

问:大圣在青青世界,见唐僧是将军,何也? 曰:不须着论,只看"杀青大将军,长老将军"此九字。

问:十三回"关雎①殿唐僧堕泪,拨琵琶季女弹词",大有凄风苦雨之致? 曰:天下情根不外一"悲"字。

问:大圣忽有夫人男女,何也? 曰:梦想颠倒。

问:大圣出情魔时,五色旌旗之乱,何也? 曰:《清净经》云:"乱穷返本,情极见性。"

问:大圣遇牡丹,便入情魔;作奔垒先锋,便出情魔,何也? 曰:斩情魔,正要一刀两段。

问:天可凿乎? 曰:此作者大主意。大圣不遇凿天人,决不走入情魔。

问:古本《西游》,凡诸妖魔,或牛首虎头,或豺声狼视,今《西游补》十五回所记鲭鱼模样,婉娈近人,何也? 曰:此四字正是万古以来第一妖魔行状。

静啸斋主人识

---

① 雎(suī)。

续西游补杂记

　　《续西游》摹拟逼真,失于拘滞,添出比丘灵虚,尤为蛇足。《后西游》潇洒飘逸,不老婆婆一段,借外丹点化,生动异常;然小行者、小八戒未免窠臼①。此于《三调芭蕉扇》后补出十六回之文,离奇惝恍②,不可方物;未来世界入勘秦一段,尤非思议所及。至其行文:有起有讫,有伏案,有缴应,有映带,有穿插,有提挈,有过峡,有铺排,有消纳,有反笔,有侧笔,有顿折,有含蓄,有平衍,有突兀,有疏落,有绵密;且帙③不盈寸,而诗、歌、文、辞、时文、尺牍④、平话、盲词、佛偈⑤、戏曲无不具体,亦可谓能文者矣。

　　前言罗刹女一案,实行者生平所未经,稍稍立脚不定,便入魔障,故《后西游》以不老婆婆一段拟之。此则即借其意,从本文引入情魔,由情入妄,妄极归空,为一切世间痴情人说无量法。十六回书中,人情世故,琐屑必备,虽空中楼阁,而句句入人心脾,是真具八万四千广长舌者。

　　行者第一次入魔是春男女;第二次入魔是握香台;第三次入魔最深:至身为虞美人;逮跳下万镜楼,尚有翠绳娘、罗刹女生子种种魔趣:盖情魔累人,无如男女之际也。

　　或曰:"以斗战胜佛之英雄智慧,而困于情,可乎?"曰:"人孰无情?有性便有情,无情是禽兽也。且佛之慈悲,非佛之情乎?情之在人,视其所用:正则为佛,邪则为魔。是故勘秦桧,拜武穆,寻师父,莫非情也。情得其正,即为如来,妙真如性。"

　　或问:"悟空之为悟幻,何也?"曰:"第二回提纲,大书'西方路幻出新

---

① 窠臼(kē jiù)——老套式。

② 惝(tǎng)恍——迷迷糊糊;不清楚。

③ 帙(zhì)——量词,用于装套的线装书。

④ 尺牍(dú)——文件;书信。

⑤ 佛偈(jì)——佛教中的唱词。

唐',明自此以下,皆幻境也。故起首特揭出'悟空用尽千般计,只望迷人却自迷'二句。夫迷悟空者,即悟空也。世出世间,喜怒哀乐,人我离合,种种幻境,皆由心造。心即镜也。心有万心,斯镜有万镜。入其中者,流浪生死而不自知,方且自以为真境。绿玉殿,见帝王富贵之幻;廷对秀才,见科名之幻;握香台,见风流儿女之幻;项王平话,见英雄名士之幻;阎罗勘案,见功名事业、忠佞①贤奸之幻。幻境也,鬼趣也,故以阎罗王终之。自跳出鬼门关扯断红线,艰难历遍,觉悟顿生。然而小月王宫中之师父,犹非真师父也。弹词茗战,以潇洒为悟;仿古晚郊,以闲适为悟;拟古昆池,以山水为悟;芦中渔唱,以疏野为悟。悟矣乎? 犹未也。情根未绝,妄相犹存,命竟何如? 不堪回首! 始而悲,继而哭,既而疑,终而乱,道味世味,交战于中;大愤大悲,莫知所适。于此真实用力,然后憬然真悟,幻境皆空。非幻亦空,始是立脚之处。虚空主人一偈:'悟空不悟空,悟幻不悟幻。'正为将悟人对病发药。盖能悟幻,始能悟空。然但能悟幻,而未悟空,则其悟仍幻。用力有虚实,见道有浅深,此悟空悟幻之分也。"

《三调芭蕉扇》,其因也;波罗蜜王,其果也:言下指点,明示归结。

曰虚空,曰主人,虚空有主人乎? 虚空而无主人,是顽空也。然毕竟如何是虚空主人? 请读者下转语。

按钮玉樵《觚賸②续编》云:"吴兴董说,字若雨,华阀懿孙,才情恬适,淑配称闺阁之贤,佳儿获芝兰之秀。中年以后,一旦捐弃,独皈净域,自号月涵。所至之地,缁素宗仰,于是海内无不推月涵为禅门尊宿矣。月涵于传钵开堂,飞锡住山之辈,视若蔑如;而身心融悟,得之典籍。每一出游,则有书五十担随之,虽僻谷之深,洪涛之险,不暂离也。余幼时曾见其《西游补》一书,俱言孙悟空梦游事,凿天驱山,出入庄、老,而未来世界历日,先晦后朔,尤奇。"据此,知《西游补》乃董若雨所作。董若雨《丰草庵杂著》凡十种,曰《昭阳梦史》、《非烟香法》、《柳谷编》、《河图挂版》、《文字障》、《分野发》、《诗表律》、《汉铙③歌发》、《乐纬》、《扫叶录》。其见于《四库全书》总目者,有《七国考》十四卷;见于存目者,有《易发》八卷、

①　佞(nìng)——惯于用花言巧语谄媚人。
②　觚賸(gū shèng)。
③　铙(náo)——乐器。

《运气定论》一卷、《天官翼》无卷数，及《汉铙歌发》一卷而已。朱竹篘《明诗综》云："董说，字若雨，乌程人，晚为僧，名南潜，字宝云，有《丰草庵》等十八集。"《易发提要》云："董说，字若雨，湖州人，黄道周之弟子也；后为沙门，名南潜，其论《易》专主数学，兼取焦、京、陈、邵之法，参互为一，而推阐以己意，其根柢则黄氏三易洞机也。"然则若雨为僧后，改名南潜，字宝云，而月涵乃其别号。所著诸书，唯《七国考》刊于雪枝从父《守山阁丛书》为最著，其余皆就湮没，故《西游补》一书宜亟刊以传世也。

问："《西游补》，演义耳，安见其可传者？"曰："凡人著书，无非取古人以自寓，书中之事，皆作者所历之境；书中之理，皆作者所悟之道；书中之语，皆作者欲吐之言：不可显著而隐约出之，不可直言而曲折见之，不可入于文集而借演义以达之。盖显著之路，不若隐约之微妙也；直言之浅，不若曲折之深婉也；文集之简，不若演义之详尽也。若雨令妻贤子，处境丰腴，一旦弃家修道，度必有所大悟大彻者，不仅以遗民自命也。此书所述，皆其胸膈间物。夫其人可传也，其书可传也，传其书，即传其人矣。虽演义，庸何伤？"

第四回云："尧、舜到孔子是'纯天运'。"按董君之学出于黄石斋。石斋《易》象正以周桓王元年当"蒙"卦，则非其师说。而宋牛无邪传邵子之学，以尧之世当"贲①"，则亦非邵学。其所著《易发》中《飞龙训》篇，谓尧、舜、周、孔，皆以飞龙治万世，又其《天官翼》以章、蔀②、纪、元、元、会、运、世立论，谓历数出于卦爻③，所列"恒星过宫"、"年干八卦"二表，以星次递相排比，至帝尧甲子，适值"张"、"心"、"虚"、"昴④"居四仲之中，与《尧典》中星合，遂据以为上溯下推之证。则其用卦爻起秝⑤，盖以尧时为本，正与《西游补》中语相应。轨革之术，随人推衍，本无一定也。玉史仙人似影指宣圣而言。八卦炉中，殆其自谓。

---

① 贲(bì)——文饰貌。
② 蔀(bù)——古代历法名词。我国汉书所传的六种古代历法以十九年为章，章有七闰，四章为蔀，二十蔀为纪，三纪为元。冬至与自朔同日为章首，冬至在年初为蔀首。
③ 卦爻(yáo)——《周易》中象征自然现象和人事变化的一套符号。以阳爻和阴爻相配合而成。
④ 昴(mǎo)——二十八宿之一。
⑤ 秝(lì)——稀疏而均匀之貌。

目　　录

第 一 回

牡丹红鲭鱼吐气　送冤文大圣流连

　　万物从来只一身，一身还有一乾坤。

　　敢与世间开眇眼，肯把江山别立根？

　　此一回书，鲭鱼扰乱，迷惑心猿，总见世界情缘，多是浮云梦幻！

　　话说唐僧师徒四众自从离了火焰山，日往月来，又遇绿春时候。唐僧道："我四人终日奔波，不知何日得见如来。悟空，西方路上，你也曾走过几遍，还有许多路程？还有几个妖魔？"行者道："师父安心。徒弟们着力，天大妖魔也不怕他！"说未罢时，忽见前面一条山路，都是些新落花、旧落花铺成锦地，竹枝斜处漏出一树牡丹。正是：

　　　　名花才放锦成堆，压尽群葩①敢斗奇。

　　　　细剪明霞迎日笑，弱含芳露向风歆②。

　　　　云怜国色来为护，蝶恋天香去欲迟。

　　　　拟向春宫问颜色，玉环娇倚半酣时。

行者道："师父，那牡丹这等红哩！"长老道："不红。"行者道："师父，想是春天曛暖，眼睛都热坏了？这等红牡丹还嫌它不红！师父不如下马坐着，等我请大药皇菩萨来替你开一双光明眼，不要带了昏花疾病勉强走路。一时错走了路头，不干别人的事。"长老道："泼猴！你自昏着，倒拖我昏花哩！"行者道："师父既不眼昏，为何说牡丹不红？"长老道："我未曾说牡丹不红，只说不是牡丹红。"行者道："师父，不是牡丹红，想是日色照着牡丹，所以这等红也。"长老见行者说着日色，主意越发远了，便骂："呆猴子！你自家红了，又说牡丹，又说日色，好不牵扯闲人。"行者道："师父好笑！我的身上是一片黄花毛，我的虎皮裙又是花斑色，我这件直裰又是青

---

① 群葩(pā)——指花。

② 歆(xī)——叹美之词。

不青、白不白的，师父在何处见我红来?"长老道:"我不说你身上红，说你心上红。"便叫:"悟空，听我偈来。"便在马上说偈儿道:

牡丹不红，徒弟心红。牡丹花落尽，正与未开同。

偈儿说罢，马走百步，方才见牡丹树下立着数百眷红女，簇拥一团在那里采野花，结草卦，抱女携儿，打情骂俏。忽然见了东来和尚，尽把袖儿掩口，嘻嘻而笑。长老胸中疑惑，便叫:"悟空，我们另觅枯径去罢。如此青青春野，恐一班娈童弱女又不免惹事缠人。"行者道:"师父，我一向有句话要对你说，恐怕一时冲撞，不敢便讲。师父，你一生有两大病:一件是多用心，一件是文字禅。多用心者，如你怕长怕短的便是;文字禅者，如你歌诗论理、谈古证今、讲经说偈的便是。文字禅无关正果，多用心反召妖魔。去此二病，好上西方。"长老只是不快。行者道:"师父差矣! 他是在家人，我是出家人，共此一条路，只要两条心。"

唐僧听说，鞭马上前，不想一簇女郎队里忽有八九个孩童跳将出来，团团转打一座"男女城"，把唐僧围住，凝眼而看，看罢乱跳，跳罢乱嚷，嚷道:"此儿长大了，还穿百家衣!"长老本性好静，哪受得儿女牵缠，便把善言遭他，再不肯去，叱之亦不去，只是嚷道:"此儿长大了，还穿百家衣!"长老无可奈何，只得脱下身上衲衣藏在包袱里面，席草而坐。那些孩童也不管他，又嚷道;"你这一色百家衣舍与我罢;你不与我，我到家里去叫娘做一件青蘋色、断肠色、绿杨色、比翼色、晚霞色、燕青色、酱色、天玄色、桃红色、玉色、莲肉色、青莲色、银青色、鱼肚白色、水墨色、石蓝色、芦花色、绿色、五色、锦色、荔枝色、珊瑚色、鸭头绿色、回文锦色、相思锦色的百家衣，我也不要你的一色百家衣了!"

长老闭目，沉然不答。八戒不知长老心中之事，还要去弄男弄女，叫他干儿子、湿儿子，讨他便宜哩。行者看见，心中焦躁，耳朵中取出金箍棒，拿起乱赶，吓得小儿们一个个踢脚绊手走去。行者还气他不过，登时追上，抢棒便打。可怜蜗发桃颜，化作春驹野火! 你看牡丹之下一簇美人，望见行者打杀男女，慌忙弃下采花篮，各人走到涧边，取了石片来迎行者。行者颜色不改，轻轻把棒一拨，又扫地打死了。

原来孙大圣虽然勇斗，却是天性仁慈，当时棒纳耳中，不觉涕流眼外，自怨自艾地道:"天天! 悟空自皈佛法，收情束气，不曾妄杀一人。今日忽然忿激，反害了不妖精、不强盗的男女长幼五十余人，忘却罪孽深重哩!"走了两步,又害怕起来,道:"老孙只想后边地狱,早忘记了现前地狱。我前日打杀得个把妖精,师父就要念咒;杀得几个强盗,师父登时赶逐。今日师父见了这一干尸首,心中恼怒,把那话儿咒子万一念了一百遍,堂堂孙大圣就弄做个剥皮猢狲了! 你道像什么体面?"终是心猿智慧,行者高明,此时又便想出个意头,以为:"我们老和尚是个通文达艺之人,却又慈悲太过,有些耳朵根软。我今日做起一篇'送冤'文字,造成哭哭啼啼面孔,一头读,一头走。师父若见我这等啼哭,定有三分疑心,叫:'悟空,平日刚强何处去?'我只说:'西方路上有妖精。'师父疑心顿然增了七分,又问我:'妖精何处? 叫做何名?'我只说:'妖精叫做打人精。师父若不信时,只看一班男女个个做了血尸精灵。'师父听得妖精厉害,胆战心惊。八戒道:'散了伙罢!'沙僧道:'胡乱行行。'我见他东横西竖,只得宽慰他们一句,道:'全赖灵山观世音,妖精洞里如今片瓦无存!'"

　　行者登时拾石为研,折梅为笔,造泥为墨,削竹为简,写成"送冤"文字;扯了一个"秀才袖式",摇摇摆摆,高足阔步,朗声诵念。其文曰:

　　　　维大唐正统皇帝敕赐百宝袈裟、五珠锡杖,赐号御弟唐僧玄奘大法师门下徒弟第一人水帘洞主齐天大圣天宫反寇地府豪宾孙悟空行者谨以清酌庶羞之仪,致笺于无仇无怨春风里男女之幽魂曰:

　　　　呜呼! 门柳变金,庭兰孕玉;乾坤不仁,青岁勿谷。胡为乎三月桃花之水,环珮湘飘;九天白鹤之云,苍茫烟锁? 嗟,鬼耶? 其送汝耶? 余窃为君恨之!

　　　　虽然,走龙蛇于铜栋,室里临蚕;哭风雨于玉琴,楼中啸虎。此素女之周行也,胡为乎春袖成兮春草绿,春日长兮春寿促? 嗟,鬼耶? 其送汝耶? 余窃恨君!

　　　　呜呼! 竹马一里,萤灯半帷①,造化小儿,宜弗有怒。胡为乎洗钱未赐,飞兔舄②而浴西渊;双柱初红,服鹅衣而游紫谷? 嗟鬼耶? 其送汝耶? 余窃为君恨之!

　　　　虽然,七龄孔子,帐中鸣蟋蟀之音;二尺曾参,阶下拜荔枝之献。

---

①　帷(wéi)——帐子。
②　舄(xì)——鞋,古代一种复底鞋。

胡为乎不讲此正则也,剪玉南畴①,碎荷东浦,浮绛之枣不袖,垂乳之桐不哺? 嗟,鬼耶? 其送汝耶? 余窃恨君!

　　呜呼! 南北西东,未赋招魂之句;张、钱、徐、赵,难占古冢之碑。嗟,鬼耶? 其送汝耶? 余窃为君恨之!

　　行者读罢,早已到了牡丹树下。只见师父垂头而睡,沙僧、八戒枕石长眠,行者暗笑道:"老和尚平日有些道气,再不如此昏倦。今日只是我的飞星好,不该受念咒之苦。"他又摘一根草花,卷做一团,塞在猪八戒耳朵里,口里乱嚷道:"悟能,休得梦想颠倒。"八戒在梦里哼哼地答应道:"师父,你叫悟能做什么?"行者晓得八戒梦里认他做了师父,他便变做师父的声音,叫声:"徒弟,方才观音菩萨在此经过,叫我致意你哩。"八戒闭了眼在草里哼哼地乱滚,道:"菩萨可曾说我些背么?"行者道:"菩萨怎么不说? 菩萨方才评品了我,又评品了你们三个。先说我未能成佛,叫我莫上西天;说悟能决能成佛,叫他独上西天;悟净可做和尚,叫他在西方路上干净寺里修行。菩萨说罢三句,便一眼看着你道:'悟能这等好困,也上不得西天。你致意他一声,叫他去配了真真、爱爱、怜怜。'"八戒道:"我也不要西天,也不要怜怜,只要半日黑甜甜。"说罢,又哼的一响,好如牛吼。行者见他不醒,大笑道:"徒弟,我先去也!"竟往西边化饭去了。

　　行者打破男女城,是斩绝情根手段。惜哉! 一念悲怜,惹起许多妄想。

---

① 畴(chóu)——旧地。

第 二 回

西方路幻出新唐　绿玉殿风华天子

自此以后,悟空用尽千般计,只望迷人却自迷。

却说行者跳在空中,东张西望,寻个化饭去处,两个时辰,更不见一人家,心中焦躁。正要按落云头,回转旧路,忽见十里之外有一座大城池,他就急急赶上看时,城头上一面绿锦旗,写几个飞金篆字:"大唐新天子太宗三十八代孙中兴皇帝。"行者蓦然见了"大唐"两字,吓得一身冷汗,思量起来:"我们走上西方,为何走下东方来也? 决是假的。不知又是甚么妖精,可恶!"他又转一念道:"我闻得周天之说,天是团团转的。莫非我们把西天走尽,如今又转到东来? 若是这等,也不怕他,只消再转一转,便是西天。或者是真的?"他即时转一念道:"不真,不真! 既是西天走过,佛祖慈悲,为何不叫我一声? 况且我又见他几遍,不是无情少面之人。还是假的。"当时又转一念道:"老孙几乎自家忘了。我当年在水帘洞里做妖精时节,有一兄弟唤做碧衣使者,他曾送我《昆仑别纪》一书,上有一段云:'有中国者,本非中国而慕中国之名,故冒其名也。'这个所在,决是西方冒名之国! 还是真的。"顷刻间,行者又不觉失声嚷道:"假,假,假,假,假! 他既是慕中国,只该竟写中国,如何却写大唐? 况我师父常常说大唐皇帝是簇簇新新的天下,他却如何便晓得了? 就在这里改标易帜? 决不是真的!"踌躇半日,更无一定之见。行者定睛决志把下面看来,又见"新天子太宗三十八代孙中兴皇帝"十四字。他便跳跳嚷嚷,在空中骂道:"乱言,乱言! 师父出大唐境界,到今日也不上二十年,他那里难道就过了几百年! 师父又是肉胎血体,纵是出入神仙洞,往来蓬岛天,也与常人一般过日,为何差了许多? 决是假的!"他又想一想道:"也未可知,若是一月一个皇帝,不消四年,三十八个都换到了。或者是真的?"

行者此时真所谓疑团未破,思议空劳。他便按落云端,念动真言,要唤本方土地问个消息。念了十遍,土地只是不来。行者暗想:"平时略略念动便抱头鼠伏而来,今日如何这等? 事势急了,且不要责他,但叫值日功曹,自然有个分晓。"行者又叫功曹:"兄弟们何在?"望空叫了数百声,绝无影响。行者大怒,登时现出大闹天宫身子,把棒晃一晃像缸口粗,又纵身跳起空中,乱舞乱跳。跳了半日,也无半个神明答应。

行者越发恼怒,直头奔上灵霄,要见玉帝,问他明白。却才上天,只见天门紧闭。行者叫:"开门,开门!"有一人在天里答应道:"这样不知缓急奴才!吾家灵霄殿已被人偷去,无天可上!"又听得一人在旁笑道:"大哥,你还不知哩!那灵霄殿为何被人偷去?原来五百年前有一孙弼马温大闹天宫,不曾夺得灵霄殿去,因此怀恨,构成党与,借取经之名,交结西方一路妖精。忽然一日,叫妖精们用些巧计,偷出灵霄,此即兵法中以他人攻他人,无有弗胜之计也。猢狲儿倒是智囊,可取,可取!"行者听得,又好笑,又好恼。他是心刚性急的人,哪受得无端抢白,越发拳打脚踢,只叫"开门"。那里边人又道:"若毕竟要开天门,权守五千四十六年三个月,等我家灵霄殿造成,开门迎接尊客何如?"

却说行者指望见了玉帝,讨出灵文紫字之书,辨清大唐真假,反受一番大辱,只得按落云头,仍到大唐境界。行者道:"我只是认真而去,看他如何罢了。"即时放开怀抱,走进城门。那守门的将士道:"新天子之令,凡异言异服者,拿斩。小和尚,虽是你无家无室,也要自家保个性命儿。"行者拱拱手,道:"长官之言,极为相爱。"即时走出城门,变作粉蝶儿,飞一个"美人舞",再飞一个"背琵琶"。顷刻之间,早到五花楼下,即时飞进玉阙,歇在殿上。真是琼枢绕霭,青阁缠云,神仙未见,洞府难摹者也!

天回金气合,星顺玉衡平。

云生翡翠殿,日丽凤凰城。

行者观看不已,忽见殿门额上有"绿玉殿"三个大字,旁边注着一行细字:"唐新天子风流皇帝元年二月吉旦立。"殿中寂然,只有两边壁上墨迹两行。其文曰:

唐未受命五十年,大国如斗。唐受天命五十年,山河飞而星月走。新皇帝受命万万年,四方唱周宣之诗。小臣张邱谨祝。

行者看罢,暗笑道:"朝廷之上有此等小臣,哪得皇帝不风流?"

说罢时,忽然走出一个宫人,手拿一柄青竹帚,扫着地上,口中自言自语地道:"呵,呵!皇帝也眠,宰相也眠,绿玉殿如今变做'眠仙阁'哩!昨夜我家风流天子替倾国夫人暖房,摆酒在后园翡翠宫中,酣饮了一夜。初时取出一面高唐镜,叫倾国夫人立在左边、徐夫人立在右边,三人并肩照镜,天子又道两位夫人标致,倾国夫人又道陛下标致。天子回转头来便问我辈宫人,当时三四百个贴身宫女齐声答应:'果然是绝世郎君!'天子大悦,便眯着眼儿饮一大觥。酒半酣时,起来看月,天子便开口笑笑,指着月中嫦娥,道:'此是朕的徐夫人。'徐夫人又指着织女、牛郎,说:'此是陛下与倾国夫人。今夜虽是三月初五,却要预借七夕哩。'天子大悦,又饮一大觥①。一个醉天子,面上血红,头儿摇摇,脚儿斜斜,舌儿嗒嗒,不管三七念一,二七十四,一横横在徐夫人的身上。倾国夫人又慌忙坐定,做了一个'雪花肉榻',枕了天子的脚跟。又有徐夫人身边一个绣女忒有情兴,登时摘一朵海木香嘻嘻而笑,走到徐夫人背后,轻轻插在天子头上,做个'醉花天子'模样。这等快活,果然人间蓬岛!只是我想将起来,前代做天子的也多,做风流天子的也不少;到如今宫殿去了,美人去了,皇帝去了!不要论秦、汉、六朝,便是我先天子,中年好寻快活,造起珠雨楼台。那个楼台真造得齐齐整整,上面都是白玉板格子,四边青琐吊窗;北边一个圆霜洞,望见海日出没;下面踏脚板,还是金镂紫香檀。一时翠面芙蓉,粉肌梅片,蝉衫麟带,蜀管吴丝,见者无不目艳,闻者无不心动。昨日正宫娘娘叫我往东花园扫地,我在短墙望望,只见一座珠雨楼台,一望荒草,再望云烟;鸳鸯瓦三千片,如今弄成千千片;走龙梁、飞虫栋,十字样架起;更有一件好笑:日头儿还有半天,井里头、松树边,更移出几灯鬼火。仔细观看,到底不见一个歌童,到底不见一个舞女,只有三两只杜鹃儿在那里一声高、一声低,不绝地啼春雨。这等看将起来,天子庶人,同归无有;皇妃村女,共化青尘。旧年正月元宵,有一个松萝道士,他的说话倒有些悟头。他道我风流天子喜的是画中人,爱的是图中景,因此进一幅画图,叫做《骊山图》。天子问:'骊山在否?'道士便道:'骊山寿短,只有二千年。'天子笑道:'他有了二千年也够了。'道士道:'臣只嫌他不浑成些,土木骊山二百年,口舌骊山四百年,楮墨骊山五百年,青史骊山九百年,零零碎碎凑成得二千年。'我这一日当班,正正立在那道士对面,一句一句都听得明白。歇了一年多,前日见个有学问的宫人话起,原来《骊山图》,便是那用'驱山铎'的秦始皇帝坟墓哩!"话罢扫扫,扫罢说说。

---

① 觥(gōng)——古代用兽角做的酒器。

行者突然听得"驱山铎"三字,暗想:"山如何驱得?我若有这个铎子,逢着有妖精的高山,预先驱了他去,也落得省些气力。"正要变做一个承值官儿模样,上前问他驱山铎子的根由,忽听得宫中大吹大擂。

　　此文须作三段读:前一段,结风流天子一案;中间珠雨楼一段,是托出一部大旨;后骊山一段,伏大圣入镜一案。

第　三　回

桃花钺诏颁玄奘　凿天斧惊动心猿

行者听得宫中奏乐，即时飞进虎门，过了重楼叠院，走到一个雕青轩子，团团簇拥公卿，当中坐着天子。歇不多时，只见新天子忽然失色，对众官道："朕昨日看《皇唐宝训》，有一段云：'唐僧陈玄奘妄以缁子惑我先王，门生弟子尽是水帘石洞之流，锡杖檀盂变为木柄金箍之具，四十年后率其徒众犯我疆土，此大敌也。'又有一段云：'五百年前有孙悟空者，曾反天宫，欲提玉帝而坐之阶下。天命未绝，佛祖镇之。'天且如此，而况于人乎？然而唐僧纳为第一徒弟者，何也？欲以西方之游，肇东南之伯；倚猿马之威，壮鲸鲵之势。朕看此书有些害怕，今遣总戎大将赵成望西方而去，斩了唐僧首级回来，当时又赦他徒众，令其四散，自然无事。"

尚书仆射李旷出班奏道："秃臣陈玄奘不可杀，倒可用；只可用他杀他，不可用他人杀他。"既对，新天子叫将士在囊帅库中取出飞蛟剑，吴王刀，碣石钩，雷花戟，五云宝雕戈，乌马胄，银鱼甲，飞虎王帐幡，尧舜大旗，桃花钺，九月斧，玻璃月镜盔，飞鱼红金袍，斩魔晶线履，七星扇，同着一幅黄缣诏书封上，飞送西天杀青挂印大将军御弟陈玄奘。诏曰：

大将军碧节之清，朱丝之直，昨青路诸侯，走马宗国，竞奏将军雄武，使西方天下人鱼结舌而海蜃无气。草阶华历之代，阙见其人，朕之素慕。听词美良，转目西山，悲哉而叹矣。

今夫西贼星亟①，关檄日来，盖天厌别离，而飞锡之归期也。将军何不跃素池而弹慧剑，褫②黑缁而倾智囊？绿林如练，玄日无烽，然后朕以一尺素束将军之马首。此日雕戈银甲，他时虫帐蚊图。若

---

① 亟（jí）——急迫。

② 褫（chǐ）——剥夺。

乃昆仑铜柱,难刊堕泪碑文;天壁金绳,谁赋归来辞句?唯大将军一
思之,二思之。且夫朕之厌珊瑚弓碧玉矢者,久矣。

叫宫中取出珑琥节同付使者。使者得了圣旨,拿着珑琥节,捧着钦赐印
诏,飞马出城。行者大惊,又恐生出事来,连累师父,不敢做声,登时赶上,
飞一个"梅花落",出了城门,现原身望望使者。使者早已不见。行者越
发苦恨,须臾闷倒。

却说行者不曾辨得新唐真假,平空里又见师父要做将军,又惊又骇,
又愁又闷,急跳身起来,去看师父下落。忽然听得天上有人说话,慌忙仰
面看,看见四五百人持斧操斤,抡刀振臂,都在那里凿天。行者心中暗想:
"他又不是值日功曹面貌,又不是恶曜凶星,明明是下界平人,如何却在
这里干这样勾当? 若是妖精变化惑人,看他身面上又无恶气。思想起来,
又不知是天生痒疥①,要人搔背呢? 不知是天生多骨,请个外科先生在此
刮洗哩? 不知是嫌天旧了,凿去旧天,要换新天;还是天生帷障,凿去假
天,要见真天? 不知是天河壅涨,在此下泻呢? 不知是重修灵霄殿,今日
是黄道吉日,在此动工哩? 不知还是天喜风流,教人千雕万刻,凿成锦绣
画图? 不知是玉帝思凡,凿成一条御路,要常常下来? 不知天血是红的,
是白的? 不知天皮是一层的,两层的? 不知凿开天胸,见天有心,天无心
呢? 不知天心是偏的,是正的呢? 不知是嫩天,是老天呢? 不知是雄天,
是雌天呢? 不知是要凿成倒挂天山,赛过地山哩? 不知是凿开天口,吞尽
阎浮世界哩? 就是这等,也不是下界平人有此力量,待我上前问问,便知
明白。"

行者当时高叫凿天的长官:"你是哪一国王部下? 为何干此奇勾
当?"那些人都放了刀斧,空中施礼道:"东南长老在上,我们一干人叫做
'踏空儿',住在金鲤村中。二十年前有个游方道士,传下'踏空'法儿,村
中男女俱会书符说咒,驾斗翔云。因此就改金鲤村叫做'踏空村',养的
男女都叫做'踏空儿',弄做无一处不踏空了。谁想此地有个青青世界天
王,别号小月王,近日接得一个和尚,却是地府豪宾、天宫反寇、齐天大圣、
水帘洞主、孙悟空行者第二个师父,大唐正统皇帝敕赐百宝袈裟五花锡杖
赐号御弟唐僧玄奘大法师。这个法师俗姓姓陈,果然清清谨谨,不茹荤饮

---

① 痒疥——瘙痒的疥疮。

酒,不诈眼偷花,西天颇也去得。只是孙行者肆行无忌,杀人如草,西方一带杀做飞红血路,百姓言之,无不切齿痛恨!今有大慈国王苦恼众生,竟把西天大路铸成通天青铜壁,尽行夹断;又道孙行者会变长变短,通天青铜壁边又布六万里长一张'相思网'。如今东天、西天截然两处,舟车水陆无一可通。唐僧大恸。行者脚震,逃走去了。八戒是唐僧第二个徒弟,沙僧是第三个徒弟,只是一味哭了。唐僧坐下的白马,草也不吃一口了。当时唐僧忙乱场中立出一个主意,便叫二徒弟不要慌,三徒弟不要慌,他径鞭动白马,奔入青青世界。小月王一见了他,想是前世姻缘,便像一个身子儿相好,把青青世界坚执送与那和尚;那和尚又坚执不肯受,一心要上西天。小月王贴上去,那和尚推开来。贴贴推推,过了数日,小月王无可奈何,便请国中大贤同来商议。有一大贤心生一计:'只要四方搜寻凿天之人,凿开天时,请陈先生一跃而上,径往玉皇殿上讨了关文,直头到西天,此大妙之事也。'小月王半愁半喜,当时点起人马,遍寻凿天之人,正撞着我一干人在空中捉雁。那些人马簇拥而来,有一个金甲将军乱点乱触,道:'正是凿天之人了,正是凿天之人了!'一班小卒把我们围住,个个拿来,披枷带锁,送上小月王。小月王大喜,叫手下人开了枷,去了锁,登时取出花红酒赏了我们,强逼我们凿天。人言道:'会家不忙,忙家不会。'我们别样事倒做过,凿天的斧头却不曾用惯。今日承小月王这等相待,只得磨快刀斧,强学凿天。仰面多时颈痛,踏空多时脚酸。午时光景,我们大家用力一凿,凿得天缝开。哪里晓得又凿差了,刚刚凿开灵霄殿底,把一个灵霄殿光油油儿从天缝中滚下来。天里乱嚷:'拿偷天贼!'大惊小怪,半日才定。却是我们星辰吉利,自家做事,又有那别人当罪。当时天里嚷住,我们也有些恐怕,侧耳而听,只听得一个叫做太上老君对玉帝说:'你不要气,你不要急。此事决非别人干得,断然是孙行者、弼马温狗奴才小儿!如今遣动天兵,又恐生出事来,不若求求佛祖,再压他在五行山下;还要替佛祖讲过,以后决不可再放他出世。'我们听得,晓得脱了罪名,想将起来,总之别人当的罪过。又到这里放胆而凿,料得天里头也无第二个灵霄殿滚下来了。只是可怜孙行者,下界西方路上又恨他,上界又怨他,佛祖处又有人送风,观音见佛祖怪他,他决不敢暖眼。看他走到哪里去!'旁边一人道:"啐!孙猢狲有甚可怜?若无猢狲这狗奴才,我们为何在这里劳苦?"那些执斧操斤之人都嚷道:"说得是,我们骂他!"只听得空中大沸,尽叫:"弼马温,偷酒贼,偷药贼,偷人参果的强盗,无赖猢狲妖精!"一人一句,骂得孙行者金睛暧昧,铜骨酥麻。

　　此书奇处,在一头结案,一头埋伏。如此回本结第二回一案,却提出小月王青青世界,又是伏案。

第 四 回
一窦开时迷万镜　物形现处我形亡

　　却说行者受此无端谤议,被了辱詈①,重重怒起,便要上前厮杀。他又心中暗想:"我来的时节,师父好好坐在草里,缘何在青青世界? 这小月王断然是个妖精,不消说了。"好行者! 竟不打话,一往便跳。刚才转个弯儿,劈面撞着一座城池,城门额上有"碧花苔篆成自然"之文,却是"青青世界"四个字。两扇门儿半开半掩。行者大喜,急急走进,只见凑城门又有危墙兀立②,东边跑到西,西边跑到东,却无一窦③可进。行者笑道:"这样城池,难道一个人也没有? 既没有人,却又为何造墙? 等我细细看去。"看了半晌,实无门路,他又恼将起来,东撞西撞,上撞下撞,撞开一块青石皮,忽然绊跌,落在一个大光明去处。行者定睛一看,原来是个琉璃楼阁,上面一大片琉璃作盖,下面一大片琉璃踏板;一张紫琉璃榻,十张绿色琉璃椅,一只粉琉璃桌子;桌上一把墨琉璃茶壶,两只翠蓝琉璃钟子;正面八扇青琉璃窗,尽皆闭着,又不知打从哪一处进来。行者奇骇不已,抬头忽见四壁都是宝镜砌成,团团约有一百万面。镜之大小异形,方圆别致,不能细数,粗陈其概:

　　天皇兽纽镜、白玉心镜、自疑镜、花镜、凤镜、雌雄二镜、紫锦荷花镜、水镜、冰台镜、铁面芙蓉镜、我镜、人镜、月镜、海南镜、汉武悲夫人镜、青锁镜、静镜、无有镜、秦李斯铜篆镜、鹦鹉镜、不语镜、留容镜、轩辕正妃镜、一笑镜、枕镜、不留景镜、飞镜。

　　行者道:"倒好耍子! 等老孙照出百千万亿模样来!"走近前来照照,却无自家影子,但见每一镜子,里面别有天地、日月、山林。行者暗暗称奇,只用"带草看法",一览而尽。忽听耳朵边一人高叫:"孙长老! 别来

---

　　① 辱詈(lì)——辱骂。
　　② 兀(wù)立——直立。
　　③ 窦——空隙。

多年,无恙?"行者左顾右顾,并无一人;楼上又无鬼气;听他声音,又不在别处。正疑惑间,忽然见一兽纽方镜中,一人手执钢叉,凑镜而立,又高叫道:"孙长老!不须惊怪,是你故人。"行者近前看看,道:"有些面熟,一时想不起。"那人道:"我姓刘,名伯钦。当年五行山下你出来的时节,我也效一臂之力。顿然忘记,人情可见!"行者慌忙长揖,道:"万罪!太保恩人,你如今作何事业?为何却同在这里?"伯钦道:"如何说个'同'字?你在别人世界里,我在你的世界里,不同,不同!"行者道:"既是不同,如何相见?"伯钦道:"你却不知。小月王造成万镜楼台,有一镜子,管一世界,一草一木,一动一静,多入镜中,随心看去,应目而来,故此楼名叫做'三千大千世界'。"行者转一念时,正要问他唐天子消息,辨出新唐真假,忽见黑林中走出一个老婆婆,三两个斤斗,把刘伯钦推进,再不出来。

行者怏怏自退,看看日色早已夜了,便道:"此时将暗,也寻不见师父,不如把几面镜子细看一回,再作料理。"当时从"天字第一号"看起,只见镜里一人在那里放榜。榜文上写着:

第一名廷对秀才柳春,第二名廷对秀才乌有,第三名廷对秀才高未明。

顷刻间,便有千万人挤挤拥拥,叫叫呼呼,齐来看榜。初时但有喧闹之声,继之以哭泣之声,继之以怒骂之声。须臾,一簇人儿各自走散:也有呆坐石上的;也有丢碎鸳鸯瓦砚;也有首发如蓬,被父母师长打赶;也有开了亲身匣,取出玉琴焚之,痛哭一场;也有拔床头剑自杀,被一女子夺住;也有低头呆想,把自家廷对文字三回而读;也有大笑,拍案叫"命,命,命";也有垂头吐红血;也有几个长者费些买春钱,替一人解闷;也有独自吟诗,忽然吟一句,把脚乱踢石头;也有不许僮仆报榜上无名者;也有外假气闷,内露笑容,若曰应得者;也有真悲真愤,强作喜容笑面。独有一班榜上有名之人:或换新衣新履;或强作不笑之面;或壁上写字;或看自家试文,读一千遍,袖之而出;或替人悼叹;或故意说试官不济;或强他人看刊榜,他人心虽不欲,勉强看完;或高谈阔论,话今年一榜大公;或自陈除夜梦谶①;或云这番文字不得意。

不多时,又早有人抄白第一名文字,在酒楼上摇头诵念。旁有一少年

①　梦谶(chèn)——梦兆。

问道:"此文为何甚短?"那念文的道:"文章是长的,吾只选他好句子抄来。你快来同看,学些法则,明年好中哩!"两个又便朗声读起。其文曰:

振起之绝业,扶进之人伦;学中之真景,治理之完神。何则?此境已如混沌之不可追,此理已如呼吸之不可去。故性体之精未泄,方策之烬①皆灵也。总之,造化之元工,概不得望之中庸以下;而鬼神之默运,尝有以得之寸掬②之微。

孙行者呵呵大笑,道:"老孙五百年前曾在八卦炉中,听得老君对玉史仙人说着:'文章气数:尧、舜到孔子是"纯天运",谓之"大盛";孟子到李斯是"纯地运",谓之"中盛";此后五百年该是"水雷运",文章气短而身长,谓之"小衰";又八百年轮到"山水运"上,便坏了,便坏了!'当时玉史仙人便问:'如何大坏?'老君道:'哀哉!一班无耳无目、无舌无鼻、无手无脚、无心无肺、无骨无筋、无血无气之人,名曰秀士,百年只用一张纸,盖棺却无两句书!做的文字更有蹊跷混沌:死过几万年还放他不过,尧、舜安坐在黄庭内,也要牵来!呼吸是清虚之物,不去养它,却去惹它;精神是一身之宝,不去静它,却去动它!你道这个文章叫做什么?原来叫做"纱帽文章"!会做几句便是那人福运,便有人抬举他,便有人奉承他,便有人恐怕他!'当时老君说罢,只见玉史仙人含泪而去。我想将起来,那第一名的文字,正是'山水运'中的文字哩!我也不要管他,再到'天字第二号'去看。"

行者入新唐,是第一层;入青青世界,是第二层;入镜,是第三层。一层进一层,一层险一层。

---

① 烬(jìn)——物体燃烧后剩下的东西。
② 寸掬(jū)——指很少。

第 五 回

镂青镜心猿入古　绿珠楼行者攒眉

　　却说行者看"天字第二号"，一面镂青古镜之中，只见紫柏大树下立一石碑，刊着"古人世界原系头风世界隔壁"十二个篆字。行者道："既是古人世界，秦始皇也在里头。前日新唐扫地宫人说他有个'驱山铎'，等我一把扭住了它，抢这铎来，把西天路上千山万壑扫尽赶去，妖精也无处藏身，强盗也无处着落了。"登时变作一个铜里蚝虫，望镜面上爬定，着实蚝了一口，蚝穿镜子，忽然跌在一所高台，听得下面有些人声，他又不敢现出原身，仍旧一个蚝虫，隐在绿窗花缝里窥探。

　　原来古人世界中有一美人，叫做"绿珠女子"，镇日请宾宴客，饮酒吟诗，当时费了千心万想，造成百尺楼台，取名"握香台。"刚刚这一日，有个西施夫人、丝丝小姐同来贺新台，绿珠大喜，即整酒筵，摆在握香台上，以叙姊妹之情。正当中坐着丝丝小姐，右边坐着绿珠女子，左边坐着西施夫人。一班扇香髻子的丫头，进酒的进酒，攀花的攀花，捧色盆的捧色盆，拥做一堆。行者在缝里便生巧诈，即时变作丫头模样，混在中间。怎生打扮？

　　　　洛神髻，祝姬眉；楚王腰，汉帝衣。上有秋风坠，下有莲花杯。
只见那些丫头嘻嘻地都笑将起来，道："我这握香台真是个握香台，这样标致女子不住在屋里也趱①来！"又有一个丫头对行者道："姐姐，你见绿娘也未？"行者道："大姐姐，我是新来人，领我去见便好。"

　　那丫头便笑嘻嘻地领见了绿娘。绿娘大惊，簌簌②吊下泪来。便对行者道："虞美人，许多时不相见，玉颜愁动，却是为何？"行者暗想："奇怪！老孙自从石匣生来，到如今不曾受男女轮回，不曾入烟花队里，我几时认得甚么绿娘？我几时做过泥美人、铜美人、铁美人、草美人来？既然

---

①　趱(zǎn)——积聚。
②　簌(sù)——形容眼泪纷纷落下的样子。

她这等说,也不要管我是虞美人不是虞美人,耍子一回倒有趣。正叫做'将错就错'。只是一件:既是虞美人了,还有虞美人配头。倘或一时问及,'驴头不对马嘴',就要弄出本色来了。等我探她一探,寻出一个配头,才好上席。"

绿娘又叫:"美人快快登席,杯中虽淡,却好消闷。"行者当时便做个"风雨凄凉面",对绿娘道:"姐姐,人言道:'酒落欢肠。'我与丈夫不能相见,雨丝风片,刺断人肠久矣,怎能够下咽?"绿娘失色道;"美人说哪里话来! 你的丈夫就是楚伯王项羽,如今现同一处,为何不能相见?"行者得了"楚伯王项羽"五字,便随口答应道:"姐姐,你又不知。如今的楚王不比前日楚王了! 有一宫中女娃,叫做楚骚,千般百样惹动丈夫,离间我们夫妇。或时步月,我不看池中水藻,她便倚着阑干徘徊如想,丈夫又道她看得媚。或时看花,我不叫办酒,她便房中捧出一个冰纹壶,一壶紫花玉露进上,口称'千岁恩爷',临去,只把眼儿乱转,丈夫也做个花眼送她。我是一片深情,指望鸳鸯无底;见他两个把我做搁板上货,我哪得不生悲怨? 那时丈夫又道我不睬他,又道难为了楚骚,见在床头取下剑囊,横在背上,也不叫跟随人,直头自去,不知往哪里走了。是二十日前去的,半月有余,尚无音耗。"说罢大哭。绿娘见了,泪湿罗衫半袖。西施、丝丝一齐愁叹。便是把酒壶的侍女,也有一肚皮眼泪,嘈嘈哕哕痛上心来。正是:

　　　愁人莫向愁人说,说与愁人转转愁。

四人方才坐定,西施便道:"今夜美人不快,我三人宛转解她,不要助悲。"登时取六只色子,拿在手中,高叫:"筵中姊妹听令! 第一掷无幺,要各歌古诗一句;第二掷无二,要各人自家招出云情雨意;第三掷无三,本席自罚一大觥,飞送一客。"西施望空掷下,高叫:"第一掷无幺!"绿珠转出娇音,歌诗一句:

　　　夫君不来凉夜长!

丝丝大赞,笑道:"此句双关得妙。"他也歌诗一句:

　　　玉人环珮正秋风。

行者当时暗想:"这回儿要轮到老孙哩! 我别的文字却也记得几句,说起'诗'字,有些头痛。又不知虞美人会诗的不会诗的。若是不会诗的,是还好;若是会的,却又是有头无尾了。"绿娘只叫:"美人歌句。"行者便似谦似推、似假似真地应道:"我不会做诗。"西施笑道:"美人诗选已遍

中原,便是三尺孩童也知虞美人是能词善赋之才,今日这等推托!"行者
无奈,只得仰面搜索;呆想半日,向席上道:"不用古人成句好么?"绿娘
道:"此事要问令官。"行者又问西施,西施道:"这又何妨。美人做出来,
便是古人成句了。"众人侧耳而听。行者歌诗一句:

> 忏悔心随云雨飞。

绿娘问丝丝道:"美人此句如何?"丝丝道:"美人的诗,哪个敢说她不好?
只是此句带一分和尚气。"西施笑道:"美人原做了半月雌和尚。"行者道:
"不要嘲人。请令官过盆。"

西施慌忙送过色盆于绿娘。绿娘举手掷下,高叫:"第二掷无二!"西
施便道:"你们好招,我却难招。"绿娘问:"姐姐,你有甚么难招?"西施道:
"啐!故意羞人,难道不晓得我是两个丈夫的!"绿娘道:"面前通是异姓
骨肉,有何妨碍?妹子有一道理,请姐姐招一句吴王,招一句范郎。"西施
听得,应口便招:

> 范郎,柳溪青岁;吴王,玉阙红颜。
> 范郎,昆仑日誓;吴王,梧桐夜眠。
> 范郎,五湖怨月;吴王,一醉愁天。

绿珠听罢,鼓盏自招:

> 妾珠一斗,妾泪万石。今夕握香,他年传雪。

绿珠一字一叹。西施高叫:"大罚!我要招出快活来,却招出不快活
来。"绿娘谢罪,领了罚酒。那时丝丝便让行者,行者又让丝丝,推来推
去,半日不招。绿娘道:"我又有一法:丝丝姐说一句,美人说一句罢。"西
施道:"使不得,楚伯王雄风起起,沈玉郎软缓温存,哪里配得来?"丝丝笑
道:"不妨,她是她,我是我。待我先招。"丝丝道:

> 泣月南楼。

行者一时不检点,顺口招道:

> 拜佛西天。

绿娘指着行者道:"美人,想是你意思昏乱了!为何要拜佛西天起来?"行
者道:"文字艰深,便费诠解。天者,夫也。西者,西楚也。拜者,归也。
佛者,心也。盖言归心于西楚丈夫。他虽厌我,我只想他。"绿娘赞叹不
已。行者恐怕席上久了,有误路程,便佯醉欲呕。西施道:"第三掷不消
掷,去看月罢。"当时筵席便撤。

　　四人步下楼来,随意踏些野花,弄些水草。行者一心要寻秦始皇,便使个脱身之计,只叫:"心痛难忍,难忍! 放我归去罢。"绿娘道:"心痛是我们常事,不必忧疑,等我叫人请歧公公来,替美人看脉。"行者道:"不好,不好! 近日医家最可近,专要弄死活人,弄大小病;调理时节又要速奏功效,不顾人性命;脾气未健,便服参术;终身受他的累了。还是归去。"绿娘又道:"美人归家不见楚王,又要抱闷;见了楚骚,又要恨。心病专忌闷恨。"姊妹们同来留住行者,行者坚执不肯住下。绿娘见她病急,又留她不住,只得叫四个贴身侍儿送虞美人到府。行者做个"捧心睡眼面",别了姊妹。

　　四个侍儿扶着行者,径下了百尺握香台,往一条大路而走。行者道:"你四人回去罢了,千万替我谢声,并致意夫人、小姐,明日相会。"女使道:"方才出门时节,绿娘吩咐一定送到楚王府。"行者道:"你果然不肯回么? 看棒!"一条金箍棒早已拨在手中,用力一拨,四个侍儿打为红粉。

　　行者即时现出原身,抬头看看,原来正是女娲门前。行者大喜道:"我家的天被小月王差一班踏空使者碎碎凿开,昨日反抱罪名在我身上。虽是老君可恶,玉帝不明,老孙也有一件不是,原不该五百年前做出话柄。如今且不要自去投到,闻得女娲久惯补天,我今日竟央女娲替我补好,方才哭上灵霄,洗个明白。这机会甚妙。"走近门边细细观看,只见两扇黑漆门紧闭,门上贴一纸头,写着:

　　　　二十日到轩辕家闲话,十日乃归,有慢尊客,先此布罪。
行者看罢,回头就走,耳朵中只听得鸡声三唱,天已将明。走了数百万里,秦始皇只是不见。

　　　　嘲笑处一一如画,隽不伤肥,恰似梅花清瘦。

第 六 回

半面泪痕真美死　一句蘋香楚将愁

忽见一个黑人坐在高阁之上，行者笑道："古人世界里有贼哩！满面涂了乌煤，在此示众。"走了几步，又道："不是逆贼，原来倒是张飞庙。"又想想道："既是张飞庙，该戴一项包巾，纵使新式，只好换做将军帽。皇帝帽子也不是乱带的。带了皇帝帽，又是元色面孔，此人决是大禹玄帝。我便上前见他，讨些治妖斩魔秘诀，我也不消寻着秦始皇了。"看看走到面前，只见台下立一石竿，竿上插一首飞白旗，旗上写六个紫色字："先汉名士项羽。"行者看罢，大笑一场，道："真个是'事未来时休去想，想来到底不如心'。老孙疑来疑去，又道是大禹玄帝，又道张飞，又道是逆强盗；谁想一些不是，倒是我绿珠楼上的遥丈夫！"当时又转一念道："哎哟！吾老孙专为寻秦始皇替他借个'驱山铎子'，所以钻入古人世界来。楚伯王在他后头，如今已见了，他却为何不见？我有一个道理，径到台上见了项羽，把始皇消息问他，倒是个着脚信。"

行者即时跳起细看，只见高阁之下有一所碧草朱栏，鸟啼花乱去处，坐着一个美人，耳朵边只听得叫："虞美人，虞美人！"行者笑道："绿珠楼上的老孙，如今在这里了。我不要管她死活。"行者登时把身子一摇，仍前变做美人模样，竟上高阁，袖中取出一尺冰罗，不住地掩泪，单单露出半面，望着项羽，似怨似怒。项羽大惊，慌忙跪下。行者背转，项羽又飞趋跪在行者面前，叫："美人，可怜你枕席之人，聊开笑面！"行者也不做声。项羽无奈，只得陪哭。行者方才红着桃花脸儿，指着项羽道："顽贼！你为赫赫将军，不能庇一女子，有何颜面坐此高台！"项羽只是哭，也不敢答应。行者微露不忍之态，用手扶起，道："常言道：'男儿两膝有黄金。'你今后不可乱跪。"项羽道："美人说哪里话来！我见你愁眉一锁，心肺都已碎了，这个七尺躯还要顾他做甚！你说与我，果是为何？"行者便道："大王，我也瞒你不得了。我身子有些不快，在藤榻上眠得半个时辰，只见窗外玉兰树上跳出一个猿精,自称五百年前大闹天宫齐天大圣菩萨孙悟空。"项羽听得时,叫跳乱嚷:"拿我玉床头刀来! 拿我刀来! 不见刀,便是虎头戟!"他便自爬头,自打脚,大喝一声:"如今在哪里!"行者低着身子,便叫:"大王不消大恼,气坏了自家身子,等妾慢慢说来。这个猢狲果然可恶,竟到藤榻边来把妾戏狎①。妾虽不才,岂肯作不明不白、贞污难辨之人? 当时便高叫侍女。不知这猢狲念了什么定身诀,一个侍女也叫不来。吾道侍女不来,就有些蹊跷,慌忙丢下团扇,整抖衣裳。那猴头怒眼而视,一把揪住了我,丢我在花雨楼中,转身跳去。我在花雨楼中急急慌慌,偷眼看他走到哪里去。大王,你道他怎么样? 他竟到花阴藤榻之上坐着,变作我的模样,呼儿唤婢。歇歇儿又要迷着大王,妾身不足惜,只恐大王一时真假难分,遭他毒手。妾之痛哭,正为大王。"项羽听罢,左手提刀,右手把戟,大喊一声:"杀他!"跳下阁来,一径奔到花阴榻上,斩了虞美人之头,血淋淋抛在荷花池内,吩咐众侍女们:"不许啼哭! 这是假娘娘,被我杀;那真娘娘,在我的阁上。"

那些侍女们含着泪珠,急忙忙跟了项王走到阁上,见了行者,都各各回愁作喜,道:"果然真娘娘在此,险些儿吓死婢子也!"项王当日大乐,叫:"阁下侍儿,急忙打扫花雨楼中,谨慎摆酒:一来替娘娘压惊,二来贺孤家斩妖却惑之喜。"台下齐声答应。当时阁上的众侍女们都来替行者揉胸捶背,进茶送水。也有问:"娘娘惊了,不心颤么?"行者道:"也有些。"也有问:"娘娘不跌坏下身么?"行者道:"这个倒不,独有气喘难当。"项王道:"气喘不妨,定心坐坐就好。"

忽有一对侍儿跪在面前:"请大王、娘娘赴宴。"行者暗想道:"我还不要千依万顺他。"登时装做风魔之状,呆睁着两眼,对着项王道:"还我头来!"项王大惊,连叫:"美人,美人!"行者不应,一味翻白眼睛。项王道:"不消讲,这是孙悟空幽魂不散,又附在美人身上了! 快请黄衣道士到来,退些妖气,自然平复。"

顷刻之间,两个侍儿同着一个黄衣道士走上阁来。那道士手执铃儿,口喷法水,念动真言:

---

① 戏狎(xiá)——调笑;嘲弄;逗趣。

三皇之时有个轩辕黄帝,大舜神君。大舜名为虞氏,轩辕姓着公孙。孙、虞,虞、孙,原是婚姻。今朝冤结,哪得清明?伏愿孙先生大圣老爷行者威灵,早飞上界,再闹天宫,放了虞美人,寻着唐僧。急急如令,省得道士无功,又要和尚来临。

行者叫声:"道士,你晓得我是哪个?"道士跪奏:"娘娘千岁!"行者乱嚷:"道士,道士,你退不得我! 我是齐天大圣,有冤报冤,附身作祟! 今日是个良辰吉日,决要与虞美人成亲! 你倒从中做个媒人,得些媒人钱也是好的!"说罢,又嚷几句无头话。道士手脚麻木,只得又执剑上前,软软地拂一拂,轻喷半口法水,低念一声:"太上老君急急如律令。敕敕。"字又不响。

行者暗暗可怜那道士,便又活着两眼,叫声:"大王亲夫在哪里?"项王大喜,登时就赏黄衣道士碎花白金一百两,送他回庙;忙来扶起行者,便叫:"美人,你为何这等吓人?"行者道:"我却不知。但见榻边猢狲又走进来,我便觉昏昏沉沉,被道士一口法水,只见他立脚不定,径往西南去了。如今我甚清爽,饮酒去罢。"项羽便携了行者的手,走下高阁,径到花雨楼中坐定。但见凤灯摇秀,桂烛飞晖,众侍女们排班立定。酒方数巡,行者忽然起身,对项羽道:"大王,我要睡。"项羽慌忙叫:"蘋香丫头,点灯。"两个又携了手,进入洞房,吃盏祘茶①,并肩坐在榻上。行者当时暗想:"若是便去了,又不曾问得秦始皇消息;若是与他同入帐中,倘或动手动脚,那时依他好,不依他好? 不如寻个脱身之法。"便对项羽说:"大王,我有句话一向要对你说,只为事体多端,见着你就忘记起了。妾身自随大王,指望生男长女,永为身后之计,谁想数年绝无影响。大王又恋妾一身,不肯广求妃嫔。今大王鬓雪飘扬,龙钟万状,妾虽不敏,窃恐大王生为孤独之人,死作无嗣之鬼。蘋香这侍儿天姿翠动,烟眼撩人,吾几番将言语试她,倒也有些情趣,今晚叫她服侍大王。"项王失色,道:"美人,想是你日间惊偏了心哩! 为何极醋一个人,说出极不醋一句话?"行者赔笑道:"大王,我平日的不容你,为你自家身子;今日的容你,为你子孙。我的心是不偏,只要大王日后不心偏。"项王道:"美人,你便说一万遍,我也不敢要蘋香。

---

①　祘(suàn)茶——罗祘茶,明代一种珍贵的茶叶。

难道忘了五年前正月十五观灯夜,同生同死之誓,却来戏我?"行者见时势不能,又赔笑道:"大王,只怕大王抛我去了,难道我肯抛大王不成? 只是目下有一件事,又要干渎①。"

　　孙行者不是真虞美人,虞美人亦不是真虞美人。虽曰以假虞美人,杀假虞美人可也。

——————————

　　①　干渎(dú)——冒犯。

第 七 回

秦楚之际四声鼓　真假美人一镜中

项羽便问："美人何事？"行者道："我日间被那猴头惊损心血，求大王先进合欢绮帐，妾身暂在榻上闲坐一回，还要吃些清茶，等心中烦闷好了才上床。"项羽便抱住行者，道："我岂有丢美人而独睡之理？一更不上床，情愿一更不睡；一夜不上床，情愿一夜不睡。"当时项羽又对行者道："美人，我今晚多吃了几杯酒，五脏里头结成一个碗磈①世界。等我当讲平话相伴，二当出气。"行者娇娇儿应道："愿大王平怒，慢慢说来。"项王便慷慨悲愤，自陈其概；一只手儿扯着佩刀，把左脚儿斜立，便道："美人，美人，我罢了！项羽也是个男子，行年二十，不学书，不学剑，看见秦皇帝蒙瞳②，便领着八千子弟，带着七十二范增，一心要做秦皇帝的替身。那时节有个羽衣方士，他晓得些天数；我几番叫个人儿去问他，他说秦命未绝。美人，你道秦命果然绝也不绝？后边我的威势猛了，志气盛了，造化小儿也做不得主了，秦不该绝，绝了；楚不该兴，兴了。俺一朝把血腥腥宋义的头颅儿挂起，众将官魂儿飞了，舌儿长了，两脚儿震了，那时我做项羽的好耍子也！章邯来战，俺便去战。这时节，秦兵的势还盛，马前跳出一员将士。吾便喝道：'你叫什么名字！'那一员将士见了我这黑漫漫的脸子，听得我廓落落的声音，噗的一响，在银花马上翻在银花马下。那一员将，吾倒不杀他。歇歇儿，又有一个大将，闪闪儿的红旗上分明写着'大秦将军黄章'。吾想秦到这个田地也不大了，忽然失声在战场上呵呵地笑。不想那员将军见俺的笑脸儿，他便骨头儿粉碎了，一把枪儿横着，半个身儿斜着，把一面令旗儿乱招着，青金锣儿敲着，只见一个金色将军看定自家的营中趮着。那时俺在秦营边，发起火性，便骂章邯：'秦国的小将！你自家不敢出头，倒教三四尺乳孩儿拿着些柴头木片，到俺这里来祭

---

① 碗磈（kuǐ lěi）——垒积不平的石块。
② 蒙瞳（tóng）——蒙昧不明事理，也指愚昧的人。

刀头！'俺的宝刀头说与我：'不要那些小厮们的血吃，要章邯血吃！'我便
听了宝刀头的说话，放了那厮。美人，你道章邯怎么样？天色已暮了，章
邯那厮径领着一万的精兵，也不开口，也不答话，提着一把开山玉柄斧，往
俺的头上便劈。俺一身火热，宝刀口儿也喇喇的响了。左右有个人叫做
高三楚，他平日有些志气。他说：'章邯不可杀他，还好降他。我帐中少
个烧火军士，便把这个职分赏了章邯罢。'俺那时又听了高三楚的说话，
轻轻把刀梢儿一拨，斩了他坐下花蛟马，放他走了。那时节，章邯好怕
也！"

　　行者低声缓气道："大王，且吃口茶儿，慢慢再讲。"项羽方才歇得口，
只听得樵楼上鼕鼕①响，已是二更了。项羽道："美人，你要睡未？"行者
道："心中还是这等烦闷。"项羽道："既是美人不睡，等俺再讲。次日平
明，俺还在那虎头帐里呼呼地睡着，只听得南边百万人叫'万岁，万岁'，
北边百万人也叫'万岁，万岁'，西边百万人也叫'万岁'，东边百万人也叫
'万岁'。俺便翻个身儿，叫一贴身的军士问他：'想是秦皇帝亲身领了兵
来，与俺家对敌？他也是个天子，今日换件新甲？'美人，你便道那军士怎
么样讲？那军士跪在俺帐边嗒嗒地说：'大王差了，如今还要讲起"秦"
字！八面诸侯现在大王玉帐门前，口称"万岁"。'俺见他这等说，就急急
儿梳了头戴盔，洗了足穿靴，也不去换新甲，登时传令，叫天下诸侯都进辕
门讲话。已时传的号令，午时牌儿换了，未时牌儿又换了，只见辕门外的
诸侯再不进来。俺倒有些疑惑，便叫军士去问那诸侯：'既要见俺，却不
火速进见，倒要俺来见你？'我的说话还有一句儿不完，忽然辕门大开，只
见天下的诸侯王个个短了一段。俺大惊失色。暗想：'一伙英雄，为何只
剩得半截的身子？'细细儿看一看，原来他把两膝当了他的脚板，一步一
步挨上阶来，右帐前拜倒几个衮冕珠服人儿，左帐前拜倒几个衮冕珠服人
儿。我那时正要喝他为何半日叫不进来，左右禀：'大王，那阶下的诸侯
接了大王号令，便在帐前商议，又不敢直了身子走进辕门，又不敢打拱，又
不敢混杂。众人思量，伏在地上又走不动，商商量量，愁愁苦苦，忧忧闷
闷，慌慌张张，定得一个'膝行法'儿，才敢进见。'俺见他这等说话，也有
三分的怜悯，便叫天下诸侯抬起头来。你道哪一个的头儿敢动一动？哪

―――――――――――――――――

　　①　鼕鼕（dōng）――鼓的响声。

一个脚儿敢摇一摇？只听得地底上洞洞儿一样声音，又不是钟声，又不是鼓声，又不是金笳声。定了性儿听听，原来是诸侯口称'万岁，不敢抬头'。想当年项羽好耍子也！"

行者又做一个"花落空阶声"，叫："大王辛苦了，吃些绿豆粥儿，消停再讲。"项羽方才住口。听得谯楼上鼕鼕鼕三声鼓响，行者道："三更了。"项羽道："美人心病未消，待俺再讲。此后沛公有些不谨，害俺受了小小儿的气闷，俺也不睬他，竟入关中。只见一个人儿在十里之外，明明戴一顶日月星辰珠玉冠，穿一件山龙水藻、黼黻①文章衮②，驾一座蟠龙缉凤、画绿雕青神宝车，跟著几千个银艾金章、悬黄佩紫的左右，摆一个长蛇势子，远远的拥来。他在松林夹缝里忽然见了俺。那时节，前面这一个人慌忙除了日月星辰珠玉冠，戴着一顶庶人麻布帽；脱了山龙水藻、黼黻文章衮，换一件青又白、白又青的凄凉服；下了蟠龙缉凤、画绿雕青神宝车，把两手儿做一个背上拱。那一班银艾金章、悬黄佩紫的都换了草绿木带，涂了个朱红面，倒身俯伏，恨不得钻入地里头几千万尺！他们打扮得停停当当，俺的乌骓儿去得快，一跨到了面前。只听得道傍叫：'万岁爷，万岁爷！'俺把眼梢儿斜一斜。他又道：'万岁爷爷，我是秦皇子婴，投降万岁爷的便是。'俺当年气性不好，一时手健，一刀儿苏苏切去，把数千人不论君臣、不管大小，都弄做个无头鬼。俺那时好耍子也！便叫：'秦始皇的幽魂，你早知今日……'"

却说行者一心原为着秦始皇，忽然见项羽说这三个字，便故意放松一步，道："大王不要讲了，我要眠。"项羽见虞美人说要眠，哪敢不从，即便住口。听得谯楼上鼕鼕鼕鼕鼕打了五声更鼓，行者道："大王，这一段话得久了，不觉跳过四更。"行者就眠倒榻上，项羽也横下身来，同枕而眠。行者又对项羽道："大王，吾只是睡不稳。"项羽道："既是美人不睡，等我再讲平话。"行者道："平话便讲，如今不要讲这些无颜话。"项羽道："怎么叫做无颜话？"行者道："话他人叫做有颜话，话自己叫做无颜话。我且问你，秦始皇如今在哪里？"项羽道："咳！秦始皇亦是个男子汉，只是一件：

---

① 黼黻（fú fǔ）——古代礼服上所绣的花纹。黼，黑白相次，作斧形，刃白身黑；黻，黑青相次，作亚形。

② 衮（gǔn）——古代皇帝及上公的礼服。

别人是乖男子,他是个呆男子。"行者道:"他并吞六国,筑长城,也是有智之人。"项羽道:"美人,人要辨个智愚,愚智。始皇的智,是个愚智。元造天尊见他蒙瞳得紧,不可放在古人世界,登时派到蒙瞳世界去了。"

行得听得"蒙瞳世界"四字,却又是个望空,慌忙问:"蒙瞳世界相去有几里路程?"项羽道:"还隔一个未来世界哩。"行者道:"既是蒙瞳世界还隔一未来世界,哪个晓得他在蒙瞳世界?"项羽道:"美人,你却不知。原来鱼雾村中有两扇玉门,里边有条伏路,通着未来世界;未来世界中又有一条伏路,通着蒙瞳世界。前年有一个人名唤新在,别号新居士。他也胆大,一日推开玉门,竟往蒙瞳世界去寻着父亲,归家来时,须发尽白。那新居士走了一遭,原不该走第二遭了,他却不肯安心,歇得三年,重出玉门,要去寻他外父。当时大禹玄帝重重大怒,不等他回来,叫人拿一张封皮封了玉门关。新居士在蒙瞳世界出来,见了玉门关儿紧闭,叫了一日,无人答应,东边不收,西边不管,这中人却是难做。喜得新居士是有性情的,住在未来世界过了十多年,至今还不归家。"行者便叫:"大王,玉门果是奇观,我明日要去看看。"项王道:"这个何难,此处到鱼雾村不过数步。"

正说之间,听得鸡声三唱,八扇绿纱窗变成鱼肚白色,渐渐日出东山,初昕①鼓舞,四个赠嫁在窗外走动,但有脚声,无口声。行者便叫:"蘋香,吾要起身。"一个赠嫁在窗外应道:"叫来。"

顷刻,蘋香推进房门,项羽扶了行者一同走起。登时就有一个赠嫁②趋进:"请娘娘到天歌舍梳洗。"行者便要走动,又转一念道:"若是秃秃光光,失美人的风韵。"轻轻推开绿纱窗两扇,摘一瓣石榴花叶,手里弄来弄去,仍旧丢在花砌之上。

行者转身便走。不多时,走到天歌舍,只见一只水磨长书桌上,摆一个银漆盒儿,合着一盒月殿奇香粉银盒。右边排着一个碧琉璃盏儿,放一盏桃浪胭脂絮银盒;左边排着一个紫花盂,盂内放一根缠头带;又有一个细壶儿,放一壶画眉青黛。东边排大油梳一个,小油梳三个。西边排着青玉油梳一套,次青玉油梳五斜,小青玉油梳五斜。西南排大九纹犀油梳四

---

① 初昕(xīn)——拂晓,日将出时。

② 赠嫁——女儿出嫁时,娘家送与的仆妇。

枚,小赤石梳四枚。东北方排冰玉细瓶,瓶中一罐百香蜜水;又有一只百乳云纹爵,爵中注着六七分润指甲的截浆①。西北摆着方空玉印纹石盆,盆中放清水,水中放着几片奇石子,石子上横放一只竹节柄小棕刷。东南方摆着玄软刷四柄,小玄软刷十柄,人发软刷六柄;人发软刷边又排一个水油半面梳一斜,牙方梳二斜;又有金钳子一把,玉镶剪刀一把,洁面刀一把,清烈蔷薇露一盏,洗手菉米粉一钟,绿玉香油一盏,都摆在一面青铜古镜边。行者见了镜子,慌忙照照,看比真美人何如,只见镜中自己形容更添颜色。当时便有侍女儿簇拥行者,做髻的做髻,更衣的更衣。

晓妆才罢,又见项羽跳入阁来,嚷道:"美人,玉门前去也!"行者大喜。项羽叫打轿。行者道:"大王这样不知趣! 一步两步的路,又都是松阴柏屋之下,俗嗒嗒打什么轿!"项羽就叫不许打轿。

两人携手出阁。不多时,走到玉门关下,两扇门上也不见甚么封皮,用手推推,玉门半开。行者暗想:"此时不走,等待何时?"便把身子一闪,闪进玉门关。项羽慌慌张张,嗒嗒吃吃,扯住一把衣裳,又扯了一个空,扑的一跌。行者全然不顾,竟自走了。

却说行者撞入玉门,原来是一直滚下去的。滚下数里,耳朵里只听得楚王哭声,侍儿号叫;又滚下数里,才不听得,只是未来世界再不肯到。行者心焦,便嚷道:"哎哟,哎哟! 老孙一向骗别人,今日反被项羽骗入无量井了!"忽听得耳边叫:"大圣不用忧煎,此处一大半路,再走一小半便是未来世界。"行者道:"大哥,你在哪里说话?"那人道:"大圣,我在你隔壁。"行者道:"既然如此,开了门等我进来吃口茶水。"那人道:"这里是无人世界,没得茶吃。"行者道:"既是无人,话无人的是哪个?"那人道:"大圣多的聪明,今日又呆! 我是离身数的,却不曾连身数。"

行者见门儿不开,赌个气,苦用力一滚,直落下未来世界。刚刚立得地上,走得几步,对面撞见当年六贼。行者笑道:"啐! 时运不济,白日里见鬼!"六贼便喝:"美妇人休走,等我来剥下衣裳,留下些宝物买路!"

竟是一篇《项羽本纪》。

---

① 截(zài)浆——指醋。

第 八 回

一入未来除六贼　半日阎罗决正邪

原来行者做虞美人时节,忙忙然撞入玉门,便一心只想未来世界如何长短,不曾现得原身。当时听得六贼之言,方才猛省,慌忙抹抹脸,叫:"六贼看棒!"那六贼心胆俱碎,跪在道傍,哀哀告上:"大圣慈悲菩萨,我等当年在枯藤古树之下,不该挡你师父,恼了大圣尊性,弟兄六个一时横死。那时一点灵魂奔入古人世界,古人世界道是我有个贼名头,不肯收留,只得权到这里,堂堂正正,剽掠过日,并无半件不良的事业,伏望大圣放生。"行者道:"我放得你,你却放不得我!"登时拔出棒来,打为肉饼,望前便走,一心要寻伏道。

忽然一对青衣童子一把扯住行者,道:"大圣爷来得好,来得好!我们阎罗天子得病而亡,上帝有些起工动作之忙,没得工夫派出姓氏,竟不管阴司无主。今日大圣爷替我们权管半日,极为感激。"大圣想想:"若又错过半日,明早才好见始皇哩。万一师父被妖精弄死,怎了,怎了!不如回那童子去罢。"便叫:"儿,我别的事做得,若是阎罗天子,断然做不得。我做人虽然直达,却是一时性躁,多致伤人。万一阴司有张状词,原告走来说得是,我便忽然愤怒,拔出棒来打得被告稀烂。若是没有公道硬中证的还好;一时间有个中证,直头跪上前来,又说原告不是,被告可怜,叫我怎么样?"青衣道:"大圣,你差了。生死关头在你手里,又怕哪个哩?"也不管行者肯不肯,一把扯进鬼门关,高叫:"各殿出来迎接,我寻得一个真正阎罗天子来也!"

行者无奈,只得升了正堂。当时有个随身判官徐显,捧上玉玺,请行者权掌。阶下赤发鬼、青牙鬼、一班无主无归昏沦鬼,共八千万四千六百个;殿前七尺判官、花身判官、总巡判官、主命判官、日判、月判、芙蓉判官、水判官、铁面判官、白面判官、缓生判官、急死判官、照奸判官、助正判官、女判官等,共五百万零十六人,呈上连名手本,口称"千岁";又有九殿下进谒。行者通打发出去。当时主簿曹判使跪倒阶下,送上生死簿子。行者接在手中翻看,心中暗想:"我前日打杀一干男女,不知他簿子上可曾记着,不曾记着?"又翻了一页道:"万或记在上边,孙悟空打死男女几千人,我如今隐忍好,还是出牌票好?"

正踌躇间,忽然省悟,道:"啐!吾老孙当年赶到此间,把姓孙的多已抹倒,那一班小猢狲还靠我的福荫,功罪两无。况且老孙自家干事,哪一名小鬼敢报?哪一个判官敢记哩?"便顺手翻翻,掷落阶下。曹判使依旧捧在手中,傍着左柱立起。行者便叫曹判使:"你去取一部小说来与我消闲。"判使禀:"爷,这里极忙,没得工夫看小说。"便呈上一册黄面历,又禀:"爷,前任的爷都是看历本的。"行者翻开看看,只见打头就是十二月,却把正月住脚。每月中打头就是三十日,或二十九日,又把初一做住脚,吃了一惊,道:"奇怪!未来世界中历日都是逆的!到底想来不通。"

正要勾那造历人来问他,只见一个判官上堂禀:"爷,今日晚堂该问宋丞相秦桧一起。"行者暗想道:"当时秦桧必然是个恶人,他若见我慈悲和尚的模样,哪里肯怕?"便叫判官:"拿坐堂衣服过来。"行者便头戴平天九旒冠①,身穿绕蛟袍,脚踏一双铁不容情履。案上摆着银朱锡砚一个,铜笔架上架着两管大朱红笔。左边排着幽冥皂隶签筒——一个判官总名签筒,一个值堂判官签筒,一个无名鬼使签筒——三个。登时又派起五项鬼判:一项绿袍判官,领着青面、青皮、青牙、青指、青毛五百名剐秦精鬼;一项黄巾判官,带着金面、金甲、金臂、金头、金眼、金牙五百名除秦厉鬼;一项红须判官,领着赤面、赤身、赤衣、赤骨、赤胆、赤心五百名羞秦精鬼;一项白肚判官,领着素肝、素肺、素眼、素肠、素身、素口五百名诛秦小鬼;一项玄面判官,领着黑衣、黑裙、黑毛、黑骨、黑头、黑脚——只除心儿不黑——五百名挞秦佳鬼。配了五色,按着五行,立在五方,排做五班,齐齐立在畏志堂前。又派一项雪白包巾,露筋出骨,沉香面孔,铜铃眼子的巡风使者,管东边帘外;一项血点包巾,露筋出骨,粉色面皮,峨象鼻子的巡风使者,管西边帘外,着一个徐判官总管。又派一项草头花脸,虫喉凤眼,铁手铜头的解送鬼六百名,着崔判官管了;一项虎头虎口,牛角牛脚,鱼衣蛟色的送书传帖鬼使一百名;一项迎宾送客,葱花帽子,阴阳生;一项卷帘刷地的蓬首鬼二百名;一项九龙脚,凤凰头的奏乐使者七百名。行者便叫

---

① 旒(liú)冠——古代冕冠前后悬垂的玉串。

小鬼:"把铁风旗杆儿竖起了。"判官传旨,帘外齐齐答应,擂鼓一通。

铁竿立起,闪闪烁烁二面大白旗,分明写着"报仇雪恨,尊正诛邪"八个纯金字。行者看立旗杆,登时出张告示:

正堂孙:天道恢恢,法律无情,一切掌善司、恶刑使,毋得以私犯公,自投严网。三月　日　示。

告示挂毕,帘外齐声大喊,擂鼓一通。行者又出吊牌一起:"秦桧。"判官跪接牌儿,飞奔出帘,挂在东边栋柱,帘外大震,擂鼓一通。

行者便叫卷帘。有数个鬼使飞趋走进,把斗虎帘儿高挂。只见众判官排班雁行雁视,两边对立。外面又擂鼓一通,吹起海角,击动云板石,闹纷纷送进一首白纸旗儿,上写:"偷宋贼秦桧。"到了头门,头门上鬼使高叫:"偷宋贼秦桧牌进!"帘外齐声答应,擂鼓一通,重复吹起海角,击动云板石;殿中青牙判使便撞起夺邪钟,头门上发擂,二门上也发擂,帘外也发擂,烟飞斗乱。头门鬼使高叫:"秦桧进!"帘内五项鬼判,帘外众项鬼使,同声吆喝,响如霹雳。

鼓声才罢,行者便叫:"放下秦桧挪子,细细问他。"一千个无职雄风鬼慌忙解下绳来,把秦桧一揪揪下石皮,踢了几脚。秦桧伏在地上,不敢做声。行者便叫:"秦丞相请了。"

写行者扮威仪处,一一绝倒。

第 九 回

秦桧百身难自赎　大圣一心皈穆王

掌簿判官将善恶簿子呈上御览。行者看罢,便叫判官:"为何簿上没有那秦桧的名字?"判官禀:"爷,秦桧罪大恶极,小判不敢混入众鬼丛中,把他另写一册,夹在簿子底下。"行者果然翻出一张秦桧恶记,从头看去:

> 会金主吴乞买以桧赐其弟挞懒;挞懒攻山阳,桧遂首建和议。挞懒纵之使归,遂与王氏俱归。

行者道:"秦桧,你做了王臣,不思个出身扬名,通着金人,是何道理?"秦桧道:"这是金人弄说,与桧全没相干。"行者便叫一个银面玉牙判使取"求奸水鉴"过来。鉴中分明见一秦桧,拜着金主,口称"万岁"。金主附耳,桧点头;桧亦附耳,金主微笑。临行,金主又附耳,桧叫:"不消说,不消说!"

行者大怒,道:"秦桧! 你见鉴中的秦桧么?"秦桧道:"爷爷,鉴中秦桧却不知鉴外秦桧之苦。"行者道:"如今他也知苦,快了!"叫铁面鬼用通身荆棘刑。一百五十名铁面鬼即时应声,取出六百万只绣花针,把秦桧遍身刺到。又读下去:

> 绍兴元年除参知政事,桧包藏祸心,唯待宰相到身。

行者仰天大笑,道:"宰相到身,要待他怎么!"高总判禀:"爷,如今天下有两样待宰相的:一样是吃饭穿衣、娱妻弄子的臭人,他待宰相到身,以为华藻自身之地,以为惊耀乡里之地,以为奴仆诈人之地;一样是卖国倾朝,谨具平天冠,奉申白玉玺,他待宰相到身,以为揽政事之地,以为制天子之地,以为恣刑赏之地。秦桧是后边一样。"行者便叫小鬼掌嘴。一班赤心赤发鬼一齐拥住秦桧,已时候掌到未时候还不肯住。行者倒叫:"赤心鬼不必如此,后边正好打哩。"又读下去:

> 八月,拜右仆射。九月,吕颐浩再相,桧同秉政。桧风其党,建言

内修外攘,出颐浩于镇江。上尝谓学士綦①崇礼曰:"桧欲以河北人
还金,中原人还刘豫。若南人归南,北人归北,朕北人,将安归乎?"

行者道:"宋皇帝也是真话,到了这个时节,布衣山谷,今日闻羽书,
明日见庙报,哪个不有青肝碧血之心? 你的三公爵、万石侯是谁的? 五花
绶、六柳门是谁的? 千文院、百销锦是谁的? 不想上报国恩,一味伏奸包
毒,使九重天子不能保一尺的栋梁,还是忠呢,还是奸?"秦桧道:"桧虽愚
劣,原有安保君王、宴宁天室之意。'南人归南,北人归北',此是一时戏
话,爷爷,不作准也罢了。"行者道:"这个不是戏的!"叫抬小刀山过来。
两个蓬头猛鬼抬出小刀山,把一个秦桧血淋淋拖将上去。行者道:"此是
一时耍子,秦丞相,你不准也罢了。"说罢大笑。又看下去:

八年拜右仆射,金使议和,与王伦俱至。桧与宰执共入见。桧独
留身,言:"臣僚畏首畏尾,不足与断大事。若陛下决欲讲和,乞颛②
与臣议。"帝曰:"朕独委卿。"桧曰:"愿陛下更思三日。"

行者道:"我且问你,你要图成和议,急如风火,却如何等得这三日过
呢? 万一那时有个廷臣喷血为盟,结一'忠臣丢命党',你的事便坏了。"
秦桧道:"爷爷,那时只有秦皇帝,哪有赵皇帝? 犯鬼有个朝臣脚本,时时
藏在袖中。倘有朝廷不谨,反秦姓赵,那官儿的头颅登时不见。爷爷,你
道丢命忠臣,盘古氏到再混沌也有得几个? 当日朝中纵有个把忠臣,难道
他自家与自家结党? 党既不成,秦桧便安康受用。"行者道:"既如此,你
眼中看那宋天子殿上像个什么来?"秦桧道:"当日犯鬼眼中,见殿上百官
都是蚂蚁儿。"行者叫:"白面鬼,把秦桧碓成细粉,变成百万蚂蚁,以报那
日廷臣之恨!"白面精灵鬼一百名得令,顷刻排上五丈长、一百丈阔一张
碓子,把秦桧碓成桃花红粉水;水流地上,便成蚂蚁微虫,东趱西走。行者
又叫吹嘘王掌簿吹转秦桧真形,便问:"秦桧,如今还是百官是蚂蚁,还是
丞相是蚂蚁?"秦桧面皮如土,一味哀号。

行者又道:"秦桧,你如今再说,你当日看宋天子像个什么来?"秦桧
道:"犯鬼站立朝班,看见五爪丝龙袍,是我箧③中旧衣服;看见平天冠,是

---

① 綦(qí)——姓。

② 颛(zhuān)——专擅,专利。

③ 箧(qiè)——小箱子。

我破方巾;看见日月扇,是我芭蕉叶;看见金銮殿,是我书房屋;看见禁宫门,是我卧榻房。若说起赵陛下时,但见一只草色蜻蜓儿,团团转地舞也。"行者道:"也罢,我便劳你做做天子!"叫天煞部下幽昭都尉把秦桧滚油海里洗浴,拆开两胁,做成四翼,变作蜻蜓模样。

行者又叫吹转真形,便问:"秦桧,我且问你,你这三日闲不过,怎么样消闲?"秦桧道:"秦桧哪得工夫?"行者道:"你做奸贼,不要杀西戎,退北虏;不要立纲常,正名分,有甚没工夫呢?"秦桧道:"爷爷,我三日里看官忙,看着心姓秦的,便把银朱红点着名姓上,点大的大姓秦,点小的小姓秦。大姓秦的,后日封官大些;小姓秦的,后日封官时节小小儿吃亏。又有一种不姓秦又姓秦,不姓赵又姓赵的空着,后日竟行斥逐罢了。撞着稍稍心姓赵的,却把浓墨涂圈,圈大罪大,圈小罪小,或灭满门,或罪妻孥①,或夷三党,或诛九族,凭着秦桧方寸儿。"行者大怒,高叫:"张、邓两兄!张、邓两兄!你为何不早早打死了他,放他在世界之内,干出这样勾当!也罢,邓公不用霹雳,还有孙公霹雳!"便叫一万名拟雷公鬼使,各执铁鞭一个,打得秦桧无影无踪。行者又叫判官吹转真形,却把册子再看:

> 三日过了,复留身,奏事如故,帝意已动矣。桧犹恐其变也,曰:"望陛下更思三日。"又三日,和议乃决。

行者道:"你这三日怎么闲得过?"秦桧道:"犯鬼三日也没得闲。吾入朝时,见宋陛下和意已决,甜蜜蜜的事体做得成了,出得朝门,随即摆上家宴,在铜乌楼中为灭宋、扶金、兴秦立业之贺,大醉一日。次日,家中大宴,心姓秦的官儿,当日,便奏着金人乐,弄个'飞花刀儿舞',并不用宋家半件东西,说宋家半个字眼,又大醉一日。第三日,独坐扫忠书室,大笑一日,到晚又醉。"行者道:"这三日倒有些酒趣!今日还有几杯美酒,奉献丞相。"便叫二百名钻子鬼扛出一坛人脓水,灌入秦桧口中。行者仰天大笑,道:"宋太祖辛辛苦苦的天下,被秦桧快快活活儿送了。"秦桧道:"今日这个人脓酒忒不快活。咳!爷爷,后边做秦桧的也多,现今做秦桧的也不少,只管叫秦桧独独受苦怎的?"行者道:"谁叫你做现今秦桧的师长,后边秦桧的规模!"登时又叫金爪精鬼取锯子过来,缚定秦桧,解成万片。旁边吹嘘判官慌忙吹转。行者又看册子:

---

① 孥(nú)——指儿女。

和议已决,秦桧挟金人以自重。

行者又叫:"秦桧,你挟金人的时节,有几百斤重呢?"秦桧道:"我挟金人却如铁打泰山一般重。"行者道:"你知泰山几斤?"秦桧道:"约来有千万斤。"行者道:"约来的数不确,你自家等等分厘看!"叫五千名铜骨鬼使,抬出一座铁泰山压在秦桧背上,一个时辰,推开看看,只见一枚秦桧变成泥屑。行者又叫吹转,再勘问他。看册子:

诸将所向奏捷,而桧力主班师。九月,诏还诸路将军。

行者便问:"那诸将飞马还朝的呢,步还朝的呢?"判官禀:"爷,这个自然飞马回来的。"行者便叫变动判官立时把秦桧变作一匹花蛟马。数百恶鬼骑的骑,打的打。半个时辰,行者方叫吹转原身。又看册子后边云:

一日奉十二金牌,令岳飞班师。飞既归,所得州县,寻复失之。飞力请假兵柄。不许。兀术遗桧书,桧以为然。以谏议大夫万俟卨①与飞有怨,风卨劾②飞;又谕张俊令劾王贵,诱王俊诬告张宪谋还飞兵。桧遣使捕飞父子证张宪事。初命何铸鞫③之,裳忽自裂,露出背上"尽忠报国"四字,深入肤理。既而阅实无左验,铸明其无辜。改命万俟卨。卨入台月余,狱遂上。于是飞以众证坐死,时年三十九。

行者便叫:"秦桧,岳将军的事如何?"说声未罢,只见阶下有一百个秦桧伏在地上,哀哀痛哭。行者便叫:"秦桧,你一个身子也够了。宋家那得一百个天下!"秦桧道:"爷爷,别的事还好,若说岳爷一件,犯鬼这里没有许多皮肉受刑;问来时,没有许多言语答应;一百个身子,犯鬼还嫌少哩。"行者便吩咐各衙门判官各人带一个秦桧去勘问用刑。登时九十九个秦丞相到处分散。只听得这边叫"岳爷的事,不干犯鬼",那边叫"爷爷台下,饶犯鬼一板也是好的"。

行者心中快畅,便对案前判使道:"想是这件事情,原没处说起刑法的了?"曹判使不敢回言,只将手中册本呈上御览。行者展开一看,原来

————————

①　卨(xiè)——人名用字。

②　劾(hé)——审决讼案,揭发罪状。

③　鞫(jū)——审讯,查问。

是各殿旧案卷。第一张案上写着：

　　本殿严，秦桧秉青蝇之性，构赤族之诛；岳爷存白雪之操，壮黄旗之烈。桧名"愚贼"，飞曰"精忠"。

行者道："这些通是宽话，'愚'字也说不倒秦桧。"第二张案：

　　本殿黎，秦桧构弥纶，《楚骚》悱恻①。

　　行者道："可笑！那秦贼的恶端说不尽，还有闲工夫去炼句。真所谓'文章之士，难以决狱'。不消看完了。"便展第三张案：

　　本殿唐，吊岳将军诗：谁将"三字狱"，堕此万里城？北望真堪泪，南枝空自萦。国随身共尽，相与虏俱生。落日松风起，犹闻剑戟鸣。

　　行者道："这个诗儿倒说得斩钉截铁。"便叫："秦桧，唐爷的诗句上'相与虏俱生'那五个字，也是'五字狱'了，拿来配你这'三字狱'，何如？我如今也不管你什么'字狱'，也不用唐爷的'五字狱'，自家有个'一字狱'。"

　　判官禀："爷，为何叫做'一字狱'？"行者道："剐！"登时着一百名蓬头鬼扛出火灶，铸起十二面金牌，帘外擂鼓一通，趱出无数青面獠牙鬼，拥住秦桧，先剐一个"鱼鳞样"，一片一片剐来，一齐投入火灶。鱼鳞剐毕，行者便叫正簿判官销第一张金牌。判官销罢，高声禀："爷，召岳将军第一张金牌销。"擂鼓一通。左边跳出赤身恶使，各各持刀来剐秦桧，剐一个"冰纹样"。行者又叫正簿判官销了第二张金牌。判官如命，高声禀："爷，召岳将军第二张金牌销。"擂鼓一通。东边又走出十名无目无口血面朱红鬼，也各持刀来剐，剐一个"雪花样"。判官销牌讫，高声禀："爷，召岳将军第三张金牌销。"擂鼓一通。

　　忽然头门上又擂起鼓来，一个鱼衣小鬼捧着一大红帖儿呈上。行者扯开便看。帖上写着五个字："宋将军飞拜。"曹判官见了，登时送上一册历代臣子案卷。行者又细览一遍，把岳飞事实切记在心头。

　　门上又击鼓，帘外吹起金笳，大吹大擂了半个时辰，一员将军走到面前。行者慌忙趋下正殿，侧着身子打一拱，道："将军请。"到了阶上，又打一深拱。刚刚进得帘内，好行者，纳头便拜，口称："岳师父，弟子一生有

――――――――――

① 悱恻（fěi cè）——形容内心悲苦凄切。

两个师父:第一个是祖师,第二个是唐僧。今日得见将军,是我第三个师父,凑成'三教全身'。"岳将军谦谦不已。行者哪里听他,一味是拜,便叫:"岳师父,弟子今日有一杯血酒替师父开怀。"岳将军道:"多谢徒弟,只恐我吃不下。"

行者当时密写一封书,叫:"送书的小鬼哪里?"一班牛头虎角齐齐跪上,禀:"爷,有何吩咐?"行者道:"我要你们上天。"牛头禀:"爷,我一干沉沦恶鬼,哪能够上天?"行者道:"只是你没个上天法儿,上天也不是难事。"把片纸头变作祥云,将书付与牛头。忽然想着:"前日天门紧闭,不知今日开也不开?"便叫:"牛头,你随着祥云而走,倘或天门闭上,你径说幽冥文书送到兜率宫中去的。"

行者打发牛头去了,又叫:"岳师父,弟子欢喜无限,替你续成个偈子①。"岳将军道:"徒弟,我连年马上不曾看一句佛书,不曾说一句禅话,有何偈子可续?"行者道:"师父且听我续来:'有君尽忠,为臣报国;个个天王,人人是佛。'"行者方才念罢,只见牛头鬼捧着回书,头上又顶一紫金葫芦,突然落在阶前。行者便问:"天门开么?"牛头禀:"爷,天门大开。"呈上老君回书,云:

　　玉帝大乐,为大圣勘秦桧字字真,棒棒切也。金葫芦奉上,单忌
　金铁、钻子,望大圣留心。至于凿天一事,其说甚长,面时再悉。

行者看罢,大笑道:"老孙当初在莲花洞里原不该钻坏了他的宝贝,这个老头儿今日反来尖酸我了!"便对岳将军打一拱,道:"师父,你且坐一回,等徒弟备血酒来。"

问秦桧,是孙行者一时极畅快之事,是《西游补》一部极畅快之文。

---

①　偈(jì)子——佛经中的唱词,又名偈颂,大多是诗的形式,故又称偈颂。

第 十 回

万镜台行者重归　葛蠡宫悟空自救

行者接得葫芦儿在手，便叫判官立在身边，附耳低言，不知说些甚么，将葫芦付与判官。判官便到阶下跳起空中，叫："秦桧，秦桧！"桧时心已死，而气犹存，应了一声，忽然装入葫芦里面。行者看见，叫："拿来，拿来！"判官慌忙趋进帘内，把葫芦递还行者。行者帖一张"太上老君急急如律令"封皮，封了口子。一时三刻，秦桧化为脓水。便叫判官取出金爪杯，把葫芦底朝上，倒出血水。行者双手举杯，跪进岳将军，道："请师父吃秦桧的血酒。"岳将军推开不饮。行者道："岳师父，你不要差了念头，那偷宋贼只该恨他，不该怜悯。"岳将军道："我也不是怜悯。"行者道："既不怜悯他，为何不吃口血酒？"岳将军道："徒弟，你不晓得，那乱臣贼子的血肉，为人在世，便吃他半口，肚皮儿也要臭一万年。"行者见岳师父坚执不饮，就叫一个赤心鬼，赏他吃了。

那赤心鬼方才饮罢，走入殿背后，半个时辰，忽见门前大嚷一阵，门役打起鸣奸鼓，阶下五方五色鬼使、五路各殿判官，个个抖擞精神。行者正要问判官为着何事，白玉阶前早已拥过三百个蓬头鬼，簇住一个青牙碧眼、赤发红须的判官头颅，禀："爷，赤心鬼自饮秦桧血浆酒，登时变了面皮，奔到司命紫府，拔出腰间小刀，刺杀他恩主判爷，径出鬼门关托生去了。"

行者喝退小鬼，岳将军也便起来。帘外擂鼓一通，奏起细乐，枪刀喇喇，剑戟森森，五万名总判磕头送岳爷爷。行者道："起去。"总判应声，各散衙门。又有无数青面红筋猛鬼俯伏送岳爷爷。行者道："起去。"又有三百名拥正黄牙鬼各持宝戟禀送岳爷爷。行者便叫黄牙鬼送岳爷到府。两个走到头门，头门擂鼓一通，奏金笳一曲，行者打拱，又跟着岳将军而走。到了鬼门关，擂鼓一通，万鬼齐声呐喊，行者打一深拱，送出岳将军，高叫："师父，有暇再来请教。"又打一拱。

行者送别了岳师父，登时立在空中，脱下平天冠一顶、绕蛟袍一件、铁不容情履一双,阎罗天子玉印一方,抛在鬼门关上,竟自走了。

　　却说山东地方有个饭店,店中有一个主人,头发脱,口齿落,不知他几百岁了,镇日坐在饭店卖饭。招牌上写着"新古人饭店在此"。下面一行细字"原名新居士"。原来新居士在蒙瞳世界回来,玉门关闭,不能进古人世界,权住未来世界中开饭店度日。他是不肯忘本的人,因此改名叫做新古人。当日坐店中吃茶,只见孙行者从东边乱嚷:"臊气,臊气!"一步一跌跑来。新古人便叫:"先生请了。"行者道:"你是何人,敢叫先生?"新古人道:"我是古人今人,今人古人,说了出来,一场笑柄。"行者道:"你但说来,我不笑你。"新古人道:"我便是古人世界中的新居士。"行者听得,慌忙重新作揖,叫声:"新恩人。若非恩人,我也难出玉门关了!"新古人大惊。行者径把姓名根由,尽情说了一遍。新古人笑道:"孙先生,你还要拜我哩。"行者道:"且莫弄口,我有句要紧话问你,为何这等臊气?又不是鱼腥,又不是羊膻。"新古人道:"要臊,到我这里来;不要臊,莫到我这里来。这里是靼子隔壁,再走走儿,便要满身惹臊。"行者听罢,心中暗想:"老孙是个毛团,万一惹些臊气,恰不弄成个臊猢狲?况且方才权做阎罗天子,把一名秦桧问得他千零万碎。想将起来,秦始皇也是秦,秦桧也是秦,不是他子孙,便是他的族分,秦始皇肚里膨膪①,'驱山铎子'也未必肯松松爽爽拿将出来。若是行个凶险,使个抢法,又恐坏了老孙的名头。不如问新居士一声,跳出镜子罢了。"行者便叫:"新恩人,你可晓得青青世界如今打哪里去?"新古人道:"来路即是去路。"行者道:"好油禅话儿! 我来路便晓得的,只是古人世界顺滚下未来世界,也还容易;若是未来世界翻滚上古人世界,恰是烦难。"新古人道:"既如此,随我来,随我来。"一只手扯了行者,拽脚便走。

　　走到一池绿水边,新古人更不打话,把行者辘轳轳一推,喇嚩一声,端原跌在万镜楼中。行者周围一看,又不知打从哪一面镜中跳出,恐怕延搁工夫,误了师父,转身便要下楼。寻了半日,再不见个楼梯,心中焦躁,推开两扇玻璃窗。玻璃窗外都是绝妙朱红冰纹阑干,幸喜得纹儿做得阔大,行者把头一缩,趱将出去。谁知命蹇②时乖,阑干也会缚人,明明是个冰

---

①　膨膪(hēng)——指腹膨大貌。

②　蹇(jiǎn)——艰难。

纹阑干,忽然变作几百条红线,把行者团团绕住,半些儿也动不得。行者慌了,变作一颗蛛子,红线便是蛛网;行者滚不出时,又登时变做一把青锋剑,红线便是剑匣。行者无奈,仍现原身,只得叫声:"师父,你在哪里,怎知你徒弟遭这等苦楚?"说罢,泪如泉涌。

忽然眼前一亮,空中现出一个老人,对行者作揖,便问:"大圣为何在此?"行者哀告原由。老人道:"你却不知,此处是个青青世界小月王宫里。他原是书生出身,做了国王,便镇日作风华事业,造起十三宫,配着十三经,这里是六十四卦宫。你一时昏乱,刚刚走入困之困葛藟宫中,所以被它捆住。我替你解下红线,放你去寻师父。"行者含泪道:"若得翁长如此,感谢不尽。"老人即时用手一根一根扯断红线。

行者方才得脱,便唱个大喏,问:"翁长姓甚名谁? 我见佛祖的时节,也要替你注个大功劳。"老人道:"大圣,吾叫做孙悟空。"行者道:"我也叫做孙悟空,你又叫做孙悟空! 一个功劳簿上,如何却有两个孙悟空! 你且说平日做些甚么勾当来,等我记些事实罢了。"老人道:"若问我的勾当,也怕煞人哩! 五百年前要夺天宫坐坐,玉帝封我弼马温做做。齐天大圣是我,五行山下苦一苦;苦一苦,苦得一个唐僧来从正果。西天路上有灾危,偶在青青世界躲。"行者大怒,道:"你这六耳猕猴泼贼! 又来耍我么? 看棒!"耳中取出金箍棒,望前打下。老人拂袖而走,喝一声道:"正叫做'自家人救自家人'。可惜你以不真为真,真为不真!"突然一道金光飞入眼中,老人模样即时不见。行者方才醒悟是自己真神出现,慌忙又唱一个大喏,拜谢自家。

> 救心之心,心外心也。心外有心,正是妄心,如何救得真心? 盖行者迷惑情魔,心已妄矣。真心却自明白,救妄心者,正是真心。

第十一回
节卦宫门看账目　愁峰顶上抖毫毛

行者拜谢已毕,跳下楼来,又走到一个门前。门额上有个石板,刊着"节卦宫"三个大字。门楹上挂一条紫金绳,悬着一个碧玉雕成的节卦。两扇门:一扇上画水纹,一扇上画河泽。两旁又有一对"云浪笺"春联。其词云:

　　不出门,不出户,险地险天。　　为少女,为口舌,节甘节苦。

行者看罢,便要进去。忽顿住了脚,想想道:"青青世界有这等缚人红线,不可胡行乱走。等我门前门后看看,打听个消息,寻出老和尚罢了。"

转过墙门东首,有一斜墙,上贴着一张纸头,上面写着:

节卦宫木匠、石匠、杂匠工钱总账:

节卦正宫　房子大小六十四间。木匠银万六千两,石匠银万八千零一两,杂匠银五万四千零六十两七钱正。

节之乾宫　六十四间。前日小月王一个结义兄弟,三四十岁还不上头,还不做亲。小月王替他讨一个妻子,叫做翠绳娘。就在第三宫中做亲。结亲刚刚一夜,忽然相骂起来。小月王大怒,叫我进去重责五十板。此是众匠害我,今除众匠价银各六倍,替我消闷:木匠只该五万两,石匠只该四万两,杂匠只该二十万两整。

节之坤宫　六十四间。木匠、石匠、杂匠如前。

节之泰宫　白鹤屋四百六间。小月王独赞芰荷①小舍,增众匠价银,每人增五百两。今该木匠银七百万两,石匠银六百六十四两,杂匠银二百万八千两正。

节之否宫　小月王卧室一万五千间穿青屋。小月王要增一个镜楼,只为近日又增出几个世界:头风世界中分出一个小世界,叫做时文世界;菁莱世界中分出一个红妆世界;莲花世界中分出一个焚书世

---

① 芰(jì)荷——出水的荷,指荷叶或荷花。

界。其余新分出的小世界又不可胜记。困之困万镜楼中藏不下了，只得又在这里再造一所第二万镜楼台。明日各匠进去起造，皆要用心，不宜唐突，自取罪戾①，先还旧价：木匠五百万五千两，石匠四千万两，杂匠一百八十万两八钱五分一厘正。

行者看得眼倦，后边还有六十宫，只用一个"怀素看法"，一览而尽了。

当时行者看罢，心中害怕，道："我老孙天宫也见，蓬岛也见，这样六十四卦宫却不曾见！六十四卦犹以为少，每卦之中又有六十四卦宫六十四个；六十四卦犹以为少，每一卦之中又有六十四卦。此等所在又不是一处，除了这里，还有十二个哩。真是眼中难遇，梦里奇逢！"登时使个计较，身上拔一把毫毛，放在口中嚼得粉碎，叫："变！"变做无数孙行者团团立转。行者吩咐毫毛行者："逢着好看处，但定脚看看，即时回报，不许停留。"一班毫毛行者跳的跳，舞的舞，径往东西南北走了。

行者方才打发毫毛，自身闲步，忽然步到一个峰顶，叫做愁峰顶。抬头见一小童，手中拿着一封书，一头走，一头嚷道："啐！吾家作头好笑，天大家里事，与你一人什么相干，多生疑惑。又拿什么书札，到王四老官处去！别日的小可；今日下昼，陈先生在我饮虹台上搬戏饮酒，为你这样细事，要我戏文也不看得！"

行者听得师父在饮虹台上，便转身寻去；又想一想，道："万一东走西走，走错路头，不如上前问那童儿一声。"便叫："小官人。"谁想那小童儿走走话话，他不曾抬头看见行者，忽然见了行者，七窍红流，惊仆不醒。行者笑道："乖乖，你会做假人命哩！且看他手中是何书札。"急取出来拆开看时，只见两张黄糙纸上写着：

管十三宫总作头沈敬南奉字王四老官台下知悉：

不肖承台下青目，提拔做其作头，不曾晓得贼头贼脑，累台下抱闷。况且不肖名头也要修洁者也，故数年动作，而尽然乎？

昨日俞作头忽然见不肖言之，他说六十四卦宫、三百篇宫、十八章宫阙了物件，共计百余。小月王殿下大怒，明日要差王四老官去逐宫查点。不肖想台下有片慈心者也，虽不嘱，也必然照顾耳。犹恐此心不白，蒙冤百年，若得台下善其始终，则感佩而终身者哉！眷待教

---

① 罪戾（lì）——乖张，暴戾。

门生十三宫总作头沈敬南百拜。

　　王四老官老阿爹老先生大人。

　　行者一心要寻师父,看罢之时便抖抖身子,唤转毫毛。一个毫毛行者在山坡下飞趋上山,叫:"大圣,大圣! 跑在这里,要我寻了半日!"行者道:"你见些什么来?"毫毛行者道:"我走到一个洞天,见只白鹿说话。"登时又有两个毫毛行者,揪头发,扯耳朵,打上山来,对了行者一齐跪下:这个毫毛行者又道那个毫毛行者多吃了一颗碧桃;那个毫毛行者又道这个毫毛行者攀了一枝梅子。行者大喝一声,三个毫毛行者一同跳上身来。

　　歇歇,又有一班毫毛行者从东北方来:也有说好看;也有说不好看;也有说见一壁上写着两行字云:

　　　　意随流水行,却向青山住。因见落花空,方悟春归去。

也有说一枝绣球树,每片叶上立一仙人,手执渔板,高声独唱。唱道:

　　　　还我无物我,还我无我物。虚空作主人,物我皆为客。

一个毫毛行者说:"一洞天中云色多是回纹锦。"一个毫毛行者说:"一高台多是沉水香造成。"一个毫毛行者说:"一个古莫洞天,闭门不纳。"一个毫毛行者说:"绿竹洞天黑洞洞,怕走进去。"行者无心去听,把身一扭,百千万个毫毛行者丁冬响一齐跳上身来。行者拽脚便走,听得身上毫毛叫:"大圣,不要走! 我们还有个朋友未来。"行者方才立定。

　　只见西南上一个毫毛行者沉醉上山,行者问他到哪里去来。毫毛行者道:"我走到一个楼边,楼中一个女子,年方二八,面似桃花,见我在她窗外,一把扯进窗里,并肩坐了,灌得我烂醉如泥。"行者大恼,捏了拳头,望着毫毛行者乱打乱骂,道:"你这狗才! 略略放你走动,便去缠住情妖么?"那毫毛行者哀哀啼哭,也只得跳上身来。当时行者收尽毫毛,走下愁峰。

　　收、放心一部大主意,却露在此处。

第 十 二 回

关雎殿唐僧堕泪　拨琵琶季女弹词

行者拽起脚,走到一座楼台,明明是个饮虹台,却不见个师父,越发心中焦急。忽然回转头来,只见面前一带绿水,中间有一水殿,殿中坐着两个戴方巾的人。行者有些疑惑,慌忙跳在近楼的山上,伏在一个山凹里仔细观看,见殿上有四个青花绣字:"关雎水殿。"真是锦墙列缋①,绣地成文;桂栋兰枡,梅梁蕙阁。殿围都是珊瑚错落阑干,日久年深,早有碧蓝水草结成虫篆。殿中两个人儿:一个戴九花太华巾,一个戴时式洞庭巾。那戴九华巾的面白唇红,清眉皓齿,宛是唐僧模样,只是多了一顶巾。行者又惊又喜,暗想:"那九华巾的分明是师父,为何戴了巾?"看看小月王又不像个妖精,疑来疑去,心中如结。正要现原身,"拖着师父走罢",又想:"师父万一心邪,走到西方,亦无用处。"仍旧伏在山凹定睛再看,一心只要辨出师父邪正。

只见下面洞庭巾的便对唐僧道:"晚霞颇妙,陈先生起来闲步哑。"那戴九华巾的唐僧道:"小月王先请。"他两个携了手,走上一个欲滴阁上。阁上有几张单条,都是名人书画。旁边又有一幅小笺,题着几个绿字:

　　青山抱颈,白洞穿心。玉人何处?空天白云。

两个闲走片时,听得竹林里面隐隐有声。戴巾的唐僧便倚斜阑而听,当时一阵松风,吹来字句。他唱道:

　　月子弯弯照九州,
　　几家欢乐几家愁。
　　几人在玉坠金钩帐,
　　几个潇湘夜雨舟。
　　　　　　*
　　姐儿半夜里打被头,

---

① 列缋(huì)——绘画,也指用彩色画或绣的花纹图象。

为何郎去你吩勿留留？

若是明夜三更郎勿见，

剪碎鸳鸯浪锦裘。

唐僧听罢，点头堕泪。小月王道："陈先生，想是你离乡久了，闻得这等声音便生悲切，且去插青天楼上听弹词去。"

两个又话一番，走下欲滴阁来，忽然不见。你道为何不见了？原来插青天楼与关雎水殿还差一千间房子，一望看去，都是绀芳绕甍①，接翠分衢，垂柳万根，高桐百尺。他两个曲曲折折儿在里边走，行者在对面山凹，哪得看见？

歇了一个时辰，忽然见一座高楼上依然九华巾唐僧，洞庭巾小月王两把交椅相对坐着。面前排一柄碧丝壶，盛一壶茶，两只汉式方茶钟。低凳上又坐着三个无目女郎：一个叫做隔墙花，一个叫做摸檀郎，一个叫做背转娉婷。虽然都是盲子，倒有十二分姿色，白玉酥胸，稳贴琵琶一面。小月王便叫："隔墙花，你会唱几部故事？"隔墙花道："王爷，往者苦多，来者苦少。故事极多，只凭陈相公要唱哪一本。"小月王道："陈相公也极托熟，你且说来。"隔墙花道："旧故事不消说；只说新的罢，有《玉堂暖话》、《则天怨书》、《西游谈》。"小月王道："《西游谈》新，便是它，便是它！"女郎答应，弹动琵琶，高声和词。诗曰：

莫酌笙歌掩画堂，暮年初信梦中长。

如今暗与心相约，静对高斋一炷香。

隔墙花又弹二十七声凄楚琵琶调，悠扬远唱。唱道：

天皇那日开星斗，九辰五都立乾坤？

弽日②寻云前代迹，鱼云珠雨百般形。

无怀氏，银竹多奇节；葛天王，瑞叶尽香凝。

龙蛇心画传青板，鸟兔花书挂玉冰。

山文石字俱休话，路叟嵩封且慢论。

玉沉西海团华锦，宝路庭中赏正臣。

许由天子逃龙衮，奉送山河虞、舜君。

----

① 绕甍(liù)——指绕房上的檐沟。

② 弽(bì)日——射日。

十有四年钟石变,洞庭长者掌人民。

桑林曾有成汤拜,鹿台珠袖泪缤纷。

雨旗风钺开清界,钩陈垒上武周存。

春秋欲吊吴王石,战国悲哀磨笄人①。

燕邦壮士衣冠白,太子雄心天上红。

点点筑声微羽换,易水飞云云万层。

图秦不就六国死,去秦称皇刻碣文。

谁闻三世秦皇帝,人鱼烛尽海东昏?

佳人骏马歌诗惨,拔山才罢哭秋风。

有心四皓空山坐,无累张郎伴赤松。

真人云气三千丈,五岳齐呼一万春。

草黄木落先天数,董剑曹刀斩卯金。

傅粉君王传六代,彩霜玉露织冰文。

九六运穷天子死,逼出明明唐太宗。

家庭事黑人难探,莫学诗人讽脊令。

只为昔年烽警日,三月桃花照玉骢②。

马前满月临弓影,天上连星入剑虹。

赤老无心悲玉石,螭师不管痛湘魂。

一夜沙风冤鬼葬,山谷年年献泪纹:

声声只怨唐天子,哪管你梅花上苑新!

话说唐天子坐朝方退,便饮酒赏花,忽然睡着,梦见一个龙王,叫声:"天子!救我性命,救我性命!"又弄一种《泣月琵琶调》,续唱文词:

宫中天子悬河动,传出金牌告众臣:

急召斩龙天使者,白黑将军两用心。

王言如缚③今颠倒,蝴蝶飞腾杀老龙。

龙王那肯无头过?明月银宫闹殿门。

来朝懒驾龙驹出,宫中圣主拜医生。

---

① 磨笄(jī)人——笄,古代束发用的簪子。这里指女人。

② 玉骢(cōng)——指青白色相杂的马。

③ 如缚(fū)——如大索。

鬼来五日天王去，九地森森对古人。

作弊阴官加日月，玉鸾重响太微明。

死生反复唐皇帝，回望山川昔日同。

天王也唱悲哉句，百年世上似浮虫。

井下幽人何日度？便请那玄奘和尚陈。

金钟玉磬呼迷溺，墨袖缁旗咒往生。

大士现身来说法，做造西方赶圣僧。

中国界前僧走马，虎屋伤悲天铸人。

双叉岭顶翻梵典，五行山底纳门生。

石涧黄龙吞紫鹿，香林白壁变红磷。

风吹火眸西路杳，灵吉飞来百难空。

智猴占得睽爻①上，负豕一涂拜老僧。

流沙日暮嘶千里，杂识同归净悟中。

豚鱼终是池中物，慢把清筝代晓钟。

人参树拔哀猿叫，白骨夫人立茂林。

金公别去僧成虎，恰好牛哀第二人。

莲花玉洞悬长夜，素鹿山前揖寿星。

唐僧翻舞狂风里，御弟沉沦黑水中。

道释不须频斗击，败血玄黄一样空。

金金不克心神旺，水水相逢长老穷。

两个心儿天地暗，一双猴圣骗观音。

芭蕉杀尽山坡火，绿杨解马去行行。

万镜楼中迟日夜，不知哪一日见天尊！

隔墙花唱罢，眠倒琵琶，长叹一声，飘然自远。

却说行者在山凹边听得"万镜楼"三字，心中疑惑，暗想："万镜楼中是我昨日的事，他却为何便晓得？"无明火发，怒气重重，一心只要打杀小月王见个明白。不知毕竟如何，愿听下回分解。

项羽讲平话，是平话中之平话，此又是平话中之弹词。

———————————

① 睽爻（kuí yáo）——违背，不合，引申为分离。

第 十 三 回

绿竹洞相逢古老　芦花畔细访秦皇

　　行者在山凹边听得"万镜楼"三字,心头火发,耳中拔出棒来,跳在楼上乱打,打着一个空,又打上去,仍旧打空。他当时便骂:"小月王,你是哪国国王,敢骗我师父在这里!"那小月王也似不闻,言笑如故。行者又骂:"盲丫头！臭婆娘！你为何伴着有头发的和尚在此唱曲哩!"三个弹词女子都似不闻。又叫:"师父,走路!"唐僧也不听得。行者大怪道:"老孙做梦哑！还是青青世界中人,都是无眼、无耳、无舌的呢？好笑,好笑！等我再看师父邪正,便放出大闹天宫手段。如今不可造次。"依旧藏了金箍棒,跳在对面山上,睁眼而看。

　　只见唐僧一味是哭。小月王道:"陈先生不要只管凄楚,我且问你,凿天之事如何？若决意不去了,等我打发踏空儿,叫他回去罢。"唐僧道:"昨日未决,今日已决,决意不去了。"小月王大喜,一面令人传旨,叫踏空儿不必凿天,一面叫女子弟妆束搬戏。女子弟们一齐跪上,禀:"王爷,今日搬不得戏。"小月王道:"历上只有宜祭祀不宜祭祀,宜栽种不宜栽种,宜入学不宜入学,宜冠带不宜冠带,宜出行不宜出行,不曾见不宜做戏。"子弟又禀:"王爷,不是不宜,却是不可。陈先生万种愁思,千般悲结,做了传神戏,又要惹哭。"小月王道:"怎么处呢？搬今戏,不要搬古戏罢。"女子弟道:"这个不难。若搬古戏,还要去搬;若搬今戏,不搬便是。"小月王道:"乱话！今日替陈先生贺喜,大开茶席,岂有不搬戏之理！随你们的意思搬几出,倒有些妙处。"女子弟应声而退。旁边两个女侍儿又换茶来。

　　当时唐僧坐定,后房一阵锣鼓,一阵画角,一阵呐喊,只听得台上闹吵吵说:"今日做《高唐烟雨梦》一本传奇,先做《孙丞相》五出。好看,好看!"行者俯伏在山凹里听得明白,想一想道:"有个孙丞相,又有个高唐梦,想是一个一个通要做完,才散席动身哩。等我往那边寻口茶吃,再来看我家老和尚便好。"

忽然耳朵背后有些足音,回头看看,只见一个道童,年可十三四,高叫:"小长老,小长老,我来陪你看戏。"行者笑道:"乖乖,晓得老子在此,就来相寻哩!"道童道:"你不要耍我,我家主人勿是好惹的。"行者道:"你的主人叫做什么名字?"道童道:"是好宾客,喜游观,绿竹洞主人。"行者笑道:"妙,妙! 茶解户一定要他当了。小官人权替我在此坐一回,一来看戏,二来看他散席不散席。等我走到贵主人处,取些救火资粮。若是他们散了,烦劳小官人即刻进来话一声。"道童笑吟吟道:"这个不难。洞里又无阻隔,你自进去,等我住在这里。"

行者大喜,便看着乌洞洞那个所在乱跳乱走,跳到一光明石洞,当面撞着一个老翁。老翁道:"长老何来? 里边请茶。"行者道:"若是无茶,我也不来。"老翁笑道:"茶也未必,长老自去。"行者道:"若是无茶,我也不去。"两个竟像相知,一头笑,一头走。走过一张石梯,忽见临水洞天,行者道:"到了宅上哩?"老翁道:"还未。这里叫做仿古晚郊园。"行者定睛观看,果然好个去处。只见左边一带郊野,有几块随意石,有十来枝乱芦叶,拥着一间草屋。门前一枝大紫柏,数枝缠烟枫,横横竖竖,织成风雨山林。林边露出一半竹篱,篱边斜种三两种草花,一个中年人拄着绿钱杖,在水滩闲步,忽然坐下,把手捧起清水漱齿不止。漱了半个时辰,立起身来,望东南角上怡然独笑。行者见他这等笑,也望东南看看,并不见高楼翠阁,并不见险壁奇峦,唯有如云如霭、如有如无两点山色而已。行者一心想着茶吃,哪得有山水之情,同了老翁,望前竟走。

忽然又到一个洞天,老翁道:"这里也不是舍下,叫做拟古太昆池。"只见四面一百座翠围峰:有仰面如看天者,亦有俯如饮水者;有如奔者,亦有如眠者;有如啸作声者,有对面如儒者坐;有如飞者,有如鬼神鼓舞者,亦有如牛、如马、如羊。行者笑道:"石人石马,都已凿完,还不立墓碑,想是没人做铭哩。"老翁道:"小长老不消弄口,你且看水看。"行者果然低着头仔细观看,只见水中又有一百座倒插翠围峰,水面绉纹尽是山林图画。

行者正得意时,忽有一根两根芦苇里,趱出几只渔船,船头上多坐着蓬头垢面老子,不知唱些什么,又不是《渔家乐》,又不是《采莲歌》。他唱道:

　　是非不到钓鱼处,

荣辱常随骑马人。

客官要问蒙瞳世界何处去，

推去略略扳，

扳来望南摇，

摇又推，

推又扳。

行者听得"蒙瞳世界"四个字，便问老翁道："蒙瞳世界在哪里？"老翁道："你要寻哪一个哩？"行者道："我有敝亲秦始皇，如今搬在蒙瞳世界，要会他有句说话。"老翁道："你要去便渡过去，只一带青山多是他后门哩。"行者道："若是这等大世界，我去没处寻他，不去了。"老翁道："我也是秦始皇的故人，你若怕去，有话竟说与我，我明日相见便讲。"行者道："我又有一个敝亲叫做唐天子，要借敝亲秦始皇的'驱山铎'一用。"老翁道："哎哟，哎哟！刚刚昨日借去。"行者道："借与哪个？"老翁道："借与汉高祖了。"行者笑道："你这样老人还学少年谎哩！汉高祖替秦始皇铁死冤家，为何肯借与他？"老翁道："小长老，你还不知。那秦、汉当时的意气，如今消释了。"行者道；"既是这等，但见秦始皇替我话话。再过两日，等汉高祖用完，我来借罢。"老翁道："如此却妙。"

行者话了一阵，一发口干起来，乱嚷："茶吃，茶吃！"老翁笑道："小长老是始皇令亲，我老人家是始皇故人，总是一家骨肉，要茶就茶，要饭就饭，请进舍下去。"

两个又走过翠围峰，寻条别径，竟到绿竹洞天。但见青苔遍地，管箹危天，当中有四间紫竹屋，慌忙走进里面，原来正梁是湘妃竹，栋柱是泥青竹，两扇板门是风人竹织成竹丝板，摆一只方竹床，帐子也是竹衣纸的。

老翁走到后堂，取出两碗兰花玉茗茶；行者接在手中，吃了几口，方才渴定。老翁便摆过一只油竹几，四把翠皮竹椅，两个对坐了。老翁就问行者的八字。行者笑道："我替你不过偶相逢，又不结弟兄，又不合婚姻，要我八字怎的？"老翁道："我算天池数命，无有不准。小长老既是我敝故人秦始皇的令亲，我要替小长老算算命，看后边有些好处，也是吾故人一臂之力。"行者仰了面想想，便答道："我八字绝妙。"老翁道："算还不曾算，先晓得好哩！"行者道："我平日专好求人算命，前年有一青衣算者算我的命，刚刚话得八字，那算者失惊，立起对我唱个大喏，连声'失敬，失敬'，叫我：'小官人，你这八字替齐天大圣的八字，一线不差的！'我想将起来，齐天大圣曾在天宫发恼，显个大威灵，如今又成佛快了，我八字若替他一样，哪得不好？"老翁便道："齐天大圣是甲子正月初一日生的。"行者道："便是我也是甲子正月初一日生的。"老翁笑道："人言道：'相好命好，命好相好。'果然说得不差。不要说你的八字，便是模样也是猢狲脸。"行者道："难道齐天大圣也是个猢狲脸哩？"老翁笑道："你是个假齐天大圣，是个猢狲脸；若是真齐天大圣，直到一个猢狲精。"行者低头笑笑，便叫："老翁，快些推命。"

　　原来孙行者石匣生来，不曾晓得自家八字，唯有上宫玉笈注他生日，流传于深山秘谷之中。当时用个骗法，一哄哄出。老翁哪知是行者空中结构，便替他讲起命来，道："小长老，你不要怪我，我不会当面奉承。"行者赔笑道："不面奉更好。"老翁便道："你是太簇立命，林钟为仇，黄钟为恩，姑洗为忌，南吕为难。今月是个羽月，正犯难星，该有横事闲气一干，还有变宫星到命。变宫是个月主。经云：'逢着变宫奇遇到，佳人才子两相逢。'论起小长老，既然出家，不该说起夫妻之事；论起命来，又该合婚。"行者道："合过些乾婚，当得数么？"老翁道："总是婚姻，不论干湿。却是你命里又逢着姑洗。角星是个忌星，忽然又有南吕。羽星到命，又是难星。经云：'忌难并逢名恶海，石人石马也难当。'论起这个来，你又该有添人进口之庆，有亲人离别之悲。"行者便问："添一个师父，别一个师父，当得数么？"老翁道："出家人也替得过了。只是今日过去，后边还有奇处。明日便进商角星，却该杀人。"行者暗想："杀人小事，一发不怕。"老翁又道："三日后进一变徵星。经云：'变徵别号光明宿，困蒙老子也清灵。'却是难中有恩，恩中有难。又有日、月、水、土四大变星临命，又恐小长老要死一场才活哩。"行者笑道："生死甚没正经！要死便死几年，要活便活几年。"

　　两个讲得正酣，只见道童急急奔来，叫："小长老，戏文将散了，高唐梦已醒了，快走，快走！"行者慌别老翁，谢了道童，依着旧路而走。走到山凹里，一心看着楼上，只听得人说《高唐梦》还有一段曲子未完，行者听得，又睁眼看戏。只见台上扮出一道人、五个诸仙模样，听他口中唱道：

　　　　度却颛愚这一人，
　　　　把人情世故都谈尽。

　　　则要你世上人

　　梦回时，

　　心自忖。

行者看罢，又见台上人闹说："《南柯梦》倒不济，只有《孙丞相》做得好。原来孙丞相就是孙悟空，你看他的夫人这等标致，五个儿子这等风华，当初也是个和尚出身，后来好结局，好结局！"

　　秦始皇一案，到此才是结穴，文章呼吸奇幻至此。

第 十 四 回
唐相公应诏出兵　翠绳娘池边碎玉

　　行者在山凹里听得明白，道："老孙自石匣生来，是个独独光光、完完全全的身子，几曾有匹配夫人？几曾有五个儿子？决是小月王一心欢喜师父，留他不住，恐怕师父想我，只得冤枉老孙，编成戏本，说我做了高官，做了丈夫，做了老尊，要师父回心转意，断绝西方之想。我也未可造次，再看他光景如何。"

　　忽见唐僧道："戏倒不要看了，请翠绳娘来。"登时有个侍儿，又摆着一把飞云玉茶壶，一只潇湘图茶盏。顷刻之间，翠娘到来，果是媚绝千年，香飘十里，一个奇美人！

　　行者在山凹暗想："世间说标致，多比观音菩萨。老孙见观音菩萨虽不多，也有十念次了，这等看起来，还要做他徒弟哩！且看师父见他怎么样。"

　　翠娘方才坐定，只见八戒、沙僧跟在后边。唐僧怒道："猪悟能昨夜在小畜宫中窥探，惊我爱姬，我已逐你去了，为何还在这里？"八戒道："古人云：'大气不隔夜。'陈相公，饶我这一次！"唐僧道："你若不走，等我写张离书，打发你去。"沙僧道："陈相公要赶我们去，我们便去。丈夫离妻子，要写离书。师父离徒弟，不消写得离书。"八戒道："这个不妨，如今做师徒夫妇的多哩。但不知陈相公叫我两人往哪里去？"唐僧道："你往妻子处去，悟净自往流沙。"沙僧道："我不去流沙河住了，我到花果山做假行者去。"

　　唐僧道："悟空做了丞相，如今在哪一处？"沙僧道："如今又不做丞相了，另从一个师父，原到西方。"唐僧道："既如此，你两个路上决然撞着他，千万极力阻当，叫他千万不要到青青世界来缠扰。"便讨笔砚过来，写起离书：

　　　　悟能，吾贼也。贼而留之，吾窝也。吾不窝贼，贼无宅；贼不恋吾，吾自洁。吾贼合而相成，吾贼离而各得。悟能，吾无爱于汝，汝速去！

八戒大恸,收了离书。唐僧又写:

> 写离书者,小月王之爱弟陈玄奘也。沙和尚妖精,容貌沉深,杂识未断,非吾徒也。今日逐也,不及黄泉不见也。离书见证者,小月王也。又一人者,翠绳娘也。

沙僧大恸,接得离书。两个一同下楼,竟自去了。

唐僧毫不介意,对小月王笑道:"小弟遭累也。"便问:"翠娘,朝来何事?"翠娘道:"情思不快,做得一首《乌栖曲》,愿为君歌之。"当时便敛袖攒眉,歌声宛转。歌曰:

> 月华二八星三五,叮叮漏水咚咚鼓。
>
> 相思相忆阻河桥,可怜人度可怜宵!

歌罢,悲不自胜,叫:"相公,姻缘断矣!"抱住唐僧,大恸。唐僧愕然,只是好言解慰。翠娘哭道:"别在须臾,你还是这等!"把手一指,叫:"相公,你看南方,便知明白。"唐僧回转头来,只见一簇军马,拥着一面黄旗,飞马前来。唐僧便觉慌忙。

不多时,楼上多是军马,有着紫衣的捧着诏书,对唐僧作揖,道:"小官是新唐差官。"便叫军士替杀青大将军易了衣服,慌忙摆定香案,唐僧北面而跪,紫衣南面读诏。读罢,紫衣又取出五花节授与唐僧,道:"将军不得迟留,西房势急,即日起兵。"唐僧道:"你这官儿不晓事,也等我别别家小。"抽身便进后堂寻翠娘。

翠娘见唐僧做了将军,匆匆行色,两手拥住,哭倒在地,便叫:"相公,教我怎么放得你去!你的病残弱体,做将军时,朝宿风山,暮眠水涧,那时节,没有半个亲人看你,增一件单衣,减一领白褶,都要自家爱惜,调和寒冷。相公,你牢记着我别离时说话:军士不可苛刑,恐他毒害;降兵不可滥收,恐他劫寨。黑林不可乱投,日落马嘶不可走。春有汀花不可踏,夏有夕凉不可纳。闷来时,不可想着今日;喜的时,不可忘了妾身。呀!相公,叫我怎么放得你去!同你去时,恐犯你将军令;放你自去,相公,你岂不晓凄风夜夜长?倒不如我一线魂灵,伴你在将军玉帐罢!"

唐僧、翠娘卷做一团,大哭。卷来卷去,卷到一个碎玉池边,只见翠娘飞身下水,唐僧痛哭,连叫:"翠娘苏醒!"外面紫衣使者飞马走进,夺了唐僧军马,一齐簇拥,竟奔西方去了。

> 大奇大奇,到处才见新唐。作者眼界极阔。

第 十 五 回

三更月玄奘点将　　五色旗大圣神摇

天已入暮,行者在山凹里见师父果然做了将军,取经一事置之高阁,心中大乱,无可奈何,只得变做军士的模样,混入队中,乱滚滚过了一夜。

次早平明,唐僧登坐帐中,教军士把招军买马旗儿扯起。军士依令。到得午时,所投将士便有二百万名。又乱滚滚过了一日。唐僧便遣一个白旗小将,叫做"亲身小将"。当夜传令:"造成金锁将台,编成将士名册,明夜登台,逐名点将。"

次夜三更,明月如昼,唐僧登台,教吩咐众将:"我今夜点将不比往常,听得一声钟响,军士造饭;两声钟响,披挂;三声钟响,定性发愤;四声钟响,台下听点。"白旗小将得旨,叫:"众将听令! 将军吩咐,今夜点将不比往常,听得一声钟响,造饭;两声钟响,披挂;三声钟响,定性发愤;四声钟响,听点。不得迟怠!"合营将士道:"哑! 将军有令,哪敢不从!"唐僧又叫白旗吩咐:"一应军士不许叫我将军,要叫我'长老将军'!"白旗小将又逐营吩咐一遍。

台上撞起钟声一响,军士听得,慌忙造饭。唐僧又叫白旗小将吩咐众将:"当面点过,要把平生膂力①一齐献出,不许浑帐答应,胡行乱走。"

台上撞起两声钟响,军士慌忙披挂。唐僧叫白旗把点将旗扯起,吩咐:"营中水道山堑,俱要详密;一应异言异服、说客游生,放进营中者取首级!"白旗依令,吩咐了一遍。唐僧又叫白旗:"你吩咐营中将士:临点不到者取首级,往来辕门取首级,推病托疾取首级,左顾右盼者取首级,自荐者取首级,越次者取首级,跳叫者取首级,匿长者取首级,顶名替身者取首级,交头互耳取首级,挟带女子取首级,游思妄想者取首级,心志不猛者取首级,争斗尚气者取首级!"

传罢,台上三声钟响,营中各各定性发愤。唐僧也闭着两眼,嘿坐高

---

① 膂(lǚ)力——指体力;筋力。

台皓月之下。

半个时辰光景,台上钟声四响,合营将士到台前听点。但见:

旌旗律律,剑戟森森。旌旗律律,配着二十八星,斗羽左,牛羽右,宿宿分明;剑戟森森,合着六十四卦,乾斧奇,坤斧偶,爻爻布列。宝剑初吼,万山猛虎无声;犀甲如鳞,四海金龙减色。一个个凶星恶曜,一声声霹雳雷霆。

唐僧便依着册子逐名点过,高叫将士:"我在军中发不得慈悲心了,各人用心,自避斧钺!"登时飞旗下令,一连唱过六千六百五名。

将士忽然叫着:"大将猪悟能。"唐僧见了名姓,便已晓得是八戒,只是军中体肃,不好相认,便叫那员将士:"你形容丑恶,莫非是妖精哄我?"叫白旗推出斩首。八戒一味磕头,连叫:"长老将军息怒,容小人一言而死。"八戒道:

本姓猪,

排行八,

跟了唐僧上西土,

半途写得离书恶。

忙投妻父庄中去,

庄中妻子归枯窆。

归枯窆,

依旧回头走上西,

不期撞着将军阁。

伏望将军救小人,

收在营中烧火罢!

唐僧面上微笑,叫白旗放了绑。八戒又一连磕了一百个头,拜谢唐僧。

又叫:"女将花夔①。"一员女将飞马挟刀,营中跳出。正是:

二八佳人体似酥,呼吸精华天地枯。

腰间插把飞蛟剑,单斩青青美丈夫。

叫:"大将孙悟空。"唐僧变色,一眼看着台下。

却说行者在乱军中过了三日,早已变做六耳猕猴模样的一个军士,听

---

① 夔(kuí)——原指古代传说中一种奇异的动物。这里是人名。

得叫着"孙悟空"三字,飞身跳出,俯伏于地,道:"小将孙悟空运粮不到,是他兄弟孙悟幻情愿替身抵阵,敢犯长老将军之律令。"唐僧道:"孙悟幻,你是什么出身? 快供状来,饶你性命。"行者便跳跳舞舞,说出几句。他道:

> 昔日是妖精,
>
> 假冒行者名。
>
> 自从大圣别唐僧,
>
> 便结婚姻亲上亲。
>
> 不须频问姓和名,
>
> 六耳猕猴孙悟幻大将军。

唐僧道:"六耳猕猴是悟空的仇敌,如今念新恩而忘旧怨,也是个好人。"叫白旗小将把一领先锋铁甲赐与孙悟幻,教他做个破垒先锋将。将士点毕,唐僧连传号令,教军士摆个"美女寻夫阵",趁此明月,杀入西戎。

兵入西戎境界,唐僧叫军士把一色小黄旗为号,毋得混淆。军士听令,摆定旗面,一往又走。转过山弯,劈头撞着一簇青旗人马。行者是个先锋将士,登时跳出。那一簇人马中间,有一个紫金冠将军,举刀迎敌。行者问:"来者何人?"那将军道:"我乃波罗蜜王便是。你是何人? 敢来挑战?"行者道:"我乃大唐杀青挂印大将军部下先锋孙悟幻!"那将军道:"我是大蜜王,正要拿你!"大蜜王轮刀便斫。行者道:"可怜你这样无名小将,也要污染老孙的铁棒!"举棒相迎。

战了数合,不分胜负,那将军道:"住了! 我若不通出家谱,不表出名姓,便杀了你,你做鬼的时节还要认我做无名小将! 等我话个明白罢:我波罗蜜王不是别人,我是大闹天宫齐天大圣孙行者嫡嫡亲亲的儿子!"行者听得,暗想道:"奇怪! 难道前日搬了真戏文哩? 如今真赃现在,还有何处着假? 但不知我还有四个儿子在那里,又不知我的夫人死也未曾? 倘或未死,如今不知做什么勾当? 又不知此是最小儿子呢,还是最大儿子呢? 我欲待问他详细,只是师父将令森严,不敢触犯。且探他一探看。"便喝道:"孙行者是我义兄,他不曾说有儿子,为何突然有起儿子来?"那将军道:"你还不晓其中之故,我蜜王与我家父行者原是不相识的父子。家父行者初起在水帘洞里妖精出身,结义一个牛魔王家伯。家伯有一个不同床之元配罗刹女住在芭蕉洞里者,此即家母也。只因东南有一唐僧要到西天会会佛祖,请家父行者权为徒弟。西方路上受尽千辛万苦,忽然一日撞着了火焰危山,师徒几众愁苦无边。家父当时有些见识,他道:'一日为师,终身为父。暂灭弟兄之义,且报师父之恩。'径到芭蕉洞里,初时变作牛魔王家伯,骗我家母;后来又变作小虫儿,钻入家母腹中,住了半日,无限搅抄。当时家母忍痛不过,只得将芭蕉递与家父行者。家父行者得了芭蕉扇,扇凉了火焰山,竟自去了。到明年五月,家母忽然产下我蜜王,我一日长大一日,智慧越高,想将起来,家伯与家母从来不合,唯家父行者曾走到家母腹中一番,便生了我,其为家父行者之嫡系正派,不言而可知也。"话得孙行者哭不得,笑不得。

正忙乱间,只见西北角上小月王领一支兵,紫衣为号,来助唐僧。西南角上又有一支玄旗鬼兵来助蜜王。蜜王军势猛烈,直头奔入唐僧阵里,杀了小月王,回身又斩了唐僧首级。一时纷乱,四军大杀。孙行者无主无张,也只得随班作揖。只见玄旗跌入紫旗队里,紫旗横在青旗上面。青旗一首飞入紫旗队里,紫旗走入黄旗队。黄旗斜入玄旗队里,有一面大玄旗半空中落在黄旗队,打杀黄旗人。黄旗人奔入青旗队,夺得几面青旗来,被紫旗人一并抢去。紫旗人自杀了紫旗人几百余首,紫旗跌入血中,染成荔枝红色,被黄旗人抢入队里。青旗人走入玄旗队,杀了玄旗人。小玄旗数首飞在空中,落在一支松树之上,黄旗队一百万人落在陷坑。一百面黄小令旗飞入青小令旗中,杂成鸭头绿色。紫小令旗十六七面跌入青旗队里,青旗队送起,又在半空中飞落玄旗队里,倏然不见。行者大愤大怒,一时难忍。

五旗色乱是心猿出魔根本,乃《西游补》一部大关目处,描写入神,真乃化工之笔。

第 十 六 回

虚空尊者呼猿梦　大圣归来日半山

行者一时难忍，现出大闹天宫三头六臂法身，空中乱打。背后一人高呼："悟空不悟空，悟幻不悟幻了！"行者回头转来，便问："你是哪一国的将士，敢来见我？"抬头只见一座莲台，坐着一个尊者，又叫："孙悟空，此时还不醒么？"行者方才住棒，便问："尊者，你是何人？"尊者道："我是虚空主人，见你住在假天地久了，特来唤你。你的真师父如今饿坏哩。"行者有些醒路，恍然往事皆迷，一心耐定，更不回头，只是拜恳主人，祈求指教。虚空主人道："你方才在鲭鱼气里，被他缠住。"行者便问："鲭鱼是何等妖精，能造乾坤世界？"虚空主人道："天地初开，清者归于上，浊者归于下；有一种半清半浊归于中，是为人类；有一种大半清小半浊归于花果山，即生悟空；有一种大半浊小半清归于小月洞，即生鲭鱼。鲭鱼与悟空同年、同月、同日、同时出世。只是悟空属正；鲭鱼属邪，神通广大，却胜悟空十倍。他的身子又生得忒大，头枕昆仑山，脚踏幽迷国，如今实部天地狭小，权住在幻部中，自号青青世界。"行者道："何谓幻部、实部？"主人道："造化有三部：一，无幻部；一，幻部；一，实部。"即说偈曰：

　　也无春男女，乃是鲭鱼根。　也无新天子，乃是鲭鱼能。
　　也无青竹帛，乃是鲭鱼名。　也无将军诏，乃是鲭鱼文。
　　也无凿天斧，乃是鲭鱼形。　也无小月王，乃是鲭鱼精。
　　也无万镜楼，乃是鲭鱼成。　也无镜中人，乃是鲭鱼身。
　　也无头风世，乃是鲭鱼兴。　也无绿珠楼，乃是鲭鱼心。
　　也无楚项羽，乃是鲭鱼魂。　也无虞美人，乃是鲭鱼昏。
　　也无阎罗王，乃是鲭鱼境。　也无古人世，乃是鲭鱼成。
　　也无未来世，乃是鲭鱼凝。　也无节卦帐，乃是鲭鱼宫。
　　也无唐相公，乃是鲭鱼弄。　也无歌舞态，乃是鲭鱼性。
　　也无翠娘啼，乃是鲭鱼尽。　也无点将台，乃是鲭鱼动。
　　也无蜜王战，乃是鲭鱼哄。　也无鲭鱼者，乃是行者情。

说罢,狂风大作,把行者吹入旧时山路,忽然望见牡丹树上日色还未动哩。

却说真唐僧春睡醒来,看见眼前男女早已散了,心中欢喜,只是不见了悟空。叫醒悟能、悟净,问:"悟空哪里去了?"悟净道:"不知。"八戒道:"不知。"忽见东南上木叉领个一白面和尚,驾朵祥云,翩然而下,叫:"唐长老,你收着新徒弟,大圣就来也。"慌得唐僧滚地下拜。木叉道:"观音菩萨念你西方路上辛苦,又送一个小徒弟在此。只他年纪不多,要求长老照顾照顾。菩萨已取他法名叫做'悟青'。菩萨说:悟青虽是长老第四个徒弟,却要排在悟空之下、悟能之上,凑成'空青能净'四字。"唐僧领了菩萨法旨,收了徒弟,送上木叉不题。

原来鲭鱼精迷惑心猿,只为要吃唐僧之肉,故此一边缠住大圣,一边假做小和尚模样,哄弄唐僧。哪知大圣又被虚空尊者唤醒,正是:

　　妖邪用尽千般计,心正从来不怕魔。

却说行者在半空中走来,见师父身边坐着一个小和尚,妖氛万丈,他便晓得是鲭鱼精变化,耳朵中取出棒来,没头没脑打将下去,一个小和尚忽然变作鲭鱼尸首,口中放出红光。行者以目送之。

但见红光里面又现出一座楼台,楼中立着一个楚伯王,高叫:"虞美人请了!"一道红光径奔东南而去。唐僧便叫:"悟空,饿死我也!"行者听得,慌忙回转,向师父唱个大喏,将前事从头到尾备说一遍。

原来唐僧见悟空不来,心中焦急;来的时节,又打杀了新来徒弟,勃然大怒,正要责他几句,忽见新徒弟是个鲭鱼尸首,早已晓得行者是个好意,新徒弟是个妖精。当时又见行者说得如此厉害,方才回嗔作喜,道:"徒弟辛苦也!"八戒道:"悟空去耍子,是辛苦;我们受辛苦,师父倒要说耍子哩!"唐僧喝住八戒,便问:"悟空,你在青青世界过了几日,吾这里如何只有一个时辰?"行者道:"心迷时不迷。"唐僧道:"不知心长,还是时长?"行者道:"心短是佛,时短是魔。"沙僧道:"妖魔扫尽,世界清空。师兄,你如今仍往前村化饭,等师父静心坐一回,好走西路。"行者道:"说得是。"向前便走。

走了百余步,突然撞着山神土地,行者喝道:"好土地哑!我前日要寻你问一件事情,念了咒子,你们只是不来。天下有这样大土地!快快伸孤拐来,打了一百再讲!"土地道:"方才大圣爷爷被情魔摄入天外,小神力量有限,哪能走到天外来磕头?愿大圣将功折罪。"行者道:"你有什么功呢?"土地道:"猪八戒老爷耳朵里花团,是小神亲手取出来的。"

行者便喝退土地,一心化饭,急忙跳在空中,看见那边有个桃花畔,一条烟丝从树林中隐隐透起,登时按落云头,近前观看,果然是一好人家。行者跑入里面,正要寻人化饭,忽然走到一个静舍,静舍中间坐着一个师长,聚几个学徒,在那里讲书。你道讲哪一句书? 正讲着一句"范围天地而不过"。

一部《西游补》,总是鲭鱼世界,结处才见,是大作手。